Nordsee
Wangerooge
Minsener Oog
Mellum
Buttforde
Wittmund
Jever
Wilhelmshaven
Schortens
Sande
Jadebusen
Friedeburg
Varel
Wremen
Bremerhaven
Westerstede
Bad Zwischenahn
Oldenburg
Bremen
Wardenburg
Delmenhorst
Ganderkesee

Klaus-Peter Wolf

Ostfriesengrab

Ostfriesensünde

KLAUS-PETER WOLF

OSTFRIESENGRAB

OSTFRIESENSÜNDE

2 Kriminalromane in einem Band

Weltbild

Besuchen Sie uns im Internet:
www.weltbild.de

Genehmigte Lizenzausgabe für Verlagsgruppe Weltbild GmbH,
Steinerne Furt, 86167 Augsburg

Umschlaggestaltung: Thomas Jarzina
Umschlagmotiv: © Christine Ellger/Westend61/Corbis
Gesamtherstellung: CPI – Clausen & Bosse, Leck
Printed in the EU
ISBN 978-3-86365-300-2

2016 2015 2014 2013
Die letzte Jahreszahl gibt die aktuelle Lizenzausgabe an.

KLAUS-PETER WOLF

OSTFRIESENGRAB

Kriminalroman

Weltbild

Eigentlich, dachte Ann Kathrin Klaasen, müsste ich dem Mörder dankbar sein. Ich wäre sonst nie um diese Jahreszeit hierhergefahren.

Natürlich kannte sie den zauberhaften Schlosspark Lütetsburg. Ihre Freundin Ulrike hatte hier geheiratet. Damals hatte Ann Kathrin Klaasen sich vorgenommen, immer wieder zu diesem Ort der Ruhe zurückzukehren, um zwischen dem jahrhundertealten Baumbestand Einkehr zu halten und zu sich selbst zu finden.

Von ihrem Haus im Distelkamp in Norden bis zum Schlosspark waren es nur wenige Minuten. Doch wer lange am Meer wohnt, gewöhnt sich an das Geräusch der Wellen und hört es irgendwann nicht mehr, dachte sie, traurig darüber, dass ein Kriminalfall nötig war, um sie an diesen wunderbaren Ort zurückzuführen.

Jetzt wurde sie von der Farbenpracht der Rhododendron- und Azaleenblüten geradezu überflutet. Für einen Moment schloss sie die Augen und atmete nur ein. Der Geruch war überwältigend. Wie konnte jemand in dieser Oase für die Seele einen Menschen umbringen?

Die Nordsee konnte man hier nicht hören. Der Park hatte eine ganz eigene Geräuschkulisse. Das Surren nektartrunkener Insekten war wie ein Hintergrundgeräusch, über dem das Knistern der Zweige und Blätter lag, mit denen der Wind spielte, als hätte er bei seinem langen Weg übers Meer vergessen, wie schön es auf dem Festland sein konnte.

Ihre Freundin Ulrike hatte in der hölzernen Nordischen Kapelle geheiratet. Ann Kathrin Klaasen war dem ostfriesischen Häuptlingsgeschlecht derer zu Innhausen und Knyphausen zutiefst dankbar, dass sie diesen Ort ermöglicht hatten. Sie nahm sich vor, mit ihrem Sohn Eike hierhin zu gehen. Es konnte doch nicht sein, dass er in der Nähe aufwuchs, aber das CineStar in Emden besser kannte als diesen Park. Womöglich gab es hier mehr zu sehen als im Kino, dachte sie.

Sie öffnete die Augen wieder und ließ die Farbenpracht auf sich wirken. Dies zarte Grün, das sich mit Lachsrot und Sonnengelb mischte, erinnerte sie an die ersten Eindrücke ihrer Kindheit, als sie mit ihrem Vater zum ersten Mal ein Museum besucht hatte und er versuchte, ihr die hingetupften Bilder der Impressionisten nahezubringen. Sie war begeistert gewesen von den Bildern und noch mehr davon, wie sehr ihr Vater sich mit ihr beschäftigte. Er versuchte, ihr den Blick für die Welt zu öffnen. »Schönheit«, sagte er, »muss man auch sehen können.«

Aber was jetzt auf sie wartete, war sicherlich nicht schön. Sie hatte die Leiche noch gar nicht gesehen. Sie stand am Eingang des Parks.

Der uniformierte Kollege Paul Schrader interessierte sich nicht für die Schönheit der Landschaft. Er wirkte merkwürdig betreten, wie jemand in einer Beziehungskrise oder wie ein Mensch mit einem schlechten Gewissen, dachte Ann Kathrin. So wie er jetzt dastand und auf seine Schuhe sah, benahmen sich Täter oft ganz kurz vor ihrem Geständnis. Typischerweise kaute er auch noch auf der Unterlippe herum und war ganz in sich gekehrt, als müsse er erst selbst mit etwas klarkommen, bevor er es dann der Umwelt anvertrauen konnte.

Neben ihr reckte Weller sich und atmete tief durch. »Weißt du, woran ich gerade denke, Ann?«

»Ja, daran, dass wir mal wieder Urlaub machen sollten.«

»Genau«, log er. In Wirklichkeit hatte er an etwas ganz anderes gedacht. Gerade, als die Sonne in ihr Gesicht schien und ihren Haaren eine engelhafte Aura gab, sie die Augen für einen Moment geschlossen hatte und in ihren Gedanken und Erinnerungen versunken war, da spürte er fast schmerzhaft, wie sehr er sie begehrte. Am liebsten hätte er sie jetzt hier sofort geliebt, zwischen all der Blütenpracht, mit der das Leben sich selbst feierte. Vielleicht wirkten diese Blütendüfte wie ein Aphrodisiakum auf ihn. Vielleicht war es nur Ann Kathrin selbst. Es war ihm egal. Er hatte jetzt keine Lust, sich mit etwas anderem zu beschäftigen als mit ihr und ihrem schönen Körper. Aber das konnte er ihr nicht sagen, denn hier war ein Mord gemeldet worden, und die Kollegen von der Spurensicherung waren weiter hinten im Park schon bei der Arbeit.

Abel von der Spurensicherung kam ihnen an den Wasserläufen entlang entgegen. Er hielt ein Fotostativ wie einen Baseballschläger in der Hand, so als müsse er sich damit verteidigen. Ganz gegen seine sonstigen Gewohnheiten hing die Kamera um seinen Hals. Er zeigte auf eine mächtige farnblättrige Buche und rief: »Warum bin ich nicht Landschaftsgärtner geworden oder Florist oder …« Er breitete die Arme aus. Seine Worte kamen mit der Energie der Verzweiflung. »Oder warum fotografiere ich nicht einfach so etwas hier? Meinst du, es gibt schon einen Bildband von diesem Park?«

Abel hatte schon viele Leichen gesehen. Er war eigentlich ein abgebrühter Hund, fand Ann Kathrin. Manchmal sogar zu kalt. Was er fotografiert hatte, musste ihn sehr, sehr erschüttert haben. Er hatte jede professionelle Abgrenzung verloren und war kurz davor, seinen Job hinzuschmeißen. So kannte sie ihn nicht.

Sie begann, sich innerlich darauf einzustellen, gleich etwas Grauenhaftes zu sehen.

Zunächst fragte sie Paul Schrader: »Wo ist der Zeuge, der uns angerufen hat?«

Er saß auf einer Bank vor dem Freundschaftstempel und sah von dort aus die Insel der Seligen, die Begräbnisstätte der Familie zu Innhausen und Knyphausen.

»Der ist ZDF-Redakteur«, sagte Schrader und klang wenig begeistert.

Weller hörte nur ZDF und hakte gleich nach: »Ist die Presse mal wieder vor uns da?«

»Er hat die Leiche gefunden.«

Misstrauisch fragte Weller: »Was macht das Fernsehen hier?«

»Urlaub!«, rief Gunnar Peschke, stand auf und kam zu den Beamten herüber. Sie wunderten sich, dass er ihre Worte verstanden hatte. Er nahm ihre Verunsicherung wahr und lächelte: »Ich bin Musikredakteur. Kinderlieder. Musikboxx zum Beispiel. Gut hinhören ist sozusagen mein Geschäft.«

Der Mann gefiel Ann Kathrin. Eine imposante Erscheinung. Offensichtlich nicht leicht aus der Ruhe zu bringen. Er musste dasselbe gesehen haben, das Abel so aus der Fassung gebracht hatte. Und er war dabei allein gewesen, nicht umrahmt von Polizeibeamten und Kollegen. Er hatte sie informiert und dann hier gewartet.

»Sind Sie den Anblick von Leichen gewöhnt?«, fragte Ann Kathrin Klaasen.

»Nein«, lächelte er. »Dafür bin ich nicht zuständig. Im Kinderfernsehen befassen wir uns nicht mit so etwas. Das machen meine Kollegen vom Abendprogramm. Ich habe mehr mit Piraten zu tun, Hexen und Gespenstern. Sie verstehen …«

Er erzählte, dass er in Norddeich im Fährhaus wohnte und täglich mit dem Rad zu längeren Touren aufbrach.

Heute Morgen war er der erste Gast im Schlosspark Lütetsburg gewesen. Es war nicht mal jemand da, um Geld zu kassieren. Er hatte am Eingang einen Euro eingeworfen. Jetzt fragte er sich, wie jemand in der Lage war, so ein Paradies zu unterhalten mit nur einem Euro Eintrittsgeld.

Weller spürte einen Stich Eifersucht, weil er merkte, dass dieser Gunnar Peschke seiner Ann Kathrin durchaus gefiel. Das machte ihn umso kritischer: »Warum sind Sie nicht wie die anderen Touristen am Meer? Warum radeln Sie nicht am Deich lang?«

Milde lächelnd zeigte Gunnar Peschke mit der offenen Hand die Schönheiten der Landschaft, in der sie sich befanden. »Schauen Sie sich um. Braucht man dafür eine Erklärung?«

Ann Kathrin nickte und sah Weller missbilligend an. Das machte ihn noch wütender auf diesen ZDF-Redakteur.

»Kennen Sie die Tote?«, fragte Weller.

»Nein«, antwortete Gunnar Peschke. »Ich glaube nicht. Obwohl …«

»Obwohl was?«, setzte Weller sofort nach.

Gunnar Peschke winkte ab. »Ach, schauen Sie doch selbst.«

»Ihre Personalien haben die Kollegen ja bereits aufgenommen«, stellte Weller fest.

»Natürlich«, maulte Schrader. »Denkt ihr, wir haben hier Blumen gepflückt?«

Ann Kathrin Klaasen atmete noch einmal tief durch. Dann sagte sie: »Okay. Sehen wir uns den Tatort an.«

Als Ann Kathrin Klaasen vor der Leiche stand, erschrak sie vor sich selbst. Sie erwischte sich bei dem Gedanken: Mein Gott, wie schön!

Die Frau sah nicht aus wie eine Tote. Nicht einmal wie

eine Frau. Sondern eher wie ein Engel, der zwischen den Blüten hin und her hüpfte und sich in den Zweigen verfangen hatte. Die Füße berührten den Boden nicht. Die Gesetze der Schwerkraft schienen nicht zu existieren, denn sonst hätte dieser Körper doch herunterfallen müssen.

Ann Kathrin schüttelte sich, um ihre eigene voyeuristische Betrachtungsweise loszuwerden und stattdessen mit den Augen der Kriminalkommissarin zu sehen.

Die Frau war nackt und offensichtlich am ganzen Körper rasiert worden. Nur das strahlend blonde Kopfhaar hatte der Mörder ihr gelassen. Die glatten Haare umgaben ihr Gesicht wie ein Heiligenschein.

Wer immer das war, dachte Ann Kathrin, er hat sich Zeit genommen, um die Leiche zu frisieren. Wieso hatte der Wind diese Arbeit nicht längst zunichte gemacht?

Es gefiel ihr nicht, wie die zwei jungen Polizisten aus Norden mit ihren Kindergesichtern staunend vor der Toten standen. Sie warf ihnen nicht vor, dass sie so gafften. Niemanden konnte dieses Bild unbeeindruckt lassen, und genau das machte Ann Kathrin Angst. Dieses Bild durfte niemals in der Presse erscheinen.

Die Beine der Frau waren weit gespreizt, doch nicht wie bei dem Opfer eines Sexualverbrechens, sondern eher wie bei einer Eiskunstläuferin, die elfenhafte Sprünge vollzieht, um die Jury zu beeindrucken.

Ein Arm der Toten war weit ausgestreckt und zeigte auf die Sonne. Der ganze Körper schien sich auf einen einzigen Punkt zu konzentrieren, den er anstrebte: einen Punkt hoch oben, unerreichbar über den Wolken.

»Sie sieht aus«, sagte Weller, »als wollte sie in die Baumkronen dahinten springen.«

Ann Kathrin nickte. »Ruf Abel. Ich will hier jeden Zentimeter fotografiert haben. Die Gesamtsituation. Er soll auch weit weggehen, dass wir ja alles haben. Wie eine Landkarte. Der Täter will uns irgendwas sagen.«

Für einen Moment glaubte Weller, auf irgendeinen blöden Trick hereinzufallen. Vielleicht war das hier so eine ähnliche Sendung wie »Vorsicht, Kamera!«. Deshalb hatte sie auch der ZDF-Typ gerufen. Legten die neuerdings Kripoleute rein? Das Gelände war groß und unübersichtlich genug, um hier jede Menge Kameras zu installieren. Würde sich die angebliche Leiche gleich bewegen und zu lachen beginnen, so wie diese menschlichen Skulpturen am Hauptbahnhof Hannover?

»Seid ihr überhaupt sicher, dass die tot ist?«, fragte Weller die anwesenden Beamten.

»Du hast sie dir noch nicht von hinten angesehen«, sagte Paul Schrader.

Ann Kathrin kam näher und erkannte mit Schaudern, dass die Fußnägel der Toten in den gleichen Farben angemalt waren wie die Rhododendron- und Azaleenblüten, zwischen denen sie zu schweben schien.

Inzwischen war Weller hinter der Leiche und verstand, warum Abel seinen Beruf aufgeben wollte. Die Tote war mit gut einem Dutzend Stahlstangen aufgespießt worden, um sie in diese Lage zu bringen und so zu halten. In ihrem Kopf, in ihrem Rücken, ihren Ellbogen und Knien, überall steckten diese silbernen Lanzen.

Weller drehte sich um und schlug mit der Faust nach Rhododendronblüten, als seien die daran schuld.

Jetzt kam Ann Kathrin. »Ich glaube, das willst du gar nicht sehen«, sagte er und versuchte sie davon abzuhalten, doch sie schob ihn zur Seite und antwortete: »Niemand will so etwas sehen. Aber es ist unser Beruf.«

Seitdem die beiden ein Verhältnis miteinander hatten, wollte er sie dauernd beschützen. Einerseits rührte Ann Kathrin dies, andererseits hatte sie Angst, dass er sie vor Kollegen damit lächerlich machte.

Sie musste sich sofort eingestehen, so etwas wirklich noch nie gesehen zu haben. Im Gegensatz zu ihren Kollegen wurde ihr nicht schlecht, sondern sie begann die Situation kalt einzuscannen und versuchte, sich jedes Detail einzuprägen. Fotos würden das hier nicht richtig wiedergeben können, fürchtete sie.

»Staatsanwalt Scherer müsste längst hier sein«, sagte sie. »Ich will, dass er das hier sieht.«

Weller sagte: »Ich fürchte, wir können sie hier nicht lange so hängen lassen, Ann …«

»Der Park muss natürlich für Besucher gesperrt werden«, betonte Ann Kathrin, »aber wir können sie leider nicht so bald da runterholen. Wir brauchen Spezialisten. Hier können Tausende Spuren sein, die wir nicht sehen. Genmaterial und …«

Für die vielen Speere im Rücken der Leiche entdeckte Ann Kathrin Klaasen merkwürdig wenig Blut. Der ganze Tatort kam ihr auf eine bestürzende Art klinisch sauber vor.

»Wer immer das gewesen war«, folgerte Weller, »erstens hatte er Bärenkräfte oder ein paar Gehilfen, und zweitens hatte er endlos viel Zeit.«

Ann Kathrin gab ihm recht: »Ja, der Täter war bestimmt nicht in Eile. Er hat sich Zeit fürs Detail gelassen. Er wollte sie uns genau so präsentieren. Das war ihm wichtig. Und dabei hat er nichts dem Zufall überlassen. Selbst das Sonnenlicht spielt mit in seiner Inszenierung.«

»Du meinst«, fragte Weller, »bei Regen wäre das Ganze ins Wasser gefallen?« Er fasste sich an die Stirn. »Ein Täter, der erst den Wetterbericht abhört und den Mord nur am Vorabend eines sonnigen Tages begeht, damit die Wolken das ästhetische Erlebnis der Polizei nicht stören, wenn sie die Leiche findet?«

»Ich weiß nicht, was in seinem Kopf vorgeht«, sagte

Ann Kathrin Klaasen. »Aber er hat einen Plan. Für ihn ist kein Aufwand zu hoch, um den Plan zu verfolgen.«

Ann Kathrin hatte nie in ihrem Leben Probleme mit Heuschnupfen gehabt, doch plötzlich bekam sie eine Art Niesanfall, der nicht zu stoppen war. Ihr tat schon alles weh, so heftig war die Niesattacke.

Da entdeckte Weller etwas in dem Baum, in den die tote nackte Elfe aus den Rhododendronsträuchern zu springen schien. Da oben hing ein Paket. Das Papier lachsrot, mit goldenen Bändern umwickelt.

Weller schickte einen der jungen Beamten hoch. Er stellte sich beim Klettern so ungeschickt an, dass Weller am liebsten selbst die Äste hochgekraxelt wäre.

Das Paket war aktenkoffergroß, nicht sehr schwer und verpackt wie ein Weihnachtsgeschenk. Nachdem Abel es genügend von allen Seiten fotografiert hatte, fanden sie darin die Kleidung der Toten. Ordentlich gewaschen, gebügelt und gefaltet. Außerdem ein Portemonnaie mit 43 Euro 21, eine Kontokarte der Sparkasse Aurich-Norden und einen Personalausweis. Sie hieß Mareike Henning, war 24 Jahre alt und wohnte in Dornumersiel.

Ann Kathrin Klaasen sah Paul Schraders Reaktion auf den Personalausweis und fragte ihn, eine Pause zwischen ihren Niesanfällen nutzend: »Kennst du die Tote?«

»O ja.«

»Dienstlich?«

Er nickte. »Ja. Und ich fürchte, das wird für uns keine besonders angenehme Situation werden.«

»Warum? Ich verstehe nicht«, sagte Ann Kathrin Klaasen. Dann nieste sie so heftig, dass Schrader einen Schritt nach hinten machte. Mit rot geplatzten Äderchen in den Augäpfeln fragte Ann Kathrin: »Was stimmt nicht mit ihr?«

Schrader schluckte, als würde er nach einer Ausrede suchen.

Ann Kathrin fuhr ihn an: »Du hast die Leiche sofort erkannt, stimmt's? Deswegen standest du am Eingang herum, als ob dir einer in die Weichteile getreten hätte.«

Er nickte. »Ja. Aber ich habe gehofft … ich habe einfach gehofft, dass ich mich irre.«

Ann Kathrin fand, dass Paul Schrader einen jämmerlichen Anblick bot, so als hätte er sich gerade in die Hose gemacht.

»Was soll das heißen?«, fragte sie.

»Ich … ich hab das … den Fall nur aufgenommen, aber dann nicht weiter bearbeitet. Sie hat sich bedroht gefühlt … Also, es war so ein kleiner Verkehrsunfall und dann, na ja …«

»Was denn jetzt? War es ein Verkehrsunfall, oder hat sie sich bedroht gefühlt?«

»Ja, wohl beides. Ich gebe es ja zu – sie ist uns tierisch auf die Nerven gegangen. Ich war froh, die Sache dann los zu sein. Inzwischen lag sie ja auch bei der Staatsanwaltschaft.«

»Wieso ist sie dir auf die Nerven gegangen?«

»Sie hat dauernd angerufen, und dann kam ihr Mann und ihr Vater und – ach!« Schrader machte eine Geste, als müsste er lästige Insekten vertreiben.

Er musste gar nicht mehr sagen. Ann Kathrin ahnte, worauf das alles hinauslief. Mareike Henning war bedroht worden. Sie hatte sich um Hilfe an die Norder Polizei gewendet, und jetzt war sie tot.

Ann Kathrin Klaasen warf Weller nur einen Blick zu. Der hatte schon sein Handy in der Hand und forderte die Akte bei der Staatsanwaltschaft an.

Als Staatsanwalt Scherer im kloblauen Anzug am Tatort erschien, waren Ann Kathrin und Weller bereits auf dem Weg nach Dornumersiel, um die Angehörigen des Opfers zu informieren.

Weller zupfte nervös an seinen Barthaaren herum. Er lenkte den Wagen mit einer Hand und kämpfte gegen das ständig schlimmer werdende Gefühl an, jetzt unbedingt eine rauchen zu müssen. Der Gedanke, jetzt gleich einem Vater oder einem Ehemann erklären zu müssen, was mit Mareike Henning passiert war, machte ihn völlig fertig. Es war nicht das erste Mal, dass er Angehörige vom Tod eines geliebten Menschen unterrichten musste. Aber dieser Fall hier war doch etwas Besonderes.

Er schluckte. »Ann, du willst doch nicht wirklich … ich meine, was sollen wir denen denn erzählen?«

»Die Wahrheit«, sagte sie. »Was denn sonst?«

»Das kann ich nicht, Ann.«

»Vielleicht nicht ganz so drastisch und in allen Einzelheiten. Aber jemand hat Mareike Henning umgebracht, und es ist unsere Aufgabe herauszufinden, wer und warum. Aus Rücksicht auf das Opfer und die Angehörigen können wir versuchen, Einzelheiten aus der Presse herauszuhalten, und auf jeden Fall werden wir verhindern, dass Fotos veröffentlich werden. Aber wir können uns schlecht um die Fakten drücken.«

Weller war ein bisschen beleidigt. Sie sprach zu ihm, als ob er ein Neuling wäre. Er spürte, dass es eigentlich seine Aufgabe war, die Nachricht zu überbringen. Er musste aufpassen, in der Beziehung zu Ann Kathrin nicht untergebuttert zu werden. Er wollte in ihren Augen nicht zum Schwächling werden. Zu gern wäre er ihr Beschützer gewesen. Aber er wusste nicht, wie er diese Stellung erringen sollte. Sie schien ihm wesentlich gefasster als er selbst es war.

Die Familie Henning wohnte in einem neuen Einfamilienhaus, nicht weit vom Deich entfernt, mit gepflegtem Vorgarten. Mindestens hundert Tulpen reckten ihre weißen, lila, roten und gelben Köpfe der Sonne entgegen.

Die Eingangstür war zur Hälfte aus milchigem Glas. Ann Kathrin sah sofort, dass jemand nachträglich ein gusseisernes Gitter auf die Tür montiert hatte.

Bevor sie klingeln konnte, kläffte drinnen ein Hund los.

Sie hörte, dass innen mindestens drei Ketten von der Tür gelöst wurden, bevor jemand den Schlüssel im Schloss drehte. Zunächst konnte sie nur den Schattenumriss eines massiven Körpers erkennen.

Die Tür wurde nur einen Spalt geöffnet, dann sah sie Peter Henning, den stiernackigen Vater des Opfers. Er war gerade erst fünfzig geworden, hatte aber schon eine Vollglatze. Er hielt seinen Schäferhund am Halsband fest. Der Hund bellte und fletschte die Zähne. Ann Kathrin zweifelte keine Sekunde daran, dass der Hund zubeißen würde, wenn sein Herrchen ihn losließe.

Er musterte Weller und Ann Kathrin misstrauisch. Ann Kathrin registrierte sofort, dass der Mann einen Fuß gegen die Tür stemmte, um keinen ungebetenen Besuch hereinzulassen. Hinter ihm im Flur waren Spiegel an der Wand angebracht, darin konnte Ann Kathrin sehen, dass neben der Tür ein Baseballschläger stand.

»Mein Name ist Ann Kathrin Klaasen. Ich bin Hauptkommissarin bei der Kripo in Aurich. Das ist mein Kollege, Kommissar Frank Weller.«

Peter Henning öffnete beim Sprechen kaum die Lippen. Trotzdem hatten seine Worte einen aggressiven Unterton: »Ach, jetzt kümmern Sie sich endlich? Na, das wird ja auch Zeit.«

Ann Kathrin wollte nur ungern hier draußen buchstäblich zwischen Tür und Angel die Todesnachricht überbringen. Gleichzeitig hatte sie wenig Lust, ins Haus zu gehen. Die ganze Situation wirkte feindselig auf sie.

Sie überlegte noch, wie sie es am besten sagen konnte, da zischte Peter Henning: »Glauben Sie ja nicht, dass ich die Dienstaufsichtsbeschwerde zurücknehme! Wir sind ordentliche Steuerzahler und gesetzestreue Bürger. Wir haben ein Recht auf Schutz durch den Staat. Die letzten Wochen waren ein einziger Albtraum für uns!«

Der Hund kratzte mit den Pfoten an der Tür. Herr Henning riss ihn zurück und nahm das Halsband enger, sodass das Tier gewürgt wurde.

»Wir haben uns sogar diese scharfe Töle hier angeschafft, und wenn ich was hasse, dann sind es Schäferhunde!«, schimpfte Henning.

»Bitte bringen Sie den Hund in ein separates Zimmer, damit wir in Ruhe miteinander reden können«, sagte Ann Kathrin.

Herr Henning nickte und schloss die Tür, um Ann Kathrins Aufforderung nachzukommen. Er brachte den Hund in die Küche, wo er zwar keine Ruhe gab, aber zumindest waren Weller und Ann Kathrin jetzt vor seinen Zähnen sicher.

Herr Henning öffnete erneut die Tür und ging dann einfach ins Wohnzimmer voran. Jetzt sah auch Weller den Baseballschläger neben der Tür stehen und die drei Ketten, mit denen die Tür gesichert war. Hier fühlte sich wirklich jemand bedroht …

Die Möbel waren zu groß für diesen Raum, fand Ann Kathrin. Drei klobige Sessel und eine monströse Couch mit fünf Sitzen standen um ein altes Wagenrad herum, auf dem eine dicke, blank gewienerte Glasplatte lag. Direkt über dem Tisch hing noch ein Wagenrad. Es war zur Lampe umfunktioniert worden. Im wuchtigen Wohnzimmerschrank, Eiche rustikal, standen Porzellanfiguren als Buchstützen. Kleine Elfen oder Engelchen mit Flügeln und blonden Haaren. Alles staubfrei.

Die Blätter der beiden Gummibäume in der Ecke glänzten wie lackiert. Jemand putzte hier gründlich und versorgte die Pflanzen, folgerte Ann Kathrin. Mareike?

»Haben Sie das Schwein?«, fragte Peter Henning. »Ist der Spuk endlich vorbei?«

Ann Kathrin schüttelte den Kopf. »Nein, Herr Henning, es tut mir sehr leid. Aber ich muss Ihnen eine traurige Mitteilung machen …«

Sie musste nicht weiterreden. Er wusste sofort Bescheid.

Er taumelte einen Moment wie ein angeschlagener Boxer im Ring. Er suchte mit den Händen Halt in der Luft. »Mir wird schlecht«, hauchte er, und dann kippte er um.

Ann Kathrin und Weller hielten den Zweizentnermann und ließen ihn vorsichtig auf dem Teppich nach unten gleiten, um einen harten Aufprall seines Körpers zu verhindern. Seine Augenlider flatterten. Sein teigiges Gesicht war blutleer.

Er versuchte, sofort wieder aufzustehen, und wehrte störrisch Ann Kathrins und Wellers Hilfe ab, doch dann knickte er in den Knien ein.

Der Schäferhund sprang in der Küche gegen die Tür und jaulte.

Ann Kathrin sah die Badezimmertür halb offen stehen. »Ich hole Ihnen ein Glas Wasser«, sagte sie und verschwand im Bad. Sie ließ Weller nur für wenige Sekunden mit Peter Henning alleine. Weller hielt Hennings Kopf.

Sie rieb sich die Augen und nieste zweimal heftig. Ich bin neuerdings gegen irgendetwas allergisch, dachte sie und schämte sich fast dafür, so als sei es unanständig, eine Allergie zu entwickeln.

Als Ann Kathrin aus dem Badezimmer zurückkam, kniete Henning bereits auf Weller und würgte ihn.

»Ihr habt sie auf dem Gewissen! Ihr Schweine! Ich mach euch alle fertig! Mir ist jetzt sowieso alles egal!«, keuchte Peter Henning.

Es war Weller peinlich, doch Ann Kathrin musste eingreifen. Sie packte Hennings rechte Hand, riss sie von Wellers Hals auf Hennings Rücken und legte ihm Handschellen an. Kaum hatte sie den Mann gebändigt, war ihr das Ganze auch schon unangenehm. Wie sah das denn im Bericht aus, wenn sie dem Vater des Mordopfers Handschellen anlegen musste, um ihm die Nachricht überbringen zu können?

Sie musste an Paul Schrader denken. *Ich fürchte, das wird für uns keine besonders angenehme Situation werden.* Da hatte er wohl mächtig untertrieben.

Auf Ann Kathrins Bitten ging Weller, um runterzukommen, vor die Tür und rauchte dort eine Zigarette. Er hielt die Tür geöffnet und hörte zu, wie Ann Kathrin sich von Peter Henning beschimpfen ließ. Sie war eine geduldige Frau. Jeder andere Kollege hätte sich das verbeten. Doch Weller kannte ihre Methode genau. Sie ließ die Leute erst mal reden, und in einem Wutanfall gaben sie besonders viel von sich preis. Jetzt, so kurz nach der Tat, kochten die Emotionen besonders hoch, und dann war die Chance, dass jemand etwas ausplapperte, das er eigentlich geheim halten wollte, groß.

Wenn nur die Hälfte der Informationen richtig war, die Henning in einem Wortgewitter auf Ann Kathrin einprasseln ließ, dann hatte er allen Grund, wirklich sauer zu sein. Angeblich hatte er bereits Anfang März Anzeige bei der Norder Polizei erstattet, weil seine Tochter bedroht wurde.

»Ich dachte schon, ihr steckt mit der Russenmafia unter einer Decke!«, brüllte er. »Schmieren die euch, oder was? Wer von euch steht alles auf ihrer Gehaltsliste?«

»Ich jedenfalls nicht«, sagte Ann Kathrin Klaasen so ruhig wie möglich, »und mein Kollege Weller auch nicht. Für den lege ich gerne meine Hand ins Feuer. Welchen unserer Kollegen verdächtigen Sie denn, von der Mafia geschmiert worden zu sein, wie Sie das so schön ausdrücken?«

Henning schnaufte und scharrte mit dem Fuß, wie ein Stier, der gleich losgehen will. Er drückte sein Kinn auf die Brust und schielte Ann Kathrin mit nach oben verdrehten Augen an.

»Sie war ein tolles Mädchen, meine Mareike. Ein Engel! Und ihr, ihr habt sie denen zum Fraß vorgeworfen! Ihr habt sie geopfert!«

»Was hätten wir denn Ihrer Meinung nach tun sollen, Herr Henning?«

Er lachte bitter. Die wenigen Haare an seinen Schläfen standen jetzt ab, als seien sie elektrisch.

»Ihr hättet sie hoppnehmen müssen! Ihr hattet doch alles! Namen, Adressen, alles! Was brauchtet ihr noch?«

Weller sah den Schäfchenwolken zu, die der Wind in Richtung Holland trieb. Dann schloss er einen Moment die Augen. Die Sonne war angenehm auf der Haut, und er fragte sich, warum er diesen Job eigentlich machte. Was hatte ihn dazu getrieben, Kommissar zu werden? Warum musste er sich täglich mit diesem Dreck beschäftigen? Entweder menschlicher Abfall oder Akten, um was anderes geht es doch nicht, dachte er.

Er rieb sich die Stelle am Hals, die Peter Henning gerade noch gewürgt hatte. Es wurmte Weller, dass es ihm nicht gelungen war, sich allein zu befreien. Ann Kathrin hatte Henning ohne große Anstrengung unter ihre Kontrolle gebracht.

Sie wird jeden Respekt vor mir verlieren, wenn das so weitergeht, dachte Weller. Ich muss jetzt irgendwie die Handlungsführung übernehmen.

Er ließ die Zigarette auf den Boden fallen und trat sie auf dem Steinboden aus. Bevor er ins Haus zurückging, bückte er sich und hob die Kippe auf. Er wollte sich nicht noch vorwerfen lassen, eine Umweltsau zu sein. Seit die

Freiräume für Raucher auch in Ostfriesland immer kleiner geworden waren, trug er einen kleinen Ascher mit sich, in dem er die Zigarettenkippe verschwinden ließ. Er kam sich blöd dabei vor. Jahre, ja Jahrzehnte lang hatte er gedankenlos Asche und Zigarettenabfälle um sich herum verstreut, wie die Möwen ihren Kot an der Küste. Neuerdings rauchte er nur noch mit schlechtem Gewissen und fühlte sich schuldig dabei, wenn jemand die Spuren entdeckte.

So, dachte er, fühlen sich Täter, wenn sie die Spuren am Tatort beseitigen, um nicht überführt zu werden.

Als er ins Wohnzimmer zurückkam, saß Peter Henning, die Hände immer noch mit Handschellen gefesselt, in einem breiten Ledersessel, während Ann Kathrin vor ihm auf und ab ging. Drei Schritte, eine Kehrtwendung, drei Schritte. Ihr »Verhörgang« gab ihr ein Mindestmaß an Sicherheit.

»Wissen Sie«, sagte Ann Kathrin, »was mir komisch vorkommt? Wenn Ihre Tochter von der Russenmafia bedroht wurde, wieso haben Sie sich dann nicht bei der Polizei gemeldet, wenn sie die ganze Nacht über nicht zu Hause war? Haben Sie sie überhaupt nicht vermisst? Wenn mein Sohn bedroht werden würde, ich wüsste immer, wo er sich aufhält und …«

Sie fand jetzt selbst den Vergleich unpassend und schluckte die weiteren Sätze hinunter.

Er wand sich im Sessel wie ein an Land geworfener Fisch und versuchte, eine bequemere Haltung einzunehmen. Doch jedes Mal, wenn er sich wieder hinstellen wollte, deutete Ann Kathrin Klaasen ihm mit dem Zeigefinger an, dass er sich wieder setzen sollte. Ihre energische Art machte ihn kleinlaut. Weller gegenüber konnte er voll aufdrehen, doch etwas an der Kommissarin erinnerte ihn an seine Mutter. Gegen die hatte er sich auch nie wirklich zur Wehr setzen können. Es war ihr unwirscher Blick, der ihn innerlich auf Grundschulkindgröße schrumpfen ließ.

»Ich dachte doch, sie sei in Sicherheit«, jammerte er. »Sie hat es hier nicht mehr ausgehalten. Sie konnte doch ohne Tabletten überhaupt nicht mehr einschlafen. Sie schreckte nachts hoch, schrie vor Angst und … Wir haben sie zu ihrer Freundin Silke gebracht.«

»Wer ist wir?«

»Na, der Markus und ich. Also, der Markus ist ihr Freund … Die sind nicht verheiratet, aber die leben zusammen, hier oben über uns.«

»Wo ist Markus jetzt?«

Ann Kathrins Frage traf Herrn Henning unvorbereitet. Er sackte in sich zusammen.

»Er … er ist doch nach Berlin gefahren, um … Er wollte herausfinden, ob die Typen wirklich da wohnen.«

»Welche Typen?«

Er stöhnte. »Sie haben echt überhaupt keine Ahnung, was? Sie sind völlig blind. Vielleicht ist es besser, wenn ich meinen Anwalt anrufe, Herrn Hinrichs. Wir müssen Markus retten, nicht dass die den auch noch …«

Seine Stimme erstarb.

»Ich werde Ihnen jetzt die Handschellen abnehmen, und dann erzählen Sie der Reihe nach. Und Sie machen keine Mätzchen.«

Jetzt meldete Weller sich zu Wort. »Ich stehe hier«, sagte er drohend, »und bei der ersten falschen Bewegung, da …«

»Nein, keine Sorge, ich … ich … Mein Gott, Sie müssen das doch verstehen! Ich wollte Ihnen nichts tun. Ich bin nur im ersten Moment …«

»Schon gut«, beschwichtigte Ann Kathrin ihn. »Kommissar Weller wird keine Anzeige erstatten wegen Widerstands gegen die Staatsgewalt oder so etwas. Wir vergessen den Vorfall einfach. Aber jetzt reden wir vernünftig miteinander. Wer immer Ihre Tochter umgebracht hat – wir alle haben ein Interesse daran, ihn zu finden.«

Peter Henning war einverstanden und wirkte, als sei es ihm auch ernst. Doch er wollte zunächst seinen Schwiegersohn in spe anrufen.

Ann Kathrin war dagegen. »So eine Botschaft überbringt man nicht per Telefon. Wenn Sie ihn jetzt auf dem Handy anrufen und er mit dem Auto unterwegs ist – stellen Sie sich mal vor, was das auslösen kann.«

»Er … er müsste schon bald wieder hier sein. Er wollte doch nur gucken, ob in der Markgrafenstraße 13 wirklich ein Herr Pjotr Sidorov wohnt.«

»Und deswegen fährt er nach Berlin?«, fragte Weller ungläubig.

Peter Henning ballte die rechte Faust. Die Knöchel traten weiß hervor.

Weller stellte sich so hin, dass er notfalls einen Angriff parieren konnte. Aber Peter Henning schlug mit der Faust nur mehrfach gegen die Sessellehne.

»Ja klar – wenn Sie uns geholfen hätten, wäre ja alles leichter gewesen!«

Dann erstickte Peter Hennings Stimme in einem Schwall von Tränen.

Ann Kathrin kannte das. Manche Menschen wurden, wenn sie die Nachricht vom gewaltsamen Tod eines Angehörigen bekamen, zunächst aggressiv. Andere fingen an zu lachen, redeten alltägliches Zeug daher oder schalteten das Fernsehgerät ein. Einmal hatte sie sogar erlebt, dass jemand seinen Heimtrainer hervorgeholt hatte und mit sportlichen Übungen begann.

Erst langsam sickerte so eine Nachricht in die menschliche Seele hinein. Es dauerte manchmal Tage, bis der Schmerz jemanden wirklich erfasste. Bei Mareike Hennings Vater war es jetzt so weit.

In den Akten las sich das alles kühl, sachlich, ja unspektakulär. Die Emotionen waren raus, es war Papier geworden. Ann Kathrin war froh, im Büro aus der aufgeheizten Stimmung heraus zu sein und sich dem Fall sachlicher widmen zu können.

Ihre Nase spielte immer noch verrückt. Sie hatte bereits die zweite Packung Papiertaschentücher aufgebraucht. Ihre Augen tränten, und Weller gab ihr mit einer zarten Anspielung den Tipp, für heute Feierabend zu machen.

»Du hast die Nase voll, Ann«, lächelte er. »Mach Feierabend. Du hast eh noch mehr als hundert Überstunden abzufeiern.«

Weller machte sich einen doppelten Espresso. Ann Kathrin lehnte ab. Sie trank ein Glas heißes Wasser. Sie hatte das Gefühl, das könnte ihr jetzt guttun.

Nach Lage der Akten hatte alles ganz harmlos angefangen. Mareike Henning hatte am Sonntagmorgen mit ihrer Freundin Silke Beewen einen Ausflug nach Norddeich gemacht. Sie parkten direkt am Deich in der Nähe vom Diekster Köken, um einen Spaziergang am Meer zu machen. Neben ihnen stand ein schwarzer Porsche. Als Mareike Henning ausstieg, kam der Fahrer des Fahrzeugs, Herr Meuling, und beschimpfte sie, sie habe beim Aussteigen mit der Tür sein Fahrzeug beschädigt. Mareike Henning bestritt diese Behauptung, außerdem sei ja sein Fahrzeug deutlich sichtbar unbeschädigt. Sie habe seinen Wagen nicht einmal berührt.

Silke Beewen nahm das Ganze auch in Augenschein. Die beiden Frauen empfanden Herrn Meuling als recht aggressiv und schlugen schließlich vor, doch die Polizei zu rufen, wenn er glaube, dass sie etwas beschädigt hätten. Die Polizei würde zweifellos sofort feststellen, dass kein Schaden entstanden sei.

Daraufhin entfernte sich Herr Meuling.

Die beiden Freundinnen gingen am Deich spazieren, und als sie nach einer knappen Stunde zurückkamen, klebte an Mareike Hennings Wagen ein Zettel, sie möge bitte Herrn Dieter Meuling in Duisburg anrufen, um ihm einen Vorschlag zu unterbreiten, wie sie sich die Schadensregelung vorstelle. Daneben die Handynummer von Meuling.

Mareike Henning nahm das nicht ernst. Eine Woche später erschienen bei ihr zwei Polizeibeamte aus Norden, denn Dieter Meuling hatte inzwischen die Polizei um Mithilfe gebeten. Sein Wagen sei beschädigt worden, Frau Henning hätte Fahrerflucht begangen. Er hätte aber ihr Kennzeichen notiert. Die Beamten kamen, weil Mareike Henning wegen Fahrerflucht angezeigt worden war.

Glücklicherweise war an diesem Abend die Freundin, Silke Beewen, ebenfalls anwesend. Auch Peter Henning befand sich im Haus.

Mareike Henning stellte fast ein bisschen belustigt fest, dass Fahrerflucht immer nur der begeht, der wegfährt, nicht der, der bleibt. Dies sei ein Prinzip von Flucht. Der schwarze Porsche sei weggefahren, sie selbst habe dort ihr Fahrzeug stehen lassen und sei am Deich spazieren gegangen. Von Fahrerflucht könne also gar keine Rede sein.

Die Beamten gaben sich damit zufrieden und baten Frau Henning, sich mit Herrn Meuling in Verbindung zu setzen. Frau Henning schrieb ihm einen Brief, in dem sie noch einmal erklärte, sie habe keinen Schaden verursacht, und deshalb wolle sie auch keinen begleichen. Sie äußerte sich natürlich sehr befremdet darüber, warum Herr Meuling ihr zwei Polizeibeamte ins Haus geschickt habe.

Wenige Tage später erhielt Mareike Henning aus Duisburg von Herrn Meuling einen Brief, in dem er sie aufforderte, zweihundertsechzig Euro an ihn zu zahlen, damit sei der Schaden erledigt.

Sie lehnte das ab. Daraufhin erhielt sie einen Einschreibebrief aus Berlin, Absender Pjotr Sidorov, aus 10117 Berlin-Mitte, Markgrafenstraße 13. In dem Brief bezeichnete Herr Sidorov sich als Inkassobeauftragter und schrieb wörtlich, bei Nichtzahlung könne Mareike Henning »todsicher davon ausgehen«, dass die Kommunikation mit ihr in einer Sprache fortgesetzt werde, die sie dann auch verstehe. Die Zahlung müsste bis zum 15. April eingegangen sein. Angegeben war die Kontonummer von Herrn Meuling aus Duisburg. Bezeichnenderweise hatte das Inkassobüro von Herrn Sidorov keinen Briefkopf, und der Brief war nicht unterschrieben.

Mit diesem Einschreibebrief ging Frau Henning sofort zur Polizeiinspektion Norden, Am Markt 10. Dort nahm PK Schrader die Strafanzeige wegen Bedrohung und Nötigung auf. Schrader leitete die Angelegenheit wenige Tage später an den Kollegen Jürgen Harms vom Ermittlungsdienst weiter. Dieser übergab alles der Staatsanwaltschaft Aurich.

Aus einem internen Vermerk ging hervor, dass Mareike Henning, ihr Verlobter und ihr Vater in regelmäßigen Abständen bei der Polizeiinspektion anriefen, um von Schrader zu erfahren, wie der Stand der Dinge sei. Er lehnte dies ab und sagte ihnen, wenn sie etwas wissen wollten, müssten sie sich einen Anwalt nehmen, nur der könne Akteneinsicht verlangen.

Insbesondere wollte Frau Henning natürlich wissen, ob es in Berlin wirklich einen Herrn Sidorov gab und ob er ein stadtbekannter Schläger sei. Sie versuchte einzuschätzen, wie bedrohlich die Situation wirklich war.

Inzwischen verstrich der ihr gesetzte Termin 15. April, ohne dass die Untersuchungen vorangekommen waren.

Die Staatsanwaltschaft Aurich gab den Vorgang zur weiteren Ermittlung nach Berlin.

Unter dem Briefkopf des Polizeipräsidenten in Berlin lag ein Tätigkeitsbericht vom 21. April vor. Inzwischen war die Frau Henning gesetzte Frist also um eine Woche überschritten.

Kopfschüttelnd las Ann Kathrin Klaasen Weller den Bericht aus Berlin vor: »Tatsächlich ist in 10117 Berlin-Mitte eine Markgrafenstraße 13 nicht existent. Vielmehr ist in 10969 Berlin (Kreuzberg) in der Verlängerung der in Berlin-Mitte befindlichen Markgrafenstraße die Markgrafenstraße 12-14 vorhanden. Es handelt sich gemäß am gestrigen Tag geführter Ermittlungen vor Ort um ein reines Büro/Geschäftshaus. Anhaltspunkte für das Vorhandensein eines Inkassounternehmens oder einer Person namens Pjotr Sidorov waren nicht vorhanden. Gemäß Aussagen ist für das Gebäude die Delta-Lloyd-Immobilien, Lietzenburger Straße 51, 10789 Berlin, verwaltend tätig. Aufgrund von Urlaub der Sachbearbeiterin sei jedoch in dringenden Fällen mit dem zuständigen Hausmeister Rücksprache zu halten. Herr Bauer gab auf fernmündliche Nachfrage an, im fraglichen Haus sei tatsächlich kein Inkassounternehmen tätig, ein Herr Sidorov sei ihm unbekannt. Einwohnermelderechtlich konnte innerhalb Berlins eine Person namens Pjotr Sidorov nicht ermittelt werden. Der Vorgang wird von hier aus der Staatsanwaltschaft Aurich zurückgesandt.«

Weller nippte an seinem Espresso. »Ja, was hast du denn geglaubt? Natürlich gab es diesen Sidorov nicht. Entweder hat der Meuling den bloß erfunden, um Druck auf Frau Henning zu machen, oder …«

Ann Kathrin walkte sich das Gesicht durch und atmete schwer. »… oder die Herren machen das regelmäßig. Stell dir das doch mal vor. Es ist ein einträgliches Geschäft. Die fahren einen hochwertigen Sportwagen in ein viel frequentiertes Touristengebiet, stehen in der Nähe und warten nur darauf, dass jemand neben ihnen parkt. Mit dem legen sie sich dann an und beschuldigen ihn. Wer wäre nicht bereit, ein paar Euro zu investieren, um den Ärger los zu sein? Wenn die Leute die Polizei rufen wollen, geht der natürlich, weil ja kein Schaden entstanden ist und das Ganze nicht polizeilich registriert werden soll. Wer nicht an Ort und Stelle zahlt, kriegt Post von ihm. Ich kenne eine Menge Leute, die das Geld überweisen würden, wenn man ihnen androht, sie sonst zusammenzuschlagen. Das Ganze ist doch nichts weiter als simple Erpressung, und der Sachschaden wird nur vorgetäuscht, damit man Herrn Meuling nicht sofort wegen Erpressung und Nötigung verhaften kann. So sieht es wenigstens noch so aus, als hätte er versucht, zu seinem Recht zu kommen.«

Weller stellte seinen Espresso ab und nahm Ann Kathrins Idee auf: »Stell dir mal vor«, sagte er, »die machen das nur zehnmal am Tag. Macht bei zweihundertsechzig Euro schon zweitausendsechshundert. Das ist mehr, als ich im Monat verdiene.«

Ann Kathrin stand auf und ging wieder auf und ab. »Es ist auch clever von ihnen, nicht ein paar tausend Euro zu verlangen, denn dann würde sich jeder einen Anwalt nehmen und kämpfen. Aber das ist genau so eine Summe, die man noch verschmerzen kann. Hauptsache, man ist den ganzen Ärger los.«

»Und dann?«, fragte Weller. »Glaubst du, weil sie nicht gezahlt hat, haben sie sie im Lütetsburger Schlosspark aufgespießt? Als so eine Art abschreckendes Beispiel für andere? Warum haben sie sie nicht einfach zusammengeschlagen?«

Ann Kathrin stülpte die Lippen nach vorn und versuchte, durch die Nase einzuatmen. Sie hatte von den brutalen Methoden der sogenannten Moskau-Inkassostellen gehört. Es waren Schlägertypen. Aber das hier?

»Wir können nicht ignorieren, dass sie bedroht wurde und Anzeige erstattet hat. Ich denke, als Erstes knöpfen wir uns jetzt diesen Herrn Meuling aus Duisburg vor.«

Weller wollte schon zum Telefon, um die Kollegen in Duisburg anzurufen, aber er deutete Ann Kathrins Blick richtig. Das wollte sie nicht.

»Wir werden nicht den gleichen Fehler noch einmal machen und uns hier zerfasern.«

Weller ließ das Telefon und zog die Akten von Ann Kathrins Schreibtisch zu sich herüber. »Die Kollegen in Duisburg waren doch bestimmt schon bei Herrn Meuling und haben ihn vernommen. Nachdem es keinen Sidorov in Berlin gab, mussten sie ihm das doch zuschreiben. Es kann ja eigentlich nur so sein, dass er den Brief selbst geschrieben hat. Auf jeden Fall – wenn einer den Aufenthaltsort von Sidorov kennt, dann doch er.«

»Tja«, sagte Ann Kathrin, »siehst du, und dieser Schritt ist nicht erfolgt.«

»Jetzt verstehe ich auch, warum Schrader so irritiert war. Wenn uns da einer draufkommt, dann stehen wir da wie die letzten …«

Ann Kathrin unterbrach Weller: »Es ist noch viel schlimmer. Blätter mal weiter hinten. Frau Henning hat sich einen Anwalt genommen. Ich kenne ihn übrigens. Herrn Hinrichs. Er hat dreimal Akteneinsicht verlangt und äußert sich in den Briefen an die Staatsanwaltschaft sehr verwundert darüber, warum sie nicht weiter tätig wird. Er bittet, die Sorgen seiner Klientin ernst zu nehmen.«

Ann Kathrin stand jetzt hinter Weller und blätterte für ihn in den vor ihm liegenden Akten. Bei einem gelben Papier mit dem Briefkopf Kirsch & Hinrichs und dem blauen Stempel darauf: *Abschrift*, blieb sie hängen.

»Wir haben im Auftrag unserer Mandantin zwischenzeitlich noch einmal versucht, in Erfahrung zu bringen, ob nun eine Vernehmung von Herrn Meuling erfolgt ist, wie wir sie angeregt haben. Es würde unsere Mandantin schon sehr interessieren, ob die Justiz sich der von ihr als sehr bedrohlich empfundenen Situation mit der notwendigen Ernsthaftigkeit widmet oder ob die von ihr erstattete Strafanzeige letztlich nicht ernst genommen wurde/ wird. Wir bitten nunmehr höflich entweder um Fortsetzung der Ermittlung oder um eine kurze Nachricht, welche Maßnahmen zwischenzeitlich ergriffen worden sind. Unsere Mandantin hat dem aufgebauten Druck inzwischen nachgegeben und einen Scheck an Herrn Meuling geschickt, den dieser auch eingelöst hat. Sie tat dies ohne Anerkennung irgendeines Rechtsgrunds, nur, um Gefahr für Leib und Leben für sich selbst abzuwenden.«

»Scheiße«, sagte Weller und klappte die Akte zu. »Wir sitzen bis zum Hals drin, Ann.«

Sie sah ihn an und kämpfte mit dem Niesreiz. »Und jetzt?«

»Jetzt machen wir erst mal Feierabend. Das Kind ist in den Brunnen gefallen. Wir können es nicht mehr rausholen. Zumindest nicht lebendig.«

Ann Kathrin sah Weller an, was er dachte. So schrecklich er alles fand, etwas an der ganzen Sache freute ihn: Staatsanwalt Scherer hatte diese Schlappe zu verantworten.

Zwischen Scherer und Weller gab es seit vielen Jahren einen schwelenden Konflikt. Niemand konnte mehr genau sagen, wie es angefangen hatte. Vielleicht war es Scherers oft unangemessen belehrende Art, die Weller so sehr gegen ihn aufbrachte. Damit erinnerte Scherer ihn an seinen Vater, und unter dessen engstirniger Erziehung hatte Weller viel zu lange gelitten. In Wellers Akten stand sogar, dass er ein Autoritätsproblem hatte.

Ann Kathrin und Weller wollten gerade das Büro verlassen, als ein Besucher für sie gemeldet wurde. Markus Sassen, der Lebensgefährte von Mareike Henning, hatte sich unten an der Pforte gemeldet und wollte den ermittelnden Kommissar sprechen.

Weller hatte keine Lust. Er drängte Ann Kathrin, das Gespräch auf später zu verschieben. »Alles hat seine Zeit. Es gibt eine Zeit, die heißt Arbeitszeit, und eine Zeit, die heißt Freizeit. Sie unterscheiden sich grundlegend voneinander.« Dann trumpfte er sogar mit Weisheiten auf wie: »In der Ruhe liegt die Kraft.«

Ann Kathrin versprach ihm, nur kurz mit Markus Sassen zu reden.

In der Backstube in Norden war heute Pizzatag. Es gab die große Pizza zum Preis einer kleinen. Die Pizzen schmeckten dort wirklich gut, die Altbierbowle auch, und Weller liebte die Atmosphäre in dieser alten Norder Kneipe.

Er wollte Ann Kathrin dahin ausführen. Sie konnten auch gut einen über den Durst trinken, von dort war es nicht weit bis ins Körnerviertel, in dem Ann Kathrin im Distelkamp 13 wohnte.

Inzwischen war er praktisch bei ihr eingezogen. Seine Wohnung in Aurich behielt er nur noch pro forma. Im Grunde ärgerte er sich jeden Monat darüber, wenn er die Miete dafür zahlen musste. Die 350 Euro hätten sie an anderer Stelle brauchen können, fand Weller. Aber Ann Kathrin wollte die Bindung noch nicht so offiziell machen. Vielleicht, befürchtete Weller, hoffte sie insgeheim immer noch, dass ihr Ehemann Hero zu ihr zurückkam.

Weller hielt Hero Klaasen für einen ziemlichen Idioten. Man musste schon ganz schön verrückt sein, um so eine Frau zu verlassen, dachte er.

Ann Kathrin fand es unangemessen, im Büro mit Markus Sassen zu reden oder gar im Verhörraum, aber es gab oben in der Polizeiinspektion ein extra Zimmer für die sensible Befragung von Kindern. Der Raum sah aus wie ein Wohnzimmer mit Spielecke. Hier erzählten nicht nur Kinder von ihren Missbrauchserfahrungen, hier fanden auch vergewaltigte Frauen einen geschützten Raum, um reden zu können. Es war sicherlich der beste Ort in der Polizeiinspektion, um mit betroffenen Angehörigen zu sprechen. Trotzdem spürte Ann Kathrin all die traurigen Schicksale, die an den Tapeten zu kleben schienen, all die Tränen verprügelter Ehefrauen, das fast erstickte Schluchzen der misshandelten Kinder – all das hing hier im Raum wie Spinnweben oder wie Nebelschwaden. Immer wenn sie hier hereinkam, öffnete sie unwillkürlich die Fenster.

Die Puppe dort auf dem roten Spielteppich mit den Verkehrszeichen erinnerte Ann Kathrin an ein kleines Mädchen, das ihr, indem sie die Puppe würgte, zeigte, wie sie den Mord an ihrer Mutter miterlebt hatte.

Komischerweise hatte Ann Kathrin hier oben in diesem Zimmer keinen Heuschnupfen mehr. Was immer die Allergie ausgelöst hatte – hier war es nicht vorhanden, dachte sie und folgerte daraus, dass sie jedenfalls nicht gegen Hausstaub allergisch war, denn die Teppiche hier konnten mal wieder einen Staubsauger vertragen.

Markus Sassen hatte kurz geschnittene Haare und kluge Augen. Seinen Mund fand Ann Kathrin etwas zu groß, fast mädchenhaft. Sein Adamsapfel hüpfte die ganze Zeit nervös rauf und runter. Er trug Jeans, ein Baumwollhemd und eine braune Lederjacke.

Er sei gerade aus Duisburg zurückgekommen. Er habe sich das Schwein vorknöpfen wollen. Seine Stimme überschlug sich fast. Es platzte alles geradezu aus ihm heraus. Ann Kathrin hatte sich noch nicht mal vorgestellt.

Weller legte das neue digitale Diktiergerät auf den Tisch und schaltete es ein. Das rote Lämpchen leuchtete. Alles, was in diesem Raum gesprochen wurde, nahm dieses hoch empfindliche Ding auf. Es war nicht mehr nötig, direkt in ein Mikrophon zu sprechen.

Eigentlich hätte Weller Markus Sassen vorher fragen müssen, aber so manche sinnvolle Regel oder Vorschrift zeigte sich in der Situation als völlig untauglich.

Markus Sassen hatte gerade erst vom Tod seiner Freundin erfahren und war sofort nach Aurich gekommen. Er nannte Peter Henning seinen Schwiegervater und betonte, dass er seinen Kummer nicht wie dieser im Schnaps ersäufen werde.

»Haben Sie ihn schon verhaftet?«, fragte er.

Ann Kathrin stellte die Gegenfrage: »Wen?« Aber sie ahnte natürlich die Antwort.

»Na, den Meuling, dieses Schwein! Wen denn sonst? Ich war gerade da. Ich wollte ihn zur Rede stellen, aber in seiner Villa habe ich ihn nicht angetroffen.«

Markus Sassen sprach das Wort *Villa* so verächtlich und spöttisch aus, dass vor Wellers Auge ein zu protzig geratener Luxusbau entstand, mit dem jemand seinen Reichtum zur Schau stellte. Außerdem hörte Weller Neid heraus. Sassen gönnte dem Typen das Geld nicht und wünschte sich selbst so sehr, einmal reich zu sein, war aber meilenweit davon entfernt.

Ann Kathrin deutete den Spott in Sassens Worten ganz anders. Wahrscheinlich wohnte Dieter Meuling im Gegenteil von einer Villa. Sie stellte sich einen heruntergekommenen Sozialbau vor, in einer Straße, in der ein schwarzer Porsche völlig deplatziert wirkte.

»Aber glauben Sie mir«, drohte Markus Sassen, »ich werde ihn kriegen. Und dann nagle ich ihn an die Wand!

Das hätte ich schon vor Wochen tun sollen, ich Idiot, ich ...«

Er stand mit dem Rücken an die Wand gelehnt und schlug mit seinem Hinterkopf jetzt mehrfach gegen die Wand. Es krachte, und es tat schon beim Zugucken weh. Ihm schien es nichts auszumachen.

»Warum sind Sie nach Duisburg gefahren? Ihr Schwiegervater hat erzählt, Sie seien in Berlin, um festzustellen, ob es da eine Markgrafenstraße gibt.«

Sassen winkte ab. »Ach was. Da war ich doch schon vor zwei Wochen. Ihre Kollegen waren ja nicht in der Lage, so etwas festzustellen. Als wir von Ihren tapferen Berliner Kollegen erfahren haben, dass es keine Markgrafenstraße 13 gibt, wussten wir das längst. Glauben Sie, wir verbringen vier Wochen in Todesangst, ohne etwas zu unternehmen? Was meinen Sie, was wir alles versucht haben? Zunächst habe ich einfach bei der Post angerufen. Ich dachte, die sagen mir, von wo der Brief abgeschickt wurde, aus Berlin oder aus Duisburg. Immerhin hatten wir die Hoffnung, er könnte aus Duisburg sein und nur ein Bluff von Meuling. Aber bei der Post haben sie mir gesagt«, – jetzt klatschte er die Hände gegeneinander, »das würde gegen die Datenschutzbestimmungen verstoßen. Sie müssten ihren Kunden schützen, sie seien dem Absender verpflichtet, nicht dem Empfänger. Ja, das haben sie wörtlich gesagt! Ist das nicht ein Witz? Früher gab es Briefmarken, da war ein Stempel drauf. Da konnte man genau nachlesen, wo ein Brief aufgegeben wurde. Das hat auch nicht gegen den Datenschutz verstoßen. Heute kleben sie so einen kleinen digitalen Zettel darauf, da muss man den Code lesen können, um zu wissen, wo das Ding aufgegeben wurde ... Die Typen von der Post haben mich voll hängen lassen.«

»Aber«, warf Weller ein, »man kann doch sogar im Internet nachverfolgen, wo die Postsendung ist ...«

»Jaja«, nickte Sassen. »Als Absender kann man das. Denn dann hat man den Code. Glauben Sie, das hätte ich nicht versucht? Ich habe nichts unversucht gelassen, um Mareike zu beruhigen. Wir dachten ja, sie sei nur hysterisch und solle sich nicht so sehr aufregen. Wir waren genauso Arschlöcher wie ihr. Sie hatte recht. Und jetzt ist sie tot ...«

»Und Sie glauben, das waren Herr Meuling oder Herr Sidorov?«

»Ja, wer denn sonst?«, fragte Markus Sassen mit irrem Blick, als wolle er gleich auf Weller losgehen.

Weller trat einen Schritt zurück und brachte seine Hand fast unwillkürlich in die Nähe seiner Dienstwaffe. Ann Kathrin registrierte das mit einem tadelnden Blick.

Weller schämte sich deswegen. Er stand jetzt ein bisschen herum wie ein dummer Junge und wusste nicht wohin mit seinen Händen. Vielleicht log dieser Sassen ja und war wirklich aus Berlin zurückgekommen, wie sein Schwiegervater in spe behauptet hatte. Vielleicht hatte er inzwischen die wahre Identität von Herrn Sidorov herausgefunden oder zumindest seinen Aufenthaltsort und ihn ausgeknipst.

Der Gedanke erleichterte Weller fast. Wer immer Mareike Henning umgebracht hatte, er durfte nicht länger frei herumlaufen. Sassen würde jederzeit mildernde Umstände kriegen, falls er Sidorov ...

Mit Blicken und Gesten bot Ann Kathrin Markus Sassen den bequemen Sessel an, doch er griff sich stattdessen einen Kinderstuhl und setzte sich rittlings darauf.

Sie befürchtete, er könne die dünne Stuhllehne abbrechen, so sehr krampften sich seine Finger darum, während er sprach.

»Als wir endlich wussten, dass es die Markgrafenstraße 13 in Berlin gar nicht gibt, beziehungsweise, dass dort kein Sidorov und kein Inkassobüro sind, dachten wir, alles wäre gut und dieser Meuling sei nur ein Großmaul. Aber dann …«

Sein Gesicht verzog sich, und seine großen Lippen zitterten. Er sprang auf und nahm wieder die Position an der Wand ein, als wolle er sich hinter der Tapete verkriechen.

Ann Kathrin unterdrückte den Impuls, den jungen Mann in den Arm zu nehmen. Ein bisschen sah sie in ihm ihren Sohn Eike. Wenn der gar nicht mehr weiterwusste und völlig verzweifelt war, dann stand er auch so da. Mit einer Mischung aus Ratlosigkeit, Verzweiflung und Wut.

»Aber dann hat dieses Schwein versucht, sie zu entführen.«

Weller war wie elektrisiert. Er sah Ann Kathrin an. Sie erwiderte seinen Blick nicht. Sie war ganz auf Markus Sassen fixiert.

»Davon haben wir nichts in den Akten gelesen.«

»In den Akten? Glauben Sie immer noch an Akten?«

Ann Kathrin versuchte, ihn mit Gesten zu beruhigen, und fragte sachlich und sanft: »Erzählen Sie mal. Was ist denn passiert?«

»Sie kam vom Jazztanztraining. Ich habe sie nicht abgeholt. Ich werde mir das nie verzeihen. Auf der Accumer Riege wurde sie von einem VW-Bus überholt. Der Fahrer hat plötzlich gebremst, stellte seine Scheißkiste quer und hat versucht, sie vom Rad zu werfen und hinten in seinen Bus zu zerren. Da ist er aber an die Falsche geraten. Sie hat ihm eine Ladung Pfefferspray verpasst.«

Markus Sassen griff in seine Lederjacke und zog eine Spraydose hervor. »Ich hab ihr so eine gekauft. Sie ist nicht mehr ohne aus dem Haus gegangen. Und schon gar nicht zur Tür, wenn es klingelte.«

»Und dann? Hat sie die Polizei gerufen? Wissen Sie das Kennzeichen des Fahrzeugs?«

Er schüttelte den Kopf. »Nein. Sie hat die Panik gekriegt und ist abgehauen. Zu Fuß. Später bin ich dann mit ihr zu der Stelle zurückgefahren, und da haben wir das Rad geholt.«

»Und daraufhin haben Sie sich entschieden, nach Duisburg zu fahren und Meuling zu besuchen?«

»Erst mal haben wir sie zu ihrer Freundin gebracht, damit sie in Sicherheit war. Der Täter muss sie ja beobachtet haben. Er wusste schließlich, dass sie vom Jazztanz kam und wo sie langfuhr. Sie war auf dem Heimweg. Keine fünfhundert Meter von zu Hause entfernt. Dann haben wir versucht, mit Meuling zu reden. Telefonisch war er nie zu erreichen, da springt immer nur ein Anrufbeantworter an. Ich habe ihm auf Band gesprochen und auch einen Brief geschrieben. Was soll der Scheiß, habe ich geschrieben. Warum lassen Sie sie nicht in Ruhe? Wir haben inzwischen immerhin bezahlt.«

»Das ist in der Tat merkwürdig«, sagte Weller. »Der gute Mann hatte doch bekommen, was er wollte. Warum versuchte er dann, sie zu entführen? Was sollte das?«

Ann Kathrin warf Weller einen zornigen Blick zu. Sie mochte es nicht, wenn er Zeugen ins Wort fiel. Alles, was sie wissen wollten, würde Markus Sassen ihnen sowieso erzählen. Sie mussten ihn nur reden lassen. Sein Mitteilungsbedürfnis war so groß, sie wollte nicht, dass Weller es durch Fragen unterbrach und ihn aus dem Konzept brachte.

Weller kapierte sofort. Er machte immer wieder den gleichen Fehler.

Reden lassen. Wie oft hatte Ann Kathrin ihm das eingetrichtert. »Lass sie reden. Zeugen, Täter, Opfer. Sie alle wollen reden. Und wenn sie noch so viel lügen. Hinter all dem verbirgt sich die Wahrheit. Und wenn man genau aufpasst, kann man sie heraushören.«

Sassen tippte sich gegen die Stirn. Weller protestierte

nicht dagegen, dass er ihm doof zeigte. Auch das gehörte zum Spiel. Der Zeuge musste seinen Emotionen freien Lauf lassen dürfen.

»Ich kann Ihnen sagen, warum!«, brüllte er. »Weil wir ihn angezeigt haben! Er hatte natürlich Schiss vor der Staatsanwaltschaft!« Jetzt lachte Markus Sassen bitter. »Dabei haben die in Aurich doch bloß Beamten-Mikado gespielt.«

»Wie geht das denn?«, fragte Weller und ärgerte sich gleich darüber, ihn schon wieder unterbrochen zu haben.

»Na, wer sich als Erster bewegt, hat verloren«, spottete der junge Mann. »Aber es ging garantiert um die Anzeige. Wir sollten sie zurückziehen.«

Jetzt öffnete Markus Sassen die Hände. Wie zum Beweis seiner Unschuld zeigte er sie vor. Dann hob er die Hände zur Decke, als wolle er die Götter um Verzeihung anflehen. »Sie wollte die Anzeige ja zurückziehen. Sie wollte nur noch, dass alles vorbei wäre. Aber mein Schwiegervater und ich, wir wollten uns das nicht so einfach gefallen lassen. Wir haben gedacht, das kann doch nicht sein. Wo leben wir denn? Wir fühlten uns echt scheiße behandelt. Wir wollten uns nicht einfach zu Opfern machen lassen. Hätten wir doch nur auf sie gehört und die Anzeige zurückgezogen …«

»Sie glauben, dann würde Ihre Freundin jetzt noch leben«, stellte Ann Kathrin fest.

Markus Sassen nickte. Dann begann er zu weinen.

»Ich wollte doch auch nur noch, dass es aufhört, damit wir wieder ein normales Leben führen können. Früher war alles so klasse. Wir hatten Spaß miteinander, und jetzt ging es nur noch um diesen Mist. Mareike konnte nicht mehr schlafen, nahm Tabletten, wurde fahrig. An Sex war überhaupt nicht mehr zu denken. Es ging nur noch um Meuling und Sidorov. Gibt es den einen? Was wird der andere tun? Was verlangt er von uns? Was haben wir falsch gemacht? Warum tut die Polizei nichts? Wir haben sogar gedacht, dass ihr alle mit denen unter einer Decke steckt. Aber das gibt doch gar keinen Sinn. Und dann bin ich nach Duisburg gefahren, um mit ihm zu reden. Aber er war nicht da. Oder er hat mir nicht aufgemacht. Ich hoffe«, sagte Markus Sassen, und in seinem großen Mund zog der Speichel Fäden, »ich hoffe, er kriegt lebenslänglich.«

Als Weller und Ann Kathrin die Backstube betraten, war nur noch ein kleiner Tisch am Ofen frei. Es roch nach Pizza, Bier und scharfen Schnäpsen.

Ann Kathrin aß nur eine halbe Pizza Thunfisch. Weller eine Quattro Stagione mit extra viel Zwiebeln obendrauf. Er schwitzte und trank schon das dritte Altbier, während sie noch an ihrem ersten nippte. Ihre Pizzahälfte lachte ihn an. Ann Kathrin schob sie ihm rüber. »Bitte. Ich kann wirklich nicht mehr.«

Er sah ein paar Mal auf die Uhr. Er erwartete jemanden. Es kam Ann Kathrin schon komisch vor.

»Normalerweise ist er um diese Zeit immer hier«, sagte Weller. »Er isst auch gerne Pizza und kann mühelos zwei große verdrücken.«

»Wer denn?«

»Ein alter Klassenkamerad von mir. Er ist Maler.«

»Hat der silbergraue, schulterlange Haare«, fragte Ann Kathrin, »und einen Vollbart?«

Weller nickte. »Ja. Genau.«

Ann Kathrin lächelte. »Sieht er aus, als hätte er gerade erst einen Hungerstreik überlebt, und hat er so ganz lange, dünne Finger?«

»Ja«, sagte Weller. »Woher kennst du ihn?«

Es gefiel Ann Kathrin, ihn noch ein bisschen auf die Folter zu spannen. »Raucht er selbst gedrehte Zigaretten? Irgend so ein parfümierter schwarzer Tabak. Riecht ein bisschen wie verbrannte Autoreifen ...«

»Ja, Ann. Aber ...«

Sie wunderte sich, dass Weller nicht selbst drauf kam. Aber er hatte, als er die Backstube betrat, den Kommissar scheinbar an der Garderobe abgegeben und jede Lust verloren, zu kombinieren und die richtigen Schlüsse zu ziehen.

»Er sitzt draußen«, sagte Ann Kathrin, »im Biergarten. Und malt einen dicken, pausbackigen Herrn, der vor Lebenslust nur so strotzt.«

Sofort stand Weller auf und ging nach draußen. Die beiden begrüßten sich fröhlich, aber Zimmermann malte weiter, während er mit Weller redete. Sein Kohlestift sauste übers Papier. Einen Moment sah Weller fasziniert zu, wie aus schnellen Strichen ein Gesicht entstand. Es sah dem Porträtierten erstaunlich ähnlich. Gleichzeitig war es sehr schmeichelhaft.

»Ich bin gleich so weit«, lachte Zimmermann. Dabei wippte die selbst gedrehte Zigarette mit dem jointartigen Format zwischen seinen Lippen. Er signierte das Blatt und zeigte es seinem Kunden. Der war hocherfreut und nicht nur bereit, die verabredeten dreißig Euro zu zahlen, sondern natürlich auch noch den Rotwein von Zimmermann und das Mineralwasser zu übernehmen.

»Hast du es?«, fragte Weller.

»Natürlich«, versprach Zimmermann und deutete mit den Augen an, wie gut es geworden sei.

»Komm, du kannst es ihr gleich zeigen«, sagte Weller, doch Zimmermann zögerte.

»Wenn sie hier ist, vielleicht sollte ich sie dann lieber live malen.«

»Aber ich hab dir doch das Foto gegeben.«

Zimmermann stand auf und zog Weller in Richtung Toilette. Er drückte ihn dort in eine Ecke und flüsterte:

»Ich dachte, du wolltest ein ganz spezielles Bild. Du hast doch gesagt, es soll etwas Besonderes werden.«

»Ja. Ihr Charakter soll zum Ausdruck kommen und ihr …«

Zimmermann öffnete seine Mappe, und Weller erschrak. Der Maler hatte nicht nur Ann Kathrins Kopf porträtiert, sondern sie ganz gemalt. Allerdings nackt.

Es war wundervoll und sehr schmeichelhaft. Aber Weller war sich sofort sicher, dass Ann Kathrin empört reagieren würde. Sein Herz begann zu rasen. Er kämpfte um die passenden Worte.

Zimmermann sah, dass Weller zu einer protestierenden Geste ausholte, und versuchte, ihm zuvorzukommen.

»Die Vorhöfe ihrer Brustwarzen sind zu groß, stimmt's?«

»N… nein«, stammelte Weller, doch Zimmermann blieb dabei. »Ich dachte mir das gleich. Du hast gesagt, sie sind dreimal so groß wie die von Renate. Das kam mir gleich ein bisschen heftig vor. Und deine Ex hab ich immerhin ein paar Mal gemalt. Im Gegensatz zu deiner Neuen stand sie mir auch Modell. Sie konnte gar nicht genug davon kriegen …«

»Es sind nicht die Brustwarzen«, sagte Weller. »Wir können ihr das Bild so nicht zeigen. Das habe ich auch so nicht bestellt!«

Sofort hob Zimmermann abwehrend die Hände. »Kein Problem, kein Problem. Du musst es nicht bezahlen. War nur ein Missverständnis. Was meinst du, wie viele Männer Zeichnungen ihrer Angebeteten bei mir bestellen? Und längst nicht alle wollen Aktfotos.«

»Das Bild ist ja toll, aber …«

»Sag bloß, du willst, dass ich sie anziehe?«

»Ja«, sagte Weller, »das wäre mir lieber.«

»Kein Problem«, grinste Zimmermann, nahm seinen

Stift und schraffierte Ann Kathrins Körper. Schon hatte sie eine schwarze Bluse an und einen dazu passenden Rock.

»Jetzt sieht sie ein bisschen aus, als ob sie von einer Beerdigung käme«, wandte Weller ein.

Zimmermann fragte: »Sind ihre Beine wirklich so schön wie auf dem Bild, oder soll ich sie ein bisschen dicker machen?«

»Nein, nein, sie sind sehr gut so.«

Weller räusperte sich. »Hast du das Bild irgendwem gezeigt? Gibt es Kopien?«

»Nein, natürlich nicht.«

»Hast du es dem Typen da gezeigt, den du gerade gemalt hast? Dem Dicken?«

»Hey, sind wir alte Kumpels oder nicht?«

Weller mochte Zimmermann, aber er traute ihm zu, ein paar solcher Zeichnungen verkauft zu haben. Schließlich lebte er von seiner Kunst.

»Ich verlass mich drauf. Ich kann sichergehen, dass nicht irgendwelche Bilder von ihr kursieren?«

»Ich bescheiß doch keinen Kumpel!«

Dann kamen die beiden gut gelaunt von der Toilette zurück. Ann Kathrin hatte die Zeit genutzt und die überflüssigen SMS auf ihrem Handy gelöscht. Zimmermann setzte sich zu ihnen, und Weller bestellte gleich noch einen trockenen Rotwein für ihn.

Er zeigte Ann Kathrin das Porträt, und sie gefiel sich darauf. Während sie mit Weller und Zimmermann redete, zeichnete Zimmermann sie erneut. Diesmal zusammen mit Weller. Es war, als würden ihre Köpfe an den Haaren miteinander verschmelzen. Auf dem Bild sahen die zwei aus wie siamesische Zwillinge, am Kopf zusammengewachsen. Oder wie eine Person mit zwei Gesichtern.

Weller und Zimmermann erzählten von ihrer gemeinsamen Schulzeit und wie sehr Weller seinen Freund Heiner immer beneidet hatte.

»Für ihn«, schwärmte Weller, »war immer klar, dass er Künstler werden wollte. Ein freies Leben wollte er führen, während auf mich ein ordentlicher Job wartete.«

»Was meinst du, wie oft ich dich um deine dreizehn Monatsgehälter beneidet habe?«, lachte Heiner Zimmermann.

»Er ist zur Kunsthochschule gegangen, und ich … na ja, was aus mir wurde, wissen wir ja alle.«

Später, auf dem Heimweg, gingen Ann Kathrin und Weller Arm in Arm. Bei der Berufsschule blieben sie stehen und küssten sich.

»Warum hast du mich von ihm malen lassen?«, fragte Ann Kathrin.

»Weil du so eine wunderschöne Frau bist«, sagte er.

Es tat ihr gut, aber sie spürte, dass noch mehr dahinter war.

»Warum wusste ich nichts davon? Du hättest uns vorstellen können. Er hätte mich so porträtieren können. Warum hast du ihm ein Foto von mir gegeben?«

»Ich weiß doch, was für ein Frauenaufreißer der ist. Meinst du, ich lass meine Geliebte mit dem alleine? Das wäre ja, als würde ich ein Schaf zu den Wölfen treiben.«

Sie boxte ihn spielerisch in die Rippen. Er lachte. »Ach, ist doch wahr! Wenn man eine tolle Frau wie dich erst einmal an seiner Seite hat, dann fürchtet man doch Tag und Nacht, dass irgend so ein Verführertyp kommt und sie einem wegnimmt.«

»Keine Angst, ich steh nicht auf so schmale Handtücher.« Sie kniff ihn in den Bauchansatz. »Ich finde, ein Mann sollte ruhig was auf den Rippen haben.«

Dann beeilten sie sich, nach Hause zu kommen. Sie wollten Liebe miteinander machen.

Schon im Flur zogen sie sich gegenseitig aus, und als

sie endlich nackt war, stellte Weller fest, dass er sie in Natur viel schöner fand als auf dem Aktporträt. Und die Vorhöfe ihrer Brustwarzen waren noch größer, als sein alter Schulfreund Zimmermann sie gemalt hatte. Aber das sagte Weller ihr nicht. Er grinste nur, und sie wusste nicht, warum.

Er spürte genau, dass sie aufstand. Doch er stellte sich schlafend. Er ahnte, was sie vorhatte, und fand den Gedanken gruselig. Er wusste, dass sie ihn niemals mitnehmen würde. Sie wollte allein sein am Tatort. Wollte riechen, spüren, alles auf sich wirken lassen.

Aber das war kein Tatort wie jeder andere. Er nahm sich vor, hinter ihr herzufahren. Er wusste, dass sie ihn dafür hassen würde. Sie durfte es niemals herausbekommen.

Er konnte ihr nicht einfach folgen, dazu war sie viel zu clever. Aber das war auch nicht nötig. Er wusste doch genau, wo sie hinwollte: in den Schlosspark nach Lütetsburg.

Nachdem sie die Haustür hinter sich geschlossen hatte, blieb er noch eine Minute liegen und rang mit sich, ob er ihr wirklich folgen sollte. Dann zog er sich an und steckte seine Dienstwaffe ein. Im Gegensatz zu ihr würde er sich im dunklen Park ohne Taschenlampe fortbewegen müssen. Zum Glück war es eine klare Vollmondnacht, und die Sterne funkelten am Himmel, als sei einer Göttin ein kostbares Diadem zerrissen.

Von Westen her kam ein kühler Wind, und Weller bildete sich ein, dass er den fernen Haschischduft aus den Coffeeshops in Holland mitbrachte.

Er kam sich raffiniert dabei vor, als er Ann Kathrins Fahrrad nahm, um ihr zu folgen. Doch schon auf der Höhe der Norder Post tat es ihm leid. Er brauchte viel zu lang. Vermutlich war sie schon längst da.

Vor dem Restaurant Minna am Markt hielt er an. Drinnen saßen noch Gäste, und es roch nach gebratenem Deichlamm. Weller sah zu den Taxen hinüber und fragte sich, ob es nicht klüger wäre, mit einem Taxi nach Lütetsburg zu fahren. Aber dann entschied er sich, lieber fester in die Pedale zu treten.

Noch bevor er am Norder Bahnhof nach links abbog, spürte er jede zu viel gerauchte Zigarette, und er schwor sich, morgen damit aufzuhören. Vielleicht sollte er auch einfach mehr trainieren und weniger Pizzen essen.

Er beneidete seinen alten Schulfreund Heiner Zimmermann. Der war durchtrainiert. Drahtig. Heiner wäre vermutlich schon bei ihr, dachte Weller.

Er setzte sich nicht mehr auf den Sattel. Er stand jetzt, um die Pedale mit mehr Kraft treten zu können.

Gegenüber vom Schloss gab es hinter Bäumen und Sträuchern einen unbewachten Parkplatz. Dort hatte Ann Kathrin Klaasen ganz hinten im dunklen Dreieck bei den Büschen ihren grünen Twingo versteckt. Als Weller das registrierte, fragte er sich sofort, warum. Rechnete sie etwa damit, verfolgt zu werden? Glaubte sie, den Täter dort zu treffen? Oder war es nur eine ihrer üblichen Vorsichtsmaßnahmen?

Weller ließ das Fahrrad nicht auf diesem Parkplatz, sondern radelte über die Straße bis zum Schloss und lehnte es dort ans Tor. Er schlich sich aufs Gelände wie ein Einbrecher und war sich sicher, dass Ann Kathrin es genauso gemacht hatte.

Der Park sah jetzt im Mondlicht ganz anders aus. Die Blüten hatten sich geschlossen. Wie spitze Lanzen ragten einige nach oben, andere ließen die Köpfe hängen. Die Pflanzen igelten sich irgendwie ein, fand Weller.

Er blieb still im Schatten einer großen Buche stehen und beobachtete das Gelände. Da drüben war die Leiche gefunden worden. Aber wo war Ann? Ging sie hier einfach spazieren? Er konnte sich das nicht vorstellen. Sie war nah am Tatort. Garantiert.

Der Wind spielte mit den Blättern, und irgendwo bellte ein Hund. Er verließ den Weg und ging durchs Gras, um weniger Geräusche zu machen. Die Wiese war feucht, und schon nach wenigen Metern merkte Weller, dass er seine Schuhe dringend neu besohlen lassen musste. Grimmig dachte er daran, wie lange er sich schon keine neue Kleidung mehr gekauft hatte. Er brauchte ein paar neue Schuhe, ein Jackett, ein paar Hemden. Bestimmt machte es Ann Kathrin keinen Spaß, sich ständig mit einem Lebenspartner zu zeigen, der aussah, als würde er sich auf dem Flohmarkt einkleiden.

Er versuchte, die Gedanken an seine Scheidung und die damit verbundenen katastrophalen finanziellen Folgen zu verdrängen. Die nassen Socken in seinen Schuhen machten ihm das nicht leicht.

Plötzlich fragte er sich, ob Zimmermann seine Frau damals nur gemalt oder auch vernascht hatte. Renate wäre sicherlich nicht abgeneigt gewesen. Und sei es nur, um ihm eins auszuwischen.

Er stellte fast belustigt fest, dass der Gedanke ihm nichts mehr ausmachte. Früher war er manchmal eifersüchtig bis zum Horizont gewesen. Renate wusste das und nutzte seine Schwäche bewusst aus, um ihn leiden zu sehen.

Er atmete tief durch und fühlte sich auf eine beschwingte Art frei. Endlich frei von Renate.

Dann sah er Ann Kathrin, und sofort begriff er, dass sie es ihm nie verzeihen würde, wenn herauskam, dass er sie hier bespitzelt hatte. Das hier war für sie ein äußerst intimer Akt.

Sie saß bewegungslos im Schneidersitz im Gras, als würde sie meditieren. Sie war leicht mit einem Baumstumpf zu verwechseln oder einem Felsbrocken. Ihr Gesicht war den Rhododendronbüschen zugewandt, in denen Mareike Henning aufgespießt worden war. Sie hockte da, tat nichts, atmete nur, und Weller fühlte, dass sie versuchte, eins zu werden mit dem Tatort.

Eine endlose Viertelstunde verging. Weller fror und kämpfte gegen seine Lust auf eine Zigarette an. Egal wie weit er von Ann Kathrin entfernt war – sie würde es riechen. Dieser Schlosspark hatte, gerade jetzt im Dunkeln, einen betörenden Duft, als würde in der Küche der Natur ein ihm unbekanntes Gericht angerührt. Es erinnerte ihn an indischen Yogitee, in den jemand Weihnachtsgebäck stippte. Er konnte den Geschmack auf der Zunge spüren, aber das Ganze war salzig.

Weller machte sich ganz klein, denn was er dann sah, konnte er nicht glauben, und er schwor sich, es nie, niemals irgendjemandem zu erzählen. Ann Kathrin zog sich aus und ging dann völlig nackt in aufrechter Haltung zum Wassergraben, der dem Tatort gegenüberlag. Dort legte sie sich am Hang ins Gras.

Weller konnte nicht genau sehen, was sie dort machte, dazu war er zu weit weg, und der Winkel, in dem sie sich befand, war für ihn nicht einsehbar. Auf allen vieren robbte er im Schutz der Sträucher näher.

Was tun wir hier, dachte er. Was tun wir hier? Das kann man keinem normalen Menschen mehr erklären.

Auf dem Gehweg saßen zwei Kaninchen und sahen ihm zu. Meine Klamotten sind jedenfalls versaut, dachte er.

Er lag jetzt flach auf dem Boden und schob sich vorwärts wie ein Soldat, der unter Stacheldraht herrobben muss. Dann sah er Ann Kathrin, wie sie sich im Mondlicht so hinlegte, wie sie die Leiche gefunden hatten. Elfenhaft, wie auf dem Sprung. Sogar ihre Haare verteilte sie um sich herum wie einen Heiligenschein. Dabei war ihr Blick auf den Baum gerichtet, aus dem sie das

Paket mit Mareike Hennings Kleidung geholt hatten, und ohne den Kopf zu wenden, konnte sie auch die Stelle in den Rhododendren sehen, in der die Stahlspieße gesteckt hatten.

Mein Gott, dachte Weller, warum tut sie das?

Komischerweise hatte ihre Handlung aber gar nichts Irres für ihn an sich. Im Gegenteil. Etwas daran erschien ihm wie ein logisches Ritual. Vielleicht bleiben deswegen so viele Fälle ungelöst, weil wir uns nicht wirklich hineinversetzen in Opfer und Täter, dachte er.

Sie blieb eine ganze Weile so liegen. Immer wieder rückte sie sich ein wenig zurecht. Sie suchte dabei nicht eine bequemere Lage, sondern nur noch mehr Ähnlichkeit mit der aufgefundenen Leiche.

Weller hätte noch Stunden so liegen und ihr zusehen können. Es kam ihm vor, als sei er ihr noch nie so nahe gewesen – auch nicht beim Sex. Das hier war etwas anderes, viel intimer als Geschlechtsverkehr, viel grundsätzlicher.

Aus Angst, doch noch von ihr entdeckt zu werden, trat er den Rückzug an. Er hatte noch den Weg von Lütetsburg bis in den Norden von Norden vor sich. Er war dreckig und matschig, und er hoffte, dass jetzt nicht Kollegen Streife fuhren und ihn so sahen.

Weller hatte Glück. Er bog im Kreisverkehr rechts ab und nahm den Weg an der Ubbo-Emmius-Klinik entlang. Dann, in der Höhe vom AWO-Wohnheim, nah beim Friedhof, sah er einen Radfahrer. Er sah diesem Fernsehredakteur, Gunnar Peschke, von der Statur her sehr ähnlich. Aber der Mann trug eine Kappe auf dem Kopf, und Weller konnte bei den Lichtverhältnissen sein Gesicht nicht erkennen.

Weller betrat das Haus im Distelkamp Nummer 13 durch die Garage. Dort zog er schon seine Schuhe aus, um keine Dreckspuren zu hinterlassen. Er stopfte seine schmutzige Wäsche in die Waschmaschine, dann stieg er unter die Dusche, und schließlich fönte er sich noch die Haare trocken. Er stellte sich vor, wie sie immer noch da lag, wie die Leiche, auf Entdeckung wartend.

Weller ging in das Zimmer, in dem ihr Exmann, der Therapeut Hero Klaasen, früher seine Klientinnen behandelt hatte. Jetzt hingen hier die Bilder von dem Banküberfall an den Wänden, bei dem Ann Kathrins Vater erschossen worden war. Alles war minutiös dokumentiert. Sie suchte immer noch den Mörder ihres Vaters. Aber von dem gab es keine Spuren. Irgendwo genoss er seine Beute, und das ließ Ann Kathrin keine Ruhe.

Weller fragte sich, was passieren würde, wenn sie dem Mörder ihres Vaters irgendwann gegenüberstünde. Würde das ihr Leben verändern? Wäre sie dann nicht mehr so eine Getriebene? Würde sie überhaupt noch mit ihm zusammenbleiben wollen? Hatte sie dann ihr Lebensziel erreicht? Oder konnte sie endlich, frei von den Dämonen der Vergangenheit, glücklich werden?

Er hörte ein Geräusch im Haus und zuckte zusammen. Er wollte nicht, dass Ann Kathrin ihn in diesem Zimmer sah. Mehr als alle anderen Räume im Haus gehörte dieser hier nur ihr. Es war eine Art Tempel für ihren Vater und gleichzeitig ein Museum für ein unaufgeklärtes Verbrechen.

Unausgesprochen galt zwischen ihnen die Regel, dass er dieses Zimmer nicht betrat, zumindest nicht ohne ihre ausdrückliche Einladung oder Erlaubnis. Ab und an zog sie sich hierhin zurück. Wenn sie später aus dem Raum zurückkam, wirkte sie anders als sonst. Ernster. In sich gekehrt. Manchmal auch ein bisschen verheult.

Weller schloss die Tür sorgfältig hinter sich, aber was er für ein Treppenknarren gehalten hatte, war nur das Krachen der langen Holzbalken an der Decke gewesen.

Dies Haus machte nachts immer Geräusche, als hätte es seine richtige Form noch nicht gefunden.

Noch einmal ging er in ihren musealen Raum zurück, um nachzusehen, ob er darin auch das Licht ausgeknipst hatte. Er sah Ann Kathrins Vater mit der Waffe am Kopf. Du warst bestimmt ein guter Polizist, dachte Weller, und du wärst stolz auf deine Tochter, wenn du sie heute sehen könntest.

Weller legte sich ins Bett, aber nachdem er sich eine Weile hin und her gewälzt hatte, stand er wieder auf und ging zu Ann Kathrins Buchregal. Er wollte etwas lesen, um sich abzulenken.

Im Wohnzimmer hatte sie seiner Schätzung nach mindestens tausend Kinderbücher. Weller hatte jetzt keine Lust auf Astrid Lindgren, Cornelia Funke oder Paul Maar. Er glitt mit dem Finger an mindestens drei Meter Bilderbüchern über Hexen, Gespenster und Piraten vorbei. Er suchte einen Krimi oder einen Thriller, um sich abzulenken. Aber dann fand er sich auf dem Wohnzimmerteppich sitzend wieder, mit einem Stapel Bilderbücher, versunken in die Welt von Ann Kathrin Klaasen. Er kannte außer ihr keinen anderen Erwachsenen, der Kinderbücher sammelte. Doch nachdem er zu blättern begonnen hatte, versank er schnell in einer magischen Kinderwelt, in der Elfen und Feen mit bösen Zauberern um die Macht rangen.

Es war halb vier, als sie nach Hause kam. Sie sah überhaupt nicht geschafft aus, sondern auf eine verstörende Art energiegeladen. Sie lehnte sich gegen das Buchregal und lächelte ihn an: »Du liest in meinen Büchern?«

»Und du – kommst aus der Disco, oder was?«, fragte er scherzhaft zurück.

»Ich war am Tatort.«

Weller fragte sich, wie sie so sauber geworden war. Immerhin hatte sie nackt auf dem Boden gelegen. Er stellte sich vor, dass sie in den künstlich angelegten Grachten des Schlossparks gebadet hatte. Oder aber in der Nordsee. Ihr war alles zuzutrauen.

Er kniete sich hin und räumte die Bücher ins Regal zurück. *Anna im Land Verkehrtherum* fiel wieder heraus. Ann Kathrin bückte sich zu ihm, hob das Bilderbuch liebevoll auf und sagte: »Anna fällt überall aus dem Rahmen. Sie passt wirklich nirgendwo rein.«

Dann hielt sie das Buch unterm Arm, als müsse sie es beschützen.

»Der Fundort ist nicht der Tatort«, sagte sie. »Er hat sie irgendwo hergerichtet und dann nach Lütetsburg gebracht.«

»Normalerweise versuchen Mörder, ihr Opfer irgendwo schnell loszuwerden. Ein Fluss, eine Müllhalde, ein einsamer Waldweg. Der hier nicht. Der Tatort ist eine einzige Inszenierung. Abel von der Spurensicherung glaubt an ein Ritual.«

Ann Kathrin schüttelte den Kopf. »Falsch. Was wir gesehen haben, ist nicht das Ergebnis von einem Ritual.«

»Was denn dann?«

»Wir sehen nur, was wir sehen sollen. Er gibt sich unheimliche Mühe, dass alles in seinem Sinne perfekt ist, wenn wir an den Tatort kommen. Denk nur an ihre Kleider. Sie lagen nicht irgendwo verstreut herum. Sie waren wie ein Weihnachtsgeschenk verpackt.«

Sie ging in die Küche, holte sich ein Glas Wasser und trank es in einem Zug leer. Dann sagte sie: »Er muss etwas von Leichen verstehen.«

»Von Leichen? Wie kommst du denn darauf?«

»Er musste damit rechnen, dass die Leichenstarre eintritt. So weihnachtsengelhaft, wie wir sie gefunden haben, passte sie ja wohl kaum in seinen Kofferraum. Er muss sie sich an Ort und Stelle zurechtgebogen haben.«

»Vielleicht hat er ihr irgendein Zeug injiziert, das die Leichenstarre hinauszögert und die Muskeln wieder geschmeidig macht.«

»Ja. Ich fürchte, genau das hat er getan. Ihre Finger und Fußnägel waren in der gleichen Farbe lackiert wie die Blütenblätter, zwischen denen wir sie fanden. Weißt du, was das bedeutet?«

Weller konnte es sich denken, sagte aber nichts. Er sah sie nur an.

Sie kratzte sich am Knie und fuhr fort. »Er hat sich den Tatort vorher ganz genau angesehen. So perfektionistisch, wie er ist, hat er vermutlich sogar Blütenblätter mitgenommen, um die genaue Farbe bestimmen zu können.«

»Du meinst, bevor er die Tote nach Lütetsburg gebracht hat, hat er ihre Nägel lackiert?«

»Ja. Oder er hat sie gezwungen, es selbst zu tun.«

Weller fürchtete sich fast ein bisschen vor ihr, wenn sie so sprach. Ihr Blick ging ins Leere, als würde sie durch die Wand hindurch in irgendeine tiefe, andere Welt schauen.

»Ich glaube nicht«, sagte Ann Kathrin emotionslos, »dass er der Toten den Körper rasiert und die Nägel lackiert hat. Nach ihrem Tod gab es Wichtigeres zu tun.«

»Aber versuch mal, einer Lebenden die Haare von den Beinen zu rasieren, wenn sie sich wehrt …«, warf Weller ein.

»Eben. Sie hätte Verletzungen. Er wollte auf keinen Fall, dass sie sich sichtbar verletzt. Ihr Körper sollte in aller Schönheit erhalten bleiben.«

»Na hör mal, er hat ihr zwölf Lanzen in den Rücken gesteckt!«

»Ja. Aber alle nicht von vorne sichtbar. Es geht um den schönen Schein, verstehst du?«

»Das würde bedeuten …«

»Ja, genau. Sie hat sich selbst so vorbereitet. Oder zumindest dabei mitgeholfen, ohne sich zu wehren.«

Weller nahm Ann Kathrin in den Arm. Zwischen ihnen das Kinderbuch *Anna im Land Verkehrtherum*. Er wusste, dass sie recht hatte.

»Was macht so einer jetzt?«, fragte Weller. »Fährt er zum Tatort zurück, um das alles nochmal zu genießen, oder geilt er sich an unserem Erschrecken auf? Kann er es gar nicht abwarten, bis die ersten Zeitungen erscheinen, die darüber berichten? Guckt er jetzt die ganze Nacht Nachrichten? Ist er der Erste am Zeitungsstand?«

»Ich wette«, sagte Ann Kathrin, »er hat Fotos gemacht. Er schwelgt jetzt in Erinnerungen. Und gleichzeitig weidet er sich an unserer Ratlosigkeit.«

Dann schwiegen sie eine Weile und standen immer noch so umarmt da. Keiner wollte den anderen loslassen. Bis Weller schließlich einen Krampf im Rücken bekam, wofür er sich schämte. Aber er musste es sagen. Er konnte nicht länger so stehen.

Sie bot ihm eine Rückenmassage an. Doch mit dem Blick auf die Uhr – inzwischen war es Viertel nach vier – entschieden sie sich, einfach ins Bett zu gehen und sich aneinanderzukuscheln.

Der Wecker klingelte um halb sieben.

Um 7.47 Uhr gab es einen durchgehenden Intercity von Norden nach Duisburg, der laut Fahrplan schon knapp vier Stunden später dort sein sollte. Weller schlug vor, erst nachmittags zu fahren. Ubbo Heide hatte eine Dienstbesprechung angesetzt. Doch Ann Kathrin winkte ab: »Ich habe keine Lust, mich da schlachten zu lassen. Wir haben schon genug Zeit verloren. Ich will diesen Meuling sehen.«

»Wieso lassen wir ihn nicht einfach verhaften und vorführen?«, fragte Weller missmutig und tapste barfuß in die Küche, um einen Kaffee aufzubrühen. »Immerhin hat er versucht, Mareike Henning in seinem VW-Bus zu entführen.«

Im Erdgeschoss standen jetzt alle Türen offen. Sie benutzten praktisch alle Zimmer gleichzeitig, unterhielten sich, während sie von Raum zu Raum wanderten. Ann Kathrin putzte sich die Zähne und erschien mit der Zahnbürste in der Hand und den Mund voll weißem Schaum in der Küche.

»Wir haben dafür leider überhaupt keine Beweise, Frank.«

»Willst du Eier?«, fragte er.

Sie nickte.

»Rühr oder Spiegel?«

»Zwei Spiegeleier.«

Er schlug die Eier am Pfannenrand auf, dabei fielen ein paar Stückchen von der Schale mit in die Pfanne. Er versuchte, sie mit der Gabel herauszufischen, was ihm nicht gelang. Als Ann Kathrin wieder im Badezimmer verschwand, um sich den Mund auszuspülen, pickte Weller die Schalenreste mit den Fingern aus der Pfanne. Seine Fingerkuppen brannten jetzt ein wenig. Er drehte den Wasserhahn auf und hielt die Finger unter den kalten Strahl.

Hinter ihm erschien wieder Ann Kathrin in der Küche. Er hörte an dem Geräusch, dass sie sich die Haare bürstete. Er drehte sich nicht zu ihr um und fragte: »Du glaubst also, sie hat ihm geholfen?«

»Ja, auf eine gewisse Weise schon. Vielleicht wusste sie nicht, was er mit ihr vorhatte …«

Weller sah nach den Eiern. Das Fett spritzte aus der Pfanne. Er wollte die Ränder knusprig haben, das Weiße hart und den Dotter wie einen gelben Berg obendrauf ganz weich.

Er drückte Tomatenmark auf Schwarzbrot und verteilte es dick.

»Sie war nicht der Typ, der sich für einen Mann auszieht, sich den ganzen Körper rasiert, die Finger- und Fußnägel in bestimmten Farben lackiert und …«

»Sie hat es aber getan, Frank.«

»Glaub ich nicht, so wie die lebte. Mit Freund und Vater in einem Haus. Es sah so piccobello aus da drin. Das kam doch alles aus der Abteilung Spießerglück.«

Die Eier waren schon so weit, aber Weller brauchte noch ein paar Sekunden, um eine Tomate in Scheiben zu schneiden und das Brot damit zu belegen.

Dann versuchte er, die Eier aus der Pfanne zu heben, aber was so elegant gedacht war, funktionierte nicht. Ein Ei rutschte ab, klatschte in die Pfanne zurück, und das ganze schöne Kunstwerk aus vier Eiern war zerstört.

Er hätte die Pfanne am liebsten vom Herd gerissen und gegen die Wand geklatscht. Ann Kathrin merkte es ihm an. Seine Enttäuschung über das kleine Missgeschick war ihr eine Spur zu groß und deutete nur an, wie sehr er unter Strom stand. Sie lachte demonstrativ, schob ihn zur Seite, nahm ihm die Pfanne ab und sagte: »So mag ich sie eigentlich am liebsten.«

»Da hätte ich ja gleich Rühreier machen können.«

Sie verteilte die Eier einigermaßen gerecht auf die Brotscheiben. Dann saßen sie sich am Tisch gegenüber. Weller strubbelig und in Boxershorts, Ann Kathrin in T-Shirt und Slip. Sie hob ihre Füße von den kalten Fliesen und stopfte das Essen mit Heißhunger in sich hinein. Sie brauchte jetzt Energie. Ihr Teller war schon leer, als Weller erst die Hälfte aufgegessen hatte.

Sie schlürfte beim Kaffeetrinken. Vielleicht lag es an seinen Beobachtungen der letzten Nacht. Sie kam ihm merkwürdig animalisch vor.

Unvermittelt sagte Ann Kathrin: »Der Mörder fühlt

sich sehr sicher. Er will Aufsehen erregen. Er will, dass man über ihn redet und schreibt. Keine schlechte Idee, wenn man Eindruck schinden und Leuten Angst machen will.«

»Du meinst, dieses Russen-Inkassobüro braucht Schlagzeilen, um zu zeigen, wie durchsetzungsfähig es ist?«

»Menschen, die Angst haben, zahlen.«

Sie standen um zehn vor acht am neu gebauten Norder Bahnhof und versuchten, weil der Schalter noch geschlossen war, am Automaten zwei Fahrkarten nach Duisburg zu ziehen. Im Burger King saßen schon ein paar jugendliche Schulschwänzer und frühstückten. Der Fahrkartenautomat stand direkt neben der großen Schaufensterscheibe, durch die Ann Kathrin einerseits in den Burger King gucken konnte, andererseits sahen ihr die Jugendlichen darin auch zu, wie sie sich am Automaten abmühte. Direkt am Fenster saßen drei Kids mit Cola, Kaffee und einem Doppel-Whopper mit Käse.

Ann Kathrin fand die Situation absurd. Wenn der Rothaarige sich vorbeugte und in seinen Bürger biss, sah es so aus, als ob er Ann Kathrin in den Hintern beißen wollte, nur die Glasscheibe war dazwischen.

Sie schob ihre EC-Karte in den Automaten und tippte die Geheimzahl ein. Das Mädchen neben dem Rothaarigen reckte den Hals und las mit.

Dies Ding ist ein Sicherheitsrisiko, dachte Ann Kathrin. Wenn jemand sich hier hinsetzt, kann er ganz in Ruhe abwarten und den Leuten beim Eintippen ihrer PIN-Codes zusehen. Sie stellte sich vor, wie ein Gangster, nachdem er die PIN-Codes so auf einfachste Weise in Erfahrung gebracht hatte, dann einer alten Dame folgte, zu ihr in den Zug stieg, ihr kurz vor Bremen die Handtasche stahl und aus dem Zug sprang. Er hätte sich in

Minuten an ihrem Konto bedienen können, um schon mit dem nächsten Zug in eine andere Richtung zu verschwinden.

Weller sah ihr an, was sie dachte. »Ich weiß, ich weiß, Ann. Das Ding hier ist geradezu eine Einladung an Verbrecher. Man steht völlig ohne Schutz da. Wie auf dem Präsentierteller. Aber wahrscheinlich wird hier jahrelang nichts passieren. Wir haben uns daran gewöhnt, so zu denken. Und das ist nicht gut. Wir sehen die Welt mit kriminalistischen Augen, als ob es überall von Verbrechern nur so wimmeln würde und …«

Sie fuhr ihn scharf an: »Ich glaube, Mareike Henning würde das anders sehen. Wir haben sie gerade in Lütetsburg aufgespießt gefunden. Sie wurde vorher bedroht. Vielleicht hätte man das alles verhindern können, wenn mehr Menschen mit einem geschärften kriminalistischen Blick durch die Welt laufen würden.«

Mann, ist die mies drauf, dachte Weller. Das kann ja eine interessante Zugfahrt werden.

Er versuchte abzulenken: »Meinst du, die Zeit reicht noch, dass ich uns einen Kaffee hole?«

Er konnte ständig Kaffee trinken und brauchte am Tag mehrere Espressi. Sie konnte sich nicht vorstellen, dass ihm der Kaffee in so einem Schnellrestaurant schmecken würde. Sie selbst wäre nicht auf die Idee gekommen, bei Burger King oder McDonald's einen Kaffee zu bestellen.

Sie zuckte mit den Schultern. Er lief ins Restaurant und stellte sich zu den Schülern in eine Schlange.

Das Mädchen neben dem Rothaarigen grinste Ann Kathrin unverschämt an.

Sie weiß ein Geheimnis von mir, dachte Ann Kathrin. Meinen PIN-Code. Und jetzt fühlt sie sich überlegen, so als hätte sie mir etwas entrissen.

Weller kam rechtzeitig mit zwei Kaffees zurück. Ann Kathrin wärmte sich die Hände am Pappbecher und nippte. Der Kaffee schmeckte ihr erstaunlich gut, im Grunde besser als der zu Hause.

Weller versuchte sie aufzuheitern und scherzte: »Na, magst du den Kaffee aus Togo? Ich steh ja mehr auf brasilianische Mischungen und Kaffee aus Nicaragua.«

Ann Kathrin verstand den Witz gar nicht. »Wie – Kaffee aus Togo? Schmeckt der denn anders?«

Dann erkannte sie den Wortwitz. *Coffee to go* stand auf den Pappbechern.

Der Intercity um acht Uhr acht fiel wegen Lokschaden aus. Der nächste Richtung Duisburg fuhr zwei Stunden später, aber sie hatten Glück. Um acht Uhr achtundvierzig fuhr ein Regionalexpress nach Leer. Dort konnten sie umsteigen nach Münster, von Münster nach Dortmund und von Dortmund dann nach Duisburg. Was eine bequeme Fahrt ohne Umsteigen von dreieinhalb Stunden hätte werden sollen, wurde zu einem Zughopping mit viereinhalb Stunden Fahrtzeit. Ann Kathrin ertrug es mit stoischer Gelassenheit und nutzte die Zeit, um per Handy bei Rupert nachzufragen, ob bereits Laborergebnisse vorlägen.

»Ich will alles über diese Stangen wissen, mit denen er sie aufgespießt hat. Wo werden die Dinger hergestellt? Wie und wo werden sie vertrieben? Eine Liste der Geschäfte. Ich hab solche Stangen noch nie gesehen. Und dann brauche ich eine Liste aller Besucher, die in letzter Zeit im Park waren.«

Weller verschluckte sich am Kaffee, als er hörte, was sie da von Rupert verlangte.

»Um Himmels willen, Ann Kathrin, wie soll ich denn an so eine Liste kommen? Niemand gibt seine Adresse ab und unterschreibt, wenn er den Schlossgarten besucht.«

»Der Mörder war vor der Tat da. Das steht fest. Und zwar während der Blütezeit der Rhododendren. Mindestens einmal, ich vermute aber, sogar mehrfach. Vielleicht ist er fotografiert worden. Unsere Chancen stehen gar nicht schlecht. Alle Menschen, die den Park um diese Jahreszeit besuchen, machen Fotos, weil die meisten von ihnen so etwas Schönes noch nie gesehen haben. Vielleicht ist unser Mörder irgendwo zufällig mit drauf. Ruf Holger Bloem vom Ostfriesischen Kurier an. Frag ihn, ob er einen Aufruf für uns machen kann. Urlauber, die den Park besucht haben, sollen uns ihre Fotos schicken.«

Das ist heiß, dachte Weller. Ganz heiß. Auf irgendeinem der Urlaubsfotos könnte tatsächlich ein Porträt des Mörders sein. Aber wie sollen wir wissen, dass er es ist?

»Warum sollen wir es nicht gleich über DPA machen?«, fragte Rupert und wand ein, dass dies außerdem die Aufgabe der Pressesprecherin Rieke Gersema sei. Rupert machte keinen Hehl daraus, dass er Presseleute nicht mochte und mit denen auch nicht gut klarkam.

Weller sah Ann Kathrin an, und er glaubte genau zu wissen, was in ihr vorging. Natürlich war es logisch, das Ganze über Rieke Gersema zu machen und direkt an die ganz große Glocke zu hängen. Aber Ann Kathrin suchte nicht den großen Rahmen, sondern den kleinen Kreis. Im Grunde hatte ihre Art, ihre Arbeit zu tun, immer etwas Verschwörerisches an sich. Am liebsten arbeitete sie mit einigen wenigen Vertrauten. Er hatte das Glück dazuzugehören, aber auch ihm erzählte sie längst nicht alles und zeigte ihm nicht jede ihrer Seiten.

Wieder lief ihm ein Schauer über den Rücken, als er an die Nacht dachte. Er sah sie wieder nackt im Gras liegen, die Körperhaltung der Leiche nachahmend.

In Duisburg nahmen sie sich ein Taxi zu Meuling. Es war nicht gerade die beste Wohngegend der Stadt. Eine umgekippte Mülltonne stellte ein Hindernis für die Radfahrer dar. Ein paar Jungs machten sich einen Spaß daraus, ihren Fußball immer wieder dagegenzuknallen. Frauen mit Kopftüchern schleppten volle Einkaufstüten in ihre Hochhauswohnungen.

Hier parkte kein Porsche, wohl aber ein VW-Bus, neben einem tiefer gelegten silbergrauen Golf. Hinten drin eine Lautsprecheranlage, die ausgereicht hätte, um einen zweihundert Quadratmeter großen Raum mit Tanzmusik zu beschallen.

Dieter Meuling wohnte im 6. Stock. Ann Kathrin klingelte. Als sich niemand meldete, wurde Weller hinter ihr nervös. »Das war eine Schnapsidee, hierherzufahren ohne Termin. Jetzt stehen wir hier herum, und in Norden wartet die Arbeit auf uns.«

Ann Kathrin machte noch zwei Versuche, dann klingelte sie ein Stockwerk höher bei Katja Krause. Der Klingelknopf war mit Nagellack rot angemalt. Aus der Gegensprechanlage hallte eine weibliche Stimme: »Süßer, ich hab gerade Besuch. Komm doch in einer Viertelstunde wieder, dann bin ich für dich frei.«

»Kein Problem, Süße«, gab Ann Kathrin zurück. »Ich hab nur ein Paket für dich. Ich stelle es dir vor die Tür.«

Die Tür sprang auf. Ann Kathrin und Weller waren im Haus.

Am Fahrstuhl hing ein Schild: *Defekt.* So wenig Vertrauen erweckend, wie er aussah, wäre Ann Kathrin sowieso nicht eingestiegen. Ohne ein einziges Maulen und ohne einen schrägen Blick lief Weller mit ihr die Treppen hoch.

Oben im sechsten Stock klebte an Meulings Tür ein Zettel: *Bin Billard spielen*

»Na klasse«, sagte Weller, »wir haben heute ja mal wieder ein Superblatt.«

Ann Kathrin gab zurück: »Als Skatspieler müsstest du doch wissen, dass sich das Blatt jederzeit zu deinen Gunsten oder Ungunsten wenden kann.«

»Ja. Man weiß nie, ob man gute oder schlechte Karten hat, bevor man nicht auch die Karten im Stock kennt.«

Weller fragte auf der Straße Jugendliche nach einem Spielsalon in der Nähe. Er merkte es ihnen an. Sie wussten sofort, dass er Polizist war. Etwas in ihnen zuckte zusammen, als er sie ansprach. Bereitwillig gaben sie ihm freundlich Auskunft, hoben aber hinter ihm den Stinkefinger, sobald er ihnen den Rücken zugedreht hatte.

Fair Play Saloon stand in Leuchtschrift über dem Eingang. Das Ding war in einer ehemaligen Wäscherei untergebracht. Die Schaufenster mit schwarzen, staubigen Vorhängen abgedeckt. Das März-Playgirl in halterlosen Strümpfen sollte dem Ganzen wohl einen leicht obszönen Charme geben, allerdings rollte sich das Plakat bereits unten an den Ecken auf und machte einen von der Sonne ausgebleichten, verschossenen Eindruck. Am Eingang hing ein Schild: *Aushilfe gesucht.*

»Na, das sieht ja ganz reizend aus«, frohlockte Ann Kathrin spöttisch, und Weller konstatierte: »Hohe Delinquenzdichte. Ich wette, wenn die Duisburger Kollegen ein paar ihrer Spezis einkassieren müssen, ist dies einer der Orte, an denen sie zuerst suchen.«

Ann Kathrin gab ihm recht: »Und vermutlich erfolgreich.«

So schäbig und dunkel der Laden von draußen aussah, umso heller, blitzender und bunter war er von innen. Der Stromverbrauch musste gewaltig sein. Sechs Flipper standen nebeneinander und überboten sich mit Leucht- und Glitzereffekten. Auf der anderen Seite hingen Geldspielautomaten an den Wänden. Dort saßen zwei Frauen auf Barhockern. Die eine hielt das drehende Glücksrad zu, als könne sie dadurch seinen Verlauf beeinflussen. Die andere spielte an zwei Automaten gleichzeitig. Sie hatte ein hartes, verlebtes Gesicht. Ann Kathrin fragte sich, ob die beiden Mutter und Tochter waren.

Ann Kathrin ging weiter nach hinten durch. Weller folgte ihr ein bisschen zögerlich. In einem Nebenraum standen zwei Poolbillardtische. Zwei Männer lehnten an den Wänden und sahen einem dritten zu, der dabei war, den Tisch abzuräumen. Er war ein geschickter Spieler. Jeder Stoß saß und versenkte eine neue Kugel.

Auf den ersten Blick registrierte Ann Kathrin, dass alle drei mit Gewichten trainierten und Wert darauf legten, dass das auch jeder sah. Mindestens einer von ihnen hatte seinen Körper mit Steroiden oder anderen unerlaubten Muskelaufbaumitteln hochgezüchtet. Vermutlich aber alle drei.

Da Weller sich im Hintergrund hielt, hatte Ann Kathrin die Aufmerksamkeit der Männer sofort. Einer rieb die Spitze von seinem Queue mit einem Stück Kreide und leckte dabei im gleichen Rhythmus über seine Lippen. Der Spieler richtete sich auf und flötete: »Wo gehen die beiden schönen Beine denn hin?«

»Nach Hause, wenn nichts dazwischenkommt«, feixte sein Kumpel.

»Verderben Sie es sich so mit allen Frauen?«, fragte Ann Kathrin. »Falls Sie sich mal fragen, warum es nie eine Frau umsonst mit Ihnen macht und Sie immer dafür bezahlen müssen, rufen Sie mich an. Ich kann Ihnen die Antwort geben.«

»Ist das 'ne Professionelle?«, fragte der mit dem spitzen Kinn seinen Kumpel. Er war offensichtlich noch blöder, als sein Gesichtsausdruck vermuten ließ.

»Halt die Fresse, Mensch!«

»Mein Name ist Ann Kathrin Klaasen. Ich komme von der Mordkommission. Wer von Ihnen heißt Dieter Meuling?

Der Spieler kam auf sie zu. »Ich. Warum?«

Er trug eine eng sitzende, schwarze Lederhose und ein blauweiß gestreiftes Jackett, das zweifellos mal zu einem nicht ganz billigen Anzug gehört hatte. Darunter ein strahlend weißes T-Shirt, das seine Bauchmuskeln bestens zur Geltung brachte. Darauf stand mit kleinen blauen Buchstaben: *Ironman.*

Weller hoffte, dass es nicht zu einer körperlichen Auseinandersetzung kommen würde. Er traute weder Ann Kathrin noch sich selbst zu, mit einem von denen fertig zu werden.

Während wir uns im Büro den Hintern breitsitzen und Akten schieben, dachte er, trainieren die im Fitnessstudio an ausgefeilten Geräten Muskeln, von deren Existenz unsereins nicht mal etwas weiß.

Ann Kathrin war wesentlich fitter als er. Bis vor kurzem hatte sie regelmäßig das Butterfly-Fitnessstudio besucht und, wenn es möglich war, auch einmal in der Woche die Sauna. Sie trug den grünen Gürtel im Judo, doch in solchen Fällen verließ Weller sich lieber auf die einschüchternde Wirkung seiner Dienstwaffe.

»Soll ich die Kollegen rufen?«, fragte er sachlich und behielt die Männer im Auge, die verdächtig mit ihren Billardstöcken spielten. Jeder Queue konnte zu einem tödlichen Speer werden.

»Ich muss mit Ihnen reden«, sagte Ann Kathrin Klaasen, »und von Ihren beiden Bekannten brauche ich auch die Personalien.«

Meuling legte seinen Stock auf den Billardtisch und überprüfte noch einmal mit einem Blick, wie die Kugeln lagen. Dann zeigte er auf den Tisch und sagte zu seinen Mitspielern: »Wehe, das verändert einer.«

Der mit dem spitzen Kinn nickte. Er schien Angst vor Meulings Zorn zu haben.

»Bin ich verhaftet?«, fragte Meuling.

Ann Kathrin Klaasen schüttelte den Kopf. »Noch nicht.«

Während Weller sich die Ausweise von Gregor Paulsen und Torsten Meister zeigen ließ, stand Ann Kathrin ein wenig unschlüssig mit Meuling vor einem großen Flipper. »Wollen wir an der Theke einen Kaffee trinken?«, fragte er. Sie stimmte zu.

Der Kaffee aus der Maschine war grässlich, aber Ann Kathrin hatte auch nicht vor, ihr Plastiktässchen leer zu trinken. Sie fragte: »Nun, was glauben Sie, warum wir hier sind?«

Damit verunsicherte sie Meuling sofort. Er begann unter seinem Jackett zu schwitzen und rang mit den Händen.

»Na, so viel Dreck am Stecken werden Sie doch nicht haben, oder? Die meisten Menschen wissen genau, warum ich komme. Weil es nur eine oder zwei Sachen in ihrem Leben gibt, für die sich die Kriminalpolizei interessierte könnte. Wie ist das bei Ihnen?«

»Ich glaube, so allgemeine Fragen muss ich gar nicht beantworten, Frau Kommissarin. Da müssen Sie schon konkreter werden …«

Ann Kathrin verzog anerkennend die Mundwinkel. »Hey, da hat ja jemand Erfahrung. Bravo! Haben Sie Jura studiert, oder wissen Sie das, weil Sie schon öfter in so einer Situation waren?«

»Ich kann auch meinen Anwalt anrufen«, drohte Meuling.

Ann Kathrin lächelte verbindlich. »Ja, das können Sie zweifellos. Ich kann Sie auch mit aufs Revier nehmen und Sie da verhören, wenn Ihnen das lieber ist. Sagt Ihnen der Name Mareike Henning etwas?«

Treffer. Er tat, als müsse er nachdenken, aber das war nicht so.

»Ja, Mareike Henning. Ja, die kenne ich. Sie hat mir eine Beule in meinen Wagen gemacht und ist dann abgehauen. Fahrerflucht sozusagen.«

»Sie fahren also einen schwarzen Porsche?«

»Nein, nicht wirklich … also … es ist der Wagen von einem Freund. Ich hatte ihn mir nur geliehen, deshalb war das alles ja besonders peinlich.«

»Wie heißt Ihr Freund?«

»Ich weiß nicht, ob Sie das wirklich was angeht.«

Weller kam aus dem Billardraum zurück. Am Klack-Klack der Kugeln hörte Ann Kathrin, dass die beiden Männer ein neues Spiel begonnen hatten.

Meuling war jetzt zwischen Weller und Ann Kathrin eingeklemmt und fühlte sich zunehmend unwohler. Sein linker Fuß wippte nervös. Sein Blick schweifte hektisch durch den Raum, als ob er eine Fluchtmöglichkeit für sich suchte.

»Und wer ist Herr Sidorov?«, fragte Ann Kathrin.

»Ein flüchtiger Bekannter.«

»Ein flüchtiger Bekannter. Das klingt originell. Er hat Frau Henning immerhin einen Drohbrief geschrieben.«

»Ach, ich würde das nicht überbewerten … Bei der Zahlungsmoral der Leute heutzutage, da muss man schon ein bisschen Druck machen, sonst …«

»Herr Meuling – Frau Henning ist tot. Ich fürchte, Sie sind sich nicht ganz über Ihre Situation im Klaren. Sie stehen unter dringendem Mordverdacht.«

Weller zog seine Handschellen aus der Tasche und spielte damit.

»Aber ich habe sie doch nicht umgebracht! Ich …«

Ann Kathrins Augen wurden ganz klein. »Sie haben sie bedroht, und zwar massiv. Und jetzt ist sie tot.«

»Was sind Sie eigentlich von Beruf?«, fragte Weller scharf.

»F … Finanz … Finanzoptimierer.«

»Oh – was ist das denn?«

Wellers Fragestellungen gefielen Ann Kathrin nicht. Damit bekam Meuling zu viel Spielraum. Er witterte schon wieder Oberwasser und erklärte Weller gönnerhaft: »Was meinen Sie, wie viel Einsparkapital heutzutage in einem ganz normalen Familienhaushalt verborgen ist? Bei Ihnen zum Beispiel – wetten, wenn ich einen Finanzcheck mit Ihnen mache, sparen Sie am Ende gut hundert Euro im Monat. Das sind tausendzweihundert im Jahr. Ich habe schon ganze Familien vor dem Bankrott gerettet, indem ich die einzelnen Ausgabenposten mit ihnen durchgegangen bin.« Er zählte an seinen Fingern auf: »Versicherungen. Kredite. Stromrechnungen. Wasser. Der ganze Nebenkostenquatsch. Handyverträge.« Er lachte. »Was meinen Sie, welch ein Geldgrab Handyverträge sind! Wo sind Sie zum Beispiel krankenversichert?«

»Bei der AOK«, sagte Weller, und Ann Kathrin hätte ihn dafür ohrfeigen können. Sie warf ihm einen zornigen Blick zu.

Meuling schlug die Hände überm Kopf zusammen und lachte. »Bei der AOK! Mein Gott, müssen Sie ein reicher Mann sein! Wenn Sie Ihrem Geld so böse sind, dass Sie es einfach wegwerfen wollen, dann spenden Sie es doch lieber. Oder versaufen Sie es. Ein Vertrag im Fitnessstudio könnte Ihnen auch guttun, da muss man aber genau aufpassen.« Meuling hob den Zeigefinger. »Es gibt da solche und solche!«

»Kommen Sie mal wieder runter!«, zischte Ann Kathrin Klaasen. »Dies hier ist kein Verkaufsgespräch. Wir sind nicht an Ihrer Finanzoptimierung interessiert. Dafür aber an Ihrem flüchtigen Bekannten Sidorov. In der Markgrafenstraße dreizehn in Berlin wohnt er jedenfalls nicht.«

Meuling zuckte mit den Schultern und verzog den Mund. »Keine Ahnung. Ich kenne ihn nur … so vom Sehen … aus der Kneipe halt.«

»Welcher Kneipe?«

»In Berlin hab ich ihn getroffen, am Ku'damm. Im Big Eden war ich abrocken, da hab ich mir so 'ne scharfe

Russin aufgerissen. Die war vielleicht ... Na ja, jedenfalls haben wir uns da getroffen. Ich hab mich natürlich mehr für meine neue Eroberung interessiert als für Sidorov.«

»Aber Sie haben ihm einen Auftrag gegeben und Ihre Kontonummer, sonst hätte er doch gar nicht so einen Brief an Mareike Henning schreiben können.«

»Kann sein. Ich weiß nicht. Ich hatte ein paar Whisky-Cola, und dann bin ich mit dieser russischen Schnecke abgezogen. Fragen Sie mich bloß nicht, wie die heißt.«

Ann Kathrin räusperte sich, dann fuhr sie Meuling an: »Ich will Ihnen mal was sagen. Wissen Sie, was ich glaube? Ich glaube, es gibt überhaupt keinen Sidorov. Sie haben den Brief selber geschrieben, um Frau Henning Angst zu machen.«

»Wo«, fragte Weller hart, »sind Sie in der Nacht von Donnerstag auf Freitag gewesen?«

Meuling wandte rasch den Kopf zu Weller und antwortete spontan: »Hier. Mit meinen Kumpels. Die ganze Nacht.«

Weller schoss genauso schnell zurück: »Draußen an der Tür steht: *Geöffnet bis 22 Uhr.* Wo waren Sie danach?«

»Hier. Wir sind Stammgäste. Ich hab sogar die betriebswirtschaftliche Beratung bei der Gründung von dem Spielsalon hier übernommen. Wir waren bis fast zwei Uhr morgens hier und haben Billard gespielt. Ein Turnier. Raten Sie mal, wer gewonnen hat.«

»Das interessiert uns nicht«, fauchte Ann Kathrin.

Weller wollte jetzt auftrumpfen, um seine Schlappe mit der AOK wieder wettzumachen. Er warf sich mächtig ins Zeug und brachte sein Gesicht ganz nah an das von Meuling, um ihm zu zeigen, dass er sich körperlich keineswegs unterlegen fühlte. Doch plötzlich war Wellers Stimme belegt, und seine Worte kamen mit einem Krächzen: »Wenn ich vorhätte, einen Mord zu begehen, wäre das Erste, was ich mir besorge, nicht etwa eine

Waffe, sondern ein Alibi. Man braucht ein paar Trümpfe, wenn man so ein riskantes Blatt spielen will.«

»Ich habe aber niemanden umgebracht.«

Ann Kathrin räusperte sich. Sie sah nach unten und kratzte mit dem Fuß über eine Stelle an dem Teppich, an der Kaugummi klebte. »Wenn Sie so unschuldig sind, macht es Ihnen doch sicherlich nichts aus, uns kurz in Ihre Wohnung zu begleiten.«

»Was wollen Sie da?«

Weller lief es heiß den Rücken herunter. Sie hatten keinen Hausdurchsuchungsbefehl.

Ann Kathrin machte es so harmlos wie möglich: »Wir würden uns gerne einmal umschauen, mit Ihrer Erlaubnis, versteht sich.«

»Sie haben also keinen Hausdurchsuchungsbefehl?«

Na bitte, dachte Weller.

»Nein. Aber es dauert nur ein paar Minuten, dann habe ich einen. Wenn Sie mich zwingen, solche Maßnahmen zu ergreifen, dann drängt sich für mich die Frage auf, was Sie zu verbergen haben. Ich glaube, ich nehme Sie dann doch besser mit, und Sie warten 48 Stunden auf der Wache. Manchmal dauert es ja auch, bis die Staatsanwaltschaft Zeit hat, einen Hausdurchsuchungsbefehl auszustellen. Und am Wochenende passiert sowieso nicht viel. Von der Wache aus können Sie uns dann ja am Montag in Ihre Wohnung begleiten.«

Er hob die Hände, als ob er sich ergeben wollte. »Okay, okay. Gehen wir.«

Weller steckte die Handschellen wieder ein.

Sie gingen nebeneinander her durch die Straßen wie drei Bekannte, die sich zufällig getroffen hatten.

Meuling lebte in einer Zweieinhalbzimmerwohnung auf knapp fünfundvierzig Quadratmetern.

»Ich weiß, was Sie jetzt denken«, sagte Meuling, als Ann Kathrin sich umsah.

»So? Was denke ich denn?«

»Mehr zahlt das Sozialamt wohl nicht. Aber glauben Sie mir, das ist ein Irrtum. Ich lebe gerne hier. Hier pulsiert das Leben. Wissen Sie, wenn man die Kostenfaktoren überprüft, dann ist die Miete wirklich ein großer Geldfresser. Wenn man arm werden will, mietet man am besten eine große Wohnung, heizt sie mit Radiatoren und versichert sie gegen allen möglichen Blödsinn wie Einbruch oder Lawinengefahr. Wissen Sie, was ich spare, indem ich hier wohne? Spätestens in zwei, drei Jahren hab ich so viel Geld zusammen, dann mach ich hier die Mücke. Malle, sag ich nur. Haus auf den Klippen mit Blick übers Meer. Jeden Abend den Sonnenuntergang.«

Es war unaufgeräumt, aber keineswegs schmutzig. Besonderen Wert legte Meuling anscheinend auf seine Klamotten. Alles hing ordentlich gebügelt im Schrank. Hemden lagen Kante auf Kante gefaltet aufeinandergeschichtet auf einem Koffer nah beim Fenster.

»Sie wollen verreisen?«

»Jeder, der hier wohnt, will das. Kennen Sie einen, der in Duisburg leben und sterben will?«

Auf einem Stuhl, der überhaupt nicht in diese Wohnung passte, sondern aussah wie eine gestohlene Theaterrequisite, lag ein Stapel Zeitschriften. Hefte vom ADAC, Illustrierte und mehrere Ausgaben vom Playboy. Weller blätterte darin.

Ann Kathrin sah ihn missbilligend an. Weller zuckte zusammen. Der Stapel fiel vom Stuhl. Als Weller die Illustrierten aufsammelte, lachte ihn auch ein Titelbild vom Ostfrieslandmagazin an. Das legte er jetzt zuoberst auf den Stapel. Dann lächelte er Ann Kathrin an. Sie sollte lieber glauben, er hätte im OMA geblättert als im Playboy. Er fragte sich, ob sie eifersüchtig darauf war, wenn er sich Bilder nackter Frauen ansah.

Ann Kathrin richtete ihre Aufmerksamkeit wieder

auf Meuling. »Darf ich mir mal Ihren Computer anschauen?«

Meuling wurde sofort nervös. Neben dem Computer stand ein Farbdrucker von HP. Davor lagen ein paar zerknüllte Zettel. Weller sah sie sich an.

»Was wollen Sie denn mit meinem Computer?«

»Ich könnte ihn mitnehmen. Aber ich will eigentlich nur mal reinschauen.«

»Und jetzt fehlt Ihnen das Passwort, was?«

Ann Kathrin sah ihn auffordernd an. Breit lächelnd sagte er: »Ficken.«

»Ja, darauf muss man erst mal kommen«, sagte Ann Kathrin und tippte die Buchstaben ein. Sie brauchte gar nicht lange. Sie gab den Suchbegriff *Sidorov* ein, und in einem Word-Dokument wurde sie fündig. Sie öffnete die Datei und ließ sie auch gleich ausdrucken.

»Hey, was machen Sie da?«

»Der Brief, mit dem Sie Mareike Henning in Panik versetzt haben und sie dazu gebracht haben, an Sie zu zahlen, den haben Sie nicht nur ihr geschrieben. Es ist ein Serienbrief. Damit haben Sie Ihre Finanzen ganz schön optimiert, was? Wie viele Menschen haben Sie und Ihre Kumpels damit schon reingelegt?«

Der Drucker hörte gar nicht mehr auf. Er spuckte Serienbrief um Serienbrief aus. Jeder Brief war gleich, sie unterschieden sich nur in Anrede und Adresse.

»Ich bin nur meine eigene Inkassostelle. Ich … ich …«, stammelte Meuling.

»Ich weiß«, sagte Weller. »Das spart bestimmt auch eine Menge Geld.«

Er zog seine Handschellen wieder hervor.

Blitzschnell stieß Meuling Weller zur Seite und verpasste Ann Kathrin einen Faustschlag in die Magengrube. Sie klappte zusammen.

Meuling rannte die Treppe runter. Weller hinterher.

Weller spürte eine irre Wut, weil dieser Typ Ann Kathrin vor seinen Augen geschlagen hatte.

Meuling war bereits auf den letzten Treppenstufen, als Weller sprang. Während er durch die Luft flog, dachte Weller noch: Im Kino sieht so was unheimlich gut aus, und ärgerte sich, dass Ann Kathrin ihn nicht sehen konnte.

Er krachte in den Rücken von Meuling, und gemeinsam fielen sie auf den Steinboden im Treppenhaus.

»Im Namen des Gesetzes«, sagte Weller. »Sie sind verhaftet. Alles, was Sie ab jetzt sagen, kann und wird gegen Sie verwendet werden.«

Oben auf der Treppe erschien Ann Kathrin.

Weller rieb sich sein rechtes Bein. »Scheiße, mein Knie!«

»Die Kollegen sind schon unterwegs«, stellte Ann Kathrin fest und steckte ihr Handy wieder ein.

Auf dem Rückweg in der doppelstöckigen Regionalbahn sprachen sie nur wenig. Es war unglaublich voll im Regionalexpress. An jedem kleinen Bahnhof verlor der Zug Zeit, weil die Menschen so nah an den Türen standen, dass sie sich nicht selbständig schlossen.

Bitte treten Sie zurück von den Türen, damit wir weiterfahren können, war der übliche Lautsprecherspruch, auf den dann Gelächter oder lautes Schimpfen erfolgte.

Ann Kathrin und Weller standen in der ersten Klasse, während sich einige Jugendliche ohne Fahrscheine auf den Sitzen herumlümmelten. Ann Kathrin wollte nicht eingreifen, sie war der Meinung, dies sei die Aufgabe des Schaffners, aber in dem vollen Zug zog er es wohl vor, sich auf der Toilette einzuschließen.

Die Stimmung wurde immer schlechter. Es funktionierte nur noch eine Toilette, und die war natürlich ständig besetzt. Auf den Treppenstufen saßen Fahrgäste, sodass die Leute von oben Probleme hatten, mit ihrem Gepäck nach unten durchzukommen. Überhaupt waren die Abteile nicht für Menschen mit Gepäck gebaut. Es gab eine Art Hutablage, an der sich jeder den Kopf stieß, weil sie viel zu tief über den Sitzen angebracht war, aber Koffer passten da nicht hinein, nicht mal kleine Aktentaschen.

Ein Geschäftsmann, der inzwischen im Gang auf seinen Koffern saß, fluchte: »Warum baut man eine Hutablage, die so stabil ist, dass eine ganze Fußballmannschaft sich daran aufhängen kann? Für den kollektiven Fahrgästesuizid oder was? Ist denn noch keiner auf die Idee gekommen, dass man, wenn man reist, einen Koffer dabeihat?!«

Weller sah, dass Ann Kathrin immer missmutiger wurde. Er versuchte, sie mit dem Satz aufzuheitern, erster Klasse stünde es sich doch viel besser als zweiter, aber damit kam er nicht gut bei ihr an. Ihr lag die Nummer in Duisburg schwer im Magen. Ihre Kollegen hatten sich nicht gerade erfreut über ihren Alleingang gezeigt. Sie waren mit Eiseskälte behandelt worden.

Die ganze Art und Weise, wie alles abgelaufen war, fand Ann Kathrin Klaasen erniedrigend. Meuling war ein V-Mann der Duisburger Kripo. Für die Kollegen in Duisburg war er ein Kleinkrimineller, bei dem man ab und zu ein Auge zudrückte und dafür gute Tipps aus der Szene bekam. Die Duisburger Kollegen schützten ihren Informanten und spielten die Sache mit den Inkassobriefen auf das Niveau eines Schülerstreichs herunter. Sie hatten einen cholerischen Drogenfahnder hinzugezogen, der Ann Kathrin mit unglaublich hektischen Bewegungen nervös machte und aussah, als würde er selber vom Koks unter Strom gehalten. Er hatte zwischen seinen Schneidezähnen große Lücken, und während er sprach, fragte Ann Kathrin sich, wie er die sauber hielt. Ob er Zahnseide benutzte oder kleine Bürsten.

Er kam sich selbst so wichtig vor, dass er seinen richtigen Namen nicht nannte, um »die Aktion nicht zu gefährden«. Er kam Ann Kathrin beim Reden immer ein Stückchen zu nah. Er verletzte die Distanz, die sie brauchte, um sich wohl zu fühlen. Sie wich mehrfach zurück, wenn er ihr in die Aura latschte.

»Ich bin so kurz davor!«, schrie er. »So kurz!« Und zeigte mit den Fingern einen Abstand von höchstens einem Zentimeter. »Wir lassen mit Meulings Hilfe einen der größten europäischen Drogenringe auffliegen. Die holländischen Kollegen sind dabei, die Franzosen und ...« Er machte mit der rechten Hand eine Bewegung, als würde er sich selbst verbieten, weiterzusprechen, weil er schon zu viel ausgeplaudert hatte. »... und dann kommen zwei Clowns aus Ostfriesland und machen in letzter Minute unseren ganzen Fahndungserfolg zunichte? Ihr habt ja keinen Schimmer, wie viel Energie wir in diese Sache gesteckt haben. Und da kommt ihr an mit irgendwelchem Papierkram?« Er schüttelte den Kopf, schnäuzte sich unangenehm laut die Nase und steckte das blauweiß gemusterte Taschentuch wieder ein.

Komisch, dachte Ann Kathrin, wer benutzt heute noch Stofftaschentücher?

»Es geht hier nicht um irgendein Kavaliersdelikt«, verteidigte sie sich. »Wir ermitteln in einem Mordfall.«

»Ach, hören Sie doch auf!«, brüllte der Drogenfahnder. »Meuling ist kein Lustmörder, sondern ein kleiner Abzocker! Versicherungsbetrug, Konkursvergehen, Verführung Minderjähriger – ich weiß, wie richtige Mörder aussehen!« Er schlug sich auf die Brust wie Tarzan. »Ich habe ein Dutzend von denen einkassiert! Meuling ist keiner.«

»Ach, entscheiden Sie das jetzt per Augenschein?«, fragte Ann Kathrin. »Wie muss man denn aussehen, um von Ihnen als Mörder ernst genommen zu werden?«

Weller suchte immer wieder einen Weg, sich ins Gespräch zu bringen und Ann Kathrin zu unterstützen. Aber etwas an der cholerischen Art des Drogenfahnders machte ihn fast stumm. Es erinnerte ihn an seinen Vater. Wenn der zu brüllen begonnen hatte, hatte der kleine Frank meist keinen Ton mehr herausbekommen, sondern einen wachsenden Kloß im Hals gespürt.

Der Duisburger Kollege ereiferte sich immer mehr und ließ sich sogar zu dem Satz hinreißen: »Wenn ich euch so angucke, weiß ich, woher die Ostfriesenwitze kommen. Ihr seid wirklich so, was?«

Ann Kathrin forderte ihn zweimal auf, sich zu mäßigen. Dann hatte sie mit Weller das Polizeipräsidium verlassen. Jetzt, auf der Rückfahrt nach Ostfriesland überdachte sie jeden einzelnen Satz und fragte sich, was sie hätte erwidern sollen und warum sie es nicht getan hatte. Sie fand, dass sie beide eine äußerst schlechte Vorstellung abgeliefert hatten. Das wurmte sie.

Ann Kathrin kaute auf der Unterlippe herum.

Um die Jugendlichen aufzuschrecken, rief Weller: »Die Fahrausweise bitte!«

Sie fuhren sofort von ihren Sitzen hoch. Einer schlug sich gleich den Kopf an der Hutablage, und Weller grinste: »Die kleinen Sünden bestraft der liebe Gott sofort.«

Er hatte am Duisburger Hauptbahnhof ein Fischbrötchen gegessen, das ihm jetzt schwer im Magen lag. Er befürchtete, Durchfall zu bekommen. Er konnte ja kaum an einem Fischbrötchenstand vorbeigehen. Ohne Matjes konnte er nicht leben. Aber in Duisburg hätte er besser darauf verzichten sollen. Der Matjes sah zwar frisch aus, war ihm mit Salatblatt und Zwiebeln angeboten worden, aber in einem knusprigen Brötchen. Für Ostfriesen eine Kulturschande. Fischbrötchen hatten weich zu sein, ja pappig. Weller schüttelte sich noch jetzt bei dem Gedanken.

Langsam leerte sich der Zug, und in der letzten halben Stunde saßen Ann Kathrin und Weller ganz allein oben im Erste-Klasse-Abteil. Dann kam auch der Schaffner.

»Wissen Sie zufällig, wer diese Abteile gebaut hat?«, fragte Weller.

Der Schaffner schüttelte den Kopf. »Nein. Woher?«

»Schade«, sagte Weller, »den würde ich gerne mal zum Verhör laden. Ich finde, der hat eine Menge Dreck am Stecken. Das Ganze grenzt doch an Körperverletzung, finden Sie nicht?«

Als sie den Zug verließen, brach Ann Kathrin ihr Schweigen. Der Wind hier in Norden tat ihr gut. Es war, als würde er ihr Gesicht streicheln und ihr dabei durch die Haare wühlen.

»Ich glaube, er ist unser Mann«, sagte sie. »Er und seine zwei Kumpels. Kräftig genug sind sie, und Zeit genug hatten sie auch. Sie geben sich gegenseitig ein Alibi. Sie hätten locker mit dem Wagen hier hochfahren können, und, nachdem sie die Leiche platziert hatten, wieder zurück. Ihr Alibi ist ein Witz. Sie leben alle davon, Menschen einzureden, sie hätten etwas kaputtgemacht, um sie dann abzukassieren. Sie haben sich sehr komfortabel eingerichtet in Duisburg. Unsere Kollegen lassen sie gewähren, solange sie nichts Schlimmes anstellen. Keiner ahnt, wie groß der Schaden tatsächlich ist … Dann kommt plötzlich Mareike Henning und lässt sich das nicht mehr gefallen. Sie erstattet Anzeige und will das ganze Ding mit Hilfe eines Anwalts durchziehen. Wenn die Methode von den dreien bekannt wird, sind sie erledigt.«

»Aber sie hätten sie einfach überfahren können, erwürgen, erschießen. Irgendwas. Warum auf so eine Art?«

»Zum Beispiel, um uns auf eine falsche Fährte zu locken«, sagte Ann Kathrin. »Auf einen irren Mörder. Wer weiß, wie groß ihr Geschäft noch ist. Schutzgelderpressung? Und im Drogenhandel hat Meuling ja auch offensichtlich irgendwie die Finger drin, sonst könnte er den Kollegen keine Tipps und Hinweise geben. Er musste sie aus dem Weg räumen, um das alles nicht zu gefährden.«

»Und dann präsentiert er uns einen aufwendig inszenierten Lustmord oder ein Ritualding?«, fragte Weller.

»Ja. Es durfte kein Verdacht auf ihn fallen, denn wenn die Kripo erst mal genau bei ihm nachschaut, dann … Na ja, du hast ja gesehen. Mit einem Blick in den Computer stand er ganz schön dumm da.«

Wellers Magen meldete sich. Er war von dem schlechten Fischbrötchen nicht satt geworden. Er hätte jetzt problemlos zwei Schweinshaxen verdrücken können.

»Ich frage mich«, sagte Ann Kathrin nachdenklich, »wie er auf die Methode gekommen ist. Hat er irgendeine Phantasie ausgelebt, mit der er schon lange herumlief? Oder ist das Ganze aus einem Film oder einem Buch abgekupfert?«

An ein Buch glaubte Weller nicht. »Typen wie der lesen keine Bücher«, behauptete er. »Außerdem hatte der in seiner Wohnung zwar viele DVDs liegen, aber da war kein einziges Taschenbuch.«

Dass Meuling und seine zwei Kumpels sich zu Hause mit einer Dose Bier in der Hand irgendein B-Movie aus den USA reingezogen hatten und dabei auf die Idee kamen, Mareike Henning zu ermorden, konnte Weller sich sehr gut vorstellen.

»Mareike Hennings Vater und ihr Freund haben Meuling die Staatsanwaltschaft auf den Hals gehetzt. Markus Sassen ermittelte in eigener Sache weiter. Rechtsanwalt Hinrichs forderte die Staatsanwaltschaft ständig im Namen seiner Klientin auf, den Fall ernst zu nehmen und tätig zu werden. Wahrscheinlich hatte Meuling noch nie solchen Widerstand zu spüren bekommen. Inzwischen war sogar klar, dass es seinen geheimnisvollen Sidorov gar nicht gab. Die drei mussten damit rechnen, dass ihre Geschäfte bald auffliegen würden ... Und Henning und Sassen blieben weiter hart am Ball.«

»Wenn sie die junge Frau zusammengeschlagen hätten«, sagte Weller, »hätte jeder normalintelligente Staatsanwalt gewusst, dass sie es gewesen waren. Erpressung ... Körperverletzung ... da kommt schon einiges zusammen. Und dann sehen die so einen irren Mord in irgendeinem Scheißsplattermovie. Und sie überlegen sich, es genau so zu machen, damit ihnen keiner draufkommt.«

Ann Kathrin entwickelte Wellers Gedanken weiter: »Meuling machte einen Versuch, sie zu entführen. Das ging gründlich schief. Die drei steigerten sich immer mehr da hinein, und wahrscheinlich bekamen sie auch immer mehr Spaß an der Sache.«

Weller rieb sich sein Bein. Es tat immer noch weh von dem Sprung in Meulings Rücken.

»Ich wette«, sagte er, »wenn wir Meulings DVDs beschlagnahmen, finden wir darunter einen Film mit der exakten Vorlage.«

Er grinste. Er stellte sich vor, welche Genugtuung es ihnen bereiten würde, vor den Augen der Duisburger Kollegen Meuling Handschellen anzulegen und des Mordes zu überführen.

Am liebsten wäre Ann Kathrin zurückgefahren, um sich Meulings DVD-Sammlung zu holen. Doch für heute war sie erledigt. Sie beschloss, es über den Dienstweg zu versuchen. Sollte sich doch Staatsanwalt Scherer darum kümmern.

Zu Hause kochte Ann Kathrin Spaghetti mit Pesto. Weller öffnete eine Flasche Biorotwein, den er für fünf

Euro neunzig im Combi gekauft hatte und der ihm erstaunlich gut schmeckte.

Ann Kathrin war Weller dankbar, dass er beim Essen kein Wort mehr über die Duisburger Niederlage verlor. Danach warf sie sich im Wohnzimmer auf die Couch und legte die Beine hoch. Sie kamen ihr merkwürdig schwer vor, als würde das Blut nicht abfließen, sondern sich in den Füßen und Waden stauen.

Weller war für so etwas erstaunlich sensibel. Er holte ihr zwei große Kissen und begann dann wortlos, fast spielerisch, Ann Kathrins Füße zu massieren.

Sie schloss die Augen und genoss es.

Sie glaubte, die Berührung an den Füßen im ganzen Körper zu spüren. Weller rieb die Spitze ihres großen Zehs mit seinen Fingern. Sofort begann ihre Stirn zu kribbeln. Sie stellte sich vor, dass der Arbeitsstress aus ihr herausrieselte wie feiner Sand nach einem Strandspaziergang aus der Kleidung.

Sie nickte ein bei der Fußmassage. Als sie wach wurde, weil das Telefon klingelte, wusste sie nicht, ob es nur ein Sekundenschlaf gewesen war oder ob sie seit Stunden auf dem Sofa schlief. Jedenfalls hatte Weller seine Hände immer noch an ihren Füßen

Er bat sie, das Telefon einfach zu ignorieren. Für heute sei Feierabend.

Dann wollte er sie ins Bett tragen. Das war zwar romantisch, und er kam sich ein bisschen heldenhaft dabei vor, aber gleichzeitig war es gar nicht gut für seine Bandscheiben.

Schon in der Hebebewegung spürte er einen stechenden Schmerz im Rücken, der von der Wirbelsäule hochjagte bis in seinen Kopf. Er ließ Ann Kathrin los, und sie plumpste aufs Sofa zurück. Gekrümmt stand er da wie versteinert, mit schmerzverzerrtem Gesicht, und mit den Händen, die gerade noch so liebevoll ihre Füße massiert hatten, tastete er jetzt seinen Rücken ab. Er schaffte es gar nicht mehr, sich gerade aufzurichten.

Ann Kathrin stand auf. »Warte. Ich helfe dir.«

Ann Kathrin Klaasen lag in embryonaler Haltung, das dicke Kissen fest umklammert und gegen den Bauch gedrückt. Sie hielt die Augen fest geschlossen. Zunächst erwachte ihr Geruchssinn. Weller brühte in der Küche Kaffee auf. Die frisch gemahlenen Arabica-Bohnen verströmten ihren Duft von der Küche bis ins Schlafzimmer. Dann hörte sie seine nackten Füße auf den italienischen Steinfliesen. Er kam näher. Gleichzeitig wurde der Kaffeeduft intensiver.

Ihr Herz schlug voller Vorfreude schneller. Er wird mir doch nicht etwa …

Sie blinzelte zur Tür. Tatsächlich. Er brachte ihr Kaffee ans Bett.

Auf dem Tablett stand noch ein Glas. War das etwa frisch gepresster Orangensaft? Und daneben auf dem Teller zwei Spiegeleier mit Krabben auf geröstetem Toast?

»Träume ich noch?«, fragte sie spielerisch und rieb sich die Augen, »oder bringt mir da gerade jemand ein Frühstück ans Bett?«

Der Mann ist ein Lottogewinn, dachte sie. In dem Moment klingelte das Telefon.

Weller schüttelte den Kopf und stellte das Tablett auf dem Bett ab. Aber schon hechtete Ann Kathrin aus dem Bett und war beim Telefon.

Hier in ihrem Haus im Distelkamp war es immer noch so, dass sie dranging, wenn sie gemeinsam da waren, und nicht Weller. Denn es war ihr Haus und nicht seins.

Rupert rief offensichtlich aus dem Büro an. Im Hintergrund tuckerte ein Faxgerät, und sie hörte den Laserdrucker arbeiten. Sie sah auf die Uhr. Es war kurz vor neun.

»Ich habe die ersten Laborergebnisse. Soll ich sie dir wörtlich vorlesen, oder willst du die übersetzte Fassung?«

»Nun sag schon!«

Ann Kathrin bekam kalte Füße. Sie rieb ihren rechten Fuß gegen den linken und hoffte, dass Weller nicht sauer war. So wie sie ihn da sitzen sah, hatte es ihm schon einen gewissen Stich versetzt, dass ihr das Telefon wichtiger war als sein Frühstück. Er hatte sich so viel Mühe gegeben, und nun …

Sie musste an ihren Sohn Eike denken. Wie oft hatte sie den stehen lassen und sich stattdessen der Arbeit gewidmet? Irgendeinem Fall, der keinen Aufschub erlaubte und natürlich in der augenblicklichen Situation wichtiger war als das Bild, das Eike für sie gemalt hatte oder seine Eins in Deutsch.

Im Laufe der Jahre musste der Junge so zu der Überzeugung gekommen sein, dass die Verbrecher seiner Mutter wichtiger waren als er. Kein Wunder, dachte sie, dass er zu Hero und seiner Geliebten gezogen ist, statt bei mir zu bleiben. An seiner Stelle hätte ich vermutlich genauso gehandelt.

In diesem Moment, da sie Weller enttäuscht neben dem Frühstückstablett auf dem Bett sitzen sah, begriff sie erst wirklich, was mit ihr und ihrem Sohn geschehen war. Sie konnte es auf der Haut spüren, und am liebsten hätte sie das Telefongespräch abgebrochen, um sofort zu Eike zu fahren. Sie musste ihn um Entschuldigung bitten und ihm sagen und zeigen, wie sehr sie ihn liebte. Gleichzeitig spürte sie, dass sie das alte Spiel jetzt wiederholte. Diesmal mit Weller.

Er musste sie verstehen. Er war ein erwachsener Mann. Er arbeitete am gleichen Fall wie sie. Auch er wollte den Mörder fangen.

»Also erst mal das Wichtigste: Die Haare der Toten

kleben voller Haarspray, und das Zeug haben die Jungs vom Labor auch an den Blüten rund um ihren Kopf herum gefunden. Das bedeutet …«

Ann Kathrin wachte jetzt erst richtig auf. »Er hat sie am Tatort frisiert«, sagte sie.

»Ja. Und zwar nachdem er sie aufgespießt hatte. Sozusagen als krönenden Abschluss seiner Arbeit. Weißt du, wie die Jungs ihn hier im Labor nennen?«

»Nein.«

»Den Friseur.«

Ann Kathrin schluckte trocken. Zu gern hätte sie jetzt etwas von dem Kaffee gehabt. Der Geschmack im Hals war widerlich.

»Gibt es Ergebnisse der Blutuntersuchung?«, fragte sie.

»Ja. Es ist, wie du gedacht hast. Er hat ihr etwas injiziert, das die Leichenstarre hinauszögert.«

»Irgendwelche Betäubungsmittel?«

»Sie muss über einen längeren Zeitraum Beruhigungsmittel eingenommen haben. Baldrian und so ein Zeug. Aber keine K.-o.-Tropfen, nichts, was willenlos macht oder so etwas. Ihre letzte Mahlzeit war Lamm, Rosenkohl, Kartoffelgratin. Dazu Rotwein, aber frag mich nicht, welche Marke.«

Rupert lachte, aber Ann Kathrin fand es nicht lustig. Sie fragte sich, warum sie nicht einfach mit dem Telefon ins Schlafzimmer ging, sich zu Weller aufs Bett setzte und einen Schluck Kaffee trank. Warum stand sie hier herum, als hätte sie den Bus verpasst?

Als hätte Weller ihre Gedanken erraten, nahm er eine Tasse vom Tablett und brachte sie ihr. Dankbar nickte sie ihm zu und nahm einen Schluck.

»Über die Stahlstangen haben wir inzwischen auch etwas herausgefunden. Äußerst stabiles Zeug. Wird manchmal beim Gerüstbau verwendet. Bei Bühnenarbeiten. Findet aber auch in Sportgeräten Verwendung, wie sie in so Muckibuden gebraucht werden. Das Zeug wird in Duisburg als Meterware hergestellt, kannst du aber überall kaufen. Angeblich wird es auch für Zeltstangen bei Bundeswehrlazaretten benutzt und so, weil das Zeug leicht ist und extrem tragfähig. Angespitzt hat der Friseur die Rohre selbst. Muss eine Heidenarbeit gewesen sein. Jedenfalls kann man die Dinger nicht spitz kaufen.«

»Gibt es eine Liste der Kunden?«, fragte Ann Kathrin. »Können wir nachvollziehen, wer in letzter Zeit solche Rohre …«

Rupert unterbrach sie. »Unmögliches erledige ich ja bekanntlich sofort, aber Wunder brauchen etwas länger, Frau Kollegin.« Rupert hustete. Er hörte sich müde an. »Dann hat noch ein Typ vom ZDF hier angerufen. Gunnar …« Rupert kramte nach dem Zettel.

»Peschke«, ergänzte Ann Kathrin. »Was wollte der?«

»Er wollte dich sprechen. Mir wollte er gar nichts sagen. Ich habe ihm deine Handynummer gegeben. Ich hoffe, das war ok.«

»Ja, das war es«, sagte Ann Kathrin und nahm mit spitzen Lippen einen Schluck Kaffee. Sie lächelte Weller an. Er deutete einen Kuss auf seinen Zeigefinger an und drückte dann den Zeigefinger sanft gegen ihre Nasenspitze.

Sofort nachdem Ann Kathrin das Gespräch mit Rupert beendet hatte, machte sie sich über die Spiegeleier mit Krabben her. Sie wunderte sich, dass sie im Halbschlaf nur den Kaffeeduft herausgefiltert, nicht aber den der Spiegeleier wahrgenommen hatte. Jetzt war der Geschmack sehr intensiv. Sie schlang das Frühstück hinunter und fürchtete, dabei schrecklich gierig und primitiv auszusehen. Weller betrachtete sie, wie er als kleines Kind die Seehundfütterung beobachtet hatte, und schmunzelte.

Zwei Krabben fielen ihr von der Gabel aufs Bettlaken. Sie bemerkte es nicht einmal. Weller beugte sich vor und suchte mit den Fingern nach den Krabben. Als er sie erwischt hatte, aß er sie auf.

Noch bevor sie das letzte Stück Toast mit Ei mit einem Schluck Saft hinuntergespült hatte, klingelte ihr Handy. Ann Kathrin meldete sich mit vollem Mund.

Sie erkannte Gunnar Peschkes Stimme sofort. Er sagte es ruhig und sachlich, aber sie spürte seine Aufregung. Er wusste jetzt, woher er die Tote kannte. Besser gesagt, ihre Körperhaltung.

»Es ist ein Bild aus dem Ostfrieslandmagazin. Irgendeine ostfriesische Jazztanzgruppe führt ein Stück auf. Eine Frau hüpft in die Luft, ihre Haare fliegen dabei wunderschön. Es sieht auf dem Foto aus wie ein Heiligenschein.«

Ann Kathrin war baff. »Er hat es aus dem OMA?«

»Offensichtlich. Ich habe das Ostfrieslandmagazin abonniert. Für einen echten Ostfrieslandfan gehört sich das so. Es bringt mir ein Stück Nordsee und damit Urlaub nach Mainz.«

»In welcher Ausgabe ist das Foto?«

»In der vom letzten November.«

Augenblicklich machte sich Gunnar Peschke für Ann Kathrin damit zum Verdächtigen. Warum sollte ein Tourist, der im April Ostfriesland besucht, eine sechs Monate alte Ausgabe vom Ostfrieslandmagazin mitbringen? Sie kannte das Phänomen aus Lehrbüchern. Manchmal suchten Täter die Nähe zu den ermittelnden Behörden. Boten sich als Zeugen an. Hatten hilfreiche Ideen. Sie brachten die Polizei auf eine falsche Spur, lenkten von sich selbst ab und genossen es, so immer über den Ermittlungsstand Bescheid zu wissen. War Gunnar Peschke so einer?

Weller hatte während des Gesprächs sein Ohr nah an

Ann Kathrins Handy gebracht. Ihre Haare berührten sich. Er konnte riechen, dass sie ihre Hautcreme mit Nachtkerzensonnenöl benutzt hatte.

Und Weller zog aus Ann Kathrins Worten eine ganz andere Schlussfolgerung, denn er hatte in Dieter Meulings Wohnung das OMA liegen sehen. Vielleicht nicht die Novemberausgabe, aber auf jeden Fall ein Ostfrieslandmagazin.

»Er hat es also nicht von einem Splatterfilm, sondern die Vorlage kommt aus dem OMA«, flüsterte Weller triumphierend.

Ann Kathrin fragte Gunnar Peschke: »Haben Sie Ihre gesamte OMA-Sammlung mit nach Ostfriesland genommen? Oder wie kommen Sie gerade jetzt an die Novemberausgabe?«

Er schien nicht mal zu bemerken, dass er sich gerade verdächtig gemacht hatte. Oder hatte er sich die Antwort schon vorher zurechtgelegt, weil er mit der Frage rechnen musste?

»Darin ist u.a. auch ein Bericht über gute Fischrestaurants in Ostfriesland. Es sind nur zwei darin, die ich noch nicht kenne. Ich habe es mir mitgenommen, um sie zu besuchen. Ich liebe Fischrestaurants.«

Ann Kathrin beendete das Gespräch und lief die Treppe hoch. Ihr Exmann hatte das OMA immer mit Begeisterung gelesen, und weil ihm die Fotos so gut gefielen, bewahrte er die Ausgaben auf. Sie hoffte, dass er sie nicht mit zu seiner Geliebten, Susanne Möninghoff, genommen hatte.

Sie hatte Glück. Sie fand das Novemberheft sofort und musste nicht lange blättern, dann sah sie das Foto. Es sprang sie regelrecht an. Ja. Genau so hatte die Tote im Rhododendronstrauch gehangen, wie mitten im Sprung eingefroren.

Die Frau auf dem Foto war natürlich nicht nackt, sie

trug einen pinkfarbenen Jazztanzanzug, der glitzerte, als sei er mit Goldstaub übersät.

Holger Bloem hatte den Bericht über eine Jazztanzaufführung in den Dünen geschrieben. Die Frau auf dem Foto war Mareike Henning.

Ann Kathrin atmete tief durch. Zweifellos hatte der Mörder sich von diesem Foto inspirieren lassen und einen großen Aufwand betrieben, um es zwischen den Blütenblättern im Schlosspark Lütetsburg nachzustellen.

Ann Kathrin bemerkte nicht, dass Weller inzwischen hinter ihr stand. Er war einfach aus ihrem Sichtfeld verschwunden. Als er sprach, erschreckte sie sich.

»Sie haben Ärger mit ihr gehabt«, sagte Weller. »Sie hat ihnen die Staatsanwaltschaft auf den Hals gehetzt. Sie haben versucht, ihr Angst zu machen, doch sie ließ sich nicht einschüchtern. Und dann haben sie dieses Foto von ihr im OMA gesehen. Das hat ihre Rachegedanken beflügelt. Mein Gott, was gibt es doch für kranke Arschlöcher auf der Welt!«

Während sie nach Aurich fuhren, um einen Haftbefehl für Meuling beantragen zu lassen, war Ann Kathrin sich schon gar nicht mehr so sicher, ob Meuling wirklich der richtige Mann war. Sie stellte sich vor, wie Gunnar Peschke in den frühen Morgenstunden im Lütetsburger Schlosspark saß und sein Werk betrachtete. Die Sonne ging auf, und er konnte sich an den Bildern nicht sattsehen. Nach eigenen Angaben war er so früh in den Park gekommen, dass sogar die Kasse noch geschlossen war. Er hatte angeblich einen Euro am Drehkreuz in den Kassenautomaten geworfen. War ihm gar nicht klar, wie schwer er sich damit selbst belastete? Hatte er gewartet, bis die Sonne günstig stand und sein Kunstwerk im richtigen Licht erscheinen ließ, um dann die Polizei zu rufen? Konnte jemand, der verrückt genug war, das zu tun, so vernünftig wirken?

Bevor sie zu Staatsanwalt Scherer hochgingen, musste Weller noch eine rauchen. Er versprach Ann Kathrin, ihr den üblichen Konkurrenzkampf mit Scherer heute zu ersparen. Er wollte ihm auf rein professioneller Ebene begegnen. Doch kaum standen die beiden sich gegenüber, wurde Weller von dem fast unwiderstehlichen Drang gepackt, Scherer zu attackieren oder zu beleidigen. Am liebsten hätte er ihm eine reingehauen, und er konnte sich selbst nicht erklären, warum. Etwas an Scherers leicht überheblicher, schnoddriger, ja schnöselhafter Art und sein immer wieder misslungener snobistischer Versuch, sich wie ein englischer Gentleman zu kleiden, brachte Weller gegen ihn auf. Selbst Scherers Körperhaltung hatte etwas Hochnäsiges an sich, fand Weller.

Ann Kathrin redete, und Scherer übersah Weller geradezu demonstrativ. Scherer wäre jeder andere als Mörder lieber gewesen als Meuling. Er befürchtete natürlich, dass seiner Behörde eine Mitschuld an der Tat gegeben werden würde. Immerhin hatten sie die Chance verpasst, den Mord zu verhindern. Er bemühte sich, Ann Kathrins Argumentationsketten unschlüssig zu finden. Nachdem Ann Kathrin alle Verdachtsmomente vorgetragen hatte, zerpflückte er sie Punkt für Punkt:

»Sie führen also allen Ernstes gegen Herrn Meuling ins Feld, dass Sie in seiner Wohnung ein Ostfrieslandmagazin gefunden haben. Was glauben Sie, wie viele Abonnenten hat das Blatt?«

Zu seiner Verblüffung gab Ann Kathrin genaue Auskunft: »Die Auflage beträgt 15000 Exemplare. Es gibt 8500 Abonnenten. Das Blatt wird sogar in die USA verschickt. Ostfrieslandfans gibt es scheinbar überall.«

Scherer verzog seine Lippen zu einem süffisanten

Grinsen. Wieder hätte Weller ihm eine reinhauen können.

»Ja, ich lese es selbst auch. Wollen Sie mich jetzt auch zu den Verdächtigen zählen? – Wir brauchen Fakten! Fingerabdrücke. DNA-Spuren. Zeugen. Kommen Sie mir bloß nicht mit Vermutungen. Das ist doch alles nur Spekulatius.«

»Er hat sie bedroht«, sagte Ann Kathrin. »Sie hat ihn angezeigt. Es lagen alle Fakten offen auf dem Tisch. Und nun ist sie tot. Wenn wir ihn jetzt nicht verhaften, werden wir dastehen wie die letzten Idioten.«

Scherer schabte sich mit der Hand über den nicht ganz glatt rasierten Halsansatz. »Sie irren sich, Frau Klaasen. Finden Sie den richtigen Täter. Dann sind wir alle entlastet.«

»Wir versuchen, an Urlaubsfotos von Touristen zu kommen. Wenn Meuling auf einem der Fotos ist, wären Sie dann bereit, ihn in den Kreis der Verdächtigen aufzunehmen?«

Scherer lachte. »Das nennen Sie harte Beweise, ja? Kann es sein, dass Sie Urlaub brauchen, Frau Hauptkommissarin? Vielleicht setzt Ihnen Ihr stressiges Privatleben so sehr zu, dass Sie den Blick für die kriminalistischen Realitäten verlieren. Wir brauchen Fakten, Fakten, Fakten!«

»Höre ich da so etwas wie Kritik an unserer Beziehung heraus?«, fauchte Weller angriffslustig.

»Es interessiert mich nicht, wer mit wem schläft«, konterte Scherer. »Solange Sie Ihre Arbeit ordentlich machen. Bringen Sie mir den Mörder, damit ich ihn anklagen kann.«

Meuling saß im Citycafé. Eigentlich mochte er keinen Espresso, aber er fand es männlich, einen Espresso, Grappa und ein Glas Wasser zu trinken. Er war gut gelaunt und trommelte mit den Fingern auf der Tischplatte einen Song von Eros Ramazotti und Tina Turner mit. Der kreischende Ton der Espressomaschine störte ihn, weil er Tina Turners Gesang übertönte.

Mit der Duisburger Kripo kam er bisher blendend klar. Sie waren auf seinen Bluff mit der Drogenmafia hereingefallen. Seit fast einem halben Jahr fütterte er sie mit Halbwahrheiten. Sie waren viel zu gierig darauf, den größten Drogenfahndungserfolg in der Geschichte zu landen, als dass sie seine »sensiblen Fakten« genau überprüft hätten. Schon zweimal war die Übergabe angeblich verschoben worden. Diesmal musste er sich etwas Neues einfallen lassen. Sie ließen ihn nur an der langen Leine laufen, solange sie die Hoffnung hatten, über ihn einen größeren Fisch zu fangen. Heute bot sich ihm eine Chance.

Manchmal, so dachte er, kommt das Glück ganz unverhofft. Wie lange hatte er sich abgerackert, über Kleinanzeigen … In der ganzen Stadt hatte er seine Visitenkarten verstreut. Jeder kleine Hugo versuchte, das bisschen Schwarzgeld, das er auf die Seite gebracht hatte, über ihn zu investieren. Aber jetzt hatte er einen großen Fisch an der Angel.

Der Anruf erreichte ihn, kurz nachdem er aus dem Polizeipräsidium entlassen worden war. Die Worte klangen ihm immer noch im Ohr: *»Ich habe gehört, Sie könnten mir helfen, Schwarzgeld unterzubringen. Zweihundertfünfzigtausend. Ich muss sie irgendwo parken. Sagen wir, für zwei, drei Monate. Und dann brauche ich jemanden, der mir hilft, aus schwarzem Geld weißes zu machen.«*

Schnell hatte er dem Unbekannten versichert, er sei genau der richtige Mann für dieses Problem und könne sein Geld nicht nur sicher aufbewahren, sondern garantiere ihm auch noch zehn Prozent Zinsen. Pro Monat, versteht sich.

Meulings Plan war einfach. Er würde das Geld nehmen und damit aus Duisburg verschwinden. In die Karibik vielleicht oder irgendwo anders hin – jedenfalls an einen Platz in der Sonne. Zweihundertfünfzigtausend reichten eine ganze Weile, um irgendwo ein neues Leben zu beginnen. Vielleicht würde er einen Club eröffnen mit rassigen Brasilianerinnen. Ein Bordell in Rio, ein Nachtclub in Manaus oder ein Stripteaseclub in São Paolo. Auf jeden Fall musste er hier weg, bevor die Duisburger Bullen merkten, dass er sie hereingelegt hatte. Außerdem bekamen seine alten Kumpels noch Geld von ihm, und spätestens im Hochsommer verlangten einige Leute ihr Geld zurück, das sie ihm anvertraut hatten. Aber bis dahin wäre er mit den zweihundertfünfzigtausend längst über alle Berge.

Das Treffen sollte im Botanischen Garten stattfinden. Meuling sah auf die Uhr. Er hatte noch eine gute halbe Stunde. Eigentlich wollte er gehen, doch dann kamen zwei Fünfzehnjährige herein und setzten sich an den Tisch gegenüber. Sie lachten und giggelten. Sie hatten lange Beine und trugen bauchfreie Tops. Sie waren beide im Nabel gepierct.

Die Rothaarige hatte einen Faltenrock an, wie sie jetzt wieder modern geworden waren. Als sie bemerkte, wie Meuling sie anstarrte, legte sie die Beine stolz übereinander. Sie gewährte ihm absichtlich einen tiefen Einblick und zwinkerte ihrer Freundin überlegen zu. Die setzte sich jetzt auch besser in Pose. Meuling verstand: Es war eine Art Wettbewerb zwischen den beiden, wer mehr Männerblicke auf sich zog. Er lehnte sich zurück und bestellte sich noch einen Grappa.

Ich würde euch ja gerne mitnehmen, dachte er schmunzelnd. Alle beide. Aber da, wo ich hinfliege, gibt es von eurer Sorte genug, und wer nimmt schon eine Flasche Bier mit nach Dortmund?

Als Meuling den Botanischen Garten betrat, wartete sein Kunde am abgesprochenen Treffpunkt bereits auf ihn. Er trug einen schwarzen Beerdigungsanzug und eine Sonnenbrille. Ein bisschen sah er aus wie Tommy Lee Jones in *Men in Black*. Er hatte eine längliche schwarze Sporttasche von der Firma Puma bei sich. Ein Bodyguard, ebenfalls in einem schwarzen Beerdigungsanzug, begleitete ihn und wartete nicht weit entfernt.

Das kam Meuling zunächst noch nicht verdächtig vor. Wer sich mit Zweihundertfünfzigtausend in bar durch den Park bewegte, hatte durchaus Anspruch auf einen Bodyguard, fand er.

»Ich hoffe, es handelt sich nicht um Falschgeld«, sagte Meuling. Sein Gegenüber schüttelte den Kopf, sah sich kritisch nach allen Seiten um und öffnete dann vorsichtig die Sporttasche. Darin lag aber kein Geld, sondern ein Baseballschläger.

Meuling wollte flüchten, doch da schnitt der zweite Typ ihm den Weg ab. Er sprühte Meuling Pfefferspray ins Gesicht.

Meuling kreischte und schrie um Hilfe. Da zertrümmerte ein Baseballschläger sein rechtes Knie.

Jetzt gab es kein Entkommen mehr.

Dann traf ihn der Baseballschläger am Kopf.

Der Aufruf, Fotos aus dem Schlosspark Lütetsburg zu schicken, stand zuerst im Kurier, ging aber am gleichen Tag noch über Hitradio Antenne und DPA. Schon wenige Stunden später verstopften Tausende digitaler Fotos die Computer der Kripo Aurich. Es würde Monate dauern, das alles zu sichten. Trotzdem begannen Ann Kathrin und Weller.

Weller klickte die Fotos nur flüchtig durch. Es war ihm eine lästige und sinnlose Arbeit, die er eigentlich nur tat, um Ann Kathrin zu gefallen. Doch sie wurde schon nach wenigen Stunden fündig. Auf einem Foto von Doris Raab entdeckte sie mitten in der Blütenpracht Gunnar Peschke.

Er war nicht vollständig drauf, denn Frau Raab hatte ja nicht ihn knipsen wollen, sondern die Rhododendronpracht. Unten auf dem Foto stand ein Datum und eine Uhrzeit. 02. April, 12.46 Uhr.

Er war nur von schräg hinten zu sehen. Sein Gesicht von der Kamera abgewendet. Aber Ann Kathrin glaubte ihn deutlich zu erkennen.

Sie rief Weller und Rupert. »Schaut es euch an! Da steht er: Gunnar Peschke. Er hatte also Zeit, sich die Rhododendren vorher anzuschauen. Sich die Farben zu mischen und eine gute Stelle auszusuchen.«

»Ich weiß nicht, ob er das wirklich ist«, sagte Weller.

Aber Ann Kathrin war überzeugt. »Natürlich ist er das. Du hast ihn dir nur nicht so genau angeschaut wie ich.«

»Stimmt«, zischte Weller und spürte, dass wieder die Eifersucht in ihm hochstieg. Im Grunde hätte es ihm gut gefallen, wenn dieser Peschke ihr Mann wäre. Er mochte es nicht, wenn sie Männer so anguckte, wie sie ihn angesehen hatte.

Ann Kathrin ließ Paul Schrader rufen. Er hatte schließlich zuerst mit Gunnar Peschke gesprochen und seine Personalien aufgenommen.

Schrader gab Ann Kathrin sofort recht. »Ja«, sagte er, »das könnte der ZDF-Mann sein.«

»Könnte? Was heißt könnte? Ist er es? Ja oder nein?«

»Also, beschwören könnte ich es nicht.«

»Selbst wenn er es ist – das beweist gar nichts«, stöhnte Rupert. »Dreht ihr jetzt plötzlich alle am Rad, oder was? Ich denke, wir haben diesen Meuling so gut wie auf Nummer sicher.«

Ann Kathrin rief Gunnar Peschke an. Er war hocherfreut, ihre Stimme zu hören, und erkundigte sich zunächst nach dem Wetter in Ostfriesland. Sie musste sich eingestehen, es gar nicht wahrgenommen zu haben, und sah zum Fenster hinaus.

»Blauer Himmel«, sagte sie, »und ein paar Schäfchenwolken.«

»Ist gerade Ebbe oder Flut?«

Ann Kathrin schluckte. »Ich weiß es nicht.«

Dann fragte Ann Kathrin ihn, wann er zum letzten Mal in Ostfriesland gewesen sei.

»Na, als wir uns getroffen haben, Frau Kommissarin. Erinnern Sie sich nicht mehr?«, scherzte er.

»Und davor? Wann waren Sie das letzte Mal vor unserem Zusammentreffen da? Haben Sie den Lütetsburger Park schon einmal besucht?«

»Aber ja«, sagte er. »Im April gibt es keinen schöneren Platz auf Erden. Die Farben, die Düfte ...« Er geriet ins Schwärmen.

Ann Kathrin stoppte ihn. »Wann genau?«

»Anfang April war ich in diesem Jahr zum ersten Mal da. Das mache ich immer im April.«

»Ach – so wie andere jedes Jahr am 24. Dezember Weihnachten feiern?«

Er antwortete nicht, sondern lachte nur. War das das Lachen eines unschuldigen Menschen, der nicht mal ahnte, dass er verdächtigt wurde, oder war er einfach nur abgebrüht und mit allen Wassern gewaschen?

»Ich hoffe, Sie haben Ihren Mörder und machen aus Ostfriesland wieder eine sichere Gegend.«

»Ja«, sagte Ann Kathrin. »Ich glaube, wir haben ihn bereits.«

Sie legte auf und empfand das Gespräch irgendwie als Niederlage, obwohl sie doch eigentlich recht behalten hatte. Er war das da auf dem Foto. Und er gab es unumwunden zu.

Mareike Hennings Vater Peter und ihr Freund Markus Sassen saßen am Wohnzimmertisch, dem Wagenrad mit der dicken Glasplatte, und betranken sich. Sie rechneten damit, noch heute Abend verhaftet zu werden. Es war ihnen egal. Sie waren stolz auf sich.

Den Schäferhund hatten sie für achtzig Euro an den Nachbarn verkauft. Sie wollten das Tier versorgt wissen, wenn man sie abholte.

Sie hatten geglaubt, es würde ihnen helfen, die Trauer um Mareike zu ertragen. Die Planung der Rache hatte gutgetan. Die erfolgreiche Ausführung der Aktion auch. Aber jetzt war alles anders. Sie fragten sich, ob Meuling noch lebte oder nicht. Nicht dass sie Mitleid mit ihm gehabt hätten. Nein. Aber die Höhe ihres Strafmaßes hing vermutlich davon ab.

Peter Henning glaubte nicht wirklich, dass er dafür zur Rechenschaft gezogen werden würde. »Wir werden Volkshelden sein«, sagte er. »Die Leute da draußen, die sehen das alle anders als die studierten Richter. Wenn mehr Väter so handeln würden wie wir, dann würde keiner mehr unsere Kinder entführen und umbringen. Kein Psychologe könnte den Täter später gesundbeten und kein durchgeknallter Richter ihn als geheilt aus der Haft entlassen. Auge um Auge. Zahn um Zahn.«

Markus Sassen war bisher kein Verfechter der Todesstrafe gewesen. Im Gegenteil. Aber seine Meinung hatte sich radikal geändert. Er trank schneller als Peter Henning, und er war gut fünfzehn Kilo leichter, daher wirkte der Alkohol bei ihm schneller.

Auf dem Weg zur Toilette stolperte er und knallte im Flur lang hin. Danach spülte er noch einen Johnny Walker mit einem Jever-Pils runter, während Peter Henning mit klarem Schnaps weitermachte.

Markus Sassen schlief nicht im Wohnzimmer auf dem Sofa ein. Es … glich eher einer Ohnmacht.

Peter Henning schaffte es noch bis zum Bett. Er ließ sich angezogen darauffallen.

Ihre Koffer standen gepackt in der Küche. Schlafanzüge. Socken. Unterwäsche. Doch sie wurden in dieser Nacht nicht verhaftet. Die Kripo Duisburg sah noch keine Veranlassung, die Nachricht vom Überfall auf Meuling nach Ostfriesland weiterzugeben.

Weller checkte seine Mails an Ann Kathrins Laptop. Schon als er sah, dass er eine Mail von seiner Exfrau Renate bekommen hatte, lief es ihm heiß und kalt den Rücken hinunter. Er musste die Mail gar nicht erst öffnen. Er wusste sofort, dass er mal wieder zu lange gezögert hatte. Jetzt musste er es Ann Kathrin sagen. Ihm blieb keine andere Möglichkeit mehr.

Er ging runter zu ihr in die Küche. Sie blätterte in einem Wäschekatalog. Seit sie mit Weller zusammenlebte und nicht mehr mit Hero, interessierte sie sich für schöne Unterwäsche. Keine übertriebenen sexy Dessous, nein, das wollte sie nicht. Vieles sah ihr zu nuttig aus. Aber sie wollte sich wohl fühlen in neuer Wäsche und schön sein. Ein bisschen für ihn, aber sicherlich auch für sich selbst.

Natürlich konnte sie sich so etwas auch in Norden kaufen oder in Aurich, doch sie kam sich komisch dabei vor. Es musste ja nicht jeder wissen, was die Kommissarin untendrunter trug.

Als Weller hereinkam, blätterte sie im Katalog rasch ein paar Seiten um. Jetzt war sie bei Regenkleidung für Kleinkinder.

Er sah so blass um die Nase aus und gestikulierte, als würde er sich in einem Wespenschwarm befinden. Etwas war ihm unheimlich peinlich. Sie sah ihn an und versuchte, ganz ruhig zu bleiben.

Egal, was er dir jetzt sagt, du musst gut reagieren,

dachte sie. Er rechnet damit, dass er Stress kriegt. Vielleicht will er heute Abend mit seinen Freunden Skat spielen oder ein Fußballspiel angucken oder irgendetwas anderes, weswegen Renate ihm früher Stress gemacht hat. Zeig ihm, dass du anders bist und besser mit den Dingen umgehen kannst.

Er eierte noch ein bisschen herum, dann platzte er damit heraus: »Ich muss meine Kinder heute holen. Ich meine, ich möchte sie natürlich holen, also, ich freu mich ja irgendwie drauf. Aber …«

»Deine Mädchen kommen? Warum hast du mir das nicht vorher gesagt? Ich hätte dann …«

»Ich wollte es dir ja sagen, aber dann ist immer was dazwischengekommen. Irgendwas anderes war wichtiger. Ich habe einen günstigen Moment gesucht …«

»Was bin ich nur für ein Drachen? Musst du einen günstigen Moment suchen, um mit mir darüber zu sprechen, dass deine Kinder kommen?«

»Nein, aber …«

»Aber was?«

»Renate fährt für vierzehn Tage nach Mallorca und …«

»Sie sollen vierzehn Tage hier bleiben?«, fragte Ann Kathrin und ärgerte sich über den Ton ihrer Worte. Alles bekam einen falschen Klang. Wie oft hatte ihr Vater ihr gesagt: *Der Ton macht die Musik, Ann. Der Ton.*

Er hatte einen fast flehenden Blick. »Bitte, Ann, mach mir jetzt keine Probleme. Es ist schon schwierig genug mit mir und mit den Kindern. Zuerst hat sie sie heftig gegen mich aufgehetzt. Ich hatte schon Angst, sie entfremdet sie mir völlig. Wir wollten doch schließlich beide nicht, dass es für mich genauso wird wie für dich. Du siehst deinen Sohn doch praktisch gar nicht mehr, obwohl er in Hage wohnt.«

Das saß. Ann Kathrin drehte sich abrupt um und sah wütend aus dem Fenster. Ein Aprilschauer prasselte dagegen. Ein scharfer Westwind beugte die Birnbäume im Vorgarten.

Ann Kathrin hielt vor Wut die Luft an. Sie wusste, dass ihr das nicht guttat. Immer wenn sie verletzt wurde, stockte ihr der Atem. Es tat weh, an Eike und ihre kaputte Mutter-Sohn-Beziehung erinnert zu werden.

»Danke«, sagte sie. »Das war jetzt sehr hilfreich, Frank. Ich weiß, dass ich als Muttertier eine Versagerin bin. Du musst es mir nicht noch täglich vorbeten.«

»Aber das meine ich doch gar nicht! Du bist eine wundervolle Mutter! Du … Meine Kinder werden dich bestimmt mögen …«

Er hatte Angst, es immer noch schlimmer zu machen. Er wollte losfahren, um die Kinder zu holen. Im Grunde war er schon gut zwei Stunden zu spät dran.

Da klingelte es an der Haustür. Weller hörte die Stimme von Renate. Sie sprach laut mit den Kindern und kündigte ihnen an, ihr Vater werde ganz tolle Sachen mit ihnen machen, und sie hätten bestimmt eine Superzeit hier in dem schönen, großen Haus in Norden.

Weller stopfte sich sein Hemd in die Hose und öffnete die Tür. Der Wind drückte seine Kinder in den Flur. Mit den Kindern kamen Blätter und Regentropfen herein. Oben im Arbeitszimmer knallte ein Fenster zu.

Er konnte seine Exfrau unmöglich an der Tür abfertigen. Er musste sie hineinbitten. Die Kinder begrüßten ihn merkwürdig verhalten. Sie machten sich keine Mühe zu verbergen, dass sie keine Lust hatten, die nächsten vierzehn Tage hier im Distelkamp zu wohnen.

Renate sah unglaublich gut aus. Sie hatte ihre Haarfarbe verändert und ihre Frisur. Er konnte sich nicht mal richtig an ihre frühere Haarfarbe erinnern, aber so feuerrot war ihr Haar vorher garantiert nicht gewesen. Auch die schwarzen Strähnen darin kannte er nicht. Um die Augen herum war sie ihm ein bisschen zu dramatisch geschminkt.

Sie machte ganz auf fröhliche Familie. Es sei ja nicht schlimm, dass er die Kinder vergessen hätte. Das sei bestimmt nicht böse gemeint gewesen, denn er habe ja sicherlich viel zu tun, und es mache ihr überhaupt nichts aus, die Kinder vorbeizubringen. Ob er mal mit zum Auto kommen könne, um die Koffer reinzuholen?

Ann Kathrin blieb noch einen Moment alleine in der Küche und ballte beide Fäuste. Sie hatte sich so sehr gewünscht, dass ihr Sohn zu ihr zurückkommen würde. Stattdessen hatte sie jetzt Wellers Kinder hier.

Sie nahm sich vor, freundlich zu sein. In ihr keimte sogar die Hoffnung, Eike könne eifersüchtig werden, wenn andere Kinder bei ihr wohnten, und dann vielleicht wieder mehr Interesse an seiner Mutter zeigen. Aber sie ärgerte sich maßlos darüber, dass Weller sie nicht vorher informiert hatte. Sie hätte einkaufen können, und ein Zimmer musste für die Mädchen hergerichtet werden.

Dann stand sie den beiden Mädchen gegenüber, die völlig desinteressiert wirkten und es ihr schwermachten, auch nur die Namen aus ihnen herauszubekommen.

»Wer von euch ist denn die Jule und wer die Sabrina?«

Die beiden warfen sich Blicke zu, als könne nur eine völlige Idiotin so etwas fragen.

Da die drei jetzt alleine im Flur standen, während Weller mit seiner Exfrau draußen im Regen versuchte, den Kofferraum aufzuhebeln – er hatte damit schon in die Werkstatt fahren wollen, als sie noch zusammen waren –, geriet Ann Kathrin unter stressigen Erklärungsdruck, so als müssten erst ein paar Grundregeln besprochen werden.

»Also, ganz klar, ich weiß, ich bin nicht eure Mutter, und keine Angst, ich werde mich auch nicht als solche aufspielen. Also, wir können ja versuchen, gut miteinander auszukommen. Wer weiß, vielleicht werden wir Freundinnen …«

Die Mädchen lächelten bemüht und sagten: »Jaja, bestimmt.«

Was rede ich nur für einen Müll, dachte Ann Kathrin. Sie hassen mich jetzt schon. Mein Gott, warum muss immer alles so kompliziert sein?

Sie hatten beide die Augen ihres Vaters und sahen ihm viel ähnlicher als ihrer Mutter, fand Ann Kathrin. Auch diese Spur von Überheblichkeit, wenn sie lächelten, so als seien sie sich bewusst, etwas Besseres zu sein, kannte sie von ihm. Manchmal ging er durch die Polizeiinspektion wie jemand, der tief in sich drin weiß, dass er eigentlich nicht dorthin gehört und nur darauf wartet, dass er endlich zu etwas Höherem berufen wird.

Bei ihm war es ein leicht aristokratischer Zug. Bei den Mädchen wirkte es eher zickig auf Ann Kathrin. Trotzdem erkannte sie ihn darin wieder.

Mit dem geschulten kriminalistischen Blick der Kommissarin stellte Ann Kathrin fest, dass es Renate Weller sehr darauf ankam, jünger auszusehen, als sie war. Während sie versuchte, schön, jung und sexy auszusehen, bemühte sie sich, ihre Kinder so weit wie möglich vom Frausein wegzuhalten. Die pubertierenden Mädchen sahen eher aus wie Grundschülerinnen. Sie waren ungeschminkt und hatten bubenhafte Kurzhaarfrisuren. Ihre viel zu weite, schlabbrige Kleidung diente dazu, jedes Beginnen einer aufblühenden Weiblichkeit zu vertuschen.

Sie setzt sich zu den Mädchen in Konkurrenz, dachte Ann Kathrin. Sie will die kürzeren Röcke anziehen, die schärferen Klamotten tragen und die Blicke der tollen Typen auf sich ziehen. Sie wird in eine schwere Krise kommen, wenn ihre Töchter so weit sind, dass die Männer sich nach ihnen umdrehen und nicht mehr nach ihr, wenn sie gemeinsam über die Straße gehen. Und das wird gar nicht mehr lange dauern.

Irgendwie gönnte Ann Kathrin es ihr.

Dieter Meuling wurde erst am anderen Morgen wach. Das Sprechen fiel ihm schwer, aber er beschuldigte sofort den Vater und den Freund von Mareike Henning, ihn überfallen zu haben. Angeblich hatte er, bevor er ohnmächtig wurde, die Worte gehört: *»Das ist für Mareike.«*

Er verschwieg, wie sie ihn in die Falle gelockt hatten.

Dann erst sah er sein Gesicht im Spiegel an. Er hatte Mühe, sich selbst zu erkennen. Tränen schossen aus seinen zugequollenen Augen. Sein Kiefer hatte sich merkwürdig verschoben, sein Gesicht war eingerahmt von Stangen. Er hatte Schrauben im Kiefer. Sein Schädel war kahl rasiert. Er sah aus, als hätte der Mörder von Mareike Henning seine Vorliebe für Stahlspeere und -stangen an seinem Kopf ausprobiert.

Weller hatte Brötchen geholt. Dinkelbrötchen, Vollkornbrötchen, Buttercroissants. Außerdem drei Sorten Marmelade und Nutella.

Ann Kathrin hatte Eier gekocht, aber die Mädchen verzogen nur angewidert die Mundwinkel, als sie die Eier geköpft hatten. Jule sah aus, als ob sie sich gleich übergeben müsste, und würgte: »Ih, die sind ja noch ganz glibberig. So was esse ich aber nicht. Da kann man ja die Salmonellen noch drin rumschwimmen sehen.«

Das Telefon klingelte. Der Kollege aus Duisburg war dran. Er war ziemlich ungehalten. Er wollte sich über Ann Kathrin und Weller »bei höherer Stelle beschweren, falls der Drogendeal jetzt platzt«.

Er sagte *höhere Stelle* so merkwürdig, dass Ann Kathrin sich fragte, ob er damit den lieben Gott im Himmel meinte. Sie hakte nach, aber er blieb nebulös. Ann Kathrin betonte, dass sie Meuling sicherlich nicht zusammengeschlagen habe. Und die Sippenhaft für alle Ostfriesen sei inzwischen auch abgeschafft.

Ann Kathrin schlug Weller vor, bei seinen Kindern zu bleiben. Sie könne das auch allein mit Rupert regeln. Aber Weller machte die Sache größer, als sie Ann Kathrins Meinung nach war. Auf keinen Fall wollte er sie mit diesen gefährlichen Schlägern alleine lassen.

Sie wusste nicht, ob er das wirklich für sie sagte oder ob es mehr dazu bestimmt war, Eindruck bei seinen Töchtern zu schinden, mit was für gefährlichen Leuten sie es zu tun hatten. Jedenfalls ließen sie die Mädchen allein und fuhren gemeinsam nach Dornumersiel.

Im Auto atmeten beide auf. Weller bedankte sich zunächst überschwenglich bei Ann Kathrin, weil sie sich so viel Mühe mit seinen Kindern gab. Ann Kathrin schwieg und lenkte den Wagen.

Kurz bevor sie vor dem Haus der Hennings ankamen, sagte Ann Kathrin: »Machen wir uns doch nichts vor. Sie hassen mich.«

»Nein«, sagte Weller, »wenn überhaupt, dann hassen sie mich. Weil ich ihre Mutter verlassen habe.«

Auch nach dem dritten Klingeln öffnete niemand. Ann Kathrin und Weller wollten schon wieder gehen, aber dann hörten sie drinnen die Klospülung. Diesmal ließ Ann Kathrin den Finger auf der Klingel.

Sie wunderte sich, warum sie kein Bellen hörte. Sie hatte den Schäferhund noch gut in Erinnerung und war wachsam.

Herr Henning wankte zur Tür und öffnete. Er sah aus wie ein Mann, der dem Teufel begegnet war – um Jahre gealtert.

Im Haus roch es nach Schnaps, und die Fahne von Henning war geradezu waffenscheinpflichtig. Er legte seine Hände übereinander und hielt sie Ann Kathrin entgegen: »Bitteschön, Frau Kommissarin. Ich leiste keinen Widerstand.«

Sie atmete nur flach und schob seine Hände weg.

»Wenn Sie keinen Widerstand leisten, besteht auch keine Veranlassung, Ihnen Handschellen anzulegen«, erwiderte sie sachlich.

Markus Sassen bekamen sie nicht wach. Weller hatte auch keine Lust, ihn einfach so mitzunehmen. »Der reihert uns noch den ganzen Wagen voll«, gab er zu bedenken. »Sollen ihn doch die Kollegen abholen und …«

Ann Kathrin fühlte den Puls von Markus, hob sein rechtes Augenlid hoch und entschied dann, es sei besser, einen Arzt zu rufen.

Das Ganze sah für sie ein bisschen aus wie ein misslungener Selbstmordversuch mit Alkohol. Die Blutprobe ergab 2,4 Promille.

Und plötzlich drehte sich das Blatt zu Meulings Ungunsten. Als die Duisburger Kripo versuchte, den »größten Heroindeal in der Geschichte der Bundesrepublik Deutschland auffliegen zu lassen«, fanden sie genau fünfzehn Gramm Heroin, vier Gramm Koks, ein paar Ecstasy-Pillen, zwei Tüten Haribo-Lakritz, dreiundzwanzig Hustenbonbons und eine Packung Aspirin plus C über dem Verfallsdatum. Außerdem ein paar Päckchen Traubenzucker, aber die wurden schon gar nicht mehr im Polizeibericht erwähnt.

Als sie merkten, dass Meuling sie an der Nase durch den Ring geführt hatte, nahmen sie sich zunächst seine zwei Kollegen Gregor Paulsen und Torsten Meister vor. Eine knappe halbe Stunde später, nachdem sie richtig hart rangenommen worden waren, brach Meulings Alibi zusammen. Die beiden wollten nur noch ihren Kopf retten.

Sein bester Freund, Torsten Meister, gab zu, den VW-Bus seines Vaters an Meuling verliehen zu haben. Angeblich wollte Meuling damit Umzugskisten transportieren. An den genauen Tag konnten weder er noch sein Vater sich erinnern. Das Ganze sei ein paar Wochen her.

Im Fahrzeug fand die Spusi Duisburg DNA-Spuren von Mareike Henning.

Dieter Meuling wurde offiziell wegen Mordverdachts verhaftet und sein Aufenthaltsort ins Gefängniskrankenhaus verlegt.

Mit Genugtuung warteten Peter Henning und Markus Sassen in der U-Haft auf den Mordprozess gegen ihn. Ihr Anwalt versprach ihnen, dass sie auf jeden Fall mit einer Bewährungsstrafe davonkommen würden, wenn Meuling wegen Mordes an Mareike Henning verurteilt werden würde. Er erreichte, dass sie schon nach drei Tagen aus der U-Haft entlassen und unter Auflagen auf freien Fuß gesetzt wurden. Die beiden wurden von großen Kreisen der Bevölkerung in Ostfriesland als Helden gefeiert. Es gab kaum noch eine Gaststätte, in der sie bezahlen mussten. Jedem war es eine Ehre, sie freizuhalten. Und sie erzählten ihre Geschichte gerne immer wieder aufs Neue.

Das half ihnen aber nicht, über Mareikes Tod hinwegzukommen, doch manchmal vergaßen sie dabei, worum es ging und warum sie für viele zu Helden geworden waren.

Ann Kathrin ging davon aus, dass Dieter Meuling Mareike Henning nicht nach Duisburg gebracht hatte, um sie dort auf ihren Tod vorzubereiten. Der Weg war einfach zu weit. Die Stelle, an der er sie gefangen gehalten hatte, konnte nicht weit vom Park entfernt liegen. Sie vermutete einen Umkreis von wenigen Kilometern, in Norden, Norddeich, Marienhafe, Hage, Bensersiel oder Esens. Hier irgendwo musste er sie gefangen gehalten und für die Zurschaustellung präpariert haben.

Wenn wir diesen Ort finden, dachte sie, dann kommt er aus der Sache nicht mehr raus. Es ist unmöglich, dass er dort keine Spuren hinterlassen hat. Dort werden Haare von ihr sein, Hautpartikel, Farbspritzer, Blut …

Polizisten verteilten Handzettel. Sie gingen von Tür zur Tür. Irgendjemand musste etwas gesehen oder gehört haben …

Die letzten sechs Wochen waren für Ann Kathrin eine einzige Katastrophe gewesen. Sie träumte schon davon, Wellers Kinder zu erwürgen und im Watt zu vergraben. Dann kam die Flut und spülte sie wieder an Land, und es waren nicht nur zwei Leichen, sondern drei: Jule, Sabrina und ihr Sohn Eike.

Sie schämte sich für den Traum und erzählte ihn Weller nicht. Aber der Alltag zerrte auch an seinen Nerven. Seine Exfrau holte die Kinder keineswegs wie abgesprochen nach vierzehn Tagen wieder ab. Sie hatte sich auf Mallorca eine Infektion zugezogen, verbrachte mehrere Tage im Krankenhaus, war flugunfähig und verlangte von Weller, er solle Geld schicken. Seine Kinder riefen – auf Ann Kathrins Kosten – zweimal am Tag ihre Mutter auf Mallorca an. Ann Kathrin kam sich zunehmend vor wie ein Hausmädchen, das vierundzwanzig Stunden am Tag zur Verfügung stehen musste, aber natürlich ohne jede Bezahlung.

Es gab nur einen wirklich entspannten Nachmittag für alle, als sie in der Norder Volkshochschule auf Anregung von Weller an einem Malkurs bei seinem Freund Heiner Zimmermann teilnahmen. Die Mädchen kannten Zimmermann und waren sofort begeistert von seiner Idee, man brauche eigentlich keinen Pinsel, man könne auch mit den Händen malen oder mit dem ganzen Körper.

Ein dicker, pausbäckiger und stiernackiger Mann war auch dabei und stieß beim Malen geradezu Lustschreie aus. Ann Kathrin erkannte in ihm sofort den Mann, den Heiner Zimmermann im Biergarten der Backstube porträtiert hatte. Er war offensichtlich inzwischen Fan von Heiner Zimmermann geworden. Wenn er sich Ölfarben in die Hände drückte und mit den Fingern auf der Leinwand verteilte, sah er aus, als würde er den Körper einer Frau berühren. Ann Kathrin fand sein Gestöhne dabei als unangemessen, so als würde er jeden Moment einen Orgasmus erleben, später dann grinste sie darüber. Sie sah, wie Sabrina und Jule sich darüber amüsierten und kicherten.

Vielleicht, dachte Ann Kathrin, ist Kunst doch nur eine Ersatzbefriedigung.

Zimmermann sagte Olaf zu ihm, siezte ihn aber, und Weller fand, dass dieser Mann auch genau wie ein Olaf aussah.

Die Teilnehmer duzten sich alle untereinander. Als Ann Kathrin sich bückte, weil ihr ein Pinsel hinuntergefallen war, fand sie, dass Olaf ihr ein bisschen zu lange auf den Hintern guckte. Überhaupt hatte sie das Gefühl, er würde sie mit Blicken ausziehen. Auch alles, was er auf die Leinwand schmierte, hatte Kurven. Für einen Moment befürchtete Ann Kathrin, er würde sie malen, und sie entschloss sich sofort, ihm dann mit ihren Ölfarbfingern eine Ohrfeige zu geben. Aber für so ein Bild reichte sein Talent nicht. Ob er da Autobahnen über das gespannte Leinentuch schlängelte oder ob das Ann Kathrins Hüften sein sollten, blieb ganz der Phantasie des Betrachters überlassen.

Während Ann Kathrin versuchte, mit feinen Pinselstrichen Weller zu porträtieren, wobei aber nur ein hässliches Gesicht von einem bärtigen Mann herauskam, suhlten sich die Kinder ohne jede Rücksicht auf die Kleider in Farbe, drückten mit ihren Fingern Farblandschaften auf die Leinwand, spachtelten mit den Handkanten Wolken an den Himmel und ließen zuckende blaue Blitze über verbogene Leiber tanzen.

Für Ann Kathrin war das nur ein wildes Herumgepansche und -gematsche, aber Zimmermann fand es wundervoll, interpretierte die Bilder lautstark als Ausbruch von Lebensfreude und Energie und nannte die Explosion der Farben eine Huldigung an das Leben selbst. In jeder dahingewischten Farbstraße erkannte er ein Gesicht, eine Körperform, machte es mit seinen Worten zu einem Bestandteil einer Gesamtkomposition, und schließlich begann auch Ann Kathrin, mehr zu sehen als nur die Farben. Was wie zufällig hingeschmiert aussah, bekam eine geradezu poetische Kraft.

»So«, sagte Heiner Zimmermann, »stelle ich mir vor, sieht es in unseren Blutgefäßen aus, wenn das Herz auch in die feinsten Kapillaren unseres Körpers frischen Sauerstoff pumpt. Welch gewaltiges Kraftwerk muss unser Herz sein«, freute er sich. »Es braucht den Verstand nicht, es arbeitet auch so. Es gehorcht keinem Befehl. Du kannst aufhören zu atmen, wenn du willst. Aber versuch mal, deinem Herzen zu sagen, es solle aufhören zu schlagen. Das wird nicht funktionieren. Genauso wie der Magen. Siehst du, das hier soll doch der Magen sein, oder?«

Jule nickte heftig.

»Der Magen ist oft viel intelligenter als unser Kopf. Es ist eine gewaltige chemische Fabrik, die ohne jeden Direktor funktioniert. Aus jedem Mist, den du isst, macht dein Magen gute Lebensenergie für dich.«

Die Mädchen strahlten ihn geradezu verliebt an, nannten ihn Onkel Zimmermann, und er war so etwas wie ein Held für sie. Er interpretierte Dinge in ihre Bilder hinein, die sie selbst weder beabsichtigt noch gesehen hatten. Er machte sie stolz. Sie konnten sich wichtig fühlen. Ann Kathrin verstand genau, wie er es machte, und fand ihn unheimlich clever. Sie versuchte voller Neid und Missgunst, von ihm zu lernen. Aber dann merkte sie, dass das gar nicht so einfach war. Der verstellte sich nicht. Der war so. Der konnte in jedem welken Blatt ein Universum entdecken und in einem Bleistiftstrich ein beginnendes Kunstwerk.

Selbst für ihr misslungenes Porträt von Weller fand er liebe Worte. Sie habe ihn halt so gezeichnet, wie sie ihn sehe, und im Grunde sei er doch auch genau so. Sie kenne eben auch seine finstere Seite, und die käme in diesem Bild wundervoll zum Ausdruck. Ann Kathrin wollte sich dagegen wehren. Weller stand mit kritischem Blick dabei, doch Zimmermann bog alles in eine gute Richtung. Schließlich zeige das Bild, dass sie auch den düsteren, dunklen Weller liebe. Es sei eine Botschaft an ihn. Er müsse sich vor ihr nicht verstellen, sondern dürfe sein, wie er wolle.

Zimmermann sprach voller Überzeugung, und es gelang ihm, aus dem Bild eine Art Liebeserklärung von Ann Kathrin an Weller zu machen.

Schließlich küssten die beiden sich sogar und fühlten sich zum ersten Mal, seitdem die Kinder in ihrem Haus waren, wieder wie ein Liebespaar. Die beiden Mädchen machten keinen Versuch, sie auseinanderzubringen.

Aufgeputscht, ja fröhlich wie eine Familie, die sich wirklich mag, gingen sie danach bei Minna am Markt essen. Weller bestellte sich die Matjes Hausfrauenart mit Bratkartoffeln, seine Töchter wollten plötzlich das, was Papa isst, und auch Ann Kathrin machte es Spaß, das Gleiche zu essen wie alle anderen. Weller trank dazu ein gezapftes Bier, Ann Kathrin ein Glas trockenen Rotwein und die Kinder bekamen ihre Cola, obwohl es dafür eigentlich schon zu spät war, wie Weller betonte, und gleichzeitig machte er eine Geste, die zeigte, wie gleichgültig ihm das war.

»Vielleicht«, orakelte Weller, »sollten wir einen richtigen Malkurs bei Heiner machen. Alle zusammen. An den Wochenenden gibt er manchmal solche Kurse auf den Inseln.«

Beide Mädchen quietschten vor Freude und zwinkerten sich gegenseitig zu.

»Dann«, sagte Ann Kathrin, »versuche ich es auch mal wie ihr. Einfach so mit den Fingern auf der Leinwand.«

Ann Kathrin wusste nicht, wie sie es Weller sagen sollte. Eins seiner Kinder hatte das Foto ihres Vaters beschmiert.

In dem Zimmer, das früher von ihrem Exmann Hero als »Therapieraum« bezeichnet worden war, war nichts mehr von Hero zu spüren. Weller nannte es den »heiligen Raum«, und er sagte diese Worte ohne jede Ironie, sondern voller Respekt. Er wusste, wie wichtig Ann Kathrin jedes noch so winzige Stückchen Papier darin war. Hier sammelte sie alles über den Mord an ihrem Vater. Hier hatte sie den Banküberfall, bei dem er ums Leben gekommen war, minutiös aufgezeichnet und die einzelnen Phasen an die Wand geheftet.

Nichts anderes gab es hier. Fotos von ihrem Vater und vom Tatverlauf. Kopien von Akten. Sie musste diesen Fall lösen, vorher würde sie nicht sterben, hatte sie Weller gegenüber behauptet. Sie konnte nicht ertragen, dass der Mörder ihres Vaters mit der Beute frei herumlief.

Sie hatte alles über jeden Banküberfall in Europa gesammelt, vom Todestag ihres Vaters an bis heute. Und inzwischen war sie dabei, sich auch die Fälle von fünf Jahren vor dem Banküberfall anzusehen. Es waren Profis. Es musste Parallelen geben.

Manchmal dachte Weller, sie wird diesen Fall nie lösen. Sie braucht dieses Zimmer nur, um ihrer Trauer nachzuspüren, um sich an ihren Vater zu erinnern und um die Wut auf die Täter lebendig zu halten. Daraus nahm sie eine wesentliche Antriebskraft für den Alltag als Hauptkommissarin bei der Kripo in Aurich.

Die meisten Frauen machten diesen Job bei der Mordkommission nicht lange. Sie war nicht nur für Mord zuständig, sondern für alle Gewalttaten gegen Menschen.

Weller respektierte ihren Rückzug in diesen Kraftraum. Immer wenn sie herauskam, war sie stärker, auf eine merkwürdige Art geerdeter, fand er. Und er wusste, sie würde keinen Mann lieben können, der das nicht respektierte.

Eins der Mädchen – oder wahrscheinlich beide – waren in diesen Raum eingedrungen, hatten ihn entweiht. Sie hatten ihm mit schwarzem Filzstift ein Hitlerbärtchen unter die Nase gemalt. Jeder, der ihren Vater kannte, wusste, wie idiotisch das war. Er, der alte Gewerkschaftler, der sich der linken Sozialdemokratie zugehörig fühlte und zeit seines Lebens daran gelitten hatte, zusehen zu müssen, wie alte sozialdemokratische Positionen zugunsten von kaltem Neoliberalismus aufgegeben wurden.

Warum, dachte Ann Kathrin, haben sie das getan? Sie stand starr, konnte sich nicht bewegen. Sie fühlte sich weder in der Lage, das Bild von der Wand zu nehmen und zu säubern, noch, es einfach wegzuwerfen. Sie spürte nur diese fassungslose Wut.

Zum Glück war sein Jugendporträt hinter Glas. Einerseits wollte sie jetzt alles so lassen, um es Weller später zu zeigen. Andererseits konnte sie es ihrem Vater nicht länger antun, wie er mit diesem Hitlerbärtchen beleidigt wurde. Sie wollte ins Badezimmer laufen, den Glasreiniger holen und das Bärtchen abwischen.

Die Kommissarin in ihr sagte ein klares Nein dazu. Es war wie eine Beseitigung von Spuren und Beweismitteln. Vielleicht war es ja nicht Jule gewesen, sondern Sabrina. Ihr traute Ann Kathrin diese Unverschämtheit eher zu. Sie überlegte, ob es klug sei, Fingerabdrücke zu nehmen, um eine klare Beweisführung aufzubauen. Oder sollte sie alles wegwischen und so tun, als sei nichts geschehen? Es würde Weller verletzen zu sehen, was seine Kinder ihr antaten. Das haben sie gemacht, dachte Ann Kathrin, um einen Keil zwischen uns zu treiben. Natürlich. Sie wollen genau das: Ich soll jetzt anfangen zu ermitteln, Frank wird seine Kinder beschützen wollen, und am Ende zanken wir uns, und die beiden freuen sich.

»Nicht mit mir«, sagte sie laut, holte den Glasreiniger, sprühte eine dicke Schicht auf das Bild und begann dann liebevoll sanft, als würde sie das Gesicht ihres Vaters streicheln, die gesamte Glasfläche zu reinigen.

Sie fragte sich, ob die Mädchen noch mehr angerichtet hatten. Waren auch Akten durcheinander? Meulings Anwältin hatte Ann Kathrin um ein Gespräch gebeten. Es passte Ann Kathrin überhaupt nicht, und sie wusste nicht, was sie mit dieser Frau zu besprechen hatte, trotzdem fuhr sie hin. Vielleicht tat es gut, sich ein bisschen abzulenken, bevor sie mit Weller zusammentraf.

Sie lenkte ihren froschgrünen Twingo über die Landesstraße 5. Komischer Treffpunkt, dachte Ann Kathrin, »Nordsee-Café« in Bensersiel.

Es waren eine Menge Touristen unterwegs. Ann Kathrin suchte einen Parkplatz und ging dann ein Stück zu Fuß.

Die Anwältin war schon da. Sie saß an einem Zweiertisch in einer Ecke nah am Fenster. Sie hatte eine spitze Nase, schmale Lippen und schulterlange schwarze Haare. Die Brille gab ihrem Blick die Strenge einer frustrierten alleinstehenden Geschäftsfrau, deren Liebesleben kurz nach der Pubertät aufgehört hatte zu existieren. Sie trug ein graublaues Kostüm und italienische High Heels von Lea Foscati, allerdings nicht aus dieser Saison. Die Frau war durchgestylt. Jede Farbe tauchte mehrfach auf. An das Graublau des Kostümstoffs erinnerte das gleichfarbige Uhrenarmband, das Blau tauchte auch in ihrer Halskette wieder auf, und den Ring an ihrer linken Hand zierte ein blauer Aquamarin. Ihre Handtasche wiederum hatte das gleiche Rot wie ihre Fingernägel und ihr Lippenstift.

Wenn sie etwas notieren muss, dachte Ann Kathrin, während sie auf die Frau zuging, wird sie dann einen anthrazitblauen Füller aus der Tasche ziehen oder einen roten? Auf jeden Fall wird er farblich abgestimmt sein. Es wird garantiert kein Kugelschreiber sein, sondern ein Füller mit einer großen goldenen Feder.

Sie hatte vor sich einen Latte macchiato stehen und ein Glas Mineralwasser ohne Kohlensäure. Sie saß so, dass sie aus ihrer Ecke das gesamte Café überblicken konnte, während Ann Kathrin mit dem Rücken zum Publikum saß. Es war Ann Kathrin egal.

Die Frau strahlte so eine Kälte aus, dass es Ann Kathrin in ihrer Nähe fröstelte. Noch auf der Fahrt hierher hatte sie sich auf einen Milchkaffee gefreut, aber jetzt wollte sie auf keinen Fall etwas Ähnliches bestellen wie ihre Gesprächspartnerin, deshalb verlangte sie, die sich nie mit Ostfriesentee angefreundet hatte und die von jedem Teegeruch an ihren Ex Hero erinnert wurde, der jetzt mit seiner Geliebten Susanne Möninghoff und ihrem Sohn Eike zusammen in Hage wohnte, einen Pfefferminztee.

Zunächst sagte die Frau nichts und lächelte Ann Kathrin nur an. Es war ein Haifischlächeln, und sie schnalzte mit der Zunge, als hätte sie die Beute schon im Mund.

Sie wird als Anwältin bestimmt nicht billig sein, dachte Ann Kathrin. Komisch, dass Meuling sie sich leisten kann. Oder ob er ein Verhältnis mit ihr hat? Hatte diese Frau einen Hang zu bodybuilding-gestählten Kriminellen? Gab es eine verborgene Seite?

Ann Kathrin wollte das hier nicht länger mitmachen als unbedingt nötig.

»Also«, fragte sie, »Frau Johannsen, was wünschen Sie von mir?«

Am Nachbartisch kippte ein Kind seine Kakaotasse um, worüber Vater und Mutter in einen lauten Streit gerieten.

Die Dame räusperte sich. »Ich habe den Fall von Herrn Meuling übernommen, Frau Klaasen. Und ich darf Ihnen wohl sagen, das alles steht auf sehr wackligen Füßen.«

Ann Kathrin lehnte sich zurück. »Warum sagen Sie das mir? Können Sie sich das nicht für die Gerichtsverhandlung aufsparen?«

»Ich wollte fair sein. Ich werde Sie dort schlachten, Frau Klaasen. Der Computer meines Mandanten, sämtliche Daten darauf und all die Briefe, mit denen er angeblich Leute erpresst hat, dürfen im Prozess nicht verwendet werden. Das Ganze ist gegenstandslos. Kein Richter wird dem Beachtung schenken.«

Es lief Ann Kathrin kalt den Rücken herunter. Sie legte eine Hand auf ihre Wirbelsäule und richtete sich auf.

»Sie hatten keinen Hausdurchsuchungsbefehl. Die Kripo Duisburg war nicht mal über Ihre Aktion informiert. Sie haben im falschen Revier gewildert, Frau Klaasen. Es gibt Gesetze in unserem Land.«

Ann Kathrin überlegte, ob es sinnvoll sei, einfach aufzustehen und zu gehen, doch irgendetwas hielt sie hier fest. Das alles war nur eine Vorrede. Es gab dahinter noch eine Menge brisantes Material, das spürte sie genau.

»Die kleinen Gaunereien Ihres Mandanten interessieren mich doch gar nicht. Ich ermittle in einem Mordfall, und dafür werde ich ihn hinter Gitter schicken.«

»Damit Ihre ostfriesischen Freunde Henning und Sassen endgültig zu Volkshelden werden, oder was?«

»Dieses Gespräch ergibt keinen Sinn. Ich werde jetzt gehen.«

Die Kellnerin brachte den Tee. Sie hörte den Satz und sah Ann Kathrin fragend an. Ann Kathrin nickte ihr zu, sodass sie das Teeglas auf dem Tisch abstellte. Es lag auch ein kleiner Keks dabei. Ann Kathrin konnte nicht widerstehen. Sie knabberte ihn an und legte ihn dann auf die Untertasse zurück.

»Oh, glauben Sie mir, Frau Klaasen, Sie werden sich anhören, was ich zu sagen habe. Und Sie werden es nicht bereuen, zu diesem Gespräch erschienen zu sein. Ich habe etwas für Sie, wonach Sie schon lange suchen – oder besser gesagt, mein Mandant hat etwas für Sie.«

»Nun, wenn er ein Geständnis ablegen will …«

Die Anwältin nippte an ihrem Milchkaffee und rührte ihn dann gedankenverloren um, bis ein heftiger Strudel entstand. Sie ließ ihren Löffel los. Er drehte sich nun dreimal im Glas herum und schabte dabei mit einem nervtötenden Geräusch am Rand entlang.

Das macht sie absichtlich, dachte Ann Kathrin. Sie will mich verunsichern und testen, ob meine Nerven schon so blank liegen, dass ich von einem solchen Geräusch aus dem Konzept gebracht werde. Denkste. Dann musst du schon andere Geschütze auffahren.

Ann Kathrin legte demonstrativ fünf Euro auf den Tisch und sagte: »Entweder Sie kommen jetzt mit etwas rüber, das mich wirklich interessiert, oder ich verlasse augenblicklich das Café.«

»Nicht so voreilig, Frau Klaasen. Sind Sie immer noch daran interessiert, den Mörder Ihres Vaters zu finden?«

Ann Kathrin schluckte. Das saß. In ihr bäumte sich sofort eine Wut auf, in der auch noch das Hitlerbärtchen auf dem Bild ihres Vaters mitschwang.

»Das ist ja wohl die größte Unverschämtheit, die mir

seit langem untergekommen ist!«, zischte Ann Kathrin. »Das ist taktlos und dumm von Ihnen!«

Die Anwältin zeigte ihre leeren Handflächen wie zum Beweis ihrer Unschuld vor. »Aber bitte, Frau Klaasen, Sie sind eine öffentliche Person. Seit Sie in Leer mit Ihrer Dienstwaffe auf ein Rettungsfahrzeug geschossen haben, das bei einem Banküberfall …«

»Seien Sie ruhig. Das geht Sie überhaupt nichts an!«

»Ach nein? Jeder kann den Artikel bewundern. Er steht noch heute im Internet. Ich weiß nicht nur eine Menge über meinen Mandanten, ich weiß auch eine ganze Menge über Sie, Frau Klaasen. Herr Bloem vom Kurier hat viel über Sie geschrieben. Es ist ein Wunder, dass Sie überhaupt wieder als Kommissarin arbeiten können. Sie brauchen einen Erfolg, Frau Klaasen. Sie brauchen ihn sehr dringend. Und mein Mandant hat keine Lust, das Opfer zu werden.«

»Sie wollen doch nicht etwa behaupten, dass ich …«

»O doch, das will ich. Wir sind bereit, Ihnen dabei zu helfen, den Mörder Ihres Vaters zu finden. Das ist für meinen Mandanten immer noch besser als unschuldig im Gefängnis zu schmoren. Herr Meuling ist nicht der Friseur, Frau Klaasen.«

»Woher wissen Sie, dass er intern der Friseur genannt wird?«

Cora Johannsen lächelte arrogant.

Sie macht das sehr bewusst, dachte Ann Kathrin. Sie will mir zeigen, dass sie mehr weiß, als in den Akten steht. Sie muss mit einem meiner Kollegen gesprochen haben. Die Vorstellung machte Ann Kathrin zornig.

»Ich wüsste nicht, wie Ihr Mandant mir behilflich sein könnte«, giftete Ann Kathrin.

»Aber ich, Frau Klaasen. Ich bluffe nicht. Herr Meuling saß – im übrigen nur durch einen Verfahrensfehler – zwei Jahre in der Justizvollzugsanstalt Duisburg-Hamborn. Wenn ich damals schon seine Anwältin gewesen wäre, hätten ein paar Ihrer Kollegen ein Disziplinarverfahren am Hals gehabt und der Staatsanwalt sein Waterloo erlebt. Ein zweites Mal wird so etwas nicht passieren.«

Warum stehe ich nicht einfach auf, dachte Ann Kathrin. Warum schaffe ich es nicht zu gehen? Warum schlucke ich den Köder, den sie mir hinwirft? Sie kann mir in dieser Sache nichts zu bieten haben. Ich habe alles überprüft. Ich kenne jede Aussage. Meuling hat mit dem Fall überhaupt nichts zu tun.

»Nun, wie dem auch sei«, sagte Johannsen und schlug das linke Bein über das rechte, dann strich sie ihren Rock glatt und legte eine kurze Redepause ein, bevor sie fortfuhr: »Mein Mandant war dort nicht in Einzelhaft. In seiner Zelle saß jemand, der am Banküberfall beteiligt war. Die Tage und Nächte in der JVA sind lang, Frau Klaasen. Glauben Sie mir.« Sie tat so, als würde sie aus eigener Erfahrung sprechen, was eigentlich unmöglich war. »Da erzählt man sich so manches, das man in einer anderen Situation verschweigen würde.«

»Keiner der Täter wurde jemals verhaftet«, warf Ann Kathrin kritisch ein.

Frau Johannsen nickte. »Nicht wegen des Banküberfalls. Da haben Sie zweifellos recht. Aber wegen schwerer Körperverletzung, unerlaubtem Waffenbesitz und einiger anderer Delikte saß sein Zellennachbar ein.«

»Wenn das stimmt«, sagte Ann Kathrin und bemühte sich um ein überlegenes Lächeln, »warum soll ich dann irgendeinen Deal mit Ihrem Mandanten machen? Es kostet mich ein Telefongespräch, und ich kenne die Namen von jedem Mann, mit dem er jemals die Zelle geteilt hat. Den Rest kann ich dann selbst erledigen.«

»Die Mühe müssen Sie sich nicht machen. Den Namen sage ich Ihnen gerne. Volker Bogdanski kam nach seiner

Entlassung bei einer Schießerei in Hamburg auf dem Kiez ums Leben. Es ging um eine russische Hure, wenn ich mich nicht irre. Aber das dürfte für Sie weniger von Belang sein. Jedenfalls wurde er eingeäschert und ist somit nicht mehr vernehmungsfähig.«

Ann Kathrin schluckte trocken. Der Tee stand unberührt vor ihr.

»Nehmen wir mal an, Ihre Geschichte stimmt. Was will Ihr Mandant von mir? Was müsste ich tun, damit er mir erzählt, was er weiß?«

Die Anwältin veränderte wieder ihre Sitzposition. Sie berührte mit ihrem Hintern jetzt nur noch wenige Zentimeter der Stuhlkante. Sie wippte mit den Stöckelabsätzen, stützte sich mit den Fingern auf der Tischplatte ab, als könne sie jeden Moment hochfedern und wollte den Stuhl und den Tisch als Sprungbrett zur Decke benutzen.

»Was haben Sie schon gegen Herrn Meuling in der Hand? Ein paar Mahnungen, die Sie nicht mal besitzen dürften«, sie verzog den Mund zu einem schmierigen Lachen, »ein Ostfrieslandmagazin, das er zugegebenermaßen durchgeblättert hat …«

»Einen VW-Bus, mit dem er versucht hat, Mareike Henning zu entführen. Darin sind Fingerabdrücke, Haare von ihm und von ihr und …«

»Ja«, gab die Anwältin scheinheilig zu, »das ist eine dumme Sache. Herr Meuling wollte sie mit Rücksicht auf den Lebensgefährten von Frau Henning nicht preisgeben. Die beiden haben sich getroffen. Frau Henning wollte die ganze leidige Sache aus der Welt schaffen. Sie hatte in dem VW-Bus Sex mit Herrn Meuling. Das sollte wohl eine kleine Entschädigung sein für den Ärger, den er wegen seiner Beule im Auto hatte. Vielleicht wollte sie seine finanzielle Forderung reduzieren …«

Ann Kathrin hatte Lust, der Frau den heißen Pfefferminztee ins Gesicht zu schütten. »Sie haben auch vor nichts Respekt, was? Ihnen ist gar nichts heilig, oder? Bitte ziehen Sie nicht in meinem Beisein die Tote in den Dreck.«

»Regen Sie sich doch nicht künstlich auf, Frau Klaasen. Wir wissen doch beide, wie das heutzutage läuft. Menschen haben aus den verschiedensten Gründen Sex miteinander. Einige vielleicht auch, weil sie sich lieben. Die anderen tun es, weil sie sich davon einen Vorteil versprechen, eine Beförderung, eine günstige Wohnung, ein bisschen Milde und Wohlwollen. Herrjeh, darüber können wir doch nicht urteilen ...«

Ann Kathrin erhob sich. »Ich betrachte das Gespräch als beendet.«

»Sind Sie da nicht etwas voreilig, Frau Kommissarin?«

»Okay. Ich gebe Ihnen noch dreißig Sekunden. Was wollen Sie?«

»Geben Sie sich ein bisschen mehr Mühe, den richtigen Mörder zu finden, Frau Klaasen. Meinetwegen schieben Sie einem anderen Typen ein paar Beweismittel unter, so wie Sie es mit Herrn Meuling versucht haben. Es ist mir völlig egal, wie Sie es anstellen. Waschen Sie ihn rein, und Sie bekommen von Herrn Meuling den Mörder Ihres Vaters.«

»Das ist eine bodenlose Unverschämtheit«, fauchte Ann Kathrin und verließ mit wenigen großen Schritten das Nordsee-Café. Unachtsam lief sie fast in ein Pärchen hinein. Die junge Ehefrau brüllte ihren Mann auf der Straße an, weil er angeblich hinter jedem Rock her sei, während er sich lautstark darüber beklagte, dass sie schon seit drei Wochen nicht mehr mit ihm geschlafen habe und er überhaupt nur mit ihr in Urlaub gefahren sei, in der Hoffnung, ihr Liebesleben könne noch einmal zu neuer Blüte kommen.

»Danke«, sagte Ann Kathrin, »so genau wollte ich es

eigentlich gar nicht wissen«, und wich den beiden aus. Sie spürte, dass Tränen in ihr hochstiegen. Sie biss sich auf die Lippen und schaffte es noch bis zu ihrem grünen Twingo. Dort begann sie hemmungslos zu weinen. »Papa«, schluchzte sie gegen das Lenkrad, »Papa, warum bist du plötzlich wieder so präsent?«

Nachdem Ann Kathrin sich zu Hause das Gesicht gewaschen hatte, legte sie ein bisschen Make-up und Rouge auf, dann fuhr sie in die Polizeiinspektion Aurich und besorgte sich alle Informationen über Volker Bogdanksi, derer sie habhaft werden konnte. Sie hatte das Gefühl, nur wenige Mausklicks vom Mörder ihres Vaters entfernt zu sein.

Sie ließ sich alles ausdrucken und packte dann den Stapel Papier in ihre schwarze Esprit-Handtasche. Die ersten Informationen waren auf jeden Fall richtig. Er hatte in der JVA Duisburg-Hamborn gesessen und war in Hamburg auf dem Kiez erschossen worden. Die Hure, um die es damals gegangen war, hieß Sidorov. Natasha Sidorov, russische Staatsbürgerin, und war mit einem abgelaufenen Touristenvisum in Deutschland auf Freiersuche.

Ann Kathrin saß zu Hause in ihrem Lieblingssessel. Kater Willi schnurrte um ihre Beine herum. Sie blätterte hektisch in den Ausdrucken und überflog die Seiten auf der Suche nach Anhaltspunkten. Sie verlor jedes Zeitgefühl und hörte Weller nicht, als er nach Hause kam.

Wenn sie auch vorher noch Zweifel an Meulings Schuld gehabt hatte, so waren diese jetzt endgültig verflogen. Er war der Mörder von Mareike Henning, das stand für sie jetzt mit absoluter Sicherheit fest.

Weller lehnte sich an die Bücherwand im Wohnzimmer und sah Ann Kathrin mit einem milden Lächeln an. Was immer sie dort tat, es musste etwas mit ihrem Vater zu tun haben. Nichts sonst war in der Lage, sie so sehr zu absorbieren.

Er räusperte sich. Ohne zu ihm aufzusehen, sagte sie: »Meuling weiß, wer meinen Vater getötet hat.«

»Weiß er es, oder behauptet er das nur?«, fragte Weller vorsichtig.

Sie zuckte mit den Schultern. »Keine Ahnung. Aber es ist eine Chance. Ich darf sie nicht ungenutzt lassen.«

»Dann sollten wir jetzt hingehen und ihn garkochen«, schlug Weller vor. »Ich habe da so meine Methoden.«

Er ließ die rechte Faust in die offene linke Hand klatschen. Jetzt sah Ann Kathrin von ihren Akten hoch und starrte ihn mit offenem Mund an.

»Du hast es nicht nötig, vor mir den Helden zu spielen. Es beeindruckt mich überhaupt nicht, wenn du hier den großen Macker markierst. Willst du ihn foltern, oder was hast du vor?«

Weller schämte sich ein bisschen, und seine großen Gesten brachen gleich in sich zusammen. Mit hängenden Schultern setzte er sich auf den Boden und lehnte sich ans Buchregal. Er ließ den Kopf in den Nacken fallen und spürte hinter sich Ann Kathrins Bilderbuchsammlung.

»Okay«, sagte er, »was schlägst du vor?«

Sie berichtete ihm in aller Ausführlichkeit von dem Gespräch mit Frau Johannsen. Weller hörte, ohne Zwischenfragen zu stellen, zu. Das hatte er von ihr gelernt: *Wenn du etwas erfahren willst, unterbrich nie jemanden, der im Redefluss ist. Es kommt sowieso.*

Sie endete mit dem entscheidenden Satz: »Ich soll den richtigen Mörder fangen oder irgendjemandem Beweismaterial unterschieben. Sobald er frei ist, will er mir den Namen verraten.«

Weller nickte stumm. So etwas Ähnliches hatte er sich gedacht.

Er hätte jetzt am liebsten einen Schnaps getrunken, befürchtete aber, dass sie wieder auf ihren schrecklichen Doornkaat zurückgreifen würde, deshalb holte er lieber zwei große Gläser Wasser. Er wusste, dass sie das ostfriesische Leitungswasser gern trank. Sie fühlte sich nach jedem Glas wie geklärt.

Ann Kathrin schlürfte ihr Glas mit einem Zug leer, er ließ seins halbvoll stehen.

Sie versank so sehr in sich, dass sie fast ein bisschen autistisch auf ihn wirkte.

»Und – was hast du vor?«, fragte er.

Sie zuckte mit den Schultern, doch er befürchtete, dass sie längst einen Plan hatte, aber damit nicht herausrücken wollte. Sie würde alles tun, um den Mörder ihres Vaters zu kriegen, da war er sich sicher. Sie würde ihren Job aufs Spiel setzen, ihre Beziehung – kein Preis war ihr dafür zu hoch.

Er formulierte es, obwohl es ihm schwerfiel: »Wenn dich heute jemand vor die Wahl stellen würde, alles aufzugeben – das Haus, deinen Beruf, mich und alle deine Freunde, und dafür würdest du den Mörder deines Vaters kriegen. Was würdest du tun?«

Sie stand auf und ging ihren Verhörgang. Drei Schritte, eine Kehrtwendung, drei Schritte, eine Kehrtwendung.

»Hast du mir überhaupt zugehört?«, fragte er. »Was würdest du tun?«

Sie warf ihm einen kurzen Blick zu, als hätte sie für solche Gedankenspielchen jetzt gar keine Zeit. »Ich würde nicht eine Sekunde nachdenken.«

Damit war die Frage für sie beantwortet, und sie lief weiter im Verhörgang durchs Wohnzimmer wie ein eingesperrtes Raubtier.

»Um was zu tun?«, hakte er ungeduldig nach, obwohl er die Antwort bereits ahnte.

»Um seinen Mörder zu kriegen, natürlich. Danach könnte ich ja wieder von vorne anfangen.«

Er nickte resigniert. »Klar. Ein neues Haus. Ein neuer Mann. Ein neuer Job.«

Etwas an seiner Art machte sie wütend. »Ja, wenn's sein muss!«, schrie sie.

Er ging in die Küche und begann Kartoffeln zu schälen. Er bereitete einen Auflauf vor. Vielleicht würde er ihn alleine essen. Vermutlich sogar. Aber er musste jetzt etwas ganz Praktisches tun. Er brauchte etwas, das er schmecken, riechen und anfassen konnte. Dabei trank er ein Jever. Aus der Flasche. Er hoffte, dass sie sich irgendwann abgeregt haben würde und dann in die Küche käme, um das Gespräch mit ihm noch einmal zu beginnen. Doch das geschah nicht.

Als er den Auflauf im Ofen und die zweite Flasche Jever geleert hatte, entschied er sich, zu ihr ins Wohnzimmer zu gehen. Aber da war sie schon nicht mehr. Sie hatte die Ausdrucke mit in ihre heiligen Arbeitsräume genommen. Die Jagd nach dem Mörder ihres Vaters hatte endlich neue Impulse bekommen.

Weller ging ihr nach und begann ungefragt zu sprechen. Er bekam dabei feuchte Hände und wischte sie an seinem Baumwollhemd ab. »Wir können schlecht die Indizienbeweise beseitigen«, sagte er. »Aber wir könnten ihn bluffen.«

»Bluffen?«

»Wir haben ihn völlig unter Kontrolle. Er sitzt auf Nummer sicher. Wir können ihn anfüttern. Ihm ein Angebot machen. Wir könnten ihn zu einer Tatortbesichtigung holen und ihn da einfach laufen lassen. Meinst du, das könnte ihm als Angebot reichen?«

Ann Kathrin war wie elektrisiert. Ihre Körperhaltung erinnerte ihn an einen Fischreiher, den er in seiner Jugend beim Jagen beobachtet hatte. Völlig bewegungslos auf einem nackten kalten Stein, den scharfen Schnabel zum Töten bereit.

»Willst du ihn laufen lassen?«

Weller zuckte mit den Schultern. »Was soll schon passieren? Wir haben ihn wie gesagt vollständig unter Kontrolle. Sobald er mit dem Namen rausrückt, greifen wir ihn uns wieder.«

»Meinst du, er ist so dumm?«

»Hat er eine Wahl?«

Ann Kathrin schüttelte den Kopf. Sie massierte sich die Schläfen.

»Nein. So einfach ist das nicht. Der will nicht den Rest seines Lebens auf der Flucht sein. Der will einen Freispruch.«

»Einen echten Persilschein?«

»Genau.«

»Und wie bitte soll das gehen?«

Direkt vor dem Gespräch mit Meuling war Ann Kathrin noch zur Toilette gegangen. Zum vierten Mal an diesem Morgen. Doch jetzt, da sie in diesem schmucklosen Raum, der sie an das Gefrierfach in ihrem Kühlschrank erinnerte, auf Meuling wartete, hatte sie das Gefühl, ihre Blase würde jeden Moment platzen, wenn sie sich nicht sofort auf einer Toilette Erleichterung verschaffen könnte. Doch dann, als Meuling hereingeführt wurde, verflog das Gefühl augenblicklich.

Ihre Hände zitterten. Sie hielt sie unter dem Tisch versteckt.

Weller hätte sie zu gern hierhin begleitet, doch sie fürchteten, dass Meuling, wenn ein Zeuge dabei war, nicht reden würde. Normalerweise wäre der Wärter im Raum geblieben, doch Ann Kathrin Klaasen, die bekannte Kommissarin, nickte ihm zu, und er war froh, draußen eine rauchen zu können.

»Falls Sie mich brauchen …«

Ann Kathrin schüttelte den Kopf. »Nein danke, ich komme schon klar.«

Meuling setzte sich breitbeinig auf den Holzstuhl, stützte einen Ellbogen auf die Tischkante ab und machte mit der anderen Hand eine bedeutende Geste. Er spielte hier den König, der großzügig Audienz gab, und ein bisschen war es für Ann Kathrin auch so. Dieser Mann hatte etwas, das sie unbedingt haben wollte.

Sie spürte die Anwesenheit ihres Vaters fast körperlich im Raum. Einmal drehte sie sich sogar um, weil es ihr so vorkam, als würde er hinter ihr stehen. Wie oft im Leben hatte sie gespürt, dass ihr Vater hinter ihr war, sie beschützte, ihr Ratschläge gab oder auch kritisch den Kopf schüttelte, wenn sie etwas tat, das ihm missfiel.

Ann Kathrin begann das Gespräch und ärgerte sich über das nervöse Zittern in ihrer Stimme. »Ihre Anwältin war bei mir. Frau Johannsen.«

Er grinste breit, doch das Zucken seiner Wimpern verriet ihr, dass er keineswegs so cool war, wie er tat, sondern mindestens so aufgeregt wie sie selbst.

»Sie haben mit Volker Bogdanski in einer Zelle gesessen. Angeblich wissen Sie mehr über den Banküberfall, bei dem mein Vater ums Leben kam.«

»Ja. Ich weiß sogar den Namen des Mörders. Bogie hat es mir mehrfach erzählt. Ich kann die ganze Geschichte auswendig.«

»Bogie?«

»Ja, so nannten wir ihn. Er war ein guter Kumpel. Schade, dass er draufgegangen ist.«

Ann Kathrin schluckte. »Wenn Sie mir die ganze Geschichte erzählen und die Namen nennen, werde ich mich für Sie einsetzen. Beim Prozess wird es für Sie sprechen. Ich werde Ihnen den besten Anwalt besorgen, den man für Geld kriegen kann. Ich werde Ihnen die Haftbedingungen so leicht wie eben möglich machen, und wenn Sie rauskommen, sorge ich dafür, dass Sie nicht mittellos dastehen. Ich könnte eine Hypothek auf mein Haus aufnehmen und Ihnen fünfzigtausend Euro auf ein Festgeldkonto legen. Während Sie Ihre Haft absitzen, bringt das Zinsen.«

Er beugte sich zu ihr vor und winkte sie mit dem Zeigefinger heran. Sie hielt das für ein gutes Zeichen und reckte ihm ihr Ohr entgegen. Er war ihr jetzt so nah, dass sie ihn riechen konnte. Sie mochte sein scharfes Rasierwasser nicht, mit dem er versuchte, den säuerlichen Mundgeruch zu überspielen. Er hatte seit seiner Verhaftung Magenprobleme.

Er flüsterte: »Hören Sie mir genau zu, Frau Kommissarin. Ich sage das nur ein einziges Mal: Ich scheiß drauf.«

Dann setzte er sich wieder breitbeinig hin und schlug mit der Faust auf den Tisch: »Ich werde keine Strafe absitzen für eine Sache, die ich nicht gemacht habe! Liefern Sie den richtigen Mörder oder irgendeinen anderen Arsch, der mich hier auswechselt, und ich sage Ihnen, wer Ihren Vater umgebracht hat.«

»Das kann ich nicht«, konterte Ann Kathrin.

Er stand auf. »Dann haben wir uns nichts mehr zu sagen. Ich weiß gar nicht, warum Sie gekommen sind. Haben Sie wirklich geglaubt, ich würde mich auf Ihren Blödsinn mit den fünfzigtausend einlassen?«

»Mit juristischen oder kriminalistischen Mitteln kann ich Sie nicht freikriegen. Sie sitzen tief drin. Selbst wenn ich Beweismittel verschwinden lassen würde – es steht alles längst in den Akten. Wenn Sie hier vorzeitig raus wollen, müssen Sie sich entweder gut führen, dann können Sie mit einer Zweidrittelstrafe rechnen, oder …«

»Oder was?«

»Oder Sie müssen fliehen.« Sie warf die Worte hin wie nicht ernst gemeint, doch er reagierte sofort.

»Verhelfen Sie mir zur Flucht, Frau Kommissarin.«

»Nun, wenn Sie den Namen des Mörders meines Vaters wirklich wissen, dann könnte ich …«

Sie kratzte sich die Kopfhaut.

Er fuhr mit seinem Handrücken zweimal unter seiner Nase entlang. Dabei schnaubte er zornig.

»Es gibt einen Weg, Sie hier rauszuholen, Herr Meuling …«

Seine Körperhaltung und sein Gesichtsausdruck veränderten sich augenblicklich. »Wie?«

»Nun, Sie müssten mir zunächst einmal vertrauen. Es ist ein juristischer Trick, aber es dauert eine Weile.«

»Ich steh auf juristische Tricks.«

»Sie unterschreiben zunächst ein Geständnis«, schlug Ann Kathrin vor.

Er lachte empört auf und tippte sich an die Stirn. »Ich bin doch nicht bescheuert!«

»Ruhig Blut. Hören Sie mir zu. Sie gestehen den Mord an Mareike Henning in allen Einzelheiten. Dann mache ich mit Ihnen eine Tatortbesichtigung, wo wir die Tat rekonstruieren. Dabei verstricken Sie sich in Widersprüche.«

»Wie? Was?«

»Nun, es gibt ein paar Dinge, die nur der wirkliche Täter weiß. Dass sie am ganzen Körper rasiert war, zum Beispiel. Und was mit ihren Kleidern geschah. Was das Geschenkpaket im Baum sollte. Na ja, all solche Details, die wir nie bekanntgegeben haben.«

Er begann zu ahnen, was sie vorhatte, und lehnte sich im Stuhl zurück. Er verschränkte die Arme hinterm Kopf und drückte die Fußsohlen gegen die Tischkante. Er wippte mit seinem Stuhl wie ein aufsässiger Schüler in der letzten Reihe.

»Wenn das Geständnis nicht zur Tat passt und die Rekonstruktion auch nicht, liegt der Verdacht nahe, dass Sie gar nicht der Täter sind. So etwas passiert heutzutage immer wieder. Bei vielen Morden melden sich Leute, die ihn angeblich begangen haben, legen endlose Geständnisse ab, waren es aber gar nicht. Das dreht die Arbeit der Kriminalpolizei um, verstehen Sie? Plötzlich ist es nicht mehr unsere Aufgabe nachzuweisen, dass jemand den Mord begangen hat, sondern eben genau das Gegenteil, wir müssen nachweisen, dass jemand den Mord überhaupt nicht begangen haben kann.«

»Wollen Sie einen Geisteskranken aus mir machen?«

»Keineswegs. Ich denke, Sie haben einfach dem Druck der Verhöre nachgegeben. Sie haben den Psychostress einfach nicht mehr ausgehalten. Es lassen sich schnell ein paar Seelenklempner finden, die uns das bescheinigen.«

Er grinste breit: »Sie haben mich also gefoltert, oder was?«

Sie schüttelte den Kopf. »Nein, nein, so weit würde ich nicht gehen. Das glaubt man Ihnen nicht. Außerdem fehlen dafür alle Beweise. Aber dass in so einem Fall die Kollegen schon mal nervös werden und vielleicht ein bisschen zu weit gehen, weil sie den Mörder gern überführen möchten, ist doch verständlich, oder?«

Er nickte. »Ja, es begann zum Beispiel damit, dass Sie erstens keinen Hausdurchsuchungsbefehl hatten und zweitens Ihr bescheuerter Kollege mir mit seinem Karatesprung in den Rücken geflogen ist. Ich hab jetzt noch Probleme, wenn ich …«

»Geschenkt«, sagte sie. »Machen wir den Deal?«

»Wer sagt mir, dass ich Ihnen trauen kann?«

»Haben Sie eine Wahl? Aber wenn Sie wollen, können wir ja vorher Ihre Anwältin fragen. Wir können Ihre Aussagen Punkt für Punkt miteinander durchgehen, und dann bei der Tatortbesichtigung machen Sie die entscheidenden Fehler und erzählen uns einen Tathergang, wie er unmöglich so gewesen sein kann.«

»Okay«, sagte er. »Machen wir's. Aber so schnell wie möglich. Ich muss hier raus. Ich bin nicht für die Haft gemacht. Ich muss mich bewegen können.«

»Dann geben Sie mir Ihr Geständnis. Je schneller ich es habe, umso schneller sind Sie hier draußen.«

»Wie soll ich es machen?«

Ann Kathrin öffnete lächelnd ihre Esprit-Handtasche, zog einen vorbereiteten Block und einen Füller hervor. »Handschriftlich. Jetzt sofort. Hiermit gestehe ich, Dieter Meuling, geboren am 31. März 1967, im Vollbesitz meiner geistigen Kräfte, dass ich Frau Mareike Henning ermordet habe. Ich bereue meine Tat zutiefst und bitte um eine gerechte Strafe.«

»Jetzt reicht's aber, Frau Kommissarin!«

Sie warf die Haare zurück und konterte kühl: »Wer eine Tat gesteht, will, dass eine bestimmte Gerechtigkeit wiederhergestellt wird. Schreiben Sie es und unterzeichnen Sie es, wenn Sie wollen, dass ich Sie hier raushole.«

»Wenn Sie mich reinlegen, dann …«

Es war völlig still im Raum. Er schrieb, und das Kratzen der Feder auf dem Papier jagte Ann Kathrin eine Gänsehaut über die Arme.

Gleich hab ich dich, dachte sie. Sie schloss ganz kurz die Augen. Wenn Papa mich jetzt sehen könnte, wäre er stolz auf mich. Dieser Meuling wollte mich austricksen, und jetzt hab ich ihn an der Angel. Sie nahm das Geständnis an sich und steckte es in ihre Handtasche.

»Wie geht es jetzt weiter?«, fragte Meuling und wischte sich ein paar Schweißtropfen von der Nase.

»Jetzt sagen Sie mir, wer der Mörder meines Vaters ist. Und dann erledige ich den Rest.«

Dagegen sträubte sich alles in Meuling. Er bäumte

sich auf. »O nein! Keineswegs! Wer sagt mir denn, dass Sie dann noch Wort halten? Ich bin doch keine zwölf Jahre alt, Frau Kommissarin! So leicht können Sie mich nicht reinlegen. Jetzt kommen Sie erst mit den fünfzigtausend rüber.«

»Welche fünfzigtausend?«

»War das nicht Ihr Vorschlag? Die Hypothek auf Ihr Haus. Schon vergessen? Wenn ich freikomme, brauche ich einen Neuanfang. Ich kann ja wohl schlecht in Duisburg meine alten Geschäfte wieder aufnehmen.«

Ann Kathrin nickte. »Okay. Wo soll ich das Geld für Sie deponieren?«

»Überweisen Sie es an meine Anwältin. Ich werde ihr im Gegenzug den Namen vom Mörder Ihres Vaters sagen, Frau Klaasen. Sobald das alles hier vorbei ist und ich frei bin, bekommen Sie den Namen.«

Im Fernsehen liefen beängstigende Berichte über die Klimakatastrophe. Die Möglichkeiten digitaler Filmbearbeitung brachten den Ostfriesen schockierende Zukunftsvisionen ins Wohnzimmer. Auf dem Bildschirm führte die Erderwärmung zu einem rasanten Schmelzen der Pole, der Meeresspiegel stieg an, die Nordseeküste wurde zur Karibik, es wuchsen Palmen, statt Sanddorn und Birnen erntete man Kokosnüsse, Mangos und Bananen. Dann zerstörten riesige Flutwellen das Land, und die Küste der Nordsee begann in der Lüneburger Heide.

Wie zum Hohn auf diese Berichterstattung gab es Ende Mai einen Kälteeinbruch und einen vierzehntägigen Dauerregen. Oldenburg, Hannover und Emden traf es besonders hart. Die Städte machten inzwischen Venedig Konkurrenz.

Die Drainagen um Ann Kathrins Haus schafften die Wassermassen nicht. Der Garten sah aus wie ein Teich.

Ein ertrunkener Maulwurf schwamm vor ihrer Terrassentür.

Damit das Wasser nicht über die Terrasse ins Wohnzimmer und die Küche hineinlief, hatte sie gemeinsam mit Weller jede Ritze mit Handtüchern und Wolldecken ausgestopft. Weller lachte, weil die Türen aussahen, als ob sie ihnen einen Winterschal verpasst hätten.

Ann Kathrin stellte die Fußbodenheizung höher, sodass die beiden sich im Haus fast nur noch barfuß bewegten. Wenn sie mit nassen Schuhen und Strümpfen von draußen hereinkamen, war das für Ann Kathrin der schönste Moment: Die Schuhe auszuziehen und die warmen Fliesen unter den Fußsohlen zu spüren.

Gestern, beim Einkaufen, als sie bereits auf dem Weg mit dem Einkaufswagen vom Combi zu ihrem Auto völlig durchnässt wurde, hatte sie sich zu Hause noch vor der Garderobe bis auf die Unterwäsche ausgezogen und sich dann auf die warmen Steinfliesen gelegt.

Weller sah das. Er wollte Bœuf Stroganoff auf ostfriesische Art machen, heißt: mit Fischstückchen statt mit Rindfleisch. Er hatte bereits Zwiebeln gewürfelt und stand mit einem Messer in der Hand und verheulten Augen im Rahmen der Küchentür.

Er konnte nicht widerstehen, als er sah, wie Ann Kathrin sich auf den Fliesen räkelte. Er zog sich ebenfalls aus. Am liebsten hätte er auch auf die Boxershorts verzichtet, tat es aber nicht, weil auch sie nicht gänzlich nackt war. Dann legte er sich zu ihr auf die Fliesen, und sie rollten sich ein, wie zwei Rostbratwürstchen, die es nicht erwarten konnten, endlich knusprig zu werden.

Dann liebten sie sich auf den heißen Steinen. Danach taten ihr der Rücken weh und ihm die Knie, aber das nahmen sie lachend in Kauf, während sie die Soße für das Stroganoff mit einem ganzen Glas Dijon-Senf verschärften und sich zum ersten Mal zugestanden, dass es auch Vorteile hatte, wenn die Kinder bei den Expartnern blieben. Mit Eike im Haus oder Wellers Töchtern hätten sie sich sicherlich nicht auf dem Fußboden geliebt.

Sie machten keine Musik an. Der pfeifende Wind hatte sich inzwischen zu einem heulenden Wolfsrudel entwickelt. Der Regen trommelte geradezu wütend gegen die Scheiben, und das reichte ihnen als romantisches Hintergrundgeräusch.

Weller hatte alles im Wok angerichtet. Der stand jetzt zwischen ihnen. Sie saßen nackt auf den Küchenstühlen und luden sich gewaltige Portionen auf die Teller. Guter Sex machte sie immer hungrig.

Sie sollte sich eine Decke um die Schultern legen, doch Weller bat sie, noch ein bisschen so sitzen zu bleiben. Er konnte sich nicht an ihr sattsehen, und wirklich satt essen konnte er sich auch nicht. Er fischte noch die letzten Heringsreste aus dem Wok, dann lehnte er sich zurück und stöhnte wohlig: »Mein Gott, kann das Leben schön sein!«

Sekunden später rief Rupert an, weil er sich »diesen Scheiß-Magen-und-Darm-Virus« gefangen hatte, der seit Tagen in der Polizeiinspektion Aurich grassierte.

Seine Krankmeldung interessierte Ann Kathrin nicht besonders. Sie war es gewohnt, mit knapper Personaldecke zu arbeiten. Aber ganz nebenbei erwähnte Rupert noch: »Wir haben jetzt die Freigabe. Der Tatortbesichtigung mit Meuling steht im Prinzip nichts mehr im Wege.«

Sofort schlug Ann Kathrin das Herz bis zum Hals. Sie konnte es kaum noch abwarten. Trotz Meulings schriftlichen Geständnisses hatte es doch mehr als vierzehn Tage gebraucht, um alle bürokratischen Hürden zu überwinden.

»Was heißt denn: im Prinzip?«

»Die Kollegen von Duisburg-Hamborn können ihn

nicht herbringen. Die haben zu wenig Personal.« Rupert lachte. »Na, kennst du irgendeine Behörde, die zu viel Personal hat? Hier steht, es geht frühestens in vierzehn Tagen.«

Empört sagte Ann Kathrin: »Wie – die können ihn uns nicht bringen? Ich warte doch nicht nochmal vierzehn Tage! Notfalls hole ich ihn selber ab.«

»Das steht uns nicht zu«, sagte Rupert. »Das müssen die Justizbehörden selber ...«

Ann Kathrin zitierte gleich aus der einschlägigen Rechtsbibliothek: »Der Transport von Untersuchungsgefangenen obliegt den Justizbehörden. Die zuständige Polizeibehörde leistet nur dann Vollzugshilfe, wenn nach Bekanntgabe eines Haftbefehls die Justizbehörde den Untersuchungsgefangenen nicht übernehmen kann oder die Justizvollzugsanstalt zum Transport eines Untersuchungsgefangenen nicht oder nicht alleine in der Lage ist. Soweit sich abweichende Vereinbarungen zwischen örtlichen Polizei- und Justizbehörden als zweckmäßig erweisen, werden sie durch die vorstehende Grundsatzregelung nicht ausgeschlossen.«

Rupert stieß sauer auf: »Ja und?«

»Schick zwei Kollegen«, ordnete Ann Kathrin energisch an. »Wie wär's mit Schrader und Benninga?«

»Falls die nicht auch die Grippe in den Knochen haben.«

»Es wird doch wohl auch noch jemand gesund sein in der Inspektion.«

Rupert beendete das Gespräch: »Ich organisier das noch für dich, dann fahre ich aber nach Hause und leg mich direkt neben der Toilette schlafen. Und ich komme nicht eher zurück, bis mein Körper diesen Scheißvirus besiegt hat.«

Ann Kathrin sah Weller an. Ihre Augen hatten einen fiebrigen Glanz. Sie bewegte sich raubtierhaft. Weller hätte sich nicht gewundert, aus ihrem Mund Worte zu hören wie: »Jetzt vernasche ich dich noch einmal auf dem Fußboden.« Aber das sagte sie nicht. Ihre Erregung war nicht sexueller Natur.

Sie rieb sich mit den Handflächen über die Oberarme. »Ich spüre es, Frank. Ich spüre es auf der Haut. Morgen wird er mir den Mörder meines Vaters nennen.«

»Ich denke, den kriegst du erst über die Anwältin, wenn er frei ist.«

Sie lächelte. »So weit wird es nie kommen, Frank.«

»Ja, ich mache mir ein bisschen Sorgen, wir könnten das Blatt überreizen. Ich meine, wir haben echt niemanden eingeweiht. Erst holst du dir von ihm dieses Geständnis, und jetzt hilfst du ihm, es auszuhebeln. Hast du wirklich vor, der Anwältin fünfzigtausend Euro zu überweisen?«

Ann Kathrin nickte. »Es ist bereits geschehen.«

Weller musste aufstoßen. Er blähte seine Wangen auf. »Ich brauche jetzt einen Espresso«, pustete er und schaltete die Maschine ein.

»Ich auch«, freute sich Ann Kathrin.

Der dicke Schal aus Handtüchern und Decken um die Tür reichte nicht mehr aus. Das Regenwasser lief als lange feuchte Zunge in die Küche. Die beiden bemerkten es zunächst nicht, so sehr waren sie mit sich beschäftigt.

Weller überschlug, wie lange er arbeiten musste, um bei dem, was ihm nach dem Unterhalt für Frau und Kinder blieb, fünfzigtausend Euro zusammenzukriegen.

Er wunderte sich. »Ich wusste gar nicht, dass du so viel auf der hohen Kante hast. Ich dachte, die Trennung hätte euch auch finanziell an die Grenzen gebracht.«

Ann Kathrin zog sich an, als ob es gleich schon losgehen würde. Weller kam sich komisch dabei vor, aber er stand immer noch nackt an der Kaffeemaschine, die jetzt laut die arabischen Bohnen zermahlte.

»Ich war bei der Sparkasse. Die haben mir sofort geholfen. Immerhin habe ich noch dieses Haus hier. Ich habe eine Hypothek darauf aufgenommen.«

Noch eine, wollte Weller fragen, weil er es bedenklich fand, wie sehr die zwei sich verschuldeten. Aber er schluckte den Satz hinunter.

Er reichte ihr ihre Espressotasse. Sie stießen damit an, als seien es Champagnergläser. »Auf deinen Vater«, sagte Weller.

»Darauf, dass ich seinen Mörder endlich der gerechten Strafe zuführe.«

Plötzlich bekam Ann Kathrin nasse Füße. Der Küchenboden hatte sich in eine Pfütze verwandelt.

Schon auf der Fahrt von Aurich zum Schlosspark Lütetsburg wusste Ann Kathrin nicht, ob der Magen-und-Darm-Virus sie auch erwischt hatte oder ob es nur die Nervosität war. In ihrem Darm gluckerte es wie in einer defekten Heizung. Es war so laut, dass Weller sich ein Grinsen verkneifen musste.

Sie saß auf dem Beifahrersitz ihres Dienstwagens, die Hände im Schoß ineinander verschränkt. Er warf ihr einen verstohlenen Blick zu und sah, dass sie auf der Unterlippe herumkaute. Sie starrte auf ihre Knie, und Weller fragte sich, ob sie ihre Heckler & Koch entsichert in ihrer Handtasche trug. Er hatte ein ungutes Gefühl. Das Ganze war ein unausgegorener Plan, und sie hatten niemanden eingeweiht. Der heutige Tag konnte das Ende ihrer beider Karrieren bei der Kripo bedeuten.

Er räusperte sich. »Wie weit wollen wir das Ding eigentlich durchziehen, Ann? Wir sind schon ziemlich weit gegangen. Ich fürchte, wir verrennen uns da in etwas.«

Ihre Antwort kam wie aus einer anderen Welt. Ihre Stimme hatte etwas von diesen Telefonautomaten, die Weller so sehr hasste, weil er nirgendwo gern anrief, um sich mit Maschinen zu unterhalten und sich von ihnen immer weiter zur nächsten Maschine leiten zu lassen.

»Was willst du? Aussteigen?«

»Ann, bitte. Mach es mir jetzt nicht so schwer. Ich habe doch nur Angst, dass wir einem unausgegorenen Plan folgen und hinterher keinem Menschen mehr vernünftig erklären können, wie wir auf diesen Blödsinn gekommen sind.«

»Das ist kein Blödsinn. Das ist die große Chance, auf die ich schon ewig gewartet habe.«

»Wenn du dir so sicher bist, Ann, warum rebelliert dann dein Magen?«

»Jeder Zweite hat diesen Scheißvirus.«

»Und warum starrst du vor dich hin wie eine Plastikpuppe?«

Jetzt kam mehr Leben in ihre Stimme, und nach wenigen Worten hörte sie sich schon wieder fast an wie die Frau, die er liebte.

»Wir stehen gar nicht so schlecht da. Wir sind viel weiter als vorher. Wir haben sein Geständnis.«

»Aber wenn er erzählt, wie es dazu kam, dann ...«

»Dann wird ihm keiner glauben.«

Weller drückte seine Zunge gegen den Gaumen, schob das Kinn vor und nickte. Vielleicht unterschätzte er sie einfach. Vielleicht hatte nicht Meuling sie an der Angel, sondern sie ihn. Trotzdem hakte Weller nach: »Und seine Anwältin?«

»Ihre Aussage dürfte wenig Wert haben. Klingt nach einer Schutzbehauptung, um ihren Klienten herauszuhauen.«

Weller drosselte das Tempo, weil eine Windböe den Regen so heftig gegen die Scheiben platschen ließ, dass er für einen Moment die Straße nicht mehr sah.

»Du vergisst, dass du ihr fünfzigtausend überwiesen hast. Das wäre vor Gericht sehr erklärungsbedürftig.«

»Find ich nicht.«

Jetzt gestikulierte Ann Kathrin und sprach gegen die Windschutzscheibe, als würde sie vor Gericht stehen: »Hohes Gericht. Ich habe den Mörder von Mareike Henning überführt. Während des Verhörs kam heraus, dass er den Mörder meines Vaters kennt. Welche Druckmittel soll man ausüben auf einen Menschen, der vermutlich die nächsten fünfzehn Jahre seines Lebens im Gefängnis verbringen wird? Er hat mir ein Angebot gemacht. Er wollte fünfzigtausend Euro von mir, um mir den Namen des Mörders meines Vaters zu verraten. Ja, hohes Gericht, sagen Sie ruhig, ich sei naiv. Ja, nennen Sie mich unprofessionell. Vielleicht war das ein Fehler. Aber ich habe es getan. Ich habe das Geld aufs Konto seiner Anwältin nach Oldenburg überwiesen, um endlich diesen Fluch loszuwerden, der auf mir lastet. Können Sie sich vorstellen, was es für eine Kriminalkommissarin bedeutet, wenn sie tagtäglich schmerzhaft daran erinnert wird, dass der Mörder ihres Vaters frei herumläuft? Die ermittelnden Behörden haben doch die Fahndung längst aufgegeben und den Fall zu den Akten gelegt. – Ja, hohes Gericht, wenn es ein Verbrechen ist, dass ich den Mörder meines Vaters überführen möchte, dann bekenne ich mich schuldig.«

Ann Kathrin neigte den Kopf vor dem imaginären Gericht, um dann mit erhobenem Haupt umso schärfer fortzufahren: »Ich würde es immer wieder tun, und ich werde nicht eher ruhen, bis der brutale Killer hinter Schloss und Riegel sitzt.«

»Bravo«, sagte Weller. »Bravo. Standing Ovations. Aber die Anwältin wird dir den Namen nicht geben. Es sei denn ...«

Weller vernachlässigte die regennasse Fahrbahn und sah länger zu Ann Kathrin hinüber, als ein umsichtiger Fahrer verantworten konnte. »Du willst ihm doch nicht wirklich helfen, dass er aus dieser Sache rauskommt, oder? Das ist doch hier alles nur eine Finte, oder nicht?«

Weller fuhr auf der B 210 kurz vor Marienhafe an den rechten Fahrbahnrand.

»War das nicht sogar deine Idee?«, fragte sie nach.

»Bitte, Ann, versteh mich nicht falsch, aber ...«

Sie verzog den Mund. »Ich weiß, ich weiß. Manchmal sagt man so was eben einfach dahin, aber man meint es nicht wirklich, stimmt's? Komm, steig aus. Lass es mich alleine erledigen.«

»Ann, wie wirst du dich fühlen, wenn er im Gerichtssaal freigesprochen wird? Okay, nehmen wir an, deine Informationen sind richtig, und du schnappst dann den Mörder deines Vaters. Dann läuft ein Mörder frei herum, und einen anderen hast du eingesperrt. So eine Art Bäumchen-wechsel-dich. Aber was machst du, wenn er dann die nächste Frau umbringt?«

»Das wird er nicht tun. Er ist kein Lustmörder. Es war ein typisches Vertuschungsverbrechen.«

Automatisch schaltete sich der Verkehrsfunk ein. Anke Genius gab ein paar Meldungen durch. Die schweren Regenfälle hatten einige Straßen unpassierbar gemacht, und ein schwerer Unfall auf der A 28 behinderte den Verkehr zwischen Emden und Oldenburg.

Weller schrie das Radio an: »Schnauze!« Dann drückte er den roten Knopf.

»Ich will die Chance haben, mit ihm alleine zu sein. Ohne seine Anwältin«, stellte Ann Kathrin klar.

»Und wie soll das gehen?«

»Vielleicht ... wenn du mir hilfst. Wenn alles vorbei ist. Wenn er sich in Sicherheit wiegt und wieder zurückgefahren werden soll, wird sie garantiert nicht mit in den Gefangenentransporter steigen.«

»Wir auch nicht, Ann.«

Sie lächelte.

Er ahnte, was sie vorhatte, und schüttelte den Kopf. »O nein, Ann, du meinst doch nicht ernsthaft …« Dann pfiff er leise durch die Lippen. »Deswegen kanntest du dich so genau aus und hast die Gesetze über den Gefangenentransport so klar zitiert.«

Ann Kathrin nickte.

»Wie wollen wir das den Kollegen Schrader und Benninga verklickern?«

»Sind die nicht beide in deinem Skatclub?«

Weller fühlte sich in die Enge getrieben. Mein Gott, dachte er, du hast sie unterschätzt. Die ist total abgezockt.

»Ja. Nein. Ich meine, doch, natürlich. Aber das ist nicht so, wie du denkst. Ich kann doch nicht einfach …«

Sie sah ihn an wie ein schmollendes Kind. »Ja, ich weiß schon. Erst alles versprechen und dann nichts halten. Erst ›Ich tu alles für dich‹, aber dann, so ein kleiner Gefallen …«

»Kleiner Gefallen?«

Wellers Magen rebellierte. Er massierte sich mit der rechten Hand den Bauch und stöhnte: »Ich glaube fast, du hast mich angesteckt. Ich fühl mich, als hätte ich eine tote Katze gegessen.«

Der Parkplatz gegenüber von Schloss Lütetsburg war nicht asphaltiert. Der lang anhaltende Regen hatte den Boden in einen schlammigen Morast verwandelt.

Ann Kathrin und Weller warteten im Auto auf die Kollegen aus Duisburg. Inzwischen hatte Ann Kathrins Magen sich beruhigt, dafür ging es Weller umso schlechter. Er verließ das Fahrzeug kurz, um sich an einen Baum gelehnt zu übergeben. Dann begab er sich klatschnass zu Ann Kathrin in den VW-Passat zurück. Er hatte einen Entschluss gefasst. Sein Verstand rebellierte dagegen und sein Körper erst recht, aber etwas in ihm war stärker und hatte sich gegen alle Widerstände durchgesetzt.

»Ich liebe dich, Ann«, sagte er, und dabei roch sie seinen säuerlichen Atem. Seine Augäpfel waren blutunterlaufen.

»Ich will das zwischen uns nicht aufs Spiel setzen. Ich weiß, das klingt idiotisch, aber ich will mit dir glücklich sein oder mit dir untergehen. Aber ich will, dass wir zusammenbleiben. Wenn alles schiefgeht, dann werden wir eben in Norddeich eine Fischbude eröffnen.«

Ann Kathrin lachte. Wahrscheinlich war das die schönste Liebeserklärung, die sie je bekommen hatte. Und sie hoffte nur, dass er es nicht bereuen würde. Gleichzeitig zweifelte sie jetzt daran, ob sie sein Angebot überhaupt annehmen konnte. Jetzt hörte sich das noch so romantisch an: gemeinsam eine Fischbude in Norddeich eröffnen. Aber sie waren keine Kaufleute, sie waren Kripobeamte mit Leib und Seele.

Vielleicht wird er mir das ewig vorwerfen, dachte sie.

Es war nicht schwer für ihn, ihre Gedanken zu erraten. Er breitete die Arme aus und versicherte: »Das wird nicht irgend so eine Fischbude, das verspreche ich dir. Unsere Bratrollmöpse werden eine Legende werden, von unseren Matjes ganz zu schweigen. Weiche Brötchen, frische Zwiebeln, ein Salatblatt und …«

Der Gefangenentransport aus Duisburg-Hamborn traf ein.

»Der Regen ist auf unserer Seite«, sagte Weller. »Lass mich nur machen. Keiner von ihnen wird jetzt Lust haben, da rauszugehen, um euch zu begleiten.«

»Du meinst …«

Weller nickte. Seine Angst, alles falsch zu machen, wich einem spitzbübischen Gefühl der Durchtriebenheit. Er sah jetzt aus wie der Schelm, der er in seiner

Kindheit gern gewesen wäre, wenn sein strenger Vater ihn nicht so sehr an der kurzen Leine gehalten hätte.

»Wir müssen nicht auf die Anwältin warten, Ann. Du kannst ihn alleine haben. Jetzt. Im Regen. Da draußen. Pass auf dich auf. Wenn die Anwältin kommt, schicke ich sie hinterher.«

»Ich glaube kaum, dass sie Lust hat, mit ihren High Heels durch die matschige Wiese zu laufen«, orakelte Ann Kathrin.

»Lass dir Zeit, Ann. Ich werde die Kollegen in unserem Dienstwagen zurückschicken und ihnen sagen, dass wir den Rücktransport übernehmen. Und wenn ich es nie wieder tue.«

Obwohl er immer noch nach Erbrochenem roch, hätte sie ihn jetzt am liebsten geküsst. Sie sahen sich tief in die Augen. Noch einen Augenblick zögerte Ann Kathrin. »Bist du dir sicher, Frank? Du setzt eine Menge aufs Spiel, wenn du jetzt mit mir …«

»Wenn ich jetzt nicht tue, was mein Herz mir sagt, Ann, werde ich mich den Rest meines Lebens als Feigling und mieser Versager fühlen. Lass uns das hier gemeinsam durchziehen.«

Sie gaben sich die Hände, wie um einen Vertrag zu besiegeln.

Einmal im Leben, sagte Weller sich selbst, wirst du nicht das Vernünftige tun, Frank. Nicht das Richtige und politisch Korrekte, sondern alles auf eine Karte setzen. Volles Risiko spielen. Und vielleicht fährst du ja den Hauptgewinn ein.

Er sank bis zu den Knöcheln im Matsch ein, als er zum Gefangenentransport ging. Seine Kollegen stiegen gar nicht erst aus. Die Fahrt von Duisburg-Hamborn nach Lütetsburg bei dem Wetter hatte sie geschafft.

In der Fahrerkabine roch es nach Rauch. Weller sah grinsend darüber hinweg. Er fühlte sich merkwürdig frei und leicht. Vielleicht ein bisschen zu aufgeräumt begrüßte er seine Kollegen. Ihre mürrischen Gesichter ließen ihn hoffen.

Benninga maulte: »Wir sollen jetzt ernsthaft mit dem Scheißtypen da hinten raus in den Park? Wir haben nicht mal Regenschirme dabei.«

»Stell ich mir auch nicht witzig vor. Uniformierte Polizisten, die mit dem Regenschirm bewaffnet einen Mörder zum Tatort begleiten«, lachte Weller. »Wollen wir denn, dass das morgen im Kurier steht?«

»Wieso? Ist dieser Holger Bloem etwa auch da?«, knurrte Benninga und wischte sich das staubfeuchte Gesicht ab.

Den Artikel, den Holger Bloem über Ann Kathrin Klaasen geschrieben hatte, kannte jeder Polizeibeamte in Ostfriesland. Wer wünschte sich nicht so eine Presse! Die einen sahen es mit Neid, die anderen mit Bewunderung.

Schrader rückte ein Stückchen und machte Platz, sodass Weller vorne neben ihm sitzen konnte. Sie schlossen die Tür.

Weller zwinkerte den beiden vielsagend zu. »Jungs, das bleibt jetzt unter uns, klar? Die ganze Nummer kann Stunden dauern. Wir holen uns da den Tod weg. Und bei unserer dünnen Personaldecke können wir uns nicht noch mehr Kranke leisten.«

»Soll das heißen, wir fahren zurück und bringen den Typen bei uns in die Ausnüchterungszelle?«

»Nein. Er muss heute Abend wieder in Hamborn sein. Länger leihen die uns ihren kleinen Liebling nicht aus.«

»Aber ohne mich. Mir geht es ohnehin seit Tagen schon nicht so gut. Außerdem hab ich heute Abend …«

»Wenn mein Bankkonto so gut aussehen würde wie mein Überstundenkonto, wäre ich ein wohlhabender

Mann. Es ist ein bisschen viel verlangt, dass wir den heute auch wieder …«

»Beruhigt euch, Kollegen. Wir werden dem Knaben jetzt ein paar Handschellen anlegen, und dann übergeben wir ihn unserer geschätzten Kollegin.«

»Und was machen wir in der Zeit?«

»Wir setzen uns hinten rein und dreschen einen Skat.«

Benningas Augen blitzten kurz auf, und auch das Gesicht von Schrader erhellte sich.

»Du meinst, sie lässt uns das durchgehen?«

»Na klar. Und zurückbringen müsst ihr ihn auch nicht. Ihr könnt meinen Dienstwagen nehmen und zu Hause die Füße hochlegen. Ann Kathrin und ich bringen die wertvolle Fracht zurück nach Hamborn.«

»Ich wusste immer, dass du ein Pfundskerl bist, Frank«, lachte Benninga und klopfte Weller auf die Schulter.

Ann Kathrin saß noch immer im Dienstwagen auf dem Beifahrersitz. Durch den dichten Regen beobachtete sie die Szene. Sie hörte die Stimmen der Männer nicht und sah auch ihre Gesichter nicht. Doch ihre Körperhaltungen und Gesten verrieten ihr genug. Franks Plan war aufgegangen.

Ann Kathrins Handy klingelte. Meulings Anwältin war dran. Sie entschuldigte sich, weil sie bei dem Wetter nicht so gut vorwärtskam. Sie war erst kurz vor Emden.

»Kein Problem«, sagte Ann Kathrin und verließ den Wagen, um ihre Chance zu nutzen. Sie hielt ihr Gesicht in den Regen. Dies war genau das richtige Wetter, um dem Mörder ihres Vaters einen Schritt näher zu kommen.

Nur Weller stieg aus, um ihr zu helfen. Die Kollegen Schrader und Benninga blieben in der Fahrerkabine sitzen. Einerseits wollten sie sich nicht diesem ostfriesischen Unwetter aussetzen, andererseits hatte zumindest Schrader keine Lust, Ann Kathrin in die Augen zu sehen, denn er wusste sehr wohl, dass es seine Aufgabe gewesen wäre, jetzt bei ihr zu sein und nicht mit Weller hinten im Gefangenentransporter Skat zu spielen. Aber genau das hatte er vor.

Ann Kathrin glaubte, ein überlegenes Grinsen in Meulings Gesicht zu sehen, und eigentlich gefiel ihr das ganz gut, denn je sicherer er sich fühlte, umso unvorsichtiger würde er werden und umso leichteres Spiel würde sie mit ihm haben.

»Schönes Wetter haben Sie sich ausgesucht, Frau Kommissarin«, lachte er. »Echt Ostfriesland, was?«

»Wenn Sie erst mal in der Hölle sitzen, werden Sie sich Regen und Wind zurückwünschen, glauben Sie mir.«

Ohne jeden Protest ließ Meuling sich von Weller Handschellen anlegen.

Ann Kathrin beschloss, den Regen ab jetzt einfach zu ignorieren. Wenn man erst einmal bis auf die Haut durchnässt ist, macht es nichts mehr, dachte sie. Sie stellte sich vor, wie es wäre, heute Abend in der Badewanne zu liegen. Ein Schaumbad. Vielleicht gemeinsam mit Weller und mit einer Flasche Jever in der Hand.

Ich werde dann wissen, wie du heißt, dachte sie grimmig und sah die Bilder, wie ihr Vater mit einer Waffe am Hals vorgeführt wurde.

Sie überquerte mit Meuling die Straße zum Schloss. Der Regen hatte im Moment nur Vorteile für sie.

Ich werde mit ihm ganz alleine im Schlosspark sein, dachte sie.

Sie warf einen Euro für Meuling in die Box und schob ihn durchs Drehkreuz. Als er sich vergewissert hatte, dass sie allein und außer Sichtweite der anderen Polizeibeamten waren, veränderte sich seine Körperhaltung. Er kam Ann Kathrin bedrohlich nahe, wie sie fand. Sie machte sogar einen Schritt rückwärts, um mehr Abstand zu ihm zu gewinnen.

»Wir gehen jetzt dahin, wo wir die Leiche gefunden haben, und Sie erzählen mir, wie Sie es gemacht haben, Herr Meuling. Von wo sind Sie in den Park gekommen? Haben Sie die Tote getragen? Oder auf einer Schubkarre transportiert? Ich nehme nicht an, dass Sie durch den offiziellen Eingang gekommen sind. Der Park ist über 30 Hektar groß. Da gibt es viele Möglichkeiten, sich unbeobachtet Zugang zu verschaffen.«

»Was soll der Scheiß?«, brüllte Meuling sie an. »Jetzt sind wir alleine. Sollen wir hier ernsthaft länger in Wind und Wetter rumstehen und uns den Tod holen? Lassen Sie uns ins Schlosscafé gehen oder sonst wohin. Einen Tee trinken, und ein Schnaps wäre auch nicht schlecht. Ich denk, ihr Ostfriesen habt so'n guten Grog? Da warten wir eine Weile zusammen, und später erzählen Sie denen dann, was ich gesagt habe. War clever von Ihnen, die drei nicht mitzunehmen. Wie haben Sie das überhaupt hingekriegt? Mussten Sie mit denen in die Pfanne springen, oder nehmen die einfach Geld? Und wo ist überhaupt meine Anwältin?«

Ann Kathrin atmete tief durch und kämpfte gegen den Impuls an, Meuling ins Gesicht zu schlagen. Sie packte ihn hart an und zerrte ihn mit sich. In ihren Schuhen patschte das Wasser, und ihre Finger waren jetzt schon so kalt, dass sie sich fragte, ob sie den Abzug ihrer Heckler & Koch P 2000 im Notfall schnell genug drücken könnte.

»Entweder Sie spielen jetzt das Spiel nach meinen Regeln, oder Sie können mir gestohlen bleiben und werden den Rest Ihres Lebens im Gefängnis sitzen. Was glauben Sie eigentlich, was wir hier tun? Das ist kein Kinderspiel. Wir versuchen, ein deutsches Gericht auszutricksen, und zwar nicht das Duisburger Amtsgericht. Man wird Sie des Mordes anklagen, da müssen wir schon richtige Geschütze auffahren, damit Sie freikommen. Sie haben ein Geständnis hingelegt, und jetzt kommt es darauf an, dass ich von Ihnen ganz genau erfahre, wie Sie es wirklich gemacht haben, damit wir Ihr Geständnis dann so frisieren können, dass ich nachweisen kann, dass Sie es gar nicht gewesen sein können. Kapieren Sie das, Sie blöder Idiot, Sie?«

Ann Kathrin hob die Rechte, ballte aber nicht die Faust, sondern es wirkte für Meuling genauso, als ob sie ihm eine Ohrfeige verpassen wollte.

»Reden Sie nicht mit mir wie mit Ihrem kleinen Sohn«, zischte er.

»Sie sagen mir jetzt, wie der Mörder meines Vaters heißt, oder ich breche die ganze Aktion hier ab, klar? Ich habe meinen Teil der Abmachung erfüllt. Ihre Anwältin hat die fünfzigtausend Euro von mir.«

»Ich weiß. Sie hat es mir bestätigt.«

»Also – wie heißt der Schweinehund?«

Meuling versuchte sich in die Büsche zu drücken, um ein bisschen mehr Schutz vor dem Regen zu haben. Mit Genugtuung registrierte Ann Kathrin, dass er zitterte. Sie wusste aber nicht, ob es die feuchte Kälte war oder die Angst.

»Ich habe diese blöde Torte nicht kaltgemacht, haben Sie das immer noch nicht kapiert?«

»Es ist mir völlig egal. Sagen Sie mir den Namen, und ich helfe Ihnen aus dieser Klemme heraus.«

»Ich dachte, wir hätten die Regeln festgelegt.«

Ann Kathrin sah sich um. Sie waren ganz alleine. Der Regen hüllte sie ein wie eine schützende Decke.

Sie zog ihre Heckler & Koch und drückte sie ihm gegen die Stirn. »Es gibt keine Regeln!«, kreischte sie. »Kapieren Sie das endlich? So hat man meinen Vater umgebracht! Genau so! Und wenn ich Ihnen jetzt so das Gehirn rausblase, passiert mir überhaupt nichts. Wenn hier einer Ärger kriegt, dann meine drei Kollegen, die da hinten im Gefangenentransporter Skat spielen. Als ich den Täter am Tatort hatte, drehte er plötzlich durch und ging auf mich los. Ein bulliger Mann, so ein richtiges Muskelpaket. Jeder Richter würde mich freisprechen.«

»Hören Sie auf«, flehte er, »hören Sie auf.«

Unter dem Druck der Waffe beugte er seinen Kopf immer weiter nach unten.

Ann Kathrin drückte ihn in die Hecke. Die Äste stachen in sein Gesicht. »Den Namen!«, forderte sie. »Den Namen. Ich schwör dir, ich drück sonst ab.«

Cora Johannsen fuhr in ihrem weißen Mercedes direkt vor dem Schloss vor. Parkverbotsschilder beachtete sie nicht. Sie glaubte, im Auftrag der Staatsanwaltschaft unterwegs zu sein, gerufen von der Polizei. Wer wollte es riskieren, ihr einen Strafzettel zu verpassen, und welche Politesse ging bei dem Wetter schon auf die Jagd nach Parksündern?

Sie wunderte sich, dass hier keine Polizeiautos standen. Dann entdeckte sie den Gefangenentransporter auf dem Parkplatz gegenüber. Es hätte genauso gut ein Umzugswagen sein können. Durch den Regenschleier konnte sie es nicht so genau erkennen.

Sie kam sich zwar blöd dabei vor, versuchte aber tatsächlich, ihren Knirps aufzuspannen. Der ostfriesische Wind brach dem Regenschirm in Sekunden sämtliche Gelenke. Sie erkannte augenblicklich den wirtschaftlichen Totalschaden und machte sich nicht mal mehr die Mühe, den Schirm in ihren Wagen zurückzulegen. Sie ließ ihn einfach fallen.

Cora Johannsen lief zum Parkplatz hinüber. Hinten im Gefangenentransporter saßen Weller, Schrader und Benninga. Weller reizte gerade sein Blatt aus.

»Achtzehn, zwanzig, zwo.«

Benninga nickte. »Das wird mein Spiel. Einer mehr als sechsunddreißig?«

Schrader stieg sofort aus.

Weller mochte es nicht, wenn jemand gegen die Regeln verstieß. »Geben, hören, sagen«, stellte er fest und fühlte sich bereits als Sieger.

Die Männer hatten die Tür nur einen kleinen Spalt offen gelassen, damit von draußen nicht zu viel Feuchtigkeit hereinkam. Cora Johannsen sah hindurch und kapierte augenblicklich, was geschehen war. Sie schlug die Tür zu, und die drei saßen in der Falle.

Jetzt machte ihr der Regen nichts mehr aus. Am liebsten hätte sie die Presse angerufen.

»Hey, was war das?«, rief Weller und mahnte sofort: »Wehe, einer guckt in meine Karten!«

»Die Tür ist zu, Scheiße, die Tür ist zu! Der Wind hat die Tür zugedrückt«, mutmaßte Schrader.

»Na und, dann mach sie wieder auf«, forderte Weller. Noch war ihm das Ausmaß der Niederlage nicht klar.

»Gefangenentransporter«, stellte Benninga sachlich fest, »kann man aus gutem Grund nicht von innen öffnen. Nur von außen. Wir sollten eigentlich gar nicht hier drin sein. Wir sollten …«

»Und jetzt?«

»Jetzt sitzen wir ganz schön in der Scheiße. Wir können doch schlecht die Kollegen anrufen und ihnen sagen, dass …«

»Moment, Moment«, beruhigte Weller seine Mitgefangenen. »Ann Kathrin wird gleich zurückkommen, und dann kann die uns von außen die Tür aufmachen.«

Was seid ihr doch für Idioten, dachte Johannsen. Sie rieb sich die Hände gegeneinander, aber dadurch wurden ihre Finger nicht warm. Dann lief sie in den Park, um Ann Kathrin Klaasen und ihren Mandanten Meuling zu suchen.

Ann Kathrin fragte sich, ob sie, um den Druck auf Meuling zu erhöhen, einen Schuss abgeben sollte. Der Regen schluckte viele Geräusche, doch sie vermutete, dass ihre Kollegen auch auf diese Entfernung und trotz des Unwetters den Schuss hören würden. Darauf waren sie alle trainiert.

Ann Kathrin nahm Frau Johannsen nicht wahr. Sie war ganz auf Meuling konzentriert.

»Sie will mich umbringen!«, brüllte er. »Sie will mich umbringen, Cora!«

Ann Kathrin hielt das für eine Finte. Sie drehte sich nicht um. Die Anwältin konnte unmöglich schon hier sein. Von Emden bis hierher brauchte sie bei dem Wetter mindestens vierzig, wenn nicht fünfzig Minuten.

Sie hörte sich sagen: »Ich zähle jetzt bis drei, und dann werde ich dich in Notwehr erschießen. Ein Schwein weniger. Eins!«

»Nicht, nicht! Ich sag Ihnen alles! Alles, was Sie wissen wollen. Aber es wird Ihnen nicht gefallen, Frau Klaasen.«

»Zwei.«

»Ihr Vater war nicht das unschuldige Opfer! Er hat den ganzen Überfall mit geplant. Es war seine Idee, im Rettungshubschrauber zu fliehen. Er wurde erschossen, weil sie nicht mit ihm teilen wollten. Weil er alle Namen kannte und den Löwenanteil für sich beanspruchte.«

Ann Kathrins Zeigefinger krümmte sich um den Abzug. Sie spürte, dass sie die Kontrolle über sich vollkommen verloren hatte. Sie trat nach Meuling und kreischte: »Du lügst! Du lügst, du verdammter Drecksack!«

Cora Johannsen hatte das Pfefferspray aus ihrer roten Handtasche gezogen und den weißen Plastikschutz mit dem Daumen eingedrückt. Die Waffe war einsatzbereit. Sie stellte sich breitbeinig hinter Ann Kathrin, hielt ihr Pfefferspray mit beiden Händen, streckte die Arme weit aus und kommandierte mit schneidender Stimme: »Lassen Sie die Waffe fallen! Nehmen Sie die Hände hoch! Treten Sie von Herrn Meuling zurück!«

Ann Kathrin fuhr herum und wurde von einer vollen Ladung getroffen. Trotz des Regens entfaltete das Pfefferspray seine Wirkung. Ann Kathrin war augenblicklich fast blind. Es war, als würde ihr eine Säure die Augäpfel wegätzen.

Cora Johannsen packte Ann Kathrins rechte Hand und nahm ihr die Dienstwaffe ab. Ann Kathrin reckte ihr Gesicht den Regentropfen entgegen. Sie wusste, dass nur Wasser ihr helfen konnte. Die Augen mussten ausgespült werden. Wieder und wieder. Der Regen, dachte sie erneut, ist dein Freund.

»Geben Sie mir meine Waffe zurück. Was Sie hier machen, ist Gefangenenbefreiung. Sie machen sich strafbar«, stellte Ann Kathrin klar, um die Anwältin zur Vernunft zu bringen.

Die lachte hysterisch: »Na klar, ich mache mich strafbar! Sie drohen einem in Handschellen gefesselten Untersuchungshäftling, ihn zu erschießen, aber ich mache mich strafbar!«

»Ich mach sie kalt, die dumme Schlampe!«, schrie Meuling und wollte sich auf Ann Kathrin stürzen, doch Frau Johannsen hielt ihn auf. »Du wirst nichts dergleichen tun. Wir hauen jetzt ab. Sofort.«

Ann Kathrin suchte nach ihrem Handy und kämpfte gegen den Drang an, sich die brennenden Augen zu reiben.

»Finden Sie sich damit ab, Frau Klaasen. Das ist das Ende Ihrer beruflichen Laufbahn. Ich mache Sie so fertig, dass Sie nicht mal mehr als Aushilfskraft bei einem Securityservice unterkommen.«

Meuling rannte mit seiner Anwältin zum Ausgang.

»Die Handschellen! Ich muss die Scheißhandschellen loswerden!«

»Glaubst du, ich durchsuche sie jetzt nach dem Schlüssel, oder was?«

Sekunden später startete der Mercedes.

Ann Kathrin wollte mit dem Handy Weller und die Kollegen informieren, aber diesmal waren die Regentropfen nicht ihr Freund. Das Display erlosch, noch bevor sie die Kurzwahltaste gedrückt hatte. Sie begriff augenblicklich, dass sie auf sich allein gestellt war. Sie reckte ihr Gesicht weiter nach oben, den schwarzen Wolken entgegen, und tastete sich mit ausgestreckten Armen zur Hecke vor.

Wenn ich immer an der Hecke entlanggehe, muss ich zum Drehkreuz am Eingang zurückkommen, folgerte sie. Sie musste husten und kämpfte gegen einen Brechreiz an. Nach wenigen Minuten fragte sie sich, ob sie nicht in die falsche Richtung ging. Führte dieser Weg immer tiefer in den Park hinein? Hatte sie sich in der Auseinandersetzung mit Meuling gedreht?

Doch dann stieß sie gegen das Drehkreuz. Sie atmete auf. Schließlich war sie beim Schlosstor. Sie krümmte sich, weil sie so dringend zur Toilette musste. Dann spürte sie endlich den Asphalt der Straße unter ihren Füßen. Jetzt wurde es gefährlich. Das Pfeifen des Windes, das Klatschen der Regentropfen auf die Blätter schienen immer lauter zu werden. So konnte sie unmöglich hören, ob sich ein Wagen näherte, und sehen konnte sie erst recht nichts.

Sie blieb am Straßenrand stehen, winkte mit den Armen und schrie: »Hilfe! Hilfe! Frank! Hilfe!«

Vor ihrem inneren Auge erschien das Bild von Paul Schrader, Jörg Benninga und Frank Weller. Sie spielten lachend, umgeben von einer Qualmwolke, Skat. Franks Gesicht war vor Freude gerötet. Er rauchte bereits die dritte Zigarette und nahm seine Kollegen nach Strich und Faden aus. Schrader schimpfte: »Ich verliere hier ein

Monatsgehalt«, und ihr Frank feixte: »Na, das kann ja nicht so viel sein.«

»He, Jungs«, sagte sie ganz leise zu sich. »Es ist ernst. Verdammt ernst. Holt mich hier ab.«

Die Wirklichkeit war nicht ganz so lustig wie in Ann Kathrins Vorstellung. Die drei saßen im Gefangenentransporter fest und beschuldigten sich gegenseitig, die Misere verursacht zu haben.

Paul Schrader, der Hobbyheimwerker, der seine freien Nachmittage mit Vorliebe in Aurich im Baumarkt verbrachte, begann die Verkleidung der Tür zu lösen.

Weller versuchte, übers Handy Ann Kathrin zu erreichen, und wunderte sich gar nicht, dass es nicht klappte. Vermutlich hatte sie ihr Handy auf lautlos geschaltet, während sie versuchte, ihre Chance bei Meuling zu nutzen.

»Sie geht nicht ran«, fluchte Weller.

»Wir müssen uns selbst befreien«, stellte Paul Schrader fest.

Jörg Benninga fragte: »Welchen Kollegen außer Ann Kathrin können wir noch anrufen?«

»Wie meinst du das«, fuhr Weller ihn an, »welchen Kollegen können wir außer Ann Kathrin noch anrufen? Meinst du einen Kollegen, der sich nicht vor Lachen in die Hose macht, weil wir uns in diese bescheuerte Situation gebracht haben? Einen, der es nicht gleich herumtratscht und zur schönsten Anekdote des Jahres macht?«

»Genau so einen.«

»So einen gibt's aber nicht!«, schrie Weller.

»Deshalb musst du mich doch nicht so anbrüllen.«

Ann Kathrin entschied sich, die Straße zu überqueren. Sie konnte nicht länger warten. Die Fahndung musste augenblicklich beginnen. Doch wichtiger als die Frage, wie Meuling wieder eingefangen werden konnte, waren für Ann Kathrin die Sätze, die er ihr gesagt hatte. Einerseits war sie nicht bereit, auch nur ein einziges Wort davon zu glauben, andererseits war der Keim des Zweifels in sie gesetzt worden. Konnte es sein, dass ihr Vater das Leben mit dem kleinen Gehalt leid gewesen war? Hatte sein ständiger Kontakt zu Kriminellen sein Wertesystem verschoben? Wollte er mit ein paar hunderttausend extra vorzeitig in Rente gehen?

Ann Kathrin versuchte, die Augen aufzureißen, aber sie sah nichts. Ein ätzender Schleier verklebte ihr Sichtfeld.

Sie lauschte. Entweder hatte sie sich an das Prasseln des Regens und an den Wind gewöhnt, oder das Wetter räumte ihr gerade eine kleine Chance ein. Sie hörte kein Auto. Sie rannte los und kam lebendig auf der anderen Straßenseite an.

Die Ein- und Ausfahrt des Parkplatzes wurde durch einen Schlagbaum geschützt. Ann Kathrin knallte mit der Hüfte dagegen. Der Schmerz jagte durch ihren Körper. Sie spürte ihn bis in die Nase hinein. Dann irrte sie über den Parkplatz und versuchte, den Gefangenentransporter zu ertasten.

Sie hatte die Orientierung verloren. Sie war keine zwei Meter von Weller entfernt, aber sie wusste nicht, ob sie nach rechts oder links gehen sollte. Sie zitterte. Sie suchte nicht mehr nach den richtigen Worten. Sie kreischte einfach nur noch wie jemand in Todesangst.

Weller wusste sofort, dass es Ann Kathrin war, und warf sich mit der ganzen Wucht seines Körpers gegen die Wagentür. Das nutzte allerdings überhaupt nichts. Er holte sich nur ein paar blaue Flecken. Er zog seine Dienstwaffe. Notfalls würde er sich den Weg freischießen.

»Bist du wahnsinnig?«, schimpfte Schrader. »Das gibt Querschläger! Willst du uns alle umbringen?«

Ann Kathrin hörte die Männer im Wagen. Sie tastete sich in die Richtung der Stimmen vorwärts, und Minuten später gelang es ihr, die Tür zu öffnen.

Dann fiel sie weinend in die Arme von Weller.

Weller versuchte, mit den Fingerspitzen ihre Augenlider anzuheben. »Was ist passiert, Ann? Was ist passiert? Wo ist Meuling?«

Ann Kathrin konnte gar nicht reden. Sie drückte sich wie ein kleines Kind an ihn. Am liebsten wäre sie in ihn hineingekrochen und vollständig unter seinem feuchten Hemd verschwunden.

»Ja, und was machen wir jetzt?«, fragte Schrader.

»Beichten«, sagte Weller trocken. Er brachte zunächst Ann Kathrin in den Dienstwagen und gab ihr ein Handtuch vom Rücksitz. Sie hielt es in den Händen, benutzte es aber nicht, ganz so, als sei ihr entfallen, wozu Handtücher da waren. Dann rief Weller Ubbo Heide an und eröffnete seine Beichte mit der Frage: »Chef, ich hoffe, du sitzt?«

Mehr musste Weller gar nicht sagen, da wusste Ubbo Heide bereits, dass etwas grauenhaft schiefgelaufen war.

Weller gab einen kurzen, relativ sachlichen Bericht durch, dann tupfte er mit dem Handtuch Ann Kathrins Gesicht ab.

Sie nieste. Ihre blond gefärbten Haare hingen in langen nassen Strähnen herunter. Ihr Gesicht war aufgequollen, und etwas in ihr war zerbrochen.

Weller unternahm einen fast schon rührenden Versuch, sie aufzuheitern: »Ich glaube«, sagte er, »wir sind unserem Fischstand in Norddeich heute einen großen Schritt nähergekommen.«

Auf der Fahrt zur Polizeiinspektion Aurich wunderte Weller sich, warum über Polizeifunk keine Ringfahndung durchgegeben wurde. Was hatte Ubbo Heide im Sinn? Versuchte er, das Ganze als geheime Aktion durchzuführen, damit die Presse keinen Wind davon bekam?

Es gab auch keine Straßensperren. Nicht ein einziger Polizeiwagen begegnete ihnen.

Weller parkte den Wagen auf dem Parkplatz im Carolinenhof. Ann Kathrin hatte es abgelehnt, nach Hause gebracht zu werden. Einen Moment hatte Weller sogar überlegt, sie gegen ihren Willen nach Norden in den Distelkamp zurückzufahren. Sie brauchte jetzt sicherlich ein heißes Bad viel dringender als jedes noch so wichtige Dienstgespräch. Die nasse Kleidung klebte an ihrem Körper. Innerlich zitterte sie. Ihre Hände und ihre Füße waren eiskalt.

Ubbo Heide saß aufrecht hinter seinem Schreibtisch. Er wirkte blass und ein bisschen fahrig. Sein Gesicht war teigig, und inzwischen konnte man ihm ansehen, dass er seit gut zwei Jahren außer Boßeln keinen Sport mehr getrieben hatte.

Seine Lippen waren schmal. »Na, ihr Helden? Ihr habt die ganze Innung blamiert! Was soll ich denn jetzt tun? Ich bin in einer fürchterlichen Situation.«

Ann Kathrin, die inzwischen wieder durch kleine Augenschlitze gucken konnte, sah Ubbo Heide nur verschleiert. Er wirkte auf sie wie ein fetter Geier, der auf seinem Schreibtischstuhl saß.

»Seine Anwältin, Frau Johannsen, hat mir Pfefferspray oder CS-Gas ins Gesicht gesprüht. Sie hat mir meine Dienstwaffe entwendet und unseren Gefangenen befreit. Wir haben das in aller Deutlichkeit durchgegeben. Warum läuft keine Ringfahndung?«

Ubbo Heide kam sich lächerlich dabei vor, aber er schlug trotzdem mit der Faust auf den Schreibtisch. Irgendwo musste er hin mit seinen Gefühlen. »Von wegen Gefangenenbefreiung! Die Dame hat gerade hier angerufen und mir die Hölle heiß gemacht. Das ist eine Juristin, die nennt das ›In-Obhut-Nahme‹. Sie hat Meuling an einen geheimen Ort gebracht, um ihn vor der Polizei zu schützen.« Ein zweites Mal schlug er auf die Schreibtischplatte. »Das muss ich mir von so einer Anwältin sagen lassen! Sie schützt ihren Mandanten vor uns, weil meine wild gewordenen Kollegen Geständnisse mit vorgehaltener Waffe erpressen wollten! Sie hat schon einen Termin bei Staatsanwalt Scherer gemacht. Oder sollte ich besser sagen, sie hat Scherer zu sich hin zitiert? Und irgendeinen Gerichtspräsidenten von der Lübbe oder von der Lübke hat sie auch bereits informiert.«

»Wer soll das sein? Was hat der damit zu tun?«

»Keine Ahnung. Sie sprach seinen Namen aus, als sei er Gott persönlich. Ich nehme an, sie hat gute Kontakte ins Justizministerium. Macht euch nichts vor: Ihr habt die Sache vergeigt! Wenn nur die Hälfte von dem stimmt, was die Dame euch vorwirft, dann ist er noch heute Nachmittag ein freier Mann. Und du, Ann Kathrin, hast ein Verfahren am Hals. Eigentlich müsste ich dich jetzt auffordern, deine Dienstwaffe abzugeben, aber die hast du ja nicht mal mehr. Sie übergibt deine Waffe der Staatsanwaltschaft. Als Beweis.«

Als Ann Kathrin mit Weller Ubbo Heides Büro verließ, sagte sie: »Das ist der schlimmste Tag meines Lebens, Frank.«

Aber da wusste sie noch nicht, was vor ihr lag.

Weller wollte Ann Kathrin etwas Gutes tun. Ich werde jetzt für sie da sein, dachte er. Für sie kochen, ihr zuhören, ihr die Füße massieren, ihr geben, was sie brauchte. Ich werde ihr keine Vorwürfe machen. In einer Krise braucht man jemanden, der zu einem hält. Jemanden, der einen nicht verurteilt. Aus der Endphase seiner Ehe wusste er, wie es sich anfühlte, wenn man plötzlich nur noch unrecht hat.

Er kaufte im Krabbenkutter im Muschelweg in Norddeich eine große Portion Muschelfleisch. Während er es mit Zwiebeln und Knoblauch in die Pfanne haute, stand Ann Kathrin vor dem Kühlschrank, öffnete das Eisfach und sah die Doornkaatflasche an. Sie nahm ein weiß gefrorenes Glas heraus und stellte es oben auf den Kühlschrank. Aber dann entschied sie anders. Sie wollte einen klaren Kopf bewahren. Gerade jetzt.

Fast wütend schlug sie die Kühlschranktür wieder zu. Das gefrorene Glas vergaß sie. Es taute langsam auf.

Trotz der Fußbodenheizung und einer heißen Badewanne wurde Ann Kathrin nicht mehr wirklich warm. Sie fror von innen heraus, als hätte sie eine Eismaschine in ihrem Körper, die ständig arbeitete und immer mehr Eiswürfel in ihre Gedärme drückte.

Dann stocherte sie in ihrer Muschelpfanne herum. Weller schämte sich fast, weil er mit solchem Heißhunger aß, während Ann Kathrin scheinbar nur ihm zuliebe vor dem Teller sitzen blieb. Eine dicke Träne löste sich und fiel ins Muschelfleisch.

Ann Kathrin hob mit der Gabel eine Miesmuschel hoch und sah sie an, als ob darin sämtliche Geheimnisse der Welt verborgen wären.

»So fühle ich mich«, sagte Ann Kathrin. »Völlig nackt und schutzlos. Als hätte man mich aus dem Gehäuse gezerrt und gar gekocht. Und jetzt warte ich nur noch darauf, dass mich jemand genüsslich verspeist.«

Sie ließ die Gabel mit der Muschel in den Teller zurücksinken.

Weller kam sich plötzlich irgendwie schuldig vor, als hätte er den Muscheln etwas angetan, wofür er sich jetzt entschuldigen müsste. Ohne zu kauen, schluckte er den Bissen, den er im Mund hatte, hinunter. Dann legte er seine Hand auf ihre Hand und versprach: »Wir kommen da wieder raus, Ann. Es ist eine Krise. Eine schlimme und tiefe Krise. Aber wir schaffen das. Notfalls bleibt uns ja immer noch die Fischbude in Norddeich.«

Sie schüttelte den Kopf, und er begriff, dass sie sich gar keine Sorgen um ihre berufliche Zukunft machte, sondern ihr ging nicht aus dem Kopf, was Meuling über ihren Vater gesagt hatte. Erst jetzt erzählte sie es Weller.

Er hatte immer noch Hunger, aber er wusste, dass es falsch war, jetzt weiter zu essen. Er ließ das schöne Muschelfleisch kalt werden, und um überhaupt irgendetwas zu tun, stand er auf und machte zwei starke Espressi. Mit dem Rücken zu ihr, die kleinen Tässchen in der Hand, fragte Weller: »Und du glaubst ihm?«

»Nein, verdammt!«, schrie sie. »Natürlich nicht!« Aber etwas in ihrer Stimme verriet ihm, dass sie zweifelte.

Um 15 Uhr am darauf folgenden Tag war Dieter Meuling offiziell wieder ein freier Mann. Alles kehrte sich jetzt gegen Ann Kathrin Klaasen. Plötzlich gab es sogar berechtigte Zweifel daran, dass Mareike Henning wirklich jemals in dem VW-Bus gesessen hatte. Unverhohlen sprach Meulings Anwältin davon, die Indizien seien ihrem Mandanten von Ann Kathrin Klaasen untergeschoben worden. Selbst die fünfzigtausend Euro, die Ann Kathrin überwiesen hatte, wurden jetzt als Argument gegen sie benutzt. Angeblich war es Ann Kathrin Klaasens Versuch, Meulings Anwältin zu bestechen, um Meuling zu einem Geständnis zu bringen.

Weller las Ann Kathrin das alles mit stockender Stimme vor. Der Albtraum wurde immer schlimmer. Sogar ein psychologisches Gutachten lag bei. Jemand, der Ann Kathrin Klaasen noch nie gesehen hatte, diagnostizierte aufgrund von Aktenstudien eine bipolare Persönlichkeit.

Ann Kathrins Dienstwaffe hatte Frau Johannsen Staatsanwalt Scherer übergeben. Dazu einen persönlichen Bericht, wie sie an die Waffe gekommen war und warum es völlig unverantwortlich war, einer so labilen Persönlichkeit wie Ann Kathrin Klaasen die Dienstwaffe wieder auszuhändigen.

Ubbo Heide beurlaubte Ann Kathrin, um sie zunächst mal aus der Schusslinie zu nehmen, und riet ihr dringend, mit der Polizeipsychologin zu sprechen.

»Im Grunde«, sagte Ubbo Heide, »müssen wir Cora Johannsen sogar dankbar sein. Sie hat kein Interesse daran, uns zu schaden. Sie ist sehr maßvoll vorgegangen. Es gibt eine Übereinkunft mit ihr. Sie wird die Presse aus allem heraushalten. Wir können uns keinen Polizeiskandal in dieser Größenordnung leisten. Vor allen Dingen nicht, solange hier ein Mörder frei herumläuft, der sein Opfer rasiert und frisiert und dann auf ekelhafte Weise zur Schau gestellt hat.« Er atmete tief durch und zog den Gürtel seiner Hose höher, dann belehrte er Ann Kathrin: »Meuling ist nicht der Friseur, Ann Kathrin. Das musst du doch einsehen!«

Verena Glück war das ideale Opfer für ihn. Sie war von engelhafter Schönheit, hatte aber auch etwas Verruchtes an sich. Er musste sie nicht jagen und einfangen. Er konnte sie zu sich bestellen. Sie machte sich von Anfang an zu seiner Komplizin. Mit ihr würde alles leicht werden, viel einfacher als mit Mareike Henning.

Verena hatte gerade ihren sechsundzwanzigsten Geburtstag hinter sich, sah aber aus wie zweiundzwanzig. Und das, obwohl sie vor drei Jahren ein Kind bekommen hatte: die kleine Kim. Sie hatte schon als Schülerin an verschiedenen Schönheitswettbewerben teilgenommen, aber nie den ersten Preis gewonnen. Er wusste auch genau, warum. Sie verstand es nicht, eins zu werden mit ihrer inneren Schönheit. Da war immer ein Widerspruch, eine Zerrissenheit. Was die Augen versprachen, machten die Mundwinkel zunichte. Auf dem Laufsteg kämpften die Heilige und die Hure in ihr um die Führung. Deswegen war sie nichts von beidem. Sondern unentschieden und blass. Der Engel konnte seine göttliche Pracht nicht entfalten und die Verführerin nicht ihren unwiderstehlichen Charme.

Er kannte Bilder von ihr, und er hatte sie dreimal live gesehen. Einmal in Oldenburg, als sie im Kaufhaus Dessous vorführte. Damals war sein Plan gereift, und er wusste, dass sie ein Puzzlestück in seinem Spiel werden würde. Später dann kellnerte sie in einer Pizzeria. Die Spaghetti waren noch schlimmer als die Pizza, aber sie machte alles mit einem Lächeln wett. Wenn sie die halbvollen Teller abräumte und sah, dass die Gäste nur im Essen herumgestochert hatten, fragte sie mit ihrem gewinnenden Lächeln: »Hat es Ihnen nicht geschmeckt?«

Jeder noch so verärgerte männliche Gast erlag ihren großen grünen Augen und wiegelte ab: »Doch, doch, ich bin nur schon so satt.«

Sie warf dann ihre langen blonden Haare zurück und suchte Blickkontakt mit dem Gast. In ihrem Dankeschön lag eine Art Entschuldigung für das schreckliche Essen. Jeder Gast sollte doch wissen, dass sie nichts dazu konnte und nur hier arbeiten musste.

Zweimal hatte er dort gegessen, und obwohl er sich an dem Tiramisu den Magen verdorben hatte, wäre er am liebsten noch öfter hingegangen, nur, um ihr zuzusehen. Er war ein Augenmensch. Er lebte von Bildern. Jede ihrer Bewegungen speicherte er ab. Er konnte jederzeit die Augen schließen und sich auch die kleinsten Details ins Bewusstsein zurückrufen. Er hatte ein fotografisches Gedächtnis. Bilder prägten sich ihm auf ewig ein. Besondere Bilder. Bilder, die in ihm etwas auslösten. Einen Impuls, den er nur schwer beschreiben konnte. Diese winzige Falte, die ihre Strumpfhose in der Kniebeuge warf zum Beispiel, oder der schräge Absatz von ihrem linken Schuh. Der V-Ausschnitt ihres T-Shirts, wenn sie sich vorbeugte und das Essen auf den Tisch stellte. Ihr Wimpernaufschlag, mit dem sie jedes ihrer Worte unterstrich, ja, erst hervorholte, als würde sie ihre Rede mit den Wimpern dirigieren.

Er hatte den Platz für sie schon lange vorher ausgesucht. Er brauchte eine trockene Nacht. Schon ein bisschen Regen hätte alles zunichtemachen können.

Er hatte die Ferienwohnung auf Norderney angemietet. Alle Vorbereitungen waren einfach und zu seiner völligen Zufriedenheit verlaufen.

Verena Glück war aufgeregt, als sie in Norddeich-Mole die Fähre nach Norderney betrat. Ihr Mann Jonas durfte auf keinen Fall erfahren, was sie tat. Sie hatte ihm erzählt, sie würde zu ihrer Mutter nach Cuxhaven fahren. Er war froh, nicht mit zu müssen, und ihre Mutter log für Verena, wenn nötig.

Jonas war ein guter Mann, und er hatte die kleine Kim angenommen wie sein eigenes Kind. Er kümmerte sich rührend um Kim. Viele Leute behaupteten sogar, Kim habe mehr Ähnlichkeit mit ihm als mit ihrer Mutter. Aber das konnte nicht sein, denn Jonas war nicht Kims Vater. Kim war das Ergebnis eines One-Night-Stands. Sie hatte nicht mal versucht, daraus eine richtige Beziehung werden zu lassen. In der Nacht, in der Kim gezeugt wurde, wusste Verena auch, dass sie mit dem Mann auf keinen Fall zusammenleben wollte. Erst war er nett und fröhlich, aber dann egoistisch, gemein, redete schmutziges Zeugs und hatte Spaß daran, ihr Erschrecken zu sehen. Nein, der war einfach nicht der Richtige für sie.

Sie liebte ihren Jonas. Er war ein Teddybär zum Knuddeln, hatte zehn Kilo zu viel drauf und nicht die geringste Lust, sie abzutrainieren oder runterzuhungern. Er war ein Genussmensch und konnte gut kochen. Seit drei Monaten war er arbeitslos. Die Computerfirma, für die er zwölf Stunden am Tag da gewesen war, hatte pleite gemacht. Seitdem kochte er, und zwar alles. Vom Frühstücksei übers Mittagessen bis zum Nachtmahl.

Kim liebte seine Desserts. Es waren bunte Kunstwerke mit Sahnetürmchen und Schokoladenstreuseln. Glücklich machende Kalorienbomben.

Verena hatte Jonas nicht alles von sich erzählt. Er war katholisch, und das nicht nur auf dem Papier. Er wollte sie heiraten und mit ihr gemeinsam Kim großziehen und vielleicht noch weitere Kinder. Dass sie eine unverheiratete Mutter war, schien ihm nichts auszumachen. »Mein gefallener Engel« nannte er sie gern. Dass sie mal als Fotomodell gearbeitet hatte, fand er schmeichelhaft. Ein paar ihrer Fotos hatte sie ihm gezeigt. Bilder, auf denen sie Schuhmode präsentierte, T-Shirts, Röcke, Hosenanzüge für die Geschäftsfrau. Sie war nie wirklich weit gekommen. Richtige Markenfirmen hatten sie nie gebucht. Sie war mehr das Model für den Sommerschlussverkauf. Oft stand neben ihrem Foto »Zwanzig Prozent preisreduziert«. Sie pries mit ihrem Lächeln die Supersonderangebote an.

Ihre Auftritte in der Dessousshow hatte sie Jonas verschwiegen. Sie hatte Kim und sich eine Weile mit privaten Fotoshootings durchgebracht. Eine kleine Agentur aus Bremen verschaffte ihr die Aufträge. Für vierhundert Euro pro Tag stand sie für erotische Fotos zur Verfügung. Es gab klare Verträge. Die Fotos waren nur zum Privatvergnügen. Sie durften nicht veröffentlicht werden.

Beim ersten Mal war es ihr schwergefallen, und sie hatte es wirklich nur für das Geld gemacht. Die Agentur bekam dreißig Prozent, aber trotzdem, wenn sie überlegte, wie lange sie für das Geld kellnern musste, dann fiel ihr die Entscheidung leicht.

Keiner der Männer war jemals übergriffig geworden. Die meisten träumten nur gerne davon, Starfotografen zu werden, und wussten doch genau, dass sie sich diesen Traum niemals würden erfüllen können. Dazu waren sie nicht gut und auch nicht durchsetzungsfähig genug. Sie blieben Finanzbeamte, Tankstellenpächter oder Oberstudienräte. Aber sie liebten es, einmal in diese Rolle zu schlüpfen und einer schönen Frau sagen zu können: »Stell dich so hin, tu dies, mach das. Reck den Po höher, lächle, dreh dich um.«

Verena genoss es zunehmend, so sehr im Mittelpunkt zu stehen. So viel Aufmerksamkeit zu haben, und wenn jeder Zentimeter Haut von ihr so wertvoll war, dass er sorgsam ausgeleuchtet werden musste, dann fühlte sie sich gut und begehrt.

Manchmal ließ sie sich von einem der Männer danach zum Essen einladen. Nie hatte einer versucht, sie ins Bett zu bekommen.

Während des Essens hatten die meisten von ihrer Schönheit geschwärmt und nicht aufgehört, sich für das schöne Fotoshooting zu bedanken.

Einer, mit rundem Bauch und Hängebacken, dessen Augen mit jugendlicher Kraft strahlten, hatte sie als »Göttin« bezeichnet. Ja, drei-, viermal hatte er gesagt: »Verena, Sie sind eine Göttin für mich.«

Einige Männer hatten sie ein zweites und ein drittes Mal gebucht. Jetzt war ihr mulmig bei dem Gedanken, Jonas könnte eines dieser Bilder sehen. In dunklen Stunden und düsteren Träumen sah sie Jonas an einem Tisch stehen und mit völligem Entsetzen auf einen Stapel Fotos starren, die sie in allen Posen zeigten. Sie bekam Schweißausbrüche und versuchte ihm zu erklären, das sei keine Pornografie, sondern nur erotische Fotografie. Aber der

Unterschied interessierte ihn nicht. Er war verletzt und wütend, wollte nicht länger mit einer Frau verheiratet sein, von der solche Bilder heimlich kursierten.

Sie hatte die Agentur gebeten, sie aus der Internetdatei zu löschen. Aber dann kam trotzdem noch dieser Auftrag. Ein Kunde, der unbedingt sie wollte.

Bestimmt hätte sie nein gesagt, wenn Jonas nicht vor drei Monaten arbeitslos geworden wäre. Sie mussten ihren ersten gemeinsamen Urlaub auf Fuerteventura absagen. Das neue Schlafzimmer mit dem Wasserbett konnten sie erst mal vergessen, und sie fragten sich inzwischen, ob die Wohnung in Hesel nicht sowieso viel zu teuer für sie war.

Ab und zu so ein kleines Fotoshooting, das kann ich ja vielleicht machen, dachte sie. Er muss es nicht erfahren, und ich kann die Haushaltskasse aufbessern.

Der Kunde hatte sie für drei Tage gebucht und im Voraus bezahlt. Ein Fotoshooting in den Dünen von Norderney. Sie stellte sich Bademodenaufnahmen vor, und natürlich würde es auch zu Aktaufnahmen kommen. Norderney und FKK-Strand, das gehörte doch irgendwie zusammen. Das Wetter war gut. Sie liebte die Insel. Und er kam für alle Spesen auf. Was wollte sie mehr?

Eine leichte Brise aus Nordwest blähte ihre Kleidung windschwanger auf. Für einen Moment bereute sie, einen Rock angezogen zu haben, aber sie wollte gut aussehen, wenn sie in Norderney an Land ging. Vielleicht holte er sie schon an der Fähre ab. Er sollte nicht enttäuscht sein.

Sie hatte sich vorher sogar noch einmal auf die Sonnenbank gelegt. Ihre Haut war trotzdem noch winterweiß. Sie hatte die Beine mit einem Selbstbräuner eingerieben. Sie war ganz vorsichtig vorgegangen. Sie wollte nichts verderben. In den Kniekehlen schimmerte der Selbstbräuner leider verräterisch gelblich.

Der Wind wurde kräftiger und brachte dunkle Wolken mit. Erst nieselte es nur, dann wurden die kleinen Tropfen zu Stecknadeln auf der Haut. Die meisten Passagiere flohen unter Deck und bestellten sich Tee oder Bier. Verena Glück war zu sehr Ostfriesin, um vor ein paar Regentropfen davonzulaufen.

Seit sie an Bord war, fühlte sie sich beobachtet. Der kleine pausbäckige Mann mit dem intensiven Blick positionierte sich ständig so zu ihr, dass er ihre Beine besonders gut sah. Auf der Treppe zum Deck war er immer vier bis fünf Stufen unter ihr geblieben. Jetzt, hier oben, wo der Wind an ihren Kleidern zerrte wie ein ungeduldiger Liebhaber, war sie mit drei Männern allein. Dem Dicken, einem Mittsechziger mit garantiert schwarz gefärbten Haaren und einem Jugendlichen, der den Blick nicht vom Handy nahm und manchmal schrill auflachte.

Von dem Mittsechziger fühlte sie sich genauso angestarrt wie von dem kleinen Dicken. Es waren keine schmeichelhaften Blicke. Manchmal bewegte sie sich bewusst lasziv, wenn Männer sie so ansahen, genoss es wie ein gutes Fotoshooting. Das hier war aber anders. Irgendwie unangenehm. Sie kam sich vor wie ein Tier, das gejagt werden sollte, oder als ob die beiden Angler sich überlegten, ob der Fisch schon die richtigen Maße hatte.

Der mit den gefärbten Haaren starrte besonders unverschämt. Der Dicke schien sich wenigstens ein bisschen zu genieren und sah weg, wenn sie zu ihm rüberschaute.

Plötzlich begann sie, an sich zu zweifeln. War sie vielleicht schon zu lange raus aus dem Geschäft? Lag es gar nicht an den Männern, sondern hatte sie sich nur verändert? Würde sie sich plötzlich genieren, vor einem fremden Mann zu posieren? Hatte sie sich zu sehr an das Leben mit Ehemann und Tochter gewöhnt? War sie zu solide geworden oder einfach nur spießig? Plötzlich hatte sie das Gefühl, diesen Job gar nicht mehr machen zu können. Unmöglich, sich für einen anderen auszuziehen.

Ihr Verstand sagte: Hey, es hat dir doch immer Spaß gemacht. Du hast eine exhibitionistische Ader – warum sollst du sie nicht leben? Und es war eine Menge Geld. Drei Tage à 400 Euro. Selbst wenn sie die dreißig Prozent für die Agentur abzog, blieben ihr immer noch 840 Euro. Darauf durfte, ja, darauf konnte sie in ihrer augenblicklichen Lage gar nicht verzichten. Aber ihr Gefühl sagte etwas anderes: Lass es. Kehr um!

Sie spürte ihren Herzschlag wie einen heftigen Protest. Aber sie kam sich wie eine Ehebrecherin vor. Das kannte sie sonst gar nicht, dieses schlechte Gewissen, dieses Gefühl, etwas Falsches zu tun. Es griff nach ihr wie der ostfriesische Wind, der wieder unter ihren Rock fuhr und sie dazu brachte, die Schenkel fest zusammenzupressen und den Saum mit den Händen an die Beine zu drücken.

Dann erschien ihr das eigene Verhalten plötzlich schrecklich unprofessionell. Vielleicht war er ja schon an Bord? Vielleicht beobachtete er sie bereits? Das war ihr schon zweimal passiert. Einmal hatte ein Kunde sie vorher fast eine Stunde lang in einem Café betrachtet. Später sagte er, er habe nur ihr natürliches Verhalten studieren wollen, bevor er sie in einer künstlichen Welt fotografierte. Er war nett. Ein kluger, freundlicher Mann. Sie erinnerte sich genau an ihn.

Beim zweiten Mal waren es zwei Freunde. Es war eine Art Wettstreit zwischen ihnen gewesen, wer das schönste Bild von ihr machen würde. Sie war das Objekt ihrer Begierden und gleichzeitig die Schiedsrichterin. Der eine – war sein Name nicht Michael gewesen? – fotografierte sie in selbstgebauten phantastischen Kulissen, der andere wollte sie im Alltag ablichten. Beim Bügeln, beim

Zähneputzen, beim Aufwachen. Fast eine Woche lang nistete er sich bei ihr ein. Sie lebten wie Mann und Frau zusammen, nur dass sie eben keinen Sex hatten. Er beobachtete sie nur mit der Kamera. Nach einer Weile war es für sie, als ob er gar nicht existent wäre. Er machte das eindeutig beste Bild von ihr. Sie kniete vor der Waschmaschine und baute das verstopfte Flusensieb aus. Keiner war ihr je mit der Kamera so nah gekommen, keiner hatte intimere Bilder gemacht, obwohl sie auf keinem nackt war und auf keinem gestylt.

Jetzt erinnerte sie sich wieder an den Namen des Mannes. Sie hatte ihn immer nur »meinen Gentleman« genannt, aber er hieß Peter Kron. Als er weg war, hatte sie ihn richtig vermisst. Plötzlich wurden all diese alltäglichen Handlungen, denen der Blick seiner Kamera die Aura des Besonderen gegeben hatte, so banal. Sie verlor die Lust, sich die Zähne zu putzen. Nie war Bügeln langweiliger gewesen als jetzt ohne seine Aufmerksamkeit. Seine Anwesenheit hatte alles verändert. Zunächst war ihr vieles lächerlich erschienen, als sei er nur ein Spinner, dann aber begann seine Kamera die Dinge, die sie tat, zu adeln. Manchmal hatte sie ihn angeschrien: »Nein! Jetzt nicht! Ich will jetzt nicht!« Aber genau dann entstanden die besten Bilder. Wenn sie schlaftrunken den ersten Kaffee verschüttete.

Peter Kron. Wenn er sie gefragt hätte, heute war sie sich sicher, sie hätte ihn damals geheiratet. Damals, als sie Jonas noch nicht kannte. Aber Peter Kron hatte sie nie gefragt. Er ging, als er den Wettbewerb gewonnen hatte, und ließ nie wieder von sich hören. Seine Fotos besaß sie noch immer. Jonas hatte sie nie gesehen. Wie hätte sie ihm ihre Entstehung erklären sollen? Die Bilder waren so heiß, sie bewahrte sie nicht einmal in ihrer Wohnung auf, sondern bei ihrer Mutter in Cuxhaven in einem verschlossenen Briefumschlag. Hundertmal hatte sie daran gedacht, die Fotos einfach wegzuwerfen, und es doch nie übers Herz gebracht.

Sie atmete tief durch und gewann langsam ihre alte Professionalität zurück. Ja, sie war ein Fotomodell. Sie wollte die Phantasie der Männer beflügeln. Sie wollte gesehen werden, begehrt und beachtet, doch niemand sollte sie anfassen. Nur ihr Jonas durfte sie berühren. Nur er. Sie konnte ihren Job machen und ihm treu sein. Auch wenn er das vielleicht nicht verstehen würde. So war es für sie. So und nicht anders.

Sie stand auf und reckte sich. Ja, sollten sie nur schauen, der Dicke und der mit den gefärbten Haaren. Sogar der junge Mann blicke von seinem Handy hoch, als sie im Wind den Rücken aufrichtete, die Brust rausdrückte und sich nicht darum kümmerte, was der Wind mit ihrem Rock machte.

Vielleicht, dachte sie, hat der junge Typ mit dem Handy mich ja in Wirklichkeit die ganze Zeit gefilmt. Sie atmete die Meerluft ein. Eines Tages, lachte eine alt bekannte Stimme in ihr, eines Tages komme ich ganz groß raus. Alle werden dann mein Gesicht sehen. Es wird ein Foto von mir geben, das um die Welt geht. Eines, das mich unsterblich macht oder wenigstens für eine Weile berühmt.

Sie wusste nicht, wie recht sie damit hatte und wie grausam die ganze Wahrheit war.

Ann Kathrin Klaasen stieg in ihren froschgrünen Twingo. Sie log sich alles positiv um. Sie nannte das »die überflutenden Probleme eindeichen«.

Sie war trotz allem einen entscheidenden Schritt weitergekommen. Sie hatte einen Namen: Volker Bogdanski. Und da sie von ihrem aufreibenden Job beurlaubt war, konnte sie sich ganz der Frage widmen: Wer hat meinen Vater umgebracht?

Es blies ein scharfer Nordwestwind. Ann Kathrin ließ an der Fahrerseite die Scheibe herunter und hielt den Kopf schräg nach links, um so viel Wind wie möglich ins Gesicht zu bekommen. Das sollte ihr einen Spaziergang am Deich ersetzen. Der Wind wühlte in ihren Haaren und blies ihr den Verstand frei.

Sie fuhr zunächst über die B72 von Norden nach Aurich, bog dann aber nicht in Richtung Polizeiinspektion ab, sondern auf die B210 nach Wilhelmshaven.

Die russische Hure Natasha Sidorov ließ sich nicht mehr ausfindig machen. Sie war nach diversen Verstößen gegen das Meldegesetz abgeschoben worden. Aber Volker Bogdanski hatte eine Ehefrau. Ann Kathrin hoffte, durch sie mehr zu erfahren: Diwata Bogdanski, geborene Thangaiah, aus Koronadal auf den Philippinen.

Ann Kathrin stellte sich eine Frau vor, die voller Hass auf ihren Ehemann war. Vermutlich eine, die der reiche Mann aus Deutschland auf den Philippinen kennengelernt und mit Versprechungen verrückt gemacht hatte. Sie kannte einige solcher Biographien. Die Frauen glaubten an ein besseres Leben. Ihr zukünftiger Ehemann versprach, ihrer Familie Geld zu schicken oder gar, sie später nach Deutschland nachzuholen. Am Ende landeten viele dieser Frauen im Bordell.

Wie viele hatte Bogdanski für sich anschaffen lassen? Warum dann der Überfall? Verdiente er als Zuhälter nicht genug? Es gab einige Auffälligkeiten in Volker Bogdanskis Akte. Offiziell leitete er als Geschäftsführer einen Laden in der Wilhelmshavener Innenstadt und war Elternsprecher in der Schule seiner Kinder, hatte aber eine Zweitwohnung in Hamburg-Eimsbüttel und war dort als Zuhälter der Polizei bestens bekannt.

Seine Witwe arbeitete inzwischen als Krankenschwester im Reinhard-Nieter-Krankenhaus Wilhelmshaven in der Gynäkologiestation 14. Er hinterließ drei Kinder.

Einen vierzehnjährigen Sohn und zwei Töchter, sieben und fünf Jahre alt.

Frau Bogdanski wohnte in der Werftstraße, nicht weit von der Paffrather Straße entfernt, in der sich das Reinhard-Nieter-Krankenhaus befand. Ann Kathrin hatte sich überlegt, die Frau an ihrer Arbeitsstelle aufzusuchen, denn erfahrungsgemäß war es den Menschen unangenehm, wenn die Polizei an ihrem Arbeitsplatz auftauchte.

Ann Kathrin hatte sich einen Schlachtplan zurechtgelegt. Sie wollte nicht offiziell als Kripobeamtin in Erscheinung treten. Das wäre im Moment weder für sie noch für Frau Bogdanski besonders günstig, dachte sie.

Während sie versuchte, vor dem Krankenhaus einen freien Parkplatz zu erwischen und schon die vierte Runde drehte, fragte sie sich, ob Meuling durch Natasha auf den Namen Sidorov als Geldeintreiber gekommen war oder ob es Herrn Sidorov wirklich gab. Vielleicht hatte Natasha ja einen Bruder. Aber Ann Kathrin vermutete, dass niemand wirklich Geld eintrieb. Sidorov existierte nur als Bluff, um die Leute zu Zahlungen zu bewegen.

Jemand vom Ordnungsamt lief herum und verteilte Knöllchen. Ann Kathrin wurde nervös. Sie wollte sich jetzt nicht von der Parkplatzsituation behindern lassen, sondern endlich mit Frau Bogdanski sprechen.

»Sie können hier nicht stehen bleiben!«, rief der Mensch vom Ordnungsamt.

»Warum nicht?«, fragte Ann Kathrin. »Ich behindere hier niemanden.«

»Das ist aber kein vorgesehener Parkplatz, sondern der Grünstreifen.«

Ann Kathrin konnte ihre aufschäumende Wut kaum unterdrücken. »Wenn jemand so ein riesiges Krankenhaus baut, glauben Sie wirklich, dass der keine Ahnung davon hat, dass man auch Parkplätze braucht? Sie rennen hier rum und schreiben Leute auf, die garantiert andere Sorgen haben. Da will ein Papa zu seinem kranken Kind, eine Tochter zu ihrer herzkranken Mutter, und kaum kommen sie aus dem Krankenhaus heraus, winkt ihnen der Staat ein fröhliches Hallo mit einem Knöllchen zu. Das ist nicht die Unterstützung, die die Menschen in dem Moment brauchen. Hören Sie einfach auf mit dem Unsinn!«

»Aufhören? Das ist meine Arbeit!«

»Na und?«

»Na und, was soll ich Ihrer Meinung nach stattdessen tun?« Der Mann mit dem Handcomputer sah ein bisschen aus wie ein Fahrkartenkontrolleur der Bundesbahn.

»Etwas Sinnvolles!«, schlug Ann Kathrin ernsthaft vor und fuhr fort: »Man müsste die Leute bestrafen, die solche Fehlplanungen verursachen, und nicht die, die den Mist dann auszubaden haben. Glauben Sie, hier parkt jemand aus Jux und Tollerei? Das ist das Gleiche wie vor dem Kölner Landgericht. Ich war schon dreimal dort geladen. Wie kann der Staat ein Landgericht bauen, in dem täglich zig Prozesse laufen, und nicht mal genug Parkplätze für die Richter und Staatsanwälte zur Verfügung stellen? Geschweige denn für all die Menschen, die per Ladung gezwungen sind, dahin zu kommen?«

»Es gibt auch öffentliche Verkehrsmittel«, verteidigte der Mann sich und kaute auf der Unterlippe herum.

Ann Kathrin registrierte, dass sie ihn einschüchterte. »Na klar«, rief sie, »öffentliche Verkehrsmittel«, und zeigte mit den Händen auf die Paffrather Straße. »Wo denn? Soll jemand sein krankes Kind mit der nicht vorhandenen Straßenbahn ins Krankenhaus bringen?« Ann Kathrin fuchtelte mit den Händen herum. Sie ärgerte sich über ihre eigene Aufregung. Sie spürte, dass sie dem

Mann jetzt unrecht tat und er für irgendetwas büßen musste, das er nicht verbockt hatte. Aber sie musste jetzt irgendwohin mit ihrem Frust, und da kam er ihr gerade recht.

»Vor dem Kölner Landgericht«, keifte sie, »ist es noch viel schlimmer! Soll eine vergewaltigte Frau, die sich sowieso schämt und Angst hat, gleich auf das Schwein zu treffen, das ihr das alles angetan hat, mit dem Bus zum Gericht fahren? Soll sie ihr verheultes Gesicht in die Menge halten? Am besten sitzt sie noch gemeinsam mit den Freunden des Täters auf der Bank! Kann man ihr nicht wenigstens so viel Schutz gewähren, dass sie in einem Auto kommen kann und einen ordentlichen Parkplatz hat? Nicht diesen Truppenübungsplatz?«

»W … wir sind hier nicht am Kölner Landgericht. Da bin ich auch nicht zuständig. Dies hier ist das Reinhard-Nieter-Krankenhaus.«

»Das macht die Sache auch nicht besser!«, schrie Ann Kathrin, warf die Haare nach hinten, knallte ihre Autotür zu und ging die letzten paar Schritte zu Fuß.

»Das wird teuer!«, rief der Mann vom Ordnungsamt hinter ihr her. »Ich lasse Sie abschleppen, wenn Sie hier stehen bleiben!«

»Tun Sie sich keinen Zwang an!«, zischte Ann Kathrin und zeigte ihm den Stinkefinger.

Vor der zentralen Notaufnahme standen drei Raucher in Jogginganzügen. Eine frisch operierte Frau im blauweißen Bademantel gesellte sich zu ihnen. Sie trug einen Plastikbeutel, der über einen Schlauch mit ihrem Körper verbunden war, kokett wie ein Handtäschchen. Erst beim zweiten Hinsehen erkannte Ann Kathrin, dass der Beutel sich mit Blut füllte.

In der großen Drehtür zur Eingangshalle war eine Art Schaufenster, in der zwei große Orchideen wuchsen. Ann

Kathrin konzentrierte ihren Blick darauf. Sie hoffte, die Orchideen würden sie beruhigen.

In der Halle irritierte sie ein Geräusch. Es war ein Geblubbere, als ob sie sich in einem U-Boot und einem Raumschiff befände. Ihr Blick fiel auf ein Bullauge, das in die Wand neben den Fahrstühlen eingelassen war. Bunte virtuelle Fische schwammen darin herum, und das Blubbern der Luftbläschen sollte wohl entspannend auf die Besucher wirken.

Dann fuhr sie mit dem Fahrstuhl hoch in die zweite Etage zur Station vierzehn. Im Fahrstuhl fuhr sie sich zweimal mit dem Finger unter der Nase lang und atmete tief durch. Sie sprach die erste Schwester an, die sie traf. Sie war höchstens zwanzig, kleinwüchsig und erschrak, als Ann Kathrin sie festhielt. Sie wirkte wie eine Studentin, die während der Prüfungsklausur bei einem Täuschungsversuch erwischt worden war. Das schlechte Gewissen stand ihr ins Gesicht geschrieben.

Ann Kathrin stellte sich nicht als Kommissarin vor. Sie fragte nur, ob sie Schwester Bogdanski sprechen könnte.

»Ich weiß nicht, ob die Dienst hat. Da müssen Sie einmal vorne fragen.« Die Schwester zeigte in den Flur.

Ann Kathrin lief hin. Die kleine Krankenschwester huschte durch die Tür in den Kreißsaal.

Mitten im Flur war eine Theke, daneben standen diverse Schnittblumen, die aus den Krankenzimmern getragen worden waren, weil sie dort zu sehr dufteten. Auf einer kleinen Anrichte warteten Tee und Kaffee, darüber ein kleines handgemaltes Schild: *Nur für unsere Patienten, nicht für Besucher!*

Trotzdem bot die dünne schwarzhaarige Schwester mit mecklenburg-vorpommerischem Dialekt Ann Kathrin sofort einen Kaffee an, als diese nach Schwester Bogdanski fragte.

Ann Kathrin hatte Glück. Schwester Bogdanski kam

aus Zimmer 210. Vielleicht war es der Blick, mit dem Ann Kathrin sie musterte, jedenfalls wusste sie sofort, dass sie gemeint war, und sah Ann Kathrin unsicher an. Sie reichte ihr die Hand und stellte sich vor. »Kann ich Sie einen Moment sprechen?«

»Ja, worum geht es denn?«

Ann Kathrin deutete der Schwester an, sie solle ihr ein bisschen weiter den Flur hinauf folgen, wo sie hoffte, ungestört mit ihr reden zu können.

Frau Bogdanski war gut einen Kopf kleiner und von zierlicher Gestalt. Sie hatte hellbraune Augen und pechschwarze Haare. Ann Kathrin schätzte sie auf fünfunddreißig, höchstens Anfang vierzig. Zweifellos war sie eine bildschöne Frau, mit strahlend weißen Zähnen und einem breiten Lächeln.

»Ich bin von der Kriminalpolizei«, flüsterte Ann Kathrin, »aber das muss hier niemand mitkriegen, wenn Sie es nicht wollen.«

Schwester Bogdanski beschleunigte ihre Schritte, um außer Hörweite zu geraten, denn an der Theke genehmigten sich jetzt zwei ihrer Kolleginnen einen Roibuschtee.

Gegenüber vom Fahrstuhl befand sich ein kleiner Andachtsraum mit einem Altar, einem Kreuz und Platz für ein Dutzend Personen. Da hinein führte Frau Bogdanski Ann Kathrin. Hier waren sie allein. Sie unterhielten sich im Stehen.

»Was wollen Sie von mir?«, fragte Frau Bogdanski. »Ich bin Hunderte Male verhört worden. Mein Mann ist tot. Nichts kann ihn mir mehr zurückbringen.«

Ann Kathrin wich einen Schritt zurück und sah die Frau kritisch an. Sie hatte mit einer anderen Reaktion gerechnet.

»Sie haben Ihren Mann geliebt?«

Schwester Bogdanski stöhnte und fächelte sich Luft

zu. »Muss ich das wirklich alles noch einmal erzählen? Ich bin für Sie auch nicht mehr als eine gekaufte Frau, geben Sie es schon zu.«

Sie spuckte die Worte aus wie eine verdorbene Speise: »Ja, ich habe ihn geheiratet, um nach Deutschland zu kommen! Ja, ich wollte ein besseres Leben und raus aus dem ganzen Dreck! Wer will das nicht? Wenn ich ihn nicht bekommen hätte, hätte ich einen anderen genommen. Jajaja. Aber er war ein guter Mann.«

Ann Kathrin verschränkte die Arme vor der Brust und bemühte sich trotzig um festen Stand. »Na klar. Ein Supertyp. Wie viele Pferdchen hatte er denn laufen? Gehörten Sie auch dazu?«

»Ich weiß, viele Männer machen das. Wenn man uns zusammen auf der Straße gesehen hat, dann konnte ich in den Augen der Menschen erkennen, was sie dachten. Ah, wieder einer, der sich eine gekauft hat. Die ist bestimmt unheimlich gut im Bett, und sie muss jetzt ihren Kaufpreis abarbeiten.« Sie schluckte schwer. »Hören Sie. Ich habe eine gute Ausbildung. Ich spreche drei Sprachen und …«

»Wussten Sie, was Ihr Mann beruflich macht?«

»Er hat ein Geschäft gegründet, und da konnte ich auch arbeiten.«

»Was war das denn für ein Geschäft?«

»Ein Esoladen.«

»Ein was?« Ann Kathrin hatte das Gefühl, hochgenommen zu werden.

»Ein Laden für esoterische Artikel«, erklärte sie. »Heilsteine, Räucherstäbchen, Tarotkarten, Bücher. Was Menschen auf ihrer spirituellen Suche eben so brauchen.«

»Und da stand Volker Bogdanski hinter der Theke?«

Diwata Bogdanski schüttelte den Kopf. »Nein. Ich. Er hat mir das Geschäft überlassen. Damit hatte ich eine Lebensgrundlage.«

»Wie darf ich mir das vorstellen?«, fragte Ann Kathrin angesäuert. »Er betreibt einerseits einen Esoladen in der Wilhelmshavener Innenstadt, und andererseits schickt er seine Mädchen in Hamburg auf dem Kiez anschaffen?«

Frau Bogdanski setzte sich. »Das mag Ihnen alles merkwürdig erscheinen. Aber Menschen sind nicht so eindimensional. Er war ein Familienmensch. Er brauchte die Gemütlichkeit. Er hatte es gern, wenn wir es uns zu Hause schön gemacht haben. Er konnte ewig diese Entspannungs-CDs hören. Er hatte nichts dagegen, dass ich meinen Sohn mitbringe. Er hat ihn nie spüren lassen, dass er nicht sein eigenes Kind war. Er hat ihm Schachspielen beigebracht. Stundenlang haben die beiden manchmal gespielt. Er hat ihn gewinnen lassen, um ihn zu motivieren. Wir haben dann noch zwei Töchter bekommen. Er hat sie gewickelt, sich um die Kindererziehung gekümmert und …«

»Wussten Sie denn gar nicht, womit er sein Geld verdiente?«

»Wir hatten den Laden.«

»Den Akten nach zu urteilen, hat er sich mehr in Hamburg herumgetrieben.«

»Ja, er war viel unterwegs. In jedem Monat war er nur an ein paar Tagen zu Hause. Er hat nicht getrunken. Er hat mich nicht geschlagen. Ein einziges Mal ist er wirklich laut geworden und ausgeflippt. Einmal. Weil ich krank war und den Laden aufgemacht hatte. Ich hatte keine Aushilfe bekommen und …«

Ann Kathrin hob die Hände. »Danke. Geschenkt.«

Dann zog Ann Kathrin das Bild ihres Vaters aus der Tasche. Es fiel ihr schwer, aber sie zeigte es Diwata Bogdanski wie das Bild eines beliebigen Verdächtigen.

»Kennen Sie diesen Mann? Haben Sie ihn irgendwann einmal zusammen mit Ihrem Mann gesehen?«

Frau Bogdanski sah sich das Bild den Bruchteil einer

Sekunde zu lang an. Ihre Antwort war jetzt nicht mehr spontan, und deswegen misstraute Ann Kathrin ihr, als sie sagte: »Nein, ich habe diesen Mann noch nie gesehen.«

Dabei hätte Ann Kathrin ihr doch so gerne geglaubt.

Sie steckte das Bild von ihrem Vater wieder ein. Fast beiläufig fragte sie dann: »Hatte Ihr Mann Freunde? Ich brauche ein paar Namen, die mir weiterhelfen können. Dann lasse ich Sie gerne in Ruhe.«

»Freunde? Nein. Wenn er zu Hause war, dann war er nur bei uns. Er war ein Familienmensch, wie ich schon sagte.«

»Hat er nie jemanden mit nach Hause gebracht? Wurde er nie von jemandem abgeholt? Gab es keine Anrufe? Hatte er kein Adressbuch, in dem Telefonnummern standen?«

Schwester Bogdanski lächelte milde. »Er war ein sehr diskreter Mensch. Ich weiß inzwischen – durch den Prozess – viel über ihn, wovon ich vorher keine Ahnung hatte. Natürlich ahnte ich, dass er Freundinnen hatte, wenn er wochenlang weg war. Die Mädchen haben es ihm leicht gemacht und sind ihm nachgestiegen. Aber auch das hat er diskret abgewickelt. Es gab nie Anrufe hier. In Wilhelmshaven hatte er nie eine Freundin, das wäre ihm allein schon vor seinen Kindern unangenehm gewesen. Seine andere Hälfte hat er in Hamburg ausgelebt oder auf seinen Reisen. Hier war er ein guter, spiritueller Ehemann. Was glauben Sie, wie viele Frauen nur in unserem Laden einkaufen kamen, in der Hoffnung, ihm zu begegnen? Aber er war fast nie da. Im Grunde habe ich das Geschäft allein betrieben.«

Ann Kathrin glaubte der Frau. Sie hatte eine geradezu entwaffnende Ehrlichkeit.

Ann Kathrin dachte, bei Frau Bogdanski mit der Wahrheit weiter zu kommen, deswegen gestand sie: »Ich bin auf der Suche nach dem Mörder meines Vaters. Ich vermute, dass Ihr Mann den Mörder kannte. Dafür gibt es wichtige Hinweise. Keine Angst, Ihr Mann war nicht der Mörder. Aber er kannte ihn. Bitte helfen Sie mir. Wenn jemand Ihren Vater umgebracht hätte, würden Sie auch wissen wollen, wer es war, oder nicht?«

Die Frau nickte heftig. »Meinen Vater hat der Krebs umgebracht.«

»Jeder kleine Hinweis ist wichtig für mich. Gibt es vielleicht noch ein Adressbuch von Ihrem Mann? Einen Computer? Irgendetwas? Vielleicht finden wir einen Bekannten, der mir weiterhelfen kann.«

Ann Kathrins Ausflug ins Private veränderte die Haltung von Diwata Bogdanski sofort. Sie berührte Ann Kathrins Hand und streichelte dann einmal über ihren Unterarm. »Er war wirklich sehr diskret. Es gab ein Notizbuch, das führte er ständig bei sich. Ich weiß nicht, wo es geblieben ist. Darin waren ein paar Adressen und Telefonnummern. Vielleicht haben Ihre Kollegen es damals bei ihm gefunden, als er in Hamburg …« Sie hatte jetzt noch Probleme, es auszusprechen. »… erschossen wurde. Er müsste es eigentlich in seiner Jackentasche gehabt haben. Immer rechts.«

Frau Bogdanski machte an ihrem Schwesternkittel vor, wo ihr Mann üblicherweise sein Notizbuch hingesteckt hatte.

Ann Kathrin spürte, dass jetzt die Luft raus war. Viel würde sie nicht mehr erfahren. »Darf ich Sie heute Abend zum Essen einladen?«, fragte sie.

Die Frau schüttelte den Kopf. »Nein. Ich bemühe mich, das alles zu vergessen. Und vielleicht sollten Sie das auch tun. Mir hat man meinen Mann genommen. Ihnen Ihren Vater. Wir kriegen sie beide nicht wieder. Wir müssen mit dem Schmerz leben. Rache hilft uns nicht.«

Ann Kathrin nickte resigniert. Als sie mit Frau Bogdanski den Andachtsraum verließ, fragte sie: »Warum arbeiten Sie jetzt hier und nicht mehr in Ihrem Esoladen?«

»Das Geschäft hat nie genug Geld abgeworfen, um wirklich davon leben zu können.«

»Hier verdienen Sie jetzt mehr?«, staunte Ann Kathrin.

»Ich brauche nicht viel. Und ich bin sozial abgesichert. Ich habe den Laden nach Volkers Tod erst verpachtet, und später dann wurde er geschlossen. Räucherstäbchen und Heilsteine bestellen sich die Leute heute übers Internet. Sie kommen in den Laden, wenn sie Sorgen und Probleme haben und sich aussprechen wollen, aber davon kann man nicht leben.«

Als Ann Kathrin das Reinhard-Nieter-Krankenhaus verließ und auf ihren Wagen zulief, wurde sie wieder an den Menschen vom Ordnungsamt erinnert. Hinter ihrem Scheibenwischer klemmte ein Knöllchen.

Sie steckte es in ihre Handtasche und nahm sich vor, den Kollegen in Wilhelmshaven einen saftigen Brief zu schreiben. Doch noch bevor sie den Schlüssel ins Schoss des grünen Twingo steckte, wusste sie, dass sie es nicht tun würde. Sie hatte für solchen Kleinkram überhaupt keine Zeit. Sie würde das Knöllchen bezahlen, und fertig. Hauptsache, sie war das Problem los.

Auf der Rückfahrt ließ sie das Gespräch noch einmal Revue passieren. Volker Bogdanski hatte ein Doppelleben geführt. Hatte er sich die Frau von den Philippinen nur geholt, um eine offizielle Existenz zu haben? So konnte er jeder Behörde gegenüber erklären, wovon er lebte. Das war seine legale Biografie. Und gleichzeitig kassierte er Huren ab, lieferte sich Kämpfe mit anderen Zuhältern und plante mit seinen Komplizen einen großen Bankraub. Wer weiß, wie viele Überfälle sie sonst noch auf dem Gewissen hatten.

Die Männer, die ich suche, dachte sie, sind wie er. Sie haben garantiert alle so eine offizielle, tadellose Biografie. Familien, Kinder, Geschäfte, und dann gab es da noch diese andere Seite. Natürlich war es nicht schlimm, wenn der Esoladen nicht genug Geld einspielte. Diese Lücken konnte Bogdanski mit den anderen Einnahmen locker decken. Der Esoladen war nichts weiter als ein offizielles Aushängeschild. Nie als profitables Unternehmen gedacht oder geplant.

Sie suchte Leute, die die Tünche der Normalität als perfekte Tarnung benutzten. Denen war alles recht. Eine intakte Familie oder ein Esoladen. Hauptsache, sie entsprachen damit nicht dem Bild des Bankräubers.

Plötzlich erschrak sie. Hatte ihr Vater auch dazu gehört? Waren sie und ihre Mutter auch nur Teil seiner offiziellen Biografie? All die vielen Überstunden, waren die real, oder hatte er sich dann mit dunklen Freunden und Komplizen herumgetrieben?

Ann Kathrin schüttelte sich. Nein, das wollte sie nicht denken. Ihr Vater war nicht wie dieser Bogdanski. Trotzdem nahm sie sich vor, ihre Mutter zu besuchen. Sie musste mehr über ihren Vater erfahren, um seinen Mördern näher zu kommen.

Mit seinem gewinnenden Lächeln nahm er Verena Glück sofort für sich ein. Alle Scheu verflog in Sekunden. Er hatte etwas von Peter Kron an sich. Sie wusste sofort, dass sie sich gut verstehen würden. Garantiert war er ein guter Koch. Gleich am ersten Abend bezauberte er sie mit seiner Krabbensuppe und einem leichten Weißwein, vielleicht eine Spur zu kühl, dann gab es einen angeblich selbst gefangenen Zander, im Salzteig gegart.

Die Art, wie er die Augen schloss und sich ganz auf

seinen Geruchssinn konzentrierte, als er den Salzmantel brach, fand sie zum Verlieben. Dazu reichte er einen trockenen Rotwein aus Sizilien.

Sie aß mehr als üblicherweise, aber er gab an, sie auch deswegen ausgewählt zu haben, weil er diesen Hungerhaken nichts abgewinnen könnte. Das gab ihr die Freiheit, trotz des bevorstehenden Fotoshootings noch von der eingelegten Birne mit Mandeln zu probieren.

Er hatte es überhaupt nicht eilig. Er wies ihr ein kleines Zimmer in der Ferienwohnung zu und erklärte ihr seine Pläne. Er wollte sie ablichten, als sei sie ein Urwesen aus der Tiefe. Mit der Landschaft sollte sie verschmelzen, eins werden mit den Elementen. Sie lachte, sie konnte sich darunter nichts vorstellen, aber er hatte alles schon ganz klar im Kopf. »Es soll aussehen, als ob Ihr Körper aus den Dünen geboren wird.«

Er bat sie, sich am ganzen Körper zu rasieren. Er hatte ihr verschiedene Rasierapparate und Spraydosen mit Rasierschaum ins Badezimmer gestellt. Ja, so aufmerksam war er. Es hätte ja sein können, dass sie gegen einen bestimmten Schaum allergisch gewesen wäre, darum gab es verschiedene Sorten. Auf keinen Fall sollte ihre Haut gereizt werden.

Sie glaubte zunächst, dass er ihr dabei zusehen wollte, aber das unterschied ihn von Peter Kron. Er wollte sie nicht bei so profanen Handlungen ablichten. Ihn interessierte nur die künstliche, von ihm geschaffene Welt. Sie war erleichtert, als er das Badezimmer verließ und klarstellte: »Lassen Sie sich Zeit. Sie können das auch morgen machen. Keine Angst, ich will Ihnen nicht dabei zusehen. So einer bin ich nicht.«

»Aber … wie kommen Sie darauf, dass ich so etwas denken könnte?«, fragte sie, als sei es völlig absurd.

Er lächelte milde: »Ich habe es Ihnen an der Nasenspitze angesehen.«

Inzwischen war es dunkel geworden. Eine wundervolle, sternklare Nacht. Er schlug einen Strandspaziergang vor. Ihre Ferienwohnung lag nicht weit von der Allergie- und Hautklinik, hinter den Dünen, nur einen kurzen Fußweg vom Meer entfernt. Sie zogen die Schuhe aus und gingen nebeneinander her. Die auslaufenden Wellen kamen ihnen nah, aber sie achteten darauf, keine nassen Füße zu bekommen. Es war wie ein Spiel. Wenn eine Welle weit an den Strand auslief, rannten sie ihr fröhlich davon.

Es wird eine gute Zeit mit ihm werden, dachte sie. Und er kocht garantiert jeden Tag für uns. Das heißt, meine 840 Euro sind reines Geld. Das gefiel ihr, denn die Spesen verschlangen oft einen Teil ihres Honorars. Sie würden nicht essen gehen, und wenn, dann wäre es ihm bestimmt eine Ehre, sie einzuladen. Er war ein Gentleman wie Peter Kron. Er sah ihm sogar ein bisschen ähnlich. Er hätte sein Bruder sein können.

Er schlief im Nebenraum und weckte sie wie abgesprochen zwei Stunden vor Sonnenaufgang. Er röstete zwei Scheiben Toast und träufelte dann Honig darauf, der so intensiv roch, wie sie noch nie Honig gerochen hatte. Eine Scheibe hielt er ihr hin. Sie griff zu und biss hinein. Dann reichte er ihr einen Becher Kaffee.

»Trinken Sie«, sagte er. »Es ist noch verdammt kalt um die Zeit draußen. Aber dafür ist das Licht unübertroffen, wenn die Sonne aufgeht.«

Es war noch dunkel. Nebel kroch über den Strand. Sie trug nur einen flauschigen Bademantel, als sie mit ihm in die Dünen schlich. Er bat sie, sich auf den Sand zu legen. »Nein, nicht räkeln wie ein Pin-up-Girl. Tun Sie so, als würden Sie sich aus dem Sand nach oben bewegen.«

Sie fror, und der kalte Sand war unangenehm rau auf der Haut. Die Sanddornsträucher kamen ihr vor wie rostiger Stacheldraht. Jetzt begriff sie, dass dies hier kein

Frühlingsausflug werden würde, sondern harte Arbeit. Schon musste sie niesen und dachte, ich werde mich hier erkälten, das halte ich nicht lange durch. Aber er war unzufrieden. Seine Stimme nahm einen herrischen, nörgeligen Ton an. Er machte ein paar Bilder mit einer billigen Digitalkamera. Mit einer Hand drehte er ihren Fußknöchel in eine Lage, die ihm besser gefiel. Er tat ihr weh dabei. Er war jetzt gar nicht mehr aufmerksam und wohlwollend wie am Anfang.

Am liebsten wäre sie aufgesprungen und weggelaufen. Aber sie brauchte das Geld und blieb. Außerdem, so dachte sie sich, war sie so weit gegangen, da konnte sie auch weitermachen. Wo hätte sie auch hinlaufen sollen, ihre Kleider lagen ja noch in der Ferienwohnung.

Noch bevor die Sonne den Platz zwischen den Dünen beleuchtete, brach er das Fotoshooting ab und ging mit ihr ins Haus zurück. Es war ihr recht. Durchgefroren, wie sie war, duschte sie erst einmal heiß. Als sie aus dem Bad kam, war er schweigsam. In sich gekehrt.

»Entspreche ich doch nicht Ihren Vorstellungen?«, fragte sie vorsichtig. »Ich habe Verständnis dafür, wenn Sie lieber ein anderes Modell …«

»Nein, nein!«, wehrte er ab. »Vielleicht sollte ich Ihnen erst mal meine Skizzenblöcke zeigen, dann können Sie sich besser hineinversetzen.«

Er öffnete einen Lederkoffer. Er war voller Skizzenblöcke.

Sie staunte. Er hatte tatsächlich mit Bleistift die ganze Szene zigmal aus allen Perspektiven aufgemalt. Das sollte sie sein, die wie ein Wesen aus der Tiefe der Erde durch den Sand nach oben schwebte oder aber darin versank wie ein untergehendes Schiff im Meer. Ihre Haare waren auf den Skizzen eins mit den Sanddornsträuchern.

Ein Schauer lief ihr den Rücken hinunter. Er hatte genau sie ausgewählt, und er hatte sie immer und immer wieder gezeichnet. Das war ganz eindeutig sie.

Woher kannte er sie so gut? Seit wann war das hier schon geplant?

Sie bemühte sich, ihr Erstaunen nicht zu zeigen. Er war ein akribischer Spinner, das war ihr jetzt klar.

Er schlug vor, erst einmal richtig zu frühstücken. Später dann wollte er die Posen mit ihr im Wohnzimmer auf dem Teppich üben. Sie stimmte zu. Auf keinen Fall wollte er mit ihr raus, wenn draußen die ersten Touristen begannen, die Insel zu erforschen.

Als er in der Küche Speck in der Pfanne knusprig werden ließ, blätterte sie auch in den anderen Skizzenblocks. Sie fand Zeichnungen von einer engelhaften Frau. Sie war aufgespießt. Da begriff Verena Glück, dass er vorhatte, sie umzubringen.

Sorgsam legte sie den Skizzenblock in den Lederkoffer zurück. Sie würde die erste Gelegenheit zur Flucht nutzen und die Polizei rufen.

Er schnitt auf einem Holzbrettchen Knoblauch in feine Scheiben. Sie wog ab, ob sie es schaffen könnte, bis zur Tür zu kommen. Es waren höchstens dreihundert Meter bis zur Hautklinik, schätzte sie. Aber wenn er sie verfolgen würde, hatte er gute Chancen, sie einzuholen.

Ruhig Blut, dachte sie. Dreh jetzt nicht durch. Warte noch. Bald werden draußen mehr Menschen sein. Jetzt schläft die Insel noch. In ihrer Phantasie erdolchte er sie auf dem Fluchtweg zwischen den Dünen.

Sie frühstückte noch mit ihm. Er aß genüsslich. Rühreier mit Speck und Krabben auf Schwarzbrot mit viel frischen Schalotten. Sie bekam kaum etwas runter, nippte nur an ihrem Kaffee, lobte aber seine Kochkünste.

Das Ferienhaus war gut ausgestattet. Mit einer großen Pfeffermühle ließ er schwarzen Pfeffer auf seine Rühreier regnen.

Der Geruch stieg ihr in die Nase. Überhaupt fand sie, dass hier so nah am Meer alles intensiver roch. Sie bildete sich ein, sogar seine Mordlust riechen zu können.

Sie kämpfte gegen das Gefühl an, sich übergeben zu müssen. Eine verräterische Träne löste sich aus ihrem linken Auge.

Er sah sie lange an, dann sagte er ruhig: »Ich kann Sie nicht gehen lassen, Frau Glück. Das wissen Sie doch.«

Sie sprang auf, griff mit der rechten Hand das Messer und schüttete ihm mit der linken den heißen Kaffee ins Gesicht. Dann warf sie den Tisch um und rannte zur Tür. Natürlich hatte er abgeschlossen und den Schlüssel abgezogen.

Sie kreischte: »Hiiiilfeeeeee!«, und versuchte ein Fenster zu öffnen, um zu entkommen.

Da packte er sie von hinten. Er hob sie hoch und warf sie gegen die Wand. So viel Kraft hätte sie nicht in ihm vermutet.

Sie ging mit dem Messer auf ihn los.

Er wich ihr aus. »Tun Sie das nicht. Es hat keinen Sinn, sich zu wehren. Seien Sie lieber stolz auf sich. Sie werden ein Teil von etwas Großem.«

»Lassen Sie mich gehen!«, schrie sie.

»Wollen Sie Ihr erbärmliches Leben unbedingt weiterführen, mit einem Mann, der nicht wissen darf, was Sie tun?«

»Woher wollen Sie das wissen?«

»Weiß er es?«

Er kam einen Schritt näher. Sie stieß mit dem Messer in seine Richtung. Er bekam ihre Hand zu fassen und bog sie nach hinten. Das Messer fiel auf den Boden.

»So ist brav«, sagte er sanft. »Jetzt wird alles gut.«

»Psst«, flüsterte Lars Gehrke und legte einen Zeigefinger über seine Lippen. »Sei ganz leise. Wir lassen Mama schlafen. Wir beide gehen an den Strand und schauen nach, ob unsere Sandburg noch steht.«

Lisa mochte es, wenn ihr Vater mit ihr flüsterte. Sie hatte gerne Geheimnisse mit ihm. Sie war verliebt in ihren Papa und hatte beschlossen, ihn später mal zu heiraten. Ihr Vater war stark, und auf seinen Schultern fühlte sie sich wohl.

Er half ihr beim Anziehen und bestand darauf, dass sie eine Mütze aufsetzte. Er erinnerte sie an die Mittelohrentzündung, die ihnen im letzten Jahr den Urlaub vermiest hatte. Das wäre gar nicht nötig gewesen. Lisa hätte sich die Mütze auch so aufgesetzt, allein, um ihrem Papa zu gefallen.

Sie verließen die Ferienwohnung so leise, dass Mama nicht geweckt wurde.

Lisa hatte Durst, doch ihr Sunkist-Trinkpäckchen in ihrem Kinderrucksack war verklebt und leer.

Lars Gehrke nahm seine Tochter an die Hand. Sie gingen am menschenleeren Strand entlang in Richtung Weiße Düne. Lisa strahlte ihren Papa an. Sie wusste, dass es ihnen gut ging, wenn er diesen Gesichtsausdruck hatte. Hier am Meer, an diesem endlosen Sandstrand, war er ganz anders als sonst zu Hause. Weniger hektisch, nicht so schlecht gelaunt. Einfach mehr so, wie Papis sein sollten.

»Schau mal«, sagte er gegen den Wind. »Ich glaube, die Möwen da schlafen noch.«

Lisa staunte. Dort, wo die Dünen mit zusammengebundenen Ästen abgesichert worden waren, saß eine Gruppe Möwen im Kreis dicht zusammen. So viele Möwen auf einmal hatte sie bisher noch nicht gesehen.

Sie nickte ihrem Papa schelmisch zu. Er lächelte sein Einverständnis zurück. Dann pirschte sie sich langsam gebückt näher an die Möwen heran. Alle paar Meter sah sie sich um, ob ihr Vater noch da war. Es war wichtig für sie, dass er sie jetzt beobachtete.

Je näher sie kam, umso größer erschienen ihr die fetten Möwen. Einen Moment zögerte sie. Sie bekam fast ein bisschen Angst vor den spitzen Schnäbeln. Da war eine, ganz außen, die hatte böse schwarze Augen. Doch Lisa glaubte nicht, dass irgendjemand es wagen würde, ihr ein Leid anzutun, wenn ihr Papa in der Nähe war. Keine Möwe, kein böser Mann, kein anderes Kind.

Sie breitete die Arme aus und lief mit Löwengebrüll auf die Möwentraube zu. Die flatterten gleich kreischend hoch. Zwei verloren vor Schreck ihren Kot.

Lisa fühlte sich großartig und tanzte jetzt auf der Stelle herum, an der vorher noch die Möwen gesessen hatten.

Doch da bewegte sich etwas im Dünengras. Ein Kaninchen! Lisa sank bis zu den Knien im Sand ein, als sie versuchte, hinter dem Tier die Düne hochzustapfen. Dann erreichte sie die Spitze. Das Kaninchen war längst weg. Lisa winkte ihrem Vater zu, der jetzt so klein war wie ihr Daumen.

Er winkte zurück, aber gegen den Wind konnte sie seine Ermahnung nicht hören: »Nicht in die Dünen, Süße! Komm wieder zurück!« Sie war der Überzeugung, dass er ihr folgen würde, hier hinein in diese Welt. Sie war glücklich, und sie beschloss, sich zu verstecken. Ja. Er sollte sie suchen. Das war ein schönes Spiel.

Schon lief er in ihre Richtung. Sie legte sich ins Dünengras und sah ihn näher kommen. Nein, so einfach wollte sie es ihm nicht machen. In ihrer Phantasie musste dort, weiter hinten, ein Kaninchenbau sein. Vielleicht konnte sie sich darin verstecken.

Sie lief weiter. Dann stolperte sie und rutschte ein Stückchen im Sand bergab. Da hinten war ein Haus. Sie kannte es. Dort gab es das gute Eis. Es wurde auf der

Insel von einem Konditor selbst gemacht, hatte Mama ihr erzählt. Dort in der Weißen Düne saßen ihre Eltern manchmal am Kamin und frühstückten, bis andere zu Mittag aßen. Ihre Mama schlief gerne lang, und ihr Vater hatte gern eine ausgeruhte Frau.

Draußen in den Strandkörben hatte sie oft gesessen und sich von ihrem Vater Geschichten vorlesen lassen. Die von Jenny und den Seeräubern mochte sie besonders gern. Sie träumte dann davon, dass sie die kleine Jenny sei und den Piraten Lesen und Schreiben beibrachte.

Gleich würde Papa sie finden und dann mit ihr ins Restaurant gehen, um einen Ostfriesentee zu trinken. Er konnte hier nicht vorbeigehen, ohne seinen Tee zu nehmen.

Dann sah sie etwas Merkwürdiges. Etwas Haariges. Konnte das ein Tier sein? Welches Tier hatte so lange blonde Haare? Oder hatte sich eine Perücke in den Sträuchern verfangen?

Vorsichtig, um das Tier nicht zu erschrecken, näherte sie sich.

Wenn das eine Perücke ist, dachte sie, dann werde ich sie aufsetzen und Papa damit erschrecken.

Doch dann, als sie das Gesicht der Frau sah, wusste sie sofort, dass sie tot war.

Sie hatte noch nie eine Tote gesehen. Als Oma gestorben war, hatten Mama und Papa entschieden, sie solle ihre Oma so in Erinnerung behalten, wie sie gelebt hatte, und sie durfte sich die tote Oma in der Leichenhalle nicht anschauen.

Drei dicke Möwen saßen bei der Toten. Zunächst konnte Lisa nicht mal schreien. Doch dann, als sie endlich genug Luft zusammen hatte, kreischte sie so sehr, dass die Möwen aufflatterten und das Weite suchten.

Lars Gehrke hörte den Schrei seiner Tochter, denn der Wind kam von Land her und trug die schrecklichen Töne zu ihm herüber. Er rannte, wie er noch nie im Leben gerannt war. Dabei brüllte er ihren Namen. Er sah die Möwen aufflattern und hoffte, sich zu irren. Vielleicht war es nur der Schrei einer Möwe.

Als das Kreischen in ein Wimmern überging, begriff er, dass sie es sein musste.

Er sah sich schon mit ihr in einem Hubschrauber sitzen und zum Festland in ein Krankenhaus fliegen. Er hatte Angst, dass seine Frau ihm Vorwürfe machen würde. Warum hatte er Lisa alleine in die Dünen gelassen? Es stand überall, dass so etwas verboten war.

Dann erreichte er seine Kleine. Sie hockte neben einer Frauenleiche.

Er riss Lisa vom Boden hoch, drückte ihren Kopf an seine Brust und flüsterte immer wieder: »Ich bin ja da. Papa ist ja da. Keine Angst, dir wird nichts passieren. Schau nicht hin.«

Weller freute sich auf Ann Kathrin. Sein Nachtdienst war vorüber. Er saß vor dem Computer und stöberte voller Vorfreude in Kochrezepten herum. Gleich würde er in der Markthalle einkaufen gehen und heute Mittag etwas ganz Besonderes für sie zaubern. Er schwankte noch zwischen Fisch und Lamm, obwohl für ihn, den Fischfan, eigentlich alle Entscheidungen im Vorfeld bereits gefallen waren. Doch er wollte nicht als langweilig gelten und ihr auch mal etwas anderes bieten. Karree vom Deichlamm vielleicht?

Der Anruf aus Norderney machte alle Pläne zunichte.

Zwanzig Minuten später saßen sie gemeinsam im Hubschrauber. Rupert. Abel. Reuters und er.

Weller überlegte, ob er Ann Kathrin informieren sollte. Tat er es nicht, wäre sie später sauer auf ihn. Wenn er es aber machte, wurde der Konflikt offensichtlich: Sie war vom Dienst beurlaubt.

Weller hatte sich bei Ubbo Heide dafür eingesetzt, Ann Kathrin hinzuzuziehen.

»Es ist ein Unterschied, ob wir hier gemütlich unser OMA-Blatt runterzocken oder ob uns einer eine Leiche vor die Haustür gelegt hat. Das ist das ganz große Spiel, da möchte ich sie doch gerne dabeihaben.«

Ubbo Heide schüttelte nur stumm den Kopf.

Schon beim ersten Blick auf die Leiche waren sich alle Beteiligten einig: Der Friseur hatte wieder zugeschlagen.

Die Haare der Leiche verwoben mit dem Sanddornstrauch, hineingekämmt, als ob der Strauch aus ihr herauswachsen würde.

»Garantiert finden wir auch hier wieder Haarspray«, vermutete Weller.

Heiko Reuters hatte Mühe, den Fotoapparat hochzuhalten. Seine Hände zitterten.

Auf den ersten Blick war die Leiche gar nicht vollständig sichtbar. Der Täter hatte sich viel Mühe gegeben, ihren nackten Körper mit einer Sandschicht zu bedecken, sodass die Haut noch hindurchschimmerte, als hätte sich die Tote aus der Tiefe der Düne nach oben durch den Sand gedrückt. Oder als sei sie durch den Sanddornstrauch an den Haaren aus dem Inneren der Erde hochgezogen worden.

Zwei uniformierte Kollegen aus Norderney kümmerten sich um Lars Gehrke und seine Tochter Lisa. Die Kleine saß mit den Beinen wippend, als sei nichts geschehen, mit einer Tasse Trinkschokolade im Strandkorb. Der Vater wirkte erschütterter als das Kind.

Ein Kollege aus Norderney stellte sachlich fest: »Dies ist einer der schönsten Plätze der Insel. Manche behaupten, es sei der schönste Sandstrand der Welt. In einer knappen halben Stunde geht hier richtig der Betrieb los. Was sollen wir machen? Weiträumig absperren? Die Tote wegbringen? Das Ganze ist eine Katastrophe für die Insel. Wer macht schon gerne Urlaub, wo ein irrer Mörder seine Opfer sucht?«

»Wissen wir schon, wer sie ist?«, fragte Rupert.

»Nein.«

»Ich wette, wir finden hier ganz in der Nähe ein Päckchen, darin sind ihre Kleider. Frisch gewaschen und gebügelt. Ihren Personalausweis und alles, was wir sonst noch brauchen.«

Abel stimmte zu: »Ja, da hast du recht. Ich glaube, ich kann das Päckchen von hier aus sehen.«

Es lag oben auf dem Dach des Restaurants.

Klar, dachte Weller. Hier ist kein Baum und keine weitere erhöhte Stelle. Er hat das Päckchen von der Düne aus einfach aufs Dach geworfen.

Minuten später wussten sie, dass es sich bei der Leiche um die sechsundzwanzigjährige Verena Glück aus Hesel handelte.

Erst jetzt informierte Weller Ann Kathrin knapp per SMS:

Er hat es wieder getan.

Dann rief Weller Ubbo Heide an und gab einen ersten Situationsbericht durch.

»Es ist ganz klar der Friseur. Es sieht alles anders aus, aber ein paar unverwechselbare Fakten stimmen. Ihre Kleider liegen in einem Päckchen. Er hat sie in die Landschaft hinein inszeniert, als sei das Ganze hier ein Vorschlag von Schlimmer Wohnen oder Mein Garten oder wie diese Blätter heißen.«

Ubbo Heide verstand die Anspielung nicht und führte es nur auf Wellers verwirrten Gemütszustand zurück.

»Wenn das wieder Meuling war«, konstatierte Ubbo Heide, »haben wir zum zweiten Mal einen Mord möglich gemacht. Einmal haben wir die Warnungen nicht ernst genommen, und beim zweiten Mal haben wir ihn laufen lassen. Ich werde dafür die Verantwortung übernehmen und um meine Entlassung bitten.«

»Wie – um deine Entlassung bitten? Spielen wir hier Kabinettssitzung, oder was? Wir müssen den Typ hoppnehmen. Sofort. Und am besten auch seine Anwältin. Die kann jetzt nicht länger seinen Aufenthaltsort geheim halten. Jetzt wird das Spiel nach unseren Regeln gespielt«, schimpfte Weller.

Ubbo Heide schwieg. Er nahm zur Kenntnis, dass seine Kollegen hinter ihm standen und niemand seine Entlassung wollte, obwohl das den Beförderungsstau gelockert hätte. Statt sich zu freuen, empfand er das als Druck.

Weller fragte: »Was schlägst du vor? Soll ich sie festnehmen oder was?«

»Das ist doch endlich mal eine gute Idee. Erst sie und dann ihn. Damit sie keine Chance hat, ihn zu warnen.«

Noch bevor Weller das Telefongespräch mit Ubbo Heide beendet hatte, versammelte sich eine Menschentraube bei den Dünen. Ein Gast hatte es per SMS weitergegeben, und schneller, als die Flut den Stand erreichte, wusste fast jeder Tourist auf Norderney, dass dort oben bei der Weißen Düne etwas Schreckliches geschehen war.

Rupert forderte mehr Polizeikräfte an, um die Leute abzudrängen. Einer Gymnasiastin aus Wien riss er die Spiegelreflexkamera aus der Hand. »Sind Sie wahnsinnig? Sie können doch hier keine Fotos machen!«

Aber dann sah Weller all die Handys, mit denen nicht telefoniert wurde. Die ersten Schnappschüsse wurden bereits per MMS verschickt: Mein schönstes Urlaubsfoto aus Norderney …

Wutentbrannt rief Weller noch einmal bei Ubbo Heide

an. »Das ist unverantwortlich! Wir haben hier nicht genug Personal, um die Leiche zu schützen oder Spuren zu sichern, aber Ann Kathrin muss zu Hause sitzen und Däumchen drehen!«

Erst nach dem vierten Klingeln meldete sich Cora Johannsen in der Langen Straße in Oldenburg über die Gegensprechanlage.

»Ja?«

»Frau Johannsen? Kriminalpolizei Aurich, Fachkommissariat eins. Frank Weller mein Name. Bitte öffnen Sie. Ich muss mit Ihnen sprechen.«

»Ich kann jetzt nicht.«

»Öffnen Sie bitte. Ersparen Sie sich und mir Ärger. Ihr Klient hat wieder zugeschlagen.«

»Er hat was?« Sie drückte den Türöffner.

Als Weller im dritten Stock ankam, stand ein Häufchen Elend vor ihm. Sie hatte ein blaues Auge und eine geschwollene Oberlippe. Vorn am Haaransatz konnte Weller deutlich sehen, dass ihr jemand ein Büschel Haare ausgerissen hatte.

Die Wohnung sah aus wie von einem Innenarchitekten eingerichtet. Weller fand sie viel zu kühl. Viel Metall und Chrom. Sitzmöbel, die schon unbequem aussahen. Eine Wand aus rauem Stein, zerschossen wie Häuserfassaden in Kriegsgebieten.

Wenn Leute zu viel Geld haben, dachte Weller, versuchen sie wahrscheinlich, ihre innere Leere mit solchem Mist zu füllen. Aber er verkniff sich jeden Kommentar

Johannsen rauchte und klopfte unablässig die Asche von ihrer Zigarette.

»War er das?«, fragte Weller und zeigte auf ihr Gesicht.

Sie nickte. »Er kann so jähzornig werden. Ich meine,

man muss das verstehen. Er stand ja auch unter schrecklichem Druck. Er …«

»Wo ist er?«

Sie zuckte mit den Schultern. »Das weiß ich doch nicht.«

»Sie hatten die Verantwortung für ihn übernommen. Sie haben ihn vor uns versteckt. Wann haben Sie ihn zum letzten Mal gesehen?«

»Vor zwei – nein, vor drei Tagen. Seitdem bin ich nicht mehr vor die Tür gegangen.«

»Haben Sie sich nicht rausgetraut? Soll ich eine Kripobeamtin rufen? Eigentlich dürfte ich hier gar nicht alleine mit Ihnen reden, aber unsere Personalsituation ist im Moment …«

Ihm wurde schlecht bei dem Gedanken, was Ann Kathrin jetzt aus dieser Frau herausholen könnte, und er wog ab, ob er sie nicht einfach auf eigene Faust wieder in die Ermittlungen einschalten sollte.

»Hat er Sie vergewaltigt?«, fragte Weller.

Sie nickte, dann schüttelte sie den Kopf und sog zweimal hektisch an ihrer Zigarette.

»Wie soll ich das verstehen? Ja? Nein? Ein bisschen?«

»Ich komme mir so dämlich vor. Ich bin Anwältin. Ich …«

»Seien Sie froh, dass Sie noch leben.« Weller zeigte auf ihren Haaransatz. »Mit den Haaren Ihrer Kollegin hat er was anderes gemacht.«

»Kollegin?«

Weller schluckte. »Das war nun wirklich der falsche Ausdruck. Ich meine, mit seinem neuen Opfer. – Wo kann ich ihn jetzt suchen?«

»Er kann überall sein. Er hat meinen Wagenschlüssel, die fünfzigtausend Euro von Kommissarin Klaasen und dann noch …« Sie schämte sich und drehte den Kopf weg, während sie es aussprach: »… und dann nochmal zweiundvierzigtausend von mir. Praktisch alles, was ich auf meinem Tagesgeldkonto hatte.«

»Hat er Sie gezwungen? Erpresst?«

Sie schüttelte den Kopf.

»Darf ich Ihnen eine sehr persönliche Frage stellen, Frau Johannsen?«

Sie antwortete nicht. Sie sah Weller nur an.

»Warum haben Sie das getan? Hat er Sie irgendwie in der Hand?«

Sie rührte mit der Zigarette im Aschenbecher herum und sah sich dabei zu, als würde sie einen Zaubertrank zubereiten. »Ich habe ihn geliebt.«

Plötzlich sprang sie auf und fuhr Weller an: »Glauben Sie, dass nur die Discomäuschen ohne Hauptschulabschluss auf solche Scheißkerle hereinfallen? Der konnte so charmant sein und so zärtlich!«

Weller nickte resigniert. »Ja. Das kann ich mir denken. Haben Sie ihm vielleicht auch Ihr Handy gegeben?«

»Warum?«

»Weil wir ihn dann orten könnten.«

»Nein.«

»Haben Sie seine Handynummer?«

»Ja. Natürlich. Ich habe ihm ein Handy gekauft, damit wir ständig Kontakt halten können.«

»Prima«, freute sich Weller, »das ist doch mal was. Wie ist die Nummer?«

Sie wusste sie nicht auswendig und suchte erst in ihrem Handy.

Weller gab die Nummer nach Aurich durch. Er ahnte aber bereits, dass Meuling nicht dumm genug war, das Handy eingeschaltet zu lassen.

»Sie brauchen es gar nicht zu versuchen«, sagte Cora Johannsen. »Er geht nicht ran.«

»Haben Sie etwa versucht, ihn anzurufen, um ihn zurückzuholen?«

Sie nickte. Dann drehte sie sich um und wischte sich eine Träne ab.

Heiko Reuters schickte seine Bilder nicht nur an den Polizeicomputer weiter, sondern verbotenerweise auch direkt an Ann Kathrins Laptop. Natürlich war es etwas anderes, einen Tatort direkt zu besichtigen, aber auch auf diesen Bildern konnte sie einiges erkennen und daraus Rückschlüsse ziehen.

Sie schickte eine E-Mail an Ubbo Heide und setzte Weller ins CC.

> Er bildet die Elemente ab. Luft und Erde hat er schon. Fehlen noch Feuer und Wasser. Er wird also auf jeden Fall weitermachen.
>
> Ich bitte darum, meine Arbeit sofort wieder aufnehmen zu dürfen. Ich kann hier nicht untätig herumsitzen, während er den nächsten Mord vorbereitet.
>
> Wir sind hier alle in einer besonderen Verantwortung. Wir haben genug Mist gebaut …
>
> Ann Kathrin Klaasen

Sebastian Köhler meldete sich in der Polizeiinspektion Aurich. Er berichtete, er sei gemeinsam mit dem Opfer auf der Fähre gewesen. Ja, er könne das beweisen. Er habe sogar ein Foto von ihr.

Weller trank den fünften Espresso. Er war übernächtigt und zunehmend schlechter gelaunt. Immer wieder gingen seine Gedanken zu Ann Kathrin zurück. Es musste eine Möglichkeit geben, sie wieder in die Ermittlungen einzubinden. Natürlich saß sie zu Hause auf heißen Kohlen, und Weller hatte Angst, dass sie Unsinn machen könnte. Sie war genau der Typ, der die Ermittlungen auch auf eigene Faust aufnahm und ohne die Kollegen zu Ende brachte. Er konnte sich jetzt schon

Scherers Gesicht vorstellen, wenn sie ihm Meuling präsentierte.

»Woher wissen Sie, dass Sie mit dem Opfer zusammen auf der Fähre waren?«, fragte Weller. »Wir haben ihren Namen noch nicht bekanntgegeben.«

Sebastian Köhler hielt sein Handy hoch. Auf dem Display sah Weller das Bild der Toten. Der Kopf war ganz nah herangezoomt, sodass die Haare im Sanddornstrauch deutlich hervortraten.

»Die Fähre war leer. Es waren nicht viele Leute an Bord, und so eine schöne Frau fällt auf. Ich habe sie fotografiert.« Verunsichert fragte er dann: »Ist das irgendwie verboten, oder was? Hab ich mich jetzt strafbar gemacht?«

»Das ist jetzt unwichtig«, sagte Weller. »Wir jagen einen Mörder. Darum interessiert uns natürlich alles, was Sie beobachtet haben. Und die Fotos will ich auch sehen.«

»Ich glaube sogar, dass ich ihren Mörder gesehen habe.«

Weller hielt einen Moment inne und stellte seinen Espresso ab. »Ihren Mörder?«

»Na, auf jeden Fall waren an Bord zwei Typen, die sie die ganze Zeit angestarrt haben, als ob sie sie am liebsten sofort besprungen hätten. Der eine war so'n kleiner Dicker mit aufgeblasenen Backen. Der sieht einem Trompeter ähnlich, den ich mal im Ersten Programm gesehen hab, bei der Volksmusik.«

»Wie ist der Name des Trompeters?«

»Ich interessiere mich nicht für so'n Quatsch. Der andere war so'n alter Sack.«

»Was heißt das: ›alter Sack‹?«

»Na ja, etwa so alt wie Sie.«

»Danke.«

Sebastian Köhler merkte, dass er sich ein bisschen verrannt hatte, und korrigierte sich: »Na, ein bisschen älter war er schon. Also, so fünfundfünfzig, sechzig.«

»Ich werde vierzig«, stellte Weller klar.

»Oh. Entschuldigung.«

»Keine Ursache. Kann ich Ihnen einen Espresso anbieten?«

»Nein, ich bin schon nervös genug. Aber vielleicht ein Glas Wasser.«

Weller hielt einen Plastikbecher unter den Wasserhahn. »Und wie sah der andere aus? Können Sie ihn beschreiben?«

»Ja, der hatte so eine Arschlochfrisur.«

Weller reichte Sebastian Köhler den Becher. Der nahm einen kleinen Schluck.

»Pisswarm«, sagte er und stellte den Becher vor sich auf den Tisch. Dann schob er ihn so weit wie möglich von sich weg. Er wollte also nicht mehr daraus trinken, folgerte Weller.

»Eine Arschlochfrisur. Wie darf ich mir die denn vorstellen? Können Sie das etwas konkretisieren?«

Die Tür flog auf, und Rupert stolzierte mit zwei Aktenordnern in den Raum. Er ging zu seinem Schreibtisch durch und ließ die Ordner daraufknallen.

»Etwa so wie der«, sagte Sebastian Köhler.

Weller nickte. »Ja. Jetzt kann ich ihn mir vorstellen.«

Rupert sah zwischen den beiden hin und her. »Häh? Ist was? Stimmt was nicht mit mir?« Er griff sich an den Hosenschlitz. Der Reißverschluss war oben.

Ann Kathrin Klaasen saß auf ihrem Lieblingsplatz in der Backstube in Norden, mit dem Rücken zur Wand. Von hier aus konnte sie die Kneipe gut überblicken. Aber sie sah nur auf ihre Altbierbowle. Sie fischte eine Erdbeere heraus und drückte sie mit der Zunge gegen ihren Gaumen.

Sie fühlte sich leer, und der Drang, sich volllaufen zu lassen, wurde größer in ihr.

Sie hatte ihr Fahrrad dabei, aber nicht weit von hier, am Markt, standen Taxen. Außerdem konnte sie von hier aus in zehn Minuten zu Fuß in den Distelkamp laufen. Sie hatte so viele Möglichkeiten, und jede wirkte auf sie wie eine Bedrohung. Ihr fiel sogar die Entscheidung schwer, ob sie ein weiteres Glas Altbierbowle bestellen sollte oder nicht.

Die anderen Gäste beachtete sie nicht. Sie wollte nicht angesprochen werden. Fast ärgerte sie sich, hierhergekommen zu sein. Die Atmosphäre hier hellte ihre Stimmung nicht so auf wie sonst. Selbst das Gelächter der jungen Leute in der Wilhelm-Busch-Stube nervte sie.

Dann saß plötzlich jemand neben ihr. Sie nahm ihn zuerst nur wie eine Störung wahr. Besaß ein Mann die Unverschämtheit, sich zu ihr zu setzen und sie anzuquatschen? Es gab noch genug freie Plätze hier.

Sie sah ihn zunächst verschwommen. Nur langsam wurde das Bild schärfer. Sie fragte sich, ob sie schon so viel getrunken hatte oder warum sonst ihr Kreislauf verrückt spielte.

Heiner Zimmermann strich sich die langen silbergrauen Haare aus dem Gesicht. Seine Finger waren lang und feingliedrig, sie rochen nach frischem Qualm, obwohl hier drin nicht geraucht werden durfte, und zwischen Zeige- und Mittelfinger hatte er einen dicken, gelblich-braunen Nikotinfleck.

Er hatte eine warme, freundliche Stimme und fragte nach seinem alten Schulfreund Frank Weller.

»Der hat Dienst«, gab Ann Kathrin kurz und vielleicht ein wenig schroff zurück. Es tat ihr leid. Sie wollte ihn nicht beleidigen. Aber sie hatte überhaupt keine Lust, sich zu unterhalten.

Warum bin ich nicht einfach zu Hause geblieben, dachte sie. Und gleichzeitig wusste sie, dass sie es jetzt im Distelkamp nicht aushalten würde. O ja, wie oft hatte sie sich ruhige, freie Tage gewünscht. Doch jetzt, vom Dienst freigestellt, begann sie etwas zu entwickeln, das sie selbst *Hausfrauensyndrom* nannte. Dies Gefühl, in dem großen Haus würden die Zimmer immer kleiner, die Decke immer niedriger und die Luft immer stickiger werden.

»Ich hoffe, ihr seid noch zusammen«, scherzte Heiner Zimmermann.

»Ja, das sind wir«, gab Ann Kathrin zurück. »Mach dir keine Hoffnungen. Ich bin vergeben.«

Er lachte. »Oh, ich hoffe, du hast mich nicht falsch verstanden, Ann Kathrin. Ich wollte dir keineswegs zu nahe treten. Frank würde es mir nie verzeihen, wenn ich dich verletzt hätte …«

Ann Kathrin winkte ab, trank den Rest der Altbierbowle mit einem Zug und bestellte sich mit einem Fingerwink noch ein Glas.

»Frank wird vierzig«, sagte Heiner Zimmermann. »Hast du schon ein Geschenk für ihn?«

»Was ist das denn für eine komische Frage? Willst du mir ein schlechtes Gewissen machen?«

Gleichzeitig wurde Ann Kathrin bewusst, dass sie nicht mal genau wusste, wann Weller Geburtstag hatte. Sie befanden sich nicht gerade in der Situation, eine große Party zu geben. Wen sollten sie einladen? Ihren Exmann? Seine Exfrau? Seine Kinder? Ihre Arbeitskollegen? In der derzeitigen angespannten beruflichen Lage wohl kaum.

Dann kam sie sich ignorant vor. Er hatte seine Freunde lange vernachlässigt. Früher war er regelmäßig zum Skatspielen gegangen.

»Ich wüsste ein Geschenk für ihn.«

»Na, da hilfst du mir aber aus der Patsche. Was wünscht er sich denn?«

Die Altbierbowle kam, und Zimmermann fragte Ann Kathrin, ob sie Lust hätte, einen Schnaps mitzutrinken.

Sie war dabei, und er orderte zwei »Alte Schweden«. Sie sah ihn fragend an.

»Das ist ein echter Magenbitter«, erklärte er. »Aus Ostfrieslands ältester Destillerie.«

Ann Kathrin wusste nicht, warum sie den Schnaps mit Heiner Zimmermann trank. Irgendwie war ihr der Mann plötzlich sympathisch und als Gesprächspartner gerade recht. Sie wunderte sich über ihre Stimmungsschwankungen. Aber ohne ihn hätte sie vielleicht wirklich Wellers Geburtstag vergessen.

Heiner Zimmermann sagte es frei heraus: »Er wünscht sich ein Bild von dir. Ein Ölbild. Von mir gemalt. Würdest du mir Modell sitzen?«

Noch vor wenigen Tagen hätte Ann Kathrin kopfschüttelnd geantwortet, für so etwas habe sie keine Zeit. Aber dieses Argument zählte jetzt nicht mehr.

Sie sah ihn nur groß an.

Der Magenbitter kam. Er roch ein bisschen nach klarem Schnaps, Kräutern und Lakritze. Er erinnerte sie an die Hustenbonbons ihres Vaters. Manchmal hatte sie einen rauen Hals vorgetäuscht, nur um Papa eines abzuluchsen.

Der Schnaps schmeckte ihr.

»Ich würde dir einen Sonderpreis machen«, bot Heiner Zimmermann an.

»Was kostet so was denn?«

»Das kommt auf die Größe an. Du willst natürlich kein kleinformatiges Bild, stimmt's? Am besten wäre eines in Lebensgröße.«

Ann Kathrin zog die Augenbrauen hoch. »Lebensgröße?«

Zimmermann verzog den Mund. »Na gut. Aber mindestens eine Leinwand von eins zwanzig mal achtzig. Also ungefähr so.« Er deutete das Format mit den Händen an. »Sagen wir, fünfhundert.«

»Fünfhundert Euro?«

»Das ist ein Super-Sonder-Freundschaftspreis. Eine einmalige Anschaffung. Du wirst noch in zwanzig, dreißig Jahren Freude daran haben.«

»Und wenn es mir nicht gefällt?«

Er sah ihr offen in die Augen. Er strotzte geradezu vor Selbstbewusstsein. »Es wird dir gefallen!«

»Und wenn nicht?«

»Dann musst du es nicht kaufen. Dann behalte ich es gerne.«

»Und was tust du dann damit?«

Er lachte. »Na, ich verkaufe es natürlich. Für den vier- bis fünffachen Preis. Wollen wir wetten?« Er hielt ihr die offene Hand hin.

»Wann können wir anfangen?«, fragte sie.

»Meinetwegen schon morgen. Jedenfalls sollten wir rasch beginnen, damit die Farbe noch vor seinem Geburtstag trocken wird.«

Jetzt wagte sie die Frage: »Wann ist der eigentlich genau?«

»Nächste Woche Freitag.«

»Bist du sicher?«

»Ganz sicher.«

»Dann sollten wir wirklich so bald wie möglich anfangen. Wie viele Stunden dauert das denn? Wie lange muss ich denn so gerade sitzen? Kriege ich dabei einen steifen Hals?«

»So viele Fragen, doch die Antworten zeigen sich ohnehin erst in der Praxis. Meinetwegen können wir sofort beginnen.«

Für einen Moment war sie sprachlos. »Ist das dein Ernst? Sofort?«

»Warum nicht? Ich muss ohnehin erst ein paar Skizzen machen. Die richtige Haltung aussuchen …«

»Nein, heute passt es mir überhaupt nicht.«

Sie trank ihre Altbierbowle leer, dabei legte sie den Kopf in den Nacken. Die Früchte fielen ihr auf die Lippen. Sie riss den Mund weit auf, um zu schlucken. Mit vollem Mund musste sie wenigstens nicht sprechen, sondern konnte sich überlegen, was sie als Nächstes sagen würde.

»Wir haben schon längst mit der Arbeit begonnen, Ann Kathrin, denn bevor ich dich male, muss ich mir ein Bild von dir machen. Ich muss dein Wesen begreifen. Das soll ja mehr sein als nur eine Abbildung der Oberfläche. Frank soll es sehen und sagen: Ja. Genau so ist sie. Meine Ann Kathrin. Die Frau meines Lebens!«

»Schau mich nicht so an! Die Leute denken ja, du bist verknallt in mich.«

»Ich muss mich ein bisschen in dich verlieben. Das gehört dazu. Wie soll ich dich sonst malen?«

Ann Kathrin schüttelte über sich selbst den Kopf. Worauf lasse ich mich da bloß ein …

Sie saß ihm an diesem Abend noch nicht Modell. Sie wollte erst noch eine Nacht darüber schlafen und dann nüchtern und mit kühlem Kopf entscheiden. Aber sie begleitete ihn in sein Atelier an der Norddeicher Straße. Es war ein kleiner, typisch ostfriesischer Backsteinbau. Den Dachboden hatte er zu einem lichtdurchfluteten Atelier ausgebaut. Es roch angenehm nach Ölfarben und Firnis. Da er bei der Arbeit unablässig rauchte, standen an allen strategisch wichtigen Punkten Blechdosen, die er zu Aschenbechern umfunktioniert hatte.

Sie fragte sich, wie er überhaupt hier wohnen konnte, zwischen all den Bildern. Mindestens ein Dutzend, teilweise großformatige Werke, standen an jeder Wand aneinandergelehnt. An allen Möbelstücken klebte Ölfarbe. Der Boden war vollgekleckert und wirkte selbst wie ein Kunstwerk.

Es gab Skulpturen in allen Größenordnungen. Frauenakte aus Fimo oder Ton geknetet und in Gips modelliert. Ein lebensgroßer weiblicher Akt saß auf dem Stuhl. Die Frau sah so aus, als würde sie eifersüchtig den Eingang zum Schlafzimmer von Heiner Zimmermann bewachen.

Zimmermann zeigte Ann Kathrin seine Aktbilder. Sie erschrak ein bisschen. Die Frauen darauf wirkten so echt, so lebendig, als könnten sie jeden Moment lächeln, ein paar Sätze zu ihr sagen oder auch einfach von der Leinwand steigen.

Ann Kathrin wurde bewusst, dass sie zu viel getrunken hatte. Hinter ihr löste Heiner Zimmermann mit einem Plopp einen Korken aus einer Bordeauxflasche. Er goss den dunkelroten Wein in zwei übergroße bauchige Gläser.

Ann Kathrin schüttelte den Kopf: »Nein, ich glaube, ich habe sowieso schon zu viel getrunken. Ich brauche erst mal ein Mineralwasser.«

Er drehte den Wasserhahn auf und hielt einen Finger in den Strahl. Erst als das Wasser eiskalt aus der Leitung floss, hielt er eine Kristallkaraffe darunter.

Ich werde mich auf keinen Fall von ihm abfüllen lassen, schwor sie sich. Irgendwie hat er ja all diese Frauen dazu gekriegt, ihm nackt Modell zu sitzen.

Um Ann Kathrin herum gab es jetzt mehr nackte Frauen als im Ocean Wave am Frauensaunatag.

Er goss ihr mit eleganter Geste das Wasser aus der Karaffe in ein Weinglas.

Zu jedem Bild hatte er eine Geschichte parat und erzählte sie bereitwillig. Er unterstrich seine Worte dabei mit kleinen Gesten. Seine warme Stimme lullte Ann Kathrin ein. Er redete über diese Frauen, als sei er in jede einzelne verliebt gewesen. Aber nicht, wie ein Mann über seine Ex spricht, sondern so wie einer, der immer noch voll verknallt ist. Dabei beeindruckte er Ann Kathrin dadurch, mit welchem Respekt er von den Frauen erzählte, ja, mit welcher Hochachtung.

»Sieh nur, das ist Gisela.« Mit seinen Händen strich er über ihr Gesicht, als müsse er ihr die Stirn kämmen. »Als ich das Bild gemalt habe, war sie einundfünfzig. Sie hat drei Kinder und zwei gescheiterte Ehen hinter sich. Und schau dir dieses hinreißende Lächeln an. In der Tiefe ihrer Seele ist sie ein Sonnenschein geblieben. Solche Menschen altern nicht. Sie hat sich ewig geziert und geschämt. Es hat fast drei Jahre gedauert, bis sie so viel Vertrauen zu mir hatte, dass sie sich …« Er wischte seine Worte lächelnd weg und schüttelte den Kopf über sich selbst. »Nein, vielleicht sollte ich besser sagen, bis sie so viel Vertrauen zu sich selbst hatte. Als sie aufhörte, sich abzulehnen und sich zu lieben begann, da konnte ich sie malen. Sie kann dieses Bild nicht mit zu sich nach Hause nehmen. Sie wohnt mit ihrer Mutter zusammen. Die alte Dame würde es nicht verstehen. Aber manchmal kommt sie hierher und schaut es sich an. Ich habe ihr versprochen, es nicht zu verkaufen. Es gehört ihr, und sie kann es sehen, so oft sie möchte. Ich wollte einen Rahmen für dieses Bild bauen, aber sie sagt, es gefällt ihr ohne Rahmen besser. Im Leben müsse sie sich ständig in einem Rahmen bewegen, der ihr viel zu eng sei. Wenigstens auf diesem Bild wollte sie frei sein. Und frei bleiben.«

Ann Kathrin genierte sich deswegen, aber sie spürte, dass ihre Augen feucht wurden. Etwas an seinen Worten rührte sie sehr an. Oder war es nur der Alkohol? Sie nahm einen großen Schluck Leitungswasser. Dann wurde ihr plötzlich klar, dass sie diese Frau aus Norden kannte. Arbeitete die nicht im Combi an der Kasse?

Langsam begriff sie, dass er sie nackt malen wollte. Er musste es nicht aussprechen. Es war auch so vollkommen klar.

Zimmermann stellte das Bild vorsichtig wieder zurück und zeigte Ann Kathrin ein anderes. Vor einem dunkelblauen Hintergrund, wie ein Nachthimmel, kniete eine gut hundert bis hundertzwanzig Kilo schwere Frau und sah strahlend in die Ferne, als würde sie dort hinten etwas Beglückendes kommen sehen, etwas, das ihr Leben für immer verändern würde. Auch ihr Gesicht kam Ann Kathrin bekannt vor. Hatte sie nicht einmal in Gittis Imbiss gearbeitet? Ann Kathrin brachte sie mit dem Duft von Pommes frites und einem knusprigen halben Hähnchen in Verbindung.

»Für mich ist sie eine Göttin«, sagte er. »Die Urfrau.«

»Was sieht sie?«, fragte Ann Kathrin. »Was schaut sie an?«

Er hielt das Glas an seine Nase und schnüffelte am Bordeaux. »Vielleicht den Messias … Sie weiß, wo das Glück wohnt. Sie hat es gesehen.«

»Und wie bringst du all diese Frauen dazu … Ich meine, das sind nicht die typischen Fotomodelle.«

»Nein, für die interessiere ich mich auch nicht. Ich male Frauen. Keine Barbiepuppen. Ich spreche sie einfach an. Ich rede mit ihnen.«

»So, wie du mich in der Backstube angebaggert hast?«

Es tat ihr sofort leid, angebaggert gesagt zu haben.

Er tadelte sie mit einem Blick und einem Zungenschnalzen. »Ich habe dich nicht angebaggert. Das ist nicht meine Art. – Das ist Michaela. Bis wir das Bild gemalt haben, glaubte sie, dass man Glück essen kann. Jetzt weiß sie, dass es andere Möglichkeiten gibt, es zu spüren.«

Er hat tatsächlich *wir* gesagt, dachte Ann Kathrin. Als *wir* das Bild gemalt haben.

»Aktmodell stehen, um schneller abzunehmen?«, lachte Ann Kathrin. »Das ist nicht dein Ernst!«

Wieder fühlte er sich missverstanden und sah aus wie ein kleiner Junge, der tolle Ideen hat, aber dem es nicht gelingt, sie den Erwachsenen plausibel zu machen.

»Ganz und gar nicht, Ann Kathrin. Es ist wohl eher so, dass sie jetzt jedes Pfund an sich liebt. Und über die armseligen Hungermodelle in den Illustrierten nur lacht, statt ihnen nachzueifern.«

Das nächste Bild zeigte eine Frau mit wundervollen Speckrollen, durchs Licht besonders in Szene gesetzt, ihr breiter Hintern schien aus dem Bild zu ragen, als würde sie jeden Moment einen Furz lassen. Eine Hand in die Hüften gestemmt, drehte sie den Kopf kokett nach hinten und winkte mit erhobenem Zeigefinger, als wollte sie jemandem ein schlechtes Gewissen machen, der auf ihren Po guckte.

»Das ist Roswitha Keller«, lachte Heiner Zimmermann. »Das Bild habe ich nach der Scheidung von ihr gemalt. Sie ließ das Alte zurück und lief neuen Abenteuern entgegen. Leider hat sie kurz danach der Krebs geholt.«

»Das kann man auf dem Bild aber nicht sehen«, sagte Ann Kathrin und war sich nicht im Klaren darüber, dass sie Heiner Zimmermann damit fast beleidigte.

»Wenn man Augen hat, schon. Aber die meisten gucken nur auf ihren göttlichen Arsch. Sie hatte ein gebärfreudiges Becken, hat aber nie Kinder zur Welt gebracht.«

Ann Kathrin wandte sich ab. Sie wollte das Bild nicht länger sehen. Etwas daran störte sie. Sie beschloss, jetzt zu gehen. »Es wird Zeit für mich.«

»Warum? Wartet Frank auf dich?«

Ann Kathrin zuckte mit den Schultern. Irgendetwas sagte ihr, dass Heiner Zimmermann genau wusste, dass Frank Weller heute Nacht nicht in den Distelkamp zurückkehren würde. Der Mord an Verena Glück erforderte seine Anwesenheit in Aurich oder auf Norderney.

Ann Kathrin Klaasen wandte sich zur Tür.

»Überstürze nichts. Solche Dinge brauchen Zeit. Aber ich glaube, du bist schon längst so weit. Und wenn nicht, ist es auch nicht schlimm. Es muss ja kein Geburtstagsgeschenk für ihn werden. Schenke es dir lieber selbst. Es ist eine ganz besondere Erfahrung im Leben, das können dir all diese Frauen bestätigen.«

Ann Kathrin lachte ein bisschen zu aufgesetzt. »Du meinst, wie Bungee-Jumping oder barfuß über glühende Kohlen laufen?«

»Ja. Nur intensiver, glaube ich. Tiefgreifender. Und es hält viel länger an.«

»Na, wenn du meinst …« Der Spott in ihrer Stimme war unüberhörbar.

Er ging ihr zur Tür voran. »Darüber will ich nicht mit dir streiten. Das ist unsinnig. Es gibt Dinge, die kann man nicht theoretisch kennenlernen, sondern nur praktisch erfahren. Wenn du hundert Bücher über Yoga liest, bringt dich das längst nicht so weit wie die erste Makarasana-Übung. Ein Kenner kann wahrscheinlich Mozarts Notenblätter mit Gewinn lesen. Aber wie wundervoll ist es, wenn der erste Ton wirklich erklingt.«

Er machte jetzt das Requiem nach und dirigierte mit den Fäusten mit. »Dadadada …«

Sie wunderte sich, dass er dieses Werk gewählt hatte. Zum Abschied gab sie ihm die Hand und sah sich noch einmal in diesem Raum voller Farben um. Es war, als hätte er sie in ein Geheimnis eingeweiht, das sie jetzt für sich behalten musste. Wie sollte sie beim nächsten Mal reagieren, wenn sie Gisela im Combi an der Kasse sah?

»Wir müssen Frank nichts davon erzählen«, flüsterte er und kam ihr dabei so nah, dass sie seinen Nikotin- und Rotweinatem roch. »Wir wollen doch die Geburtstagsüberraschung nicht kaputt machen«, vervollständigte er seinen Satz. »Ich erwarte dich morgen zwischen elf und zwölf Uhr zum Frühstück.«

Sie wehrte halbherzig ab. »Ich habe noch nicht zugesagt.«

»Jaja. Aber ich warte hier. Zwischen elf und zwölf. Falls du dir ein Herz fasst – Tee, Kaffee, Croissants, Brötchen? Ein schönes Baguette von Remmers? Womit könnte ich dir sonst noch eine Freude machen?«

Ann Kathrin hörte sich sagen: »Kaffee von frisch gemahlenen Bohnen. Nicht zu stark. Fettarme, warme Milch. Nussschinken und ein heißes Baguette. Ein bisschen Sanddornmarmelade und Quark wären auch nicht schlecht.«

Er grinste sie breit an. Sie rechnete jetzt mit irgendeinem blöden Spruch wie »Du weißt aber genau, was du willst, Frau Kommissarin« oder »Ich wusste gleich, dass du eine anspruchsvolle Frau bist«. Aber stattdessen fragte er nur: »Aufgeschäumt?«

»Wie?«

»Die fettarme warme Milch. Aufgeschäumt?«

Sie nickte. »Ja. Gerne.«

Dann verließ sie das merkwürdige Künstlerhaus an der Norddeicher Straße. Sie ging zu Fuß zurück in den Distelkamp. Ihr Fahrrad hatte sie an der Backstube stehen lassen. Sie beschloss, es morgen abzuholen. Vielleicht auf dem Rückweg aus Heiner Zimmermanns Atelier.

Sie kam sich durchtrieben vor. Leichtfüßig tänzelte sie nach Hause zurück und atmete die salzige Meerluft tief ein. Der Wind blies ihr jetzt direkt ins Gesicht und verengte ihre Augen zu Schlitzen. Es war, als könnte sie sich fallen lassen, um dann einfach nach Hause zu schweben. Der Wind kam ihr irgendwie tragfähig vor.

Im Distelkamp lief sie gleich die Holztreppe hoch, hinein in das Zimmer von ihrem Exmann Hero, in den Tempel, den sie für ihren Vater gebaut hatte. Sie musste jetzt sein Bild sehen.

»Ich werde ihn bald haben, Papa«, sagte sie. »Vielleicht ist es gut, dass sie mich beurlaubt haben. So habe ich mehr Zeit, um mir deinen Mörder zu holen. Ich werde systematisch vorgehen. Sollen meine Kollegen sich nur darauf konzentrieren, Meuling wieder einzufangen. Ich werde mich ganz mit dem Leben von Volker Bogdanski beschäftigen. Ich werde all seine alten Kumpels finden. Den alten Verbindungen nachgehen. Er muss seine Komplizen schon vorher gekannt haben. Jetzt habe ich endlich einen Anhaltspunkt, Papa. Dein Tod wird nicht ungesühnt bleiben. Und ich werde deinen Namen reinwaschen. Nicht der Hauch eines Zweifels soll übrig bleiben …«

Sie nickte, als müsse sie sich selbst recht geben. Dann kam sie sich plötzlich schrecklich pathetisch vor und war froh, in diesem Raum allein zu sein.

Warum mache ich das jetzt, dachte sie. Ich hab doch gerade etwas ganz anderes im Sinn. Jage ich den Mörder meines Vaters, um mich von meinem eigenen Leben abzulenken? Werde ich morgen zu Heiner Zimmermann gehen oder nicht?

Sie ging hinunter ins Badezimmer, suchte ein Öl aus und ließ die Badewanne voll Wasser laufen. Sofort roch das Badezimmer nach Orangen und Rosen. Das Badeöl war noch ein Weihnachtsgeschenk von Hero. Das Badewasser war ein bisschen zu heiß. Ihre Haut wurde krebsrot. Trotzdem gefiel ihr das Prickeln. Jetzt spürte sie den Alkohol noch mehr. Sie legte sich ganz in die Wanne, sodass nur noch ihr Gesicht herausguckte.

Entspann dich, dachte sie. Entspann dich.

Sie musste an Heiner Zimmermann denken und wie er über die Frauen auf seinen Bildern gesprochen hatte.

Vielleicht ist er ja wirklich ein großer Künstler, dachte sie. Das sind nicht einfach irgendwelche schlüpfrigen Aktbilder. Im Gegenteil.

Würde Frank sich wirklich darüber freuen? Wo konnten sie so ein Bild überhaupt aufhängen? Höchstens in ihrem Schlafzimmer. Auf keinen Fall dürfte er es mit in seine Junggesellenbude nach Aurich nehmen. Es hingen so viele ungelöste Lebensfäden herunter. Diese Auricher Wohnung war auch so einer. Sie schafften es beide nicht, Entschlüsse zu fällen, klare Schnitte zu machen, Dinge zu beenden.

Die Wohnung dort war längst sinnlos geworden und kostete nur noch Geld. De facto wohnten sie zusammen im Distelkamp und hatten auch nicht vor, etwas daran zu ändern. Die Scheidung musste eingereicht werden. Sie wollte endlich einen offiziellen Schlussstrich und eine finanzielle Regelung mit Hero.

Sie reckte das rechte Bein aus der Wanne, dachte an morgen, und plötzlich fand sie die schwarzen Härchen auf ihren Beinen störend. Sie begann sich die Beine zu rasieren. Gleichzeitig wusste sie, dass damit eine Entscheidung gefallen war. O ja. Sie würde sich von Heiner Zimmermann malen lassen. Und nicht nur, um Frank ein Geburtstagsgeschenk zu machen, sondern um zu spüren, wie das ist, wenn sie die volle Aufmerksamkeit eines Menschen bekam für jeden Quadratzentimeter ihres Körpers.

Nach dem Bad schlief sie im Wohnzimmer auf der Couch sofort tief und traumlos ein. Erst gegen fünf Uhr wurde sie durch Hundegebell geweckt. Sie reckte sich, verließ das Wohnzimmer und legte sich im Schlafzimmer noch einmal hin. Diesmal träumte sie. Sie stand im Combi an der Kasse, den Einkaufswagen voll mit Obst. Viele Erdbeeren und eine Kiste voller Bananen. An der Kasse saß Gisela. Gisela zwinkerte ihr zu. Gisela war nackt, aber die anderen Menschen konnten es nicht sehen. Für die anderen Kunden vom Combi trug sie einen Kittel mit einem Namensschildchen. Nur Ann Kathrin konnte ihre ganze Schönheit sehen, und auch sie nahm Ann Kathrin wahr, wie sie wirklich war. Sie lächelten komplizenhaft. Sie brauchten keine Worte.

Sie frühstückte nicht. Schließlich hatte sie sich ein gutes Frühstück bestellt. Sie trank nur ein Glas Mineralwasser und verbrachte gut anderthalb Stunden im Bad, um sich zurechtzumachen. Sie, die sonst in Minuten fertig war, wenn sie zum Dienst musste, konnte plötzlich gar nicht aufhören, ihre Haut einzucremen, neues, anderes, besseres Make-up aufzulegen und die Haare zu föhnen und zu frisieren.

Die Veränderung beginnt schon jetzt, dachte sie, und es war ihr ein bisschen unheimlich zumute.

Weller hatte ihr drei SMS geschickt.

0.11 Uhr:

Ich liebe dich, Ann. Ruh dich aus. Lass dich ein bisschen gehen. Die letzte Zeit war hart für uns alle. Kuss. Frank.

1.22 Uhr:

Dieses Schwein hält uns die ganze Zeit auf Trab. Wir haben gerade einen Spinner hoppgenommen, der behauptet, Meuling zu sein. Er will eine gespaltene Persönlichkeit sein. Manchmal Sozialarbeiter und dann wieder plötzlich …

Dann, um 3.15 Uhr:

> Ich wäre jetzt so gerne bei dir. Es lohnt sich nicht mehr. Ich penne in meiner Bude in Aurich. Gute Nacht, du Wundervolle.

Sie schrieb zurück:

> Ich hab mich gestern volllaufen lassen und jetzt einen kleinen Kater.
> Viel Erfolg bei der Jagd!

Sie wunderte sich zwar darüber, aber in Wirklichkeit hatte sie gar keinen Kater. Im Gegenteil, sie fühlte sich merkwürdig klar, ausgeruht und frisch. Etwas an dem Abend und der Nacht hatte ihr sehr gutgetan.

Es war kurz vor zehn. Am Himmel war keine Wolke zu sehen, nur ein Flugzeug zog einen weißen Kondensstreifen am Himmel entlang. Witzigerweise sah es so aus, als wollte der Flieger ihr den direkten Weg weisen. Von ihrem Haus zu dem von Heiner Zimmermann.

Ann Kathrin ging zunächst zur Backstube und holte dort ihr Fahrrad ab.

Unter den vielen Fotos aus dem Schlosspark Lütetsburg, die nach dem Aufruf im Kurier von Lesern geschickt worden waren, fanden sich auch ein paar besonders schöne, fast künstlerische Aufnahmen von Herma Heyken. Sie hatte Rhododendronblüten mit höchstens zwanzig oder dreißig Zentimetern Abstand aufgenommen. Das Sonnenlicht schien durch die zarten Blüten hindurchzuscheinen.

Rupert überlegte sogar, sich eines dieser Bilder als Bildschirmschoner hochzuladen, aber da waren noch drei, die ihn besonders interessierten. Es waren Bilder von Heiner Zimmermann. Sein Name stand sogar darunter. Frau Heyken hatte ihn fotografiert, während er in der schönsten Blütenpracht im Schlosspark stand und seine Staffelei aufbaute.

Das zweite Foto zeigte ihn, wie er bereits die Grundierung schuf.

Auf dem dritten Foto konnte Rupert kaum noch erkennen, wo das Bild aufhörte und die Natur begann. Zimmermann stand mit seiner Staffelei vor dem Rhododendronstrauch, den er malte, und das Abbild schien eins zu werden mit dem Original.

Frau Heyken hatte eine Mail dazu geschrieben:

Ich habe unseren ostfriesischen Maler Heiner Zimmermann im Schlosspark fotografiert. Er ist ein sehr angenehmer Mensch. Ich konnte ihn dort ansprechen, und er war bereit, uns für unsere Aktion »Keine Kirche ohne Pastor« ein Bild zu stiften. Es ist genau das Bild, das er hier gerade malt. Mit der Aktion will unsere Gemeinde Geld für die Besetzung von Pastorenstellen einwerben. Als Auftaktveranstaltung soll es eine große Versteigerung geben, für die einige der örtlichen Künstler Werke zur Verfügung stellen.

Nicht weit von Heiner Zimmermann entfernt stand ein dicker, stiernackiger Mann und sah ihm aufmerksam zu. Der kleine Dicke kam Rupert so vor, als hätte er ihn schon einmal gesehen. Er verglich ihn mit dem Foto von Sebastian Köhler.

»Schau dir das mal an«, pfiff Rupert mit aufeinandergebissenen Zähnen. Weller war sofort bei ihm.

»Das Bild hier hat Sebastian Köhler mit seinem Handy auf der Fähre geschossen. Der kleine Lümmel hat sich natürlich mehr für die Beine und den Arsch von Verena Glück interessiert, aber dieses Schweinchen hier hat er mit draufbekommen. Und ich verwette meinen Jahresurlaub, wenn das nicht genau der Typ hier ist, der unserem Maler zuschaut.«

»Er guckt, als würde er sie ausziehen«, stellte Weller trocken fest.

»Vielleicht haben wir gleich zwei Fotos von unserem Täter«, orakelte Rupert. »Hier sehen wir, wie er den Tatort besichtigt und sich noch von dem Maler inspirieren lässt, und hier schaut er sich sein nächstes Opfer an.«

Das war wieder typisch für Rupert, dachte Weller. Erst findet er die Aktion mit den Fotos idiotisch, jetzt hängt er sich dran und versucht, seinen Honig daraus zu saugen.

»Du glaubst nicht mehr daran, dass Meuling unser Mann ist?«

Rupert wog den Kopf hin und her. »Im Grunde schon. Aber …«

»Aber was?«

»Ich will nur keine Möglichkeit außer Acht lassen. Ich hätte zu gerne seinen Namen und seine Adresse. Nach einer Hausdurchsuchung wären wir weiter.«

»Ja, aber die Sachlage ist ziemlich dünn. Wir können schlecht ein Fahndungsfoto herausgeben, weil …«

»Kein Fahndungsfoto. Aber wir könnten ihn als Zeugen suchen.«

»Wie denn? Wieder die Presse? Zeitung, Fernsehen? Sind die Medien nicht schon verrückt genug? Die sind doch bei dem, bevor wir überhaupt wissen, wo er wohnt. Dann kannst du ihn in der nächsten Talkshow sehen. Statt uns hier in Nebenkriegsschauplätze zu verirren, sollten wir uns auf Meuling konzentrieren.«

»Ich denke, der war es nicht?«

Weller sah Rupert mitleidig an. »Der hat nur eine gute Anwältin und verdammt viel Glück. Aber der zweite Mord bricht ihm den Hals. Hat es ja nicht lange ausgehalten, ohne die nächste zu ermorden.«

Rupert hatte geglaubt, wieder fit zu sein. Der neue Mord war wie eine Energiespritze für ihn. Aber jetzt merkte er, dass er sich übernommen hatte. Er musste dringend zur Toilette, das Darmkneifen wurde unerträglich.

Heiner Zimmermann hatte sich Mühe gegeben. Das Frühstück war ganz nach Ann Kathrins Wünschen gerichtet, und dazu gab es noch einen frisch gepressten Obstsaft, Birnen aus dem eigenen Garten mit einem Schuss Grapefruit- und Orangensaft.

Sie sprachen wenig beim Essen. Er sah sie dafür umso intensiver an. Es gefiel ihr, dass er keine Erklärungen verlangte. Sie musste sich nicht rechtfertigen. Alles war gut so, wie es war.

»Du schaust mich so suchend an.«

»Suchend ist das richtige Wort. Ich bin auf der Suche nach einer Vision. Ich brauche zuerst eine Vision von dir, bevor ich dich dann richtig malen kann.«

Er stützte seine Ellbogen auf dem Tisch auf und legte den Kopf in seine Hände. Ihr war, als würde er tief in ihre Seele schauen.

Wenn das hier nur Show ist, dachte sie, dann ist die Show ziemlich überzeugend.

Sie konnte sich vorstellen, warum viele Frauen das genossen hatten. Man konnte süchtig werden nach diesem Blick. Nach so viel Zuwendung und Aufmerksamkeit.

»Vielleicht«, sagte er, »sollte ich gar kein Bild malen, sondern eine Skulptur schaffen.«

Er stand auf und begann mit den Händen in der Luft ihren Körper zu modellieren. Er war gut zwei Meter von ihr entfernt, und zwischen ihnen stand der Frühstückstisch, aber ihr war, als würde sie seine Hände auf ihrem Körper spüren.

»Nein«, sagte sie. »Lieber ein Bild. Bilder finde ich lebendiger. Skulpturen haben so etwas ...«

»Totes?«, fragte er. »Dann hast du sie nur noch nicht richtig angeschaut. Viele Menschen scheuen sich, eine Skulptur wirklich anzusehen. Wahrscheinlich ist etwas in unserer Erziehung schiefgegangen. Für manche Menschen ist es fast so, als würden sie durch ein Schlüsselloch in anderer Leute Badezimmer gucken.«

Er ging zu einer seiner Skulpturen. Sie hatte schmale Schultern und ausladende Hüften. Sie stand in der Ecke mit dem Gesicht zur Wand und erinnerte Ann Kathrin so an einen Klassenkameraden, der zur Strafe für eine freche Antwort in die Ecke gestellt worden war. Sie hatte diese Art der Bestrafung nur einmal erlebt: bei einem alten Pädagogen, der dann bald danach pensioniert wurde.

Heiner Zimmermann legte einen Arm um die Figur, als ob es sich um einen lebenden Menschen handeln würde. Er flüsterte ihr sogar etwas ins Ohr und drehte sie dann vorsichtig um. Das Gesicht passte nicht wirklich zum Körper, es war mädchenhaft. Das Gesicht einer Dreizehn-, Vierzehnjährigen mit dem Körper einer Frau zwischen vierzig und fünfzig.

Je länger Ann Kathrin hinsah, umso unheimlicher wurde ihr diese Skulptur. Es war nicht einfach das Gesicht eines jungen Mädchens. Die Haut war über dem Gesicht gestrafft, die Augen verkleinert. Die birnenförmige linke Brust hing schwer herab, die rechte war wesentlich kleiner und geformt wie ein kleiner Apfel, der noch nicht voll ausgewachsen war. Es wirkte, als würde die Brust zu einer anderen Frau gehören.

Ann Kathrin wollte gerade sagen: »Das ist wohl eher eines deiner misslungenen Werke«, da erklärte er: »Sie hat Abstand genommen, als sie meine Vision sah.«

»Abstand wovon?«

»Von der geplanten Schönheitsoperation. Sie wollte sich ihr Fett von den Hüften absaugen und die Brust anheben lassen, und ich habe versucht, ihr zu zeigen, wie das ist, wenn Körper und Seele nicht mehr wirklich zusammenpassen.«

»Modell stehen als Therapie?«, fragte Ann Kathrin und wäre am liebsten wieder gegangen.

Er schüttelte den Kopf. »Nein. Es geht nur darum zu erkennen, wer man ist. Sich dann anzunehmen und es zu sein. In dir sehe ich eine Suchende, Ann Kathrin. Ja, etwas von dir ist auf der Suche. Ich weiß nicht, wonach. Die meisten Menschen laufen auf der Suche nach sich selbst vielen Trugbildern hinterher. Einige glauben, sie finden sich im Sonderangebot auf dem Wühltisch im Kaufhaus. In einer seltenen Briefmarke, die sie ihrer Sammlung einverleiben wollen, oder auf dem Hochsitz, wenn sie auf ein grasendes Reh schießen.«

»Genug geredet«, sagte Ann Kathrin. »Bringen wir es hinter uns.«

Sie ging noch einmal zur Toilette, dann brachte er sie hoch in sein Atelier.

Das ganze Haus war gut geheizt. Sie verstand ohne ein Wort. Er wollte nicht, dass sein Modell fror.

Er hatte ein Setting aufgebaut, das er sich für Ann Kathrin ideal vorstellte. Eine Ecke des Zimmers war mit schwarzem Samt ausgelegt. Ein achtarmiger Kerzenständer mit unterschiedlich großen dicken weißen Kerzen, an denen kalt gewordenes Wachs in langen Tropfen herunterhing, störte Ann Kathrin nicht, aber der Kindersarg ließ sie zurückschrecken.

»Was soll das denn? Du glaubst doch nicht im Ernst, dass ich mich da reinlege?«

»Wir können alles ganz anders machen«, sagte er. »Das ist nur ein Vorschlag von mir. Außerdem würdest du gar nicht hineinpassen. Ich dachte, du stellst dich hinein, Ann Kathrin.«

Etwas in ihr protestierte und forderte sie auf, dieses Atelier sofort zu verlassen. Aber da war auch eine Kraft, die darauf bestand, jetzt nicht zu kneifen.

Sie stieg drauf ein. »Okay, Heiner. Aber warum? Was soll das?«

»Es symbolisiert das Erwachsenwerden. Die erwachsene Frau, die voll im Leben angekommen ist, aber mit beiden Füßen immer noch in ihrer Kindheit steht. Trauern wir nicht alle um das tote Kind in uns?«

Sie schüttelte den Kopf. »Das Kind in mir lebt. Manchmal sogar ganz heftig. Mein Ex hat mir immer vorgehalten, dass ich von dem Kind in mir dominiert werde.«

»Und es war schwer für ihn, das auszuhalten, stimmt's?«

Sie nickte. »Er hat mir sogar vorgeworfen, dass ich Bilderbücher sammle.«

»Aber es umgibt dich manchmal eine merkwürdige Aura des Todes«, sagte Zimmermann ernst und sah vor sich. Dann baute er einen Paravent aus Holz und japanischem Seidenpapier auf, hinter dem sie sich umziehen konnte.

»Ich soll mich also da reinstellen?«

»Es ist einen Versuch wert. Du wirst sehr schnell spüren, ob es für dich stimmt oder nicht.«

Zunächst stellte sie sich noch komplett angezogen in den Kindersarg. Heiner Zimmermann fand das in Ordnung, nahm einen Skizzenblock und begann mit Kohle zu zeichnen. Sie war sehr dankbar, dass er bis jetzt noch nicht geraucht hatte. Morgens hasste sie Zigarettenqualm besonders.

»Ich brauche ohnehin erst deine Augen. Deine Augen sind das Wichtigste. Von da aus geht es weiter. Die Augen sind die Fenster der Seele.«

Ann Kathrin stand erst seit wenigen Sekunden in diesem Kindersarg, und sie hatte es eigentlich nur gemacht, um ihm einen Gefallen zu tun und um zu beweisen, dass dies wirklich die falsche Position für sie war, doch jetzt veränderte sich alles. Sie spürte, dass ihre Augen feucht wurden.

»Es ist nicht das Kind in mir, das gestorben ist«, sagte sie. »Was du spürst, ist, dass ich den Tod meines Vaters mit mir herumtrage. Ich bin seinem Mörder auf der Spur, und eigentlich sollte ich gar nicht hier sein, sondern ...«

Sie stieg aus dem Sarg und tupfte sich das Wasser aus den Augen.

»Es muss dir nicht peinlich sein. Viele weinen dabei. Manchmal kommt es zu einem Wechselbad der Gefühle. Erst Weinen, dann Lachen. Genier dich nicht. Mir ist nichts fremd, glaub mir.«

Rupert telefonierte, und so, wie sich seine Körperhaltung in den letzten Sekunden verändert hatte, wusste Weller sofort, dass sie einen heißen Hinweis bekommen hatten. Rupert sah aus wie ein Jagdhund, der die Witterung aufgenommen hat.

»Buchstabieren Sie noch einmal.«

Rupert schrieb mit. Dann legte er den Stift hin und überprüfte unwillkürlich den Sitz seiner Waffe.

So nah sind wir also dran, dachte Weller.

»Bingo«, grinste Rupert. »Das nenne ich mal einen Glückstreffer.«

Weller wusste, dass Rupert jetzt ein paar Sekunden brauchte, um den Wissensvorsprung zu genießen. Er machte es gerne spannend, aber dann würden sie gemeinsam zuschlagen. Jedenfalls würde aus dem gemeinsamen Mittagessen mit Ann Kathrin bei Minna am Markt in Norden heute sicherlich nichts werden.

Ruperts Gesichtszüge waren plötzlich angespannt, ja

verzerrt. Er drückte einen waffenscheinpflichtigen Furz ab. Dann entspannte sich sein Gesicht zu einem Lächeln.

»Rate mal, wer zwanzig von diesen Scheißstangen gekauft hat, mit denen der Friseur diese Mareike Henning aufgespießt hat. Die Duisburger Kollegen haben jetzt die vollständige Lieferliste. Sie besuchen noch heute ein paar Fitnessstudios und und und. Aber es gibt nur einen Privatmann, und der wohnt ganz in unserer Nähe.«

Weller wedelte sich mit einer Akte frische Luft zu. Rupert klickte noch einmal die Bilder an. Weller hasste diese Art von Rupert. Zu gerne begann er bei Dienstbesprechungen mit »Rate mal ...«. Fast jedes Mal wurde er von Ubbo Heide oder Ann Kathrin Klaasen zurechtgewiesen. Doch Rupert konnte nicht anders. Er musste seinen Wissensvorsprung ausspielen.

Vielleicht, dachte Weller, wäre aus ihm ein besserer Quizmaster geworden als ein Kripobeamter.

Rupert tippte auf das Bild vom Lütetsburger Park.

»Der kleine Dicke?«, fragte Weller. »Woher hast du seinen Namen?«

Rupert lachte laut auf. »Nein. Der andere.«

»Heiner?«

»Ja. Dein alter Freund Heiner Zimmermann.«

Rupert öffnete seinen Schreibtisch und nahm mit bedeutender Geste und übertriebener Entschlossenheit ein zweites Magazin für seine Dienstwaffe heraus.

»Wie soll ich denn das versehen? Willst du ihn abknallen, oder was?«

»Dein bester Freund malt nicht nur schöne Blumenbilder, die dann von der evangelischen Kirchengemeinde versteigert werden, mein Lieber. Seine Haupteinnahmequelle sind nackte Weiber in allen Posen.« Rupert klatschte sich mit der flachen Hand gegen die Stirn. »Wir hätten gleich drauf kommen können. Irgend so ein Perverser. Natürlich! Was denn sonst?«

»Nur, weil wir Meuling nicht kriegen, wird jetzt hier irgend so ein Popanz aufgebaut«, protestierte Weller.

»Na klar. Nimm du nur deinen alten Kumpel in Schutz. Das ist jetzt richtig unprofessionell von dir, weißt du das?«

Rupert blähte seinen Brustkorb auf und griff sich in den Schritt.

»Er ist nicht mein bester Freund.«

»Ach! Hab ich bester Freund gesagt? Stell dich nicht so dämlich an. Ich kenne mindestens drei Kumpels, an deren Frauen er sich rangemacht hat. Der große Frauenversteher. Er malt und vernascht sie. Und ich wette zwei Monatsgehälter, dass er sie danach mit den Bildern erpresst. Sie oder ihre Männer oder ihre Exmänner oder – ach.« Rupert war schon an der Tür.

»Hey, hey, was hast du vor?«

»Ich geh zu Ubbo Heide. Entweder wir haben hier in zwanzig Minuten ein Mobiles Einsatzkommando und stürmen die Bude, oder ich hole ihn mir persönlich.«

»Und dazu brauchst du zwei Magazine, oder was?«

In Anspielung auf Meulings peinliche Flucht prophezeite Rupert großmäulig: »Mir entwischt er jedenfalls nicht.«

Weller wollte Rupert folgen. Rupert drehte sich im Flur um, deutete mit beiden Zeigefingern auf Weller und verlangte: »Ich schlage vor, du bleibst hier. Du bist in der Sache befangen.«

Weller schüttelte den Kopf. »Ich denke gar nicht daran. Wir sind weder verwandt noch verschwägert. Wir sind lediglich zusammen zur Schule gegangen. Ich kann ihn zur Vernunft bringen, bevor hier irgendein Unglück passiert!«

Die Nacktheit fiel Ann Kathrin gar nicht schwer. Innerlich war sie bereit, Heiner Zimmermann an die Wand zu klatschen, wenn er auch nur versuchen würde, ihr zu nahe zu treten oder es wagte, eine einzige frivole Bemerkung zu machen. Aber er benahm sich wie der vollkommene Gentleman.

Er bat sie, andere Posen einzunehmen, und riet ihr auszuprobieren, wie sie sich am wohlsten fühlte. Es ging dabei nur um kleine Veränderungen.

»Versuch, die Knie nicht durchzudrücken, Ann Kathrin. Ja. So. Mit durchgedrückten Knien kriegen deine Lippen so einen harten Zug.«

»Was haben meine Lippen mit meinen Knien zu tun?«

Er zog einen Spiegel im Goldrahmen heran. Er war gut zwei Meter hoch und mindestens einen Meter zwanzig breit. Zimmermann ließ den Spiegel so stehen, dass sie sich selbst darin sehen konnte. Zwar aus einer anderen Perspektive als er, doch sie sah sofort, er hatte recht. Wenn sie die Knie durchdrückte, wurden ihre Lippen schmal und bekamen einen verkniffenen Zug.

»Heb die Ellbogen ein bisschen an, das glättet auch die Stirn.«

Wieder hatte er recht. Sie staunte über sich selbst. Er zeigte ihr Zusammenhänge ihres Körpers, die sie selber nicht kannte. Die Selbstverständlichkeit, mit der er ihr seine Erfahrungen mitteilte, machte alles viel leichter für sie.

Sie stand jetzt mit dem rechten Fuß im Kindersarg, mit dem linken berührte sie den schwarzen Samt, der auf dem Boden ausgebreitet war.

Heiner Zimmermann ging auf die Knie und betrachtete sie von unten aus verschiedenen Perspektiven.

»Das, was du suchst, Ann Kathrin, ist das eher über dir? Unter dir oder hinter dir?«

»Ich suche den Mörder meines Vaters«, sagte sie, und es tat ihr gut. Es endlich genau so zu benennen. Ja. Sie stand dazu. Sie suchte den Mörder ihres Vaters. Nichts war wichtiger. Ihr Lebensglück würde sie erst finden, wenn sie dieses Schwein erlegt hätte.

Ich suche ihn überall, wollte sie sagen. Wieso über mir? Wieso unter mir?

Aber in dem Moment spürte sie es wie einen fremden Blick im Rücken. Ein Schauer lief ihr zwischen den Schulterblättern hinunter, und sie stellte fest: »Hinter mir.«

Er kroch auf allen vieren um sie herum, setzte sich dann auf den Boden und sah sie von links hinten an. »Wende dein Gesicht ein bisschen, so als wüsstest du, dass du es gleich sehen kannst.«

»Du meinst den Mörder meines Vaters?«

»Ja.«

Ann Kathrin drehte ihren Kopf zur linken Schulter und sah hinter sich.

»Ja! Ja! Das ist es! So werde ich dich malen.«

Unten an der Tür klingelte jemand. Ann Kathrin zuckte zusammen und sah sich nach ihren Kleidern um.

»Keine Angst«, beruhigte Heiner Zimmermann sie. »Ich mach jetzt nicht auf. Nichts ist wichtiger als das, was wir jetzt hier tun. Der Rest der Welt muss warten.«

Der Rest der Welt war allerdings nicht ganz so geduldig. Das Haus in der Norddeicher Straße war von einem Sondereinsatzkommando umstellt.

Rupert hätte die Tür am liebsten selbst eingetreten, aber das taten zwei Kollegen für ihn, die besonders dafür ausgebildet waren. Sie sahen aus wie moderne Ritter, mit Helmen und kugelsicheren Anzügen. Zwischen ihnen wirkten Rupert und Weller wie übrig gebliebene Bewohner einer untergegangenen Zivilisation.

Die maskierten Schwarzhelme stürmten das Haus. Direkt hinter ihnen folgten Rupert und Weller. Dann Heiko Reuters mit schussbereitem Fotoapparat.

Als die Haustür aufflog, hörte es sich für Ann Kathrin an wie ein Verkehrsunfall direkt im Vorgarten, als sei ein Lkw gegen die Hauswand gefahren und hätte sie zum Einsturz gebracht.

Durch ein Megaphon forderte Ubbo Heide mit blechern verzerrter Stimme: »Das Haus ist umstellt! Jeder Widerstand ist zwecklos. Ergeben Sie sich und kommen Sie mit erhobenen Armen raus!«

Staatsanwalt Scherer stand neben ihm und spottete schon jetzt: »Das alles hier macht einen völlig unkoordinierten, hektischen und wenig professionellen Eindruck. Wieso stürmen Sie erst das Haus und fordern ihn dann auf, mit erhobenen Armen herauszukommen? Weller und Rupert haben die Tür doch schon eingeschlagen.«

»Das waren sie nicht, das war …«

Ubbo Heide zuckte zusammen. Er hörte Ann Kathrins Kreischen.

»Ihr Schweine! Was wollt ihr hier? Dreht euch um!«

Die zwei Kreuzritter vom Mobilen Einsatzkommando, die zuerst die Treppe hochgestürmt kamen, wären durchaus in der Lage gewesen, mit einem bewaffneten, um sich schießenden Schwerkriminellen fertig zu werden. Aber eine kreischende nackte Frau hatten sie nicht erwartet. Und der langhaarige Mann in Jeans und Baumwollhemd hob sofort seine Hände und sagte: »Peace, Brüder.«

Weller spürte einen Stich im Herzen. So muss sich ein Herzinfarkt anfühlen, dachte er. Ihm wurde augenblicklich schlecht. Er fuhr Rupert an: »Hast du nicht gehört, du sollst dich umdrehen! Und ihr auch, verdammt nochmal!«

Man kann viel von einem Mobilen Einsatzkommando erwarten, aber nicht, dass sich die Spezialkräfte umdrehen und wegschauen, wenn sie eine Wohnung stürmen.

Ann Kathrin wollte hinter dem Paravent verschwinden, dabei stolperte sie über den Kindersarg und knallte lang hin. Wie eine Katze sprang sie auf und hechtete zum Paravent.

Heiner Zimmermann stand starr, mit erhobenen Händen und versuchte, alle zu beruhigen. »Bitte. Ihre Waffen machen mich nervös. Können Sie nicht woandershin zielen? Ich mache uns jetzt allen in Ruhe einen Tee, und dann überlegen wir mal, was hier eigentlich los ist.«

»Halt die Schnauze!«, brüllte Rupert.

Für Baumüller war es der dritte Einsatz mit einem Sonderkommando. Im letzten Jahr hatte er bei einer Messerattacke eine Menge Blut verloren. Seine Ärzte behaupteten, er habe das alles nur knapp überlebt. Das hatte ihn vorsichtig gemacht. Wer konnte ihm garantieren, dass hinter dem Paravent keine automatische Waffe lag? Auf keinen Fall würde er irgendeiner der Personen, die er hier antraf, gestatten, sich vor seinen Blicken zu verbergen. Seine Aufgabe war es, diesen Raum hier zu sichern, und genau das tat er jetzt.

Mit einem Sprung war er beim Paravent und riss ihn zur Seite. Dahinter versuchte Ann Kathrin in ihren Slip zu steigen. Sie holte aus, stoppte aber die rechte Hand, weil eine Ohrfeige gegen den Helm ohnehin sinnlos gewesen wäre.

»Hände hoch! Nehmen Sie die Hände hoch!«, forderte Baumüller und richtete den Lauf seiner Waffe auf Ann Kathrins Bauchnabel.

Sie hob die Arme nicht, stattdessen bückte sie sich nach ihrem T-Shirt.

Wellers Erstarrung löste sich. Er tippte Baumüller von hinten an. »Lass sie in Ruhe, verflucht nochmal. Das Ganze ist ein Irrtum. Wir …«

»Irrtum?«, kreischte Rupert. »Wir haben ihr das Leben gerettet!«

Rupert schlug nach Heiner Zimmermann. Zimmermann wich der Faust aus.

»Du wolltest sie kaltmachen, stimmt's, du Schwein? Wo wolltest du sie deponieren? Vor der Polizeiinspektion Aurich? Damit alle Kollegen sie sehen, wenn sie zur Arbeit gehen? Na? Raus mit der Sprache! Was hattest du mit ihr vor?«

Rupert packte Heiner Zimmermanns Hals und quetschte seinen Kehlkopf.

Zimmermann machte einen Schritt nach hinten und stieß Rupert zurück: »Mit Ihnen gehen die Pferde durch, Herr Kommissar. Sie sind ja völlig durchgeknallt!« Dann wandte er sich an seinen Freund: »Frank, tu doch was! Was ist denn hier los? Ich finde das überhaupt nicht witzig.«

»Ich auch nicht«, zischte Ann Kathrin. Ihre Wangen glühten. Sie hatte das Gefühl, ihr Kopf müsste jeden Moment platzen.

Dann betrat Ubbo Heide gemeinsam mit Staatsanwalt Scherer den Dachboden. Scherers tadelnd mitleidiger Blick auf Ann Kathrin, während sie in die Jeans schlüpfte, machte ihre Niederlage komplett.

In der Garage fanden Abel von der Spurensicherung und Rupert vierundzwanzig großformatige Aktgemälde mit Öl und Acryl. Ein besonders schönes zeigte, wie Rupert augenblicklich feststellte, Wellers Exfrau Renate. Sie lag breitbeinig mit ausgestreckten Armen im Schlick, links und rechts neben ihrem Kopf ein paar Miesmuscheln. Heiko Reuters ließ es sich nicht nehmen, dieses Bild zu knipsen.

Ein anderes zeigte die Tochter von Ubbo Heide mit knapp achtzehn, kurz vor dem Abitur, beim Turnen an einem Barren.

Außerdem fanden sie mehrere halbfertige Skulpturen.

Einen Frauentorso aus Gips und vier Stangen von der Sorte, mit denen der Friseur Mareike Henning in Lütetsburg aufgespießt hatte.

Ann Kathrin wollte nur noch alleine sein und nach Hause.

Weller lief auf der Straße knapp einen Schritt hinter ihr her. »Glaubst du nicht, dass du mir wenigstens eine Erklärung schuldig bist? Ich meine, das Ganze hier war gerade für mich mindestens ebenso behämmert wie für dich. Ich werde zum Gespött der Polizeiinspektion.«

Ann Kathrin blieb abrupt stehen. Weller wäre fast in sie hineingelaufen.

»Ich will nur eins klarstellen, Frank. Ich wollte dir das zum vierzigsten Geburtstag schenken. Ein Aktporträt von mir. Ja. Nenn es bescheuert. Nenn es narzisstisch. Nenn mich eine blöde Kuh. Aber ich hatte nichts mit ihm. Das Ganze sollte eine Überraschung für dich werden.«

»Na, das ist dir gelungen.«

Ubbo Heide und Staatsanwalt Scherer sahen hinter den beiden her.

»Was wird das jetzt?«, fragte Scherer. »Arbeitet der nicht mehr für die Kripo Aurich?«

Ubbo Heide stöhnte. »Die Situation ist nicht ganz einfach für ihn. Wir sollten den beiden ein bisschen Zeit geben.«

»Ja, können die ihre Privatgeschichten nicht während ihrer Freizeit regeln? Wir haben gerade einen Doppelmörder verhaftet. Vielleicht sollte ein Verhör vorbereitet werden oder …«

Während er schimpfte, sah Scherer auf das Display seines Handys. Ein Anruf ging ein. Er nahm ihn nicht an. Es war seine Schwiegermutter. Schon der Gedanke an sie machte ihn wütend. Er fuhr fort: »Wenn alles gut geht, kriegen wir das heute Abend noch in die Tagesschau. Das hat bundesweite Bedeutung. Bei der Pressekonferenz müssen wir …«

»Weller, komm zurück!«, rief Ubbo Heide.

Ann Kathrin war das nur recht. »Hast du gehört, Frank? Sie brauchen dich. Tschüs.«

»Mach es mir doch nicht so schwer, verdammt!«

»Ich soll es dir nicht schwer machen? Du hast gerade die Wohnung von deinem alten Schulfreund gestürmt, während ich …«

Sie sprach nicht weiter.

»Ann, wir wussten nicht, dass du da drin bist. Wir hatten einen wichtigen Hinweis. Wir denken, dass er der Friseur ist. Also, Rupert denkt es. Ich kann es mir nicht wirklich vorstellen, aber es gibt Indizien, die können wir nicht übersehen.«

»So? Was denn für Indizien? Nur weil ihr Scheißmachotypen eifersüchtig auf ihn seid? Er ist doch vermutlich der meist gehasste Mann hier in Norden, also von den Männern auf jeden Fall, weil er jede zweite Ehefrau schon mal gemalt hat. Du kannst mir doch nicht erzählen, dass das hier mehr ist als ein Rachefeldzug!«

Weller atmete schwer aus. »Ja, wahrscheinlich hat er mehr Frauen nackt gesehen als jeder Frauenarzt. Aber darum geht es nicht, Ann. Er hat zwanzig von diesen Stangen bekommen, mit denen Mareike Henning aufgespießt …«

Für einen Augenblick sah sie aus, als ob sie ohnmächtig werden würde. Weller breitete die Arme aus, um sie aufzufangen. Aber sie wehrte ab: »Nicht. Fass mich jetzt nicht an.«

Um die Nase herum war sie blass geworden, und ihre Lippen waren ganz im Gegensatz zu sonst schmal und blutleer.

»Glaubst du, wir hätten sonst so übereilt zugegriffen?«

Scherer war beim Verhör dabei. Er stand unbeweglich wie ein Möbelstück in einer Ecke des Raumes.

Ubbo Heide und Rupert übernahmen die Befragung. Weller saß auf einem Bürostuhl und rollte seinen Kopf von der linken Schulter zur rechten. Es knackte und knirschte unangenehm, aber Weller stöhnte, als würde es ihm guttun.

Ubbo Heide las Zimmermann seine Rechte vor. Der unterbrach ihn: »Ich weiß, ich weiß, das hat Ihr Kollege mir bereits alles gesagt. Ich bin nicht schwachsinnig. Sie müssen mir nicht dauernd dasselbe erzählen. Ich weiß, dass ich ein Recht auf einen Anwalt habe, aber was ich jetzt brauche, ist kein Anwalt, sondern eine Zigarette. Ich habe den ganzen Morgen noch keine geraucht. Ich bin nikotinsüchtig, das passt Ihnen vielleicht nicht, ist aber völlig legal. Bevor ich keine geraucht habe, sage ich gar nichts, ist das klar?«

»Im ganzen Gebäude ist das Rauchen nicht gestattet.«

Zimmermann verschränkte die Arme vor der Brust. »Dann bringen Sie mich eben in ein anderes Gebäude, oder wir setzen das Verhör draußen an der frischen Luft fort.«

Weller mischte sich ein: »Okay, okay, gehen wir beide zusammen eine rauchen. Ich könnte jetzt auch ein bisschen Nikotin vertragen.«

Ubbo Heide schüttelte den Kopf und lachte bitter: »Nach draußen? Soll ich euch ein Sondereinsatzkommando mitgeben? Oder findest du es witzig, wenn der nächste Gefangene türmt?«

Dann bestand Zimmermann plötzlich darauf, dass sein Anwalt Torsten Hinrichs gerufen werden solle.

Drei Zigaretten und zwanzig Minuten später besprach sich Rechtsanwalt Hinrichs alleine mit seinem neuen Mandanten. Die beiden kannten sich, weil Hinrichs mal einen Streit gegen einen Postkartenverlag für Zimmermann gewonnen hatte. Sie hatten sechs Motive von Zimmermann auf Postkarten gedruckt, aber ihm nie eine Abrechnung geschickt, sondern sie waren der Meinung, das sei doch schon Werbung genug für ihn und seine Bilder.

Hinrichs hatte fast zweitausend Euro herausgeholt, und Zimmermann war der Meinung, wer das könne, sei auch in der Lage, ihn hier herauszupauken. Sie redeten kurz miteinander, dann ließ Heiner Zimmermann seinen Anwalt für sich sprechen. Er stritt nicht ab, dass sein Mandant die Stahlstangen gekauft habe. Angeblich existierte dafür sogar eine ordentliche Rechnung mit ausgewiesener Mehrwertsteuer.

Zimmermann konnte über den Verbleib einer jeden Stange Rechenschaft ablegen. Ubbo Heide wurde es heiß und kalt, während Hinrichs sprach.

»Herr Zimmermann brauchte diese Stangen für seine Skulpturengruppe *Sieben Meerjungfrauen und der Gott des Meeres*. Die Stangen verleihen den Skulpturen die nötige Stabilität. Die Skulpturen befinden sich im Moment auf einer Ausstellung in Holland am Meer. Sie sind derzeit in Groningen zu sehen. Von dort werden sie nach Katwijk und Nordwijk gebracht werden.«

Grimmig fügte Heiner Zimmermann hinzu: »Eigentlich waren sie für die ostfriesischen Inseln gedacht, aber da hatte ja keiner Interesse!«

Weller war über diese Aussagen sehr erleichtert. Er atmete jetzt freier.

Scherers Gesicht wurde immer länger. Er sah die schöne Pressekonferenz und die Erwähnung in den Abendnachrichten am Horizont verschwinden.

Nur Rupert gab noch nicht auf, sondern drohte: »Okay, das schauen wir uns an. Wir fahren jetzt gleich los. Ich werde die erste dieser Skulpturen zerdeppern, und wehe, ich finde darin keine von diesen Scheißstahlstangen!«

Ubbo Heide sah entschuldigend zu Scherer, aber Scherer schritt sofort ein. »So geht das leider nicht. Mäßigen Sie Ihre Leute, Herr Heide. Wie stehen wir vor der Weltöffentlichkeit da – wie die letzten ostfriesischen Kunstbanausen! Erstens zerdeppern wir keine Meerjungfrauen, sondern wenn, dann werden die Skulpturen geröntgt, und zweitens warten wir damit, bis die Figuren wieder in Deutschland sind.«

»Warum?«, wollte Rupert wissen.

»Weil es zu internationalen Verwicklungen führen könnte.«

»Internationale Verwicklungen? Ja, wo sind wir denn hier?«, bellte Rupert.

Scherer sprach gar nicht mit Rupert, sondern redete nur mit Ubbo Heide. Gleichzeitig waren die Worte aber für Rupert und Weller bestimmt: »Wenn wir jetzt Amtshilfe von den holländischen Kollegen beantragen, dann läuft das, sagen wir mal, wenn es besonders zügig geht, sechs, vielleicht zehn Wochen. In der Zeit ist der Sommer rum, und ich glaube kaum, dass die Meerjungfrauen dann immer noch an der Küste ausgestellt werden. Stimmt's? Das ist doch eine reine Touristenattraktion, oder nicht?«

Hinrichs sah Zimmermann an. Der nickte. »Die Statuen kommen Mitte September zu mir zurück – falls sie bis dahin keinen Käufer gefunden haben.«

»Warum grinst der so dämlich?«, fragte Rupert und zeigte auf Zimmermann.

»Weil es ihm vermutlich ganz recht gewesen wäre, wenn Ihre tollpatschigen Hitzköpfe«, antwortete Scherer in Richtung Ubbo Heide, »in Holland pressewirksam eine Meerjungfrau zerschlagen würden, nicht wahr, Herr Zimmermann? Eine bessere, öffentlichkeitswirksamere Geschichte können Sie sich doch kaum vorstellen, oder? Die Preise würden augenblicklich in die Höhe schnellen. Es kommt nur darauf an, in die Zeitung zu kommen, egal, wie. Und als unschuldig verdächtiger Künstler – das wäre doch mal was …«

»Sie kennen sich ja scheinbar auf dem Kunstmarkt sehr gut aus«, scherzte Zimmermann und sah zu Weller. Weller traute sich kaum, den Blick seines alten Schulfreundes zu erwidern.

Ubbo Heide war immer noch wütend über das Nacktporträt seiner Tochter auf dem Barren. Er nahm sich vor, das aus dem Verhör herauszuhalten, aber später würde er es klären. Mit ihr und mit ihm. Notfalls würde er dieses Bild kaufen. Auf keinen Fall sollte es in fremde Hände geraten.

»Ja, dann habe ich eigentlich nur noch eine Frage«, giftete Rupert in Richtung Scherer und Ubbo Heide. »Wenn wir bis Mitte September warten, soll der dann so lange frei herumlaufen oder …« Rupert wandte sich abrupt zu Heiner Zimmermann um. »Oder setzen wir ihn so lange hier fest?«

Rupert zog die Augenbrauen hoch und beobachtete genüsslich die Reaktion von Heiner Zimmermann.

Rupert griff in seine Hosentasche, weil das eingelaufene Gummi von seinen Designer-Slips, Größe 5, seine Eier einklemmte.

Hinrichs sah auf seine Uhr. »Das entscheiden nicht Sie, sondern, wenn überhaupt, dann der Haftrichter. Die Gründe für eine U-Haft scheinen mir allerdings sehr fragwürdig zu sein …«

»Mir auch«, gab Staatsanwalt Scherer offen zu und warf Rupert und Weller vernichtende Blicke zu.

Weller stand auf und streckte sich. Hinrichs verließ mit Zimmermann den Verhörraum. Scherer eilte an seinen mit Akten überbordenden Schreibtisch zurück, und

Ubbo Heide schloss sorgfältig die Tür, obwohl er sie am liebsten zugeknallt hätte, so geladen war er.

Rupert trat vor Wut, als er mit Weller allein im Raum war, gegen den Bürostuhl. Der krachte gegen die Wand, und ein Stück vom Plastikgehäuse über den Rollen brach ab. »Scheiße, Scheiße, Scheiße!«, schrie Rupert.

Ubbo Heide öffnete die Tür wieder und sagte: »Vielleicht sollten wir uns wieder unserem ursprünglichen Verdächtigen widmen. Ich erwarte, dass Meuling in den nächsten vierundzwanzig Stunden hier in diesem Raum vor mir sitzt. Und dann nageln wir ihn fest.«

Ubbo Heide stellte trotz allem einen Diensthilfeantrag an seine niederländischen Kollegen. Er machte es dringlich, hatte aber wenig Hoffnung, dass das Ganze in den nächsten Wochen erledigt werden würde. Wahrscheinlich war der Septembertermin, wenn die Skulpturen nach Ostfriesland zurückkamen, der frühest mögliche, um in Erfahrung zu bringen, ob Heiner Zimmermann gelogen hatte.

Ann Kathrin klopfte im Garten mit dem Spaten einen Maulwurfshügel platt. Es gab drei weitere um den Birnbaum herum und einen bei den Tulpen. Dieser Maulwurf führte seit einiger Zeit eine Art Kleinkrieg gegen sie.

»Zeig dich!«, rief sie und legte ihre ganze Wut in die Arbeit mit dem Spaten. Dabei biss sie sich die Oberlippe blutig.

Dann warf sie den Spaten in die Hecke und lief ins Haus zurück. Sie rief Frank Weller an.

»Hallo, Ann, wie geht's dir? Ich kann jetzt nicht viel reden, wir sind gerade mitten im Stress. Du kannst dir ja vorstellen, was hier los ist.«

Sie flüsterte und kam sich blöd dabei vor. »Frank, wenn ich irgendetwas tun kann, gib mir Bescheid. Es muss ja keiner erfahren. Ich kann dir zuarbeiten. Ich halte es nicht aus, hier zu Hause untätig …«

Sie fand, dass er viel zu laut antwortete, und hatte das Gefühl, dass er nicht nur in sein Handy sprach, sondern gleichzeitig zu den versammelten Kollegen. »Wir haben hier die volle Unterstützung von zweiundsechzig Kollegen. Es ist eine Sonderkommission eingerichtet worden. Die SOKO Friseur. Glaub mir, Ann, wir kriegen ihn. Gegen dieses Aufgebot an Spezialisten hat er keine Chance. Seitdem ein Foto in den Nachrichten war, gehen hier laufend neue Hinweise aus der Bevölkerung ein.«

»Das Foto war in den Nachrichten?«

»Na ja, zuerst nur im Internet. Aber es hatte fast dreihunderttausend Anklicker. Es wurde weiter verschickt und – du weißt ja, wie schnell sich so etwas verbreitet.«

»Wie viele Hinweise habt ihr?«

»Ich weiß nicht. Ein paar Tausend.«

»Frank, du weißt genau, dass man, um einem einzigen Hinweis sinnvoll nachzugehen, einen Kollegen für einen ganzen Tag beschäftigen muss. Eine SOKO von zweiundsechzig klingt gut. Aber bis die alle Tipps und Hinweise durchgearbeitet haben, vergehen Wochen. Gib mir eine Liste, und ich …«

»Nein, Ann. Tut mir leid, aber ich habe klare Anweisungen. Ubbo will dich unbedingt aus der Schusslinie halten.«

»Warte, warte, leg nicht auf, Frank. Bitte. Was ist mit Heiner Zimmermann?«

»Er hat für die Tatzeit ein Alibi. Nicht besonders toll, aber …«

»Wo war er?«

»In Sande bei seiner dementen Mutter. Er versorgt sie gemeinsam mit einem Pflegedienst. Zu den vereinbarten Zeiten war er da. Die Mitarbeiter vom Pflegedienst konnten die Übergabe der Mutter an ihn bestätigen.«

»Und sie selbst?«

»Ich glaube, Ann, dass sie als Zeugin nichts taugt. Sie könnte mich vermutlich von ihrem Sohn nicht unterscheiden.«

»Das klingt nicht nach einem bombensicheren Alibi.«

»Nein. Er hätte von Norderney aus stündlich mit der Fähre rüberfahren können, und bis Sande ist es nur ein Katzensprung. Er kann mehrmals am Tag hin- und hergefahren sein, aber dafür gibt es keine Anhaltspunkte. Wir haben das ganze Haus nach DNA-Spuren von Verena Glück untersucht. Es liegen noch nicht alle Ergebnisse vor, aber sie war vermutlich weder in seinem Haus an der Norddeicher Straße noch in dem seiner Mutter.«

Ann Kathrin atmete erleichtert auf.

»Er war es nicht, Frank. Selbst wenn alles gegen ihn sprechen würde. Er hat sich mir gegenüber benommen wie ein perfekter Gentleman. Ganz im Gegensatz zu den Rambos, mit denen ihr das Haus gestürmt habt. Da habe ich noch mit einigen ein Hühnchen zu rupfen. Den Baumüller knöpfe ich mir noch persönlich vor. Mit dem bin ich noch lange nicht fertig.«

Weller schluckte. Er spürte einen Stich Eifersucht. War sie von Zimmermann genauso beeindruckt wie die anderen Frauen, die er gemalt hatte? Hatte sein Freund versucht, sich an sie heranzumachen, so wie er es offensichtlich bei seiner Exfrau Renate getan hatte?

»Wir sollten uns ganz auf Meuling konzentrieren. Er hat den ersten Mord begangen, um seine Erpressungsgeschichten zu vertuschen, und den zweiten, um uns hinter einem wahnsinnigen Serienkiller herzujagen, damit er selber entlastet wird.«

»Ich glaube gar nicht, dass er so raffiniert ist«, sagte Ann Kathrin.

»Was denn sonst?«

»Ich glaube, dass er einfach ein wahnsinniger Serienkiller ist. Ich weiß nicht, wie es begonnen hat. Aber er hat Spaß daran gefunden. Die nächste Leiche wird im Wasser liegen, Frank. Und dann wird eine brennen. Vielleicht ändert er auch die Reihenfolge. Das weiß ich nicht. Aber er bildet die vier Elemente nach. Luft. Erde. Wasser. Feuer. Warum auch immer.«

»Ich muss jetzt, Ann. Sei mir nicht böse. Verena Glücks Mann ist nach seinem ersten Schock nun vernehmungsfähig. Ich muss hin, um mit ihm zu …«

»Alles Gute, Frank.«

Ann Kathrin lief in den Garten zurück und trampelte die Maulwurfshügel beim Birnbaum platt. Sie kam sich dabei vor, als sei sie wieder ein kleines Mädchen, das wütend mit den Füßen aufstampfte, weil Papi nicht so wollte wie sie selbst.

Dann lief sie ins Haus zurück und setzte sich an ihren Computer. Sie gab bei Google »Norderney, Mord, Fotos« ein, und wenige Sekunden später hatte sie auf mehr als 30 Seiten Angebote der Bilder.

Sie öffnete als Erstes einen Webblog und sah das zweite Opfer. Auf den ersten Blick wirkte das Foto wie eine brillante Landschaftsaufnahme. Die Dünen. Der Himmel über der Nordsee. Die aufgehende Sonne. Eine typische Postkarte aus Ostfriesland. Aber ganz vorne stimmte etwas nicht. Da schien sich aus dem Dünensand etwas hochzuarbeiten, wie ein gigantischer Krebs, ein unheimliches Tier, mit langen blonden Haaren.

Ann Kathrin vergrößerte das Foto. Sie ließ es sich ausdrucken und versuchte, sich in die Situation hineinzuversetzen, so als wäre sie jetzt vor Ort. Sie unterdrückte den Impuls hinzufahren, um sich die Stelle genauer anzusehen.

Dann lief es ihr heiß den Rücken hinunter. Sie rief Weller noch einmal an. Nach dem dritten Klingeln meldete er sich. Er versuchte, nicht genervt zu klingen, doch sie merkte ihm an, wie sehr er sich bemühte, sich im Griff zu halten und sie nicht anzufahren. Irgendjemand machte ihm enormen Druck.

Hinter ihm hörte Ann Kathrin mehrere Tastaturen klappern. Und da waren ein paar Stimmen, die sie nicht genauer identifizieren konnte. Fremde Kollegen, die vermutlich zur SOKO Friseur gehörten.

»Frank, er hat das Foto selbst ins Netz gestellt.«

»Nein, Ann. Wie kommst du darauf? Es waren jede Menge Urlauber dort. Sie haben Fotos gemacht. Ich glaube, es ist von Sebastian Köhler. Er hat mit seinem Handy …«

»Unsinn. Die Aufnahme wurde nicht mit einem Handy gemacht, sondern mit einer sehr guten Kamera.«

»Meinetwegen. Dann hat es eben einer der Touristen gemacht. Wir hatten die Sache nicht im Griff.«

»Wann wurde die Leiche gefunden?«

»So gegen neun Uhr. Bis wir da waren, hat es natürlich gedauert …«

»Siehst du. Und auf dem Foto geht gerade die Sonne auf.«

»Ach, du Scheiße. Du hast recht, Ann. Aber was bedeutet das für uns?«

Ihr Hals wurde trocken. Sie sah sich auf dem Schreibtisch nach einer Wasserflasche um, fand aber nur eine, die leer war.

»Zunächst mal sagt es uns, dass er die Dokumentation seiner Inszenierung nicht irgendwelchen Hobbyfotografen überlassen wollte. Aber wir sollten uns fragen, warum er das im Schlosspark Lütetsburg nicht gemacht hat.«

Weller versuchte, Ann Kathrin loszuwerden. »Ja, ich danke dir für die Information. Ich werde das den Kollegen hier sagen, und wir diskutieren das dann.«

Sie fuhr fort, als ob Weller das gar nicht gesagt hätte

und sie selbst immer noch die Ermittlungen leiten würde: »Er hat es beim ersten Mord nicht getan, weil er dachte, dass wir es tun. Weil wir die Fotos unterdrückt haben, macht er es jetzt selber. Er lernt aus unserem Verhalten.«

»Ja, ein guter Hinweis. Wir werden versuchen herauszufinden, wer die Fotos eingestellt hat. Vielleicht können wir das zurückverfolgen und dann …«

Ann Kathrin wurde wütend: »Frank, wir haben es nicht mit einem Idioten zu tun!«

Weller schluckte. Er wusste, dass sie recht hatte. »Ich würde dich wirklich gern hierhin holen. Mir wäre nichts lieber, als mit dir zusammenzuarbeiten, aber …«

»Da ist noch etwas, Frank. Wenn er sie nicht direkt vor Ort umbringt, braucht er ein Transportfahrzeug. Er muss ganz sichergehen, dass das Ding gut funktioniert. Er kann nicht riskieren, damit liegenzubleiben. Gleichzeitig muss es ein unauffälliger Wagen sein.«

»Du meinst, so wie der VW-Bus von Torsten Meisters Vater?«

»Möglicherweise ein Wagen mit Vierradantrieb. Vermutlich ziemlich neu und für seine Bedürfnisse ausgestattet.«

Neugierig geworden hakte Weller nach: »Was heißt das?«

»Nun, dunkle Scheiben. Er muss verhindern, dass man bei ihm reinguckt. Vielleicht ein Firmenwagen. Möglicherweise die Dublette von einem richtigen Firmenwagen.«

»Denkst du echt, der kopiert irgendetwas?«

»Ich finde es naheliegend. Ich an seiner Stelle würde es so machen. Irgendein Firmenwagen, den wir alle kennen, weil er oft durch die Stadt fährt. Ein Transportunternehmen, ein Umzugswagen – was weiß ich. Er muss mit dem Fahrzeug nach Norderney übergesetzt sein.«

»Darauf sind wir auch schon gekommen, Ann.« Weller fröstelte, als er hörte, wie sie *ich an seiner Stelle* sagte. Sie versetzte sich in den Täter hinein, sah die Welt mit seinen Augen – oder versuchte es zumindest.

»Aber ich vermute eher, dass er sie ganz in der Nähe umgebracht hat. Eine Ferienwohnung im Umkreis von wenigen hundert Metern. Frank, ihr dürft das nicht außer Acht lassen. Es gibt nur diese zwei Möglichkeiten: Entweder er hat sie auf der Insel getötet, oder er fährt mit seinen Opfern in einem Transporter herum.«

Weller stöhnte. »Ja, Ann. Danke für die Hilfe, aber ich muss jetzt wirklich …«

Zu gerne hätte er sich mit einem »Ich liebe dich« verabschiedet, aber auch wenn er sich dafür schämte, er schaffte es nicht angesichts seiner Kollegen.

Doch dann konnte er sich nicht auf seine Arbeit konzentrieren. Er hatte sie so unglücklich in der Luft hängen lassen. Er wollte ein Gespräch mit ihr nicht so beenden. Er ging zur Toilette und rief sie von dort aus mit seinem Handy noch einmal an. Sie nahm das Gespräch nicht an. Er flüsterte ihr auf die Mailbox: »Ann, ich liebe dich. Du bist eine wundervolle Frau.«

Die letzten Silben wurden von der Toilettenspülung nebenan übertönt. Rupert rülpste und stöhnte: »Was bin ich nur für ein Kerl, dass so viel Scheiße in mir drin ist.« Dann spülte er erneut.

Das alles war jetzt auf Ann Kathrins Mailbox. Weller schämte sich. Am liebsten hätte er seinen Anruf auf ihrer Mailbox gelöscht, aber er wusste nicht, wie er das anstellen sollte.

Eine Spritze mit 10 Milligramm Valium und ein Tropf mit NaCl-Lösung hatten Jonas Glück stabilisiert. Kreidebleich saß er auf seinem Bett in der Ammerland-Klinik in Westerstede. Aus seinem Körper schien jede Energie gewichen zu sein. Er starrte ins Leere. Seine Unterlippe hing herab, die schlaffe Gesichtsmuskulatur verlieh seinem Ausdruck etwas Dümmliches. Weller war sich aber sofort im Klaren darüber, einen hochintelligenten Mann vor sich zu haben.

Jonas Glück verstand die Welt nicht mehr. Er hatte geglaubt, seine Frau sei bei ihrer Mutter in Cuxhaven. Die kleine Tochter Kim wusste noch gar nichts vom Tod ihrer Mutter. Sie spielte mit den Kindern aus der Nachbarschaft und wurde von einem befreundeten Ehepaar betreut.

Weller stellte sich vor und fragte, ob Jonas Glück in der Lage sei, ein paar Fragen zu beantworten. Er nickte, also legte Weller los: »Ist Ihre Frau bedroht worden? Sagt Ihnen der Name Dieter Meuling etwas? Hatte sie Freunde auf Norderney?«

Jonas Glück antwortete nicht. Er versuchte sich aufzurichten und starrte Weller aus weit aufgerissenen Augen an, als sei Weller kein realer Mensch, sondern eine Erscheinung.

»Werde ich gleich einfach aufwachen, und alles war nur ein Albtraum?«

»Leider nicht«, bedauerte Weller. »Ihre Frau ist nicht das erste Opfer, und wir befürchten, dass der Täter weitermacht. Ihre Mitarbeit ist für uns enorm wichtig. Bitte denken Sie nach. Kannte Ihre Frau einen Herrn Meuling? Hat sie Drohbriefe erhalten? Wurde sie erpresst?«

Glück schüttelte den Kopf. Weller spürte genau, dass da noch etwas war, das diesen Mann so fertigmachte. Es war nicht nur der Tod seiner Frau, sondern irgendein Begleitumstand.

Rupert stand neben Weller. Er lehnte sich an die Wand und drückte beide Hände in Höhe seines Bauchnabels auf die rebellierenden Därme.

»Es tut mir leid«, stöhnte Rupert, »aber ich muss schon wieder.« Dann verließ er fluchtartig das Zimmer.

»Meine Sch… meine Sch… meine Schwiegermutter …« Jonas Glück ließ den Kopf nach hinten ins Kissen fallen, biss auf die Zähne und presste ein paar Tränen zwischen den zusammengekniffenen Augenlidern hervor. Er sah schrecklich wütend aus.

»Was ist mit Ihrer Schwiegermutter?«

»Sie hat mich angelogen. Sie hat es mir am Telefon gestanden, die alte Hexe.«

»Was hat sie gestanden?«

»Meine Frau war gar nicht bei ihr. Sie haben mich angelogen. Alle beide.«

»Sie dachten also, Ihre Frau sei bei Ihrer Schwiegermutter, und das stimmte gar nicht. Warum haben die beiden gelogen? Hatte Ihre Frau einen Liebhaber?«

Jonas Glück warf den Kopf hin und her. Zwischen seinen Lippen sprühten Speichelbläschen hervor. »Nein, bestimmt nicht… Ich glaube nicht… Ich hoffe nicht… Also, ich denke nicht …«

Weller hatte ein ungutes Gefühl dabei, den Mann weiter zu befragen. Er wollte ihm nicht noch mehr seelische Schmerzen zufügen. Gleichzeitig ahnte Weller, dass er kurz davor war, wichtige Informationen zu erhalten. Möglicherweise hatte sie genauso ein Geheimnis, das sie schamhaft hütete wie Mareike Henning. Es kam Weller vor, als sei der Name Meuling mit Leuchtschrift an die Wand geschrieben.

Weller ließ sich die Adresse der Schwiegermutter geben und fragte fast beiläufig: »Hat Ihre Frau in letzter Zeit einen kleinen Autounfall gehabt? Oder erinnern Sie sich daran, dass sie beschuldigt wurde, einen Autounfall gehabt zu haben?«

»Was hat das denn damit zu tun?«, fragte Glück zurück. Sein Blick veränderte sich. Für kurze Zeit schien er klarer zu sehen. Er öffnete den Mund zu einem Staunen. »Warum lässt Gott so etwas zu?«

Als Rupert von der Toilette zurückkam, war er blass um die Nase und hatte fiebrige Augen. Seine Unterlippe hing schlaff herab. Er erinnerte Weller an einen alten Boxer, der in der ersten Runde nach wenigen harten Treffern den Traum vom Comeback begräbt und jetzt nur noch versucht, mit Anstand in die nächste Runde zu kommen.

»Wir sollten nach Cuxhaven, um mit Verena Glücks Mutter zu sprechen«, schlug Weller vor, »aber ich glaube, dich bringe ich vorher nach Hause, Rupert. Du meldest dich jetzt besser wieder krank.«

Rupert schüttelte den Kopf. »Wieso? Hast du Angst, dass ich dich anstecke?«

»Ja, das auch. So ein Virus kann eine ganze SOKO lahmlegen.«

»Nein, Weller. Ich will dabei sein. Ich …«

»Ja, das will Ann auch.«

Ellen Prill war in Cuxhaven bereits informiert worden. Sie wollte mit dem Taxi kommen, um ihre Tochter zu sehen. Aber dann nahm sie zu viele Beruhigungstabletten, und ihr Kreislauf machte schlapp.

Auch wenn es gegen die Vorschriften war, solche Befragungen allein durchzuführen, setzte Weller seinen Kollegen Rupert vorher zu Hause ab. Er musste ihn fast aus dem Auto prügeln, dann fuhr er ohne jede Rücksicht auf Geschwindigkeitsbegrenzungen nach Cuxhaven.

Frau Prill wohnte in Cuxhaven-Döse, ganz in der Nähe vom Kurpark. Sie war Ende vierzig, und Weller konnte sich gut vorstellen, dass sie früher mal eine Punkerin gewesen war oder ein Hippiemädchen. Etwas in ihren Augen verriet ihm, dass sie ein bewegtes, wildes Leben hinter sich hatte. Die hier war nicht immer so brav gewesen wie jetzt.

Der Kirschbaum-Wohnzimmerschrank, das Schleiflackschlafzimmer und die Nobilia-Küche gehörten jetzt zu ihrem Leben. Aber sie bewegte sich darin, als würde sie nicht hier hingehören, als sei sie es gewohnt, zwischen den Matratzen einer WG zum Kühlschrank zu huschen und sich das letzte Bier aus der Kiste zu holen, während die anderen nach einer harten Fete noch schliefen.

Wie anders als ich wird Verena Glück bei ihr aufgewachsen sein, dachte Weller. Ellen Prill hatte etwas, das sein strenger Vater nie besessen hatte. Eine Gelassenheit, eine innere Weite, die Möglichkeit, auch mal fünfe gerade sein zu lassen.

Sie war ihm sofort sympathisch, und als sie ihm einen Espresso und ein Glas Wasser anbot, steigerte sich sein Gefühl für sie schon fast zur Begeisterung.

Sie war traurig, aber klar. Sie packte sofort alle Geheimnisse aus. Sie zeigte Weller die Fotos, die Peter Kron von Verena gemacht hatte.

»Die hat meine Tochter bei mir aufbewahrt. Sie wollte nicht, dass ihr Mann diese Bilder sieht. Er hätte es nicht verstanden. Er ist sehr katholisch, wissen Sie?«

»Viele Männer hätten ein Problem damit, wenn ihre Frauen solche Fotos …«

»Meine Tochter hat sich als Fotomodell Geld verdient. Sie ist leider nie sehr weit gekommen. Aber ich war immer stolz auf sie. Ich habe ihr beigebracht, sich für ihren Körper nicht zu schämen. Sie ist schon als kleines Kind mit mir in die Sauna gegangen und zum FKK-Strand … Es sind sehr künstlerische Fotos, finden Sie nicht?«

Weller trank das ganze Wasserglas leer und setzte es hart auf den Tisch auf, in der Hoffnung, dass sie ihm noch eins anbieten würde.

Sie verstand seine Geste sofort richtig. »Sie hatten eine lange Fahrt. Ich mache Ihnen auch gerne etwas zu essen.«

»Nein, danke, das geht wirklich zu weit. Aber noch ein Glas Wasser nehme ich gerne. – Ich kann die Qualität dieser Fotos nicht beurteilen. Sie sehen sehr intim aus. Gar nicht gestellt, sondern so, als sei sie im Alltag fotografiert worden.«

»Ja. Das macht den Zauber dieser Bilder aus. Die anderen habe ich nicht aufbewahrt. Sie war in ein paar Katalogen mit Bademoden und so.« Frau Prill winkte ab. »Das war nichts. Nur kommerziell. Aber der da, der kann wirklich fotografieren. Finden Sie nicht? – Meine Tochter ist zu einem Fotoshooting gefahren. Deswegen hat sie Jonas erzählt, sie sei bei mir. Jemand hat sie für ein paar Tage engagiert.«

Weller war wie elektrisiert. Die Sache war heiß. Verdammt heiß.

»Wer? Haben Sie einen Namen?«

Sie schüttelte den Kopf. »Nein, nein. So geht das nicht. Meine Tochter war bei einer Agentur. Von da aus bekam sie die Aufträge.«

»Wie heißt die Agentur?«

Frau Prill zuckte mit den Schultern. »Ich habe mich um die Geschäfte meiner Tochter nicht wirklich gekümmert. Ich habe mir nur manchmal ihre Bilder angesehen. Na ja, und einige für sie aufbewahrt, wie Sie sehen.«

Weller drehte die Fotos um. Hinten drauf stand der Name Peter Kron mit einem Copyright-Stempel. Darunter auf jedem Bild: *Nur zur privaten Verwendung*.

»Ich glaube, die Agentur war in Bremen«, orakelte Frau Prill. »Sie musste aber nie da hinfahren. Das ging alles telefonisch oder per Internet. Na ja, wie so was halt heutzutage läuft.«

Weller tippte auf den Namen. »Dieser Mann hier wird uns weiterhelfen können. Er hat Ihre Tochter doch garantiert über die Agentur gebucht.«

Ellen Prill nickte. Sie brachte Weller ein weiteres Glas Wasser. Er kam sich merkwürdig ausgetrocknet vor, als würden seine inneren Organe das Wasser wie ein Schwamm aufsaugen.

»Darf ich Sie etwas Persönliches fragen, Frau Prill?«

»Selbstverständlich, Herr Kommissar. Etwas viel Persönlicheres als den Tod der Tochter gibt es gar nicht.«

»Ihr Schwiegersohn ist völlig fertig. Aber Sie wirken … lange nicht so erschüttert, wenn ich mir das erlauben darf.«

Sie setzte sich in einen wuchtigen Clubsessel aus braunem Leder, in dem die zierliche Person noch kleiner wirkte, als sie war. »Der Tod«, sagte sie ruhig, »ist für mich nicht das Ende, Herr Kommissar, sondern der Anfang.«

Weller legte seinen Kopf schräg und sah sie an, als ob er ihrem Geisteszustand nicht mehr trauen würde. Sie nahm das durchaus wahr und lächelte milde. »Nein, Herr Weller, ich nehme schon lange keine Drogen mehr. Mein Gehirn funktioniert sehr gut. Ich bin über viele Irrwege zum Buddhismus gekommen. Ich glaube, dass wir uns alle in einem ewigen Rad von Tod und Wiedergeburt befinden. Nichts geht verloren.«

Weller war durchaus beeindruckt, aber er hatte jetzt keine Lust, sich eine Predigt anzuhören. Er versuchte sofort, wieder auf den Fall zurückzukommen. »Sagt Ihnen der Name Dieter Meuling etwas? Wurde Ihre Tochter bedroht? Hat sie in letzter Zeit irgendetwas von einem Autounfall erwähnt?«

»Nein. Darüber weiß ich nichts.«

Dann nahm Ellen Prill die Fotos in die Hand und ging zu Dingen über, die für sie viel wichtiger waren: »Wird mein Schwiegersohn davon erfahren? Ist das nötig? Er ist ein Spießer, wissen Sie. Ich konnte mir nie erklären, wie meine Tochter ausgerechnet auf ihn … Ach, lassen wir das. In punkto Männer hatte sie kein glückliches Händchen. Ich werde mich mit ihm einigen müssen, was aus Kim wird und ... Na ja, es gibt viel zu regeln. Er ist mir eigentlich gleichgültig, aber die Kleine ... Sie ist immerhin mein Enkelkind. Jonas ist nicht ihr leiblicher Vater. Aber er hat sich gut um sie gekümmert, das muss man ihm lassen.«

»Meinetwegen muss er nichts von diesen Bildern erfahren«, sagte Weller. »Aber das liegt nicht in meiner Macht. Die ganze Sache wird eine Menge Wirbel verursachen und für viel Aufsehen sorgen. Es kursieren jetzt bereits Fotos von Ihrer toten Tochter im Internet. Ich würde Ihnen nicht raten, das anzuklicken.«

Sie senkte den Blick auf ihre Knie. »Ich gehe nicht ins Internet, Herr Kommissar. Das ist nicht meine Welt. Ich habe den Weg nach innen gewählt, nicht den nach außen.«

Es lief nicht alles nach Plan, aber die Ereignisse entwickelten sich besser, als er erwartet hatte. Es war ihm gelungen, die Regierungskrise in den USA schon mit seinem ersten Foto von den Titelseiten zu verdrängen. Der Selbstmordanschlag im Irak mit 81 Toten war verglichen mit seiner Mordserie zur Marginalie geworden. Er kaufte die Zeitungen an vier verschiedenen Stellen. FAZ, WELT und die TAZ bei Tabak Gerdes in der Osterstraße in Norden, die Ostfriesischen Nachrichten und die NWZ in der Buchhandlung Hasbargen. Nebenan im Café ten Cate die BILD-Zeitung und den Ostfriesischen Kurier. Dazu nahm er noch ein Stück Bienenstich und eine Schlemmerschnitte mit Mandarinen. Im Lesezeichen im Neuen Weg besorgte er sich die ZEIT und die Süddeutsche Zeitung.

Er kochte sich einen Tee, aber er fand keine innere Ruhe, um die Artikel genau zu lesen. So sehr er es sich auch vornahm, es gelang ihm nicht. Er überflog alles. Seine Blicke jagten über die Zeilen. Er saugte sie in sich auf. Er konnte jede Überschrift sofort auswendig. Hitzewellen jagten durch seinen Körper. Das Kribbeln auf der Haut empfand er als angenehm. Ja, jetzt spürte er sich wirklich. Er war lebendiger denn je.

Das nächste Opfer hatte er bereits ausgesucht, aber er wusste, dass er den Zeitplan verändern musste. Es kam Druck in die ganze Sache. Frühling, Sommer, Herbst und Winter, die vier Jahreszeiten, gepaart mit den vier Elementen, das konnte er vergessen. Die Sache musste jetzt erledigt werden. Und noch eine Schwierigkeit tat sich auf: Nach diesen Veröffentlichungen war es nicht mehr so leicht, ein junges Mädchen anzusprechen oder zu sich zu bestellen. Die Menschen waren aufgeschreckt. Sie verhielten sich vorsichtig, ja paranoid. Väter taten sich zusammen, um ihre Töchter gemeinsam von den Schulen abzuholen.

Irgendeine Unbekannte, dachte er, kann ich so nicht zu mir locken. Sie wird Sicherheiten einbauen. Anderen erzählen, wo sie ist. Ihr Freund kommt mit. Oder wer weiß, was sie sich für Hintertürchen einfallen lässt, um sich zu schützen.

Natürlich gab es genügend Frauen, die ihm vertrauten. Aber jede Bekannte barg eine Gefahr in sich. Es gab jedes Mal eine für die Kripo rekonstruierbare Verbindung zu ihm.

Nein, dieses Risiko konnte er nicht eingehen. Alle Frauen, zu denen er schon einmal Kontakt hatte, schieden aus Sicherheitsgründen aus. Es sei denn bei der Letzten, für das krönende Kunstwerk. Dann war sowieso alles egal. Dann sollten sie ihn ruhig verhaften. Erhobenen Hauptes würde er ins Polizeifahrzeug steigen.

Er stellte sich seinen Prozess im Gerichtssaal triumphal vor. Im Blitzlichtgewitter der Öffentlichkeit.

Holger Bloem zitierte im Kurier Ann Kathrin Klaasen. Sie sagte, für sie sehe das alles fast so aus, als ob der Mörder den Touristen die schönsten Sehenswürdigkeiten Ostfrieslands zeigen wollte. Schloss Lütetsburg, die Weiße Düne auf Norderney …

Er lachte laut. Wenn du wüsstest, wie nah du an der Wahrheit bist, dachte er. Ich werde euch eine völlig neue Art von Schönheit zeigen. Meine Ästhetik. Und ich werde euch lehren, richtig hinzugucken.

Nein, er würde keine Prostituierte nehmen, keine, die irgendwie beschmutzt war. Obwohl es in Emden eine gab, deren Schönheit fast perfekt war. Doch er sah ihr an, dass die Sonne in ihr bereits erloschen war.

Er hatte eine Lehrerin aus Pewsum gewählt, Carolin Haase. Sie hatte reine Haut und lange blonde Haare. Er hatte sie im Ocean Wave in der Sauna beobachtet. Sie fuhr so weit, um nicht nackt vor ihren Schülern zu stehen. Welche Lehrerin besucht schon eine Sauna in dem Ort, in dem sie wohnt? Sie hatte keine Ahnung, dass sie in der finnischen Trockensauna bei 90 Grad ihrem Mörder gegenübersaß. Sie hatte ihn sogar mit ihrem bezaubernden Lächeln begrüßt.

Carolin hatte noch keine feste Stelle, war erst seit einem Jahr in Pewsum. Sie unterrichtete mit großem Engagement die Schüler der 8. Klasse. Die Illusionen, mit denen sie von der Universität gekommen war, erlebten gerade ihr erstes Rendezvous mit der Realität, waren aber noch nicht komplett daran gescheitert.

Er hatte eine Menge über sie gesammelt. Das meiste war übers Internet leicht zugänglich. Er kannte die Namen ihrer Schüler, und er wusste, dass sie ein weiches Herz hatte, sich gerade für die Schwächeren engagierte, und genau damit würde er sie in die Falle locken.

Sie kam eigentlich aus Cuxhaven. Jetzt war sie wieder Single. Ihr Freund Torsten hatte der Trennung zwar zunächst zugestimmt und meinte, eine Wochenendbeziehung sei immerhin auch eine Beziehung. Am Freitag und Samstag hatte er ihr beim Umzug geholfen, am Montagabend legte er bereits die Kellnerin seiner Stammkneipe flach. Er gestand es seiner Carolin sogar am nächsten Wochenende. Es sei nur ein Ausrutscher gewesen, weil er so traurig in der leeren Wohnung gesessen und sich in der Kneipe hätte volllaufen lassen.

Inzwischen lebte er mit der Kellnerin zusammen. Sie dachten schon laut über eine Ehe nach.

Carolin Haase war also allein, als ihr Telefon kurz nach Einbruch der Dunkelheit läutete. Sie klappte den Roman »Mo« von Frank Göhre über das Leben von Friedrich Glauser zu und hob ab.

Die Stimme am Telefon war freundlich, einschmeichelnd, ja geradezu komplizenhaft. Der Mann flüsterte.

»Ich bin hier bei der Manninga-Burg. Ich habe Ihren Namen und Ihre Telefonnummer von Chantal Jansen. Sie ist hier bei ihrem Freund Kevin Cilonka. Kevin steht offensichtlich unter Einfluss von Drogen. Chantal auch, aber sie hat längst nicht so viel eingepfiffen. Kevin hat versucht, mich auszurauben.«

»Er hat was?«

»Ich jogge hier jeden Abend entlang. Keine Sorgen, das ist ihm nicht gut bekommen. Ich bin Kampfsportler, müssen Sie wissen.«

»Ja, und jetzt?«

»Ich wollte die Polizei rufen, aber die kleine Chantal fleht mich an, weder die Polizei zu rufen noch ihre Eltern. Sie hat mich gebeten, Sie anzurufen. Sie sind doch die Lehrerin, oder?«

»Ja, das bin ich. Bleiben Sie einfach, wo Sie sind. Ich komme sofort.«

Fast hätte er überheblich geantwortet: Das war mir klar, junge Frau. Aber den Satz schluckte er hinunter.

Sie würde mit dem Fahrrad kommen. Das Auto gehörte ihrem Exfreund.

Er zündete sich eine Zigarette an und wartete jetzt geduldig. Wie berechenbar diese jungen Dinger doch sind, dachte er. Natürlich ruft sie nicht die Polizei und auch nicht die Eltern. Sie möchte so gerne gut dastehen vor den Jugendlichen. Wenn sie ihr Foto erst in den Zeitungen sehen, werden sie sie nie wieder vergessen. Egal, wie viele Lehrerinnen sie sonst noch hatten, alle werden, wenn sie an ihre Schulzeit zurückdenken, zuerst sagen: Mich hat übrigens Carolin Haase unterrichtet, die dann später das dritte Opfer von diesem ... Ja, wie würden sie ihn nennen? Genie? Meister? Oder einfach nur Mörder?

Er lächelte. Vielleicht würden sie über ihn wie über einen Irren sprechen. Wie über van Gogh, der sich ein Ohr abgeschnitten hatte und dessen Bilder heute auf jeder Auktion mehrstellige Millionenpreise erzielten.

Carolin Haase legte ihren Roman über das Leben von Glauser offen auf den Tisch. Sie, die Krimiliebhaberin, der das Kino im eigenen Kopf beim Lesen immer besser gefiel als jeder Film im Fernsehen, hoffte, schon bald wieder zu ihrem Buch zurückkehren zu können. Die Glauser-Gesamtausgabe hatte Torsten ihr letztes Jahr zu Weihnachten geschenkt.

Glauser war so etwas wie der Vater des deutschen Kriminalromans. Acht Jahre seines Lebens hatte er in Psychiatrien verbracht, weil er schon als Jugendlicher morphiumsüchtig geworden war. Sie hatte Mühe, aus dem Roman innerlich auszusteigen. Die Bilder verfolgten sie noch, während sie mit dem Fahrrad in Richtung Manninga-Burg radelte.

Sie sah ihre beiden Schüler nicht. Sie konnte sich gut vorstellen, dass die beiden etwas miteinander hatten. Kevin ließ in der Schule gern den Macho heraushängen, und offensichtlich fuhren ein paar Mädchen darauf ab. Der Junge hatte schon mehrfach disziplinarische Probleme gehabt. Eine heftige Schlägerei auf der Schülertoilette, außerdem waren bei ihm vier Gramm Haschisch gefunden worden, das war allerdings noch, bevor Carolin Haase an die Schule gekommen war.

Sie nahm die Bäume nur als dunkle Schatten wahr. Es kam ihr so vor, als würden die Äste wie Klauen nach dem Mond greifen.

Dann löste sich vor ihr aus der Dunkelheit eine Gestalt. Der Mann winkte sie heran. Sie stieg vom Rad und schob es arglos näher.

»Wo sind die beiden?«, fragte sie. »Ist Kevin in Ordnung?«

Der Mann antwortete nicht. Er packte sie und drückte ihr ein Tuch gegen die Nase. Sie spürte die Haut von seinem Gummihandschuh an ihrer Wange. Dass er solche Handschuhe trug, wie sie sie nur von Ärzten und Krankenschwestern kannte, machte ihr mehr Angst als alles andere.

Sie ließ ihr Fahrrad fallen, strampelte und versuchte, sich zu wehren. Dann atmete sie das stinkige Zeug ein und verlor das Bewusstsein.

Er faltete sorgfältig das Taschentuch mit dem Chloroform, legte es in das Tuppertöpfchen zurück und ließ den Deckel zuschnappen. Sie hing wie leblos in seinen Armen. Er hielt sie so, dass ein harmloser Spaziergänger die beiden für ein Liebespärchen hätte halten können.

Er brachte sie zu seinem Auto, legte sie hinten auf die Sitzbank, schnallte sie sogar an und warf dann eine Wolldecke über sie. Ohne Eile ging er in den Park zurück, schob ihr Fahrrad zu einem Gebüsch und warf es im hohen Bogen hinein.

Im Auto legte er eine CD ein. Mozart. Das Requiem. Gut gelaunt fuhr er los, um sein Werk zu vollenden.

Weller hatte sich so eine Agentur anders vorgestellt. Irgendwie schlüpfriger, halbseidener. Es war bereits einundzwanzig Uhr, aber hier wurde immer noch gearbeitet. Zwei ausgesprochen schöne Frauen saßen an Computern und tippten so schnell, dass die Phantasie von einem knatternden Maschinengewehr in Wellers Kopf entstand.

Er konnte nicht sagen, ob die beiden autistisch wirkten oder vollkommen konzentriert. Jedenfalls nahmen sie ihn gar nicht zur Kenntnis. Jede trug ein Headset und schien mehr Kontakt zur Welt kaum zu benötigen.

An den Wänden hingen hinter Glas Plakate von Modeschauen in London, Paris und New York. Bekannte Namen sollten wohl das Gefühl vermitteln, diese Modeschauen würden von hier bestückt. Heidi Klum war mehrfach abgebildet, Gisele Bündchen, Laetitia Casta und Diane Krueger.

Eine Dame zwischen fünfundvierzig und fünfzig, die mehr wog als ihre beiden Mitarbeiterinnen zusammen, näherte sich Weller burschikos und hielt ihm die Hand zum Gruß hin. Sie hatte einen festen Händedruck und sah ihm selbstsicher in die Augen.

»Die beiden müssen wir in Ruhe lassen, die haben genug zu tun. Sie glauben ja nicht, wie viele Anfragen wir hier bekommen. Das meiste kommt via E-Mail rein. Wir haben einen sehr guten Internetauftritt, müssen Sie wissen, aber den kennen Sie ja bestimmt bereits. Was kann ich für Sie tun?«

Sie führte ihn in einen kleinen Besprechungsraum. Blaue Plastikstühle. Ein Tisch, der Weller an einen Campingplatz erinnerte. An den Wänden erotische Fotos. Keine Nacktaufnahmen, aber Bilder, wie Weller sie aus dem Playboy kannte – damals, als er noch ab und zu den Playboy an der Tankstelle kaufte und in seiner Junggesellenbude las, also bevor er Renate kennenlernte und sich mit ihr ins Ehegefängnis begab.

Jetzt erst stellte die dralle Dame sich vor: »Sie hatten ja keinen Termin, aber kommen Sie ruhig herein. Ich bin Vera Winter. Vielleicht kennen Sie mich noch unter meinem Künstlernamen …«

Weller schüttelte den Kopf. »Nein, bestimmt nicht. Ich komme nicht als Kunde, sondern ich bin von der Kripo in Aurich.«

Ihre Freundlichkeit verflog sofort. »Sie sind von der Polizei? Was ist diesmal? Was haben wir jetzt wieder ausgefressen?«

Sie ging hektisch auf und ab und gestikulierte dabei mit den Armen, als würde sie ein imaginäres Schwert führen, mit dem sie die Luft vor sich zerschnitt oder Gegner niedermetzelte. Ein bisschen erinnerte sie Weller jetzt an Ann Kathrin, wenn sie ihren Verhörgang einnahm.

»In den letzten vier Jahren haben wir hier drei Betriebsprüfungen gehabt. Wissen Sie, was das eingebracht hat? Eine Essenquittung wurde nicht anerkannt, weil der Mehrwertsteuernachweis fehlte und ich vergessen hatte, hinten draufzuschreiben, mit welchem Kunden ich essen war. Oder, um es genau zu sagen, der Name des Kunden stimmte nicht, weil sich nämlich einige Leute genieren, wenn sie bei uns ein Model für private Aufnahmen bestellen, deshalb kommt hier längst nicht jeder mit seinem richtigen Namen rüber. Aber ich arbeite nicht für die Kirche oder den Staatsschutz. Hauptsache, ich versteuere das Geld, stimmt's? Der Bäcker weiß auch nicht von jedem, der bei ihm die Brötchen kauft, den Namen. Wichtig ist doch nur, dass er jedes verkaufte Brötchen ordentlich versteuert, nicht wahr?«

Weller ahnte, dass es schwierig werden würde, winkte aber gleich ab: »Ich bin nicht von der Steuerfahndung, junge Frau, sondern von der Mordkommission.«

»Sagen Sie nicht nochmal junge Frau zu mir! Ich kann solchen Spott nicht gut ertragen. O ja, ich war eine junge Frau, und ich war schön! Ich habe auf den Laufstegen dieser Welt gearbeitet. Ich habe bis zu viertausend am Tag verdient. Damals. Heute glaubt ja jeder Bauerntrampel, er könnte die Welt erobern, nur wenn er ein bisschen mit dem Arsch wackelt.«

Weller zog ein Foto von Verena Glück hervor und legte es auf den blauen Campingtisch. »Ich brauche den Namen und die Adresse ihres letzten Kunden.«

Vera Winter lachte bitter. Dabei färbte ihr greller Lippenstift auf die weißen Schneidezähne ab.

»Ich lebe von der Diskretion, Herr Kommissar. Wissen Sie überhaupt, was das ist? Meine Kunden möchten nicht an die Öffentlichkeit gezerrt werden. Darunter sind Geschäftleute. Universitätsprofessoren. Leute in gehobenen Stellungen, die es sich nicht leisten können, mit erotischer Fotografie in Verbindung gebracht zu werden. Die meisten Menschen verstehen doch gar nicht, was wir hier machen, für die ist das so eine Art Edelpuff. Nein, von mir werden Sie keine Adressen bekommen. Dann kann ich ja gleich zumachen. Für eine Schmutzkampagne gegen unsere Kunden stehe ich nicht zur Verfügung.«

Weller räusperte sich. »Sie haben mich nicht richtig verstanden, gute Frau. Ich sagte, ich sei von der Mordkommission. Verena Glück wurde umgebracht. Und erzählen Sie mir jetzt bloß nicht, Sie hätten davon keine Ahnung gehabt. Sie haben es selbstverständlich in der Zeitung gelesen oder im Radio gehört. Egal, welchen Sender Sie einschalten, es läuft überall.«

Vera Winter nahm das Bild in die Hand und sah es sich in Ruhe an. Weller wusste genau, dass sie die Zeit nur nutzte, um nach einem Ausweg zu suchen.

»Ein gutes Mädchen«, sagte sie. »Aus ihr hätte was

werden können. Aber sie war zu unentschlossen. Ich wollte sie schulen. Ein bisschen mehr Chic, ein bisschen mehr Charme … Aber sie wollte nur ab und zu ein paar Euro nebenbei verdienen. Um mehr ging es nicht für sie. Heutzutage muss man mit vollem Einsatz spielen. Etwas total wollen. Ehrgeiz entwickeln und …«

»Ich habe an Ihren philosophischen Ausführungen keinerlei Interesse«, unterbrach Weller sie hart. »Entweder ich bekomme jetzt den Namen und die Adresse Ihrer letzten Kunden, oder ich nehme den ganzen Laden hier hopp.«

»Haben Sie einen Hausdurchsuchungsbefehl?«

Weller zog sein Handy aus der Jackentasche und klappte es auf. »Ja. In wenigen Minuten. Und als Erstes nehme ich Ihre schönen Computer da mit, dann können Sie Ihren feinen Damen freigeben. Dann können sie endlich das tun, was sie wirklich wollen …«

»Was wollen die denn wirklich?«

»Models werden. Sehen Sie das nicht? Glauben Sie, eine von denen hat ein Interesse daran, Briefe zu schreiben? Die sind doch nur hier, um ihrem eigentlichen Berufswunsch ein Stückchen näher zu kommen, nämlich …«

Jetzt unterbrach Vera Winter Weller: »Ich weiß genau, was Sie denken. Ich kenne all diese Vorurteile. Bitte, lassen Sie mich damit in Ruhe, Herr Kommissar.«

»Gut. Okay. Das war die Retourkutsche. Können wir jetzt zur Sache kommen?«

Wenige Minuten später hielt Weller einen Ausdruck mit allen Terminen und Kunden von Verena Glück in der Hand. Die Adresse von Peter Kron fiel ihm sofort auf.

Frau Winter beugte sich von hinten über Weller und erklärte ihm die Liste. »Das ist der letzte Kunde. Greg Lee. Er ist für uns ein Neukunde. Vermutlich ist die Adresse falsch.«

»Wie kommen Sie darauf?«

»Würden Sie Ihre richtige Adresse angeben, wenn Sie vorhätten, eines unserer Mädchen umzubringen?«

»Darf ich mal Ihre Kontoauszüge sehen? Irgendwie muss der doch bezahlt haben. Gibt es Vorkasse?«

»Die Kunden zahlen an uns, und nach Abzug unserer Provision geht der Rest an die Mädchen weiter.«

»Na also«, atmete Weller auf, »dann kann der Weg zu ihm ja nicht mehr weit sein. Von welchem Konto wurde Ihnen das Geld geschickt?«

»Das ist hier hinten vermerkt. Es kam per Post. Tausendzweihundert Euro als Einschreibebrief.«

»Und da sind Sie nicht stutzig geworden?«, fragte Weller.

Sie schüttelte den Kopf. »Was meinen Sie, wie viele so bezahlen? Viele kommen hierher, schauen sich Bilder an, wollen einen Eindruck bekommen, ob wir ein seriöser Laden sind oder nicht. Die machen dann Termine aus und zahlen direkt. Bargeldloser Zahlungsverkehr, Herr Kommissar, das ist nur etwas für Leute, die ihrem Steuerberater zeigen wollen, wofür sie ihr Geld ausgegeben haben. Nichts für meine Kunden.«

Weller hakte sofort nach: »Der Brief. Ich brauche den Briefumschlag. Wo wurde er aufgegeben?«

»Keine Ahnung. Hat mich nicht interessiert. Der Briefumschlag ist mit Sicherheit längst im Müll gelandet. Unsere Papierkörbe werden täglich geleert. Wenn wir morgens anfangen, will ich ein sauberes Büro vorfinden. Wenn man das einmal einreißen lässt, müllt der Laden viel zu schnell zu. Und wir müssen mehr als alle anderen darauf achten, dass hier alles ordentlich aussieht und auch genauso zugeht.«

Weller knirschte mit den Zähnen. »Na danke. Hier läuft alles so gut, dass der Killer sich perfekt Nachschub besorgen konnte, ohne seine Tarnung zu verlieren.«

Weller stand auf. Hier länger zu bleiben war für ihn verlorene Zeit.

Plötzlich wurde Frau Winter kleinlaut. Sie folgte ihm zur Tür. »Was bedeutet das jetzt für uns, Herr Kommissar? Haben wir mit irgendwelchen Konsequenzen zu rechnen?«

»Ich fürchte nicht«, sagte Weller und wollte die Tür hinter sich zuknallen, aber sie hielt die Tür fest und griff seinen Ärmel. »Wir versuchen hier auch nur, irgendwie über die Runden zu kommen, verstehen Sie das denn nicht? Wenn die beiden Mädels da ihre Arbeitsplätze verlieren, wem ist damit geholfen?«

»Genau«, zischte Weller zynisch, »und Ihre Steuern haben Sie ja schließlich immer ordentlich bezahlt. Ich nehme an, auch von den tausendzweihundert Euro.«

»Selbstverständlich läuft das alles korrekt durch die Bücher.«

Die neuen Nachbarn machten Rupert fertig. Sie setzten ihm mehr zu als der Magen-und-Darm-Virus. Sie sahen harmlos aus. Eine nette Familie. Sie grüßten auf der Straße, niemand von ihnen rauchte, und der Sohn fuhr auch kein knatterndes Motorrad. Aber dafür machten sie Hausmusik.

Der Vater spielte Klarinette und manchmal Tenorsaxophon. Die Mutter Geige, der Sohn Kontrabass, die Tochter Blockflöte und Gitarre.

Sie übten jetzt schon seit zwei Stunden ein selbstkomponiertes Lied. Für Rupert hörte es sich an, als ob sie sich noch nicht ganz auf die Tonart geeinigt hätten, geschweige denn auf den Rhythmus.

Er lag im Bett und wollte sich eigentlich nur ausruhen. Obwohl ihm Stille lieber gewesen wäre, versuchte er, das Gejaule nebenan mit seiner Beatles-Sammlung zu übertönen. Heiter Skelter. Eigentlich wollte er die gute

Nachbarschaft nicht aufs Spiel setzen, aber dann entschied er sich doch anzurufen. Die Sache musste geklärt werden. Ein für alle Mal. So ging das nicht.

Wenn die so gerne musizieren, dann müssen sie sich eben ein Musikzimmer zulegen, dachte er.

Er schlug dem Vater und Bandleader vor, für schalldichte Wände zu sorgen wie in einem richtigen Studio. »Ich hab als Schüler auch in einer Band gespielt«, sagte Rupert, um Eindruck zu schinden. »Wir haben damals Eierkartons an die Wände geklebt, um den Lärm zu dämpfen …«

Mein Gott, dachte Rupert, das ist es. Er unterbrach das Gespräch und wählte die Handynummer von Ubbo Heide. Als sein Chef sich meldete, legte Rupert sofort los.

»Ein Musikzimmer. Wir müssen nach einem Musikzimmer suchen. Einem Probenraum für eine Band. Irgend so was. Er bringt die Opfer da hin, und dort tötet er sie. Deshalb hört niemand die Schreie.«

»Gute Arbeit, Rupert. Gute Arbeit. Wie bist du denn da drauf gekommen?«

»Durch Nachdenken«, log Rupert, während nebenan die Hausmusik von neuem begann.

»Ich weiß nicht, ob man Baugenehmigungen für so was braucht. Die Wände sind bestimmt nicht stümperhaft schallisoliert, sondern ich wette, es hat bauliche Veränderungen gegeben.«

Ubbo Heide triumphierte geradezu. Es gefiel ihm, dass diese Idee aus seinen Reihen kam und nicht durch die zusätzlichen Kräfte, die nach Aurich gekommen waren, um die Ermittlungen voranzutreiben. Es war eine Sache der Ehre für ihn, den Fall aus eigener Kraft zu lösen.

Ubbo Heide rief in den Raum: »Fragt bei den Jungs vom Bauamt nach! Und wir brauchen eine Liste von allen

Bands, Musikern und so weiter. Probenräume. Alles, was irgendwie schalldicht isoliert ist. Fragt in Baumärkten nach. Ich will, dass augenblicklich alle Architekten durchtelefoniert werden. Wer hat so was eingeplant oder nachträglich einbauen lassen?«

Dann wendete er sich an Rupert. »Nochmals danke. Bist du eigentlich noch krankgeschrieben oder …«

»Wenn ihr mich braucht, bin ich sofort da.«

»Übernimm dich nicht. Besser, du kurierst dich ein, zwei Tage aus, als dass du uns noch länger ausfällst.«

»Wenn ihr ihn hoppnehmt, will ich dabei sein«, gestand Rupert. Dafür hatte Ubbo Heide wahrlich Verständnis.

Im Laufe der nächsten Stunden bekamen sechsundsiebzig Personen auf Norderney, in Aurich, Norden, Wittmund, Jever und Emden Besuch von der Polizei. Da die Beamten damit rechnen mussten, auf einen gewaltbereiten Schwerverbrecher zu treffen, sicherten sie sich dementsprechend ab und traten martialisch auf. Musikgeschäfte und Probenräume wurden gestürmt, ein Schulorchester aufgeschreckt, und für einen Musiklehrer aus Hage, der erst vor wenigen Wochen sein eigenes Tonstudio fertiggestellt hatte, war das alles zu viel. Er erlitt am Abend einen Schlaganfall.

Weller sprach Ann Kathrin auf die Mailbox und berichtete ihr von der Aktion. Ihre Antwort kam per SMS:

Der Friseur ist nicht der Typ, der sich eine Genehmigung einholt oder einen Architekten beauftragt. Der macht garantiert alles selber.

Irgendetwas an dieser Nachricht entmutigte Weller, obwohl er gerade noch so euphorisch gewesen war.

Bis jetzt war alles ganz einfach gewesen. Er konnte das Setting im Park Lütetsburg weitgehend bestimmen. Die Blütenpracht war da, die Sonne ging mit der Präzision eines Schweizer Uhrwerks auf. Die Dünen auf Norderney, der Sand, die Sonne, all das war berechenbar. Aber nun hatte er es mit den Gezeiten zu tun. Er musste präzise sein. Er wollte sie verblüffen. Die Bilder sollten um die Welt gehen.

Er steuerte das Boot durch die Fahrrinne von Norddeich-Mole in Richtung Norderney. Das Meer wirkte schwarz in dieser Nacht. Ein Abgrund, tiefer als seine eigene Seele. Hier, außerhalb der Fahrrinne, hätte er noch stehen können. Er wollte sie auf keinen Fall innerhalb der Fahrrinne versenken. Dann würde ihr schöner Körper irgendwann von Schiffsschrauben zerfetzt werden. Er fand den Gedanken schrecklich.

Er machte das Boot an einer Pricke fest und erinnerte sich an den Wattführer Kurt Knittel. Bei einer Wattwanderung hatte der den Kindern erzählt: »Wisst ihr, warum die Ostfriesen hier im Meer Bäume gepflanzt haben? ... Nun, die Ostfriesen sind sehr tierlieb, und ihr wisst ja, wo ein Hund gerne sein Beinchen hebt. An einem Baumstamm. Und da es hier viele Seehunde gibt ...«

Er musste grinsen. Damals, bei der Wattwanderung mit Kurt Knittel, war ihm die Idee gekommen, eine Meerjungfrau aus dem Wasser aufsteigen zu lassen. Morgen würde die erste Fähre nach Norderney noch bei Ebbe auslaufen. Sie würde sich in der Fahrrinne langsam Norderney nähern, und alle Touristen würden sie sehen: seine Meerjungfrau.

Er hatte ihre langen, blonden Haare zu einem dicken Zopf gebunden und ihr eine goldene Krone aufgesetzt, filigran geschmiedet aus dem alten Schmuck seiner Mutter. Weil er befürchten musste, dass die Wellen die Krone von ihrem Kopf spülen würde, hatte er sie an Carolin Haases Stirn festgetackert. Sie war längst tot.

Er verließ jetzt die Fahrrinne und ließ seine Meerjungfrau an der Stelle, die er sich vorher ausgeguckt hatte, langsam ins Wasser. Zum Schluss ließ er die Kette mit dem Anker los, die er an ihrem rechten Fuß befestigt hatte. Zum Glück war das Meer heute Nacht sehr ruhig. Er musste nicht befürchten, dass die Wellen sie von der Kette reißen würden. In seinem letzten Angsttraum hatte sie ihren Fuß verloren und war mit ihrer Krone im Haar nackt in Norddeich angespült worden.

Er schüttelte sich bei diesem schrecklichen Gedanken. Dann fuhr er mit dem Boot zurück nach Norddeich-Mole. Er zog sich um und ging noch in die Backstube, um sich einen trockenen Rotwein zu genehmigen.

Der Wetterbericht im NDR kündigte für Niedersachsen dichte Bewölkung an. Für Hannover und Oldenburg stimmte das auch, aber an der Küste lachte die ostfriesische Sonne über jeden Wetterbericht. Der Wind pustete die Inseln und einen mehrere Kilometer langen Küstenstreifen frei. Für die Urlauber, die sich durch den miesen Wetterbericht nicht hatten beirren lassen, zog ein zauberhafter Tag herauf.

Die Wettervorhersage vom holländischen Seewetterbericht im Internet, nach dem sich nicht nur die ostfriesischen Bauern, sondern auch der Täter richtete, stimmte wie immer auffallend. Ohne diese konkreten Aussagen wären die Pläne des Friseurs gar nicht durchführbar gewesen.

Die Touristen stürmten in der Frisia V sofort hoch aufs Sonnendeck und kämpften dort um die besten Plätze. Zum dritten Mal kam die Durchsage, dass bitte keine Möwen gefüttert werden sollten, außerdem sei das Rauchen auf dem ganzen Schiff verboten.

Es war Ebbe, und die Sonne ließ das Watt glitzern. Sie fuhren Norderney und der Sonne entgegen. Er war mitten unter ihnen. Er hatte zwei Digitalkameras dabei. Auf keinen Fall wollte er sich dieses Ereignis dadurch verderben lassen, dass sein Fotoapparat versagte. Er brauchte die Fotos nicht für sich, denn ein Bild, das er einmal gesehen hatte, prägte sich ihm für immer ein. In seiner inneren Datenbank waren Abermillionen Bilder bis ins kleinste Detail hinein gestochen scharf gespeichert. Aber es gefiel ihm, wenn die Presse mit seiner Vision arbeitete und nicht mit den stümperhaften Schnappschüssen der Hobbyknipser.

Der kleine Kai hatte es geschafft, so lange herumzuquengeln, bis sein Vater ihm ein weißes Magnum kaufte, obwohl Kai das Frühstück verweigert hatte. Aber der Vater wollte sich die Urlaubslaune nicht vermiesen lassen. Kai drängelte sich backbord an die Reling und ahnte nicht, dass er neben einem sehr gefährlichen Mann stand, der auf keinen Fall diese Position räumen würde, denn er wusste, an welcher Seite die Meerjungfrau gleich auftauchen würde. Und von hier aus hatte er einen freien Blick. Gleich würden alle hinstürmen und sich in Trauben auf dieser Seite des Schiffs drängen.

Kai kletterte auf dem Sitz herum und ließ sein angeknabbertes Magnum fallen. Dabei machte das Eis einen dicken Fleck auf die Hose des Fremden, dessen Gesicht im ersten Moment vor Zornesröte glühte. Aber seine Stimme war ganz anders. Er sagte, das mache doch alles nichts und sei überhaupt nicht schlimm. Schon war der Vater da und zog seinen Sohn weg. Die Mutter wollte unbedingt dabei helfen, den Fleck zu beseitigen oder die Reinigung der Hose bezahlen, doch der Fremde winkte nur ab und zog sein Käppi tiefer in die Stirn. Seine Sonnenbrille war so groß, dass er ein bisschen aussah wie Puck die Stubenfliege. Wenn später jemand versuchen würde, ihn zu beschreiben, so war er sich sicher, dass niemand sein Alter auch nur auf zehn Jahre genau hätte bestimmen können, geschweige denn seine Augenfarbe oder seine Haarfarbe.

Der kleine Kai sah die Tote zuerst. Er rief: »Guck mal, guck mal, Papa, eine nackte Frau!«

Kurz danach gellten schrille Schreie übers Watt. Eine alte Dame und ein junger Mann wurden ohnmächtig. Eltern versuchten, die Blicke ihrer Kinder woandershin zu lenken, Mütter zerrten ihre Söhne weg und hielten ihnen die Augen zu, einige Hartgesottene zückten ihre Fotohandys und machten Urlaubsaufnahmen, wie sie noch nie zuvor auf einer Postkarte zu sehen waren.

Er duckte sich weg. Er wollte nicht aufgenommen werden. Daran hatte er nicht gedacht. All die blitzenden Handys, all die Digitalkameras – wer sagte ihm, dass er nicht zufällig mit auf eines der Bilder kam? Er konnte hier nicht weg. Die Menschen drückten ihn gegen die Reling, wie er es zum letzten Mal bei einem Rockkonzert der Stones erlebt hatte, als er ganz vorn stand und das Gefühl hatte, von hinten erdrückt zu werden.

Jugendliche sprangen einfach hoch, hielten ihre Fotohandys in die Luft und blitzten blindlings. Er zog sich die Kappe noch tiefer und schützte sich mit den Händen. So sehr er das Publikum wollte, hätte er jetzt am liebsten alle weggejagt. Diese Meute entweihte sein Kunstwerk mit ihrer Sensationslust und Neugier.

Die Nachricht traf Ubbo Heide, als er sein Frühstücksei köpfte, wie ein Schlag in die Magengrube. Er hatte sofort keinen Hunger mehr und wusste, dass dieser Tag damit gelaufen war.

Rupert brüllte allen Ernstes seine Magen-und-Darm-Viren an, als seien sie eine Person, mit der er verhandeln könnte. »Ich habe verstanden, was ihr mir sagen wollt!

Ich soll nicht immer so eine Scheiße essen und mir in Zukunft mehr Zeit zum Kauen nehmen! Aber jetzt nicht! Um Himmels willen, jetzt nicht! Ich will dabei sein, könnt ihr das nicht kapieren?«

Weller und Ann Kathrin hatten sich eigentlich im Kontor zum Mittagessen verabredet, aber auch daraus würde natürlich jetzt nichts werden. Weller informierte Ann Kathrin per SMS:

Meuling hat wieder zugeschlagen. Genau wie du prophezeit hast. Diesmal im Wasser.

Ann Kathrin las die Nachricht auf ihrem Handy, als sie frisch geduscht und mit nassen Haaren in die Küche kam. Ihr Handy lag auf dem Tisch und blinkte. Eine Weile blieb sie bewegungslos stehen, nachdem sie die Nachricht gelesen hatte. Sie spürte die Steinfliesen unter ihren Füßen. Durch das gekippte Küchenfenster pfiff ein Windzug herein, weil im Wohnzimmer die Tür zur Terrasse offen stand.

Er bildet tatsächlich die Elemente ab, dachte Ann Kathrin. Als Nächstes also das Feuer.

Sie rief Weller an. Der wollte eigentlich gar nicht mit ihr reden. Er saß bereits im Hubschrauber und machte sich Sorgen um Ubbo Heide, denn der wirkte wie ein Mann mit schrecklicher Flugangst, der das aber auf gar keinen Fall zugeben will.

Weller brüllte gegen den Hubschrauberlärm an: »Diesmal hat er es noch größer inszeniert. Er legt Wert auf ein Riesenpublikum. Eine Fähre voll mit Touristen. Sie alle gleiten an seiner Leiche vorbei, und das kann niemand mehr geheim halten. Ich wette, hundert Fotoapparate haben die Sache aufgenommen. Bald werden die ersten Videos im Netz stehen. Ann, wenn wir das hier nicht unter Kontrolle kriegen, dann …«

»Als Nächstes wird eine Frau brennen«, sagte Ann Kathrin. »Vielleicht können wir das noch verhindern.«

Er konnte kaum verstehen, was sie sagte. »Wie denn?«

»Bei seinem Sinn für Inszenierungen wird er sie kaum in irgendeinen alten einsamen Schuppen schleppen und anzünden. Er wird einen Ort suchen, der auffällt. Eine Erhebung, ein …«

Weller lachte bitter. »Na klar, eine Erhebung in Ostfriesland. Wir sind hier nicht in den Alpen, Ann. Was Höheres als Kirchtürme gibt es hier nicht.«

Gleichzeitig wurde Weller klar, was er damit gesagt hatte. »Ach, du Scheiße … du meinst, es könnte wirklich sein, dass er …«

»Ja, Frank, vielleicht hast du damit recht. Ein Kirchturm, das Rad einer Windmühle …«

Weller schrie gegen die rotierenden Hubschrauberblätter an: »Ein Windkraftrad?«

»Ja, irgend so etwas, Frank. Er wird sie dranbinden und das Ganze anzünden.«

Ubbo Heide deutete Weller an, er solle jetzt augenblicklich aufhören zu telefonieren. Weller sah in Ubbo Heides Gesicht dessen Angst, abzustürzen. Weller fand es fast lächerlich. Sein Chef hatte Flugangst, jetzt, hier, ein paar Meter überm Watt. Es war zum Grinsen.

»Wir sind hier doch nicht in einem Flieger der Touristenklasse nach Mallorca«, brüllte Weller. »Hast du echt Angst, mein Handy könnte die Geräte stören? – Ann hat eine Idee!«

Ubbo Heide hielt sich die Ohren zu. Lärm war für ihn Gift. Er bekam sofort einen sauren Magen und nervöse Zuckungen um die Augenbrauen. Wieder einmal dachte er daran, dass es Zeit für die Frühpensionierung werden würde, bevor einer dieser Killer ihn schaffte, oder zumindest seinen empfindlichen Magen. Der zähe Kampf gegen die Kriminalität in Ostfriesland hat ein Wrack aus mir gemacht, dachte er. Ja, genau so kam er sich vor, als sei er ein sinkendes Schiff, das mit Motorschaden führerlos auf dem Meer trieb und langsam voll Wasser lief.

»Mach das Scheißhandy sofort aus!«

Zwei Psychologen und eine Heilpraktikerin, die auf Norderney Urlaub machten, stellten sich sofort als psychologische Nothilfe zur Verfügung. Als das Schiff anlegte, hatte kaum einer das Bedürfnis, mit Psychologen zu sprechen. Viele Leute glaubten, sie bräuchten einen Schnaps. Andere wollten sofort ins Internet. Niemand musste sich übergeben, aber fast jeder hatte das Bedürfnis zu telefonieren und fernen Freunden oder Verwandten mitzuteilen, was geschehen war.

Ann Kathrin ging ins Badezimmer zurück, um sich die Haare zu föhnen. Sie machte es auf eine gedankenverlorene, meditative Art. Ihre langen blonden Haare flogen, aufgebauscht von der heißen Luft, hoch und erinnerten sie an die aufgespießte Mareike Henning im Park von Lütetsburg. Dann an Verena Glück mit den in den Sanddornstrauch verwobenen Haaren.

Ein Leuchtturm, dachte sie. Vielleicht wird er einen Leuchtturm wählen.

Sie wollte Weller anrufen und es ihm sagen. In dem Moment wusste sie glühend heiß, dass der Mörder noch an Bord war. Der Leuchtturm wurde augenblicklich nebensächlich. Noch einmal wählte sie Wellers Nummer, indem sie die Kurzwahltaste anklickte.

Der stand inzwischen bis zu den Waden im Watt neben der toten Carolin Haase. Der Fährverkehr musste eingestellt werden. Auf keinen Fall sollte eine weitere Fähre mit Touristen hier entlangfahren. Bedingt dadurch entstand in Norddeich ein enormer Stau. Der Zug aus Köln kam pünktlich an, aber die Urlauber wurden nicht weitertransportiert und nur mit spärlichen Erklärungen abgespeist. Das schaffte nicht gerade gute Stimmung. Die Imbissstube am Hafen machte aber einen riesigen Umsatz.

Weller hatte schon viele Leichen gesehen. Aber diese Situation hier machte ihn ratlos. Was sollte die Spurensicherung tun? Wie viel Zeit hatten sie überhaupt? Die Flut drückte das Wasser bereits in die Priele zurück. Die Leiche musste hier so schnell wie möglich weg. Wie konnten sie diesen Tatort sichern?

Am liebsten hätte Weller den legendären Wattführer Kurt Knittel angerufen. Er brauchte jetzt ganz schnell jemanden, der das Watt genau kannte und wusste, was möglich war und was nicht. Gemeinsam mit seinem Freund Heiner Zimmermann hatte Weller sich am Tiefpunkt seiner Ehe einer Wattwanderung nach Norderney mit Kurt Knittel angeschlossen. Er mochte diesen Urostfriesen auf Anhieb, und er brauchte jetzt jemanden, auf dessen Rat er sich verlassen konnte.

»Ann, ich kann jetzt nicht, ich …«

Sie ließ sich nicht abwimmeln. Sie brüllte so laut ins Handy, dass Ubbo Heide, der von Weller gut drei Meter entfernt stand, es hören konnte.

»Er ist an Bord der Fähre, Frank!«

»Wieso, wie kommst du darauf?«

»Glaubst du, er lässt sich diese Geschichte entgehen? Er hat alles geplant und vorbereitet. Er will dabei sein! Ihr müsst alle Leute, die an Bord waren, registrieren. Er ist garantiert dabei.«

Ist bereits geschehen, wollte Weller sagen, doch er wusste, dass dies nicht der Fall war. Die Situation war für alle so neu, dass sie sich restlos überfordert fühlten. Später, bei einer genauen Analyse des Ganzen, würde sicherlich jeder Einsatzleiter und jeder Polizeipsychologe sehr genau benennen können, was sie falsch gemacht hatten und warum. Doch jetzt war keine Zeit für langes

Nachdenken und Analysieren. Sie mussten sofort entscheiden. Alles musste gleichzeitig geschehen. Und obwohl Weller viele Fortbildungen besucht hatte, war ihm noch nie so ein Fall zu Ohren gekommen.

»Alle Touristen sind auf der Insel«, sagte er ruhig, »und zunächst mal können sie von da auch nicht wieder weg. Wir lassen keine Fähre rein oder raus, bis die Leiche hier weg ist.«

»Und wie lange wird das dauern?«

»Ich hoffe, wir kriegen es in der nächsten Stunde hin, Ann. Wir haben es hier immerhin mit Ebbe und Flut zu tun.«

Ubbo Heide trat an Weller heran und schüttelte ihn. »Könnt ihr euer Liebesgeflüster nicht nach Feierabend machen? Wir müssen die Leiche hier wegbringen, und ich will, dass der Staatsanwalt sich das vorher anguckt. Alles, was wir jetzt entscheiden, kann falsch sein. Ich will ihn mit in die Verantwortung nehmen und dann …«

Weller stieß Ubbo Heide zurück: »Sie hat wichtige Informationen für uns! Ich wäre froh, wenn sie jetzt bei uns sein könnte! Wir wissen doch gar nicht, was er jetzt als Nächstes vorhat. Vielleicht macht er einfach drei Wochen Urlaub auf der Insel. Vielleicht fährt er mit der nächsten Fähre zurück. Auf Norderney sind zurzeit ein paar tausend Touristen. Es ist Hochsaison. Wir …«

»Schluss jetzt!«, brüllte Ubbo Heide und zerrte an Wellers rostbrauner Sommerjacke. Wellers Handy fiel ins Watt. Weller bückte sich und griff danach. Er hörte noch Ann Kathrins Stimme, dann machte das Salzwasser aus seinem Handy einen wirtschaftlichen Totalschaden.

In dem Moment landete auf Ann Kathrins verwaistem Schreibtisch in der Polizeiinspektion Aurich der Obduktionsbericht von Verena Glück. Sie war erdrosselt worden. Es gab keine Spuren einer Vergewaltigung und auch keine anderen Hinweise auf Verletzungen an ihrem Körper. Aber ihr fehlten gut zwei Liter Blut. In der rechten Armbeuge wies sie Hämatome auf und Einstiche. Die Gerichtsmedizinerin vermutete, dass ihr das Blut kurz vor dem Tod abgezapft worden war.

Da Rupert viel Zeit zu Hause zwischen Bett und Toilette verbrachte, stellte er sein Fernsehgerät so auf, dass er bei geöffneter Klotür sowohl vom Schlafzimmer als auch vom Toilettensitz aus fernsehen konnte. In Ostfriesland prügelten sich inzwischen die Kamerateams um die letzten Hotelzimmer und Ferienwohnungen. Jeder Sender hatte mindestens ein eigenes Team vor Ort und versuchte neue, sensationelle Meldungen zu erhaschen. Wobei die Reporter ein besonderes Geschick zeigten, Menschen zu interviewen, die nichts gesehen hatten, aber über den Fall spekulierten.

Grimmig fragte Rupert sich, ob es inzwischen außer ihm selbst überhaupt noch einen Ostfriesen gab, der nicht bereits im Fernsehen seine Meinung zum Besten gegeben hatte.

Sogar ein junger Polizeimeister, den Rupert noch nie im Leben gesehen hatte, erklärte stolz, er habe, als er von den Morden hörte, seinen Urlaub in Mallorca sofort unterbrochen und sei mit der nächsten Maschine zurückgeflogen, um seinen Kollegen zur Seite zu stehen.

Rupert brüllte den Fernsehapparat an: »Na danke!« Er mutmaßte, der Polizeimeister sei in Wirklichkeit ein unbezahlter Schauspieler.

Rupert ging in die Küche und ließ das Wasser so lange ins Waschbecken plätschern, bis er hoffte, alles Abgestandene aus der Leitung herausgespült zu haben. Dann hielt er seine Lippen in den Strahl und schluckte gierig. Dieser Magen-und-Darm-Virus begann ihn langsam auszutrocknen. Seine Lippen waren schon aufgesprungen, und seine Knochen fühlten sich an wie trockenes Brennholz.

Im ZDF war die Auricher Pressesprecherin der Polizeiinspektion, Rieke Gersema, zu sehen. Immerhin, die war echt! Aber Rupert hätte sie im ersten Moment fast nicht erkannt, wäre nicht unten ihr Name eingeblendet worden.

Rupert ging näher an das Fernsehgerät heran. Sie hatte sich geschminkt, als sei sie plötzlich farbenblind geworden. Verkam das Ganze jetzt zu einer Medienoperette? Da Deutschland gerade keinen neuen Superstar suchte, konzentrierte sich das Land jetzt auf die Suche nach einem Serienkiller? Auf RTL war jemand der Meinung, schlauer zu sein als die ostfriesische Polizei, wobei der Reporter mehrfach beim Wort *ostfriesisch* die Augenbrauen so hochzog, als sei ja wohl jedem klar, dass da nur Schwachköpfe arbeiten könnten.

Der Journalist, dem Rupert die Pest an den Hals wünschte, bewies mit Fotos und kurzen, knappen Sätzen, dass die Mordserie keinesfalls im April in Lütetsburg begonnen hatte, sondern bereits vor zwölf Jahren in den USA. Dort waren sieben Frauen von einem »Landschaftsmörder«, auch Grand-Canyon-Killer genannt, in die Landschaft hineinmodelliert worden. Auf einem Foto sah Rupert zunächst überhaupt keine Leiche, erst als mit einem roten Punkt angedeutet wurde, wo sie sich zwischen all den Steinen befand, erkannte er die angemalte Frau. Sie war in die Landschaft drapiert worden, als wäre ihr Körper aus Granit gemeißelt. Von den USA sei der Täter nach England gezogen, und jetzt würde er in Ostfriesland seine Arbeit fortsetzen.

Wenn das alles stimmt, dachte Rupert, warum wissen wir dann nichts davon? Und wieso zieht niemand unsere amerikanischen Kollegen zu Rate? Muss unsere SOKO jetzt einfach mehr Fernsehen gucken?

Seine Wut aufs Fernsehen und die TV-Macher wuchs ins Unermessliche, und das tat seinem Darm gar nicht gut. Schon fand Rupert sich auf der Kloschüssel wieder, den Kopf in die Handflächen gestützt, die Ellbogen auf den Knien.

Warum, fragte er sich, haben wir diesen Gunnar Peschke so schnell aus den Augen verloren und konzentrieren uns ganz auf Meuling? War das Respekt vor den Medienmachern? Oder hatte Ann Kathrin sich in diesen Peschke verguckt?

Rupert nahm seinen Laptop mit ins Bett und googelte ein bisschen herum. Ermittlungsarbeit durch allgemein zugängliche Quellen.

Tatsächlich hatte Herr Peschke eine Weile in den USA verbracht. Rupert reckte sich im Bett und atmete tief durch. Ich krieg dich, dachte er. Ich krieg dich.

Er würde ihn stellvertretend für all die TV-Leute, die ihn bisher genervt hatten, an die Wand nageln.

Rupert stellte sich seine Rückkehr in die Polizeiinspektion geradezu als Triumphzug vor. Er würde ihnen den Mörder auf einem silbernen Tablett präsentieren. Keine verdeckte Ermittlung, keine zähe Zeugenbefragung. Nein. Einfach nur Internetrecherche und klare Kombinationsgabe.

Ich krieg dich, Peschke. Ich krieg dich.

Weller hatte gerade mit seinem Ersatzhandy eine SMS an Ann Kathrin geschickt.

> Ich habe schweineteures Rinderfilet für uns gekauft.
> Heute Abend verwöhne ich dich.

Sie mochte seinen Sprachwitz, antwortete aber zunächst nicht. Dann setzte er noch einmal nach:

Wir können uns einen gemütlichen Abend machen.
Es läuft King Kong im Fernsehen.

Der Film ist mir zu affig.

antwortete Ann Kathrin. Weller schmunzelte.

Abel stellte ein Telefongespräch zu Weller mit der Bemerkung durch, es sei »irgend so ein Spinner« am Apparat, der seine geheimen Informationen sonst keinem aus dem Polizeiapparat anvertrauen wollte. Der Mann wollte Weller sprechen oder Hauptkommissarin Klaasen, die er penetrant Klaussen nannte.

Aber schon in den ersten Sekunden des Gesprächs wusste Weller, dass dies ein entscheidender Treffer war. Es war etwas in der Stimme des Mannes, das keinen Zweifel zuließ. Er redete nicht umständlich herum, wie es die Verrückten taten, die sich nur wichtig machen wollten. Er hatte eine ganz klare Frage und ein nachvollziehbares Interesse. Er wollte Geld.

»Stimmt es, dass zehntausend Euro auf die Ergreifung des Täters ausgesetzt sind?«

»Ergreifen werden *wir* ihn. Eine Belohnung ist für Hinweise ausgesetzt, die zur Ergreifung führen«, stellte Weller klar und spürte, dass sich die Härchen auf seinem Unterarm aufrichteten. Das ist heiß, dachte er. Ganz heiß.

»Ich weiß, wo Meuling sich aufhält.«

»So? Woher wissen Sie das denn? Darf ich mir Ihren Namen und Ihre Adresse notieren? Anonymen Hinweisen gehen wir nicht gerne nach.«

»Ich bin Privatdetektiv.«

Ach je, dachte Weller. Da hab ich mich geirrt. Also doch ein Spinner …

»Dieter Meuling schuldet einigen Leuten noch eine

Stange Geld. Mein Klient hat ihm vor gut zwölf Monaten eine größere Summe Bargeld übergeben.«

Weller hakte nach: »Schwarzgeld?«

»Nein, Scheine aus dem Monopolyspiel! Natürlich muss mein Klient geschützt bleiben. Ich habe die Aufgabe, das Geld zurückzuholen. Ich habe den Aufenthaltsort von Herrn Meuling ermittelt plus einige seiner diversen Geldkonten.«

Weller schluckte. »Ich höre.«

Er schnitt ab jetzt das gesamte Gespräch mit. Er hätte sein Gegenüber darauf aufmerksam machen müssen, doch darüber setzte er sich hinweg.

Die Telefonnummer erschien nicht in seinem Display, sein Gesprächspartner hatte sie unterdrückt.

»Meuling verhält sich nach einem klaren Muster.«

Am liebsten hätte Weller gesagt: Da wissen Sie aber mehr als wir. Aber er verkniff sich die Bemerkung.

»Er macht sich immer wieder an einsame Frauen heran. Bevorzugt an junge Witwen oder Damen, die eine schwere Enttäuschung hinter sich haben, mitten in der Scheidung stecken oder so. Er tröstet und beschützt sie. Berät sie, wie sie ihre Extypen fertigmachen können und …«

Weller spürte glühende Kohlen in seinem Darm und in der Magengegend. War seine Renate auch auf so einen hereingefallen? Wie viele von dieser Sorte liefen herum? Die Frauentröster, die sich großartig vom Exmann abgrenzten. Sie waren die Größten, der Ex der Böse, und sie wollten doch nur an seine Kohle.

»Er hat dazu immer wieder Urlaubsgebiete aufgesucht. Günstige Gelegenheit, um solche Frauen kennenzulernen. Nach einer Enttäuschung fährt man gern erst mal ans Meer. Die ostfriesischen Inseln waren genauso sein Jagdrevier wie Katwijk, Nordwijk, Groningen. Lange Anfahrtswege hat er immer gescheut. Man muss nicht in die Karibik fliegen, um einsame Frauen kennenzulernen. Außerdem hätte er sich dort mit all den schönen schwarzen muskulösen Gigolos in Konkurrenz setzen müssen, die in Ostfriesland ja doch eher spärlich gestreut sind.«

Weller versuchte, das Gespräch wieder in konkretere Bahnen zu lenken, musste allerdings zugeben, dass er Neues über Meuling erfuhr. Es passte alles ins Bild. Aber bisher hatten sie davon keine Ahnung gehabt.

»Und wo hält er sich jetzt auf?«

»Können wir erst das mit der Belohnung klären? Wenn Sie den Typen nämlich verhaften und ich meiner Klientin das Geld nicht zurückbringen kann, gehe ich leer aus. Ich bekomme nur einen bescheidenen Tagessatz, und ansonsten lebe ich von Erfolgshonoraren.«

»Sie wissen, dass Sie Ihre Lizenz leicht verlieren können, oder?«

»Wollen Sie mich verarschen, Herr Weller? Nichts ist heutzutage leichter, als Privatdetektiv zu werden. Man geht zum Ordnungsamt und beantragt einen Gewerbeschein. Sobald man die 20 Euro bezahlt hat, ist man Privatdetektiv. Das ist kein geschützter Beruf, das wissen Sie doch genauso gut wie ich. Sie können mir gar keine Lizenz entziehen, ich habe nämlich keine. Das ist ein Gag aus amerikanischen Filmen. Drohen Sie mir nicht, Herr Kommissar. Ich weiß, wo Meuling ist. Und ich möchte diese Information so teuer wie möglich verkaufen.«

»Ich verspreche Ihnen, dass ich mich für Sie einsetzen werde. Wenn wir Meuling wirklich kriegen, dann …«

»Ich lass mich nicht verarschen, Herr Kommissar.«

Weller bluffte: »Wir haben dieses Gespräch längst zurückverfolgt. Sämtliche Anrufer werden von uns registriert und …«

»Sie versuchen immer noch, mich unter Druck zu setzen.«

»Herrjeh, was wollen Sie? Wir haben hier alle ein paar grässliche Tage hinter uns. Kaum einer von uns hat in den letzten Tagen mehr als drei Stunden pro Nacht geschlafen. Die Nerven liegen bei allen blank. Wenn Sie uns helfen können, dann tun Sie es bitte rasch. Wir glauben nämlich, dass er sich bereits sein nächstes Opfer ausgeguckt hat.«

»Ja, da liegen Sie gar nicht so falsch. Ich kann sie von hier aus sehen. Sie trinkt einen Milchkaffee mit ihm. Es ist schon der dritte. Sie hat lange blonde Haare, Kleidergröße 38, höchstens 40, ist Ende dreißig, macht aber auf Anfang dreißig, was man ihr mühelos durchgehen lassen kann. Sie ist klug und gebildet. Ihr Typ hat sie nach drei Jahren Ehe sitzen lassen. Die dusselige Kuh hatte keinen Ehevertrag. Ihr Papa hat ihnen zur Hochzeit ein Ferienhaus in Groningen geschenkt und eine Eigentumswohnung in Düsseldorf. Ihr Typ hat die Konten geräumt und eine Menge Kohle für seine kaffeebraune Freundin aus Mosambik ausgegeben. Bei der Scheidung dürfte es über den Daumen gepeilt um siebenhunderttausend Euro gehen. Plusminus zehn Prozent.«

»Woher wissen Sie das alles?«

»Erwähnte ich schon, dass ich Privatdetektiv bin?«

Weller ermahnte sich zur Geduld. Er will kooperieren, dachte Weller. Hätte er sonst Groningen und Düsseldorf erwähnt? Oder waren das nur besonders geschickte Versuche, ihn irrezuleiten, und die Ferienwohnung lag ganz woanders?

»Sie haben jetzt eine hohe Verantwortung. Wenn Sie ihn und das nächste Opfer sehen können, tun Sie bitte nichts. Aber arbeiten Sie jetzt mit uns zusammen. Bleiben Sie nah dran, aber auf keinen Fall so nah, dass er Verdacht schöpfen kann. Informieren Sie uns über den genauen Standpunkt. Es kann sein, dass Sie der Frau das Leben retten.«

»Sie meinen, er will sie umbringen?«

»Er hat bereits zweimal gemordet.«

»Ich glaube, er will sie nur abkochen. Sie suchen einen einsamen Wolf, kein verliebtes Pärchen. Mit ihr kann er ein bisschen Urlaub machen, sich in ihrem Ferienhaus verkriechen und sie trösten, während die Polizei ihn überall sucht. Ich wette, vor lauter Schmusereien gucken die nicht mal Fernsehen. Die hat nur noch Augen für ihn. Der kann charmant sein, das glauben Sie nicht! Da können wir beide noch einiges lernen.«

Weller versuchte sich daran zu erinnern, ob es in Groningen überhaupt einen Strand gab. Er war zweimal mit Renate und den Mädchen dort gewesen. Sie fanden, Groningen sei die schönste Stadt zum Einkaufen in ihrer Nähe. Damals war er noch verheiratet und musste nicht so sehr auf die Preise achten.

Er hatte sich toll dabei gefühlt, seinen drei Frauen grün und bläulich schimmernde Armreifen, Halsketten und Ohrringe zu kaufen. Das Quieken der Kinder hatte er noch jetzt in den Ohren. Und Renate, wie sie vor allen im Café sagte: »Früher haben Männer für ihre Familien Raubtiere erlegen müssen, und aus den Krallen und Zähnen wurde dann Schmuck gemacht. Heute haben sie es einfacher. Sie brauchen keinen Jagdinstinkt mehr, müssen nicht ihr Leben riskieren. Ein bisschen Zeit, Geduld und das nötige Kleingeld reichen schon.«

Jule hatte sich im Café auf seinen Schoß gesetzt. Sich an ihn gekuschelt. Das hatte Sabrina nicht lange ausgehalten. Sie hatte sich auf das andere Bein gesetzt. Es war unbequem für ihn gewesen, er kam auch nicht mehr an seinen Kaffee heran. Also hatte er ihn kalt werden lassen, die Arme um die Kinder gelegt, die Augen geschlossen und tief durchgeatmet.

Das verband er mit Groningen. Und dort saß nun Meuling und hatte sich sein neues Opfer ausgesucht.

»Um Himmels willen«, beschwor Weller seinen Gesprächspartner. »Wenn er sie tötet, wollen Sie dann mit dieser Schuld weiterleben? Sagen Sie mir jetzt, wo Sie sich befinden, und zwar sofort!«

»Können wir uns nicht vorher über die Summe einigen, Herr Kommissar? Wie wäre es, Sie bringen mir das Geld vorbei, und dann sage ich Ihnen, wo …«

Weller war einiges gewöhnt, aber so etwas hatte er noch nicht erlebt. Er prustete: »Ist das Ihr Ernst? Glauben Sie, dass ich mit einem Koffer voller Bargeld komme, um Ihnen diese Information abzukaufen?«

»Haben Sie das nicht schon einmal gemacht?«

»Nein, noch nie im Leben.«

»Lügen Sie mich nicht an. Ihre Starkommissarin hat Meuling fünfzigtausend Euro gezahlt, damit er singt.«

Weller ballte die Faust. »Wir sind hier nicht im Popgeschäft! Bei uns gibt es so etwas nicht.«

Der Mann, der so viel über Meuling wusste, gluckste und hustete dann, als hätte er sich verschluckt, bevor seine möwenartigen Laute in homerisches Gelächter übergingen. Als er sich wieder einigermaßen beruhigt hatte, bebte seine Stimme noch immer vergnügt: »Herr Kommissar, machen Sie sich doch nicht lächerlich. Sie ist ein Medienstar geworden. Was meinen Sie, warum man sie kaltgestellt hat? Wenn sie in diesem Fall mitwirkt, wird man die Lösung am Ende ihr zuschreiben. Dann wird sie endgültig zur Ikone aller kriminalpolizeilichen Arbeit. Wenn Sie mir das Geld nicht geben, Herr Weller, soll ich dann vielleicht Ihre Lebensgefährtin fragen? Die ist bestimmt nicht so kleinlich.«

Es war für Weller, als würde sich sein Magen verknoten. Was wusste dieser Typ sonst noch? War er vielleicht einer von Meulings Komplizen? Versuchte er gerade ganz einfach nur über einen billigen Betrügertrick, ihn noch einmal abzukochen?

Weller verhielt sich jetzt wie beim letzten Skatturnier. Er reizte sein Blatt voll aus und spielte hoch, ohne die Karten im Stock zu kennen.

»Entweder Sie sagen mir jetzt, wo ich ihn finden kann, oder ich lege auf.«

Das saß. Für einen Moment wusste der Informant keine Antwort. Dann sagte er hart: »Das werden Sie nicht tun. Wie lange brauchen Sie, bis Sie in Groningen sind?«

»Eine gute Stunde, vielleicht anderthalb. Sind sie denn im Moment dort?«

»Nein, noch nicht. Sie gehen am Strand spazieren, in – hahaha, das möchten Sie jetzt gerne wissen, was? Und schon booten Sie mich aus. Nein, Herr Kommissar, ich weiß aber genau, dass sie nach Groningen zurückkommen werden. Und keine Sorge, ich bleibe dran. Er wird sie heute nicht umbringen. Er hat einen Tisch bestellt für zwei Personen. Ich weiß, wann und wo. Wenn Sie mir das Geld mitbringen, können Sie dabei sein. Wenn nicht, vergessen wir das Ganze. Wir treffen uns im Grand Café in der Poelestraat.«

»Wie erkenne ich Sie?«

»Gar nicht. Aber ich erkenne Sie.«

Weller gab Ubbo Heide mit einem Blick zu verstehen, dass er ihn allein sprechen musste. Das schmeckte Ubbo überhaupt nicht, denn er ahnte sofort, dass es mit Ärger verbunden sein würde.

Rasch schilderte Weller die Situation. Ubbo Heides Gesicht war aschfahl. Ein Muskel unter seinem Auge zuckte ungesund. Sein Kehlkopf sprang auf und ab, obwohl er nichts sagte, sondern nur zuhörte. Sein Atem war asthmatisch.

Dann schüttelte Ubbo Heide den Kopf, als könne er es nicht glauben. »Warum macht der das mit uns? Ist das irgendetwas Persönliches?«

»Chef, es ist die Chance für uns. Wenn der Typ recht hat, dann …«

»Wir können schlecht in die Niederlande fahren, da einem Informanten Bargeld überreichen und dann einen deutschen Staatsbürger verhaften. Das verstößt gegen eine Menge Gesetze und internationale Abkommen. Wir müssen die Kollegen vor Ort …«

Weller schüttelte den Kopf. »Ja, danke. Der Typ kennt mich ganz genau. Er wird mich ansprechen. Ohne mich geht's nicht. Aber im Amtshilfeverfahren können wir vielleicht …«

»Wir machen das anders. Bloß nichts Offizielles.« Ubbo Heide rief seinen alten Kumpel Hoofdinspecteur Piet Heyker an. Sie hatten sich vor knapp zehn Jahren beim Boßeln kennengelernt und mochten sich sofort.

Nach wenigen Minuten Smalltalk und Austauschs der letzten Boßelergebnisse bat Ubbo Heide seinen Freund um einen Gefallen.

Weller parkte in einem Parkhaus in der Nähe vom Grand Café. Auf dem Weg zur Poelestraat fielen ihm einige große Skulpturen auf. Das mussten die Meerjungfrauen von seinem Freund Heiner Zimmermann sein. Er sah genauer hin. Die eine, die mit den prallen nackten Brüsten, erinnerte ihn sofort an Renate.

Weller war augenblicklich von null auf hundertachtzig. Hatte sie ihm damit eins auswischen wollen? Er fragte sich, wem sie ihre Brüste sonst noch gezeigt hatte, und spürte glühend heiße Empörung in sich aufsteigen.

Als er das Grand Café endlich gefunden hatte, kochte die Wut immer noch in ihm. Die Kollegen aus Groningen hatten den Laden bereits vollständig verwanzt. Weller konnte seine Kollegen aber nicht erkennen.

Er ahnte, wer es sein könnte, war sich aber überhaupt nicht sicher.

Eine milde Sonne schien auf die Stühle vor dem Café, und kaum jemand hielt sich innen auf, weil die Menschen die Sonnenstrahlen genießen wollten.

Weller setzte sich an einen einzelnen Tisch und bestellte einen Espresso und ein Mineralwasser. Zwei Tische weiter saß ein Mann, drahtig, um die vierzig Jahre alt, mit kantigem Gesicht und hervorstechenden Wangenknochen, absichtlich nachlässig rasiert und betont lässig, dunkelbraune Hose, hellbraunes Sommerjackett und darunter ein weißes T-Shirt. Der Mann aß ein Stück Himbeertorte mit einer Riesenportion Sahne, sah aber überhaupt nicht aus wie ein Tortenesser. Hier war alles Tarnung und Täuschung. Wahrscheinlich trug der Typ sonst korrekte Anzüge.

Er musterte Weller. Seine Blicke tasteten ihn sorgfältig ab, als wolle er mit Röntgenaugen überprüfen, ob Weller eine Waffe bei sich trug.

Weller griff in seine Leinenjacke und zog das Handy heraus, denn er wusste, dass Menschen oft glaubten, die Ausbeulung in seiner Tasche käme von einer Dienstwaffe.

Der Mann stand auf, kam näher, blieb an Wellers Tisch stehen, legte seine Fingerspitzen lässig auf die Tischplatte, trommelte einen kurzen Dreivierteltakt und fragte: »Haben Sie was für mich, Herr Weller?«

Weller nickte und zog einen Briefumschlag aus der Brusttasche. »Fünftausend Euro …«

Der Mann verzog die Mundwinkel zu einem unverschämten Grinsen. »Ich biete Ihnen einen Serienkiller! Sie können ein Menschenleben retten! Und Sie zeigen mir fünftausend Euro? Was würden Sie auf den Tisch des Hauses legen, wenn ich Ihnen statt eines Menschenlebens eine CD mit Schweizer Bankkunden präsentieren könnte?«

Natürlich wusste Weller, auf welchen Skandal um die

Jahreswende 2007/2008 der Mann anspielte. »Ich bin nicht von der Steuerfahndung«, sagte er, »und dies hier ist nicht mein Privatgeld. Was glauben Sie, wie viele Berichte ich schreiben darf, wenn Ihre Informationen wertlos waren? Wir bewegen uns hier beide am Rande der Legalität. Also?«

Der Mann hüstelte und machte mit dem Zeigefinger eine kleine Bewegung in Richtung Weller. Weller schob ihm den Briefumschlag rüber. »Wollen Sie nachzählen?«

»Natürlich.« Er schob seinen Ringfinger in den Briefumschlag und zerfetzte ihn.

»Fünfundzwanzig Hunderter, fünfzig Fünfziger.«

Weller wippte nervös mit der Fußspitze auf und ab. Er dachte an die Rinderfilets hinten in seinem warmen Kofferraum, die er eigentlich medium gebraten haben wollte, um sie dann zusammen mit Ann Kathrin und einem guten Glas Weißwein zu genießen.

»Ich brauche eine Unterschrift von Ihnen.« Weller legte eine Quittung vor. Sie war zweimal gefaltet, und Weller bügelte das Papier mit der Handfläche.

»Sie glauben doch nicht im Ernst, dass ich Ihnen eine Quittung unterschreibe?!«

»Und wie soll ich das dann bitte abrechnen? Ich könnte das doch genauso gut eingesteckt haben. Der Steuerzahler hat ein Recht darauf, das wir …«

»Erzählen Sie keinen Scheiß, Herr Kommissar.«

Weller stand auf. »Okay. Vergessen wir es. Geben Sie mir das Geld zurück. Die Sache ist gelaufen. Ohne Quittung keine Zahlung. Ich brauche auch nicht nur Ihre Unterschrift, ich brauche eine ladungsfähige Adresse.«

Der angebliche Privatdetektiv schreckte zurück. Seine Lippen wurden schmal, und er war blass um die Mundwinkel. Sein Lächeln war sehr bemüht. Dann sagte er: »Okay. Sie haben den Tisch im De Parelvisser in der Gelkingestraat reserviert. Entweder sie sind schon da, oder sie kommen jetzt jeden Augenblick dahin.«

Sofort wurden die fünftausend Euro für Weller unwichtig. Man muss im Leben Prioritäten setzen, dachte er, und ein Menschenleben ging vor. Keine noch so sinnvolle bürokratische Tätigkeit sollte ihn daran hindern, das nächste Opfer vor Meuling zu beschützen.

Weller stürmte aus dem Café. Sein Informant rief hinter ihm her: »Ich zahle schon für Sie! Wir wollen doch nicht, dass Sie noch wegen Zechprellerei verhaftet werden, nicht wahr, Herr Kommissar?«

Zwei Schritte hinter der Tür wurde Weller aufgehalten. Ein Herr um die sechzig mit einem pockennarbigen, runden Gesicht, der aussah, als hätte er als Kind die Beulenpest überlebt, hielt ihn am Ärmel fest. »Einen Moment, Herr Weller. Ich bin Hoofdinspecteur Piet Heyker. Ich habe alles mitgehört. Herr Meuling kennt Sie. Sie können hier keine Verhaftung vornehmen. Sie befinden sich nicht auf Ihrem Hoheitsgebiet.«

»Ich weiß, aber …«

»Ich habe ein Team von Spezialisten hier. Wir werden jetzt in das Restaurant gehen. Ich kenne sogar den Besitzer recht gut. Wir werden vom Nachbartisch aus mithören können. Unsere Richtmikrophone sind klein, aber sehr effektiv. Falls sie noch nicht drin sind, können wir sogar eines unter ihrem Tisch anbringen und dann …«

»Ich will kein Hörspiel hören. Ich will ihn verhaften.«

Piet Heyker ließ keinen Widerspruch zu. Er zog Weller ein paar Meter mit sich und übergab ihn dann an zwei niederländische Kollegen. Hoofdinspecteur Heyker ging zunächst alleine ins De Parelvisser, redete kurz mit dem Kellner und verschwand dann in der Küche. Von dort aus konnte man ins Restaurant sehen. Meuling und sein neues Opfer waren noch nicht vor Ort. Der Kellner konnte dem Kommissar aber den reservierten Tisch zeigen.

Minuten später klebte unter der Tischkante ein fingernagelgroßes Funkmikrophon. Weller erhielt einen Ohrstöpsel, genauso wie Piet Heyker und die beiden anderen Kollegen.

Meuling durfte Weller auf keinen Fall sehen, deswegen wurde Weller in die Küche des Restaurants gebracht, wo er zusammen mit einem der beiden schweigsamen niederländischen Kollegen zwischen Töpfen, Löffeln und zauberhaften Gerüchen wartete. Da die Küche vom Restaurant aus gut einsehbar war, hockte ein Kollege auf dem Boden vor einem Abfalleimer, während Weller sich an die Wand neben der Essensausgabe presste, um nicht von Meuling gesehen zu werden.

Direkt neben Weller standen sechs Sahnedesserts. Er hatte Mühe, sich zu beherrschen. Am liebsten wäre er mit dem Finger in die weiße Mousse au Chocolat gefahren und hätte sie samt Kirschen aufgegessen. Es war eine unbequeme Stellung, und sie waren ständig im Weg, denn in der Küche herrschte Hektik. Inzwischen waren Meuling und die junge Frau eingetroffen und fast alle Tische im Lokal besetzt.

Weller tröstete sich mit dem Gedanken, dass er ja nicht zur Entspannung gekommen war und bald schon mit einer großartigen Erfolgsmeldung nach Hause kommen würde. Dann konnte er die Filetsteaks immer noch braten, und auch wenn ein Nachtmahl daraus werden würde, weidete er sich an der Vorstellung, dass dann endlich wieder Normalität ins Leben einkehren konnte. Eine Art Alltag.

Er kam sich vor, als würde er die Fehler, die Ann Kathrin gemacht hatte, ausmerzen und dadurch zu ihrer Rehabilitierung beitragen.

Eine Stunde später, als sein Rücken wehtat und sein

rechter Fuß einschlief, fragte er sich, warum die holländischen Kollegen nicht endlich eingriffen. Er konnte das Gesülze von Meuling nicht länger ertragen. Während vor Wellers Augen Coq au vin zubereitet wurde, sagte Meuling gerade zu seinem neuen Opfer: »Ja, Birgitta, Luftschlösser zu bauen kostet nichts. Aber sie einzureißen kann sehr teuer werden.«

Sie seufzte, weil sie sich von ihm so verstanden fühlte, und sagte zum sechsten Mal an diesem Abend, ihr Ex habe sie ausgenommen wie eine Weihnachtsgans. Sie fühlte sich wund und missbraucht, und Meuling war nur zu bereit, ihr die Wunden zu lecken. Er versprach ihr, ihren Ex fertigzumachen, dann knisterte es. Die Kollegen schien das nicht zu interessieren, Weller sah ihre gelangweilten Blicke. Seine Ohrstöpsel schienen plötzlich zu glühen.

Der Kellner kam herein und holte zwei Portionen Coq au vin ab. Hinter ihm schwappte die Tür mehrfach auf und zu.

Weller löste sich von der Wand und sah, dass Meuling aufstand.

»Zugriff!«, forderte Weller. »Zugriff!«

Sein immer noch namenloser Kollege deutete Weller mit der linken Hand an, er solle sich beruhigen.

Schon war Hoofdinspecteur Heyker bei Weller.

»Wir müssen raus. Er hat das Mikro bemerkt.«

Heyker schüttelte den Kopf. »Keine Sorge, Herr Weller. Er ist vielleicht mit dem Knie darangekommen, oder der Tisch hat ein bisschen gewackelt. Diese Geräte sind sehr empfindlich, sie übertragen auch das leiseste Geräusch.«

»Der haut ab! Der hat Lunte gerochen!«

Weller hielt es nicht länger aus. Er wollte raus und sich Meuling schnappen. Er wusste nicht, ob er im Moment dabei war, alles zu versauen oder die ganze Situation zu retten.

»Meuling ist zur Toilette gegangen«, sagte Heyker. »Kein Grund zur Aufregung.«

»Warum nehmen wir ihn nicht fest? Was soll das alles hier überhaupt noch?«

»Das Gespräch hat keinerlei Hinweise darauf ergeben, dass Meuling irgendeine Straftat in den Niederlanden im Schilde führt. Er ist auch nicht gewalttätig und macht keinen gefährlichen Eindruck. Im Gegenteil, es scheint sich um einen sehr sensiblen Mann zu handeln, mit viel Verständnis für …«

Weller schlug sich mit der flachen Hand gegen die Stirn. »Ja, seid ihr denn völlig plemplem? Der zieht da nur eine Riesenshow ab! Das ist ein Betrüger, ein Killer, ein …«

»Unser Kollege van der Waal folgt ihm zur Toilette. Keine Sorge, er kann nicht durch die Fenster entwischen. Außerdem steht draußen jemand und …«

Wenige Sekunden später war der Hilferuf da. Van der Waal brüllte, als hätte ihm jemand den Arm abgerissen.

Jetzt stürmten alle gleichzeitig zur Toilette und rissen dabei die letzten Dessertteller zu Boden. Hinter Weller klirrte es.

Die Toilettentür öffnete sich, und Kollege van der Waal stand aufrecht mit weit aufgerissenen Augen im Türrahmen. Aus seinem Solarplexus ragte der Schaft eines Steakmessers.

»Zijn wapen! Hij heeft zijn wapen!«

Birgitta kreischte am Tisch. In der Nähe der Tür wurde jemand ohnmächtig.

Meuling stieß van der Waal von hinten in den Rücken. Der Polizist brach zusammen und fiel in den Raum. Meuling fuchtelte mit van der Waals Pistole herum. Ein Schuss löste sich. Glücklicherweise bohrte sich die Kugel in die Decke.

Dann standen Weller und Meuling sich gegenüber. Weller versperrte ihm den Durchgang zur Tür.

»Weg mit dir, du Drecksack, oder ich knall dich ab! Habt ihr immer noch nicht genug, ihr ostfriesischen Fischköpfe?«, kreischte Meuling. Er sah aus, als ob er kurz vor einem Kreislaufkollaps stünde. Sein Gesicht war hochrot, die Augäpfel traten hervor.

Ein japanischer Tourist hielt das alles für einen bewaffneten Raubüberfall und hielt bereitwillig seine Brieftasche hoch.

Meuling schob sich immer näher an Birgitta heran, dann schrie er: »Ich habe eine Geisel! Ich knall sie ab, wenn ihr mir zu nahe kommt! Lasst mich endlich in Ruhe!«

Ein Student aus Heidelberg spielte an der Tür den Helden. Er stellte Meuling ein Bein. Meuling strauchelte und fiel hin. Er krachte mit dem Rücken gegen die Eingangstür. Für wenige Sekunden verlor er van der Waals Waffe. Er griff danach und richtete sie sofort wieder auf Weller, dann raffte er sich auf und schob Birgitta vor sich durch die Eingangstür.

Weller zog seine Dienstwaffe, die er hier gar nicht hätte bei sich tragen dürfen, und donnerte: »Stehen bleiben, Meuling! Hände hoch!«

Ohne sich umzudrehen, rief Meuling: »Leck mich am Arsch!«

Birgitta verlor ihren rechten Schuh. Meuling stieß sie weiter vorwärts. Weller folgte ihnen auf die Straße.

Meuling drehte sich nach Weller um. Er richtete die Mündung auf Wellers Kopf.

Weller ließ sich auf die Knie fallen und feuerte.

Später würde Weller behaupten, der dumpfe Knall des Schusses habe nicht nur seine Ohren betäubt, sondern auch seinen Verstand. Aber jetzt glaubte er, ganz kalt und überlegt zu handeln, als er ein zweites Mal abdrückte. Er vermutete, Meuling verfehlt zu haben, jedenfalls hatte er ihn nicht richtig erwischt, denn Meuling taumelte und hielt immer noch die Pistole in der Hand.

Die dritte Kugel traf Meuling in die Brust und zerfetzte sein Herz.

Zweifellos hatte Juist eine eigene Leiche verdient. Der Gedanke amüsierte ihn, dass die Juister sauer auf ihn sein könnten, weil sie in seiner spektakulären Mordserie nicht vorkamen. Würden sie sich fragen, ob die Schönheit ihrer Insel nicht ergreifend genug für eins seiner Kunstwerke war? In Wirklichkeit liebte er die Insel. Dennoch hatte er mit Juist Probleme. Erstens waren die Fähren tideabhängig. Aber selbst wenn er das logistische Problem hätte lösen können, das neue Seezeichen von Juist fand er lächerlich. Es sollte wahrscheinlich aussehen wie ein Segel, erinnerte ihn aber an das Hotel Burj al Arab in Dubai. Das einzige 7-Sterne-Hotel der Welt, für 1,2 Milliarden Dollar gebaut, 321 Meter hoch. Für ihn war es ein widerliches Zeichen von Dekadenz und Geschmacklosigkeit. Er hatte es gemalt. Auf seinem Bild versank das Hotel im Meer, und obendrauf wehte eine Flagge, auf der stand: Wir sind reich und scheißen auf die Armen.

Das neue Möchtegernwahrzeichen von Juist war mit seinen 16,5 Metern lange nicht so protzig, aber es beleidigte sein ästhetisches Gefühl trotzdem. Wenn er es nicht mit dem Hotel in Dubai verglich, in dem die billigste Übernachtung angeblich 2000 Euro kostete, dann sah es für ihn aus wie ein Schiff, das bereits zum größten Teil im Meer versunken war, und nur noch seine Spitze ragte heraus.

Eigentlich war es ein idealer Ort, um dort eine blonde Schönheit abzufackeln. Das Ganze würde die Menschen an eine Art Hexenverbrennung erinnern. Der Gedanke gefiel ihm nicht, denn er verbrannte keine Hexe, sondern einen Engel. Es sollte ein Leuchtfeuer werden in der Nacht, von gruseliger Schönheit, wie die Bilder von Hieronymus Bosch. Wie lange hatte er sich von dessen Phantasiewelten beeinflussen lassen? Er hatte ihn so lange bewundert und verehrt, dass es schwierig war, einen eigenen Weg zu gehen, statt den Meister einfach nachzuahmen. Gegen seinen Realismus würden die höllischen Visionen von Hieronymus Bosch sich einst ausmachen wie naive Malerei.

So wie Hieronymus Bosch das Chaos des ausklingenden Mittelalters darstellte und damit die Neuzeit einläutete, so würde er einst als Künstler der Zeitenwende begriffen werden. Einer, der sensibel wie ein Seismograph auffing, was in der Gesellschaft los war, ihr das eigene Spiegelbild vor Augen hielt und eine neue Zeit begrüßte. So wie die Menschen nur noch mit Spott und Abscheu an das Mittelalter dachten, so würden sie eines Tages auf uns gucken. Wenn der bunte Kitsch, der heute in den Museen hing, nur noch zum Grinsen war, dann war seine große Zeit gekommen. Einst würden Touristenbusse herumfahren, und Kunststudenten kämen herbei, um die Magie der Orte zu spüren, an denen er seine Kunsthappenings hatte geschehen lassen. Er verkaufte keine Eintrittskarten. Er brauchte keinen Beifall. Er war dann unabhängig von jeder Kritik. Er musste dann nicht mehr nach Einschaltquoten schielen, nahm an keinen Talkshows teil. Er lebte sein Leben nur für die Kunst. Er hatte die Kunst zur Religion erklärt und sich selbst zum Hohepriester.

Er spürte, dass er jetzt schon mehr Jünger hatte als die Kunstakademie in Münster Studenten. Vor fast zwanzig Jahren hatten sie ihn dort wegen Talentlosigkeit abgelehnt. Bald schon wären sie stolz, sich nach ihm benennen zu dürfen.

Nein, dieses hässliche Segel vor Juist würde er nicht mit seiner Kunst adeln. Ein Leuchtturm schien ihm da passender zu sein. So wie er einst als Leuchtturm gesehen werden würde. Ein Licht in der dunklen Nacht. Eine Orientierungshilfe für die, die sich ohne Kompass in der Nacht draußen auf dem tobenden Meer verirrt hatten.

Der Gedanke gefiel ihm.

Wellers Kindheit kam ihm vor wie ein dunkles Moor, und jetzt schien er langsam darin zu versinken. Die schlimmsten Prophezeiungen seines Vaters waren Wirklichkeit geworden. Er hatte etwas Böses in sich, das durch strenge Regeln im Zaum gehalten werden musste. Dieses wilde Tier, das plötzlich die Beherrschung verlor, gegen alle Regeln und Gesetze verstieß, konnte schlimme Dinge tun. Es brachte ihn, den Fischfan, dazu, freitags, wenn Mutter Bratheringe oder Forellen auftischte, heimlich zur Imbissstube zu laufen und eine Currywurst runterzuschlingen.

Er zog den Kopf ein und hob die Schultern hoch. Verkrampft saß er da, als würde er jeden Moment erwarten, von hinten Nackenschläge zu erhalten. Das Strafgericht seines inzwischen toten Vaters war vernichtend.

Er hatte alles ruiniert. Seine Ehe. Seinen Beruf. Und jetzt hatte er sogar ein Menschenleben auf dem Gewissen.

Ann Kathrin konnte es kaum ertragen, ihn so verzweifelt dasitzen zu sehen. Sie wollte ihm etwas Gutes tun, ihm irgendetwas anbieten. Sein geliebter Espresso kam ihr jetzt irgendwie falsch vor. Stattdessen kochte sie ihm einen Pfefferminztee.

Er trank ihn mit kleinen Schlückchen, ohne ihn zu schmecken, mehr aus Pflichtbewusstsein.

»Ich bin erledigt«, sagte er und sah vor sich auf die Steinfliesen.

Sie bestand darauf, er habe in Notwehr gehandelt, doch er schüttelte den Kopf. »Nein, das habe ich nicht.«

»Frank, erzähl nicht so einen Mist. Die Aussagen der holländischen Kollegen sind astrein. Sie sprechen dich hundertprozentig frei. Meuling hat gemerkt, dass er abgehört wurde. Er versuchte, über die Toilette zu fliehen. Van der Waal wollte ihn aufhalten. Meuling hat ihm ein Steakmesser in die Brust geschlagen. Van der Waal schwebt noch in Lebensgefahr. Meuling hat geschossen und auf dich gezielt, und du … warst einfach nur schneller. Zum Glück!«

Weller blickte sie ungläubig an. Seine Haare standen wirr ab, aber er sah nicht so süß und strubbelig aus wie manchmal morgens, wenn er wach wurde, sondern er wirkte wie ein Junkie auf Turkey, der dringend einen neuen Schuss brauchte, weil er aus dem Methadonprogramm gefallen war.

»Ich wollte ihn töten. Ich wollte es schon in der Küche. Ich konnte sein Geschwätz nicht mehr aushalten. Ich …«

Sie kniete sich vor ihn hin und sah ihm von unten in die Augen. Sie wollte ihm nicht gestatten, dem Blickkontakt auszuweichen. Sie schüttelte ihn. »Frank! Das darfst du nicht sagen! Niemals! Du darfst es nicht einmal denken. Du hast auf den Arm gezielt. Auf die Schulter. Er ist dann gestolpert, und du hast sein Herz getroffen. So gesehen war es ein Unfall. Die Kollegen haben das sehr korrekt dargestellt. Du fällst dir und deinen eigenen Leuten in den Rücken, wenn du so etwas sagst.«

Eine Weile schwieg er verbissen. Seine Gesichtsmuskeln arbeiteten. Dann stand er abrupt auf. Fast hätte er Ann Kathrin umgestoßen. »Ich konnte seine Reden nicht mehr ertragen. Es war ganz fürchterlich. Seine Worte tropften in mich hinein wie Gift.«

»Was hat er denn gesagt?«

»Er hat sie zugesülzt, das Schwein. Er hat sie gegen ihren Ex aufgehetzt und auf dessen Kosten sich selbst erhöht, verstehst du? Er sprach wie ein verlogener pädophiler Pastor, der Nächstenliebe predigt und Jugendarbeit sagt, aber Sex mit Kindern meint. Ich hatte so sehr gehofft, sie würde es merken, ihn anschreien, ihn ohrfeigen, aber nein, nein. Seine Masche funktionierte. Sie ist voll drauf reingefallen.«

Ann Kathrin näherte sich Weller vorsichtig von hinten. Sie legte die rechte Hand in seinen Rücken. Er ließ es geschehen.

»Ich kann mir vorstellen, dass dich das wütend gemacht hat, Frank. Aber deswegen bringst du doch keinen Menschen um.«

Es platzte aus ihm heraus wie Dampfwasser aus einem heißen Kessel, der unter zu großem Druck steht. Speichelblasen lösten sich von seinen Lippen. »Ich hab diese Frau gar nicht gesehen, weißt du. Sie wurde für mich immer mehr zu Renate. Ich hab mir vorgestellt, dass er ihr das alles erzählt. Dass er mich zum Arsch macht. Dass er sie gegen mich aufhetzt und …«

Weller redete weiter, aber seine Worte erreichten Ann Kathrin nicht mehr. Sie war getroffen. Es verletzte sie, dass er an seine Exfrau gedacht hatte und nicht an sie. Sie spürte einen Stich glühender Eifersucht, und gleichzeitig wusste sie, dass er noch lange nicht mit Renate fertig war. Klar, er war geschieden und lebte jetzt mit ihr zusammen in diesem Haus im Distelkamp. Er war ein zärtlicher Liebhaber und ein aufmerksamer Lebenspartner, aber innerlich war er immer noch mehr mit Renate verbunden als mit ihr.

»Als er sagte, *Luftschlösser zu bauen kostet nichts, sie einzureißen kann teuer werden*, da wusste ich, dass ich ihn töten würde.«

Ann Kathrin versuchte, wieder auf Weller einzugehen. »Hast du denn mit deiner Renate so viele Luftschlösser gebaut?«, fragte sie.

»Wer tut das nicht? Und so einer, der zieht alles in den Dreck und …«

»Und am Ende bringt er seine Opfer um«, sagte Ann Kathrin, »und das hast du verhindert. Wenn du so willst, hast du deiner Renate das Leben gerettet.«

Weller fuhr herum »Was?« Er sah, dass er Ann Kathrin verletzt hatte, aber er begriff noch nicht, wie es geschehen war.

»Du möchtest sie immer noch vor all den schlimmen Dingen da draußen beschützen, stimmt's? Vor falschen Liebhabern, vor Heiratsschwindlern und vor allen Dingen vor Typen, die sie gegen dich aufhetzen.«

Weller kniff die Lippen zusammen und nickte. »Ja, verdammt, das will ich.«

»Du liebst sie immer noch«, stellte Ann Kathrin kalt fest.

»Nein, das tu ich nicht. Es ist nicht so, wie du denkst. Ich … ach lass mich doch jetzt damit in Ruhe, Ann. Ich habe gerade einen Menschen erschossen.«

»Na, dann werden wir ja bald die Fischbude in Norddeich eröffnen können – falls du mich noch mit dabeihaben willst und das neue Geschäft nicht lieber mit deiner Renate anfängst.«

»Hör auf! Ich bin erledigt! Musst du jetzt noch auf mir rumtrampeln? Macht dir das Spaß?«

»Hat es deiner Renate Spaß gemacht?«, brüllte Ann Kathrin. »Muss ich jetzt hier abbüßen, was immer sie dir angetan hat? Ich versuche dir gerade eine gute Partnerin zu sein, dich aufzufangen und …«

»Ich bin erledigt, Ann. Sie werden mir meine Dienstmarke abnehmen, meine Pension streichen und …«

»Na und?«, schrie sie ihn an. »Brauchen wir das wirklich? Dieser Dreck jeden Tag? Diese Irren, mit denen wir uns auseinandersetzen müssen? Ständig belogen zu werden, immer zu spät zu kommen? Dich als Bullenschwein beschimpfen zu lassen? Brauchst du das, um glücklich zu sein? Was ist das überhaupt für ein Leben? Wir kriegen doch gar kein Gehalt, wir kriegen Schmerzensgeld!«

Es klingelte an der Tür. Ann Kathrin ging hin. Sie sah durch das Milchglasfenster einen langhaarigen jungen Mann mit zwei Blumensträußen. Einmal gelbe Rosen und weiße Levkojen und einmal rosa Gerbera, blaue Zierdisteln und weiße Blüten, deren Namen sie nicht kannte.

Ann Kathrin zögerte einen Moment, bevor sie öffnete. Eigentlich wäre sie jetzt lieber mit Weller alleine geblieben. Sie vermutete, dass die Blumen für einen ihrer Nachbarn sein sollten, dessen Geburtstag sie leider mal wieder vergessen hatte.

Der junge Mann hatte O-Beine, die durch die enge Röhrenjeans noch betont wurden. Auf seinem T-Shirt stand: *Weltuntergang war gestern – heute haben wir ein echtes Problem.*

Er sah sie an, als ob er ein Raubtier sei, das nur rasch überprüft, ob sie in sein Beuteschema passt. »Wohnt hier ein Herr Weller?«, fragte er. »Die Adresse stimmt doch. Distelkamp dreizehn, oder nicht?«

Ann Kathrin nickte. »Ja, er ist da. Ich gebe ihm die Blumen.«

An jedem Strauß hing eine Karte. Auf der einen stand: *Sie sind ein Held für mich, Herr Weller.* Auf der anderen nur: *Herzlichen Glückwunsch.*

Ann Kathrin verglich sofort die Schriftzüge. Es war eindeutig auf beiden Karten die gleiche jugendliche, fast kindliche Handschrift und der gleiche Kugelschreiber.

Der Fleuropbote schob mit dem Zeigefinger seine Brille

zur Nasenwurzel und kommentierte: »Die Schrift ist nicht von der Person, die die Blumen geschickt hat. Das eine ist per Telefon angekommen, das andere per Internet. Geschrieben hab ich das.«

»Von wem sind die Blumen?«

»Das kann ich zu Hause nachgucken. Die Adresse muss aber nicht stimmen. Wenn irgendwo jemand in einen Fleuropladen geht, Blumen bestellt und die bezahlt, muss er schließlich keinen Personalausweis vorlegen. Was meinen Sie, wie oft Blumen anonym verschickt werden?« Er grinste wissend. »Gibt das hier irgendwie ein Problem?«

»Nein. Danke.« Ann Kathrin versuchte, ihn schnell wieder loszuwerden. Sie überlegte, ob sie ihm ein Trinkgeld geben musste. Ihr war dieser Mensch sehr unangenehm und lästig, aber er fragte, ob er kurz hereinkommen dürfe und vielleicht ihr Bad benutzen könnte. Er müsse mal zur Toilette.

Sie war zu einem freundlichen, hilfsbereiten und anständigen Menschen erzogen worden, und manchmal fragte sie sich, ob ihr das im Leben nicht mehr schadete als nutzte. Jetzt zum Beispiel. Sie konnte einfach nicht nein sagen.

Sie zeigte ihm den Weg ins Bad, und die federnde Art, mit der er durch den Flur ging und sich umsah, gefiel ihr überhaupt nicht.

Vermutlich glaubt er, dass ich alleine bin, dachte sie. Die Blumen sind für meinen Lebenspartner von irgendeiner Flamme als Dankeschön für eine heiße Nacht, und er glaubt, dass ich in Tränen ausbreche, sobald ich die Tür hinter mir geschlossen habe. Er würde mich nur zu gerne trösten.

Sein Verhalten erinnerte sie sehr an das von Meuling. Dann genierte sie sich. Vielleicht tat sie ihm ja auch unrecht.

Er brauchte lange auf der Toilette. Sie hatte die Blumen bereits auf zwei Vasen verteilt und zu Weller ins Wohnzimmer gebracht, als sie endlich die Spülung hörte.

Bevor sie den jungen Mann an der Tür verabschieden konnte, flüsterte er ihr noch zu: »Wenn Sie wollen, kann ich ja für Sie mal ein paar Nachforschungen anstellen, woher die Blumen genau sind.«

Er wollte ihr seine Visitenkarte geben, doch sie schob ihn aus der Tür. »Nein, danke.«

Weller hatte noch gar nicht kapiert, dass die Blumen für ihn waren. Er stellte resigniert fest: »Na, das geht aber schnell.«

»Was?«

»Dein Ex wittert doch jetzt vermutlich, dass er dich zurückhaben kann, nach der blamablen Nummer, die ich abgeliefert habe.«

Ann Kathrin musste laut lachen. »Du glaubst, dass die von Hero sind?«

An der Pforte der Polizeiinspektion Aurich im Fischteichweg wurde ebenfalls ein Strauß Blumen für Frank Weller abgegeben, außerdem eine Packung Pralinen von Remmers in Norden.

In den Briefkasten von Wellers Junggesellenbude in Aurich warf Jutta Spiekermann persönlich einen vier Seiten langen handgeschriebenen Brief ein. Sie hatte vor dem Fernseher gesessen und die aktuelle Sendung über die Geschehnisse in Groningen verfolgt und begriffen, warum sie ihren Mann nicht mehr liebte. Er ließ einfach alles mit sich machen. Die Kinder schubsten ihn genauso herum wie sein Arbeitgeber. Er versuchte, es allen recht zu machen, und verschwand dabei als Persönlichkeit. Er wurde immer mehr zu einem Glas, in das jeder hineingießen konnte, was er wollte. So wurde es ein Glas Bier, ein Glas Milch, ein Glas Wasser – er selbst besaß keinerlei Persönlichkeit mehr. Er war zu einem devoten Schoßhündchen geworden.

Wenn er doch nur einmal beherzt für etwas gestanden hätte. Einmal wenigstens den Versuch gemacht hätte, durchzugreifen oder sich zu wehren. Tief in ihrer Seele wollte sie von einem Helden geliebt werden und nicht von einem Waschlappen.

Sie schrieb an Weller einen Liebesbrief. Den ersten seit einundzwanzig Jahren. Sie schrieb sich all ihren Frust von der Seele.

> Solange es Männer wie Sie gibt, ist die Welt noch nicht verloren. Ich lebe in einer festen Beziehung. Ich habe einen Mann und zwei Kinder. Ich habe Sie bis heute noch nicht persönlich gesehen. Aber ich weiß eines, Herr Weller: Ein Wort von Ihnen, und ich verlasse meinen Mann …

Statt einer Unterschrift zierte der Abdruck ihrer Lippen das Papier.

Mehr als ein Dutzend E-Mails, in denen Weller wortreich auf die Schulter geklopft wurde, erreichten die Polizeiinspektion Aurich. Ubbo Heide wurde zu diesem mutigen Mitarbeiter beglückwünscht. Zwei Jugendliche drückten sich vor der Polizeiinspektion eine Weile herum, bis sie gestanden, auf Weller zu warten, weil sie ein Autogramm von ihm haben wollten. Er sei nämlich der Coolste.

Am absoluten Tiefpunkt seines Lebens erhielt Weller zum ersten Mal Fanpost. Aber er war noch nicht in der Lage, diese Ironie wirklich zu begreifen.

Er pfiff ein fröhliches Kinderlied vor sich hin und trommelte mit den Fingern den Rhythmus aufs Lenkrad. Er lachte laut und richtete den Rückspiegel so aus, dass er nicht den nachfolgenden Verkehr darin sah, sondern sein eigenes Gesicht.

War das nicht ein wunderbarer Tag?

»Danke, Frank«, lachte er. »Das war genau die Unterstützung, die ich gebraucht habe. Ihr habt den Mörder, und du hast ihn auch noch gleich umgelegt. Jetzt kann ich in Ruhe meine nächste Tat vorbereiten, und die jungen Frauen werden wieder vertrauensselig werden. Welch ein Tag!«

Er fuhr mit der Zunge über seine Zähne und beschloss, sich eine bleichende Zahncreme zu kaufen.

»Jetzt kann ich mir das nächste Opfer wieder frei aussuchen. Und ich habe noch einige auf meiner Liste.«

Er parkte zwei Ecken weiter und ging den Rest zum Haus des Professors zu Fuß. Niemand würde heute noch eine Verbindung zwischen seiner Person und Professor Diebold herstellen können. Vermutlich erinnerte sich der üble Kleckser selbst nicht mehr daran. Für ihn war er doch nur eine Nummer unter vielen gewesen.

Meine Bilder waren für dich doch nur reine Wohnzimmerdekoration. Schlimm wie der röhrende Hirsch über dem Sofa vor dem Wandschrank in Eiche rustikal. Ja, genau so hast du es ausgedrückt. Nett wie immer, mit einem Lächeln in deiner verlogenen Fresse.

Als künstlerische Null hatte der Professor ihn bezeichnet und über seine Bilder nur gelacht. Sie seien inhaltsleer und ohne jede Aussage. Er, der mit Farbklecksereien und ungelenk hingeschmierten verunglückten geometrischen Formen öffentliche Gebäude schändete und dafür sorgte, dass es inzwischen Bürgerinitiativen gegen Kunst am Bau gab.

Wirst du immer noch über meine Kunstwerke lachen, wenn du deine Tochter darauf erkennst, schreiend an den brennenden Pilsumer Leuchtturm gefesselt? Ich habe mich in ein paar deiner Seminare geschlichen und deinen intellektuellen Bankrotterklärungen gelauscht. Lächerlich, einfach lächerlich und peinlich zugleich. Nur noch übertroffen durch die künstlerischen Offenbarungseide deiner gemalten Ideenlosigkeiten.

Hast du mein Talent nur nicht erkannt, weil du blind warst, worauf ja auch deine Bilder ein deutlicher Hinweis sind, oder hast du genau gespürt, dass dort ein neues malerisches Genie vor dir steht? Hast du Angst gekriegt, weil du wusstest, dass du platt wie eine Briefmarke an der Wand klebst, wenn ich meine erste große Ausstellung bekomme? Dass niemand mehr deinen Müll als Kunst bezeichnen wird? Hast du nur versucht, einen Konkurrenten auszuschalten? Bist du deshalb Professor geworden? Hast du deshalb all dieses Mittelmaß angenommen und sie zu deinen Meisterschülern erklärt, damit ja niemand dir deinen Platz streitig machte?

Alles umsonst, Professorchen. Ich vollende, was Hieronymus begonnen hat. Und man wird mich in einem Atemzug nennen mit Dalí und Picasso, wenn schon kein Mensch mehr weiß, dass es dich mal gegeben hat.

Wenn überhaupt, dann wird dein Name im Zusammenhang mit meinem Werk fallen. Dass deine Tochter die Ehre hatte, von mir zum Kunstwerk erhoben zu werden. Und dir gebührt nur die Schande, mich abgelehnt zu haben – warum auch immer.

Du hättest mein Meister sein können. Vielleicht werden ein, zwei von deinen Machwerken in Briefmarkengröße in meinem Katalog zu finden sein. Sei froh, dass sie nicht mehr Raum bekommen. Sie würden doch nur den Menschen dazu dienen, den Unterschied zu erkennen zwischen purer Aufgeblasenheit und schlichter Größe.

Eine Frau trat aus dem Haus. Er konnte sich ein Lachen nicht verkneifen. Ja, das musste sie sein. Frau Professor Diebold.

Wie können zwei so hässliche Menschen nur so eine schöne Tochter bekommen, dachte er und amüsierte sich darüber, weil die Frau genauso aussah, als ob sowohl ihr als auch ihrem Mann jeder Sinn für schöne Dinge fehlen würde.

Ein Jackett in schwarz-weißem Pfeffer-und-Salz-Muster, ein taubenblauer Rock, braune Schuhe, vorne abgerundet, die Haare kurz geschnitten, schwarz mit ein paar hellen Strähnchen darin. Wäre ihre Brille noch ein bisschen größer gewesen, hätte sie gut als Fahrrad dienen können, so verdeckte sie einfach nur ihr dümmliches Gesicht.

Aber die Tochter gefiel ihm. Sie war für ein paar Tage bei ihren Eltern zu Besuch und wohnte oben in ihrem alten Kinderzimmer, direkt unterm Dach. Über den Balkon wäre es ein Leichtes, in ihr Zimmer zu kommen, doch wahrscheinlich war das viel zu viel Aufwand und gar nicht nötig. Er wusste, wo sie sich herumtrieb. In der Bar zur Talentlosigkeit, wo sie mit all den Möchtegernkünstlern hockte, die von einer großen Karriere träumten statt davon, wirkliche Bilder zu malen. Maler würde keiner von denen werden, höchstens Anstreicher. Ein paar von ihnen würden später Zeitschriften herausgeben oder Direktoren von Kunstmuseen werden und dabei nur eine Aufgabe haben: die wahren Künstler herauszuhalten, weil sie die als Putsch empfanden gegen ihre eigene abgrundtiefe Erbärmlichkeit. Jede wirklich große Leistung musste sich gegen diese Armee des Mittelmaßes durchsetzen.

Jeder wirklich große Künstler stand irgendwann vor dieser Mauer aus Dummheit und Ignoranz. Die Phalanx aus Verhinderern, die jede aufkeimende Vision von etwas

Neuem fürchtete und deshalb unmöglich machte, ließ viele Genies verzweifeln.

Er hatte seinen sehr eigenen Weg gefunden, damit fertig zu werden. Er war stolz auf sich. Und seit Meulings Tod hatte er endlich wieder freie Bahn.

Ann Kathrin Klaasen war froh über Heiner Zimmermanns Besuch. In so einer Situation brauchte ein Mann einen Freund. Und Heiner war Franks Freund, das spürte sie auf einer tiefen Ebene, als die beiden sich umarmten und stumm dastanden, fast wie ein Liebespärchen. Jeder drückte den anderen so fest, dass ihm fast die Luft wegblieb.

Sie sah die Tränen in Franks Augen. So ist das, wenn man einen Freund hat, dachte sie. Er urteilt nicht, er hört zu, er ist da, auch in Krisen.

Sie fragte sich, ob ihr Exmann Hero auch so einen Freund hatte. Gab es einen Mann, mit dem er sich wirklich austauschte? Er empfand doch jedes männliche Wesen in seiner Nähe nur als Konkurrenz, umgab sich mit Klientinnen, Psychologinnen, Sozialarbeiterinnen. Gab es außer seinem Sohn überhaupt einen Mann, den er in seiner Nähe duldete?

Wenn er seine Boxsendungen im Fernsehen sah, hatte er alleine vor dem Bildschirm gesessen. Nein, eine Männerfreundschaft gab es für Hero nicht.

Frank war da ganz anders. Der spielte Skat, der traf Kollegen. Er war nicht in jeder freien Minute hinter einer Frau her.

Sie kochte Kaffee und holte Säfte für die beiden aus dem Kühlschrank. Als sie ins Wohnzimmer kam, schlug ihr eine Qualmwolke entgegen. Eigentlich hatte sie ihr Haus zur rauchfreien Zone erklärt, und das Wetter war auch gut genug. Auf der Terrasse standen die Gartenmöbel bereit, und am Strandkorb wartete eine Dessertschale mit Sand, die manchmal von Gästen als Aschenbecher benutzt wurde. Aber sie wollte jetzt nicht meckern und diese Situation nicht kaputtmachen.

Heiner Zimmermann hörte nur zu und nickte. Er war ganz auf seinen Freund Frank konzentriert, dabei rauchte er mit tiefen Zügen, und sein Ausatmen war ein verständnisvolles Stöhnen.

Zu wem würde ich gehen, dachte Ann Kathrin. Zu meiner Freundin Ulrike? Ist die überhaupt noch meine Freundin? Was wissen wir voneinander, seitdem sie Hausfrau und Mutter geworden ist? Sie nahm sich vor, Ulrike anzurufen, aber nicht jetzt. Jetzt war Frank wichtiger. Trotzdem wusste sie nicht, ob sie im Wohnzimmer bei den beiden Männern störte oder ob ihre Anwesenheit als Bereicherung empfunden wurde.

Sie stellte das Tablett auf den Tisch. Heiner Zimmermann nahm die freundliche Geste mit einem Seitenblick und einem kurzen Nicken zur Kenntnis, aber keiner von beiden rührte die Getränke an.

Die Asche an Heiners selbstgedrehter Zigarette wurde immer länger. Es gab hier im Haus keine Aschenbecher, nur auf der Terrasse stand einer.

Franks Worte bestürzten Ann Kathrin sehr. Seine Ehrlichkeit schnürte ihr fast den Hals zu.

»Ich krieg Angst vor mir, Heiner. Verstehst du? Das war keine Notwehr. Ich hab ihn richtig abgeknallt. Ich hab in blanker Wut geschossen. Als ich nach Groningen kam, sah ich da diese Skulptur von dir, diese Meerjungfrau. Sie hatte Brüste wie …«

Weller verschluckte die Worte mit Rücksicht auf Ann Kathrin und biss sich auf die Unterlippe, doch Heiner Zimmermann sprach es für ihn aus: »Wie Renate. Ja. Die linke ein klein wenig größer als die rechte. Der Vorhof mit dieser kleinen Erhebung, fast so, als würde ihr eine weitere Brustwarze wachsen. Sie ist eine wirklich schöne

Frau, Frank. Aber was hat mein Kunstwerk damit zu tun, dass du diesen Killer erledigt hast? Du warst doch nicht wirklich eifersüchtig auf mich, weil ich sie gemalt und modelliert habe?«

Frank schüttelte vehement den Kopf. »Nein, natürlich nicht. Ich war nicht wütend auf dich, sondern auf mich. Und auf Meuling. Auf all diese Gewinner, denn die haben aus mir einen Verlierer gemacht.«

»Einen Verlierer?« Heiner Zimmermann drückte seine Zigarette im Unterteller aus, sprang auf, drehte sich mit offenen Armen im Raum und lachte Weller schallend aus. Ann Kathrin fürchtete, dass er damit alles nur noch schlimmer machen würde, doch das war nicht so.

»Na klar, du bist ein Verlierer! Du wohnst in diesem wunderschönen Haus, du hast diese zauberhafte Frau und einen sicheren Job mit dreizehn Monatsgehältern!«, spottete Heiner Zimmermann.

»Das mit dem Job hat sich vermutlich erledigt«, sagte Weller und sah nach unten.

»Frank, wozu leben wir? Wozu sind wir auf der Welt? Worum geht es eigentlich? Um ein verchromtes Auto? Um ein dickes Konto auf der Bank?«

Schon war Heiner Zimmermann wieder bei Weller. Er packte ihn mit beiden Händen an den Schultern und schüttelte ihn.

Ann Kathrin wusste nicht, ob sie stehen bleiben oder sich setzen sollte, ob es besser war, das Zimmer zu verlassen oder hier zu bleiben. Sie musste sich schwer beherrschen, um nicht in ihren Verhörgang zu verfallen: Drei Schritte, eine Kehrtwendung, drei Schritte, eine Kehrtwendung.

Dann setzte sie sich mit halbem Hintern auf die Sessellehne. So stand sie nicht ganz, sie saß aber auch nicht ganz, sie war nicht vollständig da, aber auch nicht ganz weg. Unentschiedenheit spiegelte ihren Zustand im Moment am besten wider. Fasziniert sah sie den beiden zu, fast ein wenig eifersüchtig über die Nähe, die sie zueinander hatten.

»Was war mit dir als Kind, Frank? Erinnere dich dran. Was wolltest du werden? Was waren deine Träume?«

Frank befreite sich aus Heiner Zimmermanns Griff, sah ihm gerade in die Augen und behauptete: »Ich hatte so etwas nicht, Heiner. Ich war nicht wie du. Ich hatte keinen Traum, für den ich bereit war, alles aufs Spiel zu setzen und alles zu tun. Ich wollte mich irgendwie so durchschummeln. Irgendwas, womit ich vor meinen Eltern gut dastand. Etwas, bei dem nicht auffällt, dass ich im Grunde ein Nichtskönner bin. Keinerlei besondere Begabungen habe oder …«

Zimmermann beharrte darauf: »Deine Träume, Frank. Ich frage dich nach deinen Träumen.«

»Ich habe von einem Eis geträumt. Von leckerem Nachtisch. Das war alles viel kleiner als bei dir, verstehst du? Du hast immer dein Ding durchgezogen, Heiner.«

Heiner lachte bitter und klatschte in die Hände. »Bravo! Bravo! Was soll das hier werden? Eine Komödie? Sämtliche Hochschulen und Kunstakademien haben mich abgelehnt! In den großen Museen bin ich höchstens ein zahlender Gast. Meine Bilder hängen da nicht! Über deine Frau steht mehr in der Lokalzeitung als über mich!«

Für Ann Kathrin war das fast wie einen Vorwurf. Gleichzeitig gefiel es ihr, dass er »deine Frau« sagte, denn so fühlte sie sich inzwischen. Als sei sie Wellers Frau. Obwohl sie immer noch mit Hero verheiratet war und sie mit Frank nie über eine Ehe geredet hatte, fühlte sie sich mit ihm viel verheirateter, als sie es mit Hero je gewesen war.

»Aber du lebst das, was du bist«, sagte Weller und sah seinen Freund fast flehentlich an, so als ob er es brauchen würde, dass wenigstens einer von ihnen glücklich geworden war.

Heiner Zimmermann erstarrte einen Moment, sah betreten vor sich hin. Dann sprach er mit knarzender Stimme weiter, als sei plötzlich sein Hals ausgetrocknet: »Ja, vielleicht hast du recht. Das tue ich. Aber ich zahle auch einen hohen Preis dafür. Glaub ja nicht, dass man so etwas geschenkt kriegt. Mir haben zig Leute den Weg versperrt. Ich bin nur vor verschlossene Türen gelaufen.«

Das ließ Weller nicht gelten. »Alle Frauen lassen sich von dir malen. Du bist so beliebt und begehrt, weil du begabt bist und einfühlsam, weil du mit ihnen reden kannst, sie erreichst und …«

»Ja, Frank, wenn es darum geht, dann hast du recht. Sie lassen sich alle von mir malen. Aber dann? Dann bitten sie mich, die Bilder nicht auszustellen. Sie bezahlen mich dafür, dass ich die Bilder nicht zeige! Manch eine kauft ein Bild nur, damit niemand es sieht. Maler malen aber, damit ihre Bilder gesehen werden. Erst durch das Auge des Betrachters entsteht das eigentliche Kunstwerk! Ein Kunstwerk, das nicht gesehen wird, dem fehlt eine Dimension! Die wichtigste!«

Frank Weller wollte sich nicht auf diese Diskussion einlassen. Er wusste, dass er dann ohnehin nur den Kürzeren ziehen konnte.

Er schwieg jetzt, nahm seine Espressotasse und trank den doppelten Schwarzen ohne Genuss.

Heiner Zimmermann drehte sich jetzt eine neue Zigarette, leckte das Zigarettenpapier an und sah zu Ann Kathrin hinüber. In seinem Blick lag etwas Tröstliches. Sie spürte eine Aussage wie: *Mach dir keine Sorgen, ich schaff das hier schon. Ich baue ihn wieder auf.*

Weller schien ganz woanders zu sein. Sein Gesicht bekam etwas Kindliches. Plötzlich grinste er, dann lachte er, und schließlich sagte er sehr ernst: »Als ich klein war, da wollte ich Pirat werden.«

Er schämte sich dafür und war gleichzeitig erleichtert, es ausgesprochen zu haben.

Heiner Zimmermann reagierte mit lauter, herausgestellter Freude. Ann Kathrin war das fast ein bisschen zu groß, und sie wusste nicht, worauf es hinauslief.

»Na, herzlichen Glückwunsch, Frank! Endlich! Du wolltest Pirat werden! Wie schön! Erinnere dich daran, wie das war! Wollten wir es nicht beide? Weißt du noch, wie wir davon geträumt haben, unseren Mathelehrer, den Knocks ...«

»... den Haifischen zum Fraß vorzuwerfen«, vervollständigte Weller den Satz. Jetzt wirkte er auf Ann Kathrin wie ein vorpubertärer Flegel.

»Ja, so habe ich manchmal überhaupt nur den Unterricht überlebt«, sagte Frank. »Ich hab mir vorgestellt, wie ich ihn zwinge, in der Unterhose das Deck zu schrubben. Später dann haben wir ihn über die Planken gehen lassen.«

Heiner Zimmermann tänzelte von Weller weg und vollzog Fechtbewegungen, als würde er sich gerade auf einem Piratenschiff befinden und gegen die Soldaten des Königs antreten.

»Du hast auch mal davon gesprochen, ihn am Großmast aufzuknüpfen und dort als Abschreckung baumeln zu lassen.«

Frank erinnerte sich und nickte.

Ann Kathrin brauchte jetzt Flüssigkeit. Sie nahm einen Schluck von dem Orangensaft.

Heiner Zimmermann ließ mit schwungvoller Geste den Degen wieder in seine imaginäre Scheide zurücksausen und bewegte sich langsam, aber zielstrebig auf seinen Freund Frank Weller zu. Vor ihm ging er in die Knie, wie sich Musketiere im Film vor ihrem König verbeugen. Dann sagte er: »Jawohl, mein Bruder, genau so war es. Wir wollten Piraten werden und wohnen jetzt beide an der Küste.«

Weller lachte.

»Und weißt du, was geschehen ist, als du dieses Arschloch erschossen hast?«, fragte Heiner Zimmermann.

Weller starrte seinen Freund an und schluckte.

»Da hast du den Piraten in dir gelebt. Er war immer da, und in diesem Moment, da hat er zugeschlagen.«

Ann Kathrin verstand nicht, was jetzt geschah. Sie sah es mit Entsetzen, und gleichzeitig fühlte es sich richtig an. Die beiden Männer lagen sich wieder im Arm, so wie sie sich begrüßt hatten.

»Und als du ihn ausgeknipst hast, da hast du über Knocks, das Schwein, gesiegt. Jetzt sind wir frei. Alle beide.«

Weller konnte jetzt nicht sprechen, aber er war froh über den Körperkontakt.

Ann Kathrin hielt die Situation nicht länger aus. Sie verließ leise den Raum. Etwas machte ihr Angst, und gleichzeitig quälte sie die beißende Frage: Hätte ich auch jemanden, der so zu mir steht wie Heiner zu Frank? Würde Ulrike in dieser Situation nicht vielleicht einfach auf mir rumhacken? Heiner stellte das Töten eines Menschen als logische Entwicklung ihrer Kindheit dar, ja, als eine Art Befreiungsakt, etwas, das man halt verstehen musste. Es konnte doch gar nicht anders kommen.

Als Kommissarin fand sie das unmöglich, aber sie war nicht nur Kommissarin. Es gab da noch etwas anderes in ihr. Eine große Sehnsucht danach, angenommen und verstanden zu werden. Solange man geradlinig und richtig seinen Weg ging, war es nicht schwer, Freunde zu haben. Niemand riskierte etwas dabei, einem auf die Schulter zu klopfen, solange man auf der Sonnenseite des Lebens spazieren ging. Aber was, wenn es mal anders kam, wenn man sich irrte, sich verrannte, vor den verfaulenden Trümmern der eigenen Taten stand und nicht mehr aus noch ein wusste?

Voller Zorn dachte sie jetzt an ihren Ex Hero, der im letzten Drittel ihrer Ehe nicht einmal mehr Verständnis dafür gehabt hatte, wenn sie Überstunden machen musste.

Sie ging hoch, in Heros ehemaliges Therapiezimmer. Sie sah mit einem flüchtigen Blick über die Aufzeichnungen vom Mord an ihrem Vater. Sie nahm sein Bild vom Schreibtisch, setzte sich auf den Boden, mit dem Rücken an die Wand streckte sie die Beine aus und sah ihn an.

»Du hättest genauso zu mir gehalten, Papa. Nur du. Sonst niemand. Auch Mama nicht«, sagte sie und ließ ihren Tränen freien Lauf.

Ihre Haare waren rot, und das passte im Grunde gut zum Feuer. Er stellte sich vor, sie ihr hoch zu toupieren, sodass die Haare wie Flammen aus ihrem Kopf aufsteigen würden. Aber das Rot ihrer Haare gefiel ihm überhaupt nicht. Es war ein schmutziges, kupferfarbenes Rot. Henna und irgendeine billige Färbung darunter, vermutete er. Die Haaransätze waren schwarz sichtbar. Ihre Haarspitzen waren gesplisst.

Nein, er würde sie vorher ganz umgestalten müssen. So war sie noch nicht reif.

Am liebsten hätte er auch ihre Augenbrauen und Wimpern verlängert.

Sie war ein ungeschliffener Rohdiamant, und es gab noch viel zu tun, bevor aus ihr ein Kunstwerk werden würde.

Er hatte sich für den Pilsumer Leuchtturm entschieden, knapp vier Kilometer südwestlich von Greetsiel auf dem Pilsumer Deich. Dort wollte er sie zur lebenden Fackel werden lassen. Irgendjemand hatte diesen Leuchtturm als Markenzeichen eintragen lassen und versuchte jetzt, all die Leute abzukassieren, die ein Bild des Leuchtturms verwendeten, auf Buchumschlägen oder auf Postkarten. Er war aber angeblich auch gegen eine Konditorei vorgegangen, die ihn aus Marzipan hatte herstellen wollen. Er hatte einen langen Bericht darüber im Ostfriesischen Kurier gelesen.

Auf welche absurden Ideen manche Leute kommen, um Geld zu verdienen, dachte er. Wenn jetzt wirklich jeder an dich bezahlen muss, der diesen Leuchtturm fotografiert, dann wirst du bald ein reicher Mann sein, denn dieser Leuchtturm wird bald nicht nur für Ostfrieslandtouristen von Bedeutung sein, sondern für die gesamte Welt. Er wird berühmt werden wie die Sixtinische Kapelle.

Die Farben des Leuchtturms, Gelb-Rot, korrespondierten sehr schön mit dem Feuer. Alles passte. Gelb als Farbe des Lichts und der Lebenskraft. Weiß als Farbe der Unschuld wäre noch besser gewesen, aber er konnte den Leuchtturm schlecht neu streichen. Das Rot als drohende Warnung gefiel ihm. Er würde versuchen, ihre Haare in dem gleichen Rot zu färben wie die Ringe um den Leuchtturm.

Aber es gab ein Problem, für das er noch keine Lösung hatte: Wie sollte er diesmal dabei sein? Natürlich brauchte er Fotos von dem Vorgang. Er musste das Happening doch irgendwie festhalten. Er konnte sich nicht auf verwackelte Touristenbildchen oder Polizeiaufnahmen verlassen. Wie lange würde es dauern, bis der brennende Leuchtturm die Menschen angelockt hatte? Bis die Polizei alles abriegelte und die Feuerwehr versuchte, sein Werk zunichtezumachen?

Er würde sich irgendwo anbinden müssen, wie Odysseus, um den Verlockungen der Sirenen nicht zu verfallen. Einerseits würde er dies hier für alle Menschen inszenieren. Doch er selbst könnte nicht so einfach dabei sein wie auf der Fähre.

Er beschloss, sich das Gelände noch einmal genau anzusehen. Er musste einen Punkt finden, von wo aus er alles gefahrlos beobachten konnte. Doch er fürchtete, dass es so einen Punkt in dieser flachen Gegend der Welt vielleicht gar nicht gab.

Diesmal würde die Polizei dazugelernt haben. Immerhin, die Nacht bot ihm ein bisschen Deckung. Diesmal kein Sonnenaufgang. Diesmal würde er in der dunkelsten Stunde der Nacht zuschlagen.

Es gab eigentlich nur zwei Möglichkeiten: Entweder würde jemand das Feuer sehen und die 112 anrufen oder die 110. Über die 112 käme eine Verbindung mit der Feuerwehrleitstelle in Aurich zustande. Dann würden die Feuerwehren aus Pewsum, Manslagt oder Greetsiel anrücken, was mindestens zehn, eher aber fünfzehn Minuten dauerte. Über den Polizeinotruf 110 würde tagsüber die Polizei aus Pewsum kommen, aber er hatte vor, nachts zu zündeln, und dann müssten die Beamten aus Norden anrücken. Selbst wenn sie ganz schnell waren, brauchten sie mindestens zwanzig Minuten, wenn sie aber unterbesetzt und mit weiteren Fällen beschäftigt waren, wie meistens, hätte er gut dreißig Minuten.

Auf jeden Fall musste er zuerst mit der Feuerwehr rechnen. Vermutlich würde die Polizei in Norden selbst die Feuerwehr anrufen und zum Leuchtturm schicken. Bis sie alle die Lage voll erfasst hatten, blieb ihm eine knappe halbe Stunde, schätzte er. Dann würden auch Polizeikräfte aus Emden und Aurich gerufen werden. Aber um die Krummhörn abzusperren, konnten sie garantiert nicht genug Leute aufbieten.

Trotzdem schien ihm die Sache zu unsicher. Er wollte so lange wie möglich zusehen. Vielleicht war es klug, Christina Diebold auf der Meeresseite anzubinden. So würde sie den Augen der Feuerwehrleute eine Weile verborgen bleiben. Es sah alles mehr nach einem Brand aus als nach einem Mord. Er selbst könnte die Engelsverbrennung vom Wasser aus beobachten und dann nach Greetsiel verschwinden oder nach Norddeich. Wer würde schon nachts die Nordsee nach ihm absuchen?

Der Leuchtturm war dreizehn Meter hoch. Mit einem guten Teleobjektiv könnte er bestimmt ein paar eindrucksvolle Aufnahmen machen. Die einzige Lichtquelle wären die Flammen, und selbst wenn sie mit Autos anrückten und ihre scheußlichen Scheinwerfer jede mystische Atmosphäre zerstören würden, ihn störten vom Meer aus diese Lichter nicht. Der Deich würde ihn gegen diesen Mist abschirmen.

Ja, die Nordsee war eine Alternative. Aber dann müsste er Christina Diebold mit dem Auto zum Tatort bringen. Das war übers Meer zu kompliziert. Er konnte unmöglich seinen Wagen in der Nähe stehen lassen … Er sah sich vor schwierige Probleme gestellt.

Seine Kunst wurde nicht staatlich subventioniert. Für ihn gab es keine Sponsorengelder. Ihm verlieh niemand schulterklopfend einen Preis. Für ihn setzten sich keine Makler, Agenten und Galeristen ein. Im Gegenteil. Er hatte den ganzen Apparat gegen sich. Aber umso triumphaler würde seine kompromisslose Kunst gefeiert werden.

Sie werden mich für unzurechnungsfähig erklären, dachte er. Und das ist gut so. Später kann ich dann im Gefängnis sitzen und dort als berühmtester Maler der Welt meine Werke aus dem Gedächtnis malen. So werde ich selbst zum Kunstwerk werden, zum Symbol innerer Freiheit und Unabhängigkeit. Im Knast werden die bedeutendsten Werke entstehen, nicht in den Akademien und Universitäten!

Er freute sich auf diese Zeit. Ein schönes Leben lag vor

ihm. Er musste vorher nur noch ein paar Werke schaffen, die die Welt aufrüttelten.

Er organisierte seine nächste spektakuläre Ausstellung. Zur Eröffnung gab es keine Einladungsbriefe. Keine Plakate. Die Kunst fand dort statt, wo er sie machte. Er entschied, wann, wo und wie, er war ein Guerillero der Malerei. Ein Genie des Schocks. Ein Virtuose des Albtraums. Er erfand immer neue Bezeichnungen für sich und seine Taten und sprach sie leise vor sich hin.

Er gab einem imaginären Reporter ein Interview. Er musste das üben, denn bald schon würden sie ihn mit Mikrophonen und Kameras bestürmen.

Er nannte den Reporter Mike. Er konnte ihn vor sich sehen, während er mit ihm sprach.

»Sehen Sie, Mike, damit etwas Neues entsteht, muss immer etwas Altes kaputtgehen. Das ist überall so. Schauen Sie sich um. Aus der Raupe wird der Schmetterling. Damit gutes Brot entsteht, müssen wunderschöne stolze Pflanzen, die sich der Sonnen entgegenrecken, gemäht werden. Die Ähren werden ihrer Körner beraubt. Die Körner werden zerkleinert. Gemahlen! Am Ende wird alles noch in einen heißen Ofen geschoben. Es sieht aus der Sicht der Pflanze bestimmt brutal aus. Es grenzt doch an ein Massaker. Aber trotzdem kommt wunderbar duftendes Brot dabei heraus. Lebensnotwendig. Energie spendend. Der beste Bäcker wird gelobt, weiterempfohlen und … schauen Sie mich nicht so an, Mike, als ob Sie nicht genau begreifen würden, worüber ich rede. Ja, nennen Sie mich verrückt. Meinetwegen. Aber ich habe den fiebrigen Glanz in Ihren Augen gesehen, als Sie meine Bilder angestarrt haben. Die Unterlippe ist Ihnen heruntergefallen. So haben Sie ausgesehen, Mike. So. Ja. Da staunen Sie, was?

Wann haben Sie zum letzten Mal eine Ausstellung besucht? An welches Bild erinnern Sie sich? Und was haben Sie dabei gefühlt? Na, sehen Sie … Schon schwimmen Sie, und Ihr Verstand kramt krampfhaft in Ihrer Erinnerung. Aber wenn Sie in zwanzig Jahren jemand nach meinen Bildern fragt, dann werden Sie sie sofort vor sich sehen. Sie werden jedem davon erzählen können. Von Ihren Gefühlen und Eindrücken. Das ist der Unterschied zwischen meiner Kunst und der üblichen Schmiererei. Meine Werke werden Sie nie vergessen. Meine Visionen verfolgen Sie in Ihren Träumen. Sie werden langsam zu Ihren eigenen. Irgendwann, Mike, wenn Sie mit Ihrer Frau schlafen, werden Sie sich dabei erwischen, dass Sie meine Bilder sehen, wenn Sie die Augen schließen. Und später werden Sie sie sogar sehen, wenn Sie die Augen offen halten. Weil meine Werke dann zu Ihrer inneren Bilderwelt gehören, dominant werden und den anderen, nichtssagenden Müll einfach beiseiteschieben.

Okay, Mike. Für heute müssen wir Schluss machen. Nein, keine Angst, ich rede nicht mit anderen Journalisten. Sie haben meine Geschichte exklusiv. Keine Frage, ich könnte Millionen dafür verlangen. Aber Geld interessiert mich nicht. Ich bin hier gut versorgt. Habe sozusagen ein staatliches Stipendium auf Lebenszeit. Sie nennen es Gefängnis. Ich nenne es die höchste Art der Freiheit. Alles, was ich brauche, sind Leinwand und Farben. Auf Blut muss ich leider verzichten. Aber okkulte Werke entstehen auch so.

Also, bis morgen, Mike. Jetzt muss ich arbeiten. Mein Tagwerk beginnt.«

In ihm brodelte prickelnde Aufregung, während er sich ihr im Café Lenzig langsam von hinten näherte. Sie flipperte ohne Argwohn. Sie hatte lange, lackierte, aber nicht wirklich gepflegte Fingernägel. Eine Maniküre würde notwendig werden. Er sah noch viel Arbeit mit ihr vor sich. Aber am Ende könnte sie nahezu perfekt werden.

Der silberne Ball wurde von den Bumpern zurückgeschossen und klickte ins Aus. Enttäuscht schlug sie mit der Handfläche auf die Glasplatte. Wie um etwas gegen ihre schlechte Laune zu tun, gab der Apparat ihr mit einem metallischen Geräusch, als würde ein Monster mit Zahnschmerzen rülpsen, ein Freispiel auf Endzahl. »Ja!«, rief sie. »Na bitte!«

»Herzlichen Glückwunsch«, sagte er.

Ohne sich nach ihm umzudrehen, nahm sie das Spiel an und feuerte den ersten Ball durch eine glitzernde Leuchtbahn ins Rennen.

»Was halten Sie von einem Doppelspiel?«, fragte er. »Man nennt mich auch den Flipperkönig von Münster.«

Sie machte sofort die rechte Seite frei. Schulter an Schulter standen sie jetzt, jeder flipperte nur mit einer Hand, und ihr Zusammenspiel funktionierte von Anfang an prächtig. Es kam ihr so vor, als hätte sie den Ball noch nie so lange im Spiel gehalten wie jetzt mit ihm gemeinsam. Sie hatte nur den Bruchteil einer Sekunde, um ihn zu mustern. Sie war sich sicher, ihn noch nie gesehen zu haben. Er war mindestens fünfzehn bis zwanzig Jahre älter als sie, aber sie hatte sofort Vertrauen zu ihm. Er roch gut. Nach Ölfarben und Terpentin. Und nach starkem, schwarzem Tabak. Die besten Menschen, die sie kannte, verströmten diesen Duft. Im Atelier ihres Vaters duftete es so. Manchmal hatte sie an den Pinseln gerochen und sich fast daran berauscht. Als sie klein war, dachte sie, ihr Vater male nur deshalb, weil er dem Zauber dieses Geruchs erlegen war. Der Mann ihrer Träume konnte kein Rockmusiker sein, kein Schauspieler, kein Staatsmann. Sie brauchte einen, der roch wie Picasso. Wie ihr Papa. Wie all die großen Malerhelden. Nach Öl.

Am Billardtisch jubelte ein Student über seinen gelungenen Stoß. »Eingelocht! Eingelocht!«

Er warf zwei Euro ein und spendierte die nächsten Spiele. Sie flipperten weiter zu zweit, und schon beim dritten Spiel begannen sie, ihre Hüften rhythmisch gegeneinanderzustoßen. Ihre Bewegungen waren wie ein Echo auf den Ball. Sie lachten bei jedem gelungenen Versuch, ihre Hüftbewegungen mit dem hin und her flippernden Ball zu koordinieren. Längst war klar, dass sie bereit füreinander waren und diese Nacht miteinander verbringen würden.

Es langweilte ihn fast, so einfach war es.

Es wurde langsam voll in der Kneipe. Sie hatten mit ihrem Gekichere und ihrem Balztanz am Flipper die ganze Aufmerksamkeit der einsamen Zecher an der Theke. Die machten ihm am wenigsten Sorgen. Sie würden sich ohnehin nur an Christinas Arsch erinnern.

Die Doppelkopfspieler in der Ecke, nah bei der Tür, schielten immer wieder herüber, aber was würden sie schon über ihn sagen können? Ein Mann in Jeans, blauer Pullover, vielleicht auch grün, V-Ausschnitt. Er hatte einen Zopf, war ein bisschen älter als sie. Viel mehr traute er ihnen nicht zu.

Gefährlicher waren die Studenten, die dort hitzköpfig über ungerechte Noten und den AStA diskutierten. Einer von ihnen sah merkwürdig eifersüchtig zu ihnen hinüber. Ob er ein Auge auf Christina geworfen hatte?

Es wurde Zeit zu gehen. Er brauchte jetzt nur noch den passenden Spruch. Er wollte es zunächst mit »Gehen wir zu dir oder gehen wir zu mir?« versuchen, aber dann schien ihm das zu platt und zu riskant. Noch war alles zwischen ihnen unausgesprochen. Noch konnte er alles mit einem falschen Wort verderben. »Gehen wir zu dir oder gehen wir zu mir« war zu altbacken. Es zementierte den Altersunterschied zwischen ihnen. Er brauchte etwas, das ihn aufhob.

Er brachte seinen Mund nah an ihr Ohr. Ihre Haare kitzelten ihn in der Nase. »Ich möchte Champagner aus deinem Bauchnabel trinken.«

Sie kreischte, als hätte er sie bereits mit dem edlen Getränk nass gespritzt, aber es war nur ein gelungener Schuss ins Multiple-Choice-Gate, der sie so einen Laut ausstoßen ließ. Dann sah sie ihm fragend in die Augen, und er spielte den Weltmann: »In guten Zeiten sollte man sich etwas gönnen, damit man in schlechten weiß, wie es geht.«

Sie lachte hell auf. Sie wusste, dass ihr breiter Mund und ihre weißen Zähne für sie sprachen, und sie verstand beides einzusetzen.

»Champagner? Hast du eine Erbschaft gemacht?«

Er lächelte triumphierend. »Ich habe ein Bild verkauft. Und jetzt suche ich jemanden, mit dem ich das feiern kann.«

Ein Maler also. Genau wie sie erwartet hatte. Und ein erfolgreicher dazu. Endlich einer, der sich nicht nur über den Kunstbetrieb beschwerte und den Massengeschmack widerlich fand, sondern einer, dem es tatsächlich gelang, seine Bilder zu verkaufen.

Sie ließen die Kugel einfach durchlaufen. Es wäre ein Leichtes gewesen, sie hochzuschießen in den High-Score-Raum. Sie hatten beide dem Apparat bereits den Rücken zugedreht. Die Kugel rollte am rechten Flipper entlang ins Aus.

Vor der Kneipe sah sie sich fragend nach seinem Auto um. Aber er musste sie enttäuschen. »Ich bin mit dem Taxi gekommen. Wenn ich voll bin, fahre ich nie.«

»Bist du denn voll?«, fragte sie erstaunt.

Er schüttelte die Locken. »Nein. Aber ich hatte vor, mich langsam vollaufen zu lassen … bevor ich dich sah, versteht sich.«

Sie gingen durch die Hammer Straße zu ihrem silbergrauen Golf. Bevor sie ins Auto stiegen, fragte sie ihn nach seinem Namen, und er meinte, sie solle sich einen aussuchen. Auch er wolle ihren Namen gar nicht wissen. Das entzaubere doch nur die Situation, sagte er, dann schlug er vor, sie »Schneeflocke« zu nennen. In dieser lauen Nacht kam ihr das sehr erfrischend vor, und sie fand es poetisch. Trotzdem hatte sie einen Einwand. »Schneeflocken«, sagte sie, »leben nicht lange.«

Er lächelte, als habe er auf dieses Stichwort nur gewartet, und sagte: »Sie sterben nicht. Sie schmelzen und verändern ihre Form.«

»Okay«, lachte sie, »aber dann will ich dich Rattenzahn nennen.«

Unwillkürlich tastete er an seine Lippen. »Wieso Rattenzahn? Nein, Rattenzahn gefällt mir gar nicht. Habe ich etwa Rattenzähne?«

»Nein«, sagte sie, »ich wollte dich nur auch mal verunsichern.«

Sein Gesicht erhellte sich zu jungenhafter Freude. »Also, wie nennst du mich dann? Wer darf ich heute für dich sein?«

»Chagall«, schlug sie vor, doch er schüttelte den Kopf.

»Magst du den nicht?«

»Der ist mir zu süßlich.«

Sie griff in die ganz andere Kiste. »Jeff Koontz?«

Er verzog den Mund spöttisch und winkte ab. »Was der macht, ist keine Kunst. Das ist Kirmes. Bunter, schreiender Kitsch.«

Sie wollte nicht noch einmal danebenliegen und sich lieber langsam herantasten. »Etwas Klassisches«, schlug sie vor. »Goya. Oder sagen wir …«

Er wollte sie gerade bitten, ihn doch Hieronymus zu nennen, aber vielleicht hätte er damit zu viel von sich preisgegeben.

Sie schüttelte ihre schmutzig roten Haare. »Weißt du, was? Ich schau mir erst mal deine Bilder an, und dann sag ich dir, wer du für mich bist.«

Ja, dachte er, wenn du meine Bilder gesehen hast, wirst du wissen, wer ich bin. Aber dann wirst du keinen Kosenamen mehr für mich wählen, sondern mich nur noch bitten, dich zu verschonen.

»Wenn du zu Hause eine Frau hast oder irgendeine andere Person, die uns Probleme machen könnte, dann können wir auch zu mir fahren. Meine Eltern sind sehr liberale Menschen. Außerdem habe ich einen separaten Eingang.«

Sie will mich tatsächlich mit in dein Haus nehmen, Diebold.

Der Gedanke daran jagte ihm einen Schauer über den Rücken. Etwas daran gefiel ihm, aber andererseits wollte er nicht zu leichtsinnig werden.

»Fahren wir besser zu mir«, sagte er. »Jetzt links, und dann auf die Schnellstraße.«

Er dirigierte sie durch die Nacht, hin zu der Falle, die er für sie aufgebaut hatte.

Sie suchte nervös nach einem Radiosender und blieb bei einem nächtlichen Beitrag hängen, in dem die Originalsongs von Tom Waits mit der kölschen Fassung von Gerd Köster verglichen wurden.

Sie hielten an einer Tankstelle. Er lief rein und kaufte Red Bull und zwei kleine Flaschen Wodka, ging dann zur Toilette und verfeinerte ihr Red Bull mit ein paar Tropfen Liquid Ecstasy.

Christina trank mit ihm. Sie knutschten ein bisschen, aber sie schlief noch nicht ein. Um Zeit zu gewinnen, drehte er sich eine Zigarette. Als seine Zunge an dem Gummi leckte, spürte sie es zwischen ihren Schenkeln, als sei seine Zunge dort entlanggefahren und nicht über den Klebestreifen. Sie war bereit, es gleich jetzt, hier auf dem Parkplatz mit ihm zu machen. Sie erkannte sich selbst nicht wieder.

Dann überkam sie diese unglaubliche Müdigkeit.

Als sie wach wurde, befand sie sich in einem stockdunklen Raum. Es war so schwarz um sie herum, dass sie für einen Moment nicht einmal wusste, ob sie sich draußen befand oder in einem Zimmer. Es fehlte jede Art von Sinneseindruck. Keine Farbe, kein Geräusch, kein Geruch, kein Wind auf der Haut. Da war nichts. Als ob sie ihre Wahrnehmung verloren hätte. Aber ihr Verstand arbeitete rasend und versuchte, sich ein Bild von der Situation zu machen.

Sie musste sich in einem Raum befinden, sonst wäre irgendein Luftzug zu spüren. Es müsste ein Stern am Himmel zu sehen sein. Das Geräusch einer fernen Straße zu hören oder zumindest ein paar Vögel. Hier war nichts. Gar nichts.

Sie wollte sich selbst berühren, um sich zu spüren, dann erst verstand sie, dass ihre Hände gefesselt waren und ihre Beine.

Das Licht ging an. Es war wie ein alles erhellender Blitz, dessen Heftigkeit augenblicklich blind machte. Sie hielt die Augen geschlossen und stellte sich schlafend, aber ihre Atmung hob und senkte den Brustkorb verdächtig schnell.

Sie überlegte, was jetzt klüger wäre, und versuchte, die Situation wie eine Rechenaufgabe zu überdenken. Welche Möglichkeiten gab es? Welche Chancen? Konnte alles ein dummer Studentenwitz sein?

Sie hatte Mühe, sich zu erinnern, und ihr Kopf schmerzte. Hatte sie Drogen genommen? Hatte sie sich auf irgendwelche Sexspiele eingelassen? War das hier irgendeine SM-Nummer?

Sie konnte nicht schlucken. Sie hatte etwas im Mund,

das plötzlich einen Brechreiz hervorrief. Sie versuchte es auszuspucken, wollte sich aufbäumen und ihn ansehen, doch dann spürte sie einen Pinsel an ihrer rechten Wade. Malte er sie an?

Sie wollte schreien, aber sie hatte einen Knebel im Mund. Sie konnte nicht einmal husten. Dann spürte sie die Klinge. Er rasierte ihr die Beine.

Er hatte registriert, dass sie aufgewacht war, und brachte seine Arbeit in Ruhe und, ohne ein Wort zu sprechen, zu Ende. Ihr linkes Bein war schon rasiert. Als er sorgfältig die letzten Haare vom rechten geschabt hatte, trocknete er die Haut ab und massierte sie mit einer beruhigenden, kühlenden Lotion. Sie roch nach Mandelblüten, und dieser Duft erinnerte sie an Mallorca.

Der Geruch kam ihr so normal, so gut, so himmelschreiend richtig vor, dass ihr die Tränen aus den Augen schossen und das Tuch tränkten, mit dem er ihr die Augen verbunden hatte.

Er löste das Tuch. Das Licht blendete sie. Dann trat er zwei Meter von ihrem Lager zurück, um sie besser betrachten zu können. Ihre Haare waren feucht, und ihre Kopfhaut brannte. Er hatte etwas mit ihren Haaren gemacht. Sie sah als Erstes seine Finger. An ihnen klebte Rasierschaum.

Er legte den Pinsel auf einen Beistelltisch und wischte sich mit einem Frottétuch die Hände ab. Er war ohne jede Eile. Was er auch tat, er wendete den Blick nicht von ihr ab. Er tat alles langsam, als würde er jede Sekunde genießen und alles in sich aufsaugen. Ja, seine Augen kamen ihr vor wie ein höchst effektiver Staubsauger. Sie hatte fast Angst, darin zu verschwinden und von seinen Blicken geschluckt zu werden.

Sie dachte an ihre Mutter. Die hatte mal über einen Nachbarn gesagt, er wäre ihr unangenehm, in seiner Nähe hätte sie immer das Gefühl, er würde sie mit seinen Blicken aufessen. Jetzt wusste sie, was ihre Mutter damit gemeint hatte.

Sie erkannte, dass sie in einem schallisolierten Raum lag. Die Wände waren mit grauem Melamin-Noppenschaumstoff überzogen. Die Form erinnerte sie an die Schachteln, in denen auf dem Markt in Münster Eier verkauft wurden.

Räume wie dieser waren ihr nicht unbekannt. Zweimal hatte ein Gitarre spielender Student versucht, sie zu beeindrucken, indem er sie mit ins Tonstudio nahm.

Warum, dachte sie, hat er mir diese Stofflappen in den Mund gesteckt, wenn mein Schreien doch niemand hört? Noch einmal versuchte sie, das Zeug herauszuwürgen.

Er trat zu ihr und fasste den Stofffetzen mit spitzen Fingern an.

»Bitte versprich mir, nicht zu schreien«, sagte er. »Dich kann sowieso niemand hören. Aber es nervt mich. Es macht die ganze Stimmung kaputt. Ich kann schrille Töne nicht ertragen. Babygeschrei bringt mich um …« Er lächelte.

Na schön, du Arschloch, dachte sie, dann weiß ich ja jetzt, wie ich dich kaltmachen kann. Aber sie gab keinen Ton von sich. Ihr Mund war ausgetrocknet. Die Zunge pelzig und geschwollen.

Er erkannte sofort ihr Problem und nahm von einem Tischchen ein Glas Wasser. Er hielt es ihr mit einem Strohhalm an die Lippen. Sie saugte das kühle Leitungswasser gierig ein und hoffte, dass er ihr damit nicht wieder irgendein Scheißmittel verabreichte.

Beim Trinken hob sie den Kopf höher. Er stützte ihn mit einer Hand ab wie ein hilfsbereiter Krankenpfleger. Aus dem veränderten Blickwinkel konnte sie auf das Tischchen sehen, von dem er das Glas und das Handtuch genommen hatte. Dort lagen noch mehr Utensilien. Neben mehreren Pinseln Einweg-Nassrasierer von Wilkinson. Eine Spritze, ein Schlauch und ein Blutbeutel. Im Krankenhaus hatte man ihr nach der Blinddarmoperation einen Katheder gelegt. Das sah genauso aus.

Was hatte dieser kranke Idiot mit ihr vor?

»Bitte«, sagte sie ganz leise, um ihn ja nicht wütend zu machen. »Ich tue, was Sie wollen. Aber lassen Sie mich gehen.«

Der sanfte Klang ihrer Stimme gefiel ihm und stimmte ihn milde. Aber er antwortete nicht, sondern begab sich in einen Winkel des Raumes, der für sie nicht einsehbar war. Von dort kam er mit einem großen Spiegel zurück. Er hielt ihn hoch, sodass sie sich selbst fast ganz sehen konnte.

»Gefällst du dir?«, fragte er.

Sie sah sofort, dass er ihr die Haare gefärbt hatte. Sie war völlig nackt und unter den Achselhöhlen rasiert. Auch Schamhaare besaß sie nicht mehr.

Natürlich wusste sie, wer der »Friseur« war. Sie hatte viel über diesen Frauenmörder in der Zeitung gelesen und im Fernsehen gesehen. Aber der war ja nun keine Gefahr mehr, er war doch tot. Ein Polizist hatte ihn erschossen, und sie war mit ihrem Vater der Meinung, der Polizist habe richtig gehandelt, zum Schutz der Öffentlichkeit.

»Besser so, als dass irgendein schwachsinniger Richter den Täter nach zehn Jahren wieder freilässt«, hatte ihr Vater am Frühstückstisch gesagt und dabei betont, dass er immer noch gegen die Todesstrafe sei, weil der Staat nicht zum Mörder werden dürfe.

Manchmal formulierte ihr Vater so widersprüchliche Thesen. Durch ihn hatte sie gelernt, in Widersprüchen zu denken. Die Dinge waren nicht schwarz oder weiß, sondern meistens von beidem ein bisschen. In vielem

Richtigen lag auch etwas Falsches, und in vielem Falschen konnte sie Richtiges entdecken.

Die Frühstücksgespräche mit ihrem Vater jagten durch ihr Gehirn, so als brauche sie etwas, woran sie sich festhalten konnte, um nicht durchzudrehen.

Ann Kathrin hielt es mit Weller im Distelkamp nicht länger aus. Sie hatte keine Angst, in seiner Nähe depressiv zu werden. Seine Stimmung hatte nichts Klebriges. Er versuchte nicht, sie mit runterzuziehen. Er saß nur einfach da in seinem Schmerz, und es war schwer für sie, zusehen zu müssen und ihm nicht helfen zu können. Machtlos zu sein, ertragen zu müssen, was geschieht, und dem geliebten Menschen keinen Rettungsring zuwerfen zu können machte sie einfach fertig.

Sie fuhr mit dem Fahrrad zum Deich, in der Hoffnung, dort auf andere Gedanken zu kommen. Sie befand sich in einer tiefen Krise mit sich selbst und mit ihrem Beruf. Sie sah ihren Vater vor sich, wie er aschfahl und gedemütigt nach Hause gekommen war. Er wollte nicht reden. Trank nicht mal seinen geliebten Doornkaat. Er saß nur und starrte die Wand an. Der Garten interessierte ihn nicht, und auf die Worte seiner Frau, was denn mit ihm los sei, reagierte er nicht. Ein paar schreckliche Tage hatte Ann Kathrin ihn so erlebt – kraft- und interesselos. Dann war langsam seine Lebensenergie zurückgekommen, und auch das verschmitzte Lächeln sah sie wieder in seinem Gesicht. Er hatte ihr nie erzählt, was damals passiert war. Doch wenn er auf die Zeit angesprochen wurde, sagte er: »Entwicklungen, Ann Kathrin, finden immer in Krisen statt. Entweder die Dinge hauen einen um, oder sie bringen einen weiter.«

War dies so eine Situation?

Sie stellte ihr Rad bei der Seehundstation ab und ging den Rest bis zum Deich zu Fuß. Dann joggte sie auf dem

Deichkamm. Sie sah aufs Watt und die Salzwiesen. Norderney lag wie eine leuchtende Einladung vor ihr. Ann Kathrin lief im Schatten weißer Wolken, doch über Norderney gab es ein Sonnenloch, während Juist in einem merkwürdigen Dunst fast verschwand. Ann Kathrin wertete das als Zeichen, dass sie etwas im Moment nicht sah. Etwas, das da war, aber während sie sich den angeleuchteten, hellen, grellen Teilen zuwendete, blieb etwas im Dunkeln.

Hatte sie etwas übersehen? Sie bezog das alles auf den Tod ihres Vaters. Doch dann leuchtete am Rand ihres Bewusstseins etwas auf. Es durchfuhr sie wie ein Blitz. Sie spürte es als Kribbeln auf der Haut.

Wo waren die Kleider des dritten Opfers? Meuling hatte sie sicherlich nicht einfach ins Meer geworfen. Der Täter, der alles inszenierte, um die Menschen zu schockieren, ließ es sich doch bestimmt nicht entgehen, ein weiteres »Geschenk« für die Polizei zu packen. Er konnte es schlecht neben ihr ins Meer werfen. Er musste einen sicheren Ort dafür finden. Einen Ort, nicht weit weg von der Leiche.

Sie sah die Frisia V in Norddeich-Mole auslaufen. Na klar, dachte sie. Die Fähre. Er hat irgendwo auf der Fähre ein Paket mit ihren Kleidern und ihrem Personalausweis versteckt.

Es spielte jetzt eigentlich keine Rolle mehr, aber der Fall musste ordentlich abgeschlossen werden. Sie setzte sich auf die Wiese und rief Ubbo Heide an.

Er brütete gerade über dem Laborbericht, von dem er die Hälfte nicht verstand. Die Goldkrone, die der Täter Carolin Haase an den Kopf getackert hatte, war metallurgisch untersucht worden. Wenn Ubbo Heide den Bericht richtig deutete, waren hier verschiedene Edelmetalle zusammengeschmolzen worden. Gold, Kupfer, Silber. Das Gold sei versaut worden. Irgendein Stümper habe einfach alles zusammen eingeschmolzen, mokierte sich der Fachmann.

Ubbo Heide fragte sich, woher das Gold kam. Der Gutachter vermutete, das Ganze sehe aus, als habe jemand wahllos Schmuck eingeschmolzen und daraus etwas Neues gemacht. Sogar Dosenblech war dabei.

Meuling musste also irgendwo einen Ofen gehabt haben, mit dem er in der Lage war, Temperaturen von über 1000 Grad zu erzeugen, denn vorher schmolz Gold nicht.

Ubbo Heide war froh, die SOKO wieder los zu sein. Er hoffte auf ein paar ruhige Wochen. Er brauchte sie sehr dringend. Er hatte sich bei Dr. Ekkehart Wolter zu einem Gesundheitscheck angemeldet und fürchtete, das Ergebnis könne ihm mehr Aufschluss über den Raubbau, den er mit seinem Körper getrieben hatte, geben, als ihm lieb war.

»Hallo, Ann Kathrin. Wie geht's dir?«

Sie beantwortete seine Frage nicht, sondern kam gleich zur Sache: »Wir haben etwas übersehen. Das Päckchen mit den Kleidern muss irgendwo sein. Ich wette, er hat es auf der Fähre versteckt.«

»Wie geht es Weller?«, fragte Ubbo Heide. »Ich finde, er sollte mit unserer Polizeipsychologin reden … Er ist einer unserer besten Männer. Ich will ihn nicht verlieren.«

»Ja«, sagte Ann Kathrin, »ich weiß.« Und sie registrierte, dass sich eigentlich niemand mehr wirklich für den Friseur und seine Taten interessierte. Mit der tödlichen Kugel von Frank Weller war die Sache für alle erledigt. Es war eine Erleichterung da. Man konnte wieder zum Tagesgeschäft übergehen.

»Der Staatsanwalt wird uns Fragen stellen, Ubbo. Damit kommen wir vor Gericht nicht durch. Wir …«

»Lass es gut sein, Ann Kathrin. Der Spuk ist vorbei. Es wird keine Gerichtsverhandlung geben. Der Mörder ist tot.«

»Ja, muss er nicht wenigstens formal verurteilt werden? Ich meine, damit …«

»Wem nutzt das noch?«

»Ja aber …« Ihr gingen die Argumente aus. War es hier ähnlich wie mit dem Mord an ihrem Vater? Versickerten manche Fälle einfach im Raster der Zeit? Lösten sie sich auf im Alltag, fristeten im Aktenschrank ihr Leben und wurden irgendwann vergessen, aussortiert, niedergeschlagen?

Sie hatte von ihrem Vater gelernt, dass man die losen Fäden nicht herunterhängen lassen durfte. Sie mussten verknüpft werden, um einen Fall zu lösen. Perle für Perle, aufgereiht an einer langen Schnur, so sah sie die Indizienkette am liebsten vor sich. Am Ende musste alles logisch sein, um es zu einem befriedigenden Ende zu führen.

Sie wollte es sagen, doch Ubbo Heide kam ihr zuvor: »Manche Dinge, Ann Kathrin, muss man einfach akzeptieren. Es ist nicht alles optimal gelaufen, und nun ist es vorbei. Wir müssen alle damit fertig werden. Jeder mit seiner Schuld, seinem Versagen. Wir sind keine Helden und keine Götter, sondern unzulängliche Menschen, und wir haben auch schon mal das Recht, die Nerven zu verlieren. Am besten nimmst du mit Weller deinen Jahresurlaub. Wir lassen ein bisschen Gras über die Geschichte wachsen und dann …«

Plötzlich blies vom Meer her ein heftiger Wind eine Schneise in die Dunstglocke über Juist. Ubbo Heide behauptete, Ann Kathrin nicht mehr richtig zu verstehen, weil der Wind so sehr über ihr Handy pfiff. Austernfischer und Kiebitze beschwerten sich mit klagenden Lauten.

Ann Kathrin steckte ihr Handy ein. Wahrscheinlich, dachte sie, ist er froh mich loszuhaben. Ich bin so kompliziert im Moment. Ich bin mir selbst zu viel. Ich kann

Frank nicht helfen, habe keinen Kontakt mehr zu meinem Sohn – wann habe ich eigentlich zum letzten Mal etwas von ihm gehört? Dann kam es ihr so vor, als habe sie von sich selbst schon mindestens genauso lange nichts mehr gehört, und sie beschloss, ein neues Leben anzufangen. Noch heute.

Ein erwachsener Kiebitz stellte sich ihr in den Weg. Das Tier wich nicht aus. Seine Federholle richtete sich geradezu kämpferisch auf. Es war ein Männchen, tiefschwarz gefärbt mit einem weißen Vorderhals. Ann Kathrin blieb stehen und sprach den Vogel an: »Ja, hack du auch noch auf mir herum!«

Er antwortete »Krahää!« und »Kija! Kija!«. Dann flog er mit gemächlichen Flügelschlägen davon.

Ann Kathrin lief zurück zur Seehundstation, stieg auf ihr Rad und sauste vorbei an den stehenden Autokolonnen an der Norddeicher Straße zurück in den Distelkamp. Dort baute sie sich vor Frank auf und sagte mit trotzigem Zorn: »Ich will mein Leben zurück, Frank!«

Die energiegeladene Art, mit der sie plötzlich vor ihm stand, und die Entschlossenheit, mit der sie diesen Satz sagte, ließen ihn innerlich zusammenzucken.

»Ist das jetzt der Auftakt zu einem Beziehungsgespräch, an dessen Ende du mich an die Luft setzt?«, fragte er, und so zerknirscht, wie er sie ansah, zog er diese Möglichkeit durchaus in Betracht.

»Nein«, sagte sie, »ganz und gar nicht. Ich meine das genau so, wie ich es gesagt habe. Ich will mein Leben zurück. Meuling hat es uns geklaut. Mit seinen Morden. Er hat uns beide an die Grenzen gebracht. Es gibt noch mehr im Leben als nur solche verrückte Spinner. Es ist gut, dass du der Sache ein Ende bereitet hast. Ich hätte es schon tun sollen, im Park in Lütetsburg. Dann würde Carolin Haase noch leben. Lass uns nicht mehr darüber reden. Lass uns ausgehen.«

»Ausgehen?«

»Schau mich nicht so an, als hätte ich dir vorgeschlagen, eine Gruppensexorgie zu starten. Ich will ein bisschen Spaß haben, mit dir über andere Dinge reden und …«

»Jeder wird uns drauf ansprechen, Ann. Wo sollen wir denn hingehen? Für die einen bin ich ein Held, für die anderen nur ein Scheißbulle mit nervösem Finger am Abzug.«

»Lass uns nach Bremen fahren, Frank. Wir gehen zum Flughafen und nehmen den nächsten Last-Minute-Flug. Egal wohin. Hauptsache, es ist warm.«

»Hier ist es warm.«

Sie beschwor ihn fast: »Wir brauchen einen Tapetenwechsel.«

»Ich kann das jetzt nicht, Ann. Ich schaff das nicht.«

»Was schaffst du nicht?«

»Ein Flughafen. Aufgekratzte Menschen. Urlaubsstimmung. Kühle Drinks. Das ist im Moment nicht meine Welt. Ich …«

»Dann lass uns nach Emden in die Kunsthalle fahren.«

Er sah sie völlig verständnislos an: »Du willst jetzt in die Kunsthalle?«

»Ja. Ich muss etwas anderes sehen.«

»Was?«

»Egal. Hauptsache keine Mörder. Meinetwegen können wir auch in die Backstube. Oder – warst du je im Teemuseum in Norden?«

»Bist du jetzt auf dem Museumstrip?«

Sie drehte sich abrupt um. Sie fühlte sich missverstanden, aber sie war nicht bereit, sich alles von ihm miesmachen zu lassen.

Lautlos war er hinter sie getreten und legte ihr eine Hand auf die Schulter. »Du hast ja recht, Ann. Wir dürfen uns von diesem Schwein nicht alle zu Opfern machen lassen.«

Er zog seine hellblaue Leinenjacke über das verschwitzte weiße T-Shirt und sagte aufmunternd: »Okay. Wenn du mich mitnimmst … dann gehen wir jetzt. Wohin du willst.«

Rupert trank lauwarme Cola, aß Salzstangen, warf alle zwei Stunden eine Kohletablette ein, um seiner Darmprobleme Herr zu werden, und heftete sich an die Fersen von Gunnar Peschke. Im ZDF gab man ihm bereitwillig Auskunft. Er sei nicht im Haus, sondern zu einem Dreh. Angeblich war er bei der MES-Filmproduktion in Wiesbaden, um mit einer Kinderliedermacherin Piratensongs für die Musikboxx aufzunehmen.

Rupert ließ sich Peschkes Handynummer geben und ortete ihn. Er musste sich in Norddeich in der Nähe vom Hafen aufhalten.

Von wegen, du bist in Wiesbaden. Du treibst dich schon wieder hier rum, auf der Suche nach deinem neuen Opfer, was? Wahrscheinlich lachst du dich schief darüber, dass mein verstörter Kollege Weller diesen Meuling ausgeknipst hat … Jetzt glaubst du, du hättest freie Bahn, was? Muss ein geiles Gefühl sein, freigesprochen zu werden, ohne jemals angeklagt worden zu sein. Für einen ZDF-Redakteur aus Mainz treibst du dich erstaunlich oft in Ostfriesland rum. Hast du dir hier noch ein kleines Musikzimmer eingerichtet? Eins, in dem man die Schreie deiner Opfer nicht hört? Schöne, schalldichte Wände? Ich krieg dich, Peschke. Ich krieg dich!

Rupert konnte an gar nichts anderes mehr denken. Er handelte nicht aus dem Bauch heraus wie Ann Kathrin. Er ließ sich nicht von seinen Gefühlen leiten, so wie sie. Er brauchte Daten, Fakten und Beweise. Er wusste nicht mehr als seine Kollegen, aber er wertete die Indizien anders, denn er hatte keinen Respekt vor diesen Medienfuzzis.

Er überprüfte seine Waffe, nahm die Munition heraus und lud die Waffe erneut. Dann zog er den Schlitten durch. Er kam sich heldenhaft dabei vor, als er das metallische Geräusch der Patrone hörte, die in den Lauf glitt. Dann fuhr er nach Norddeich. Er hatte die Position von Peschke auf 30 Meter genau. Zum Glück fuhr der nicht mit dem Auto und saß auch auf keinem Fahrrad. Seit einer guten Stunde hatte er sich nicht mehr vom Fleck bewegt.

Rupert fuhr den Weg ab, während sich sein Magen erneut zusammenkrampfte.

Sein Handy klingelte. Sie wusste nicht, woher sie die Melodie kannte, aber es war ein Kinderlied, da war sie ganz sicher. Er zog das Handy aus seiner Jeans, warf einen kurzen Blick aufs Display und nickte ihr dann zu, während er mit einem entschuldigenden Schulterzucken den Raum verließ, so als sei es ihm peinlich, dass ihre Handlung gerade jetzt durch ein Gespräch gestört wurde. Er wollte nicht in ihrer Gegenwart telefonieren und verließ den schalldichten Raum.

Ihre Arme schmerzten in der Haltung. Sie wurden nicht mehr richtig durchblutet. Die linke Hand war eingeschlafen, aber an der rechten hatte sie ein bisschen mehr Spielraum. Sie versuchte, mit den Nägeln am Seil zu kratzen. Vielleicht, dachte sie, kann ich es durchschaben. Der Mensch braucht eine Hoffnung …

Er kam zurück. Der Geruch von Nagellackentferner stieg in ihre Nase, als er wieder in den Raum kam. Er wirkte fröhlich. Das Gespräch hatte ihm Spaß gemacht. Er sah aus wie jemand, der mit sich und der Welt völlig im Reinen war.

Fast zärtlich und sehr sorgfältig löste er den Lack von

ihren Nägeln. Dann verließ er noch einmal den schalldichten Raum und kam mit einer Nagelfeile, einer Schere und einer Schale, in der lauwarmes Wasser schwappte, zurück. Er goss ein paar Tropfen von einem Spülmittel hinein, das nach Limonen duftete. Dann setzte er sich an ihre rechte Seite, zerrte ihre Hand so zurecht, dass sie die Fingerspitzen ins Wasser tauchen konnte.

Spiel mit, dachte sie, spiel einfach mit. Solange er dir die Nägel manikürt, wird er dich nicht umbringen. Ihr war klar, dass er sie auf etwas vorbereitete. Etwas, das sie freiwillig niemals mitspielen würde. Etwas, das mit ihrem Tod enden sollte.

Sie erinnerte sich an die Berichte über den Friseur. Er hatte die Frauen nicht vergewaltigt. Das zumindest würde ihr also erspart bleiben. Oder war der hier ein Nachahmungstäter? Hatte er sich von den Taten des Friseurs inspirieren lassen?

Schließlich trocknete er ihr Finger ab und betrachtete ihre Nägel mit einem Kopfschütteln.

»Du ernährst dich nicht gut«, sagte er. »Es ist eine Schande.«

»Ich habe Hunger«, flüsterte sie, um Zeit zu gewinnen.

»Du solltest mehr Obst und Gemüse essen, nicht immer dieses Junkfood. Man sieht es an deinen Nägeln und an deinen Haaren. Du hast einen Mangel an Kalzium und an Vitaminen.«

Er sprach fürsorglich zu ihr wie ihr Vater. Tränen stiegen in ihre Augen, denn Hoffnung keimte auf. Würde er sie doch leben lassen?

»Ja«, sagte sie, »ich war blöd. Ich habe mir nicht genug Zeit genommen, selbst zu kochen. Hier schnell ein Hamburger, da eine Bratwurst … Kann man das wirklich an den Fingernägeln sehen?«

Mit der kleinen Schere schnitt er die Nägel ihrer rechten Hand zunächst in eine gleichmäßige Form. Erneut klingelte sein Handy. Jetzt erkannte sie die Melodie. Es war »Der Plumpsack geht herum«. Sie erinnerte sich gut an das Lied. Sie hatten es manchmal an Geburtstagen gespielt.

»Plum, Plum, der Plumpsack geht herum.
Wer sich umdreht oder lacht,
kriegt den Buckel vollgemacht.
Dreht euch nicht um,
der Plumpsack geht herum.«

Er hatte die kleine Nagelschere neben ihrer Hand liegen lassen. Wollte er sie auf die Probe stellen? War das eine Teufelei von ihm? Wollte er so sehr, dass ihre Hoffnung aufkeimte, oder hatte er eine Nachlässigkeit begangen?

Sie verbog sich, reckte ihre Finger und bekam tatsächlich die Schere zu fassen. Augenblicklich war ihr Körper schweißbedeckt. Die Panik, sie könne die Schere fallen lassen, ließ ihre Gelenke fast steif werden.

Sie bog ihr Handgelenk nach hinten und konnte mit der Schere an ihren Fesseln herumsäbeln. Es war unmöglich, sie mit einem Schnitt zu zertrennen, doch schon lösten sich Fasern von der Wäscheleine. Ein Hochgefühl der Hoffnung durchrieselte ihren Körper.

Es gelang ihr, die Fesseln am rechten Handgelenk zu durchtrennen. Das linke würde schneller gehen! Schon hatte sie mehr Spielraum, kniete im Bett und säbelte mit der Schere an der Fessel herum.

In dem schallisolierten Raum konnte sie natürlich nicht hören, ob er näher kam. Die Tür öffnete sich plötzlich hinter ihrem Rücken. Er sah sofort, was sie tat, und sprang herbei.

Er versuchte, ihr die Schere aus der Hand zu nehmen.

Sie trat nach ihm. Sie biss und benutzte die Schere als Stichwaffe.

Er kämpfte nicht wirklich hart. Er ohrfeigte sie. Er benahm sich wie jemand, der Angst hat, seinen Gegner zu verletzen. Aber als sie die Spitze der Schere in seinen linken Oberarm stieß, brüllte er vor Schmerz. Er taumelte zurück und stand jetzt mit dem Rücken an der isolierten Wand.

Sie kniete auf dem Bett, die linke Hand immer noch ans Gestell gefesselt. Mit der rechten fuchtelte sie durch die Luft. Sie fletschte die Zähne wie ein Raubtier. Sie spürte in sich die Bereitschaft, ihm die Schere in den Hals zu rammen.

Er befühlte seinen Oberarm und sah fast ungläubig auf seine Finger, an denen jetzt sein eigenes Blut klebte. Dann hob er einen Stuhl hoch und schlug zu.

Benommen fiel sie aufs Bett zurück, aber immer noch bereit, sich zu verteidigen, umklammerte sie die Schere und drohte ihm damit. Er hob kopfschüttelnd den Stuhl hoch und schlug noch einmal zu. Es sah aus, als ob es ihm leidtun würde. Dann warf er sich auf sie, packte mit beiden Händen ihren rechten Unterarm, bog ihn nach hinten, entwand ihr die Schere und fesselte sie erneut.

Sie strampelte, sie jammerte, sie schrie, aber sie hatte keine Chance mehr.

Er verschwand für eine Weile, um seine Wunde zu versorgen. Sie versuchte, einen Blick nach draußen zu erhaschen. Waren dort Aufnahmegeräte? Computer? Befand sie sich in einem Tonstudio?

Als er zurückkam, trug er ein gebügeltes, hellblaues Hemd und wirkte frisch geduscht. Er betrachtete sie traurig. Die Kratzer und Hautabschürfungen, die die Stuhlbeine auf ihrem Körper hinterlassen hatten, tastete er ab wie ein Kinderarzt. Kopfschüttelnd sagte er: »Du hast alles verdorben. Alles. Deine Haut sollte mir die

Leinwand sein. Gleichzeitig Leinwand und Motiv. Aber du hast nichts verstanden. Gar nichts. Es wird Tage dauern, bis du wieder bereit bist, wenn nicht Wochen.«

Ihr Verstand raste. Tage? Wochen? Das bedeutete auf jeden Fall, dass er nicht vorhatte, sie sofort zu töten. Irgendwann würde man nach ihr suchen und sie hier in diesem Tonstudio finden. Vielleicht würde es auch bald für neue Aufnahmen benutzt werden. Niemand baute so etwas und ließ es dann leer stehen.

Er deckte sie zu und ließ sie dann in dem Raum allein zurück. Von außen schaltete er das Licht aus. Jetzt war sie wieder in völliger Dunkelheit. Aber sie konnte seine Anwesenheit noch riechen. Außerdem den Nagellackentferner. Die Lotion, mit der er sie eingerieben hatte. Ja, sogar der Rasierschaum, den er benutzt hatte, um sie zu enthaaren, hatte seine Duftspur hinterlassen. Je weniger andere Eindrücke da waren, umso deutlicher konnte sie sogar ausmachen, wo genau die Düfte sich im Raum befanden.

Sie musste an ihre Eltern denken, die sich immer viel zu viele Sorgen machten, wenn sie nicht früh genug nach Hause kam und sie ihnen nicht gesagt hatte, wo sie blieb. Damals, als sie noch eine Schülerin war.

Bitte vergesst mich jetzt nicht. Bitte nicht!

Rupert fand Gunnar Peschke. Er saß im Fährhaus, aß Matjes nach Hausfrauenart und trank ein Weizenbier dazu. Er sah versonnen zum Hafen und wirkte sehr zufrieden.

Er hat sich sein neues Opfer bereits ausgesucht, dachte Rupert. Er hätte ein Jahresgehalt darauf gewettet.

Dann hielt ein schwarzer Lieferwagen mit Wiesbadener Kennzeichen auf dem Parkplatz am Hafen. Auf dem Lieferwagen stand in großer Schrift: MES-Filmproduktion.

Ein schwarzhaariger Mann stieg aus. Rupert schätzte

ihn auf Ende vierzig. Seine Nase musste mal einen Boxhieb erhalten haben. Er wirkte sportlich, humpelte aber ein wenig. Trotzdem war er wieselflink, ohne vorher einen Parkschein für seinen Wagen zu lösen, lief er ins Fährhaus und setzte sich zu Gunnar Peschke.

Dachte ich es mir doch – ihr seid also zu zweit. Wie hätte einer alleine das auch alles hinkriegen können? Und das ist der Lieferwagen, mit dem ihr die Mädels abtransportiert habt. Wahrscheinlich werden sie zu gerne freiwillig eingestiegen sein. Filmproduktion! Das ist eure Masche. Diese ganzen Inszenierungen im Park in Lütetsburg, auf Norderney, im Watt – so etwas konnten sich doch nur Filmleute ausdenken. Da hätten wir gleich draufkommen können.

Rupert überprüfte den Sitz seiner Waffe. Er beschloss, einfach an den beiden dranzubleiben. Er ging vor dem Fährhaus auf und ab und bemühte sich, so auszusehen wie ein Tourist, der auf die nächste Fähre wartete.

Der Mann trank zusammen mit Gunnar Peschke ein Weizenbier, bestellte sich dann auch etwas zu essen und hatte es plötzlich sehr eilig. Er lief zum Lieferwagen zurück, zog einen Parkschein und holte einen Koffer aus dem Auto. Dann ging er zur Hotelrezeption und ließ sich seinen Zimmerschlüssel geben.

Zwei Minuten nach ihm stand Rupert an der Rezeption und erkundigte sich ohne große Umschweife nach dem Herrn, der gerade eingecheckt hatte. Sein Name war Matthias Omonsky. Angeblich Filmproduzent aus Wiesbaden. Das junge Mädchen mit den ebenen Gesichtszügen nickte und strahlte ihn freundlich an.

Manchmal redete sie nur, um die Stille zu durchbrechen. Die Stille war das Schlimmste. Sie begann schon zu halluzinieren. In der Dunkelheit glaubte sie plötzlich etwas zu erkennen. Saß da in der Ecke jemand auf einem Stuhl?

Hörte sie einen fremden Atem, oder war es nur ihr eigener?

Sie sprach abwechselnd mit ihrem Vater und mit ihrer Mutter. Sie weinte, und sie schrie.

Sie verlor jedes Zeitgefühl, hatte keine Ahnung, wie lange sie inzwischen dort lag. Einmal krabbelte eine Spinne an ihrem linken Bein entlang. Zuerst fand sie es eklig, schüttelte sich und wollte das Tier loswerden. Dann begann sie, mit ihm zu sprechen. Besser eine Spinne als gar kein Haustier, dachte sie.

Wieder und wieder wog sie ab, ob es eine Möglichkeit gab, hier heil herauszukommen. Sie beschloss, ein Vertrauensverhältnis zu ihm aufzubauen. All die Krimis und Psychothriller, die sie in den letzten Jahren gesehen oder gelesen hatte, dienten ihr jetzt als Lehrmaterial. Sie musste ihn ansprechen, versuchen, ihn für sich zu gewinnen. Garantiert hatte er keinen Menschen, dem er sich anvertrauen konnte. Sie wollte versuchen, diese Vertrauensperson zu werden. Vielleicht würde er sie dann verschonen und, statt sie zu töten, bei ihr sein Gewissen erleichtern. Vielleicht konnte sie etwas dazu tun, dass er wieder zu dem netten Typen wurde, der er am Flipperautomaten gewesen war.

Gab es zwei Seelen in seiner Brust? Lebte er in verschiedenen Bewusstseinszuständen? War er eine schizoide Persönlichkeit? Oder war er nur ein Meister der Täuschung und der Verstellung? Hatte er sie einfach reingelegt?

Die zweite Möglichkeit machte ihr noch mehr Angst. Wenn er kalt und berechnend war, ein Schauspieler, dann hatte sie keine Chance. Wenn er aber krank war und ein Stück seiner Persönlichkeit abgespalten war, konnte sie versuchen, Kontakt mit den gesunden Anteilen aufzunehmen. Immerhin hätte sie sich fast in ihn verliebt.

Ich werde ihn Picasso nennen. Vielleicht bringt ihn

das zurück in den Zustand, in dem ich ihn kennengelernt habe.

Jetzt verstand sie nicht mehr, warum sie so bereitwillig mit ihm mitgegangen war, aber in der Kneipe war es ihr völlig logisch erschienen. Etwas an ihm hatte ihr signalisiert, dass er ein erfahrener, zärtlicher Liebhaber war.

Vielleicht, dachte sie, gelingt es mir sogar jetzt noch, ihn zu verführen … Vielleicht stimmt es ihn milde. Vielleicht wird er mich am Leben lassen, wenn …

Sie hörte ihn auch diesmal nicht kommen. Plötzlich flog die Tür auf, das Licht ging an. Geblendet lag sie da, krümmte sich und blinzelte. Sie nahm ihn nur als Silhouette wahr.

Als er die Schlinge um ihren Hals legte, flehte sie ihn an, sie gehen zu lassen. »Ich werde keinem etwas erzählen, das kann alles ganz unter uns bleiben. Es ist doch überhaupt nichts passiert. Du hast mich nicht mal angefasst, mir nur die Haare gefärbt und meine Fingernägel lackiert. Ich sehe aus, als käme ich nach einem Wellnesswochenende von der Schönheitsfarm. Ich werde keinem was verraten, bestimmt nicht! Ich weiß doch nicht mal, wie du heißt. Würde ich dich sonst Picasso nennen? Ich hab mich in dich verliebt, ich … Mach das alles rückgängig. Du musst mich doch nicht fesseln. Und wenn du drauf stehst, mich zu rasieren, dann ist das kein Problem, Picasso. Es gefällt mir. Ich wusste nicht, wie sehr ich darauf stehe, das hast du mir erst gezeigt. Bitte, was machst du da an meinem Hals? Das ist doch nicht dein Ernst! Du willst mir nur Angst machen … Das kannst du doch nicht tun, Picasso!«

»Psst, Schneeflocke«, flüsterte er. »Sei jetzt ganz leise. Lass mich deine Sonne sein, die deine wunderschönen Eiskristalle in Wasser verwandelt. Wasser, das dann die Erde nährt und neue Früchte wachsen lässt.«

Er zog die Schlinge zu.

Plötzlich kamen ihm Zweifel. Er fühlte sich als schlimmer Versager. Wie würde er dastehen vor der Weltöffentlichkeit?

Schlimme Phantasien plagten ihn. Der Reporter Mike würde ihn in die Enge treiben. Hatten nicht andere große Künstler sogar Strandgut verwendet, um ihre Objets-trouvés-Werke zu schaffen? Es musste nicht immer Leinwand und Farbe sein und schon gar nicht Marmor oder Gussstahl. Joseph Beuys nahm Fett und Filz, Luftpumpen und Honig. Günther Uecker rostige Nägel. Daniel Spoerri fixierte die Reste abgebrochener Mahlzeiten mit Leim und Konservierungsstoffen auf den Tischen, sodass dreidimensionale Stillleben entstanden. Dieter Roth stellte aus zerkleinerten Buchseiten, die er mit Gelatine, Fett und Gewürzen vermengte und damit Wurstdärme füllte, seine Literaturwürste her. So verwurstete er die »Blechtrommel« von Günter Grass. Pablo Picasso nahm einen Fahrradsattel als Schädel und Rennlenker für die Hörner. Der berühmte Bronzeabguss »Stierschädel« entstand. Robert Rauschenberg holte Autoreifen, Tischtennisbälle, ausgestopfte Ziegen und Fahrräder in seine Kunstwerke. Alles, was wahre Künstler mit ihren Fingern berühren, kann zu Kunst werden. Marcel Duchamp stellte selbst ein Urinal ins Museum, ohne etwas daran zu verändern, und erklärte es zum Kunstwerk.

Aber er war nicht mal in der Lage, mit ein bisschen angekratzter Haut umzugehen. Die großen Magier der Kunst würden ihn dafür verachten. Er sah Beuys, Uecker, Rauschenberg, Spoerri, Roth, Picasso und Duchamp zusammenstehen und höhnisch über ihn lachen.

»Was sagen Sie dazu? Rauschenberg und Picasso finden Ihre Kunst manieriert. Duchamp hält Sie für einen übertriebenen Snob. Einen Nichtskönner, der sein Handwerk nicht beherrscht.«

Beuys sagte: »Jeder Mensch ist ein Künstler. Nur du nicht.« Dann drehte er sich voller Verachtung weg.

»He, ich bin einer von euch!«, rief er und wollte hinter ihnen herlaufen, doch Mike hielt ihn fest. »Ich glaube, die anderen nehmen Sie nicht ernst. Sie gehören nicht wirklich dazu. Die wollen nichts mit Ihnen zu tun haben. Warum nicht?«

»Eure Kunst ist keine Kunst!«, schrie er. »Ihr habt euch zufriedengegeben mit billigem Tand! Ich dagegen, ich will das Wahre, Große, Schöne zerstören, um euer Erschrecken zu sehen. All dies Streben nach Schönheit und Vollkommenheit ist nichts weiter als die Angst vor dem Tod. Das müssen Sie doch verstehen, Mike. Ich bringe das Schönste zusammen mit dem Schrecklichsten. So entsteht die wahre Kunst, die unser Bewusstsein erweitert. Ich kann nicht irgendwas aufheben und es zum Kunstwerk erklären. Ein Fahrradsitz ist kein Stierkopf, Pablo. Dein Fett stinkt, Joseph. Deine Kunst verrottet im Museum! Eine Putzfrau hat deine Ausstellung abgeräumt, weil sie sie für Abfall hielt! Abfall!«

Er atmete tief durch. Er musste sich wieder in den Griff bekommen. Er durfte sich in der Öffentlichkeit nicht so provozieren lassen, auch nicht von den alten Meistern.

Er räusperte sich, drehte sich eine Zigarette und lutschte gleichzeitig ein Pfefferminzbonbon.

»Entschuldigen Sie, Mike, dass ich so ausgeflippt bin. Manchmal geht halt die Leidenschaft mit mir durch. Ich habe zu lange gearbeitet. Ich muss mehr Wasser trinken und kleine Pausen machen.« Er lachte. »Ich rede schon wie ein Bürohengst, was? Ja, spotten Sie nur. Ich weiß, ich habe einen Fehler gemacht, ich hätte geduldiger sein müssen. In wenigen Tagen wäre ihre Haut wieder makellos gewesen. Aber hat Beuys es denn akzeptiert, als eine Putzfrau die Pflaster von seiner Badewanne entfernt hat? Hat es nicht einen Riesenaufstand gegeben? Hat er nicht behauptet, sein Werk sei zerstört worden? Was wäre aus all dem Zeug geworden, das Duchamp, Rauschenberg und Uecker ins Museum gestellt haben? Das meiste wäre doch auf dem Müll gelandet, oder nicht? Und genau das habe ich mit Christina Diebold gemacht. Ich habe sie einfach entsorgt.«

»Sie sind ein Künstler«, sagte Mike. »Aber Sie handeln wie ein Gott. Sie entscheiden über Leben und Tod, über Kunst und Nichtkunst ...«

»Sie entwickeln sich, Mike. Sie beginnen durchaus, mich kritisch zu sehen, und erstarren nicht nur in Bewunderung. Nein, nein, wehren Sie nicht ab. Ich finde das gut. Wir brauchen durchaus kritische junge Leute. Sie sind nicht einer von diesen üblichen Schmierfinken und Abschreibern. Sie wollen den Dingen auf den Grund gehen, deshalb habe ich Sie ausgesucht. Sie dürfen mich interviewen. Und Sie haben recht: Als Künstler handle ich wie Gott, als er die Welt erschuf oder die Sintflut schickte. Ich fege hinweg, was unbrauchbar ist und sündig, und schaffe neu, was mir gefällt.«

»Wird Ihr Werk jetzt unvollendet bleiben?«

»O nein, Mike. O nein. Da kann ich Sie beruhigen. Die Engelsverbrennung wird stattfinden. Nur leider nicht mit der Tochter von Professor Diebold. Damit wird er dann wohl endgültig aus der Kunstgeschichte getilgt sein. Niemand wird sich mehr an ihn erinnern. Seine einzige Rettung wäre gewesen, dass seine Tochter Eingang in mein Werk gefunden hätte. Aber das hat sie nun selber verpatzt.«

Der Besuch im Henri-Nannen-Museum hatte ihnen gutgetan. Sie diskutierten tatsächlich über Bilder statt über Mörder, über die Absicht von Künstlern statt über die Motive von Verbrechern.

Jetzt waren sie wieder im Distelkamp zurück. Weller hatte eine Flasche Bordeaux geöffnet, und Ann Kathrin sagte ihm, dass es noch etwas gab, das einen auf die gute Seite des Lebens zurückbringen konnte. Sex. Einfacher, unkomplizierter Sex.

Die Art, wie sie das sagte, hatte etwas Entwaffnendes für Weller. Fast wäre ihm die Rotweinflasche hingefallen. Sie begann ihn auszuziehen und flüsterte: »Erinnere dich daran, dass du einen Körper hast, nicht nur einen Verstand und ein Gewissen.«

Sie liebten sich heftig, als das Telefon klingelte. Ubbo Heide versuchte, sie auf allen möglichen Wegen zu erreichen. Erst übers Festnetztelefon, dann über Wellers Handy und schließlich über Ann Kathrins Handy. Er sprach auf den Anrufbeantworter und auf jede Mailbox. »Ich brauche euch hier, und zwar sofort! Wir haben eine Leiche gefunden in einer blauen Papiermülltonne vom Landkreis Aurich. In Hage vor der Praxis von einem Frauenarzt. Dr. Joannis Hatzigeorgiou. Direkt gegenüber von dem griechischen Lokal Alexis Sorbas. Der Mülleimer gehört weder zum Lokal noch zur Arztpraxis. Er ist vermutlich irgendwo gestohlen und einfach dort abgestellt worden. Bitte kommt sofort. Ich fürchte, hier ist in weniger als einer halben Stunde die Hölle los.«

Während Ann Kathrin sich wohlig wie ein Embryo zusammenrollte und unter die Bettdecke kuschelte, kämpfte Weller gegen den Wunsch an, jetzt eine zu rauchen. Auf die Zigarette danach zu verzichten war für ihn das größte Problem.

Die Weinflasche war zwar schon geöffnet, aber der Wein und die Gläser standen in der Küche. Ann Kathrin hatte keine Lust aufzustehen. Sie baute sich danach gerne eine Höhle im Bett und verkroch sich einfach darin.

Weller stand auf, um den Wein aus der Küche zu holen. Sein Handy blinkte. Er wusste, dass er sich die ganze Zeit fragen würde, wer ihn angerufen hatte, wenn er die Mailbox nicht abhörte. Er konnte so etwas nicht einfach ignorieren. Er bezeichnete sich selbst als Telefonjunkie. Er ging immer ran. Aber als er dann Ubbo Heides Nachricht hörte, fragte er sich, wie er es Ann Kathrin am schonendsten beibringen sollte. Vielleicht war sie sauer oder beleidigt, weil er direkt nach dem Geschlechtsverkehr zum Telefon geeilt war, um die Mailbox abzuhören. Renate war in so einer Situation mal völlig ausgerastet. Sie hatte ihn sogar mit Gegenständen beworfen. Erst mit einem angebissenen Apfel – sie aß danach gern Obst –, später dann mit Weintrauben, und zum Schluss kam noch der Obstteller angeflogen. Er hoffte, dass Ann Kathrin besser reagieren würde.

Er brachte die Weingläser erst gar nicht mit ins Schlafzimmer, er spielte ihr einfach nur die Nachricht auf dem Handy vor. Sie sagte nichts zu Weller, sie nahm ihm das Handy ab und rief Ubbo Heide an. Sie begrüßte ihn nicht, sie erkundigte sich nicht nach seinem Befinden, sie sagte einfach nur: »Ich denke, wir sollen unseren Jahresurlaub nehmen.«

»Nicht jetzt«, konterte Ubbo Heide. »Nicht jetzt. Die Situation hat sich geändert.«

»Okay. Dann sprich mit Weller. Frag ihn, ob der kommt. Ich bin nicht im Dienst. Ich habe keine Dienstwaffe mehr und … ich betrachte mich als suspendiert. Waren das nicht deine Worte?«

»Nein, das waren sie nicht. Ich wollte dich aus der Schusslinie nehmen, hab ich gesagt. Das ist etwas ganz anderes.« Er stöhnte und griff sich an den Magen. »Bitte lasst mich jetzt nicht hängen.«

Eine Stunde später saßen Ann Kathrin, Weller, Rupert, Ubbo Heide, Staatsanwalt Scherer, Schrader, Reuters und Abel im Besprechungszimmer. Irgendjemand hatte eine Dose mit altem Gebäck auf den Tisch gestellt. Es staubte beim Reinbeißen, wurde beim Kauen immer mehr und klebte im Hals. Aber jeder griff zu, die meisten sogar mehrfach. Sitzungen wie diese brachten Menschen dazu, irgendetwas in sich hineinzuschlingen, Hauptsache, sie konnten auf etwas herumbeißen und es runterschlucken. Kaum einer merkte, dass das Gebäck schon an Weihnachten das Haltbarkeitsdatum überschritten hatte.

Staatsanwalt Scherer saß angespannt, aber schweigsam dabei. Er kritzelte mit seinem Kugelschreiber Strichmännchen auf den vor ihm liegenden Notizblock und ließ sie hinter immer dichter werdenden Gitterstäbchen verschwinden, bis nur noch ein viereckiges blaues Kästchen zu sehen war. Ann Kathrin beobachtete ihn dabei. Als er das bemerkte, kam er sich ertappt vor, denn man musste nicht Psychologie studiert haben, um zu ahnen, was seine Strichmännchen bedeuteten: Er wollte jemanden für immer hinter Gittern verschwinden lassen, und zwar so schnell wie möglich.

Rupert glaubte, dass Peschke seine Serie fortsetzte, und schlug vor, ihn im Hotel Fährhaus hoppzunehmen. Rupert war aufgekratzt, wollte nicht länger herumsitzen, sondern endlich handeln und redete davon, dass er sich vorkäme wie ein Einäugiger unter lauter Blinden.

Ann Kathrin widersprach ihm. »Wir haben es nicht mit dem gleichen Täter zu tun.«

»Na, hör mal!«, funkte Rupert dazwischen. »Er hat sie am ganzen Körper rasiert. Hat wieder irgendwas mit ihren Haaren angestellt. Wir finden sie völlig nackt, aber ihre Kleider und ihr Ausweis liegen mit in der Mülltonne.«

Aber Ann Kathrin beharrte darauf: »Er hätte so etwas nicht getan.«

»Warum nicht?«, wollte Ubbo Heide wissen.

»Das ist nicht sein Stil. Er stellt seine Opfer zur Schau. Er versteckt sie nicht in einer Mülltonne. Er wählt Orte, die allgemeines Aufsehen erregen, Orte, die schön sind. An denen viele Menschen vorbeikommen … Er wirft auch nicht einfach die Kleider weg. Er verpackt sie schön.«

»Was soll das heißen, das ist nicht sein Stil?«, regte Rupert sich auf. »Worüber reden wir hier überhaupt? Über einen Tanzstil? Einen Fechtstil? Einen Stil kann man ändern. Vielleicht ist es ihm langweilig geworden. Vielleicht wird er ab jetzt die Mülltonnen vollstopfen. Was weiß ich, was in diesem kranken Gehirn vorgeht. Jedenfalls hat er einen Komplizen. Diesen Omonsky. Ich habe von Anfang an nicht geglaubt, dass er allein handelt. Sie haben es gerade erst gemacht. Ich wette, die Spuren sind noch frisch. Wir sollten nicht zögern. Je schneller wir die beiden verhaften, umso größer ist die Wahrscheinlichkeit, sie zu überführen.«

Rupert bat um einen Haftbefehl für Peschke und Omonsky. Aber Scherer lehnte es ab, einen Haftbefehl beim Richter zu beantragen. Er wollte jetzt keine Fehler mehr machen. Alles, was er Rupert zugestand, war eine vorsichtige Überwachung.

Ubbo Heide protestierte: »Eine Überwachung? Was heißt das? Sollen wir wieder eine neue SOKO einsetzen?«

Der Gedanke gefiel Ubbo Heide überhaupt nicht. Er mochte es nicht, so viele Leute um sich herumzuhaben. Klar, mit seinem kleinen Team war er kaum in der Lage, so einen Fall zu bewältigen. Aber je mehr Leute kamen, umso schwieriger wurde es auch, wichtige von unwichtigen Informationen zu unterscheiden. Befehlsstrukturen funktionierten plötzlich nicht mehr, und die ewige Rivalität zwischen den ortsansässigen Kräften und den Fremden von außerhalb machte ihm das Leben auch nicht leichter. Er hasste das Geschwätz von Profilern und anderen Fachleuten. Am liebsten hätte er jeden Fall mit seiner eigenen Truppe gelöst, und das jeweils täglich während der normalen tariflichen Dienstzeit.

Rupert bekam für seine Überwachung drei Leute. PK Schrader meldete sich freiwillig.

Ubbo Heide massierte sich die Schläfen und unterdrückte ein Gähnen. Um die Situation ein bisschen zu beruhigen, gab er Ann Kathrin erst mal ein kleines Bonbon: »Du hattest recht.«

»Womit?«

»Das Paket ist inzwischen gefunden worden. Es war auf der Frisia V. Er hatte es zwischen ein paar Getränkekisten abgelegt. Ihre Kleidung war drin und ihr Führerschein.«

»Und alles ordentlich gewaschen und gebügelt.«

»Natürlich. Einen Hinweis gibt es allerdings doch darauf, dass wir es weiterhin mit dem Friseur zu tun haben, Ann Kathrin«, sagte Ubbo Heide sachlich. »Wir haben zwar noch keinen Obduktionsbericht, aber so viel steht fest: Er hat Christina Diebold Blut abgezapft. Mindestens zwei Liter.«

Ann Kathrin sah auf die Uhr. »Wann ist sie gefunden worden?« Sie wartete die Antwort erst gar nicht ab. »Seit wann haben wir so schnell Berichte vom Pathologen?«

Ubbo Heide legte die Finger auf die Tischplatte und spannte seine Muskeln an. »Das war in dem Fall nicht nötig.«

»Warum nicht? Habt ihr einfach gesehen, dass sie so blass ist, und den Rest über den Daumen gepeilt?«, zischte Ann Kathrin gereizt.

»Nein. Das abgezapfte Blut lag als Konserve mit in der Mülltonne.«

Dieser Satz schockierte alle. Ann Kathrin brauchte sofort ein Glas Wasser. Rupert wollte diese miesen

Schweine keine Minute länger frei herumlaufen lassen. Weller hatte die Bilder im Henri-Nannen-Museum vergessen. Er erinnerte sich nicht mehr daran, dass er gerade guten Sex gehabt hatte. Ihm war nur noch schlecht.

Abel sagte mit schmalen Lippen: »So was findet man nicht alle Tage. Der Kerl schafft es immer wieder, uns zu verblüffen. Vielleicht geht es nur darum ... uns zu schockieren. Ich habe schon in Lütetsburg große Lust gekriegt, meinen Job an den Nagel zu hängen.«

»Warum hat er das mit dem Blut gemacht?«, fragte Rupert. »Ich versteh's nicht.«

»Na, ich sag's doch – um uns zu schockieren«, wiederholte sich Abel.

»Nein«, sagte Ann Kathrin, »das ist nicht so. Ich weiß nicht, was er mit dem Blut anstellt. Aber ihres konnte er nicht gebrauchen. Genauso wenig, wie er sie gebrauchen konnte. Etwas stimmt nicht mit ihr. Deshalb hat er sie im Mülleimer entsorgt.«

»Du meinst, sie war ihm als Opfer nicht gut genug?«

»Vielleicht passte sie nicht in die Inszenierung. Ich habe keine Ahnung, was in seinem Gehirn vorgeht. Aber dies ist nicht sein normales Schema.«

»Du glaubst also auch, dass der Friseur noch frei herumläuft?«, fragte Weller leichenblass.

»Wir können nicht leugnen, was geschehen ist, Frank«, antwortete Ann Kathrin.

»Aber das würde ja bedeuten ...«, Weller schluckte, »... dass ich den falschen Mann erschossen habe.«

Niemand sprach jetzt ein einziges Wort. Alle sahen betreten vor sich hin. Nicht mal Rupert machte eine blöde Bemerkung.

»Mir wird schlecht«, sagte Weller.

»Musst du kotzen?«, fragte Reuters.

»Nein«, sagte Weller, »aber mir ist schwindlig. Ich glaube, ich muss mich ...«

Er sackte an der Wand zusammen. Ann Kathrin war sofort bei ihm. Er war weiß wie der Rauputz, an den er sich lehnte.

»Einen Arzt!«, rief Ubbo Heide. »Wir brauchen sofort einen Arzt! Das kann ein Herzinfarkt sein.«

Aber da stand Weller schon wieder, noch etwas wacklig auf den Beinen, und winkte ab: »Nein, nein, ist schon wieder alles okay. Bitte, keinen Arzt. Ich bin voll einsatzfähig.«

Er ging zur Toilette und klatschte sich kaltes Wasser ins Gesicht. Ann Kathrin ging einfach hinter ihm her, ebenfalls zur Männertoilette, legte eine Hand zwischen seine Schulterblätter und fragte ihn: »Frank, kann ich irgendetwas für dich tun?«

»Ja. Lass uns den richtigen Mörder finden. Lass uns das hier zu Ende bringen, und dann machen wir unsere Fischbude auf. In Norddeich.«

Gunnar Peschke und Matthias Omonsky fuhren mit dem schwarzen Lieferwagen zu einer Kinderliedermacherin, die im gleichen Viertel wohnte wie Ann Kathrin Klaasen. Sie saßen mit ihr auf der Terrasse, lachten, scherzten und schmiedeten Pläne. Heiko Reuters zoomte sie heran und knipste sie mit seinem Teleobjektiv aus sicherer Entfernung. Sollte sie das nächste Opfer der beiden werden?

Rupert stellte sich vor, die schöne junge Frau aus den Fängen dieser Monster zu retten. Wie würde er dastehen … Der Kripobeamte, der gegen den Widerstand seiner Vorgesetzten und obwohl er krankgeschrieben war, richtig kombiniert und das Leben des nächsten Opfers gerettet hatte.

Er wusste nicht, wie lange er inzwischen auf den Beinen war. Er kaute Kaffeebohnen, um wach zu bleiben. Er hatte diesen Trick von einem alten Kollegen: »Alle

Viertelstunde eine Kaffeebohne ganz fein zerkauen und dann das Pulver langsam im Mund zergehen lassen. So kann man auch nach achtundvierzig Stunden noch aufmerksam bleiben …«

Rupert hatte ein halbes Pfund Kaffeebohnen, eine Mischung aus Brasilien und Ecuador, in der Tasche. Er nahm allerdings nicht alle Viertelstunde eine, sondern schaufelte sich jeweils eine ganze Handvoll in den Mund. Das war gar nicht gut für seinen Magen, aber es hielt wach. Zunächst kam er sich merkwürdig klar, ja hellsichtig vor, dann ein bisschen speedy, und schließlich wurde ihm schlecht.

Plötzlich erschien wie aus dem Nichts eine schwarze Wolke, als hätte sie hinter dem Walmdach gelauert und auf ihren großen Moment gewartet. Es war nur ein kurzer, heftiger Schauer, nur wenige Minuten, und schon hatte der ostfriesische Wind die Wolke in Richtung Hannover abgedrängt. Aber Gunnar Peschke und Matthias Omonsky hatten mit der blonden Sängerin die Terrasse verlassen. Die drei entzogen sich jetzt vollständig den Blicken der Polizei.

Rupert ging näher heran, als klug war, und musste befürchten, von den Nachbarn bei seiner Observation gesehen zu werden.

Heiko Reuters pirschte sogar auf Ruperts Anweisungen in den Vorgarten und versuchte, durchs große Wohnzimmerfenster nach innen zu fotografieren. Die Lichtverhältnisse machten es nicht einfach für ihn.

Rupert erwartete, jeden Augenblick von innen einen Schrei zu hören. Er war bereit, das Gebäude sofort zu stürmen und dem Spuk endlich ein Ende zu bereiten.

Der Maurer Peter Grendel hatte Feierabend und fuhr mit seinem gelben Lastwagen nach Hause. Er sah einen Fotografen auf der Terrasse seiner Nachbarin herumschleichen und mit einem riesigen Objektiv ins Haus zielen. Auch Rupert und Schrader kamen ihm nicht ganz geheuer vor. Das waren keine Einbrecher. Er tippte eher auf Spanner und fragte sich, ob die neuerdings im Rudel auftraten.

Er stoppte den Lkw, hielt drohend die Faust aus dem Fenster und rief: »Kann ich euch irgendwie behilflich sein?«

Rupert lief gebückt zum gelben Lastwagen und flüsterte: »Pst, nicht so laut. Dies ist eine Polizeiaktion.«

Peter Grendels homerisches Gelächter ließ Rupert zusammenzucken. »Polizeiaktion? Dann zeig mir mal deinen Ausweis, du Clown!«

Rupert zog seine Marke, aber die beeindruckte Grendel überhaupt nicht. So etwas hätte er auch schon mal auf der Kirmes geschossen, spottete er.

Ruperts Magen verkrampfte sich. Seine Gedärme schienen sich zu verknoten. Er hatte Mühe, Luft zu holen. Gerade noch hatte er geglaubt, hier zum Helden zu werden, jetzt war er auf dem besten Wege, sich lächerlich zu machen, während da drinnen möglicherweise ein Mord geschah.

Nun kam auch Schrader zum Lastwagen gelaufen. Heiko Reuters versuchte weiter sein Glück mit dem Teleobjektiv.

Peter Grendel hatte schon sein Handy am Ohr. »Wisst ihr was, Jungs? Ich ruf mal die Polizei in Norden an. Denen könnt ihr eure Geschichte bestimmt auch erzählen. Die lachen auch gern.«

»Mach keinen Scheiß, Peter«, sagte Schrader. Jetzt erkannte Peter Grendel ihn. Vor zwei Jahren hatte er an Schraders Elternhaus einige Reparaturen durchgeführt.

Im Haus wurde jetzt die Musik laut gedreht. Der Bi-Ba-Badewannenboogie hallte durch die Siedlung. Peter Grendel kannte das Lied. Es zauberte ein Lächeln auf sein Gesicht. Er musste an seine kleine Tochter denken.

Und jetzt wollte er sich nicht länger aufhalten lassen, sondern nur noch nach Hause.

Manchmal hatte Rupert das Gefühl, die ganze Welt habe sich zu einem einzigen riesigen Komplott gegen ihn zusammengetan. Dies war wieder so ein Tag.

Wenn die da drinnen im Schutz der Musik die Sängerin umbringen, stehen wir hinterher als Deppen da, weil wir vor der Tür gewartet haben, statt einzugreifen. Wenn wir aber ins Gebäude eindringen und die trinken da drin nur fröhlich Sekt, stehen wir genauso dämlich da.

Vielleicht war es deshalb gut, Vorgesetzte zu haben und solche Entscheidungen nicht selbst fällen zu müssen.

Er versuchte, Ubbo Heide zu erreichen.

Weller und Ann Kathrin waren unterwegs nach Münster, um dort den Angehörigen von Christina Diebold die Botschaft zu überbringen. Sie hatten beide nicht die Hoffnung, im Umfeld der Familie einen Hinweis auf den Mörder zu finden. Insofern unterschied sich dieser Fall von fast allen anderen Morden der letzten Jahre. Rein statistisch fand man den Täter meist unter den Verwandten oder im engeren Freundeskreis. Trotzdem fuhren sie hin. Jemand musste die Nachricht überbringen, und Ann Kathrin wollte gern das Umfeld kennenlernen, aus dem das Opfer stammte.

Ann Kathrin lenkte den Dienstwagen, Weller saß in sich gekehrt, von Selbstvorwürfen zerfressen, neben ihr. Ann Kathrin fand ihn im Moment nicht ganz verkehrstüchtig. Im Prinzip, dachte sie, ist Arbeit jetzt genau das Richtige. Arbeit lenkt ihn ab. Nichts ist wichtiger nach solch einer schrecklichen Niederlage als ein Erfolgserlebnis. Sie mussten dieses Schwein fassen und sich dann die Zeit nehmen, darüber nachzudenken, wie sie ihr weiteres Leben gestalten wollten.

»Im Grunde«, sagte sie, »ist die entscheidende Frage doch – Frank, hörst du mir überhaupt zu?«

»Ja, natürlich.«

Sie setzte noch einmal an. »Also, im Grunde ist die entscheidende Frage doch, was macht er mit dem Blut? Und warum war das von Christina Diebold nicht brauchbar?«

»Ja«, sagte Weller, »er stellt irgendetwas damit an. Vielleicht trinkt er es.«

Ann Kathrin schüttelte sich. »Nein, wir haben es sicherlich nicht mit einem Vampir zu tun. Er beißt sie nicht. Er zapft ihnen das Blut ab. Das alles hat etwas Steriles an sich, findest du nicht? Etwas von Krankenhaus. Als würde er versuchen, alles zu versachlichen.«

Weller kratzte sich am Knie. »Ja. Er macht aus den Frauen Objekte.«

Gern hätte Weller Ann Kathrin von seiner Zeit in Münster erzählt. Es war ihm lieber, als über den Fall zu sprechen. Er kannte die Stadt recht gut, nicht nur die Käfige am Lambertiturm. Hier bei Pinkus Müller hatte er das beste Altbier seines Lebens getrunken. Ann Kathrin, die so gerne in der Backstube oder im Mittelhaus Altbierbowle trank, würde es lieben.

»Ich hab in Münster eine glückliche Zeit verbracht«, sagte er, und es klang wie der erste Erfahrungsbericht eines Astronauten über die Schwerelosigkeit.

»Vielleicht können wir nach dem Besuch noch zu Pinkus Müller, einen westfälischen Kochschinken essen, und die brauen das Altbier selber ... Ich bin mir aber nicht sicher, ob wir ohne Reservierung was kriegen.«

Ann Kathrin warf ihm einen ungläubigen Blick zu. Dachte der jetzt echt über Kneipenbesuche nach?

»Vor der Blechtrommel hab ich Renate kennengelernt. Da drin gab es eine Jazz-Session. Aber wir haben keinen Platz mehr bekommen und sind dann ins Blaue Haus gegangen. Das ist nicht weit von Pinkus Müller. Ich wollte mit dieser tollen Frau natürlich nicht da hin, wo mich alle …« Er schluckte den Rest hinunter und geriet ins Schwärmen. »Bei Kerzenlicht haben wir zusammen gegessen, und es war irgendwie sofort klar, dass wir …« Er räusperte sich. »Na ja, vielleicht ist es doch nicht so eine gute Idee, mit dir dahin zu gehen.«

Ann Kathrin beschloss, nicht beleidigt zu sein und völlig unzickig zu reagieren, obwohl sie bei seinen Worten einen merkwürdigen Stich verspürte. Sie lachte ein bisschen verkrampft: »Du kannst mir ruhig von den schönen Sachen erzählen, die du mit Renate erlebt hast. Den Rest krieg ich ja sowieso live mit. Zwischen Hero und mir war auch nicht immer diese Eiseskälte. Hero hat auch dort ein paar Semester studiert. Ich kenne all diese Erzählungen vom Kneipenleben in der Altstadt. Zweimal haben wir sogar ein Münster-Wochenende gemacht. Ja, damals waren wir jung verliebt und haben uns solche Inseln von Freizeit organisiert, nur für die Liebe und für sonst gar nichts.«

»Vielleicht sollten wir das auch tun«, sagte Weller, und es klang ein bisschen zerknirscht.

Das Haus eines Professors hatte Weller sich anders vorgestellt. Irgendwie wohlhabender. Prächtiger. Als er den Flur betrat, wurde ihm bewusst, dass er noch nie in der Wohnung eines Professors gewesen war. Was er hier sah, konnte man mit zwei ganz normalen Gehältern finanzieren.

Herr und Frau Diebold wussten bereits Bescheid. Jemand hatte sie angerufen und über den gewaltsamen Tod ihrer Tochter informiert.

Ann Kathrin fragte sich, welcher Idiot so unsensibel war, so eine Meldung per Telefon zu machen. Sie wollte den Namen wissen, aber Frau Diebold, die das Gespräch entgegengenommen hatte, konnte sich nicht mehr daran erinnern.

In ihren Augen blitzte die Hoffnung auf, die Information könnte falsch gewesen sein und die beiden seien nun gekommen, um ihnen die Wahrheit zu sagen.

Professor Diebold wirkte gefasst, als sei das alles gar nicht wirklich geschehen. Ann Kathrin kannte solche Reaktionen von Angehörigen. Der Schock kam manchmal erst Tage später.

Sie gingen hinter Professor Diebold die Treppe hoch, vorbei an der Galerie seiner Bilder. Sein Namenszug, groß und schwungvoll, stand in jeder rechten Ecke. Die Bilder waren so aufgehängt worden, dass sein Namenszug jeweils in Augenhöhe des Betrachters lag. Selbst wenn man beim Treppensteigen kaum etwas vom Bild zur Kenntnis nahm, seinen Namen musste jeder sehen. Das war keine Zufälligkeit, sondern eine bewusste Inszenierung. Jedes Gemälde hatte eine eigene Lampe, mit der es angestrahlt wurde. Eine andere Beleuchtung gab es im Flur nicht.

Als er vor ihr herging, roch er nach Terpentin und Ölfarben. Das erinnerte Ann Kathrin an Heiner Zimmermann. Sie beschloss, das Ölbild für Weller noch rechtzeitig vor seinem Geburtstag fertigstellen zu lassen. Hoffentlich macht mir der Mörder keinen Strich durch die Rechnung, dachte sie.

Oben angekommen, befanden sie sich in einer Art Galerie. Auch hier große Bilder von Professor Diebold. Es waren Gesichter, die bei näherer Betrachtung aus einem anderen Blickwinkel weibliche Formen darstellten. Auch in Landschaftsbildern verborgen jedes Mal einzelne Frauenakte.

So will er die Menschen dazu bringen, genau hinzuschauen, dachte sie. Er verblüfft sie. Was im ersten Moment aussieht wie ein Berg mit ein paar Bäumen und einem Wasserfall, entpuppt sich im nächsten Moment als ein Gewühl menschlicher Körper. Die Baumkrone da wirkte, wenn man leicht in die Hocke ging, wie eine Massenorgie. Gleichzeitig wurde Ann Kathrin klar, dass er nur einzelne Andeutungen von Körperteilen gemalt hatte. Es war ihre eigene Phantasie, die alles so zusammensetzte. Er spielte mit der Phantasie des Betrachters, ließ ihn das Bild vervollständigen.

Als sie jetzt von der Galerie aus in den Flur hinuntersah, war ihr Blick geschärft für die Bilder. Sie kniff die Schenkel zusammen, weil sie für den Bruchteil einer Sekunde fürchtete, unwillkürlich Wasser lassen zu müssen. Jedes Ölgemälde zeigte eine Müllhalde und auf jeder Müllhalde verborgen einzelne Körperteile. Hier gespreizte Beine, dort ein erigierter Penis, das da konnte eine weggeworfene dickbauchige Flasche sein, die auf einer zusammengeknüllten Einkaufstüte lag, aber je nach Betrachtungsweise wurde daraus auch ein Geschlechtsakt.

Weller fragte den Professor, wann er seine Tochter das letzte Mal gesehen hatte, wollte Namen und Adressen ihrer Freunde wissen. Das alles war normale Polizeiroutine. Ann Kathrin hatte dabei nicht mal zugehört. Jetzt griff sie ins Gespräch ein.

»Sind alle Ihre Bilder so?«, fragte sie und zeigte auf die Werke im Flur.

Er schüttelte den Kopf. »Keineswegs. Mein Variationsreichtum ist viel größer.«

»Waren die mal auf einer Ausstellung?«

»Nein. Warum fragen Sie? Kommen sie Ihnen bekannt vor?«

Ann Kathrin schüttelte den Kopf. »Nein. Ich habe so etwas noch nie gesehen. Ist das so eine Art moderner Landschaftsmalerei? Müllkippen als Symbol für …«

Er unterbrach sie. »Sie sind doch nicht wirklich gekommen, um mit mir über meine Bilder zu diskutieren?!«

Ann Kathrin räusperte sich und zupfte ihre Ärmel zurecht. »Ihre Tochter – tut mir leid, dass ich das jetzt so krass sagen muss – wurde in einer Mülltonne gefunden. Genauer gesagt, in einer blauen Papiermülltonne. Und Sie malen Müllhalden, auf denen bei genauem Hinsehen menschliche Körperteile versteckt sind.«

Weller blickte wie irre. Er hatte den Bildern kaum Beachtung geschenkt. Natürlich hatte er die Müllhalden gesehen und gedacht, so etwas würde ich mir nie ins Wohnzimmer hängen. Aber er hatte den Zusammenhang nicht erkannt.

»Wenn diese Bilder noch nie irgendwo ausgestellt wurden, dann bedeutet das …«

»… der Mörder muss schon mal in Ihrem Haus gewesen sein«, vervollständigte Weller Ann Kathrins Satz. Gleichzeitig kamen ihm aber Zweifel. Vielleicht war das alles nur ein Zufall. Er versuchte, sich an die Wohnungen der anderen Angehörigen zu erinnern. Gab es dort auch irgendwelche verdächtigen Bilder oder Hinweise?

Zum ersten Mal zeigte der Professor eine wirkliche Gefühlsregung. Er musste sich sogar mit einer Hand am Treppengeländer festhalten. Für einen Moment schwankte er und war kreidebleich. Dann winkte er ab. »Die Bilder sind alt. Ich mache so etwas heute nicht mehr. Sie hängen hier nur, weil … Na ja, sie sind ein Teil meiner Persönlichkeit, meiner Entwicklung. Das habe ich in meinen Studentenjahren gemalt.«

»Gibt es davon Fotos, die irgendwo publiziert wurden?«

Professor Diebold schüttelte den Kopf.

Ann Kathrin lief die Treppe hinunter und sah sich die Signatur auf jedem Bild an. Es stand jeweils auch das

Jahr dahinter. Alle sechs Bilder waren zwischen 1980 und 1981 entstanden.

»Und Sie sind sicher, dass die Bilder niemals öffentlich ausgestellt wurden? Wie kann der Täter sie kennengelernt haben? Haben Sie viel Besuch?«

»Wir können doch jetzt schlecht feststellen, Ann, wie viele Leute hier in den letzten fünfundzwanzig, dreißig Jahren zu Besuch waren. Seit wann wohnen Sie überhaupt hier?«

»Wir sind erst 92 hierhergezogen.«

»Und wo waren Sie vorher?«

»In Karlsruhe.«

»Und was haben Sie dort gemacht?«

»Herrgott, unterrichtet!«

»Wo waren die Bilder damals?«

Er öffnete die Arme und reckte sie in die Höhe. »In meinem Atelier, wo denn sonst?«

»Und Sie hatten damals schon Studenten?«

»Ja, natürlich.«

»Haben die Sie in Ihrem Atelier besucht?«

»Ja. Manchmal. Warum auch nicht?«

»Wie viele von denen können die Bilder gesehen haben?«

»Herrgott, ich weiß es nicht! Ich hatte eine Meisterklasse und ...«

»Ich brauche alle Namen.«

Es ging ein Ruck durch den Professor, so als würde er plötzlich den Ernst der Lage begreifen. »Ja«, sagte er und nickte eifrig. »Selbstverständlich. Ich habe die Namen nicht, aber das alles ist rekonstruierbar. Schließlich waren die Studenten bei mir eingeschrieben. Es gibt ein Zulassungsverfahren und ...«

All diese Details interessierten Ann Kathrin nicht, sondern nur eins, und das wiederholte sie scharf: »Die Namen, Herr Professor. Ich brauche die Namen.«

Der Professor telefonierte selbst mit dem Sekretariat in Münster und machte die Dringlichkeit deutlich. Ann Kathrin rief übers Handy in Karlsruhe an.

Siebzig Minuten später kamen in Aurich auf dem Fax ihrer Dienststelle endlose Listen an. Es waren Hunderte Namen, und Scherer tobte, denn er befürchtete, sie könnten sich bei der Überprüfung nicht nur völlig verzetteln, sondern auch noch lächerlich machen. Er warnte vor blindem Aktionismus.

Weller glich die Liste mit den Namen aller bisher verdächtigen Personen ab. Die Namen Meuling, Peschke, Omonsky oder Zimmermann fanden sich weder in Karlsruhe noch in Münster auf den Studentenlisten.

»Sie hören die Flöhe husten, Frau Klaasen«, diagnostizierte Scherer. »Wir brauchen harte Fakten.«

»Man muss nehmen, was man kriegen kann«, konterte Ann Kathrin, »und irgendetwas hat den Täter auf die Idee gebracht …«

Scherer lachte höhnisch. »Ja. Da waren wir doch schon mal, Frau Klaasen. Schon vergessen? Das war ein Grund, Herrn Meuling festzunehmen, weil er ein Ostfrieslandmagazin besaß, mit einem Bild drin, das ihn angeblich inspiriert hatte.«

»Das ist gemein, Herr Scherer. Sie wissen genau, dass das nicht der einzige Verhaftungsgrund war, sondern nur ein Mosaikstückchen …«

»Jaja. Jedenfalls ist Meuling jetzt tot. Vielleicht sollten wir keine Vorlagen suchen, sondern den Täter. Es ist mir egal, was ihn auf die Idee gebracht hat. Ich will ihn haben.«

»Glauben Sie mir, ich auch.«

Inzwischen hatte Frau Diebold zu Protokoll gegeben, dass ihr Mann manchmal große Partys gab, mit bis zu hundert Leuten. Künstler, Galeristen, Kollegen von der Uni, seine Meisterschüler waren natürlich auch immer dabei.

»Wir hatten kaum eine Kontrolle darüber«, sagte sie. »Wir verschickten Einladungen, aber dann kommt jemand, der bringt noch jemanden mit und – ach, Sie wissen doch, wie das ist. Meist fand alles, wenn wir Glück hatten, bei schönem Wetter im Garten statt. Christina hat Drinks gemixt, mein Mann Fleisch gegrillt. Er liebt solche archaischen Sachen. Ein paar Studenten haben immer mitgeholfen, und wenn es spät wurde, zog sich natürlich der Rest der Gesellschaft ins Haus zurück.«

Bei einer dieser Gelegenheiten, so folgerte Ann Kathrin, könnte der Täter beim Betrachten der Bilder auf die Idee gekommen sein. Der Gedanke ließ sie nicht los.

Er kochte vor Wut. Was war dieser Professor doch für eine abgezockte Sau! Er nutzte den Tod seiner Tochter schamlos für sich aus.

In der FAZ wurde er als einer der bedeutendsten deutschen Künstler bezeichnet und in eine Reihe mit Baselitz und Immendorf gestellt. Im RTL-Starmagazin zu einem der bedeutendsten Maler des Jahrhunderts gemacht, der mit seinen Visionen den schlimmen Tod seiner Tochter vorausgeahnt hatte. Auf Pro 7 wurden seine Studenten interviewt und Bilder einer Ausstellung gezeigt.

Nervös zupfte er den Tabak aus seinem Beutel. Am schlimmsten war es für ihn zu sehen, wie viele Mikrophone sich Professor Diebold entgegenreckten. Die Pressekonferenz glich einer reinen Imagekampagne. Im Hintergrund ein großes, unvollendetes Werk von ihm, auf dem Blut vom Himmel tropfte.

Mit brüchiger Stimme, aber gefasst, beantwortete er die Fragen der Reporter. Geschickt betonte er das äußerst gute Verhältnis, das er zu seiner Tochter gehabt hatte. Komischerweise erwähnte er seine Frau überhaupt nicht. Vielleicht war sie mit dem ganzen Spektakel ja nicht einverstanden und machte ihm zu Hause die Hölle deswegen heiß.

Einmal wischte er sich eine Träne ab, wirkte aber auch dabei betont männlich.

»Ich bin selbst Vater von zwei Kindern und frage mich: Wie wird ein Mensch mit so etwas fertig?«, wollte ein rothaariger Journalist wissen.

Der Professor sah hoch und kniff die Augen kurz zusammen, als ob er von den Scheinwerfern geblendet werden würde und das Gesicht des Fragestellers nur schwer ausfindig machen könnte. In Wirklichkeit, da war er sich ganz sicher, war das ein abgekartetes Spiel. Diese Frage war vorbereitet und mit dem Professor abgesprochen, denn jetzt konnte er endlich auf das zu sprechen kommen, was ihm viel wichtiger war als seine Tochter: nämlich er selbst.

Alle schlimmen Ereignisse in seinem Leben habe er nur auf eine einzige Art bewältigt. Daraus seien dann Bilder entstanden. Jede Lebenskrise habe er in neue künstlerische Energie umgewandelt, und so seien aus den schlimmsten Erlebnissen die besten, ausdrucksstärksten Werke erwachsen.

Fahrig drehte er an seiner Zigarette. Er hätte Professor Diebold am liebsten angespuckt. Gleichzeitig bewunderte er ihn dafür, wie professionell er das hinkriegte.

»Ihr seid doch alle gleich«, lachte er böse. Auch Immendorf hatte jeden Skandal für sich zu nutzen gewusst. War er nicht durch Drogen und Sexskandale bekannter geworden als durch seine Bilder? Welcher Maler kommt schon auf die Titelseite der BILD-Zeitung? Selbst seine schwere Krankheit hatte ihm publizistisch genutzt. Schlimmer kann es einen Maler nicht treffen, als blind zu werden oder den Pinsel nicht mehr mit der Hand führen zu können. Aber selbst daraus hatte Immendorf seiner Meinung nach noch etwas gemacht. Seine Studenten malten seine Bilder nach seinen Vorgaben, und die Boulevardmagazine berichteten groß darüber.

Die Zigarette war ihm misslungen. Er hatte den Tabak zu fest zusammengepresst. Er musste kräftig ziehen, um die Glut zu entfachen. Dann schoss der Qualm zu heftig in seine Lungen. Es tat fast weh. Trotzdem hustete er nicht, sondern atmete nur mit weit aufgerissenem Mund aus. Er kam sich vor wie ein Feuer spuckender Drache.

All die kleinen Kasperlenummern, die ihr hier fürs Publikum abzieht, werden verblassen gegen mich, dachte er. Meine Taten stellen euch alle in den Schatten, weisen euch zurück auf die hintersten Plätze. Was sind ein bisschen Koks und ein paar Nutten gegen das, was ich getan habe? Deine tote Tochter wird nur noch eine Rolle spielen, weil ich sie umgebracht habe, Professorchen.

Er spürte, wie sehr ihn die Morde aus der alten Stimmung der letzten Jahre herausbrachten. Ja, die Morde waren der Weg, sich endlich nicht mehr minderwertig zu fühlen, sondern überlegen. Endlich ganz Schöpfer werden, dachte er.

Aber er brauchte noch eine Frau für die Flammen. Leider hatte Christina Diebold keine Zwillingsschwester. Aber um den Zyklus zu beenden, musste nun das Feuer her. Die Mülltonne war nicht mehr als ein Ausrutscher. Doch die geschickte Vermarktungsnummer von Professor Diebold machte diesen Mord größer als die vorherigen.

Er hatte Christina Diebold nicht gemalt. Sie passte nicht ins Konzept, deswegen hatte er ihr Blut gleich mit entsorgt.

Ihr kriegt mich nie, ihr blöden Stümper, dachte er. Ich könnte die Serie fortsetzen, wenn die vier Elemente komplett sind. Wie wäre es mit den Direktoren der bedeutendsten Museen Deutschlands?

Der Gedanke gefiel ihm. Er lächelte. Wie viele missverstandene, übersehene Künstler würden das verstehen und ihm dankbar sein, weil endlich jemand ein Fanal setzte?

Wenn diese Gestalten nur nicht so hässlich wären … Fürs Feuer brauchte er jedenfalls noch eine schöne Frau. Er blätterte in der Fernsehzeitung und hatte sich schon fast für eine Schauspielerin entschieden, als er dann eine warnende Stimme in sich hörte. O nein. Bloß nicht so eine. Danach laufen die Wiederholungen ihrer Filme pausenlos im Fernsehen, und sie wird mehr Ruhm ernten als ich. Das könnte noch schlimmer werden als bei dem Professor. Es muss eine unbekannte Schönheit sein. Eine, die keinen Agenten hat, der versucht, die Sache auszuschlachten.

In der Zeitung fand er Kontaktanzeigen, in denen Frauen angeblich ohne finanzielle Interessen nach Sexpartnern suchten. Nein, eine Hure durfte es auf keinen Fall sein. Sie musste rein sein. Sauber. Reif für seine Kunst.

Er lachte laut. »Suche Opfer ohne finanzielle Eigeninteressen. Wer ist bereit, im Namen der Kunst zu sterben?«

Ann Kathrin Klaasen fand den Gedanken, dass Heiner Zimmermann möglicherweise immer noch an ihrem Aktporträt malte, plötzlich unerträglich. Sie konnte überhaupt nicht mehr verstehen, wie sie auf diese Schnapsidee gekommen war. Warum sollte sie sich ausgerechnet von Frank Wellers Schulfreund nackt malen lassen, um Frank das Bild dann zum Geburtstag zu schenken?

Welcher Teufel hat mich da geritten, fragte sie sich. Wie konnte Zimmermann mich so einlullen? War ich nicht mehr zurechnungsfähig?

Vielleicht waren es die Bilder von Professor Diebold, die diese Zweifel in ihr ausgelöst hatten. Sie hatte in der Nacht grässlich geträumt. Heiner Zimmermann hatte das Bild ohne ihr Zutun beendet. Weller war zu seiner Renate zurückgegangen und lebte mit ihr und den Töchtern wieder ein glückliches Familienleben. Natürlich wollte Renate nicht das Bild ihrer Konkurrentin im Schlafzimmer hängen haben, und so wurde es schließlich bei einer Feier in der Polizeiinspektion Aurich versteigert. Es war Ubbo Heides Abschied. Sie sollte Ubbos Nachfolgerin werden, und Rupert versteigerte nun, lässig mit einem Oberarm auf das Ölgemälde gestützt, das Bild und riss ein paar Zoten auf Ann Kathrins Kosten. Er wisse auch nicht, warum sie da aus dem Sarg steige. Wahrscheinlich sei das eine ihm bisher unbekannte Sadomaso-Technik oder irgendetwas Nekrophiles. Er hätte das Bild ganz anders gemalt. Ann Kathrin als wilde Reiterin. Ein Sattel sei ihm lieber als ein Sarg.

Dann plötzlich stand im Traum ihr toter Vater da, machte aber einen sehr lebendigen Eindruck und beendete die Versteigerung. Er sprang mit Rupert und den anderen um, als seien sie Grundschüler und er der gestrenge Lehrer, vor dem alle Respekt hatten.

Sie war ihrem Vater einerseits dankbar, andererseits schämte sie sich vor ihm, aber noch im Traum wusste sie, dass alles ein Traum war, denn ihr Vater war tot, das wusste sie sogar im REM-Schlaf. Der Traum kam ihr vor wie ein Weckruf.

Jetzt stand sie vor Heiner Zimmermanns Haus in der Norddeicher Straße und klingelte. Er war zu Hause. Sie hörte Musik. »Satisfaction« von den Stones.

Während sie versuchte, mit der Klingel die Stimme von Mick Jagger zu übertönen, geriet sie innerlich ins Wanken. War das hier jetzt völlig blöd von ihr? War das spießig? Würde sie sich später darüber ärgern? Warum hatte das plötzlich so eine große Bedeutung? Auf einmal wurde alles so monströs …

Am liebsten wäre sie wieder gegangen, doch Heiner Zimmermann öffnete und lachte sie an. »Oh, mein Lieblingsmodell! Ich hoffe, diesmal wird uns kein Sondereinsatzkommando stören!«

Sein Nikotinatem wehte ihr ins Gesicht. Er sah ihr sofort an, dass sie etwas Ernstes zu ihm führte, etwas, das ihr zutiefst unangenehm war. Er versuchte, es ihr leicht zu machen, indem er sie locker berührte und mit einer fast unterwürfigen Geste hereinbat. Er hatte etwas an sich, das Frauen in seiner Gegenwart das Gefühl gab, Königinnen zu sein. Es war sofort wieder da und entfaltete seine Wirkung.

Sie sah die Bilder und Skulpturen. All die Frauen wirkten so lebendig, dass Ann Kathrin sich schütteln musste. Es war, als könnten sie ihr zuhören, antworten, ja, gleich aus den Bildern herauskommen und sie berühren. Die Skulpturen wirkten, als könnten sie beweglich werden.

Sie musste sich jetzt schon dagegen wehren, nicht seinem Charme zu erliegen und von ihrem eigentlichen Vorhaben Abstand zu nehmen. Es roch nach frischer Farbe. An seinen Händen und den aufgekrempelten Hemdsärmeln konnte sie unschwer ablesen, dass er im Moment arbeitete.

Sie stellte sich vor, dass er gerade ihre Schenkel ausmalte oder mit kurzen Pinselstrichen den Locken in ihren Schamhaaren Schwung gab. Die Idee gefiel ihr überhaupt nicht.

Während sie noch überlegte, wie sie beginnen sollte, eröffnete er das Gespräch: »Ihr habt eine neue Leiche … Die Medien sind ja voll davon.«

»Hm …« Sie wollte gar nicht darauf eingehen. Sie war nicht gekommen, um den Fall mit ihm zu diskutieren.

»Also, wenn du mich fragst, ich finde es unmöglich, wie der Diebold damit umgeht.«

»Kennst du ihn?« Ann Kathrin ärgerte sich über ihre Frage. Sie ließ sich von ihrem eigentlichen Vorhaben abbringen. So war es oft mit ihm. Er lenkte die Gespräche in eine Richtung, die ihm lieb war.

»Wer kennt ihn nicht? Eine ganz üble Figur der Kunstszene. Hat jede Menge Pöstchen und Ämter. Gegen ihn und seine Stimme kriegst du keinen Preis in diesem Land.«

Ann Kathrin staunte: »Ich hatte keine Ahnung, dass er so einflussreich ist.«

Heiner Zimmermann zuckte mit den Schultern und zog die Nase hoch. »Er hat die Diktatur des Mittelmaßes in Deutschland mitbegründet. Und jetzt hat er auch noch den Mitleidsbonus. Seine Werke werden den zehnfachen Preis erzielen. Im Grunde müsste er dem Täter dankbar sein.«

Der Gedanke irritierte Ann Kathrin. »Du meinst, der Mord hat ihm genutzt, nicht geschadet?«

Heiner Zimmermann goss aus einer Kristallkaraffe ostfriesisches Leitungswasser in zwei mundgeblasene Gläser. Eines reichte er Ann Kathrin, das andere leerte er gierig mit einem Zug.

»Ist das nicht oft so?«, fragte Heiner. »Da tötet einer im Zorn einen Mann und geht dafür fünfzehn Jahre ins Gefängnis, in Wirklichkeit hat er nur der Ehefrau die Scheidung erspart und den Kindern ermöglicht, früher ans Erbe zu kommen. Das war zwar nicht seine Absicht, aber doch das Ergebnis seiner Handlung. Der eine ist nur seine Wut los, und die anderen können endlich ein unabhängiges, freies Leben führen.«

Ann Kathrin nippte an ihrem Wasserglas und bewegte sich dabei wie unabsichtlich im Raum. Sie suchte nach Aktskizzen, auf denen sie selbst zu erkennen war.

Da waren sie wieder. Gisela, die Kassiererin aus dem Combi, Michaela aus Gittis Imbiss ... Ann Kathrin musste jetzt endlich auf den Punkt kommen. Es kam ihr fast so schwer vor wie früher die Gespräche mit ihrem Exmann Hero, wenn sie das Gefühl hatte, von dem Herrn Psychologen aufs Glatteis geführt zu werden. Er konnte ihr die Worte im Mund herumdrehen. Immer hatte sie am Ende das Problem, nie er.

Sie wollte Heiner Zimmermann nicht verletzen und nicht verärgern. Immerhin war er ein guter Freund von Frank. Ein Freund, um den sie Frank beneidete. Er hatte in einer schwierigen Situation genau die richtigen Worte gefunden. Sie mochte ihn. Vielleicht, weil er so anders war als die Kollegen, mit denen sie täglich zu tun hatte.

Sie räusperte sich. »Hast du an dem Porträt von mir weitergearbeitet? Gibt es Skizzen?«

Er freute sich. »Aber natürlich. Ich wusste, dass du wiederkommen würdest. Wir lassen uns doch von so einer blöden Polizeiaktion nicht den Spaß verderben, oder?«

»Bitte gib mir die Sachen. Ich will das alles nicht mehr.«

»Wie bitte? Was?«

»Du hast mich schon richtig verstanden. Ich weiß nicht mehr, warum ich mich darauf eingelassen habe. Ich kann das nicht machen. Ich arbeite als Kriminalbeamtin hier im Landkreis. Das Ganze könnte zu schnell aus dem Ruder laufen, das hast du ja gesehen. Plötzlich sind solche Bilder Teil einer Ermittlung. Werden an die Öffentlichkeit gezerrt und ...«

Er ließ sich schwer in einen Sessel fallen, als habe er Angst, sonst ohnmächtig zu werden. Auf der Sessellehne lag ein Lappen mit vielen Farbflecken. Geistesabwesend nahm er ihn in die Hand und wischte sich damit die Hände ab und dann einmal über den Mund. Er sah aus, als würde er gleich hysterisch werden, doch er sprach ganz ruhig und sachlich, mit therapeutenmäßig einfühlsamer Stimme: »Du hast keinen Fehler gemacht, Ann Kathrin, sondern deine Kollegen. Wenn sich hier jemand genieren muss, dann die. Sie waren unprofessionell, unsensibel und haben sich benommen wie …«

Sie wehrte ab. »Darum geht es nicht. Ich will das Ganze nicht mehr.«

Er bestand auf seiner Meinung: »Sie sind in deine und meine Intimsphäre eingedrungen. Genauso gut könnten sie euer Schlafzimmer stürmen, während du und Frank beim Geschlechtsverkehr …«

»Bestimmt hast du recht. Aber ich will es trotzdem nicht mehr. Ich möchte nicht, dass es Bilder gibt, auf denen ich so zu sehen bin. Das ist nicht mein Stil, das passt nicht zu mir, das …«

Er nickte resigniert und fragte sich: Weiß sie, dass ich es bin? Nutzt sie die letzten Minuten vor meiner Verhaftung, um ihre Bilder zu vernichten, weil sie genau weiß, dass die Illustrierten später dafür Riesensummen zahlen werden? Hat sie Angst, zum Gespött der Öffentlichkeit zu werden? Hängt sie so sehr an ihrem dämlichen Beruf? Will sie deshalb alles ungeschehen machen? Oder ist sie doch nur die kleine Spießerin, die so gut zu Frank passt?

»Schade«, sagte er. »Ich dachte, du wärst weiter.«

»Weiter?«

»Fühlst du deine eigenen Sehnsüchte wirklich oder nur das, was du fühlen solltest? Willst du nur politisch korrekt sein und …«

Sie stoppte seinen Redefluss: »Auch wenn es dir nicht passt, Heiner, ich will alle Bilder, alle Skizzen – ich möchte das Ganze ungeschehen machen. Falls du Auslagen hattest, erstatte ich dir das Geld gerne.«

Er erhob sich, reckte die Arme zur Decke wie jemand, der sich ergibt, und sagte: »Okay, okay. Du kannst alles haben. Natürlich kostet es nichts. Aber schau dir die Skizzen wenigstens an, damit du weißt, was du wegwirfst. Es ist ein Teil von dir, den du dann verbrennst und ablehnst.«

Er nahm ihr das Glas aus der Hand. »Es schmeckt dir nicht. Das sehe ich doch.«

Er ging mit dem Glas zur Obstschale, nahm eine Zitrone heraus, teilte sie durch und drückte eine Hälfte in der Faust zusammen. Die Tropfen fielen ins Glas. Dann drehte er Ann Kathrin den Rücken zu, ging mit dem Glas zur Anrichte, nahm einen Löffel heraus und rührte damit laut klirrend im Wasserglas herum. Er holte Eiswürfel aus dem Kühlschrank und ließ sie ins Glas fallen.

Er reichte ihr erneut das Glas. »Sehr aufmerksam«, sagte sie und trank. Das zitronensaure kalte Wasser tat gut.

Draußen fuhren mehrere schwere Motorräder vorbei. Ann Kathrin erkannte deutlich den Sound einer Harley Davidson Dyna und einer VN 900 Kawasaki. Dann hupte ein Lkw.

Er eilte die Treppe hoch, um seinen Skizzenblock zu holen. Er nahm jeweils drei Stufen mit einem Schritt.

Sie wollte ihm folgen, doch schon auf der Hälfte zur Treppe kam er ihr mit einer Mappe unterm Arm wieder entgegen.

»Darf ich nicht raufkommen?«

»Was interessiert dich meine Kunst? Es würde dir doch nur wehtun.«

»Wehtun? Wie soll ich das verstehen?«

»Wehtun, wenn du siehst, wie frei andere sind.«

»Du meinst, sie sind freier als ich, nur weil sie sich von dir malen lassen?«

Er trug die Mappe, auf der Treppe stehend, wie ein Schutzschild vor seinem Körper, öffnete sie und hielt sie dabei halb verdeckt, so als wolle er vermeiden, dass Ann

Kathrin hineinschauen konnte. Er fischte drei DIN-A2 große Skizzen heraus.

»Bitte schön, Herr Reichsgauleiter, ich übereigne auch diese artfremden Werke dem Feuer …«

»Das ist gemein«, sagte sie. »Warum tust du das?«

Sie konnte sich nicht dagegen wehren, obwohl sie gerade wütend auf Heiner Zimmermann wurde, warf sie einen Blick auf die Bilder und erkannte sich auf Anhieb. Aber da war noch etwas außer Wut. Ein merkwürdiger Stolz. Ein inneres Kribbeln, als müsse sie gleich aufstoßen. So freudig erregt war sie als kleines Mädchen manchmal gewesen, wenn sie wusste, dass Papa gleich nach Hause kommt und er bereits angekündigt hatte, ein Geschenk für sie mitzubringen. Ein Eis, ein paar Bonbons, ein schönes Tuch. Er liebte es, sie mit Kleinigkeiten zu überraschen. Aber für sie waren es Liebesbeweise. Jedes Bonbon sagte ihr, mein Papa denkt an mich. Mein Papa liebt mich. Mein Papa vergisst mich nicht.

Etwas an diesen Bildern war anders, als sie es in Erinnerung hatte. Auf dem einen stieg sie aus dem Sarg und griff nach oben, als wolle sie etwas an der Decke erreichen. Auf dem zweiten hatte sie eine Krone auf dem Kopf. Das andere war genauso, wie sie sich damals hingestellt hatte, bevor die SOKO das Haus stürmte.

»Warum hast du mir diese Krone aufgesetzt?«, fragte sie.

Er ging zwei Stufen tiefer, ihr entgegen, ohne dass sie auswich.

»Weil du damals für eine kurze Zeit zu einer Königin geworden bist, Ann Kathrin. Jetzt fühlst du dich ja scheinbar als Sklavin wohler.«

»Ich war nie eine Sklavin.«

»O doch. Du weißt genau, wovon ich rede. Wer nicht sein kann, wer er wirklich ist, der ist ein Sklave, Ann Kathrin. Egal, ob er im realen Leben eine strenge Uniform trägt oder eine Clownskappe. Frei ist man nur hier«, sagte er und klopfte auf seine Brust.

Plötzlich kam ihr ein Verdacht. »Du hast da oben noch ein Bild von mir.«

Er schüttelte grinsend den Kopf. »Nein. Bestimmt nicht. Vertrau mir.«

»Ich will es sehen. Lass mich hoch. Warum lässt du mich nicht nach oben?«

»Spiel nicht verrückt, Ann Kathrin. Wenn ich dich hintergehen wollte, wäre das doch überhaupt kein Problem für mich. Ich brauche diese Skizzen nicht. Ich kann alles aus dem Gedächtnis malen. Ich könnte dich in hundert Stellungen zeichnen, immer wieder aufs Neue.«

»Du malst doch gerade. Ich sehe es an deinen Händen. Zeig mir das Bild.«

»Nein, ich kann dich da jetzt nicht hochlassen. Du hast dich selber aus der Show gekickt. Du spielst nicht mehr mit.«

Sie wollte sich mit den Zeichnungen in der Hand und ihrem Wasserglas an ihm vorbei nach oben drängen, aber er lehnte sich mit ausgestrecktem Arm gegen die Wand. »Was soll das? Ist das jetzt so eine Art Hausdurchsuchung?«

Je mehr er sich weigerte, sie das Atelier oben sehen zu lassen, umso größer wurde in ihr die Gewissheit, dass er dort an einem großen Aktporträt von ihr malte.

Ohne sich von ihm aufhalten zu lassen, stapfte sie die Treppe hoch. Doch was sie oben fand, war sehr ernüchternd. Eine große, aber völlig unbefleckte Leinwand wartete auf den ersten Pinselstrich des Meisters. Auf dem Boden standen Pulver, Flüssigkeiten, Farbeimer. Alles sah ganz anders aus, nicht so, wie sie diesen Raum beim letzten Mal erlebt hatte.

Jetzt erst kam er hinter ihr nach oben. »Na, zufrieden?«

»Was machst du hier?«

»Ich mische meine Farben selbst. So wie die großen alten Meister.«

In dem Moment wusste sie, was der Friseur mit dem Blut anstellte. Es durchfuhr sie wie ein Blitz. Natürlich! Er malt sie und mischt mit dem Blut Farben.

Sie fuhr herum und starrte Heiner Zimmermann an. »Ich muss gehen«, sagte sie.

Erneut stellte er sich ihr in den Weg. Diesmal, um sie daran zu hindern, nach unten zu laufen.

»Hast du dich vergewissert, dass ich nicht gelogen habe? Und glaub mir, wenn ich es wollte, ich habe alles hier.« Er tippte mit dem Zeigefinger gegen seine Stirn und fragte sich, wann das Liquid Ecstasy, das er in ihr Wasserglas gekippt hatte, endlich bei ihr wirken würde.

»Ich kann alles, was ich jemals gesehen habe, malen. Ich habe ein fotografisches, mehrdimensionales Gedächtnis. Und mehr als das, ich erinnere mich nicht einfach, o nein. Ich kann die Formen verändern, wie ich will. Ich könnte Frank und dich malen, wie er dich auf Arten nimmt, von denen du bisher nicht mal gewagt hast zu träumen.«

Sie war empört, verzog angewidert die Mundwinkel. »Warum sagst du so etwas? Was soll das?«

»Ich kann dich nicht gehen lassen, Ann Kathrin«, sagte er, und es klang fast, als würde es ihm leidtun. »Du weißt, dass ich es bin, stimmt's? Du hast lange gebraucht. Wissen deine Kollegen schon Bescheid? Werden sie gleich kommen? Stürmen sie erneut mein Haus? Ich hoffe, sie lassen mich mein Werk noch vollenden. Du hast dir deinen Platz darin selbst ausgesucht.«

Ihr wurde schwindlig. Ihre Glieder wurden zunehmend schwerer. In ihrem Kopf trudelte alles, und sie war sich nicht sicher, ob sie wirklich seine Stimme hörte oder ob die Phantasie ihr einen Streich spielte.

Sie stammelte: »Ich … ich denk, du bist ein Freund von Frank …«

Heiner Zimmermann lachte. »O ja, das bin ich. Er wird das Bild von dir bekommen. Es wird Millionen wert sein. Und zum berühmtesten Zyklus der Welt gehören. Am Anfang wird er vielleicht noch ein bisschen traurig sein, aber dann wird er den Verlust verschmerzen. Er wird für viele Frauen ein interessanter Mann werden. Für Museumsdirektorinnen, Galeristinnen, Kunstprofessorinnen und Universitätsdirektorinnen. Er, der Freund von Heiner Zimmermann, der Liebhaber des Brennenden Engels. Der Kommissar, der die ganze Zeit so nah an der Lösung des Falles war, dass er sie nicht sehen konnte.«

Ann Kathrin schwankte. »Was hast du mir in dieses Scheißglas gemischt?«, schrie sie und schleuderte es in Heiner Zimmermanns Richtung. Sie hörte, dass es klirrte und irgendwo zerschellte, aber sie konnte den Blick nicht auf die Stelle fokussieren, die sie getroffen hatte.

»Liquid Ecstasy. Sag bloß, ihr habt es in Christina Diebolds Körper noch nicht nachgewiesen? Angeblich soll das Zeug ja nach vierundzwanzig Stunden im Blut verschwunden sein. Ich bin mir nicht sicher, ob es stimmt. Man kann in solchen Sachen ja schlecht einen Fortbildungskurs an der Volkshochschule belegen.«

Am Computer sah Weller sich die Homepage von Professor Diebold an. Es gab mehrere hundert Seiten. Bilder von ihm, Presseartikel über ihn, Zitate, was andere Menschen über ihn gesagt hatten, eigene Arbeiten zur Kunsttheorie, endlose Artikel über Beuys und immer wieder Bilder von ihm mit lachenden jungen Studentinnen. Offensichtlich hatte er sich die Förderung des Nachwuchses auf die Fahnen geschrieben. Immer wieder eröffnete er Ausstellungen, wobei es Weller auffiel, dass die Studentinnen oft schöner waren als ihre Werke. Nicht mal zehn Prozent der von Professor Diebold Geförderten waren Männer, und Weller vermisste unter den Frauen wenigstens eine picklige, pummelige, hochbegabte junge Malerin. Waren sie alle langhaarig, trugen Größe 36, höchstens 38, bei erstaunlich großer Oberweite?

Vielleicht, dachte Weller, ist das auch gemein von mir. Ich schaue mir alles mit dem Blick des Kriminalbeamten an, suche hinter jedem Ding das Verbrechen, die Falle, die Gemeinheit.

Er wollte schon aufhören weiterzuklicken und sich durch die Seiten zu blättern, da erregte ein Bericht seine Neugier. Es war ein Artikel aus der Studentenzeitung. Darin erzählte ein junger Journalist in unbeholfener Sprache, wie glücklich man sei, dass der berühmte Professor Diebold von Karlsruhe nach Münster käme, um dort im Sommersemester zu unterrichten. Es waren viele Fotos dabei. Sie zeigten den Umzug des Professors, wie er ankam, wie der Lkw ausgeladen wurde, und langhaarige junge Männer schleppten Möbel und großformatige Bilder ins Haus.

Plötzlich wurde Weller heiß und kalt. Er zoomte das Bild näher heran, doch es war nicht nötig. Er hatte ihn sofort erkannt. Das war Heiner Zimmermann.

Weller erinnerte sich an Ann Kathrins Worte, der Täter müsse die Bilder kennen.

Na klar. Heiner Zimmermann hatte nie bei Professor Diebold studiert. Er war ja nirgendwo angenommen worden. Weller kannte das Drama. Aber er hatte sich mehrere Jahre lang über Wasser gehalten, indem er aushilfsweise bei einem Umzugsunternehmen gearbeitet hatte. Er hatte sich damals bei Weller beschwert, das Ganze sei schrecklich für ihn, weil er als Maler keine groben Finger haben dürfte. Die Möbelschlepperei würde seine Feinmotorik abstumpfen lassen. Er hatte Angst, bald nicht mehr gut malen zu können. Er hatte seinem

Freund damals sogar Skizzen gezeigt, die er selbst misslungen fand, weil angeblich seine Finger schon ungelenk würden von der Plackerei.

Weller hatte die Bilder wunderschön gefunden und eines sogar für 20 D-Mark gekauft. Erstens, um Heiner einen Gefallen zu tun, und zweitens, um sich damit bei seiner damaligen Flamme beliebt zu machen. Sie war dahingeschmolzen, weil sie es gewöhnt war, von Männern Blumen zu bekommen und Pralinen. Einer hatte ihr sogar mal Dessous geschenkt. Aber noch nie jemand eine gekaufte Originalgraphik.

Ruhig Blut, dachte Weller. Was heißt das schon? Heiner hat also die Bilder gesehen. Na und? Er hat Stangen von der Sorte bestellt, mit denen Mareike Henning im Lütetsburger Park aufgespießt wurde. Natürlich kennt er den Park und die Blütenpracht. Aber warum sollte er … Nein, dazu war er einfach nicht verrückt genug.

Nehme ich jetzt nur meinen alten Kumpel in Schutz, oder ist es wirklich unsinnig, so einen Zusammenhang zu konstruieren? Genauso gut hatte auch jeder andere Möbelpacker die Bilder gesehen. Viele Studenten, Gäste des Hauses …

Weller wollte die Nachricht nicht gleich an die große Glocke hängen. Er behielt sie noch einen Moment für sich und überlegte, wie er damit umgehen sollte.

Manchmal, dachte Ubbo Heide, geschehen doch noch Zeichen und Wunder. Vielleicht hatten sie das sogar dem Kollegen Weller zu verdanken. Nachdem er Meuling in Groningen erschossen hatte, war auch für die niederländischen Kollegen zusätzlicher Druck in die Angelegenheit gekommen. Und jetzt hatte Ubbo Heide per Fax die Untersuchung der Skulpturengruppe *Sieben Meerjungfrauen und der Gott des Meeres* von Heiner Zimmermann auf dem Tisch.

Ubbo Heide griff sofort zum Telefon und rief Weller an. Der wirkte merkwürdig abwesend auf Ubbo Heide, als ob er krank werden würde oder nach einem schweren Kater gerade erst aufgewacht sei.

»Sie haben die Statuen von Heiner Zimmermann untersucht.«

Weller brummte nur als Antwort.

»Was glaubst du, was bei der kriminaltechnischen Untersuchung herausgekommen ist?«

Jetzt redet Ubbo schon genau wie Rupert in Fragen, dachte Weller sauer, sagte es aber nicht.

»Er hat wirklich die angegebenen Stahlstangen benutzt. Zumindest befinden sich welche dieser Art in den Figuren.«

»Na also«, sagte Weller, »damit ist Heiner Zimmermann also aus dem Kreis der Verdächtigen ausgeschieden.«

Ubbo Heide stockte. »Nicht ganz. Er hat die Stangen zwar verwendet, aber … er hat sie in Stücke geschnitten.«

»Wie?«

»Wie er das gemacht hat, weiß ich auch nicht. Jedenfalls sind die Stangen ja auch viel größer als die Statuen. Er hat nur Teile davon verwendet, und wenn man sie alle aneinanderlegt, dann hat er nur vier Stangen verwendet, aber zwanzig bestellt. Es blieben also sechzehn übrig für den Mord in Lütetsburg. Dort hat er aber nur zwölf benutzt.«

Es hielt Weller nicht mehr auf dem Ledersessel. Er hatte das Gefühl, sein Hosenboden würde brennen, und auch unter den Füßen wurde es heiß. Er sprang auf und rannte im Büro hin und her.

»Ubbo, ich … ich weiß nicht, ob ich jetzt völlig auf dem falschen Dampfer bin. Immerhin sind wir alte Freunde, Klassenkameraden und …«

»Raus mit der Sprache, Weller.«

»Das Ganze passt überhaupt nicht zu ihm. Aber ich kann nicht übersehen, dass …«

»Red nicht ständig um den heißen Brei herum! Also, was ist los?«

»Er kennt Professor Diebold. Er hat damals bei dessen Umzug von Karlsruhe nach Münster geholfen. Also sind ihm die Bilder, von denen Ann Kathrin meint, sie seien der Auslöser dafür, dass der Täter Christina Diebold in der Mülltonne verstaut hat, bekannt.«

Jeder einzelne Punkt war für sich genommen noch kein Beweis gegen Heiner Zimmermann. Alles zusammengenommen, ergaben sich wichtige Verdachtsmomente.

»Jetzt bloß nichts übereilen«, mahnte Ubbo Heide. »Wir haben uns in dieser Sache schon einmal zu sehr von der Wunschvorstellung leiten lassen, den Mörder endlich zu kriegen. Wir haben sein Haus gestürmt und …«

»Ja, das wird wohl keiner von uns so schnell vergessen«, gab Weller zu. »Vielleicht sind wir mit unseren Ermittlungen auch einfach zu eng, zu fokussiert auf ein paar Personen. Dadurch gerät anderes aus dem Blickfeld.«

»Ich hab ein mieses Gefühl bei der ganzen Sache, Weller. Der Kerl legt uns bald das nächste Opfer vor die Füße. Und wir sitzen hier starr wie hypnotisierte Kaninchen.«

»Ich kann heute Abend ja mal bei Heiner vorbeigehen und …«

»Und ein Bier mit ihm trinken, oder was?«, regte Ubbo Heide sich auf. »Ich glaube, wir müssen da ganz andere Saiten aufziehen. Oder endgültig die Finger von ihm lassen.«

Noch bevor sie sich an irgendetwas erinnerte, wusste sie, dass sie nackt war. Ihre Zunge war so dick geschwollen und pelzig, dass es ihr schwerfiel, durch den geöffneten Mund zu atmen. Sie konnte die Bewegungen der Zunge nicht wirklich beeinflussen. Wenn sie versuchte, Laute zu formulieren, fiel die Zunge nach hinten in den Hals. Sie hatte Angst, an ihrer eigenen Zunge zu ersticken. Sie drehte den Kopf zur Seite und versuchte, die Zunge so zu platzieren, dass sie besser Luft bekam.

Es war stockdunkel um sie herum, und außer ihren eigenen kleinen Bewegungen und dem Klopfen ihres Herzens war kein Ton zu hören.

Panik breitete sich in ihr aus. Sie begann zu zittern. Dann wurde es mehr, ein Beben des ganzen Körpers.

Ein Gedanke fraß alle anderen auf: Liege ich in einem Sarg? Hat er mich betäubt und lebendig beerdigt?

Ihre Arme waren weit gespreizt und ihre Hände gefesselt. Das sprach gegen einen Sarg. Solche Ausmaße hatte kein Sarg.

Sie versuchte, ihren Kopf so weit zu drehen, dass sie mit der rechten Wange das Tuch spüren konnte, auf dem sie lag. Es war ein Plastiklaken, wie die billigen Wachstischdecken ihrer Mutter, mit denen sie werktags, wenn sie keinen Besuch erwartete, die Holzplatte des Tisches schützte. Sie wusste genau, dass sie nur eine Chance hatte, wenn die Kommissarin in ihr die Oberhand behielt. Sie durfte sich jetzt nicht zum Opfer machen, egal, ob sie längst ein Opfer war oder nicht.

Also kein Sarg. Aber die Wachstuchunterlage, auf der sie lag, sprach dafür, dass er sie hier ermorden wollte. Er rechnete mit einer ziemlichen Sauerei. Hinterher könnte er dann alles abwaschen.

War das, worauf sie lag, der Müllsack, in dem sie entsorgt werden würde?

Er hat seine Opfer nicht verhungern lassen. Er wird

also irgendwann wiederkommen, und dann entscheidet sich mein Schicksal. Soll ich ihn bitten, mir etwas zu trinken zu geben? Oder muss ich damit rechnen, dass er mir wieder irgendeinen Mist einflößt, der mich ausknockt?

Ann Kathrin entschied sich dafür, um ein Getränk zu bitten. Sie brauchte Flüssigkeit, um ihren Kreislauf zu stabilisieren und um Nieren und Leber zu helfen, das Gift aus ihrem Körper zu transportieren, das er ihr eingeflößt hatte.

So gefesselt war sie keine Gefahr für ihn. Warum sollte er sie erneut betäuben? Und wenn, dann konnte er ihr auch etwas spritzen oder ihr zwangsweise ein Mittel zuführen.

Sie musste es riskieren. Sie brauchte Energie. Sie versuchte, die Beine an den Körper zu ziehen, um sich wie ein Embryo hinzulegen, aber erst jetzt bemerkte sie, dass auch ihre Beine gefesselt waren. Sie hatte mit den Beinen mehr Spielraum als mit den Armen, aber sobald sie sich zu sehr bewegte, schnitt das Seil in ihre Haut.

Nach allem, was sie über solche Täter wusste, würde er versuchen, sie zum Objekt zu machen. Ihr die Persönlichkeit zu nehmen, damit sie für ihn zu einer Art Sache wurde. Um seinen Plan durchzuführen, durfte er auf keinen Fall menschliches Mitleid mit ihr empfinden. Vielleicht war das ihre Chance. Immerhin kannten sie sich. Es gab eine Beziehung, daran konnte sie anknüpfen. Sie war kein willkürlich ausgewähltes Opfer. Der Mord an ihr wäre die typische Vertuschungstat. Aus Angst, von der Polizei überführt zu werden, beseitigt der Täter einen Zeugen oder das Opfer selbst.

Schon zweimal hatte Ann Kathrin Männern gegenübergesessen, die unter Tränen beteuerten, doch keine Mörder zu sein. Sie hätten ihr Opfer nicht umbringen wollen, sie waren doch »nur Vergewaltiger«, aber aus Angst vor der Polizei und dem Verlust von gesellschaftlichem Ansehen hätten sie dann gar nicht anders handeln können. Beide hatten Familie und waren anerkannte Personen der Gesellschaft.

Er würde nicht versuchen, sie zu vergewaltigen, da war sie ganz sicher. Das war auch seinen anderen Opfern erspart geblieben. Daran hatte sie nicht den geringsten Zweifel.

Warum hatte er sie hierhertransportiert und angebunden? Warum machte er sich die Mühe, sie auszuziehen? Worum ging es hier eigentlich?

Dann wurde dieser dunkle Raum plötzlich von zwei grellen Neonröhren direkt über ihr erhellt. Unwillkürlich wollte sie ihre Augen mit der Hand schützen, was durch die Fesseln natürlich unmöglich war. Die Neonröhren waren direkt über ihr angebracht. Sie war immer noch ganz allein im Raum. Er musste das Licht also von außen ein- und ausschalten können.

Sie befand sich im Aufnahmeraum eines Tonstudios. Sie erkannte die schalldicht isolierten Wände. Rupert hatte also doch recht gehabt. Nur hatte Heiner Zimmermann garantiert keinen Architekten oder eine Baufirma beauftragt. Auf diesem Weg werden die Kollegen mich nicht finden, dachte sie. Aber wo steht dieses Haus? Es kann nicht sein Atelier an der Norddeicher Straße sein. Die SOKO hätte diesen Raum garantiert entdeckt. Die Kollegen waren vielleicht unsensibel vorgegangen, aber Trottel waren sie nicht.

Mit Schrecken dachte Ann Kathrin daran, wie richtig es gewesen war, das Haus zu stürmen. Wie dankbar wäre sie jetzt für den Einsatz eines Sonderkommandos gewesen. Eine Stimme in ihr zählte all die Fälle auf, in denen Hausdurchsuchungen nicht dazu geführt hatten, gefangen gehaltene Opfer zu entdecken. Hatte nicht der belgische Kinderschänder Dutroux in seinem selbst gebauten Verschlag zwei Mädchen versteckt? Der Polizei war das Ganze bei der Hausdurchsuchung nicht aufgefallen, obwohl Nachbarn sogar Schreie gehört hatten. Und wie war es im Fall Kampusch gelaufen oder in Amstetten? Vierundzwanzig Jahre lang hatten die Menschen der Umgebung nicht bemerkt, dass in ihrer Straße jemand seine privaten Vergewaltigungsräume unterhielt, mit Insassen, die ohne jedes richterliche Urteil lebenslänglich bekommen hatten.

Auf Hilfe von außen konnte sie nicht rechnen. Schreien war reine Kraftverschwendung.

Sie sah ihren Vater vor sich, so wie er ihr früher oft Mut gemacht hatte, vor einer schwierigen Klassenarbeit, einem Basketballspiel oder ihrer Freischwimmerprüfung. Innerlich klammerte sie sich an dieses Bild. Sie brauchte jetzt so sehr jemanden, der stärker war als sie. Jemand, der garantiert zu ihr hielt, jemand mit viel Erfahrung, jemand, der unerschrocken war. Sie wusste natürlich, dass die Phantasie ihr einen Streich spielte, doch sie hörte seine Stimme ganz deutlich: »Er hat nicht alle Trümpfe in der Hand. Du kennst sein Blatt, aber lass dir von ihm nicht in die Karten schauen.«

Jetzt merkte sie, das sagte gar nicht ihr Vater. Sie sah ihren Vater, doch das waren nicht seine Worte. Das war Weller, der alte Skatspieler, der jetzt in ihrer Phantasie durch den Mund ihres Vaters redete.

Sie lachte bitter. »Was für Trümpfe hab ich denn bitte schön? Ich liege hier gefesselt auf dieser Plastikbahre. Ich bin mir nicht mal sicher, ob ich aufrecht stehen könnte, selbst wenn ich alle Fesseln los wäre.«

Jetzt war plötzlich nicht mehr Wellers Stimme da, sondern die ihres Vaters: »Trotzdem. Du bist ihm überlegen. Er ist verrückt. Du bist es nicht. Du kannst klar und logisch denken. Er hat Abgründe in sich, mit denen er nicht konfrontiert werden will. Deshalb tut er solche Sachen. Er will irgendeinen Schmerz nicht spüren. Er ist auf der Suche nach etwas. Anerkennung. Bewunderung. Vielleicht will er auch nur, dass man ihn fürchtet. Finde es heraus, dann kannst du ihn an die Leine nehmen. Dann kannst du mit ihm spielen, denn er hängt als Marionette an Fäden, die du bedienen kannst. Du musst nur wissen, welches die richtigen sind.«

»Glaubst du das wirklich, Papa? Oder sagst du das nur, um mich zu beruhigen, so wie du mir vor jeder Klassenarbeit eingeredet hast, ich sei doch sowieso ein kluges, begabtes Mädchen und müsse keine Angst haben. Es käme nur darauf an, dass die Lehrer meine Intelligenz sehen könnten. Aber leider waren sie oft blind, Papa.«

Sie zerrte an ihren Fesseln, und sie begriff eins: Wenn sie etwas von ihrem Vater gelernt hatte, dann, niemals aufzugeben.

Es ist keine Schande hinzufallen, man kann ja wieder aufstehen und es noch einmal versuchen. Immer wieder hatte sie diesen Spruch von ihm gehört. Sie spürte dann, wie oft das Schicksal ihm in die Zähne gehauen hatte. Wie viel Ärger hatte er mit einem eiskalten Doornkaat weggespült?

»Aber ich kann nicht einfach aufstehen, nach Hause gehen, einen Schnaps trinken und sagen: Scheiß drauf. Wenn das hier nicht ganz schnell beendet wird, habe ich meinen letzten Schnaps bereits getrunken, und zwar in der Backstube, mit meinem Mörder.«

Dann sah sie Weller vor sich. Ja, das war er, ganz eindeutig, und nicht mehr ihr Vater.

»Wenn man so richtig schlechte Karten hat, Ann«, sagte er, »dann gibt's nur eins: bluffen. Gut geblufft ist halb gewonnen.«

Warum hat er das Licht angemacht und kommt jetzt nicht rein, fragte sich Ann Kathrin. Gibt es eine Zeitschaltuhr für die Beleuchtung, oder beobachtet er mich jetzt und weidet sich an meiner Angst? Oder will er nur, dass ich denke, er würde mich beobachten?

Sie sah sich im Raum um. Ja, er war gut vorbereitet. Die Spritze, eine Kanüle, der Blutbeutel. Verschiedene Sorten Rasierschaum, eine ganze Kollektion Nassrasierer. Links neben ihrer Bahre stand ein Stuhl, daneben eine Ablage mit verschiedenen Hautcremes, Tüchern, Wattebäuschchen, Haarfärbemitteln. Rechts neben ihr war die Tür, neben der Tür eine Scheibe. Entweder konnte man von innen nicht nach draußen gucken, sondern nur von außen in den schalldichten Raum, oder der hintere Raum war dunkel. Jedenfalls sah sie nichts hinter der Scheibe. Doch dort vermutete sie ihn.

Dann öffnete sich die Tür, langsam, mit einem Knarren. Es tat ihr gut, überhaupt irgendein Geräusch zu hören. Ihr Herz raste.

Noch einmal war Wellers Stimme da: »Bluffen, Ann. Bluffen.«

Heiner Zimmermann hatte die langen Haare zu einem Zopf nach hinten gebunden und trug ein Stirnband mit weißblauen Streifen. Er roch frisch geduscht, hatte aber danach bereits eine seiner starken, schwarzen, selbst gedrehten Zigaretten geraucht.

Ann Kathrin nahm alles erschreckend intensiv wahr. Sie wusste, dass sie jetzt sehr hoch spielte, aber sie vertraute ganz ihrer Intuition. Sie lachte ihn an, als sei alles ein Riesenwitz.

In der Tat irritierte ihn das für einen Moment. Er stand händeringend vor ihr und knackte mit den Fingern.

»Komm, Heiner, lass es jetzt gut sein. Du hast deine Show gehabt. Der Spaß ist echt gelungen. Für einen Moment hast du mich richtig verunsichert. Aber es glaubt dir doch ohnehin keiner, dass du der Friseur bist …«

Seine Gesichtszüge entgleisten. Er hatte mit vielem gerechnet. Mit Jammern und Bitten. Aber nicht damit.

»Du hast mir echt Angst eingejagt. Aber jetzt mach mich wieder los. Ich will nach Hause. Ich werde keinem was davon erzählen. Es ist ja zu peinlich. Ja, ja, ich habe meine Lektion gelernt. So leicht kann man die Kommissarin in eine Falle locken. Das wird mir bestimmt nie wieder passieren. Von dir habe ich mehr gelernt als von irgendwem sonst im Leben. Das kann mir noch sehr nutzen und mich vor schlimmen Dingen bewahren.«

»Glaubst du, das Ganze hier ist gefakt?«, fragte er und ballte beide Hände zu Fäusten. Sein Kiefer begann zu mahlen.

»Na komm«, sagte sie, »jetzt ist der Spaß wirklich vorbei. Langsam tun mir die Handgelenke weh.«

»Ich bin der Mann, den ihr Friseur nennt!«, schrie er. Spuckebläschen lösten sich aus seinem Mund und trafen Ann Kathrins Bauch wie ein kleiner Regenschauer am Meer.

Noch einmal bemühte sie sich zu lachen. »Frank hat den Friseur in Groningen zur Strecke gebracht.«

»Und wie kam dann Christina Diebold in die Mülltonne?«

»Keine Ahnung. Wahrscheinlich war irgendjemand sauer auf den Professor, oder sie hat es mit einem der Typen getrieben, vor denen ihre Eltern sie immer gewarnt haben. Die Welt ist voller Psychopathen. Die Leiche in der Mülltonne hat überhaupt nichts mit den drei anderen Morden zu tun. Und das, was du hier mit mir veranstaltest, ist ein Witz. Jetzt mach mich los und bring mir was zu trinken. Ich hab Hunger, ich hab Durst, und ich will nach Hause.«

Sie konnte sehen, wie sehr sein Verstand arbeitete.

Hoffnung keimte in ihr auf. War es ihr gelungen, ihn zu verunsichern? Nutzte er die Gelegenheit, einen Rückzieher zu machen?

Er begann zu schreien: »Was bildest du dir ein, du dumme Kuh? Glaubst du, du kannst mich verarschen? Du denkst, ich bin verrückt, hm? Nicht mehr ganz zurechnungsfähig. Du glaubst, ich falle auf diesen Mist herein und lasse dich jetzt einfach so laufen!?«

»Nein, das denke ich nicht. Aber es wird alles unter uns bleiben, oder meinst du, ich will, dass Frank erfährt, wie ich hier gelegen habe? Es reicht schon, was meine Kollegen in deinem Atelier erlebt haben. Ich werde aus dem Polizeidienst ausscheiden und mit Frank eine Fischbude in Norddeich aufmachen.«

Er lächelte. »Jaja, eure Fischbude.«

Das ist der richtige Weg, dachte Ann Kathrin. Ich muss mit ihm über Frank reden. Dann schafft er es nicht, mich umzubringen. Bring das Gespräch auf ganz normale Dinge. So ein Mord gehört nicht in die Normalität des Alltags.

»Wir wollen gerne einen neuen Malkurs bei dir besuchen. Ich glaube, du hast in Frank auch die Leidenschaft erweckt. Im Moment malt er am liebsten Fischbrötchen oder Angler. Aber ...«

Er versank in sich selbst. Sein Blick ging ins Leere.

Wenn ich nur wüsste, welchen Film er gerade sieht, dachte sie. Sie fühlte sich jetzt viel besser als vorher. Sie war dabei, die Handlungsführung zurückzugewinnen. Welchen Plan er auch immer hatte, sie würde ihn durchkreuzen.

Du bist ihm überlegen. Er ist verrückt. Du bist es nicht. Du kannst klar und logisch denken.

Er kam auf sie zu, bewegte sich mit ganz kleinen Schritten, fast schlurfend, wie in Zeitlupe, wie jemand, der unter starken Medikamenten steht.

Er nahm ihre rechte Hand und begann, die Fesseln zu lösen. »Ich werde dir mal was zeigen«, sagte er.

Du schaffst es, dachte Ann Kathrin. Du schaffst es. Du quatschst dich hier raus. Wenn deine Hände erst frei sind, kannst du kämpfen.

Sie war zwar immer noch benommen von dem Medikament, das er ihr eingeflößt hatte, doch sie spürte, wie Adrenalin durch ihre Adern schoss. Ich habe ein hervorragende Judo- und Karateausbildung, sagte sie sich. Geistig traf sie bereits mit der rechten Faust sein Nasenbein, schmetterte ihm die linke gegen die Schläfe und nahm ihn dann in einen Würgegriff.

Er musste geschickt im Knotenbinden sein, denn schon war ihre rechte Hand frei. Es musste einer dieser Seemannsknoten sein. Je mehr sie zog, umso fester wurde er. Aber es war möglich, ihn mit einem geschickten Griff zu lösen.

Er ging um die Liege herum zur anderen Seite, schob das Beistelltischchen eine Armlänge weg und löste auch die Fesseln der linken Hand. Dann gab er ihr eine nach Kokos duftende Creme, darauf stand Coconut-Bodybutter.

»Reib dir damit die Handgelenke ein«, sagte er. »Die Haut ist rau geworden. Du darfst dich nicht so viel bewegen, wenn du gefesselt bist.«

Ja, danke, das werd ich mir merken, du blödes Arschloch, dachte sie, öffnete die Dose und begann sich brav einzureiben. Er beugte sich zu ihrem rechten Fuß, um die Schlaufe dort zu lösen. Sie wog ab, was dafür sprach, ihm jetzt sofort mit einem Schlag das Genick zu brechen oder ob sie lieber abwarten sollte, bis beide Füße frei waren. Sie zögerte einen Moment zu lange. Er sah ihr Spiegelbild in der Scheibe, als sie sich aufrichtete und zum Schlag ausholte. Er tauchte darunter weg, sprang vor die Liege, zog eine kleine Beretta Damenpistole Kaliber .22

und richtete sie auf Ann Kathrins Brust. Mit der Zunge schnalzend, schüttelte er den Kopf, als würde er zu einem ungezogenen Kind sprechen.

»Dachte ich mir doch, dass du ein böses Mädchen bist. Es täte mir leid, wenn ich deinen schönen Körper durchlöchern müsste, dann würdest auch du für mein nächstes Kunstwerk unbrauchbar. Du bist sowieso schon eine Notlösung.«

»So?«, fauchte sie zurück. »Was stimmte denn mit Christina Diebold nicht?«

»Du hast nichts begriffen«, sagte er. »Gar nichts. Sie hat sich gewehrt. Ihre Haut wurde zerstört. Ich male nichts Hässliches. Nur die Zerstörung von etwas Wunderschönem lohnt sich im künstlerischen Prozess.«

Sie saß aufrecht auf dem Wachstuch. Ihre Füße waren noch gefesselt, ihre Beine gespreizt. Sie begann, sich die Fesseln an den Fußgelenken selbst zu lösen, war dabei aber lange nicht so geschickt wie er. Sie kannte sich mit diesen Seemannsknoten nicht aus.

Er ließ sie gewähren, hielt aber die Pistole weiter auf sie gerichtet. Als sie beide Beinfesseln gelöst hatte, glitt sie von der Liege und stand aufrecht vor ihm. Sie suchte nach etwas, um sich zu bekleiden. Sie war kurz davor, das Wachstuch von der Liege zu ziehen, aber er schüttelte den Kopf. »Nein, nein, bleib so. Dreh dich um, die Hände auf den Rücken.«

Sie tat wie ihr befohlen und wartete auf eine neue, günstige Situation. Immerhin war sie jetzt schon viel weiter als vorher. Sie lag nicht mehr angebunden, sie stand. Ihre Beine waren frei.

Er knotete ihre Hände auf dem Rücken extrem fest zusammen. Dann stieß er sie mit dem Lauf seiner Waffe vorwärts durch die Tür in den Raum hinter der Glasscheibe.

Es war tatsächlich ein Tonstudio. Zwei Computer, ein Mischpult mit zwei Dutzend Knöpfen und Reglern.

»Probt hier manchmal eine Band?«, fragte sie.

Er lachte. »Dieses Haus gehörte mal Roswitha Keller und ihrem schrecklich dummen Mann, der bezeichnenderweise August hieß. Er war Arrangeur und hat sein Geld damit verdient, hier Volksmusiken abzumischen und irgendwelchen Schlagerkitsch.«

Hoffnung keimte in ihr auf. Wenn das Haus anderen Leuten gehörte, könnten sie ja vielleicht zurückkommen.

Als würde er ahnen, was sie dachte, und als ob er ihr auch den letzten Funken Hoffnung nehmen wollte, fuhr er fort: »Sie ist leider vor drei Jahren gestorben. Ein halbes Jahr nach der Scheidung. Endlich war sie frei. Er hatte ihr das Haus überlassen müssen und einen Teil des Vermögens. Sie hat mich als Erben eingesetzt.«

»Müsste ich die großzügige Erbtante kennen?«, fragte Ann Kathrin.

»Du hast ihr Bild gesehen. Es gefiel dir.«

Scheiße, dachte Ann Kathrin. Scheiße. Er ist nicht der arme Maler, der von Kursen an der Volkshochschule und Wochenendseminaren mit Hobbykünstlern leben muss. Er hat es gar nicht nötig, seine Werke zu verkaufen. Er besitzt dieses Haus und das Geld von Roswitha Keller. Von hier aus hat er seine Aktionen ausgeführt. Wir haben Ermittlungsfehler gemacht. Wir hätten im Grundbuch nachsehen müssen. Natürlich, dieses Haus ist garantiert auf seinen Namen im Grundbuch eingetragen. Aber weil Frank ihn gut kannte und wusste, wo er wohnt, hat sich niemand die Mühe gemacht, nach weiteren Häusern zu suchen. Wir hatten das an der Norddeicher Straße und das Haus von seiner Mutter … Die SOKO war beim richtigen Mann, aber im falschen Haus.

Vielleicht hatte er dieses Gebäude nicht mal als Zweitwohnsitz gemeldet. Warum auch? Aber selbst wenn, das Einwohnermeldeamt hatten sie auch nicht bemüht.

Vor Wut traten ihr Tränen in die Augen.

Er führte sie über die Kellertreppe nach oben. Es war ein modern gebautes Haus mit großen, hellen Räumen. Leichte gelbe Vorhänge vor den Fenstern schützten vor fremden Blicken, ließen aber das Sonnenlicht golden hereinscheinen.

An den Wänden hingen Bilder. Seine Bilder.

Mareike Henning als fliegende Elfe in den Rhododendron- und Azaleensträuchern im Schlosspark Lütetsburg. Das Bild wirkte wie ein Schock auf Ann Kathrin, so schön war es. Die Elfe schien lebendig, ja fröhlich. Sie hatte nichts vom Tod an sich, eher etwas von Unsterblichkeit.

»Ich habe die Farben mit ihrem Blut gemischt«, sagte er, und es klang wie ein Triumph. »So ist sie vollständig zum Kunstwerk geworden. Sie ist das Objekt und gleichzeitig Bestandteil des Bildes.«

Das Bild reichte vom Boden fast bis zur Decke und war breiter als die Tür. Trotz ihrer misslichen Lage fragte Ann Kathrin sich, wie er das Bild hier überhaupt hereinbekommen hatte. Vermutlich hatte er es hier gemalt.

Der Rest der Wand war mit seinen Skizzen garniert. Vorbereitungen für das Projekt. Da konnte man alles sehen. Die Stangen. Die Planung, wo die Stangen im Körper sitzen sollten. Die Farben der Blüten. Das Ganze war nicht einfach so an die Wand gepinnt und hingestellt, sondern sorgfältig eingerahmt, nummeriert, mit Erklärungen und Unterschriften versehen, in eine Reihenfolge gebracht. Es war vorbereitet für … eine Ausstellung. Es gab keine Möbel im Raum, nur Vorhänge und Bilder.

Er sah sie gespannt an. Er wartete auf eine Reaktion von ihr. Sie war jetzt so etwas wie sein Probepublikum.

»Wie darf ich mir das vorstellen?«, fragte sie. »Ausstellungseröffnung in vierzehn Tagen, oder was?«

Er lachte. »So ähnlich. Zunächst muss ich mein Werk vollenden, und du hast die Ehre, mir dabei zu helfen.«

Er stieß sie vorwärts in den nächsten Raum. Auch hier nur Vorhänge und Bilder. Aber in einer Ecke, wie als Reminiszenz an die Fettecke von Joseph Beuys, Sand. Gut zwei Zentner, aufgehäuft und glattgestrichen. Sand aus Norderney von der Weißen Düne.

Dann das Bild, genauso groß wie das vorherige. Verena Glück, wie sie aus dem Sand emporzusteigen schien, als sei sie aus dem Inneren der Erde hochgekommen. Ihre Haare verwickelt in den Sanddornbusch.

Das Bild umgeben von Skizzen. Er musste das alles lange, lange vorher geplant haben. Wie um Erklärungsansätze für sein Werk bemüht, waren sie mit Datumsangaben und Nummerierungen versehen.

Er hielt immer noch die Waffe auf sie gerichtet, aber sie registrierte, dass seine Aufmerksamkeit schwankte. Der Lauf war nicht immer und in jeder Sekunde voll gegen ihren Körper gerichtet. Wenn er jetzt schießt, dachte sie, knallt die Kugel in den Parkettboden. Aber er würde nur den Bruchteil einer Sekunde benötigen, um die Pistole gegen sie zu richten. Schon tat er es.

Ich brauche nur eine Chance, dachte sie. Nur eine. Eine winzige Unachtsamkeit von ihm. Den ersten Tritt wollte sie gegen die Waffe ausführen, den zweiten gegen seinen Kehlkopf. Immerhin wurde sie nicht von lästigen Kleidungsstücken behindert. Sie begann, ihre Nacktheit als Vorteil zu sehen. Dennoch hätte sie alles darum gegeben, sich anziehen zu können.

»Wie geht es dir, wenn du das siehst?«, fragte er.

»Ich empfinde Mitleid«, sagte sie, »mit dem kranken Hirn, das sich solche Dinge ausdenkt und glaubt, unter dem Zwang zu stehen, sie verwirklichen zu müssen.«

Er gab ihr eine schallende Ohrfeige. »Was bist du nur

für ein dummer Mensch«, spottete er. »Merkst du gar nicht, dass du teilhast an etwas Erhabenem?«

»Die Leute, die das sehen«, sagte sie, »werden nicht vor Ehrfurcht auf die Knie fallen.«

»O doch, das werden sie. Die Kunstgeschichte wird umgeschrieben werden. Am Ende dieses Jahrhunderts wird es keinen bedeutenderen Maler gegeben haben als mich.«

Er glaubt das wirklich, dachte sie.

»Du bist es gar nicht wert, dir das anzuschauen. Andere würden ihren Arm dafür geben, das hier sehen zu können. Wenn mein Werk vollendet ist, wird dies hier das bekannteste Museum Europas werden.«

»Wo sind wir denn überhaupt?«, fragte sie.

»In Dornumersiel.«

Sie lachte. »Na klar. Das wird das berühmteste Museum der Welt. So wird man es einst nennen. Er hatte Ausstellungen in London, Tokio, Paris und Dornumersiel. Oh. Verzeihung. Dornumersiel gehört natürlich an die erste Stelle.«

Ja, komm, schlag mich, dachte sie. Gib mir noch eine Ohrfeige. Komm nah genug ran. Beim ersten Mal hast du mich überrascht. Jetzt bin ich gewappnet.

»Die Tourismusbranche wird mir dankbar sein. Hunderttausende werden kommen, um meine Bilder zu sehen. Hotels werden entstehen. Die Restaurants werden profitieren …«

Sie versuchte, ihn zu provozieren. »Ich fürchte, leider wird aus dieser ganzen Geschichte sowieso nichts werden. Das mit dem Museum kannst du vergessen. Das war einfach nicht durchdacht.«

»Wie meinst du das – nicht durchdacht? Ich habe es selbst erschaffen. Die Ausstellung ist ganz so, wie ich sie mir vorstelle. Kein akademischer Ausstellungsmacher pfuscht da rein. Alles muss genau so sein, wie ich es mir vorgestellt habe. Hier stimmt alles. Die Lichtverhältnisse und …«

»Aber das interessiert doch alles überhaupt keinen. Deine Kunstwerke werden in der Asservatenkammer landen.«

Er erstarrte, denn er erkannte augenblicklich, dass an dem, was sie sagte, etwas dran sein konnte. Geradezu genüsslich führte sie es aus: »Die Dinger werden niemals freigegeben. Wenn wir Kokain beschlagnahmen, kommt das danach auch nicht auf den Markt und wird verkauft. Das gehört zu all dem Mist, mit dem Taten gerichtsverwertbar dokumentiert werden können. Deine Bilder und Skizzen werden neben Baseballschlägern, gefälschten Schecks, gestohlenen Armeewaffen und beschlagnahmten Butterflymessern ein tristes Leben führen. Ich wette, man wird sie als Erstes zusammenrollen. Wir haben gar nicht so viel Platz für so monströse Dinge.«

»Das kann man doch nicht machen!«, brüllte er.

»Tja«, sagte sie, »ich glaube schon, dass dich das nervt, aber genau so wird es passieren.«

»Aber die Bilder gehören mir! Eigentum steht unter dem besonderem Schutz des Staates.«

Endlich hatte Ann Kathrin Oberwasser. Sie stellte den linken Fuß vor den rechten und nahm eine lockere Haltung ein, so als würde sie gerade mit ihm an der Theke stehen und eine Altbierbowle trinken. »Na klar«, sagte sie. »Das ist immer besonders originell, wenn sich die Straftäter auf das Recht berufen, gegen das sie verstoßen haben. Du hast den Menschen das Leben genommen, und jetzt nehmen dir die Menschen deine Bilder. Dieses ganze Haus hier wird unter den Hammer kommen, falls es überhaupt jemand kauft und bereit ist, darin zu wohnen. Vielen Leuten wird das gruselig vorkommen.«

»Wer will das Haus verkaufen? Es ist abbezahlt und …«

»Der Prozess gegen dich wird teuer werden. Dazu kommen eine Menge Forderungen auf dich zu. Entschädigung der Hinterbliebenen und … Erst wird man natürlich an dein verfügbares Vermögen gehen, aber dann werden sehr schnell die Immobilien versteigert, das ist immer so.«

Erneut holte er aus, um sie zu schlagen. Er war vor Wut so außer sich, dass er nicht mal mehr darauf achtete, ihre Haut nicht zu verletzen.

Sie wich dem Schlag nicht aus. Sie sprang sogar hinein und erwischte ihn mit dem Knie zwischen den Beinen. Er klappte zusammen und jaulte auf. Die Pistole rutschte über den Parkettboden, hinein in die Sandecke.

Ann Kathrin trat zweimal zu. Beim ersten Mal versuchte sie, seine Leber zu erwischen, beim zweiten Mal seine Schläfe. Sie traf nicht genau, doch sie landete beim ersten Mal einen harten Körpertreffer, und beim zweiten Mal knallte ihre Hacke gegen seinen Hinterkopf.

Er fiel auf den Boden und robbte zur Pistole.

Sie war mit einem Sprung schneller da als er, aber wie sollte sie die Waffe aufheben? Sie schoss sie einfach wie einen Fußball in die andere Zimmerecke. Dann versuchte sie, auf seine Hand zu springen, um ihm die Finger zu brechen, doch er bekam ihren Fuß zu fassen, drehte ihren Fuß herum und brachte sie zu Fall. Da sie sich mit den Händen nicht abfedern konnte, stürzte sie übel. Der Schmerz jagte wie ein dunkler Blitz durch ihren Körper. Es war, als würden ihre Haarspitzen brennen.

Dann rannte er an ihr vorbei zur Beretta, hob sie auf und richtete sie wutentbrannt auf ihren Kopf. Er atmete schwer. Es dauerte eine Weile, bis er wieder richtig Luft bekam.

Zwischen den beiden war so etwas wie eine Kampfpause eingetreten. Keineswegs ein Waffenstillstand.

»Jetzt liegst du ganz ruhig da«, sagte er, »weil du denkst, noch eine falsche Bewegung, und er bringt mich um. Irrtum. Ich werde dich sowieso umbringen. Aber wenn dein Körper jetzt nicht mehr makellos ist, dann hast du noch eine andere auf dem Gewissen. Steh auf, damit ich dich anschauen kann.«

Ann Kathrin blieb auf dem Boden liegen und rührte sich nicht. Mit dem Fuß drehte er sie um. »Wenn das in deinem Gesicht blaue Flecken werden, können wir es vergessen. Dann wirst du nicht als Kunstwerk enden, sondern auf der Müllkippe.«

Er griff in ihre Haare und schleifte sie über den Boden ins nächste Zimmer. Carolin Haase. Die Wassernixe mit der Krone.

»Und was hast du mit mir vor?«, fragte Ann Kathrin. »Darf ich es vorher erfahren, oder ist es ein Geheimnis?«

Er kam sich großzügig dabei vor. Er ließ es zu, dass sie aufstand und sich selbständig die Treppe hoch in die oberen Räumlichkeiten bewegte.

Die Skizzen waren schon fertig. Der Leuchtturm in Pilsum, eingeschlossen in einen Feuerkreis, vom Meer aus gesehen, von Land aus betrachtet und aus der Vogelperspektive.

Ich wusste es, dachte sie. Eine erhöhte Stelle in Ostfriesland. Eine Windmühle, eine Kirchturmspitze oder ein Wahrzeichen, wie der Pilsumer Leuchtturm.

»Du kannst nicht entkommen«, sagte sie. »Wir wissen längst, dass du der Täter bist. Deine Verhaftung ist nur noch eine Frage der Zeit.«

Es schien ihm überhaupt nichts auszumachen. Er nickte. »Ihr habt lange gebraucht, und ich wette, ich kann auch noch mein viertes Element in Ruhe beenden.«

»Ja«, sagte sie, »vielleicht. Aber du kannst nicht ungeschoren davonkommen.«

»Aber das will ich doch gar nicht. Hast du denn überhaupt nichts begriffen? Mein Lebenstraum wird sich erfüllen nach der Verhaftung. Nach der Verurteilung. Nach dem Prozess. Das alles gehört doch mit dazu.«

»Wie darf ich das denn verstehen? Du hast gar nicht vor, zu entkommen?«

»Natürlich nicht. Ich bin doch kein Verbrecher, der sich für seine Taten schämt. Ich arbeite so lange, wie es geht, und dann, wenn ihr mich eurer gerechten Strafe zuführt, werde ich in irgendeinem erbärmlichen Gefängnis sitzen, und alle Bilder sind hier oben.« Er tippte sich gegen die Stirn. »Dann kann ich malen, ganz in Ruhe. Solange ich will. Ich muss den Rausch nicht mehr verlassen.«

»Die Verpflegung ist nicht gerade gut im Knast.«

»Ach, Ann Kathrin, wenn ich meine Farben und meine Bilder habe, dann schmecke ich auf der Zunge, was ich male, nicht, was ich esse. Ich rieche die Farben, und durch sie entsteht alles. Die Todesstrafe ist abgeschafft. Was soll mir schon passieren? Ich werde alle Sorgen los sein. Paradiesische Zustände.«

»Man wird dir keine Farben geben und keine Leinwand. Du wirst stupide Arbeit im Knast machen müssen.«

Er lachte, und es klang sehr überzeugend. »O nein, du hast gar keine Ahnung, wie groß die Gier der Menschen ist. Meine Bilder werden Millionen wert sein. Mit jedem Bild, das sie mich im Gefängnis malen lassen, können sie reich werden. Wenn der Staat dumm genug ist, mir die Malmöglichkeit zu nehmen, beraubt er sich selber gigantischer Einnahmen. Aber dann bleiben immer noch die Wärter. Unterschätz nicht die Gier der Menschen. Die werden bitten und betteln, dass ich endlich male. Es werden ganz andere Fragen wichtig, als du denkst. Wem gehören die Bilder? Was geschieht mit dem Geld?«

»Als Gefangener steht dir nur ein Taschengeld zu.«

»Aber mich interessiert das Geld doch überhaupt nicht, Ann Kathrin. Wenn die Bilder mir gehören, werde ich jedes einzelne spenden. An wohltätige Organisationen. Sie werden mir ewig dankbar sein. O ja, ich werde ein großer Wohltäter der Menschheit werden. Ich werde amnesty international unterstützen, vielleicht Greenpeace. Bewässerungsprojekte in Somalia. Wahrscheinlich reichen ein, zwei Bilder von mir, um in der Ukraine ein Kinderkrankenhaus zu bauen und das ganze Personal ein Jahr lang zu finanzieren. Nach einer Weile werden meine eigentlichen Gräueltaten anders gesehen werden. Ich kann mit all dem Geld, das ich verdiene, Hunderte, Tausende anderer Menschenleben retten. Ich kann etwas gegen den Hunger in der Welt auf die Beine stellen. Es gibt sinnvolle Projekte von Nichtregierungsorganisationen. Sie sind nur mit zu wenig Geld ausgestattet.«

»Nein«, sagte sie. »Du wirst immer bleiben, was du bist. Ein kranker Mörder.«

Er holte aus, ballte die Faust, schlug aber diesmal nicht zu. »So, Frau Kommissarin? Das finde ich eine merkwürdige Argumentation. Am Anfang wird es sicherlich jeder so sehen, aber dann werden sich ganz andere Fragen stellen. Wer ist der Mörder? Der, der Hunderte an Hunger sterben lässt und selbst Steaks essen geht, oder der, der vier tötet, um berühmt zu werden und die Macht zu haben, Hunderte zu retten? Wie viele gerettete Menschenleben wiegen ein vernichtetes auf? Zehn? Hundert?«

Sie versuchte ihre Gedanken zu sortieren, um einen neuen Angriff zu riskieren.

»Ja«, sagte er, »ich stelle sehr existenzielle Fragen. Ich

habe mich nie mit oberflächlichen Dingen zufriedengegeben. Es ist das Wesen der Kunst, die Frage nach dem Eigentlichen zu stellen. Kunst, die einfach nur schön ist und die man sich an die Wand hängt, ist nichts. Sie muss eine Provokation sein. Die Menschen zu Entscheidungen zwingen. Polarisieren.«

»Wo sind meine Kleider?«, fragte Ann Kathrin. »Ich will mich anziehen, bevor ich weiter mit dir spreche.«

Er lächelte milde. »Ich habe sie bereits gewaschen, gebügelt und in ein kleines Päckchen verstaut. Es ist ein bisschen schade, der Gummi an deinem Slip ist gerissen, und vorne in der rechten Socke war ein kleines Loch. Ich habe es gestopft, damit man nicht später sagt, seht nur, wie die Kommissarin rumgelaufen ist.«

Weller fand es ungewöhnlich, dass Ann Kathrin keine Nachricht für ihn hinterlassen hatte. Vielleicht war sie wieder unterwegs, auf der Suche nach dem Mörder ihres Vaters. Oder sie besuchte ihren Sohn Eike. So ein Mutter-Sohn-Tag stand ja wohl seit langem mal wieder an.

Er kam sich blöd dabei vor, ihr hinterherzutelefonieren. Doch eigentlich wollten sie heute Abend gemeinsam kochen. Auf ihrem Handy meldete sie sich nicht, was Weller am meisten Sorgen machte.

Er fuhr gemeinsam mit Ubbo Heide zum Haus von Heiner Zimmermann in der Norddeicher Straße. Zimmermann öffnete nicht, und auch er ging nicht ans Handy. Jetzt wurde Weller nervös.

Er besuchte Zimmermanns Mutter in Sande. Sie wurde vom Pflegedienst versorgt und hatte ihren Sohn seit zwei Tagen nicht mehr gesehen. Er würde aber sicherlich zu ihr zurückkommen, sagte sie, und sie wusste auch genau, wann. »Morgen Nachmittag zum Kaffeetrinken um fünfzehn Uhr. Er ist immer pünktlich.«

Nein, wo ihr Sohn sich im Moment aufhalte, wisse sie

nicht. Wahrscheinlich in seinem Atelier. Er male doch ständig neue Bilder, die kein Mensch haben wolle.

Rupert stand ziemlich belämmert da. Er schrieb keinen Bericht über die Beobachtung der Sängerin im Körnerviertel. Er hatte erleben müssen, wie Gunnar Peschke und Mattias Omonsky fröhlich von ihr an der Tür verabschiedet wurden und danach gemeinsam in ein Taxi stiegen, während die Liedermacherin sich, ohne dass ihr irgendein Unheil geschehen war, in ihr Haus zurückzog.

Als Weller in den Distelkamp 13 kam, stand dort Eike vor der Tür. Er fragte, was mit seiner Mama sei, sie habe sich mit ihm verabredet, sei aber nicht gekommen.

Jetzt wusste Weller, dass er sich wirklich Sorgen machen musste.

Heiner Zimmermann hatte Wasser in die Wanne gelassen und prüfte jetzt, ob es nicht zu heiß für Ann Kathrins Haut war. Es duftete nach Arnikaöl. Er saß auf dem Toilettendeckel, die Pistole spielerisch zwischen den Händen, während sie in die Wanne stieg. Er sah ihr zu. Er hatte ihr Gesicht mit einem kühlenden Gel eingerieben, um eine Schwellung zu verhindern. Er hatte keine Lust mehr, Zeit zu verlieren. Am liebsten hätte er alles noch heute Nacht hinter sich gebracht.

Es stand alles bereit. Brandbeschleuniger. Benzin. In der Garage parkte der BMW X 3, den Roswitha Keller ihm vererbt hatte.

»Du machst doch jetzt keine Scherereien mehr, oder?«, fragte er.

Sie schüttelte den Kopf.

»Okay. Dann sag ich dir genau, wie es weitergeht. Du wirst dir jetzt die Beine rasieren und die Möse. Dann wirst du dir die Haare rot färben.« Er überlegte noch einmal: »Oder meinst du, es sieht besser aus, wenn du dir auch die Schamhaare rot färbst, so als würden die Flammen aus der Urmutter hervorquellen?«

»Ja«, sagte sie, »das finde ich eine gute Idee. Also ich würde es genau so machen.«

Er staunte. Nahm sie ihn auf den Arm? Sollte das ein Witz sein, oder spielte sie ab jetzt wirklich mit?

»Kann ich mir die Beine hier im Wasser rasieren?«, fragte sie. »Das mache ich sonst auch immer so.«

Das war ihm egal. Er reichte ihr, froh, dass sie nicht herumzickte, das Rasierzeug.

Sie schäumte sich zunächst das rechte Bein ein, dann begann sie, es langsam, sorgfältig mit der Rasierklinge darüberzuschaben. Plötzlich verrenkte sie sich merkwürdig. »Da ist eine Stelle«, sagte sie, »da komme ich nicht dran.«

Sofort stand er vom Klodeckel auf, um ihr behilflich zu sein. Er nahm den Wegwerfrasierer und setzte die Klinge an ihrer Wade an. Im gleichen Moment traf ihr Schienbein sein Gesicht. Er verlor die Waffe. Sie plumpste ins Wasser. Ihr Unterkörper schnellte aus dem Wasser hoch. Sie nahm seinen Kopf in eine Beinschere und zog ihn unter Wasser.

Er zappelte herum. Für einen Moment spürte Ann Kathrin den Impuls, ihn so, zwischen ihren Schenkeln, mit dem Kopf unter Wasser, zu ersticken. Er hatte keine Chance. Es würde nicht lange dauern. Er schrie schon unter Wasser. Dicke Luftblasen blubberten hoch.

Doch dann, als sein Körper sich schon nicht mehr bewegte, ließ sie ihn los. Sie hatte in beiden Beinen einen Krampf. Sie stieß den schweren Mann von sich. Er fiel vor der Badewanne auf den Boden.

Ann Kathrin brauchte einen Moment, um aus der Wanne herauszukommen. Ihr tat alles weh. Trotzdem hätte sie schreien können vor Freude.

Sie nahm die Pistole an sich und wickelte sich in ein Badetuch.

Heiner Zimmermann rührte sich nicht.

Sie beugte sich zu ihm herunter. Hatte sie ihn umgebracht?

Sie begann mit einer Herzmassage und gab ihm Mund-zu-Mund-Beatmung. Es dauerte gar nicht lange, da japste er wieder nach Luft.

Sie zerrte ihn aus dem Badezimmer durch den Flur zur Eingangstür. Sein Körper schleifte schwer über den Boden.

Sie brauchte ein Telefon. So etwas schien es im ganzen Haus nicht zu geben.

Die Tür war abgeschlossen und von innen mit einer Kette verriegelt. Die Kette war kein Problem, doch Ann Kathrin fand den Schlüssel nicht. Sie entschied sich für eine andere Möglichkeit. Sie riss einen der gelben Vorhänge zur Seite, öffnete das Fenster und stieg nach draußen. Dann brüllte sie in die Vorgärten: »Mein Name ist Ann Kathrin Klaasen. Ich bin Hauptkommissarin aus Aurich, Kommissariat eins. Bitte rufen Sie über den Notruf die Polizei an! Wählen Sie sofort 110! Ich habe hier einen vierfachen Mörder! Mein Name ist Ann Kathrin Klaasen. Ich bin Hauptkommissarin aus Aurich, Kommissariat eins. Bitte rufen Sie über den Notruf die Polizei an! Wählen Sie sofort 110! Ich habe hier einen vierfachen Mörder!«

Im Haus direkt gegenüber wurden die Rollläden heruntergelassen. Aber im Garten des Nachbarhauses bereitete gerade ein frisch verheirateter Finanzbeamter den Grill für die Party vor. Er hörte Ann Kathrins Stimme und wusste, was er zu tun hatte.

ENDE

KLAUS-PETER WOLF

OSTFRIESENSÜNDE

Kriminalroman

Weltbild

Die Polizeiinspektion Aurich, das Hotel Inselfriede auf Spiekeroog, die Störtebeker-Teestube in Marienhafe, das Restaurant Minna am Markt in Norden und das Café ten Cate, die Landschaft, Fähren und Häuser gibt es in Ostfriesland wirklich.
Die Internetseite Gelsenkirchener Geschichten existiert tatsächlich, und im Schwarzen Bock in Wiesbaden habe ich oft übernachtet. Doch auch wenn dieser Roman ganz in einer realen Kulisse angesiedelt ist, sind die Handlung und die Personen frei erfunden. Ähnlichkeiten mit lebenden Personen und Organisationen wären rein zufällig und nicht beabsichtigt.

BETRETEN DER SANDBANK VERBOTEN.
LEBENSGEFAHR! BEI AUFLAUFENDEM WASSER WIRD
DER RÜCKWEG DURCH EINEN PRIEL MIT REISSENDER
STRÖMUNG ABGESCHNITTEN!
JEDERZEIT KANN PLÖTZLICH SEENEBEL AUFTRETEN

Kurverwaltung Spiekeroog

Der Nebel kroch wie ein Tier über den Deich und zog sich, als Ann Kathrin Klaasen näher kam, zurück, als hätte er Angst vor ihr. Sie blieb stehen. Sie hielt den Atem an und staunte nur. Der Nebel verharrte jetzt ebenfalls in seiner Position. Sie kam sich belauert vor.

Das glaubt mir kein Mensch, dachte sie, atmete aus und machte einen Schritt vorwärts auf das hüfthohe weiße Gebilde zu.

Feuchte warme Luft, die über dem Boden abkühlt, mehr ist das nicht. Nebel hat keine Augen. Keinen Verstand. Keinen Plan. Er ist nicht wie deine verfluchten Mörder, sagte sie sich. Der Nebel hat nichts Menschliches an sich.

Trotzdem wich er vor ihr zurück. Sie begann an ihrem Verstand zu zweifeln. War sie kurz davor, durchzudrehen? Hatte der ständige Umgang mit den Abgründen der menschlichen Seele sie endgültig geschafft?

Den Job kann keiner unbeschadet lange machen, Ann, hatte Weller zu ihr gesagt, und dabei den Rest vom Satz nur gedacht und nicht gesprochen: Eine Frau erst recht nicht. Sie hatte es ihm angesehen.

Sie breitete jetzt trotzig die Arme aus und rannte dann auf den Nebel zu. Vor ihr bildete sich eine Gasse. Der Nebel wich nach links und rechts aus.

Ann Kathrin lachte. So ähnlich musste Moses sich gefühlt haben, als sich vor ihm das Meer teilte.

Das Gewitter über dem Meer war so weit weg, dass Ann Kathrin den Donner nicht hören konnte. Die Blitze über Norderney wurden von den Wolken reflektiert. Sie nahm sie als weiches warmes Licht wahr. Ein fernes Wetterleuchten. Trotzdem verlieh all das diesem verlassenen Küstenstreifen, an dem vor kurzem noch friedliche Touristen Wattwanderungen mit Kurt Knittel unternommen hatten, etwas Gespenstisches.

Ein Paar Turnschuhe von der letzten organisierten Wattführung waren liegen geblieben. Ann Kathrin stolperte darüber.

Sie blieb in ihrer Nebelschneise auf der Deichwiese stehen und rieb sich die Arme. Ob Frank schon zu Hause war? Sie stellte sich vor, dass er gerade seine berühmte Fischsuppe kochte.

Jetzt in der Küche zu sitzen und eine heiße Suppe zu löffeln war schon eine Verlockung, doch etwas hielt sie hier an dieser einsamen Stelle in Norddeich fest. Es war nicht nur das Naturschauspiel, sondern eine merkwürdige Vorahnung, als sei dies hier die Ankündigung einer großen Veränderung.

Aber zu Hause im Distelkamp 13 wartete Frank Weller nicht auf sie. Ann Kathrin fror. Mitten im August. Sie brauchte ihn jetzt so sehr! Ihn und nicht seine Stimme auf dem Anrufbeantworter. Das Wort »Nachtschicht« hatte plötzlich einen schmerzhaften Klang.

Wie um sich selbst zu bestrafen, aß sie gar nichts, sondern wälzte sich in dem französischen Bett, das ihr noch nie so groß vorgekommen war. Sie drückte sich das Kissen gegen die Ohren, aber die Holzbalken hatten nie lauter geknarrt als in dieser Nacht. Der Wind hämmerte gegen das Garagentor, und irgendwo im Haus klapperte eine Tür.

Ann Kathrin stand auf und ging noch einmal herum, prüfte, getrieben von einer inneren Unruhe, jedes Türschloss und ließ die Rollläden herunter.

Es war kurz vor halb vier morgens, als sie endlich einschlief. An Tagen wie diesen neigte Ann Kathrin zu der

Annahme, die Dinge hätten ein Eigenleben und würden sich gegen sie verschwören. Der Wecker zum Beispiel, der zwar die ganze Nacht laut tickte, aber ausgerechnet heute Morgen nicht klingelte, musste sich mit dem Vergaser abgesprochen haben. Oder warum war der ausgerechnet jetzt verstopft, wenn sie dringend zwanzig Minuten herausholen musste, um noch pünktlich vor Gericht zu erscheinen? Und wieso hatte ihr Handy, zum Teufel nochmal, hier keinen Empfang, wo sonst alle Balken im Display hell leuchteten?

»Zufall«, hatte ihr Vater gesagt, »ist das Pseudonym, das Gott wählt, wenn er inkognito bleiben möchte.«

Ihr Vater … Sie hatte heute Nacht wieder von ihm geträumt. Er und seine Sprüche. »Der Teufel ist ein Eichhörnchen.« Es kam ihr vor, als würde er sie aus seinem Grab heraus auslachen.

Sie hatte keine Lust, jetzt so weiterzumachen. Es war einfach nicht ihr Tag. Sie würde vor Gericht heute keine gute Nummer abgeben. Sie kannte Heiko Käfer, den Anwalt des Beschuldigten. Ein schmieriger Typ. Er hatte einen Ring kleiner, gelblicher Fettgeschwulste um die Augen, und das Weiße in seinen Augen war gelblich verfärbt. Auch die braunen Hautflecken auf seinem Handrücken deuteten darauf hin, dass der Mann eine kranke Leber hatte, eine Fettleber, durch zu gutes Leben und zu viel Alkohol, vermutete Ann Kathrin.

Käfer liebte es, Kripobeamte vorzuführen. Er tat es geradezu genüsslich. Entscheidungen, die sie unter großem Druck in Sekunden fällen mussten, studierte er ruhig bei einem Latte macchiato mit drei Stückchen Zucker und fieselte fein auseinander, was wie warum falsch gelaufen war. Nach Befragungen durch ihn fühlte sie sich jedes Mal als Idiotin, völlig unfähig und hoffnungslos überfordert. Er zögerte nicht, Verfahrensfehler aus anderen Verhaftungen ins Feld zu führen, um den Richter davon zu überzeugen, dass dem Angeklagten Unrecht geschah: »Ich kenne die werte Kommissarin aus anderen Prozessen. Ihre unorthodoxen Methoden haben sich oft am äußersten Rand der Rechtsstaatlichkeit bewegt und wurden schon mehrfach juristisch korrigiert. Die Staatskasse musste sogar schon Schadenersatz zahlen, weil ...«

Nein, das würde sie sich heute nicht antun.

Danke, Wecker! Danke, Vergaser! Danke, Handy! Ich habe die Botschaft verstanden. Ich werde zu Hause bleiben. Ich werde zu Dr. Bill gehen und mich krankschreiben lassen.

Sie betrachtete ihr Gesicht im Rückspiegel. Sie hatte nicht geduscht und die Haare einfach mit einer Spange zusammengeklemmt. Ihre Haut war blass, und ihre Lippen wirkten blutleer. Sie klatschte sich mit der offenen Hand ins Gesicht, um ein bisschen mehr Farbe zu bekommen. Vergeblich.

Dr. Bills Praxis war wegen einer Fortbildung geschlossen. Ann Kathrin Klaasen sah zum Marktplatz hinüber. An der Fischbude hatte sich eine Schlange gebildet. Sie bekam Hunger auf ein Krabbenbrötchen und hielt ihr Gesicht in die Sonne.

Ein paar freie Tage sind alles, was ich brauche, dachte sie und ging zu Dr. Ekkehart Wolter. Es saßen nur drei Leute im Wartezimmer. Ann Kathrin nahm sich ein Glas Wasser. Neben ihr blätterte eine alte Dame aus dem Seniorenzentrum der AWO in einer Zeitschrift. Das Blatt interessierte sie nicht. Sie wollte ein Gespräch beginnen und stellte sich vor.

Ann Kathrin antwortete freundlich, ohne sich innerlich auf den Dialog einzulassen. Als Frau Klocke aufgerufen wurde, erhob sie sich umständlich und stöhnte. Dabei fiel ihre Handtasche auf den Boden. Der Inhalt kippte aus. Ann Kathrin bückte sich sofort und half Frau Klocke beim Zusammenpacken.

Das Portemonnaie lag offen. Das Foto hinter der Plastikfolie nahm Ann Kathrin die Luft. Das da war ohne jeden Zweifel ihr Vater. Mit seinem unwiderstehlichen Lachen stand er an einem Sandstrand neben einer Bikinischönheit. Er hatte locker einen Arm um ihre Hüfte gelegt.

Ann Kathrin konnte nicht anders. Ohne um Erlaubnis zu fragen, fingerte sie das Bild aus der Hülle, um es genauer betrachten zu können. Hitze- und Kälteschauer liefen ihr in Wellenbewegungen über den Körper.

Hintendrauf stand mit dünner Kugelschreiberschrift: Hotel Inselfriede, Süderloog 12, Spiekeroog.

Frau Klocke registrierte die merkwürdige Reaktion und fragte: »Kennen Sie meine Tochter?«

Ann Kathrin schüttelte den Kopf. »Nein, aber das da neben ihr ist ...« Sie sprach die Worte »mein Vater« nicht aus. Sie öffnete nur tonlos den Mund.

»Das ist das letzte Foto, das ich von meiner Tochter habe. Sie ist vor Spiekeroog ertrunken.«

Das Wartezimmer begann um Ann Kathrin zu trudeln. Sie sackte zusammen.

Als sie die Augen wieder öffnete, sah sie das beruhigende Gesicht von Dr. Wolter. Neben ihm seine Frau, die sich an Ann Kathrins Arm zu schaffen machte.

Ann Kathrin sah nicht hin. Sie vermutete, dass man ihr gerade Blut abgenommen hatte. In Wirklichkeit hing sie an einem Tropf. Dr. Wolter hatte ihren Blutdruck gemessen und sah sich Ann Kathrins EKG an.

»Sie sind kollabiert«, sagte er. »Bleiben Sie ruhig noch ein bisschen liegen.« Er zeigte auf den Tropf. »Das da ist nur Kochsalzlösung. Sie brauchen jetzt eine Menge Flüssigkeit.«

Bevor er sie gehen ließ, musste sie ihm versprechen, sich ein paar Tage auszuruhen. Aber sie dachte gar nicht daran, sich jetzt zu Hause hinzulegen. Sie besuchte stattdessen Frau Klocke in ihrer 45-Quadratmeter-Wohnung auf dem AWO-Gelände in der Schulstraße 71.

Draußen vor dem Fenster hoppelten Kaninchen zu einem Stück altem Brot. Sie wurden von einer Möwe vertrieben, die ihnen die Beute mit ihrem spitzen Schnabel abnahm und mit den Flügeln flatterte, als wolle sie die Kaninchen warnen, nicht noch einmal ihr Jagdrevier zu betreten.

Frau Klocke hatte sich gerade einen Ostfriesentee gekocht. Der ganze Raum roch danach. Ann Kathrin mochte eigentlich gar keinen Tee, sie trank viel lieber Kaffee, aber sie wollte sich jetzt nicht mit solchen Nebensächlichkeiten aufhalten.

Schon nach dem ersten Tässchen ging es Ann Kathrin besser. Frau Klocke erzählte von ihrer Tochter Isolde, die Kriminalhauptkommissarin gewesen sei. Der Mann an ihrer Seite sei ein gewisser Ludwig Stein, der Lebensgefährte ihrer Tochter. Die beiden seien sehr glücklich miteinander gewesen.

Frau Klocke hatte noch mehr Fotos von ihm. Ann Kathrin spürte wieder einen Anflug von Schwindel. Dann sah sie ihren Vater mit dieser Frau in Venedig auf dem Markusplatz. Auf dem nächsten Bild stieg er mit ihr in eine Gondel. Dann kamen Fotos aus Rom und Amsterdam. Ihr Vater trug bunte Hemden und lockere, farbige Jacketts, die sie früher nie an ihm gesehen hatte.

Nun wollte Frau Klocke etwas über die Beziehung zwischen Ann Kathrin und ihrer Tochter wissen. Frau Klocke sah Ann Kathrin dabei freudig aufgeregt an, fast als könnte eine kleine Anekdote ihre Tochter für eine kurze Zeit wieder lebendig machen.

Ann Kathrin musste die nette Dame enttäuschen. Um freier sprechen zu können, erhob sie sich aus dem plüschigen Sessel und verfiel in ihren Verhörgang. Drei Schritte, eine Kehrtwendung, drei Schritte, eine Kehrtwendung.

»Ich kenne Ihre Tochter gar nicht. Aber das da ist mein Vater. Er war bei der Kripo und wurde bei einem Banküberfall erschossen. Der Täter läuft immer noch frei herum und …«

Frau Klocke schüttelte den Kopf. »Nein, junge Frau. Sie irren sich. Meine Tochter war bei der Kripo! Nicht Herr Stein. Er war Geschäftsmann, hat mit Diamanten gehandelt und mit Antiquitäten.«

Ann Kathrin musste sich setzen. Die Kraft wich aus ihr. Sie bat Frau Klocke um ein Glas Wasser. Dann räusperte Ann Kathrin sich. »Danke, Frau Klocke. Tut mir leid, dass ich Ihnen so viele Umstände mache. Es geht mir nicht besonders. Wissen Sie, mein Vater war bis zu seinem Tod mit meiner Mutter verheiratet und …«

Frau Klocke winkte beschwichtigend ab. »Aber liebes Kind, das ist nicht Ihr Vater. Das ist Herr Stein. Bestimmt sieht er Ihrem Vater ein wenig ähnlich. Wahrscheinlich wünschen Sie sich einfach zu sehr, dass er noch lebt. Glauben Sie mir, wenn jemand das versteht, dann ich. Manchmal sehe ich meine Tochter auf der Straße vor mir her laufen. Ich rufe sie dann und bin mir ganz sicher, ja, das ist sie. Das muss sie sein. Aber dann, wenn sie sich umdreht, ist es eine wildfremde Frau.«

Ann Kathrin hörte nicht mehr zu. Sie sagte nur: »Das ist mein Vater. Das sind seine Augen. Seine Haare. Sein Lächeln. Seine Figur und …« Ann Kathrin tippte auf das Strandfoto. »Da, die Narbe am Hals, die stammt von einem Holzsplitter beim Campen. Er hat sich mit einem Beil ungeschickt angestellt. Ich war dabei. Es hat so sehr geblutet, ich hatte Angst um ihn …«

Ann Kathrin wollte noch viel wissen, aber Frau Klocke bat sie, morgen wiederzukommen. Sie sei mit ihren fünfundsiebzig Jahren für solche Aufregungen im Grunde schon zu alt.

Ann Kathrin bat um ein paar Bilder. Frau Klocke überlegte kurz, prüfte mit kritischem Blick Ann Kathrins Vertrauenswürdigkeit und nickte dann großzügig.

Als Ann Kathrin die Wohnung von Frau Klocke verließ, krächzte über ihr eine angriffslustige Möwe.

Im Distelkamp 13 warf Ann Kathrin sich in ihrem Arbeitszimmer im Obergeschoss aufs Sofa und starrte an die Decke. Dann telefonierte sie mit Weller. Er hatte zwar Sorge, Ann Kathrin könne sich da in etwas hineinsteigern, aber er spürte durch ihre Mattigkeit hindurch eine wilde Entschlossenheit, der er nichts entgegenzusetzen hatte. Er gab die Namen ins System ein und versprach, heute Abend alle Informationen über Isolde Klocke, ihren Tod und Ludwig Stein mitzubringen.

Ann Kathrin fiel erschöpft in einen tiefen, zunächst traumlosen Schlaf. Aber dann wurden die Bilder, die aus ihrer Seele hochstiegen, umso heftiger. Ihr toter Vater stand vor ihr. Die Kugel hatte seinen Hals zerfetzt, aber im Traum sprach er klar und deutlich: »Was weißt du denn schon von mir, mein Mädchen? Ich war nicht nur der Vater, Ehemann und Kommissar. Mein Leben war unendlich viel bunter, als du denkst.«

Während er zu ihr sprach, heilte seine Wunde. Das Blut verschwand von seinem Hals, sein Lächeln wurde milde, als hätte er vor, ihr etwas zu verzeihen, aber seine Stimme wurde leiser, und das Bild von ihm verblasste. Gleichzeitig entfernte es sich. Bevor es mit einem Plopp verschwand, rief Ann Kathrin: »Ich werde deinen Mörder finden, Papa!«

Als sie aufwachte, kniete sie, nur mit einem T-Shirt bekleidet, auf dem Sofa und brüllte den Schrank an: »Du entkommst mir nicht, du Mistkerl!«

Ann Kathrin riss ungestüm ein Fenster auf und fegte dabei eine vertrocknete Orchidee von der Fensterbank.

Die untergehende ostfriesische Sonne versteckte sich

hinter einer tiefliegenden Wolke über Juist. Sie ließ sie im warmen Licht erstrahlen wie ein ausgefranster, vom Himmel gefallener Lampion. Doch auch in der Wolke glaubte Ann Kathrin, das Gesicht ihres Vaters zu erkennen.

Sie zog sich kurz entschlossen an. Vielleicht, dachte sie, ist die alte Dame noch wach. Bestimmt setzt ihr die Geschichte genauso zu wie mir, und sie kann nicht schlafen. So wie Ann Kathrins Mutter, die oft schon um achtzehn Uhr ins Bett ging, aber gegen Mitternacht wieder aufstand und dann bis vier, fünf Uhr hellwach war.

Ann Kathrin stieg in ihren froschgrünen Twingo und parkte schon Minuten später auf dem Gelände der AWO Norden.

Hinter dem Graben lag der älteste jüdische Friedhof Ostfrieslands. Bei Rita und Peter Grendel brannte noch Licht, aber vom Distelkamp bis zur Schulstraße war ihr kein einziges Auto begegnet. Norden wirkte merkwürdig ausgestorben auf Ann Kathrin.

Jetzt, kurz nach Sonnenuntergang, kühlte es rasch ab. Sie erinnerte sich an den Nebel, der sie gestern um diese Zeit am Deich umgeben hatte. Der Nordwestwind brachte dunkle Wolken mit sich und schob sie vor die Sterne. Der Kleine und Große Wagen waren schon nicht mehr zu sehen.

Die Wohnungen neben Frau Klocke waren dunkel, aber bei ihr lief noch der Fernseher. Das Flimmern schnell wechselnder Szenen spiegelte sich im gekippten Küchenfenster. Ann Kathrin freute sich, sie hatte also Glück. Sie wog ab, ob es klüger wäre zu klingeln oder zu klopfen. Auf keinen Fall wollte sie Frau Klocke unnötig erschrecken.

Ann Kathrin klopfte erst zaghaft, dann heftiger. Keine Reaktion.

Vielleicht ist Frau Klocke vor dem Fernseher eingeschlafen, dachte Ann Kathrin. Aber etwas stimmte nicht. Ann Kathrin spürte es an den kleinen Härchen in ihrem Nacken und an den Oberarmen. Sie stellten sich auf.

Saß Frau Klocke wirklich so spät noch vor dem Fernseher und hörte sich Madonna auf MTV an? Nun, vielleicht hatte sie Besuch von einem Enkelkind.

Jetzt rappte Bushido. Ann Kathrin klingelte zweimal kurz, dann lauschte sie in die Nacht. Hinter dem Parkplatz, auf dem Friedhof beim jüdischen Mahnmal, machte laut ein Käuzchen auf sich aufmerksam.

In der Wohnung rührte sich niemand. Vielleicht wäre Ann Kathrin unter anderen Umständen nach Hause gefahren und am nächsten Morgen zurückgekehrt. Doch Madonna und Bushido hatten sie verunsichert.

Sie ging einmal um das langgestreckte Gebäude herum. Auf der Wiese huschte etwas vor ihr ins Gestrüpp. Sie zählte die Terrassen ab. Dort, hinter dem dritten großen Fenster, musste Frau Klocke wohnen.

Ann Kathrin trat in einen frischen Maulwurfshügel. Sie beugte sich über das kleine Mäuerchen, hinter dem Frau Klocke auf einem Wäscheständer eine Bluse zum Trocknen aufgehängt hatte. Die Küste hatte einen windigen, sonnenreichen Tag hinter sich. Jedes Wäschestück war in kürzester Zeit getrocknet. Warum holte Frau Klocke ihre Bluse nicht rein, sondern riskierte, dass sie nachts wieder nass wurde? Vor dem Wäscheständer lagen gefaltete weiße Schlüpfer und Hemdchen übereinander in einem blauen Plastikkorb, als sei Frau Klocke beim Reinholen der Wäsche gestört worden.

Die Terrassentür stand handbreit offen. Drinnen lief jetzt Werbung für Handyklingeltöne. Hektische bunte Comicfiguren warfen Licht in Frau Klockes Wohnzimmer. Ann Kathrin rief den Namen der alten Dame: »Frau Klocke?! Frau Klocke?! Ich bin's, Ann Kathrin Klaasen!«

Aber Frau Klocke antwortete nicht. Ann Kathrin reckte ihren Hals und sah Frau Klocke im Sessel sitzen. Die Fernbedienung lag auf dem Boden.

Ann Kathrin stoppte. Wenn Frau Klocke wirklich beim Fernsehen eingeschlafen war und die Fernbedienung im Runterfallen MTV eingeschaltet hatte, dann würde sie vermutlich einen Schreikrampf bekommen, wenn plötzlich nachts jemand durch ihre Terrassentür ins Wohnzimmer kam.

Noch einmal rief Ann Kathrin Frau Klockes Namen.

Die Beine der alten Dame waren x-förmig verrenkt, so als ob sie jeden Moment vom Sessel auf den Boden rutschen könnte.

Ann Kathrin fingerte nach ihrem Handy. Sie hatte es nicht mit. Es lag ausgeschaltet neben ihrer gesicherten Dienstwaffe in ihrer Handtasche im Distelkamp. Sie wollte nur rasch einer alten Dame einen Besuch im Seniorenzentrum abstatten, wer zu solchen Gelegenheiten eine Pistole einsteckte, mit dem stimmte garantiert etwas nicht.

Ann Kathrin stieg über das Rosenbeet und das Mäuerchen auf die Terrasse und betrat das Wohnzimmer. Sie suchte den Lichtschalter. Sie spürte ihr Herz im Hals klopfen. Ihr Mund war trocken. Ihre Bewegungen fahrig.

Als die drei Energiesparbirnen über dem Wohnzimmertisch ansprangen, sah Ann Kathrin in die schreckensweit aufgerissenen Augen von Frau Klocke. Obwohl Ann Kathrin sofort wusste, dass Frau Klocke tot war, versuchte sie, lebensrettende Maßnahmen einzuleiten. Sie massierte das Herz der alten Frau, gab ihr gleichzeitig eine Mund-zu-Nase-Beatmung und suchte den Raum mit den Augen nach einem Telefon ab.

Im letzten Erste-Hilfe-Kurs in der Polizeiinspektion hatte sie gelernt, dass nach den neuen Regeln dreißig

Kompressionen des Brustkorbs pro zwei Atemstöße durch Mund-zu-Nase-Beatmung zu geben waren, statt wie früher fünfzehn.

Sie zählte lautlos mit: »Neunundzwanzig, dreißig …« und blies dann ihren Atem zweimal kräftig in Frau Klockes Nase.

Sie verfluchte sich, weil sie ihr Handy nicht dabei hatte. Die Werbung für Klingeltöne auf MTV kam ihr jetzt wie Spott vor. Sie sah die Station von Frau Klockes Telefon neben dem Fernsehgerät stehen, aber das Handgerät war nicht dabei. Das Telefon lag auf dem Tisch neben der Obstschale. Ann Kathrin griff hin und wählte den Notruf. Ihre Durchsage war knapp und präzise. Dann fuhr sie mit ihren sinnlosen Wiederbelebungsversuchen fort, bis der Notarztwagen vorfuhr.

Es kündigte sich einer jener Sommertage an der Küste an, der Düsseldorfer Boutiquenbesitzer dazu brachte, ihre Fincas auf Mallorca zu verkaufen und an die Nordsee zu ziehen.

So aufgewühlt hatte Ubbo Heide Ann Kathrin Klaasen noch nie erlebt. Er zerkaute zwei Kompensan gegen die Säure, die seinen Magen flutete wie das Meer den verschlickten Norddeicher Hafen.

Heide musste aufstoßen. Es war ihm peinlich, denn er wusste, dass er jetzt unangenehm aus dem Mund roch. Kaffee oder Ostfriesentee vertrug er schon lange nicht mehr. Kripochef in Aurich, das hörte sich für Außenstehende nach einem ruhigen Job an. Nach Falschparkern, Fahrraddiebstählen und höchstens mal einer aufgebrochenen Ferienwohnung. Bei seinem letzten Urlaub in der Fränkischen Schweiz hatte seine Frau einer Urlaubsbekanntschaft stolz erzählt, ihr Mann sei Leiter der Mordkommission. An den ungläubigen Blicken konnte Ubbo Heide unschwer ablesen, dass die gute Dame bezweifelte, dass es in Ostfriesland überhaupt eine Mordkommission gab.

Seine Abteilung war für alle Verbrechen gegen den Körper zuständig. Das machte Sinn. Ein Mord geschah nicht einfach aus heiterem Himmel, es gab meistens ein Vorspiel. Ein Ehemann, der dreimal wegen häuslicher Gewalt festgenommen worden war, galt als Hauptverdächtiger, wenn seine Frau eines Tages erschlagen in der Wohnküche vor der defekten Spülmaschine gefunden wurde.

Seine Klienten zu kennen galt als Ubbo Heides Erfolgsrezept. Seine Abteilung war sehr erfolgreich, und das von Norddeich über Aurich, Wittmund, bis zu den Inseln Norderney, Baltrum, Juist, Langeoog und Spiekeroog.

Es gab bequemere Orte für Gewaltverbrecher in der Republik als Ostfriesland.

Ann Kathrin Klaasen war eine schwierige Kollegin, überengagiert und manchmal eigensinnig bis zur Verbohrtheit, wenig teamfähig, leicht verletzlich und für Heides Geschmack viel zu sensibel.

Man durfte in diesem Beruf die Dinge nicht zu nah an sich herankommen lassen! Heide hatte schon einige junge Frauen erlebt, die zwischen Mitleid, Betroffenheit und Ohnmacht aufgerieben worden waren.

Ann Kathrin Klaasens flackernder Blick signalisierte Ubbo Heide, dass er vorsichtig sein musste. Die Dienstbesprechung geriet mehr zur Therapiestunde.

Er war solche Situationen durchaus gewöhnt. Es ging jetzt erst einmal darum, die emotionale Luft aus den aufgeblasenen Problemen zu lassen. Die Kollegin brauchte Hilfe, um auszusteigen aus dem Hamsterrad, in dem sie sich befand, um Sachargumenten zugänglich zu werden.

Am Ende würde die Professionalität siegen. Allerdings

sah das hier nach einem langen Weg aus, und er hatte noch nicht gefrühstückt.

Er seufzte und berührte das Foto seiner Tochter auf seinem Schreibtisch. Sie wollte in London studieren. In London! So weit weg von ihm, sein Augenstern.

Ann Kathrin Klaasens nachblondierte Haare waren schockartig strähnig und fettig geworden, als ob die Ereignisse irgendwelche Talgdrüsen in ihrer Kopfhaut geöffnet hätten.

Sie kam ihm jetzt jünger vor, fast mädchenhaft. Ihre Lippen waren schmal und ungeschminkt. Ihre Augen verschleiert. Vermutlich hatte sie erhöhte Temperatur.

Ubbo Heide nahm einen kleinen Schluck Wasser. Das ostfriesische Leitungswasser war seiner Meinung nach besser als die meisten Mineralwassersorten, die man kaufen konnte.

Ubbo Heide trank täglich mindestens einen Liter in kleinen Schlucken. Dies hier war leider noch zu kalt. Er wärmte das Glas zwischen beiden Händen und hörte Anns Redeschwall zu. Die Wortkaskaden prasselten auf ihn nieder wie ein Wolkenbruch im Herbst und endeten mit der Forderung: »Ich verlange eine Obduktion.«

Dann sah sie ihn lange regungslos an.

Der Nordwestwind blies durch das hinter ihr gekippte Fenster herein und brachte Bewegung in ihre Frisur.

Ubbo Heide hatte sich angewöhnt, schwierige Gespräche so zu führen, dass er zunächst einmal in einer Zusammenfassung wiederholte, was sein Gegenüber gesagt hatte. So versuchte er, nicht nur Missverständnisse auszuschließen, er gab seinen Gesprächspartnern auch die Möglichkeit, die eigenen Ansichten und Darstellungen distanziert anzuhören, um sie vielleicht zu revidieren. Was als kompliziertes Streitgespräch begann, endete durch seine Verfahrensweise oft als harmonischer Meinungsaustausch.

Auch jetzt setzte Ubbo Heide auf diese Karte. Das Problem war, Ann Kathrin kannte seine Gesprächstaktik, und damit war etwas verbunden, das sie heute stinksauer machte. Sie hatte im Laufe der Jahre viel von ihm gelernt, auch wenn sie es nicht gerne zugab, aber sie wollte sich nicht in seiner trainierten Weise behandeln und beeinflussen lassen. Sie kannte diese Art der Gesprächsführung auch von ihrem Exmann Hero. Zu gerne hatte der Herr Psychologe sie so in die Rolle der Patientin gedrängt, statt sie als Ehefrau ernst zu nehmen, deshalb blubberte ihre Magensäure schon, als Ubbo Heide begann.

Er bemühte sich, verbindlich zu lächeln. »Liebe Ann, wenn ich dich richtig verstanden habe, dann hast du Fotos von deinem Vater gesehen, die ihn an verschiedenen Orten mit einer gewissen Isolde Klocke zeigen. Du folgerst daraus, dass dein Vater eine Geliebte hatte. Er gab sich als Diamantenenhändler Ludwig Stein aus. Deine Mutter hat nie etwas davon erfahren, oder sie war klug genug, wie die meisten Ehefrauen ihrer Generation, so zu tun, als wüsste sie nichts, und dabei hoffte sie natürlich, dass die Affäre bald vorüber sein würde. Seine Geliebte kam vor Spiekeroog bei einer Wattwanderung ums Leben. Ende der Geschichte. Wieso soll jetzt die Mutter von Isolde Klocke ermordet worden sein?«

Ann Kathrin Klaasen schluckte. Sie war wütend auf Weller, sie fand, Frank hätte jetzt bei ihr sein sollen. Warum stand er ihr in dieser Situation nicht zur Seite? Müdigkeit. Nachtdienst. Das waren alles nette Ausreden, wenn man sein Fehlen bei einer Geburtstagsparty entschuldigen wollte, aber das hier war von elementarer Bedeutung für sie, und Frank wusste das.

Sie fühlte sich, als sei sie gerade noch barfuß und gut gelaunt bei einer geführten Wattwanderung über sicheres Sandwatt gelaufen, und nun sank sie, allein gelassen, bis zur Hüfte in Schlickwatt ein, und scharfkantige Muscheln schnitten in ihre nackten Füße.

»Erstens«, sagte sie, »war Frau Klocke quietschfidel, als ich sie traf. Sie gab mir die Fotos, und wenige Stunden später, bevor sie mir mehr erzählen konnte, war sie tot.«

Ubbo Heide zog die Stirn demonstrativ in Falten. »Quietschfidel. Nettes Wort. Sie war fünfundsiebzig. Du hast sie im Wartezimmer einer Arztpraxis getroffen. Überdenk doch mal deine eigenen Worte, Ann.«

»Ich habe bereits mit Dr. Wolter telefoniert. Frau Klocke litt keineswegs an einer lebensbedrohenden Krankheit.«

Ubbo Heide blätterte in Papieren, die auf seinem Schreibtisch lagen. »Sie lag im letzten Jahr insgesamt einunddreißig Tage in der Ubbo-Emmius-Klinik in Norden. Sie hatte zu hohen Blutdruck und zwei Schlaganfälle. Ann, du steigerst dich da in etwas hinein. Glaub mir, du vergaloppierst dich gerade. Dein Vater ist tot. Seine Geliebte ist tot. Niemand hat ein Interesse daran, die Beziehung der beiden zu verheimlichen oder auffliegen zu lassen. Das alles ist lange her. Niemand begeht deswegen einen Mord an einer alten Dame.«

Ann Kathrin Klaasen stöhnte und formulierte noch einmal ihren Verdacht, den Ubbo Heide bei seiner Zusammenfassung weggelassen hatte.

»Ich habe Weller gebeten, die Personen für mich zu überprüfen. Er hat sie in unserem System nicht gefunden. Aber kurz darauf war Frau Klocke tot.«

Ubbo Heide griff sich an den Magen. Er brauchte ein anderes Medikament. Kompensan war für solche Situationen nicht säurebindend genug.

»Warum sollten sie in unserer Lichtbild-Datei sein? Das ist doch alles Unsinn. Denk doch mal nach!« Er tippte sich unwillkürlich gegen die Stirn. »Damit verdächtigst du allen Ernstes einen aus unserer Truppe. Wer sonst sollte Wind davon bekommen haben?«

Ubbo Heide musste sich bewegen. Er ging zum Fenster und öffnete es vollständig. Der Wind blähte sein Hemd auf. Von einem Brathähnchenstand wehte Grillduft ins Büro. Er atmete tief ein. Dann drehte er sich wieder zu Ann Kathrin Klaasen um und ereiferte sich: »Glaubst du wirklich, irgendein Kollege bekommt Wind von Wellers Recherche, glaubt jetzt, dass du kurz davor bist herauszubekommen, dass dein Vater ein ganz normaler Mann mit einem ganz normalen Liebesleben war, und um die Ehre deines Vaters zu schützen, bringt der Kollege die letzte lebende Zeugin um, die sich in einem AWO-Wohnheim mit ihrer Rente noch ein paar schöne Jahre macht?«

»Ich verlange eine Obduktion. Nicht hier, sondern an einem neutralen gerichtsmedizinischen Institut. Außerdem eine Liste aller Kollegen, die durch Weller von der Sache erfahren haben. Überhaupt, warum ist er nicht hier?«

Ubbo Heide schloss das Fenster, als müsse er verhindern, dass jemand von draußen mithören konnte.

Er sah blass aus, geschafft, urlaubsreif. »Das wird ja immer schöner! Glaubst du, dass eine Obduktion in Oldenburg getürkt wird? Alle halten zusammen, nur damit der Ruf deines Vaters nicht post mortem beschmutzt wird? Ich hätte dir das gerne erspart, aber ich sage dir jetzt mal, was ich denke! Du hast diese gute alte Dame mit deinen Fragen und Verdächtigungen so sehr aufgeregt, dass sie einen weiteren Schlaganfall bekommen hat oder einen Herzinfarkt. Ich will das nicht vertiefen, aber wenn sie einer umgebracht hat, dann du mit deiner Hysterie. Immer wenn es um deinen Vater geht, drehst du vollständig durch und verlierst jede Professionalität.

Darf ich dich daran erinnern, dass du bei einem Banküberfall in Leer auf den Rettungswagen geschossen hast, weil …«

Er winkte ab, er sprach nicht weiter, er merkte, dass er sich in Rage redete, und das war gar nicht gut für seinen nervösen Magen.

Sein Vorwurf saß trotzdem. Er nahm Ann Kathrin Klaasen die Luft. Sie schob die Schultern vor. Es war, als würden ihre Lungenflügel sich verkrampfen. Sie konnte plötzlich nicht mehr richtig ausatmen.

So dachten sie also hier in der Polizeiinspektion heimlich über sie.

In diesem Moment war Ann Kathrin entschlossen zu kündigen. Sie wollte hier nicht länger bleiben, am liebsten wäre sie heulend und schreiend nach draußen gelaufen. Sie wollte weder ihre Kollegen noch dieses Gebäude jemals wiedersehen.

Ihre Lunge pfiff wie der Wind, wenn er durch nasse Fischernetze weht.

Ubbo Heide befahl sich selbst, jetzt runterzukommen. Er musste diesem Gespräch nun die positive Wende geben, die er selbst brauchte, um sich beruhigt seinem Tagesgeschäft widmen zu können.

Wehmütig dachte er an die Zeiten zurück, als er solche Situationen mit dem Satz auflockerte: »So, jetzt rauchen wir erst mal eine.«

Mit der Gesundheitswelle und dem Nichtraucherkult und all den daraus resultierenden Regeln und Gesetzen waren auch entsprechende Rituale verschwunden, und es gab noch nichts Neues.

Er konnte ja schlecht vorschlagen: »So, jetzt schälen wir erst einmal gemeinsam eine Orange – oder trinken einen Blasen- und Nierentee.«

In seiner Schreibtischschublade lag ein halber Marzipan-Seehund von ten Cate auf einem Holzbrettchen. Er konnte jetzt nicht anders. Er brach den Schwanz ab und schob ihn sich in den Mund. Er hatte das Gefühl, seinem wunden Magen würde es gleich bessergehen. Brauchte er statt Medikamente Marzipan?

Er bemühte sich um Blickkontakt zu Ann Kathrin, aber sie wich ihm aus. Er war sich nicht sicher, ob seine Worte sie überhaupt erreichten.

»Weller ist nicht hier, weil ich ihm gesagt habe, ich möchte alleine mit dir reden. Da ist nämlich noch etwas, Ann. Etwas ganz anderes.«

Jetzt hatte er ihre Aufmerksamkeit zurück. Wie ein waidwundes Tier sah sie ihn an. Verletzt. Angriffslustig und schutzbedürftig zugleich.

Plötzlich sah er in ihr seine Tochter. Er zog den versteckten Marzipan-Seehund hervor und bot ihr wortlos an, zuzugreifen. Sie tat es fast trotzig. Während er sprach, nahm sie ein zweites, größeres Stück.

Es war gut. Nicht so ein billiges süßes Zeug wie aus dem Supermarkt. Sie schmeckte die fein geriebenen Mandeln und den Hauch Rosenwasser.

»Ich habe hier eine dringende Anfrage vom BKA, Ann. Sie wollen dich in die SOKO Maurer holen.«

»Vergiss es!«, sagte sie bestimmt.

Ubbo Heide konnte sich aus seiner Truppe keinen Mitarbeiter vorstellen, der nicht sofort freudig »Ja!« geschrien hätte, ihn selbst vielleicht ausgenommen.

Er suchte einen Zugang zu ihr und versuchte es über den Marzipan-Seehund.

»Früher«, sagte er, »im Mittelalter, hatte nur die Apothekerzunft das Recht, Marzipan herzustellen.« Er brach sich noch ein Stückchen ab und roch daran, bevor er es auf der Zunge zergehen ließ.

»Es wurde auch Herzzucker genannt.« Er griff sich an die Brust. »Möge es seine heilende Kraft entfalten.«

Ann Kathrin nickte, und Ubbo Heide hoffte, sie emotional geöffnet zu haben. Er versuchte, sie umzustimmen:

»Ann, dazu kann man nicht so einfach ›Nein‹ sagen.«

»Warum nicht? Ich verlasse Ostfriesland nicht. Gerade jetzt nicht!«

»Du hast drei Serienmördern das Handwerk gelegt, Ann. Niemand hat mehr Erfahrung damit als du. Sie brauchen dich!«

Sie schüttelte sich, wie Hunde es tun, wenn sie nass geworden sind. »Ich habe meinen Fall hier in Ostfriesland.«

»Das ist kein Fall, Ann Kathrin! Das ist ein Hirngespinst von einem kleinen Mädchen, das nicht wahrhaben will, dass ihr Papi ihre Mami betrogen hat.«

Ubbo Heide schob Bilder vor Ann Kathrin auf den Schreibtisch. Zwei Opfer des Maurers. Unveröffentlichte Fotos in DIN-A4-Größe.

»Er mauert seine Opfer ein und lässt sie jämmerlich verhungern. Er hat einmal in Luzern zugeschlagen und ein zweites Mal in Bamberg. Es ist nicht auszuschließen, dass noch andere Opfer gefunden werden. Beides waren Zufallsfunde. Es können andere vermisste junge Frauen seit Jahren irgendwo eingemauert sein. Wir müssen international zusammenarbeiten, um …«

Ann Kathrin Klaasen warf nicht einmal einen Blick auf die Fotos.

Ubbo Heide hob ein paar hoch und hielt sie so, dass Ann Kathrin den Kopf abwenden musste, damit sie aus ihrem Gesichtsfeld verschwanden.

»Sie haben versucht, mit ihren Fingernägeln Botschaften in die Steine zu ritzen. Vielleicht Hinweise auf den Maurer. Schau es dir wenigstens an.«

»Ich habe Nein gesagt. Ich bin für Ostfriesland zuständig, das reicht mir.«

»Ann, du kannst hier nicht deinen eigenen kleinen

Privatkrieg führen, während dadraußen ein Killer Frauen entführt und …«

Ann Kathrin schlug mit der offenen Handfläche auf den Tisch, so dass die Fotos und Papiere hochflatterten.

»Ihr wollt mich hier loswerden, stimmt's?«

»Nein, natürlich nicht. Ich habe denen gesagt, dass wir hier unterbesetzt sind und jeden Kollegen vor Ort brauchen, aber … sie sind ratlos, Ann. Sie stecken in einer Sackgasse, und jeder hat Angst vor dem nächsten Fund. Sie brauchen deine Erfahrung und …«

»Nein!«

»Ich sage es nicht gerne, aber das ist auch ein Karrieresprung. Andere besuchen jahrelang Lehrgänge und Fortbildungen und werden nie gefragt.«

»Ja, siehst du, genau das ist es. Jetzt, da ich mit unbequemen Fragen und Ermittlungen komme, genau jetzt bietest du mir einen Job sehr weit weg von meiner Dienststelle an.«

Ubbo Heide stöhnte: »Ann Kathrin, was willst du?«

»Das habe ich schon zweimal gesagt. Eine Obduktion von Frau Klocke.«

Rupert trank mit den Bamberger Kollegen in der Markthalle Aurich einen Kaffee und aß dabei ein Mettbrötchen. Huberkran lutschte schon die dritte Auster aus. Er war ein Franke, der Meeresfrüchte liebte und jeden Urlaub in Südfrankreich verbrachte. Ein Teller voller zerschlagenem Eis, auf dem Muscheln, Krebse und Garnelen lagen, als ob sie darauf herumkriechen würden, war für ihn der Inbegriff von Entspannung und Hochgenuss.

Er hatte sich gegen Hepatitis impfen lassen, weil seine Frau, eine praktische Ärztin aus Breitengüßbach, darauf bestanden hatte. Wenn es etwas zu lutschen oder zu schlürfen gab, vergaß er jeden Alltagsfrust. Leider wohnte er dafür am falschesten Ort der Welt. Hier an der Küste aber wollte er wenigstens in Ruhe seine Meeresfrüchte genießen. Aurich war zwar nicht Nizza und Ostfriesland nicht die Côte d'Azur, aber einen Hauch davon verspürte er hier schon, zumal bei dem Wetter heute, und die Preise verdarben ihm nicht gleich den Spaß.

Er mochte die Markthalle mit den frischen Angeboten von Meeresfrüchten. Er sah an Rupert vorbei nach draußen auf die Ferkel, die von einer Sau gesäugt wurden. Sie sahen echt aus, fast lebendig, waren es aber nicht.

Bei uns hätten sie ein Reiterdenkmal aufgebaut oder etwas erhaben Christliches, dachte er. Die Ostfriesen stellen merkwürdige Denkmäler auf. Fröhliche Schweine statt Generäle. Oder in Norden eine Riesen-Doornkaatflasche statt eines Heiligen.

Er begann das alles sympathisch zu finden. Sosehr er seine Heimat auch mochte, am liebsten wäre er hiergeblieben. Zumindest für einen Sommer.

Jedes Mal, wenn Huberkran mit lauten Schmatzgeräuschen eine Auster ausschlürfte, bekam Rupert eine Gänsehaut und grub seine Zähne tapfer in sein Mettbrötchen mit Zwiebeln.

Es wurmte Rupert, dass sie Ann Kathrin Klaasen gefragt hatten und nicht ihn. Er wäre gerne zur SOKO Maurer gestoßen. Er sah sich schon bei Fortbildungen Vorträge über Serienmörder halten. Das hier konnte der Karriereschub überhaupt werden.

Huberkran schluckte die dritte Auster und lächelte. Eine fast postkoitale Zufriedenheit breitete sich in ihm aus und der Wunsch, jetzt eine Filterzigarette zu rauchen.

»Ich habe bei allen drei Mordserien mit zum Team gehört. Natürlich heimst Prinzessin Klaasen hinterher alle Lorbeeren alleine ein. Als Kriminalistin ist sie kein großes Licht, wenn Sie mich fragen, aber als PR-Frau würde ich sie jederzeit engagieren. Sie hat einen heißen Draht zur Presse und versteht es, alles, was geschieht, so darzustellen, als ob es ihr Verdienst wäre. Aber wehe, es geht etwas schief …«

Rupert machte ein bedeutungsschwangeres Gesicht und griff in seine Hosentasche, um das Gummi von seinem Slip zurechtzuzupfen. Wenn er so unter Druck stand wie jetzt und das Gefühl hatte, die Dinge liefen nicht gut für ihn, dann schmerzten seine Eier, und die Hose wurde ihm zu eng.

»Ich glaube«, sagte Huberkran, »ich genehmige mir noch mal drei.«

Der hört mir gar nicht zu, dachte Rupert, der ist nur gekommen, um Ann Kathrin Klaasen in seine SOKO zu holen. Wenn die eingebildete Ziege wenigstens mitmachen würde, rechnete er sich Chancen aus, mit ihrem Team reisen zu dürfen, obwohl ihre Personaldecke in Aurich sowieso sehr dünn war.

»Ubbo Heide wird höchstens auf einen von uns verzichten können«, murmelte er.

Huberkran stellte sich noch einmal für drei Austern an, und eine Frau neben ihm biss so erotisch in ihr Krabbenbrötchen, dass Huberkran sich zwang wegzusehen, weil er sich vorkam wie ein Voyeur vor dem Schlüsselloch zum Badezimmer.

Er bestellte sich drei Austern und ein Krabbenbrötchen.

»Kluge Entscheidung«, sagte die Frau neben ihm und lächelte ihn vielversprechend an. In Bruchteilen von Sekunden war Huberkran bereit, seine Ehe und alles, was er sich in Franken mühsam aufgebaut hatte und an dem er jetzt ebenso mühsam festhielt, zu verlassen. Doch sie zwinkerte ihm nur noch einmal zu, dann löste sie sich auf in der anonymen Menge des Einkaufszentrums.

Das muss die Meerluft sein, dachte Huberkran, erschrocken über seine heftige Reaktion, oder vielleicht die Austern.

»Sie können sich den Versuch, Ann Kathrin Klaasen umzustimmen, klemmen, die ist genauso stur, wie man es den richtigen Ostfriesen fälschlicherweise nachsagt. Dabei ist sie eine Zugereiste.«

»Ich weiß«, sagte Huberkran, ohne seine Austern aus den Augen zu verlieren.

Der Fischverkäufer zeigte ihm jede einzelne, bevor er sie für ihn aufbrach.

»Und was wollen Sie dann noch hier? Suchen Sie Ersatz für unsere Diva? Jemanden mit weniger Medienpräsenz, aber genauso viel Erfahrung?«

Huberkran nahm die Austern über die Glastheke hinweg in Empfang und trug den Teller zu seinem Stehtisch.

»Ich hoffe, sie wirft wenigstens mal einen Blick auf unsere Akten. Wir haben da ein paar Ungereimtheiten …«

Huberkran träufelte ein paar Tropfen Zitrone auf das Austernfleisch. Es zuckte bei jedem Tropfen zusammen.

»Ja, die sind frisch!«, schwärmte Huberkran und schlürfte die Auster aus ihrer Schale. Dann schob er seinen Mund nah an Ruperts rechtes Ohr. Er konnte Ruperts Zwiebelatem riechen.

»Man sagt, sie hätte die Fähigkeit, sich in diese Täter hineinzudenken oder zu fühlen wie niemand sonst.«

Rupert fiel ihm ein bisschen zu laut ins Wort. »Ach, das ist Unsinn. Es wird alles übertrieben. Das ist mehr moderne Legendenbildung als …«

»Stimmt es, dass sie sich allein an die Tatorte begibt und zunächst nackt in die Rolle der Opfer schlüpft?«, wollte Huberkran wissen.

Rupert wunderte sich schon lange nicht mehr über die Gerüchte, die über Ann Kathrin Klaasens Ermittlungsmethoden im Umlauf waren. Er lachte.

»In den offiziellen Akten steht jedenfalls nichts davon!«

Huberkran konzentrierte sich wieder ganz auf seine Austern. Mit den Fingerspitzen tastete er ihre scharfen Kanten ab.

Rupert spürte, dass das Eis zwischen ihm und Huberkran noch lange nicht geschmolzen war. Er versuchte es mit einem Witz: »Wissen Sie, was man sich über Ann Kathrin Klaasen erzählt?«

Huberkran registrierte Ruperts komplizenhaftes Grinsen und stieg darauf ein. »Nein, was denn?«

»Nun, ganz unter uns, sie hat ja einen Lover, der jünger ist als sie.

Ihre Freundin hat sie gefragt, wie es denn mit dem so wäre … Also Sie wissen schon, im Bett und so … Unsere Starkommissarin geriet gleich ins Schwärmen, und ihre Freundin wurde schon ganz feucht zwischen den Beinen, dann fragte die Freundin: ›Stört denn dein dicker Arsch deinen Lover überhaupt nicht?‹ Und was glauben Sie, was Ann Kathrin Klaasen geantwortet hat?«

Huberkran vermied es, Rupert anzusehen. Er blickte fast starr auf die scharfkantige Schale seiner Austern.

Rupert feixte. »Sie hat kalt lächelnd den Kopf geschüttelt und gesagt: ›Nö. Über meinen Mann reden wir eigentlich nie.‹«

Rupert musste über seinen eigenen Witz so sehr lachen, dass er Bröckchen von seinem Mettbrötchen, die sich zwischen seinen Zahnlücken verfangen hatten, aushustete. Zwei davon blieben an Huberkrans roter Krawatte kleben.

»Haben Sie den Witz Frank Weller auch schon erzählt?«

Rupert zuckte innerlich zusammen. Er wischte sich eine Lachträne aus dem rechten Auge. Kannten Weller und Huberkran sich etwa? Er hatte versucht, mit einem Witz eine Brücke zu Huberkran zu bauen, über die sie gemeinsam ohne Ann Kathrin Klaasen zum Fall Maurer hätten gehen können. Jetzt hatte Rupert das Gefühl, die Brücke sei eingestürzt, und er würde im reißenden Fluss untergehen.

Huberkran hatte die nächste Auster schon mit Zitrone bespritzt, auch sie war noch lebendig und zuckte, aber Huberkran zögerte, sie aufzuessen. Er sagte kalt und knapp zu Rupert: »Frank würde Ihnen dafür das Nasenbein brechen. Wenn er gut gelaunt ist. Im Übrigen ist er älter als Ann Kathrin. Er ist gerade vierzig geworden, und sie ist achtunddreißig oder neununddreißig.«

Rupert begriff, dass er seine Hoffnungen, in die SOKO Maurer aufgenommen zu werden, endgültig beerdigen konnte.

Er stellte sich gerade hin, schob den Teller, auf dem sein Mettbrötchen gelegen hatte, mit der zerknüllten Serviette von sich weg, als ob er sich davon distanzieren müsste, und fragte: »Sie und Frank Weller kennen sich?«

»Ja«, bestätigte Huberkran. »Wir haben uns bei einem Skiurlaub in Österreich kennengelernt. Seine und meine Kinder haben sich auf Anhieb verstanden und unsere Frauen auch.«

»Er ist jetzt geschieden«, warf Rupert ein.

»Ich weiß. Auch in dem Punkt hat er mir einiges voraus.«

»Ja, ist er Ihr Vorbild, oder was?«, scherzte Rupert und verspielte damit seine letzten Pluspunkte.

»Ja«, sagte Huberkran klar, »das kann man so sagen. Er hat die Trennung von seiner Frau hingekriegt, ohne die Liebe seiner Kinder zu verlieren. Das schafft nicht jeder.«

Huberkran spürte, dass er auf dem besten Weg war, zu viel von sich preiszugeben, und ausgerechnet diesem Schaumschläger Rupert. Plötzlich schmeckten ihm nicht mal mehr die guten Sylter Austern.

Weller fühlte sich von Ubbo Heide in die Ecke gedrängt. Das durfte sein Chef nicht von ihm verlangen. Das war eine unkorrekte Vermischung persönlicher und beruflicher Dinge.

Der Ventilator auf Ubbo Heides Schreibtisch wehte Weller direkt an. Ubbo Heide hatte das Ding von seiner Frau zum Geburtstag bekommen. Leider sorgte das Geschenk bei ihm für einen steifen Nacken, wenn er auch nur kurz in den Luftwirbel geriet, darum hatte er das Gerät festgestellt und auf den Besuchersessel gerichtet.

»Du hast doch Einfluss auf sie, Frank. Also, auf jeden Fall mehr als ich. Rede du mit ihr. Sie ist ein Gemütsmensch, für Gefühle eher zugänglich als für Argumente. Lade sie zu einem Candlelight-Dinner ein oder wie man das heute nennt, wenn man eine Frau bezirzen will ... und mach ihr um Gottes willen klar, dass sie nicht Nein sagen kann. Das fällt auf unsere ganze Abteilung zurück. Ich könnte auch eine Dienstanweisung erlassen, aber es wäre mir lieber, wenn sie freiwillig ...«

»Das hat alles keinen Sinn. Wenn man Druck auf sie ausübt oder sie spürt, dass sie manipuliert werden soll, dann ...«

Weller winkte ab. Er schwitzte. Sein helles Leinensakko zeigte unter den Achseln dunkle Flecken.

»Ann Kathrin tickt anders«, sagte Weller. »Sie hält ihr ostfriesisches Revier sauber und sie glaubt, dass hier ein dicker Hund begraben liegt ...«

Ubbo Heide hob die Arme beschwörend zur Decke. »Ja, sollen wir jetzt in der Tagespresse Anzeigen veröffentlichen? ›Lieber Serienkiller, such dir deine Opfer in Süddeutschland oder der Schweiz, nähere dich nicht der Küste. Wenn du bis Oldenburg kommst, bist du erledigt!‹ – Das ist doch absurd.«

Weller lüftete sein Sakko, zog es aber nicht aus, weil es ihm unangenehm war, mit seinem durchgeschwitzten

Hemd vor seinem Chef zu stehen. Er musste nicht auf das psychologische Wissen der letzten Fortbildung zurückgreifen, um zu erkennen, dass es Rechtfertigungsschweiß war. Die Zimmertemperatur lag jetzt bei angenehmen einundzwanzig Grad.

Weller fühlte sich mit dem gärenden Konflikt unwohl. Er hatte ein Loyalitätsproblem seiner Partnerin und seinem Chef gegenüber. Er konnte es nicht beiden recht machen.

Er versuchte, aus der Klemme herauszukommen: »Ubbo, was ist dran an dieser Sache mit Frau Klocke?«

Ubbo Heide ging zur Tür, als müsste er überprüfen, ob sein Büro wirklich verschlossen war. Es ging eine Nervosität von ihm aus, die Weller so nicht kannte. Er behielt sonst auch in schlimmen Krisensituationen die Nerven und wirkte beruhigend und mäßigend auf die anderen ein.

»Die gute alte Dame ist an einem Herzinfarkt gestorben«, sagte Ubbo Heide.

»Ich meine ihre Tochter Isolde.«

»Was soll mit der sein, Frank?«

»Das frage ich dich!«

»Es gibt keinerlei Unterlagen über sie, dass sie jemals bei der Kripo war ... Und dann noch hier bei uns ... Ich müsste das doch wissen. Ich leite den Laden schließlich seit zehn Jahren. Ich ... Was guckst du so, Frank? Ich mag es nicht, wenn du so guckst.«

»Ubbo, als du hier angefangen hast, war sie schon tot.«

Ubbo Heide machte fahrige Bewegungen mit den Händen. Er wendete sich ein wenig von Weller ab. »Es gibt jedenfalls keinerlei Unterlagen, dass sie jemals bei der Kripo war. Ich habe das überprüft.«

»Das sehe ich anders«, sagte Frank Weller. »Ich habe einen Kollegen beim Landesamt für Bezüge und Versorgung angerufen. Die werden gerade ins Finanzministerium eingegliedert, aber noch hat das NLBV einen Ableger in Aurich. Und da gibt es Unterlagen über eine Isolde Klocke. Außerdem habe ich mit dem Kollegen Hubert Jüttemeier gesprochen. Der ist seit vierzig Jahren mit in der Truppe. Der hat sie noch erlebt und kann sich gut an sie erinnern.«

Weller zog einen Ausdruck aus der Brusttasche seines Leinenjacketts. Das Papier wies Schwitzflecken auf. Ohne sich das Papier anzusehen, zeigte Ubbo Heide darauf. Dann stand er starr und sah Weller zunächst ungläubig, dann zornig an.

Wie um sich zu entschuldigen, sagte Weller: »Und dann habe ich bei der Sparkasse Aurich-Norden angerufen. Es gibt da jemanden, der mir manchmal ohne richterlichen Beschluss weiterhilft …«

»Ohne richterlichen Beschluss?« Heide schüttelte ungläubig den Kopf. »Du weißt, Frank, dass du damit gleich gegen einen ganzen Stapel Vorschriften verstoßen hast …«

»Ja, aber wir haben so im letzten Jahr drei gesuchte Straftäter einkassieren können, die für uns wie vom Erdboden verschwunden waren, am alten Wohnort nicht ab- und am neuen nicht angemeldet. Aber die Rente haben sie sich von der LVA auf ihr Konto überweisen lassen. Die Bank hatte auch die richtige Adresse. Es geht doch oft einfach nur darum, Informationen zusammenzuführen und auszuwerten. Er hat zumindest bestätigt, dass sie bis zu ihrem Tod ein Konto bei der Sparkasse hatte.«

Ubbo Heides Telefon klingelte, aber er ging nicht ran. Sein wütender Blick öffnete die Schweißdrüsen unter Wellers Achselhöhlen noch weiter.

»Bitte, Ubbo, er hat mir doch nicht den Kontostand gesagt oder so was, sondern nur, dass er sich erinnert, sie sei bei ihm Kundin gewesen. Du liebe Güte, wir sind hier in Ostfriesland, da kennt man sich … Anonyme Verbrechen geschehen hier nicht …«

»Danke für den Vortrag, Frank«, sagte Ubbo Heide zynisch. »Ich mache diesen Job seit dreißig Jahren. Zwanzig Jahre beim BKA und …«, er winkte ab. »Mit wem hast du sonst noch in dieser Sache telefoniert? Ich muss dir ja wohl nicht sagen, dass alle diese Personen für Ann Kathrin unter Mordverdacht stehen.«

Weller begann an den Fingern aufzuzählen: »Ich habe kurz mit Rupert darüber gesprochen, mit dir, meinem Informanten bei …«

Ubbo Heide unterbrach Weller barsch: »Weiß Ann Kathrin das schon?«

Weller schüttelte den Kopf. »Nein, aber ich kann es nicht lange vor ihr geheim halten. Wie stellt ihr euch das vor? Wir wohnen in einem Haus, schlafen in einem Bett. Ich kann ihr nicht länger aus dem Weg gehen.«

Ubbo Heide zerkaute noch zwei Kompensan. Dann drückte er Weller vor sich in den Sessel. »Jetzt hör mir mal gut zu, Frank. Du wirst ihr verdammt nochmal sagen, dass du vor dem Tod von Frau Klocke mit niemandem darüber geredet hast. Erzähl ihr meinetwegen, du hättest die Namen in die Libi-Datei eingegeben und da nichts gefunden. Du hast da auch eine Verantwortung deinen Kollegen gegenüber, und denk auch an Ann Kathrin! Die Lawine, die sie lostreten will, könnte am Ende sie selbst beerdigen. Stell dir das mal vor, wie will sie hier weiter mit uns Dienst tun als nette Kollegin, wenn sie uns alle und deine Vertrauensleute wegen Mordes verdächtigt? Sie macht sich damit nicht nur lächerlich und unbeliebt. Sie katapultiert sich selbst aus dem Dienst. Das Ende der Fahnenstange ist erreicht, Frank.«

»Ich soll sie also anlügen?«

»Nenn es, wie du willst. Ich würde eher sagen, du beschützt sie vor einer großen Dummheit, die sie später sehr bereuen wird. Überzeuge sie stattdessen, gemeinsam mit dir dabei zu helfen, dieses Monster zu erledigen. Sie gehört in die SOKO Maurer und du auch.«

Eigentlich mochte Weller Ubbo Heide sehr. Er stellte sich im Ernstfall immer vor die Kollegen oder stärkte ihnen den Rücken. Er war nicht der große Fehlersucher, der andere fertigmachte. Er versuchte nur, alles in ordentlichen Bahnen zu halten und nichts aus dem Ruder laufen zu lassen.

Weller war sich nicht ganz sicher, ob Ubbo Heide etwas zu verbergen hatte oder ob er wirklich die Kollegen vor Ann Kathrins Verdächtigungen schützen wollte und Ann Kathrin vor ihrem eigenen Übereifer. Trotzdem erwischte er sich dabei, heimlich auf der Toilette eine Liste mit allen Personen zu machen, mit denen er in dieser Sache gesprochen hatte.

Rupert. Ubbo Heide. Hubert Jüttemeier. Der Kollege von der NLBV. Klaus Zinger von der Sparkasse. Jeder von denen konnte es Freunden und Ehepartnern erzählt haben.

Nein, in dieses Gedankenkarussell wollte er erst gar nicht einsteigen … Er riss sich zusammen und war froh, eine Verabredung mit Huberkran zu haben. Er fragte sich, ob Huberkran immer noch verheiratet war. Irgendetwas sagte ihm, dass er die Trennung noch nicht hingekriegt hatte.

Huberkran war ganz schön aufgestiegen, zum Leiter der Tatort-Abteilung beim BKA. Beruflich nahm er jede Hürde und schaffte alles, privat ging er immer wieder vor seiner Frau in die Knie.

Weller bereitete sich auf ein Gespräch vor, das sicherlich nur zum Teil beruflich werden würde, das möglicherweise Wichtigere fand ja meist auf der privaten Ebene statt.

Er konnte es kaum noch abwarten, sie einzumauern. Er beobachtete sie seit vier Stunden. Er war ihr von Bremen nach Delmenhorst gefolgt.

Sie besuchte ihre Eltern, und er wusste genau, was sie vorhatte. Sie wollte die beiden in ein Pflegeheim abschieben. Natürlich würde sie das Haus in Delmenhorst verkaufen, um endlich ihre eigene miese, kleine Sozialwohnung in Bremen verlassen zu können.

Er malte sich aus, mit welch verführerischen Worten sie versuchte, ihre Eltern davon zu überzeugen, dass so ein Pflegeheim für sie doch viel besser sei, weil sie sich angeblich inzwischen nicht mehr alleine versorgen konnten.

Ich werde dir einen Strich durch deine Geschäfte machen, dachte er. Deine Eltern werden dich überleben. Du wirst ihr Geld nicht verjuxen. Wenn man dich rechtzeitig findet, werden sie an deinem Grab stehen und Tränen vergießen. Aber vielleicht werden sie auch sterben, bevor irgendjemand die Mauern einreißt und deine Gebeine findet.

Er fand die Todesart für sie genau richtig. Sie musste in völliger Dunkelheit sitzen, wie die anderen. Verzweifelt. Abgeschnitten von allem. Zurückgeworfen auf sich selbst. Ohne einen Funken Hoffnung. Doch es tat ihm leid, dass er sie dabei nicht beobachten konnte. Stunden-, manchmal tagelang saß er auf dem Stuhl und hörte ihr Schreien und Flehen. Doch das meiste fand in seiner Phantasie statt. Er hörte, wie ihre Fingernägel an den Steinen abrissen. Mein Gott, was versprachen sie ihm alles, wenn er sie nur freilassen würde! Doch er antwortete nicht. Aus Prinzip nicht. Da, wo er sie hinverbannte, sollte es keinen Dialog mehr geben.

Er ließ sich auf nichts ein. Auf gar nichts!

Es wäre ein Leichtes gewesen, eine bewegliche Kamera in dem Sterberaum zu installieren. Aber dann hätte er auch eine Beleuchtung gebraucht. Und das durfte nicht sein. Die Finsternis war wichtig.

Er konnte sie durchs Wohnzimmerfenster sehen. Sie trank

Tee mit ihren Eltern. Ihr Vater starrte abwesend auf das Fernsehgerät, obwohl es gar nicht an war. Ihre Mutter bemühte sich, Konversation zu machen. Es standen Käsebrote mit kleinen Gürkchen und Kirschtomaten auf dem Tisch.

Er wusste, dass sie es nie lange bei ihren Eltern aushielt. Normalerweise machte sie mindestens alle dreißig Minuten einen kleinen Spaziergang ums Haus und rauchte dabei eine Zigarette. Er hatte beschlossen, sie dabei einfach einzupacken und mitzunehmen.

Er stellte es sich amüsant vor. Wie würden die Eltern reagieren? Die Tochter geht mal raus, eine rauchen, und kommt einfach nicht wieder. Nie wieder …

Sie öffnete die Tür und zündete sich die Zigarette an, ohne die Haustür wirklich vollständig hinter sich zu schließen. Judith Harmsen trat nervös von einem Bein aufs andere. Die Gespräche mit ihren Eltern schienen zu stocken.

Nun komm, Mädchen, dachte er. Komm. Geh ein paar Meter. Nur zehn, zwanzig Meter reichen mir schon.

Aber sie tat ihm den Gefallen nicht. Sie rauchte, halb im Flur, halb auf der Straße stehend.

Na gut, dachte er. Ich habe Zeit. Ich bin ein geduldiger Mensch. Irgendwann wirst du rauskommen. Und dann hab ich dich.

Judith Harmsen gab vor, sich den Magen verdorben zu haben, um die Käsehappen nicht essen zu müssen. Den im Supermarkt gekauften Kartoffelsalat von Homann, von dem ihre Mutter behauptete, besser könne man ihn gar nicht selbst machen, und die Brühwürstchen lehnte sie erst recht ab. Sie brauchte eine Pause. Sie musste durchatmen.

In Ganderkesee in der Bücherei gab es eine Autorenlesung. Ein Krimiautor las aus seinem neuen Werk vor. Sie kannte ihn nicht, beschloss aber, hinzufahren. Einfach nur, um auf andere Gedanken zu kommen.

Sie hörte im Auto Hit Radio Antenne. Der Schollmayer

spielte Hits aus den Achtzigern. Sie drehte voll auf. »Manic Monday« von den Bangles.

Sie bemerkte den Wagen hinter sich nicht. Sie wusste nicht, wie sich jemand fühlt, der verfolgt wird. Sie war ohne Argwohn.

Sie parkte neben der Bücherei Ganderkesee auf dem kleinen Parkplatz und sah rüber zum alten Bahnhof. Sie war schon lange nicht mehr hier gewesen. Der alte Bahnhof war zu einem Lokal umgebaut worden und hieß jetzt Gleis Eins. Für einen Moment zögerte sie, ob sie wirklich in die Bücherei gehen oder lieber im Gleis Eins etwas Vernünftiges essen sollte.

Dann sah sie, dass es in der Bücherei langsam voll wurde. Spontan gesellte sie sich zu den Zuhörern. Es gab Wein, und der Autor überprüfte kurz das Mikrophon, danach entschied er sich, er käme auch ohne klar. Er hatte offensichtlich einige Fans hier, die nicht zum ersten Mal eine Autorenlesung von ihm besuchten.

Sie nahm ein Glas Weißwein, streckte die Beine aus und begann sich zu entspannen.

Sie ließ sich von den Worten mitnehmen in eine ganz andere Welt. Der Autor entführte seine Leser in eine düstere kriminelle Gegend, in der es planvolle Killer gab, böse Machenschaften und Opfer, die nicht merkten, wie sie in die Falle gelockt wurden.

Wie schön, dachte sie mit einem wohligen Gefühl, dass ich bei allen Problemen in so einer friedlichen Gegend wohne. Ihr wurde schon komisch, wenn sie am Bremer Hauptbahnhof von den Junkies angesprochen wurde. Aber die baten unter Entzugsdruck nur um ein paar Euro. Pläne, die über den Tag hinausgingen, hatten die sicherlich nicht.

Draußen ließ jemand die Luft aus den Reifen ihres roten VW Polo.

Nun war alles bestens vorbereitet. Er ging zum Eingang der Bücherei und sah sich das Plakat an. Die Autorenlesung hatte um 20 Uhr begonnen und war bis 22 Uhr angesetzt.

Er überlegte, was dagegen sprach, jetzt noch hineinzugehen, um sich alles mit anzuhören. Es war fast ausverkauft, aber schräg hinter ihr, zwei Reihen weiter, waren noch ein paar Stühle frei. Er befürchtete aber, zu viele Blicke auf sich zu ziehen, wenn er jetzt als Nachzügler hereinkam. Wahrscheinlich würde er als Störenfried empfunden werden. Doch dann hatte er Glück. Zwei junge Frauen und ein koreanisch aussehender Mann, der viel weiblichere Züge hatte als seine Begleiterinnen, kamen mit Fahrrädern aus Bookholzberg. Er war sich sicher, dass er mit ihnen hineinhuschen konnte. Schöne Frauen würden die Blicke der Männer auf sich ziehen und der Asiate die der weiblichen Zuhörer.

Seine Vorsichtsmaßnahme wäre gar nicht nötig gewesen. Die meisten Büchereibesucher achteten nicht mehr auf ihre Umwelt, sondern befanden sich längst im Banne des Thrillers.

Er saß jetzt hinter ihr und konnte ihre Nackenhaare sehen, weil sie den Kopf schräg legte, sodass er fast auf ihre rechte Schulter sank. Während alle Zuhörer dem Krimiautor folgten, blieb der Maurer bei seinen eigenen Phantasien.

Die Zeit verging plötzlich sehr schnell. Sie kaufte sich am Ende der Lesung sogar ein Buch und ließ es sich vom Autor signieren.

»Jetzt will ich ja auch wissen, wer der Mörder ist«, sagte Judith Harmsen.

Der Autor lachte: »Wenn Sie es in den ersten zwei Dritteln des Buches erraten, bekommen Sie Ihr Geld zurück.«

Er spürte Wut in sich aufsteigen. Er hatte Angst, heute doch noch leer auszugehen. Wollte sie diesen Schreiberling jetzt etwa anbaggern? Würden die gleich gemeinsam verschwinden? Er brauchte sie allein.

Die Bibliothekarin und ihr Mann unterhielten sich mit dem Autor und fragten, ob er Lust hätte, noch mit ihnen essen zu gehen.

Judith Harmsen verließ die Bücherei allein. Er folgte ihr, aber sie ging keineswegs zum Parkplatz, sondern überquerte die Gleise und verschwand im Gleis Eins. Dort saß sie, trank ein alkoholfreies Weizenbier und blätterte auf der Suche nach dem Mörder hinten im Roman.

Er nahm sich am Eingang ein Delmenhorster Kreisblatt und versteckte sich hinter der Zeitung. Er trank einen Espresso und staunte, wie schnell sie ihr alkoholfreies Weizenbier hinunterstürzte.

Na, dachte er, treibt dich das schlechte Gewissen zu deinen Eltern zurück? Kannst du es gar nicht mehr abwarten, bis du sie endlich abgeschoben hast? Genieß das hier, meine Kleine. Es wird das Letzte sein in diesem Leben …

Er legte vier Euro auf den Tisch und verließ das Lokal. Er wollte auf jeden Fall vor ihr draußen sein. Er wartete an ihrem Auto.

Knapp zehn Minuten später kam sie mit beschwingtem Schritt auf ihn zu. Die Beleuchtung hier war für seine Pläne günstig. Das mannshohe Gebüsch ebenfalls. Er stand im Dunkeln. Sie kam aus dem Licht.

Er hatte sich das anders vorgestellt. Er dachte, sie würde die platten Reifen bemerken, sich bücken und nach Hilfe umschauen, und er könnte als hilfreicher Samariter auf der Bildfläche erscheinen und ihr in einem günstigen Moment ein mit Chloroform getränktes Tuch auf die Nase drücken.

Doch sie bemerkte die zerstochenen Reifen nicht. Sie stieg in den Polo und ließ den Motor an.

Frauen, dachte er grimmig. So etwas kann auch nur Frauen passieren. Verflucht nochmal!

Er befürchtete, sie könnte jetzt mit platten Reifen bis auf die Bahnhofstraße fahren und dann den ADAC rufen.

Er klopfte einfach an ihre Scheibe.

Sie erschrak nur einen kurzen Moment, dann erkannte sie sein Gesicht. Sie waren sich in der Bibliothek begegnet. Von Menschen, die zu Autorenlesungen gingen, erwartete sie nichts Böses.

Sie ließ die Scheibe herunter und lächelte ihn an. »Ist Ihr

Auto kaputt? Kann ich Sie irgendwohin mitnehmen?«, fragte sie.

»Meins ist in Ordnung. Aber Sie haben einen Platten.«

»Was?«

Sie öffnete die Fahrertür und sah nach hinten. »Tatsächlich. Ausgerechnet jetzt! Ich muss zu meinen Eltern, und ich …«

»Keine Sorge, ich helfe Ihnen. Ich habe früher mal in einer Autowerkstatt gearbeitet. Reifen wechseln ist sozusagen meine Spezialität.«

Sie lehnte sich ans Auto und zündete sich eine Zigarette an, während er in ihrem Kofferraum angeblich das richtige Werkzeug suchte. Stattdessen öffnete er die Flasche und tränkte sein Taschentuch mit dem Chloroform.

»Schmeckt Ihnen die Zigarette?«

»Ja, warum? Gehören Sie auch zu den militanten Nichtrauchern? Oder darf ich Ihnen eine anbieten?«

»Nein, nein, genießen Sie sie nur. Ich fürchte nämlich, es wird Ihre letzte sein.«

Dann drückte er ihr das Tuch über die Nase und hielt ihr den Mund zu.

Schreckensstarr sah sie ihn an, unfähig, sich zu bewegen.

Huberkran wartete bereits seit einer halben Stunde im Restaurant Minna am Markt in Norden auf Weller. Er hatte seine Tasche mit dem Laptop neben sich auf der Bank abgestellt, studierte nun die Speisekarte und genoss die Gerüche. Er kam nie pünktlich zu einer Verabredung in ein Restaurant. Er wollte früher da sein, sich nicht hektisch entscheiden müssen aufgrund einer guten Formulierung in der Speisekarte. Er wollte die anderen Gäste beobachten, einen Blick auf deren Teller werfen, um dann vielleicht eine neue Entdeckung zu machen. So manch wundervolles Gericht verbarg sich doch hinter einer unscheinbaren Formulierung, und wie oft schon war er auf blumige Ankündigungen hereingefallen?

Er wusste, dass dies Frank Wellers Lieblingsrestaurant war, und Frank verstand etwas vom guten Essen und von Fisch. Gerade wurde ein Zanderfilet auf Blattspinat an Huberkran vorbeigetragen. Da war ein irritierender Geruch von Mandeln und Koriander.

Huberkran hatte sich eine gemütliche Ecke ausgesucht, fast schon ein Separee, hinter einer Holztafelwand. Aber wenn er sich vorbeugte, konnte er die Tür beobachten und einen Teil der Theke einsehen.

Er wollte Ann Kathrin Klaasen unbedingt für seine SOKO Maurer gewinnen. Er hoffte auf Frank Wellers Hilfe.

Huberkran ahnte, warum Weller dieses Restaurant liebte. Er hätte sich am liebsten die gesamte Speisekarte rauf und runter bestellt, von jedem Menü nur ein Häppchen für zwei Euro. Aber wie so oft im Leben musste er sich entscheiden, und obwohl die Bratwurstschnecken vom Deichlamm verführerisch aussahen, war für ihn klar, dass er Fisch essen würde. Keinen Lachs. Das fand er langweilig. Lachs gab es überall.

Aber als Frank Weller dann kam und, ohne einen Blick in die Speisekarte zu werfen, Fettuccine mit Garnelen bestellte, da schloss Huberkran sich ihm aus einem plötzlichen Impuls heraus an. Er vermutete, dass Frank dieses Gericht nicht zum ersten Mal aß, sonst wäre er nicht so klar entschlossen gewesen.

Huberkran trank ein alkoholfreies Weizenbier, Weller einen Merlot blanc de noir.

Bevor es beruflich wurde, sprachen die beiden über ihre Beziehungen. Genau wie Weller sich gedacht hatte, war Huberkran immer noch nicht geschieden, aber er litt an seiner Ehe.

»Wenn sie zur Arbeit geht, dann brezelt sie sich auf. Sie ist eine wunderschöne Frau. Du kennst sie ja. Sie rennt in so scharfen Klamotten rum, dass ich immer denke, sie sieht aus wie eine Frau auf der Suche. Also, versteh mich nicht falsch, das macht sie nicht für mich, sondern nur wenn ich nicht da bin, wenn sie allein ausgeht, sogar wenn sie in die Praxis geht, macht sie das für ihre Patienten.«

»Vielleicht macht sie es einfach für sich selbst«, orakelte Weller und kam sich blöd dabei vor, noch bevor sich Huberkran an die Stirn tippte. Er fühlte sich von Frank Weller nicht ernst genommen.

»Geht sie fremd?«, fragte Weller, um etwas wiedergutzumachen.

»Ich weiß nicht. Also, ich bin mir nicht sicher. Jedenfalls fühle ich mich einfach nicht mehr gemeint … Hast du schon mal eine männliche Sprechstundenhilfe beim Arzt gesehen?«

Weller antwortete nicht. Huberkran fuhr fort: »Siehst du. Sie hat gleich zwei.«

Weller überlegte, ob es am Ende seiner Ehe mit Renate für ihn nicht ähnlich gewesen war.

Bevor er antworten konnte, fragte Huberkran: »Liebst du deine Ann Kathrin?«

Weller nickte. »O ja.«

»Und warum bist du dann jetzt hier und nicht bei ihr? Nach allem, was ich höre, scheint sie tief in der Klemme zu stecken …«

Weller druckste herum. Am liebsten hätte er sich jetzt eine Zigarette angezündet. Er nahm stattdessen einen Schluck Wein.

»Sie ist jetzt bei ihrer Mutter. Sie will mit ihr reden … Aber ich weiß auch gar nicht, was ich machen soll. Muss ich sie bremsen und vor sich selbst beschützen, oder soll ich sie unterstützen und gemeinsam mit ihr vorwärtspreschen? Wir gehen gerade über sehr dünnes Eis. Ich habe Angst, dass wir später als Idioten dastehen werden. Immerhin ist der erste Teil ihrer Geschichte wahr.

Isolde Klocke war eine Kollegin von uns. Sie hat hier Anns Vater kennengelernt. Und dann verlieren sich ihre Wege.«

»Hat sie Mist gebaut und ist rausgeflogen?«

Frank Weller zuckte mit den Schultern. Der Duft von frischem Fenchel, Bärlauch und Garnelen war schneller an ihrem Tisch als die beiden Teller. Huberkran bereute die Wahl nicht. Er schloss die Augen und atmete erst mal nur ein.

Dann sprachen sie eine Weile nicht mehr, sondern aßen nur. Viel zu schnell drehten sie die Fettuccine auf die Gabeln.

»Ich könnte drin baden«, murmelte Weller mit vollem Mund.

Huberkran, der sich, als Niederbayer aus Passau, den es dann nach Franken verschlagen hatte, immer bemühte, in klarem Hochdeutsch grammatikalisch richtige Sätze zu sprechen, verfiel wohl in seinen Heimatdialekt, als er wie ein Esel antwortete:

»I-a.«

Weller schob den leeren Teller von sich und lehnte sich zurück. Er unterdrückte ein Rülpsen. »Warum willst du ausgerechnet sie?«, fragte er. »Warum jetzt? Es ist ein ungünstiger Zeitpunkt.«

»Ungünstiger Zeitpunkt. Du bist gut. Vielleicht wird gerade ein neues Opfer eingemauert und hofft auf unsere Hilfe. Wir haben nichts, Frank. Wir stehen mit leeren Händen da.«

»Himmel, sie ist doch keine Hellseherin! Wenn eure SOKO bisher nicht weitergekommen ist, dann …«

»Sie hat drei Serienmörder zur Strecke gebracht. Sie hat mehr Erfahrung als unsere ganze SOKO zusammen. Sie weiß, was in so einem kranken Hirn vorgeht, kann sich hineinversetzen und …«

Weller wiegelte ab. »Ja, natürlich ist sie gut, aber …«

»Machen wir uns doch nichts vor, Frank. Ich habe es mit zwei Sorten von Kollegen zu tun. Die einen haben einen Weitwinkelblick. Sie sehen das große Ganze. Und die anderen, die fokussieren und sehen immer nur winzige Einzelteile, die aber in völliger Klarheit.«

Weller gab Huberkran recht und versuchte gleichzeitig, sich selbst einzuordnen. Wie war es bei ihm? Neigte er dazu, Details zu sehen und sich darin zu verlieren, oder hatte er den Blick fürs große Ganze, verlor dabei aber wichtige Einzelheiten?

Er erschrak fast darüber, dass er sich nicht selbst einschätzen konnte. Wenn es diese zwei Sorten von Kollegen gab, und daran bestand kein Zweifel, zu welcher Sorte gehörte er dann?

»Ann Kathrin kann beides. Sie hat den Weitwinkelblick und fokussiert dann die wichtigen Details. Sie sieht Dinge, die vor uns allen liegen, die wir aber trotzdem nicht mitkriegen.«

Weller spürte einen Stich Eifersucht. Huberkran sprach von Ann Kathrin, als sei er geradezu verliebt in sie.

»Woher weißt du das alles so genau?«, fragte Weller. »Du warst doch nicht dabei. Rupert und ich haben sie begleitet.«

»Ich habe alle drei Fälle studiert. Ich habe darüber sogar einen Vortrag gehalten.«

»Weiß sie das?«

Huberkran schüttelte den Kopf und wischte sich die Lippen ab. Er genierte sich ein bisschen.

»Eine Weile habe ich Kripoleute geschult und Tatortgruppen zusammengestellt. Jetzt bin ich ins operative Geschäft zurückgeholt worden. Ich will die Besten. Machen wir uns nichts vor, Frank. Wir werden hier Kriminalgeschichte schreiben.«

»Damit wirst du Ann Kathrin nicht ködern können.«

»Ich weiß. Aber wir setzen ganz neue Methoden ein. Und das wird sie reizen. Wir arbeiten mit Spheron. Die Tatortarbeit von früher ist Schnee von gestern. All diese Akten schreiben und dieses Herumfotografieren, das wird jetzt ersetzt.«

»Wodurch?«

»Durch die neue Kamera. Sie nimmt den Tatort in 360 Grad auf. Das dauert knapp zehn Minuten, und wir haben ein exaktes, jederzeit reproduzierbares Bild. Man sieht genau, wie weit was von wo entfernt ist. In welchen Verhältnissen die Dinge sich zueinander befinden. Ich muss dann nicht mehr in einer Akte blättern und den Laborbericht suchen, sondern ich klicke die Waffe auf dem Boden an, und der genaue Laborbericht erscheint auf dem Bildschirm.«

Huberkran griff zu seiner Tasche. Er wollte den Laptop herausziehen und Weller das Ganze vorführen.

Der wehrte ab: »Es ist doch noch gar nicht sicher, ob die Gerichte das überhaupt akzeptieren.«

Huberkran bestellte sich ein neues alkoholfreies Weizenbier.

»Ich hab schon Sachen erlebt, ich kann dir sagen. Als wir zum ersten Mal damit in einen Mordprozess gingen, hat der Richter das alles abgelehnt. So ein Typ kurz vor seiner Pensionierung. Wahrscheinlich hat er zu Hause Probleme, eine DVD richtig einzulegen, und statt E-Mails schreibt der noch Briefe. Ich musste aus dem Ganzen wieder eine Akte machen, durfte fünfzig Seiten tippen und musste ihm dann mit Fotos alles vorführen, statt den Tatort auf der Leinwand einfach ins Gerichtsgebäude zu holen. Ein Albtraum, sag ich dir. Und dann geht natürlich diese Fragerei los. *Ja, wo befand sich denn die Leiche? Wo war die Tür? Das kann ich ja hier auf dem Foto so nicht sehen.*

Ich sagte: Sehr geehrter Herr Vorsitzender, wenn Sie unsere neue Methode zulassen, dann ist das alles kein Problem mehr, aber Sie wollen es ja nicht.

Trotzdem, es wird sich durchsetzen, Frank. Niedersachsen hat sechs solcher Geräte geordert. Bei euch ist noch keins angekommen, was? Ann Kathrin könnte mit mir die Grundlagenarbeit machen. Ich habe alle Tatorte des Maurers so aufgenommen. Sie kann eine Tatortbegehung machen, ohne hinzufahren, verstehst du? Ich möchte, dass sie sich das Ganze anguckt.«

Weller stellte sich vor, wie Ann Kathrin an die Sache herangehen würde. Er erschrak bei dem Gedanken, dass sie vermutlich nur schwer davon abzuhalten war, sich selbst einmauern zu lassen, um zu begreifen, was geschehen war.

»Hilfst du mir, Frank?«

»Wobei?«

»Sie zu überzeugen.«

Weller sah auf sein Weinglas.

Christa Ihben, mit neuer Frisur und der Ausstrahlung eines freundlichen Menschen, räumte die Teller ab und fragte: »Hat es Ihnen geschmeckt?«

»Geschmeckt ist gar kein Ausdruck«, antwortete Huberkran. »Haben Sie das zubereitet?«

»Nein, der Herr Funke.«

»Schade«, scherzte Huberkran, »ich wollte Ihnen gerade einen Heiratsantrag machen.«

Wer ist hier eigentlich auf der Suche, dachte Weller. Deine Frau oder du?

Er sagte das aber nicht, sondern bereitete sich innerlich auf den Abend mit Ann Kathrin vor. Er hatte das Gefühl, dass es spät werden würde. Es gab einiges zu besprechen.

Er bestellte sich eine Schokoladenmousse mit gebratener Banane an Orangenjus. Der Nachtisch stand nicht auf der Speisekarte, aber Weller hatte das Dessert einmal hier gegessen, als es ihm während der Trennung von Renate schlechtging, und Christa Ihben versprach: »Mal sehen, was sich tun lässt … Es gibt Speisen, die sind gut für die Seele.«

»Für mich dann bitte auch«, bat Huberkran.

Noch als sie klingelte, hatte Ann Kathrin Klaasen vor, ihre Mutter sofort mit den Fotos zu konfrontieren, doch jetzt wusste sie nicht mehr, ob diese Idee so gut war. Ihre Mutter kam ihr merkwürdig zerbrechlich vor, als sei sie gerade erst von einer schweren Krankheit genesen. Ihre Hand zitterte, als sie den Zuckertopf zu sich zog, und sie hatte Mühe, das Kluntjestück auf dem Löffel zu ihrer Tasse zu balancieren.

Ann Kathrins Mutter erzählte von einer Nachbarin, mit der sie Streit hatte, einem Hund, der ständig in ihren Vorgarten kackte, und von den gestiegenen Medikamentenpreisen. Sie stöhnte, dass sie immer mehr selbst zahlen müsste und es sich doch gar nicht mehr lohne, zum Arzt zu gehen. Aber ohne Rezept bekäme sie die Medikamente auch nicht.

Ann Kathrin erwischte sich bei dem Gedanken, dies alles für belanglosen Smalltalk zu halten, und wollte zum Eigentlichen übergehen, aber dann kam ihr die eigene Haltung arrogant vor. Sie beschloss, noch eine Weile mit ihrer Mutter über die Dinge zu reden, die sie eben beschäftigten. Es war eine Kopfentscheidung, aber das machte es nicht leichter für Ann Kathrin.

Die Fotos schienen in ihrer schwarzen Handtasche geradezu zu brennen. Immer wieder musste Ann Kathrin zu der Tasche hinschauen. Je mehr ihre Mutter Geschichten aus ihrer Welt erzählte, umso schwieriger fiel es Ann Kathrin, überhaupt einen Anknüpfungspunkt zu finden. Wie sollte sie beginnen?

Dann hörte sie sich selbst unvermittelt sagen: »Ich

habe ein Foto von Papa gesehen. In Venedig. Ich wusste gar nicht, dass ihr mal dort wart.«

Helga Heidrich bot ihrer Tochter ein Teilchen mit Pflaumenmus an. Bevor sie antwortete, biss sie selbst ein Stück ab und wischte sich das Pflaumenmus von der Unterlippe.

»Wir waren nie in Venedig, mein Kind. Wir wollten immer mal hin, aber ... du weißt ja, wie das ist.«

»Vielleicht war Papa mal ohne dich dort?«

»In der Stadt der Verliebten? Da kennst du deinen Vater aber schlecht. Ohne mich ist der zum Boxen gefahren oder zum Angeln, aber ganz sicher nicht nach Venedig.«

Ann Kathrin griff zu ihrer Tasche. Als sie das Bild auf den Tisch legte, schaffte sie es nicht, ihrer Mutter dabei ins Gesicht zu sehen. Sie kam sich dabei vor, als würde sie etwas Unrechtes tun, ja, als würde sie ihre Mutter schlagen.

Aber die reagierte ganz anders als erwartet. Sie lachte.

»Das ist nicht echt, Ann. Nur ein Spaß. Bestimmt haben sie sich vor einer Fototapete knipsen lassen.«

Sofort war Ann Kathrin verunsichert. Sie riss das Bild wieder an sich und sah es sich genauer an. Fehlten da die Tiefen? Konnte es sein, dass es sich um eine Fototapete handelte?

Ann Kathrins Mutter lehnte sich zurück. »Außerdem hat dein Vater nie so bunte Sachen getragen. Er wäre sich darin lächerlich vorgekommen. Wie ein eitler Geck.«

»Kennst du die Frau an seiner Seite, Mama?«

»Ja, ich meine, die habe ich mal gesehen. Ich glaube, sie heißt Klingel oder Glocke oder so ähnlich.«

»Klocke?«

»Ja. Genau. Und für so eine junge Frau hatte sie einen ziemlich alten Vornamen.«

»Isolde?«

Helga Heidrich lachte. »Ja, genau. Isolde.«

Ann Kathrin saß im großen roten Wohnsessel mit Blick auf den Tisch und aufs Fenster. Sie sah einen Ausschnitt vom ostfriesischen Himmel, der immer noch blau war.

»Sie war mit Papa nicht nur in Venedig, Mama. Sondern auch in Amsterdam und Rom.«

Diesmal brachte Helga Heidrich keine Fototapete ins Spiel. Sie sah Ann Kathrin nur entgeistert an und fragte: »Was soll das? Warum zeigst du mir diese Bilder?«

»Mama. Hatte Papa eine Geliebte?«

Die Mutter wischte sich nervös mit der Hand übers Gesicht. Ihre Mundwinkel zuckten. Merkwürdig hart stellte sie fest: »Dein Mann hat dich betrogen, Ann Kathrin. Meiner war mir treu.«

»Boah, danke, Mama. Das saß!«

Ann Kathrin stand auf. Sie war kurz davor zu gehen. So kannte sie ihre Mutter gar nicht. Sie fuhr sie an: »Warum sagst du so etwas? Willst du mich verletzen?«

Helga warf die Fotos auf den Tisch zurück. »Warum zeigst du mir dann so etwas? Dein Vater wurde erschossen, Ann Kathrin. Und ich habe ihn sehr geliebt. Ich möchte ihn in guter Erinnerung behalten. Es hat in unserer Ehe Höhen und Tiefen gegeben, wie in jeder Ehe. Aber er war ein guter Mann, und ich würde alles darum geben, wenn er jetzt noch bei mir wäre.«

»Ich auch!«, zischte Ann Kathrin und kehrte zum Tisch zurück, um die Fotos an sich zu nehmen. »Ich gehe jetzt, Mama. Heute ist irgendwie nicht der richtige Tag, um mit dir zu reden.«

»Nein. Bleib.« Helga fasste ihre Tochter an und versuchte, sie auf den Sessel zurückzuziehen. Unwillig gab Ann Kathrin nach.

»Dein Vater hat mit dieser Frau eine Weile zusammengearbeitet. Er hat den Job immer gehasst. Das war alles total geheim. Sie waren Zielfahnder oder wie das heißt. Niemand durfte es wissen. Offiziell war er dann immer zu einer Fortbildung. In Wirklichkeit haben sie irgendeinen Gauner verfolgt oder beschattet. Das Ganze war so geheim, dass er nicht einmal mir etwas davon erzählen durfte. Vielleicht hat er es auch nicht getan, um mich nicht zu beunruhigen. Kann sein, dass sie in Amsterdam und Rom und meinetwegen auch in Venedig waren. Das würde mich allerdings wundern, denn davon hätte er mir doch bestimmt etwas erzählt. Außerdem glaube ich kaum, dass sie sich dabei haben fotografieren lassen. Also, ich verstehe nicht, was diese Fotos sollen.«

Ann Kathrin wurde heiß und kalt, während ihr Mund austrocknete. Sie hatte lange nicht mehr so heftige körperliche Reaktionen gespürt, während ihr jemand etwas erzählte. Am liebsten wäre sie aufgesprungen und in ihren Verhörgang verfallen – drei Schritte, eine Kehrtwendung, drei Schritte, eine Kehrtwendung. Das gab ihr immer Sicherheit. Allerdings brachte sie jetzt nicht die Kraft dazu auf.

Sie wollte sich jetzt am liebsten bei ihrer Mutter entschuldigen, falls sie sie verletzt hatte. Aber sie war immer noch unglaublich empört. Warum hatten weder Vater noch Mutter ihr je davon erzählt?

»Das ist kein Job gewesen für deinen Vater. Er wollte so schnell wie möglich aus dieser Sache wieder aussteigen. Das ist etwas für Junggesellen, die was von der Welt sehen wollen und sich die Hörner abstoßen müssen. Aber nein, sie wollten ja unbedingt Karl-Heinz dafür haben.«

Ann Kathrin hörte ihrer Mutter nicht mehr zu. Sie stellte sich vor, Ubbo Heide damit zu konfrontieren.

»Zielfahnder.« Sie sprach das Wort leise aus, als müsse sie sich vergewissern, dass sie nicht die Sprache verloren hatte.

»Weißt du, hinter wem sie her waren, Mama, oder worum es ging?«

Helga schüttelte den Kopf. »Wir haben damals viel Krach miteinander gehabt. Du warst schon aus dem Haus. Ich war allein. Er ständig unterwegs. Es war nicht die beste Zeit unserer Ehe. Er hat mir kaum noch etwas erzählt. Manchmal habe ich ihn zwei Wochen lang gar nicht gesehen.«

»Aber Mama, das wusste ich nicht.«

»Kind, du hattest dein eigenes Leben. Du warst verliebt in Hero. Du wolltest nicht länger Polizistin sein, sondern vielleicht eine Therapieausbildung machen und dann mit ihm gemeinsam eine Praxis gründen. Hätten wir euch mit unseren Sorgen belästigen sollen …«

Wenig später saß Ann Kathrin in ihrem froschgrünen Twingo. Sie ließ den Motor an, aber sie konnte nicht losfahren. Sie zitterte, und Tränen liefen ihr über die Wangen.

Sie schloss die Augen und atmete tief durch. Sie sah ihren Vater in einem Nebelmeer von hinten. Er ging aufs Meer zu. Sie konnte nur seine Schultern und seinen Kopf erkennen, den Rest schluckte der Nebel.

Sie riss die Augen wieder auf, und es war ein herrlicher Sommerabend. Aber sobald sie die Augen zumachte, kamen die Phantasiebilder wieder.

Ann Kathrin fuhr nach Hause. Weller wartete bereits auf sie. Er hatte hinten die Tür zur Terrasse geöffnet und zwei Fenster. Als Ann Kathrin nun vorne durch die Haustür kam, entstand Durchzug, und die Terrassentür knallte zu.

Weller sah ihr an, wie fertig sie war. Er schlug ihr vor, sie solle sich auf der Terrasse in den Strandkorb setzen.

Sie ging zum Kühlschrank, nahm ein eisgekühltes Glas aus dem Gefrierfach, aber die Doornkaatflasche war leer. Weller bot ihr stattdessen einen Noorder Wacholdergeist aus dem Kontor an. Ann Kathrin nahm ihn und beschloss, umzusteigen. Im Grunde hatte sie Doornkaat nie wirklich gemocht, sondern immer nur aus Sentimentalität getrunken. Ihr Vater hatte immer eine Flasche Doornkaat im Eisfach liegen und daneben ein gefrorenes Glas. So hatte sie ihn schon als Kind erlebt, wenn er den Frust des Tages wegspülte.

Sie trank den Noorder im Stehen. Dabei zog sie ihre Schuhe aus, indem sie mit der Fußspitze jeweils die Hacke festhielt. Sie ließ die Schuhe vor dem Kühlschrank liegen und ging barfuß zur Terrasse.

Sie warf die leere Doornkaatflasche zum Altglas. Dann machte sie es sich im Strandkorb bequem.

Der Himmel war immer noch blau. Eine weiße Wolke zog von Westen nach Osten, aber die ersten Sterne wurden schon sichtbar. Sie liebte dieses Licht in Ostfriesland zwischen Tag und Nacht.

Weller brachte ihr eine Decke, obwohl sie keine brauchte. Dann zog er sich einen Stuhl heran, nahm ungefragt ihren linken Fuß und cremte ihn ein, bevor er begann, ihn mit leichtem Daumendruck auf die Sohle zu massieren. Sie ließ ihn gewähren und schloss die Augen.

Diesmal verschwand ihr Vater vollständig im Nebel.

»Was weiß ich eigentlich über meinen Vater?«, fragte sie mehr sich selbst, als dass sie es zu Weller sagte.

Trotzdem antwortete er: »Na ja, du hast doch immer ein prima Verhältnis zu ihm gehabt. Was ich von mir und meinem Vater nun überhaupt nicht sagen kann. Deiner hat dich nicht geknechtet und versucht, dich kleinzuhalten, sondern …«

»Ich weiß. Ich weiß. Aber ich habe gerade eben von meiner Mutter erfahren, dass er in den letzten Jahren als Zielfahnder gearbeitet hat. Davon hatte ich keine Ahnung.«

»Ann, das spielt doch jetzt alles keine Rolle mehr. Er ist bei einem Banküberfall in Gelsenkirchen erschossen worden. Es gibt Fotos. Filmaufnahmen. Er hat sich gegen eine Geisel auswechseln lassen und dann …«

Ann Kathrin entzog ihm ihren Fuß, sprang auf und zog Weller mit sich ins Haus. Er wusste, wo sie mit ihm hin wollte. In das ehemalige Arbeitszimmer ihres Exmannes. Er trottete bereitwillig hinter ihr her. Inzwischen war aus dem Raum eine Art Museum für ihren Vater geworden, den Weller manchmal ironisch »den Tempel« nannte. Jede Sekunde des Überfalls war dort aufgelistet. Wer wo stand. Wer was gesagt hatte. Jeder Funkbericht und Kopien aller Akten.

Ann Kathrin konnte nicht damit leben, dass der Mörder ihres Vaters frei herumlief. Sie hatte seitdem jeden vergleichbaren Banküberfall in ganz Europa analysiert.

Dies hier war ihr viel wichtiger als die Serientäter. Sie galt als die Fachfrau für Serienkiller, aber in Wirklichkeit war sie nur hinter einem her: dem Mörder ihres Vaters. Und sie wusste mehr über Banküberfälle als irgendjemand auf der Welt. Das war Weller völlig klar.

Auf der Holztreppe stolperte sie und wäre fast hingefallen. Im Zimmer heftete sie die Fotos von ihrem Vater und Isolde Klocke an die Wand, zu den Bildern vom Überfall.

»Warum«, fragte sie Weller, und ihre Augen wurden zu schmalen Schlitzen, »warum weiß ich alles, alles, alles über meinen Vater und diesen Scheiß-Banküberfall, aber nicht, dass er mit dieser Frau als Zielfahnder gearbeitet hat, und auch nicht, hinter wem er her war?«

Weller versuchte, sie zu beruhigen: »Ann, lass die Toten ruhen. Das Ganze legt sich wie ein dunkler Schatten über unser Leben. Ich krieg ja kaum noch Luft hier. Dein toter Vater wird übermächtig. Lass uns versuchen, unser Leben zu leben. Mit deinem Sohn, mit meinen Kindern.«

»Danke, dass du mich jetzt an Eike erinnerst! Willst du mir ein schlechtes Gewissen machen?«

»Geh doch nicht gleich hoch, Ann. Es gibt ein Hier und Jetzt. Huberkran will dich unbedingt in die SOKO holen. Sie schätzen dich. Du bist sehr hoch angesehen. Sie brauchen dich und deinen Sachverstand. Wahrscheinlich würden sie mich auch noch übernehmen, Hauptsache, sie kriegen dich.«

»Wieso wollt ihr mich alle von diesem Fall wegbringen?«

»Kriegst du jetzt Paranoia? Glaubst du auch schon, dass ich mit drin hänge? Denkst du, dass wir alle ein riesiges Komplott geschmiedet haben, nur damit der Mörder deines Vaters nicht gefunden wird?«

»Lass mich jetzt besser allein, Frank. Bitte lass mich allein.«

»Wie viele Tage deines Lebens hast du schon in diesem Raum verbracht? Meinst du nicht, es reicht?«

»Bitte lass mich allein, Frank«, wiederholte sie.

»Willst du nicht wenigstens mal mit Huberkran reden? Er ist ein netter Kerl. Ihr werdet euch bestimmt verstehen. Er …«

Sie sah aus, als könne sie jeden Moment auf ihn losgehen. Er beschloss, sie doch besser alleine zu lassen.

Er ging rückwärts zur Tür.

Die Dienststelle hatte Huberkran im Hotel Köhlers Forsthaus am Stadtrand von Aurich untergebracht. Aber obwohl es ihm dort gefiel, war er auf eigene Kosten nach Norddeich gezogen. Er wollte näher ans Meer. Er wohnte im Regina Maris, frühstückte aber im Utkiek. Er wollte jetzt nicht den Deich vor der Nase haben, sondern weit hinausschauen aufs Meer.

Er fragte sich, ob Menschen, die hier aufgewachsen waren, den Wechsel von Ebbe und Flut spürten oder ob sie, genau wie er, einen Tidekalender brauchten, um zu wissen, wann das Meer zu sehen war und wann nicht.

Er hatte Glück. Die Wellen schlugen an den Strand. Ein paar Kitesurfer kämpften bereits mit ihren Schirmen. Er sah drei jungen Männern zu, die auf Surfbrettern und an Fallschirmen mit einer irren Geschwindigkeit übers Wasser jagten und mit ihren Sprüngen ein paar Gymnasiastinnen aus Schwaben begeisterten.

Huberkran aß Rühreier mit Krabben auf Schwarzbrot. Er wusste genau, was er zu tun hatte. Er würde Ann Kathrin Klaasen ein Angebot machen. Er würde ihr geben, was sie wollte, und sie damit für seine Tatortgruppe gewinnen.

Weller hatte ihn gestern Nacht noch darüber informiert, dass Ann Kathrin sich für die Zeit interessierte, die ihr Vater als Zielfahnder verbracht hatte. Schon vor dem Frühstück hatte Huberkran mit dem Handy ein paar Fäden gezogen. Er ging davon aus, dass die Kollegen jetzt so weit waren. Informell ging alles viel schneller. Man kannte sich von Lehrgängen, einige seiner Schüler saßen inzwischen in entscheidenden Positionen. Er glaubte, das Ganze würde für ihn ein Kinderspiel werden. Es konnte doch nicht so schwer sein, an die Akten heranzukommen!

Das alles war erst fünfzehn Jahre her. Damals war die Umstellung auf Computer noch nicht überall erfolgt. In den meisten Dienststellen tippte man die Berichte noch auf elektrischen Schreibmaschinen. Zwei DIN-A4-Blätter mit einem schwarzen Kohlepapier dazwischen.

Die Akten von damals waren nie übertragen worden. Sie lagerten in verstaubten Ordnern auf Dachböden, in Kellern. Auf abgeschlossene Fälle würde der Zugriff schwieriger werden, die wurden bei der Staatsanwaltschaft oder beim Landeskriminalamt eingelagert. Aber die offenen Fälle schimmelten in den jeweiligen Dienststellen vor sich hin.

Eine Psychologin, die inzwischen in der Personalabteilung arbeitete, hatte ihre Diplomarbeit über die Erfahrungen mit Zielfahndern geschrieben. Sie verglich verschiedene Gruppen miteinander. Warum die einen erfolgreich waren und die anderen nicht.

Bei manchen Kollegen gab es merkwürdige Verwilderungserscheinungen. Sie lösten sich immer mehr von ihren eigentlichen Dienststellen, wurden zu autonomen Gruppen, die nach eigenen Regeln handelten und kaum noch zu kontrollieren waren. Nur selten ließ man jemanden diesen Job länger als zwei Jahre machen, danach mussten sie in den normalen Dienst zurück oder waren auf ewig »versaut«, wie Huberkran es nannte.

Nach dem Frühstück machte Huberkran einen Spaziergang am Deich und telefonierte dabei mit Anne Will, die jedes Mal, wenn sie sich vorstellte, ihrem Namen die Worte »nicht verwandt und nicht verschwägert« hinzufügte. In Kollegenkreisen wurde sie nur *Anne Will, die Andere* genannt, von langjährigen Kollegen nur noch *Die Andere.*

Sie hatte nicht nur einen scharfen Verstand, sondern auch eine ebensolche Zunge. Huberkran erreichte sie nicht, sondern nur ihre militärisch-zackig besprochene Mailbox.

Aus dem Aktenlager hatte er bereits um kurz vor zehn Uhr die erste Rückmeldung. Entweder hatte es nie einen Zielfahnder namens Karl-Heinz Heidrich gegeben, oder er hatte keine ungelösten Fälle zurückgelassen, oder die Dinge waren falsch eingeordnet worden. Das Ganze glich einer Suche nach der berühmten Nadel im Heuhaufen.

Da waren weder Tür noch Fenster. Nur Steine.

Sie fürchtete nicht, zu verdursten oder zu verhungern. Aber die Angst zu ersticken machte sie fast wahnsinnig. Sie wusste nicht, wie lange sie schon hier drin war. Jedes Zeitgefühl war verloren gegangen.

Noch nie im Leben hatte sie solche Kopfschmerzen gehabt und so einen fürchterlichen Geschmack im Mund. Aber es gab nichts zu trinken. Keine Zahnbürste und kein Aspirin.

Sie hatte jeden Zentimeter der Wand abgetastet. An einigen Stellen war der Mörtel noch feucht. Sie konnte die Arme ausstrecken und erreichte mit den Fingerspitzen jeweils die andere Wand. Dreißig oder vierzig Zentimeter über ihrem Kopf befand sich die Decke. Obwohl sie nicht das kleinste Loch fand, musste von irgendwoher eine Luftzufuhr kommen. Hatte er absichtlich eine kleine Spalte im Mauerwerk freigelassen, damit sie so lange wie möglich überlebte? Wollte er ihr Leiden verlängern, oder war es Zufall?

Sie hatte aufgehört zu toben und zu schreien. Sie saß zusammengekauert in einer Ecke und atmete so wenig wie möglich.

Man wird mich finden, dachte sie. Irgendjemand wird mich vermissen. Oder dieses kranke Arschloch geht der Polizei ins Netz.

Es ist erst vorbei, wenn es vorbei ist. Solange ich noch Luft bekomme und Leben in mir ist, habe ich eine Chance.

Als Ann Kathrin Klaasen den Todestag von Isolde Klocke erfuhr, wusste sie, dass sie nach Spiekeroog musste. Einen Tag, nachdem ihr Vater in Gelsenkirchen erschossen worden war, war seine Geliebte vor Spiekeroog ertrunken. Die beiden Todesfälle lagen so nah beieinander, dass sich für Ann Kathrin ein Zusammenhang aufdrängte.

Ohne sich mit Weller abzusprechen, fuhr sie nach Neuharlingersiel und bekam noch einen Platz auf der MS Spiekeroog III. Sie trank an Bord einen Kaffee, der ihr nicht schmeckte, aber die Hände wärmte. Sie fror, obwohl die Sonne bereits vom wolkenlosen Himmel herunterknallte und die Touristen an Deck lockte.

Ann Kathrin konnte die Überfahrt nicht genießen. Das Gekreische der Kinder aus dem Ruhrgebiet: »Kumma, Mamma, Seehunde! Richtige, echte, die bewegen sich!« nervte sie. Sie reagierte unwirsch, als sie in der Enge an Bord angestoßen wurde. Sie wollte nicht so sein. Sie sah sich als netten, kinderlieben Menschen. Aber im Moment wäre ihr der Blanke Hans lieber gewesen als ein sonniger Ferientag.

Zwei Frauen aus Essen unterhielten sich. Sie hatten bereits im letzten Jahr eine Thalassotherapie auf Spiekeroog genossen und waren überzeugt davon, das Jahr überhaupt nur deshalb so gut überstanden zu haben.

Die eine behauptete, später im Herbst und im Winter anders als sonst keine einzige Infektionskrankheit bekommen zu haben, nicht mal eine Erkältung. Das läge nur an der Meerwasserbehandlung, der Meeresluft, der Sonne, den Algen, dem Schlick. Sie hörte gar nicht auf, davon zu schwärmen.

Die andere zeigte ihre Hände vor und reckte den Kopf hoch. Die große Schuppenflechte am Hals sei zu kleinen, inselförmigen Flecken geschrumpft, und die Durchblutungsstörungen in den Fingern hätten sich auch gebessert. Sie brauche diesen Urlaub einfach.

Die Freundlichere von den beiden, mit den kurzgeschnittenen Haaren, sprach Ann Kathrin an, ob sie auch schon mal eine Thalassotherapie gemacht hätte.

Ann Kathrin sagte grimmig: »Nein«, und ärgerte sich darüber, dass sie so unfreundlich war. Sie halten mich bestimmt für eine hochnäsige, blöde Ziege, dachte sie.

Aber die Touristin aus Essen wertete Ann Kathrins miesepetrige Art auf ihre Weise und begann jetzt zu erklären, was eine Thalassotherapie ist.

»Ich glaube, das ist griechisch oder lateinisch oder so und heißt eigentlich nur Meer. Also, man nimmt nur ganz natürliche Sachen, wissen Sie, kein chemisches Zeug oder so. Alles, was eben aus dem Meer kommt, und das ist toll für die Haut. Meer haben die hier ja genug, hahaha.«

Ann Kathrin bemühte sich zu lächeln. Im Grunde waren das sympathische, nette Frauen, sagte sie sich. Aber sie wollte sich jetzt nicht unterhalten. Sie hatte ein klares Ziel, und darauf steuerte sie zu.

»Wie lange bleiben Sie denn auf der Insel? Also, ich finde, die Entspannung fängt ja erst nach einer Woche richtig an. Am Anfang dreht man ja noch am Rad wie ein Hamster im Käfig.«

»Genau«, gab ihre Freundin ihr recht.

Ich kann schlecht antworten, dass ich den Mörder meines Vaters suche und unterwegs bin, um den letzten Tagen seiner Geliebten nachzuspüren, die hier ertrunken ist, dachte sich Ann Kathrin. Also sagte sie: »Ich mache nur einen Tagesausflug.«

»Kennen Sie die Insel denn?«

Noch bevor Ann Kathrin antworten konnte, holte die mit den Durchblutungsstörungen in den Fingern zu einer großen Geste aus. »Also für mich persönlich ist Spiekeroog ja die schönste von allen ostfriesischen Inseln, denn Spiekeroog ist so grün. Ganz anders als Juist. Auf Spiekeroog gibt's richtige Wälder, da kann man endlos wandern. Erlen, Kiefern, Eichen, Birken. Mein Mann hat da sogar schon Pilze gesammelt. Steinpilze und … Also, wenn Sie mich fragen, ich mag ja keine Pilze. Wenn ich am Meer bin, dann esse ich ja Fisch, etwas anderes brauche ich ja gar nicht.«

Ann Kathrin stöhnte. Sie bemühte sich um eine freundliche Stimme. »Sie müssen mir die Insel nicht erklären. Ich wohne hier.«

»Sie sind Ostfriesin? Dat hört man aber gar nicht.«

Und schon war Ann Kathrin mitten in einem Gespräch, das sie nicht wollte.

»Ich wurde in Gelsenkirchen geboren.«

»Gelsenkirchen? Is ja 'n Ding! Wir sind aus Essen, ich aus Kupferdreh und meine Freundin aus Kray. Mein Mann ist aus Gelsenkirchen-Ückendorf. Ich heiße übrigens Petra Muus und meine Freundin Katja Kaczmarek.«

Ann Kathrins Handy klingelte. Sie schob sich an den beiden Frauen vorbei und suchte eine ruhige Ecke zum Telefonieren, aber die gab es jetzt an Bord der MS Spiekeroog III nicht.

Sie wurde von einer unbekannten Nummer angerufen und meldete sich vorsichtshalber nur mit: »Ja, bitte?«

Huberkran legte sofort los: »Hier Huberkran. Ich habe die Telefonnummer von Frank. Ich musste ihn lange bearbeiten, bis er sie rausrückte …«

Ann Kathrin ließ ihn erst gar nicht weitersprechen. »Ich habe mich gegen Ihre SOKO entschieden, und das wissen Sie. Bitte lassen Sie mich in Ruhe.«

»Ich weiß, mit wem Ihr Vater als Zielfahnder zusammengearbeitet hat.«

Huberkran sprach nicht weiter.

Ann Kathrin hielt sich mit einer Hand an der Reling fest. Mit der anderen presste sie das Handy fester gegen ihr Ohr, sodass ein paar Tasten berührt wurden und Wählgeräusche machten. Das Gespräch wurde aber nicht unterbrochen.

»Was wissen Sie?«

Ann Kathrin spürte ein Schwindelgefühl. Sie hatte nicht einmal gefrühstückt, und der Kaffee war ihr auf den Magen geschlagen. Sie schwankte zwischen dem Wunsch, das Handy in die Nordsee zu werfen und mit den beiden Frauen aus Essen eine Thalassotherapie auf Spiekeroog zu machen, und der Entscheidung, Huberkran zu treffen.

»Die Akten sind verschwunden. Ja, Sie haben richtig gehört. Verschwunden. Unauffindbar versunken im Aktensumpf der Behörde. Aber es gibt jemanden, der uns weiterhelfen kann.«

Ann Kathrin registrierte genau, dass er »uns« sagte.

»Anne Will hat eine Arbeit über effiziente Zielfahndung veröffentlicht. Sie hat sowohl Ihren Vater interviewt als auch seinen Bullenführer.«

Ann Kathrin schüttelte sich. Sie sah die grüne Insel vor sich. Ein Motorboot mit Anglern steuerte auf die MS Spiekeroog III zu. Die Angler winkten fröhlich, und an Bord der MS Spiekeroog III kreischte eine junge Frau: »Michael, ich liebe dich!«

»Was, ich verstehe nicht!«, brüllte der zurück, weil er es so gerne noch einmal hören wollte, und seine Freundin schrie erneut: »Ich liiiebe dich!«

Er machte Gesten, als hätte er immer noch nicht verstanden. Da rief die Frau aus Essen-Kupferdreh: »Sie liebt dich, du Glückspilz!«

Ein Oberamtmann aus Bottrop lachte: »Hat der gar nicht verdient!«, und sein neunzehnjähriger Sohn feixte: »Lass ihn laufen, der säuft! Andere Mütter haben auch schöne Jungens!«

Ann Kathrin hielt sich ein Ohr zu und sagte sachlich: »Ich weiß, mit wem er zusammengearbeitet hat. Mit Isolde Klocke. Aber sie war bestimmt nicht seine Bullenführerin, wie Sie das so nett ausdrücken.«

»Nein, das war Wilhelm Beukelzoon, genannt The Brain. Geboren 1950. Zunächst Berufssoldat. Fallschirmspringer. Erster Kriminalhauptkommissar beim Bundeskriminalamt, mit wechselnden Aufgaben im Bereich Terrorismus und Organisierte Kriminalität betraut. Für kurze

Zeit freigestelltes Personalratsmitglied. Sachgebietsleiter in der Bekämpfung des Menschenhandels.«

»Wann kann ich Sie treffen?«

»Jederzeit. Ich komme, wohin immer Sie wollen.«

Plötzlich waren zwei Dutzend kreischende Möwen da, weil Kinder Popcorn in die Luft warfen.

Ann Kathrin fühlte sich klein, unverstanden und als Versagerin. Es erschien ihr unglaublich bis absurd, dass jemand sie so sehr wollte. Sie weigerte sich, ihre eigene Bedeutung anzuerkennen. Sie konnte einfach nicht so wichtig sein. Hatte Huberkran sonst nichts zu tun? Gleich regte sich in ihr wieder der Verdacht, er wolle sie auch nur von den weiteren Recherchen abhalten.

»Ich bin auf der Fähre nach Spiekeroog. Hier ist Isolde Klocke ertrunken.«

»Ich dachte mir, dass Sie dort keinen Urlaub machen. Ich kann in zwei Stunden da sein.«

Sie musste grinsen. Diese Franken, dachte sie, mit Ebbe und Flut haben die nichts zu tun. Woher sollte er wissen, dass Spiekeroog als einzige ostfriesische Insel keinen Flugplatz besaß?

Immer mehr Möwen verfolgten die Fähre, und Väter verfütterten ihren Proviant.

»Eine Fähre ist keine U-Bahn«, sagte sie.

Ihr Satz schien ihn zu amüsieren. Sie bildete sich ein, sein überhebliches Grinsen energetisch durchs Handy wahrzunehmen.

»Ich rufe Sie an, sobald ich auf der Insel bin.«

Bevor er das Gespräch beenden konnte, fragte sie rasch: »Kann ich die Arbeit von Anne Will lesen?«

Sie ärgerte sich über ihre viel zu hastige Frage. Jetzt wusste er, dass er sie an der Angel hatte.

Sie floh unter Deck, weil die Möwen ein fröhliches Zielscheißen auf die sie fütternden Touristen veranstalteten. Der Kapitän forderte die Passagiere auf, das Füttern der Möwen sofort zu unterlassen.

»Die Interviews sind anonymisiert, alles nur zur wissenschaftlichen Auswertung, aber ich kann sie Ihnen mailen … Die Arbeit liegt natürlich gedruckt vor …«

»Am liebsten würde ich mit Anne Will selbst reden.«

»Auch das lässt sich arrangieren.«

»Warum tun Sie das alles?«

Er gab sich jovial. »Ich will Sie für mein Team gewinnen.«

Er hat tatsächlich »mein Team« gesagt, dachte Ann Kathrin. Er tut, als sei er der Big Boss. Fühlt er sich so? Ist er ein Spinner und sitzt in einer narzisstischen Falle? Will er sein aufgeblähtes Selbstbewusstsein noch überhöhen, indem er eine aus seiner Sicht berühmte Kommissarin hinzuholt?

Um nichts Falsches oder Verletzendes zu sagen, beendete sie das Gespräch.

Spiekeroog roch anders als alle anderen Inseln. Ann Kathrin bildete sich ein, man könne sie auf einer beliebigen ostfriesischen Insel absetzen, und sie würde nachts mit verbundenen Augen die Insel am Geruch erkennen. Das Hochseeklima von Borkum war sowieso unverwechselbar, und auf Spiekeroog konnte sie die Luft schmecken, ja kauen.

Nein, es war nicht einfach das Meer. Die Nordsee roch auf Juist und Norderney genauso. Vielleicht gab es hier eine Pflanze oder eine Baumart, die sonst nirgendwo existierte. Sie wusste es nicht.

Aber jetzt, als die lange Karawane der Besucher von der Fähre ins Innere der Insel zog, blieb sie ruhig, mit geschlossenen Augen, stehen. Das Gesicht der Sonne zugewandt, atmete sie nur.

Sie hatte das von ihrem Vater gelernt: Innehalten, einen

Ort erspüren und erschnuppern. Bereit sein, etwas in sich aufzunehmen, nannte er das.

Als sie noch in Gelsenkirchen wohnten, hatte er aus dem Urlaub keine Andenken mitgenommen wie andere Menschen, sondern Gläser voller Luft. Es war ein Spiel, es hatte ihr Spaß gemacht. Sie sammelten das Jahr über leere Marmeladengläser, spülten sie sorgfältig mit klarem Wasser aus und nahmen dann aus dem Urlaub Luft mit nach Hause. Die beschrifteten Gläser hatten sie manchmal gemeinsam geöffnet, abends, wenn ihr Vater nach Hause kam und trotz der Erschöpfung noch etwas Schönes mit seiner Tochter machen wollte.

»Komm, wir nehmen noch eine Nase …«, sagte er dann schmunzelnd, und sie diskutierten lange, ob jetzt Festlandluft aus Norddeich bei Ebbe oder Hafenluft aus Greetsiel besser sei als eine Brise Seeseite Norderney.

Sie hatten ein Ratespiel daraus gemacht. Sie verband ihrem Vater die Augen, und er musste erriechen, woher die Luft war. Sie hatten gut dreißig verschiedene Konserven, und er lag nur einmal falsch in all den Jahren. Vielleicht schummelte er irgendwie, aber sie kriegte nie heraus, wie.

Als ihre Mutter fast ein wenig eifersüchtig einwendete, die Inselluft sei doch längst aus den Gläsern heraus, hatte ihr Vater seine Frau nur mitleidig angesehen und über so viel Phantasielosigkeit den Kopf geschüttelt.

Als Ann Kathrin Klaasen das Hotel Inselfriede im Süderloog betrat, raste ihr Herz, und ihre Handinnenflächen wurden feucht. Fast wäre sie wieder umgekehrt, um in der alten Inselkirche gegenüber zu beten. Sie fühlte sich wie in ihrer vorpubertären Zeit, als sie noch der festen Überzeugung war, mit einem guten Gebet ließen sich alle Probleme lösen.

Die Inselkirche war das älteste erhaltene Gotteshaus auf den ostfriesischen Inseln. Ann Kathrin erinnerte sich an Geschichten, die ihr Vater ihr erzählt hatte. Direkt unter dem Altar der Kirche sei bei Ausgrabungen ein Skelett gefunden worden, in dem sogar noch ein spanischer Degen steckte, woraus ihr Vater folgerte, dass ein Schiff der spanischen Armada vor Spiekeroog gekentert sei. Wahrscheinlich hätten die Spiekerooger Inselpiraten das Schiff geplündert.

Ann Kathrin hatte gar nicht genug von solchen Geschichten bekommen können. Noch heute wusste sie nicht, ob etwas Wahres dran war oder nicht.

Ein Oberstudienrat aus Bochum tänzelte vor der Rezeption herum und wollte kurz vor seiner Abreise gleich fürs nächste Jahr wieder buchen. Er bestand darauf, das gleiche Zimmer wiederzubekommen, mit Schnarcherarrangement. Seine Frau stand ein bisschen abseits. Sie sah verlegen auf ihren Samsonite-Koffer und tat, als ob ihr Mann nicht zu ihr gehören würde. Der schwor laut, nie wieder nach Mallorca zu fliegen, dort habe er drei verregnete Sommer in einem Hotel ohne Heizung verbracht.

»Schatz, mach!«, rief seine Frau jetzt. »Das interessiert die Leute nicht!« Sie schob die riesige Sonnenbrille auf der Nase höher.

Die blonde Frau hinter der Rezeption bemühte sich höflich um Ausgleich. Sie lächelte den Oberstudienrat an, aber nicht zu lasziv, und sagte schmunzelnd: »Aber die Hotels auf Mallorca haben doch bestimmt auch Heizungen.«

Als hätte er auf das Stichwort gewartet, stellte er sich bequemer hin und begann seine Mallorca-Erfahrungen vor ihr auszubreiten.

»Klar haben die Heizungen, solche Trümmer! Aber die Mallorquiner machen die nur im Winter an, nicht etwa, wenn es kalt wird.« Er deutete mit der Hand Scheibenwischer vor seinem Gesicht an. »Hier haben wir jedenfalls nicht gefroren.«

Ann Kathrin Klaasen räusperte sich, um die Sache abzukürzen. Der Bochumer Oberstudienrat sah sich kurz nach ihr um, stockte, und dann kam es Ann Kathrin vor, als würde er sie mit seinen Blicken abtasten, wobei er sich weniger für ihr Gesicht, aber umso mehr für ihre Beine und ihre Hüften interessierte.

»Schaaatz!«, rief seine Frau genervt. »Die Koffer sind schon in der Pferdekutsche!«

Er verabschiedete sich noch einmal überschwänglich, ließ zwanzig Euro »für das Personal« da und verschwand mit seiner Frau, nicht ohne sich noch einmal nach Ann Kathrin umzudrehen und ihr zuzuzwinkern.

Die Dame hinter der Rezeption lächelte milde. »Das macht die Meerluft. Sie wirkt auf manche Männer wie eine Dosis Viagra. Ach, was sag ich, nicht nur auf die Männer. Viele Paare verlieben sich hier neu. Sie glauben ja nicht, was hier los ist!«

»Doch«, sagte Ann Kathrin, »ich kann es mir denken.«

Zum ersten Mal in ihrem Leben stellte sie sich ihren Vater im Bett mit einer anderen Frau vor. Mit Isolde Klocke. Schamesröte stieg ihr ins Gesicht, und sie kam sich lächerlich dabei vor. Wieder wäre sie am liebsten weggelaufen, hinein in den Schutz der Kirche gegenüber.

»Was kann ich für Sie tun?«, fragte die Hotelangestellte. Ann Kathrin versuchte, das Namensschild an ihrer Weste zu entziffern, doch es war, als würden die Buchstaben vor ihren Augen verschwimmen.

Mir wird schwindlig, dachte Ann Kathrin. Sie versuchte, ruhig zu atmen, und versprach sich selbst, gleich nach diesem Gespräch ein Glas Wasser zu trinken und dann endlich etwas zu essen.

Ann Kathrin legte das Foto auf den Tresen.

»Ich … ich … das kommt Ihnen jetzt vielleicht komisch vor, aber für mich ist es ziemlich wichtig. Ich habe ein Foto von meinem Vater, er muss vor fünfzehn Jahren hier Urlaub gemacht haben. Also, hinten auf dem Foto steht: Hotel Inselfriede, Spiekeroog.«

»Ach, ich fürchte, da kann ich Ihnen nicht weiterhelfen. Damals war ich noch nicht hier.«

Etwas in Ann Kathrin brach zusammen. Sie spürte es wie einen Turm aus Hoffnungen und Ängsten, der einstürzte und eine entsetzliche Leere hinterließ.

Da piepste eine Stimme hinter ihr: »Aber ich!«

Die Frau sprach mit deutlich mecklenburgischer Sprachfärbung. Sie hieß Piri Bendlin und sprudelte nur so heraus. Sie war neunundachtzig aus Bad Doberan nach Spiekeroog gekommen, »praktisch pünktlich zum Weihnachtsgeschäft«. Nein, sie sei keineswegs der D-Mark hinterhergelaufen, und sie habe sich sehr wohl gefühlt in Bad Doberan.

»Warum macht man die dümmsten Dinge des Lebens?«, fragte sie und gab sich gleich selbst die Antwort: »Natürlich der Liebe wegen. Er hat mich längst verlassen, aber die Liebe zu Spiekeroog ist geblieben!«

Sie hatte lebhafte braune Augen, und ihre widerspenstigen Haare hatten ihr den Spitznamen »Pumuckl« eingebracht.

Ann Kathrin zog sich mit Piri Bendlin ins Café Teetied zurück. Ann Kathrin bestellte sich ein großes Frühstück mit frischgepresstem Orangensaft und Spiegeleiern, aber statt Ostfriesentee nahm sie ein Kännchen Kaffee.

Piri Bendlin hatte angeblich keinen Hunger und war mit einer Cola Zero zufrieden. Aber dann, als das Essen auf dem Tisch stand, rührte Ann Kathrin fast nichts an, während Piri Bendlin immer wieder zugriff und sich dabei von Zeit zu Zeit vergewisserte: »Sie haben doch nichts dagegen, Frau Klaasen, oder?«

Piri Bendlin konnte sich sehr gut an Isolde Klocke und Ludwig Stein erinnern. »Die beiden hatten ein großes Zimmer, hintenraus zum Deich. Sie waren sehr angenehm. Er war ein ganz feiner Mann, zum Verlieben, sag ich Ihnen. Ich glaube, er handelte mit Gemälden oder Antiquitäten, jedenfalls hatte er eine ganze Kollektion wertvoller Uhren bei sich. Rolex, Breitling, IWC – ich hab ja täglich die Zimmer aufgeräumt, und da lagen die Sachen immer ganz offen herum. Man sieht als Zimmermädchen ja viel, und man ist es gewöhnt, diskret zu sein. Einmal habe ich eine goldene Kreditkarte von ihm gefunden. Sie war unter den Schrank gerutscht, wenn ich mich recht entsinne. Eine goldene Diners-Club-Karte, das war damals hip. Ich habe sie ihm wiedergegeben, und er hat sich sehr großzügig gezeigt. Ich habe von ihm das höchste Trinkgeld meines Lebens bekommen.«

»Wie viel war das denn?«, fragte Ann Kathrin.

»Fünfzig Mark. Das war damals unglaublich viel Geld.«

Piri Bendlin zupfte mit ihren Fingern ein Rosinenbrötchen auseinander und stopfte sich die Flocken davon in den Mund. Dabei kaute sie nur auf der rechten Seite, aber sie schien nichts hinunterzuschlucken, so dass ihr Gesicht unförmig und rechts pausbackig wurde.

»Schön, dass Sie sich so gut erinnern. Was Sie sagen, hilft mir wirklich weiter. Haben die beiden mal Besuch bekommen oder hier andere Leute getroffen?«

»Das weiß ich nicht. Aber ich kann mich an den schrecklichen Streit zwischen ihnen erinnern. Danach ist er abgereist, und sie blieb alleine zurück. Ein weinendes Häufchen Elend. Sie wollte das Zimmer gar nicht verlassen, weil sie so schrecklich verheult aussah. Ich habe ihr das Abendessen auf dem Zimmer serviert, aber später habe ich es fast unberührt wieder abgeräumt. Übrigens, Sie essen ja auch nichts.«

Fast zeitgleich mit Piri Bendlins Aussage kam Ann Kathrins Magenknurren. Beide Frauen lachten. Das Gespräch, das gerade noch steinschwer auf Ann Kathrin lastete, wurde ein bisschen leichter.

Ann Kathrin nahm sogar einen Schluck Kaffee. Inzwischen war er kalt geworden. Sie rollte eine Scheibe Salami und eine Scheibe Gouda zusammen und biss hinein.

»Oh, habe ich Ihnen die Brötchen weggegessen? Wir können gerne noch einen neuen Brotkorb bestellen. Ich zahle das auch für Sie.«

»Nein, wenn überhaupt, dann bin ich Ihnen etwas schuldig«, sagte Ann Kathrin und zerteilte das Spiegelei mit ihrer Gabel.

»Wie ging es weiter?«

»Na ja, am nächsten Tag ist sie dann ertrunken. Also, hier glauben natürlich alle, dass es Selbstmord war. Ich auch. Sie ist ins Wasser gegangen, wie man so schön sagt. Aus Liebeskummer. Richtig romantisch, was? Ich war auch ein paar Mal so weit, habe aber nie den Mut dafür aufgebracht oder mich dann wieder neu verliebt. Wenn schon nicht in andere Männer, dann wenigstens in diese Insel hier. Man kann sich doch nicht umbringen, solange es so einen schönen Fleck auf der Erde gibt. Kennen Sie die Insel? Sind Sie schon richtig herumgekommen? Ich kann Ihnen ein paar schöne Ecken zeigen, da …«

Ann Kathrin winkte ab. »Danke, danke.«

Jetzt, da sie die ersten Bissen heruntergeschluckt hatte, begann sie mit Heißhunger zu essen.

»Was war das für ein Tag, als sie ertrank? Wo wurde ihre Leiche angeschwemmt?«

Piri Bendlin schüttelte den Kopf und kratzte sich die Kopfhaut. Ihre Haare waren gar nicht so widerborstig, wie sie aussahen, sondern das Ganze war kunstvoll mit viel Haargel zu so einem abstehenden Büschel geformt worden. Ganze Teile pappten wie ein Brett zusammen. Wenn der Wind hineingriff, klapperten ihre Haare wie kleine Holzbrettchen.

»Ja, wissen Sie das denn gar nicht? Die Leiche wurde überhaupt nicht gefunden.«

Ann Kathrin spürte eine Hitzewelle auf ihrer Haut. Ihre Lippen begannen zu zittern.

Piri Bendlin sah Ann Kathrin die Frage an, obwohl sie sie im Moment gar nicht stellen konnte.

»Nein, es besteht kein Zweifel an ihrem Tod. Es war heftiger Auftrieb. Dichter Seenebel. Die Touristen unterschätzen das gern. Drei Leute sind mit Müh und Not gerettet worden. Halb erfroren und mit dem Schock ihres Lebens. Aber Isolde Klocke ist nicht zurückgekommen. Sie kann die Insel nicht verlassen haben. Die letzte Fähre war schon weg. Es war alles in ihrem Zimmer. Ich habe die Sachen schließlich zusammengepackt. Die Koffer waren noch offen. Kleidung, Geld, Papiere, es war alles da.

So haben wir auch erfahren, dass sie Isolde Klocke hieß. Sie hatte sich nämlich unter einem anderen Namen eingetragen. Wahrscheinlich, weil sie die Geliebte von Herrn Stein war und niemand das wissen sollte. Ich glaube, sie nannte sich Marie-Luise Rose oder so ähnlich. Jedenfalls ein Name, ähnlich altbacken wie Isolde Klocke.

Als sie gar nicht zurückkam, haben wir natürlich die Polizei verständigt. Es wurde noch lange nach ihr gesucht, aber irgendwann gab man dann jede Hoffnung auf.

Ich mochte sie. Sie war eine gute Frau. Herrn Stein habe ich nie wiedergesehen.«

Kein Wunder, dachte Ann Kathrin. Er wurde ja auch in Gelsenkirchen erschossen.

Ann Kathrin trank den kalten Kaffee gierig aus.

»Herr Stein war also Ihr Vater?«

»Ja«, sagte Ann Kathrin und fügte dann stockend hinzu: »Glaube ich wenigstens ...«

So wichtig dieses Gespräch auch für Ann Kathrin war, sie hielt die Anwesenheit von Piri Bendlin jetzt nicht länger aus. Sie wollte allein sein. Sie musste ans Meer. Sie brauchte die Weite, um ihre ausufernden Gedanken einzudeichen.

Was habe ich getan, fragte sie sich. Warum hasst er mich so sehr, dass er mich hier eingemauert hat?

Sie erinnerte sich an einen Klassenkameraden aus der Grundschule. Ein kleiner, dicker Junge mit abstehenden Ohren und großen Zahnlücken. Er war nicht dumm, aber sie hatten ihn zum Klassenidioten, zum Dorftrottel erklärt. Er wurde von allen gehänselt. Sie hatte nicht damit begonnen, aber damals mitgemacht. Wenn es einen Menschen gab, auf den das Wort »Prügelknabe« zutraf, dann auf ihn.

Sie erinnerte sich nicht einmal an seinen richtigen Namen. Alle hatten »Pikko« zu ihm gesagt. Der mit dem doofen Haarschnitt, den man getrost verspotten durfte. Dem die großen Jungs von hinten die Hose heruntergezogen. Den man zwang, all die Pausenbrote zu essen, die keiner mochte.

Pikko mit dem traurigen Blick, der vor Angst stotterte, wenn der Lehrer ihn drannahm. Der nie petzte, egal, was ihm angetan wurde.

Pikko hätte allen Grund gehabt, Amok zu laufen und seine ganze Klasse umzubringen. Aber er hatte sich nicht einmal gewehrt ...

Sie verglich vor ihrem inneren Auge das Bild von dem jämmerlichen Pikko mit dem von dem Mann, der sie eingemauert hatte. Es kam vom Alter her nicht hin. Und er sah anders aus. Selbst wenn er sich inzwischen das Gebiss von einem guten Zahnarzt hatte sanieren lassen. Man konnte heute so viel tun.

Vielleicht hatte er sich mittlerweile die abstehenden Ohren operieren lassen. Kontaktlinsen konnten die Augenfarbe verändern, Botox vielleicht gar das asymmetrische Gesicht.

Das alles war fünfundzwanzig Jahre her. Wie sollte man da einen Menschen wiedererkennen?

Sie hatte ihn angefleht, sie laufen zu lassen und immer wieder geschrien: »Warum? Warum ich?«

Er hatte zwar die Hand erhoben, sie aber nicht geschlagen.

»Denk nach«, sagte er. »Geh in dich. Denk nach.«

Nie würde sie diese Stimme vergessen.

Nein. Pikko war das nicht. Der hätte sich eher selbst die Pulsadern geöffnet, damit alle anderen mit ihren Schandtaten leben mussten, mit ihrer nicht mehr wiedergutzumachenden Schuld.

Wem habe ich sonst noch Unrecht getan, dachte sie. Verdammt, wem?

Mit ihrer zweiten großen Liebe, Sven, hatte sie damals auf ziemlich üble Weise Schluss gemacht. Sie schämte sich noch heute dafür, wenn sie darüber nachdachte. Sie war damals auf dem Trip der sexuellen Befreiung und Selbstbestimmung. Während er, der langweiligste Liebhaber, den sie in ihrem Leben gehabt hatte, sich auf ihr abmühte, hatte sie ihn gefragt: »Ist er schon drin?«

Damit war ihr Liebesspiel beendet, falls es jemals eines gewesen war, denn es hatte in ihren Augen wenig mit Spiel und wenig mit Liebe zu tun, sondern vielmehr mit einer anstrengenden Gymnastikübung.

Am Frühstückstisch in der Wohngemeinschaft, zusammen mit allen anderen, hatte sie ihm offenbart, er könne sie einfach nicht befriedigen, und eine gute Beziehung sei für sie ohne Sexualität nicht denkbar.

Sechs Monate später hatte er einen Selbstmordversuch gemacht. Sie war sich nicht sicher, ob sie etwas damit zu tun hatte. Aber sie fühlte sich schuldig bis heute. Wenn sie irgendetwas im Leben gerne rückgängig gemacht hätte, dann ein paar hässliche Szenen mit Pikko und ihrer zweiten großen Liebe.

Aber der war es ganz sicher nicht. Den hätte sie wiedererkannt.

Dann begann sie zu beten.

Ann Kathrin ließ die kleinen Häuser mit den grünweiß gestrichenen, verglasten Veranden unter den knorrigen Bäumen des alten Inseldorfes hinter sich und marschierte mit weit ausholenden Schritten durch das dicke Dünenpolster zum Sandstrand an der Seeseite. Oben auf dem Dünenkamm, wo die Sicht schon frei war aufs Meer, hielt sie inne. Sie war aufgeregt und durchgeschwitzt. Der Wind wühlte in ihren Haaren und ließ sie ihre Augen zusammenkneifen.

Beim Toilettenhäuschen sah sie das Schild:

BETRETEN DER SANDBANK VERBOTEN.
LEBENSGEFAHR! BEI AUFLAUFENDEM WASSER WIRD
DER RÜCKWEG DURCH EINEN PRIEL MIT
REISSENDER STRÖMUNG ABGESCHNITTEN!
JEDERZEIT KANN PLÖTZLICH SEENEBEL AUFTRETEN
Kurverwaltung Spiekeroog

Ann Kathrin reckte sich und hielt nach der Sandbank Ausschau. Hatte Isolde Klocke sich von diesem Schild inspirieren lassen? Und dann die günstige Gelegenheit genutzt? Lebte sie vielleicht noch? Was hatte sie mit der ganzen Sache zu tun?

Ann Kathrin erinnerte sich daran, dass ein gewisser Volker Bogdanski im Gefängnis Duisburg-Hamborn einem Mitgefangenen gegenüber behauptet haben sollte, ihr Vater sei keinesfalls ein zufälliges Opfer geworden, sondern hätte den Banküberfall damals mitgeplant und sei von seinen Kollegen ausgeknipst worden, weil sie nicht mit ihm teilen wollten oder Angst hatten, er würde sie verpfeifen. Dieser Volker Bogdanski war nach seiner Haftentlassung in Hamburg auf dem Kiez bei einem Zuhälterstreit umgebracht worden. Bisher hatte Ann Kathrin seine Aussage nicht wirklich ernst genommen, sondern als wichtigtuerisches Geschwätz eines Kriminellen abgetan, der sich vor seinen Mitinsassen interessant machen wollte.

Aber das hier sah doch sehr nach einer Flucht aus. Hatte Isolde Klocke herausbekommen, was ihr Vater vorhatte? Wollte sie mit ihm gemeinsam fliehen? Hatten sie vor, sich aus dem bürgerlichen Leben zurückzuziehen? Sollte dieser Coup ihnen einen neuen Anfang ermöglichen?

Ann Kathrin schämte sich für diese Gedanken. Sie hätte sich am liebsten dafür geohrfeigt. Brüllend wie ein ostfriesischer Ochse, der das Brandeisen spürt, rannte Ann Kathrin die Dünen hinunter zum Strand. Zuerst war der Sand staubig und locker, dann fest und hart, bevor er feucht und nachgiebig wurde. Sie rannte immer weiter aufs Meer zu und hörte nicht auf zu brüllen. Es war ihr egal, wie das aussah und wie es sich anhörte. Sollte man sie doch für eine durchgeknallte Irre halten. Es tat ihr einfach nur gut.

Sie verlor beim Laufen erst den rechten Schuh, dann den linken. Sie kümmerte sich nicht darum. Barfuß ging es sowieso besser, und die Sneakers hatte sie eigentlich schon im Laden blöd gefunden. Sie wusste selbst nicht genau, warum sie diesen Mist trug. Vielleicht, um ihren Sohn damit zu beeindrucken, aber den hatte sie seit dem Kauf noch gar nicht gesehen.

Plötzlich ging es bergab. Sie watete durch eine kniehohe Wasserlache, in der kleine Fischschwärme auseinanderzuckten, als ihr Schatten auf sie fiel. Endlich hatte sie auch die letzten Badegäste hinter sich gelassen. Nur noch schräg hinter ihr, in Richtung Wangerooge, stand ein einsamer Brandungsangler und hoffte auf den Fisch seines Lebens. Er war seit Tagen leer ausgegangen und hatte den Spott seiner Familie ertragen. Aber heute würde sich sein Glück wenden, glaubte er, denn ganz nah bei seinem Köder hatte er eine Bewegung im Wasser gesehen. Es war etwas Großes, und es umkreiste seinen Köder. Er hoffte auf eine bratpfannengroße Scholle.

Ann Kathrin lief jetzt auf der Sandbank in Richtung Westen. Sie bildete sich ein, dort hinten Langeoog sehen zu können, aber es war nur eine Spiegelung auf dem Wasser, und was sie für ein Hotel hielt, war ein Krabbenkutter mit abgesoffenem Motor.

Weller versuchte, Ann Kathrin telefonisch zu erreichen. Er machte sich Sorgen.

Ann Kathrin sah »Frank« auf dem Display, ging aber nicht ran.

Einerseits wollte sie gern mit ihm sprechen und ihm alles erzählen, andererseits fürchtete sie seine Einwände. Sie wollte sich jetzt nicht beeinflussen lassen, sondern in sich hineinspüren und dann entscheiden, was zu tun war.

Sie ging ein paar Hundert Meter weiter. Der nasse Sand quoll zwischen ihren Zehen hervor. Sie musste sich ab und zu die Ohren zuhalten, weil der Wind so pfiff und sie befürchtete, Ohrenschmerzen zu bekommen.

Da klingelte ihr Handy erneut. Diesmal war es Ubbo Heide, und sie ging, vielleicht einfach aus alter Gewohnheit, ran. Immerhin war er ihr Chef, und sie mochte ihn. Im entscheidenden Moment hatte er ihr oft den Rücken gedeckt. Er war eine Art väterlicher Freund, manchmal zu väterlich.

Er kam gleich zur Sache: »Ich habe hier das Ergebnis der Obduktion, Ann.«

Sie war so überrascht, dass sie fast gefragt hätte: »Welche Obduktion denn?«, aber er fuhr eilig, wie jemand, der zwischen zwei Terminen steckt, fort: »Ich habe wirklich Druck gemacht, damit der Hexenspuk hier bald ein Ende hat und deine Verdächtigungsorgien aufhören …«

So einen vorwurfsvollen Ton war sie von ihm nicht gewöhnt. Seine Stimme versetzte sie innerlich in Alarmbereitschaft. Komischerweise beschleunigte sie ihren Gang, als würde es ihr im Gespräch helfen, jetzt besonders tatkräftig zu wirken.

»Die gute alte Dame ist eines ganz natürlichen Todes gestorben, Ann. Und damit ist die Geschichte ein für alle Mal erledigt.«

»Moment, Moment, Moment. Was heißt das, eines ganz natürlichen Todes?«

»Soll ich dir jetzt ernsthaft das lateinische Kauderwelsch vorlesen? Sie war krank. Sie nahm blutverdünnende Mittel sowie Metoprolol gegen ihren Bluthochdruck. Außerdem Antidepressiva und ein Schlafmittel namens Diphenhydramin. Ein ganz schöner Cocktail, ist aber bei alten Leuten nichts Ungewöhnliches. Das wurde natürlich auch alles in ihrem Blut gefunden. Wenn ich bedenke, was ich alles nehme, sollte sich die alte Dame nicht beschweren …«

»Was war die Todesursache?«, fragte Ann Kathrin und hielt sich das Handy nah vor den Mund, um gegen den pfeifenden Wind anzubrüllen.

»Der Gerichtsmediziner aus Oldenburg sagt, wahrscheinlich hat sie sich zu sehr aufgeregt. Es war ein blutiger Schlaganfall. Ein Gefäß im Gehirn ist zerrissen …«

Ann Kathrin war empört. »Oldenburg? Ich hatte doch auf einer neutralen Obduktion bestanden!«

Ubbo Heide konterte sachlich-scharf: »Die Obduktionen in Oldenburg sind neutral und wissenschaftlich korrekt. Wir haben noch nie Anlass zu Beschwerden gehabt. Reiß dich zusammen, Ann Kathrin!«

»Aber an einem Schlaganfall stirbt man doch nicht!«, warf sie protestierend ein.

»Jetzt reicht es aber wirklich. So ein Schlaganfall ist wie ein Terroranschlag auf das Versorgungszentrum einer Großstadt. Nur findet das Ganze in der Steuerzentrale des menschlichen Organismus statt, im Gehirn! Da kann es schon mal zu Herz- oder Lungenversagen kommen. Du verhältst dich absolut nicht korrekt, Ann Kathrin! Akzeptiere die Ergebnisse! Es wird Zeit, dass du deinen persönlichen Rachefeldzug für beendet erklärst und endlich wieder deine Arbeit aufnimmst. Ich kann nicht länger hinnehmen, dass du ...«

Sie holte weit aus, wie um das Handy in die Nordsee zu werfen, aber dann hielt sie im letzten Moment inne und drückte einfach den roten Knopf. Sie steckte das Handy ein und trat vor Wut nach einer angeschwemmten Wurzel. Da sie aber keine Schuhe mehr trug, tat sie sich dabei heftig weh. Sie fiel auf den Hintern und bekam einen nassen Po.

Sie hielt sich mit beiden Händen die Zehen vom rechten Fuß und jammerte laut. Es fühlte sich an, als seien mindestens zwei Zehen gebrochen. Sie ließ ihren Tränen freien Lauf. Zunächst waren es Tränen über den körperlichen Schmerz, dann, als der nachließ, immer mehr Trauer und Wut.

Er fragte sich, ob Judith Harmsen schon tot war. Er schob seine Luftmatratze zur Seite und rollte die Decke zusammen, nahm einen Schluck aus der Wasserflasche und streichelte die Wand, hinter der sie sich befand.

»Du enttäuschst mich«, flüsterte er. »Die anderen haben länger durchgehalten. Hast du denn überhaupt keine Lebensgeister? Die meisten deiner Vorgängerinnen waren um diese Zeit noch nicht mal heiser.«

Er war wütend auf sie, fühlte sich um den Erfolg seiner Ar-

beit betrogen. Er hatte das Gebäude ausgesucht, die Steine hierhergekarrt und sie eingefangen, um sie endlich von jeder Ablenkung fernzuhalten und zu sich selbst zu bringen. Und nun gab die einfach so auf …

Er schleuderte die Kelle gegen die Wand und hätte am liebsten die Mauer aufgebrochen, um sie zu rütteln und zu schütteln. Aber stattdessen brüllte er jetzt nur die Steine an: »Was ist mit dir, Judith? Weißt du, warum du dadrin bist, oder ist es dir egal? Hast du dich schon aufgegeben, oder willst du kämpfen? Wenn du mir sagst, warum du dadrin bist, lasse ich dich vielleicht raus! Vielleicht. Gib mir einen Grund. Überrasch mich.«

Da hörte er tatsächlich ihre Stimme.

»Bist du Pikko? Oder bist du Sven?«

Jetzt kannte sein Zorn keine Grenzen mehr. Dieses verfluchte Luder hatte ihn dazu gebracht, von seinen Prinzipien abzuweichen. Er hatte mit ihr geredet! Sie sollte doch in der Stille sein, ohne jede Zuwendung von außen. Einsam.

Er wollte sie bestrafen, aber er wusste nicht, wie. Was sollte er ihr noch nehmen? Sie besaß ja nichts mehr. Außer … Natürlich! Die Luft zum Atmen. Das kleine Rohr mit 1,5 Zentimeter Durchmesser versorgte sie mit Sauerstoff.

Er zog ein Papiertaschentuch heraus, schnäuzte hinein und verstopfte dann damit die Öffnung.

Ann Kathrin humpelte über die Sandbank weiter. Sie versuchte, den Schmerz zu ignorieren.

Jetzt rief Weller wieder an. Er hatte den Streit zwischen Ann Kathrin und Ubbo Heide mit angehört und machte sich Sorgen um seine Lebenspartnerin.

Ubbo Heide hatte Weller gebeten: »Pfeif sie zurück, wenn du noch Einfluss auf sie hast, bevor unsere Einheit hier in Schutt und Asche liegt.«

Diesmal nahm Ann Kathrin Wellers Anruf an.

Er hörte an ihrem Atem, dass sie in großer Aufregung war und sehr traurig.

»Was ist los mit dir, Ann? Was stimmt nicht?«

»Frank, warum bist du jetzt nicht bei mir? Ich brauche dich hier. Ich brauche Unterstützung. Ich will in den Arm genommen werden. Meinst du, ich muss nicht mal meinen Kopf an eine starke Schulter lehnen?«

So einen Satz hätte er nie von ihr erwartet. Aber er bekam gleich ein schlechtes Gewissen ihr gegenüber. Er verteidigte sich: »Ich hab dich doch nicht alleine gelassen, Ann. Du bist einfach abgehauen, nach Spiekeroog, und …«

»Frank, Isolde Klocke ist angeblich einen Tag, nachdem mein Vater erschossen wurde, vor Spiekeroog ertrunken. Ihre Leiche wurde nie gefunden, und ich …«

»Ann, komm einfach zurück, und wir besprechen es dann.«

»Ich kann jetzt nicht zurück. Ich muss hierbleiben. Ich …«

»Du musst gar nichts. Du gehörst nach Norden, in den Distelkamp, und nach Aurich in unsere Polizeiinspektion. Wir brauchen dich …«, er schluckte, »ich brauch dich hier, Ann.«

Sie schrie es heraus: »Ich weiß jetzt, mit wem mein Vater zusammengearbeitet hat! Er heißt Beukelzoon. Wilhelm Beukelzoon. Sie haben gemeinsam als Zielfahnder gearbeitet. Die Akten sind verschwunden. Vielleicht war mein Vater an diesen Typen nah dran. Er wusste, dass sie den Überfall planten, konnte ihn aber nicht verhindern, und dann …«

»Ann, das ist doch alles nur Spekulation.«

Weller hatte das Gefühl, im Gespräch keinen festen Boden unter den Füßen zu haben. Er schwamm völlig. Er brauchte eine Leuchtboje, einen Anpack. Irgendetwas, das sie aus ihren Gedankenketten herausriss. Er kam sich ein bisschen blöd dabei vor, aber er versuchte es. »Wie hieß der? Wilhelm Beukelzoon?«

»Ja. Kennst du ihn?«

»Na ja, das ist ein recht berühmter Name.«

Er hatte sofort ihre Aufmerksamkeit.

»Wie – berühmt? Wie meinst du das?«

»Vor ein paar hundert Jahren hat ein Mann namens Beukelzoon den Matjeshering erfunden. Ja, wir verdanken diesem Mann eine Menge. Man sollte ihm ein Denkmal setzen. Er kam auf die Idee, nur Heringe zu verwenden, die Ende Mai oder Anfang Juni gefangen werden, also vor der Fortpflanzungszeit, denn dann haben sie einen hohen Fettgehalt, weil Rogen und Milch noch nicht ausgebildet sind.«

Weller wusste nicht, ob er sich restlos lächerlich machte oder endlich einen Zugang zu Ann Kathrin gefunden hatte. Sie kannte seine Leidenschaft für Heringe aller Art. Das war auch alles ein Stückchen von ihm. Wenn sie ihn liebte, dann …

»Beukelzoon hat die Heringe gekehlt, also ihnen die Kiemen rausgenommen, aber die Bauchspeicheldrüse im Fisch gelassen. Mit einem Enzym, das da entsteht, und mit ein wenig Salz reifen die Fische innerhalb von ein paar Tagen zum Matjes. Die ganz frischen erkennst du an der leicht rosa gefärbten Mittelgräte. Also, ich finde sie immer am besten, wenn die jungfräulichen Fische marzipanfarbenes Fleisch haben. Die holländischen mag ich am liebsten, weil die weniger Salzgehalt haben. Das Wort Matjes kommt ja auch aus dem Niederländischen. Heißt so viel wie ›Jungfrauenhering‹, weil …«

»Frank, hör auf«, mahnte sie ihn. »Bitte hör auf. Ich kann mir das jetzt nicht anhören.«

»Ich dachte ja nur.«

»Was dachtest du nur?«

»Ich dachte, es könnte dich interessieren.«

»Ich will diesen Beukelzoon sprechen. Das interessiert mich. Aber nicht den Matjeserfinder, sondern den Zielfahnder.«

Ann Kathrin hörte den Angler nicht rufen. Sie sah auch nicht zu den Touristen, die in gut hundertfünfzig Meter Entfernung neben ihr am Sandstrand entlangliefen und wild gestikulierend schrien. »Kommen Sie zurück! Kommen Sie zurück!«

Ann Kathrin war zu sehr mit ihren eigenen Gefühlen beschäftigt und in das Gespräch vertieft. Sie sah nicht zur Insel, sondern aufs Meer hinaus. Die kleine Pfütze von kniehohem Priel, durch den sie auf die Sandbank gewatet war, war zu einem reißenden Fluss geworden. Der Wind kam vom Meer her und schluckte die warnenden Rufe der Touristen.

Doch dann wurde sie von zwei Silbermöwen angegriffen. Mit lauten »Kiu«-Schreien umflatterten sie Ann Kathrins Kopf und machten ihr mit ihrer großen Flügelspannweite Angst. Ann Kathrin duckte sich und schlug nach den Möwen.

»Ich hab kein Futter für euch, ihr blöden Viecher! Lasst mich in Ruhe!«

Aber dadurch wendete sie ihr Gesicht in Richtung Inseldorf. Sofort erkannte sie, dass sie sich in Gefahr befand.

Ein DLRG-Rettungsschwimmer forderte Ann Kathrin per Megaphon auf, Ruhe zu bewahren. Man würde ihr helfen.

Als würde der Wind der Autorität des Rettungsschwimmers gehorchen, zerrte er plötzlich nicht mehr an Ann Kathrins Kleidern. Es war still. Nicht mal die Möwen kreischten, nur die Wellen schlugen an den Strand.

»Ich schaff das schon alleine!«, rief Ann Kathrin. »Ich bin eine gute Schwimmerin!«

Es war ihr unglaublich peinlich. Gerade sie, die Hauptkommissarin, hatte sich leichtfertig in diese Situation begeben, obwohl doch überall Schilder standen.

Plötzlich war sie den Möwen dankbar und beschloss, sie in Zukunft vielleicht doch zu füttern. Heimlich, versteht sich.

Es gefiel ihm nicht, dass sein Glied dabei steif wurde. Er war nicht hier, um Lust zu empfinden. Er hörte ihr Japsen. Ihre Fingernägel kratzten an der Mauer entlang. Ihre Versuche, Luft zu bekommen, wurden immer hysterischer.

Er stellte sich vor, dass sich Menschen so anhören, die im Schützengraben liegen und denen ein Geschoss einen Lungenflügel zerfetzt hat. Angewidert sprang er auf und zog das Taschentuch aus dem Röhrchen.

Ann Kathrin Klaasen war klatschnass und wütend auf sich selbst. Das Wasser war ihr fast bis zur Brust gegangen. Sie saß jetzt oben auf den Dünen, auf einer Bank vor dem Toilettenhäuschen und zog ihre nassen Sachen aus. Sie hatte jetzt nur noch einen Slip an und ihren Sport-BH.

Sie wrang ihre Jeans aus. Petra Muus, die Touristin aus Essen-Kray, bot sich an, für Ann Kathrin ein paar Handtücher zu holen. Sie nahm das dankbar an. Petra Muus lief los.

Ann Kathrin fror nicht. Die Sonne tat gut, aber dann passierten zwei Dinge gleichzeitig. Erstens fiel ein Schatten auf sie, und zweitens näherte sich ein Hubschrauber der Insel.

Ann Kathrin glaubte, der Schatten käme von Frau Muus, die mit den Handtüchern zurück sei, doch stattdessen sah sie in das grinsende Gesicht von Heiko Käfer, dem leberkranken Rechtsanwalt.

Seit ihrem letzten Zusammentreffen hatte er gut fünf bis zehn Kilo zugelegt, und sein Lachen war noch feister geworden. Er trug ein hellblaues, offenes Hemd und einen sandfarbenen, leichten Sommeranzug. Er schob die

Daumen hinter seine Gürtelschnalle, die aus den Buchstaben »BOSS« bestand.

»Na, Frau Klaasen, schön, Sie hier zu treffen. Ich hatte Sie eigentlich vor Gericht erwartet. Mein Mandant könnte längst freigesprochen sein, wenn Sie mir die Gelegenheit gegeben hätten, Sie zu Ihren abenteuerlichen Ermittlungen zu befragen.«

Warum, dachte Ann Kathrin, treffe ich diesen Idioten ausgerechnet jetzt hier, während ich in nasser Unterwäsche vor der Toilette sitze und auf ein Handtuch warte?

»Ich habe keine Lust, mich jetzt mit Ihnen zu unterhalten, Herr Käfer. Es reicht mir schon, wenn ich Sie beruflich vor Gericht treffen muss.«

Er hatte eine thailändische Frau neben sich, zwei Köpfe kleiner als er, fünfundzwanzig Jahre jünger und mindestens fünfzig Kilo leichter. Im Gegensatz zu ihm war sie ausgesprochen schön und grazil. Sie hatte schulterlange, glatte schwarze Haare, mandelbraune Augen und trug einen hautengen Jogginganzug mit schwarzer, knielanger Hose und pinkfarbenem Top. Sie kam aber nicht vom Joggen. Sie trug Flipflops.

Aus Ann Kathrins Perspektive, sitzend von unten, sah es aus, als würde der Hubschrauber auf ihrem Kopf landen. Ann Kathrin wusste sofort, wer da drinsaß. So kam Huberkran tideunabhängig nach Spiekeroog. Wollte er ihr zeigen, dass er so wichtig war, dass er einen Hubschrauber bekam? Oder dass sie für ihn solch große Bedeutung hatte? Die Situation nötigte ihr Respekt ab.

Dann war sie da, die freundliche Helferin aus dem Ruhrgebiet. Ann Kathrin trocknete sich ab. Käfer machte nicht die geringsten Anstalten, weiterzugehen. Ihm gefiel es, Ann Kathrin zuzuschauen.

»Ja, tschüs dann«, sagte Ann Kathrin und machte mit der rechten Hand eine verscheuchende Bewegung.

Käfer rieb sich die Fettgeschwulst unter seinem rechten Auge. Die gelbliche Verfärbung im Weiß seiner Augen gab seinem Blick etwas Alienhaftes.

»Das ist ein öffentlicher Weg, Frau Klaasen«, stellte er juristisch exakt fest. »Die Gäste auf dieser schönen Insel bezahlen dafür Kurtaxe. Ich selbst habe ein Haus in den Dünen.« Er zeigte hinter sich. »Und habe genauso das Recht, diesen Weg zu betreten, wie jeder andere. Wenn Sie sich hier zur Schau stellen, haben Sie keinerlei Anspruch darauf, dass die Straße gesperrt wird. Wir befinden uns in einem Rechtsstaat.«

Petra Muus ergriff gleich Ann Kathrins Partei: »Nun halten Sie mal die Bälle flach! Es gefällt keiner Frau, wenn sie so angeglotzt wird!«

Der Asiatin an Käfers Seite war das Ganze unangenehm. Sie nahm seinen Arm und versuchte, ihn weiterzuziehen, doch er schüttelte sie unwirsch ab und warf ihr einen zornigen Blick zu. Dann sprach er mit erhobenem Zeigefinger weiter: »Wenn es Frau Klaasen unangenehm ist, sollte sie ihre Dessousshow vielleicht abbrechen und sich auf die Toiletten zurückziehen, die befinden sich nämlich direkt neben ihr. Dorthin wird ihr niemand folgen. Aber in Wirklichkeit liebt sie doch die Show, nicht wahr, und nichts wäre schlimmer für sie, als keine Beachtung zu finden.«

Der Hubschrauber landete in der Nähe des Hafens.

»Wenn alle Männer so wären«, sagte Frau Muus zu Ann Kathrin, »würde ich lesbisch!«

Heiko Käfer legte einen Arm um seine Frau und zog gemeinsam mit ihr ab. Er wusste, dass Ann Kathrin und Frau Muus hinter ihm herschauen würden. Nur um sie zu ärgern, ließ er seine Hand langsam von der Schulter seiner Frau herunterrutschen auf ihren Po.

»Die Schöne und das Biest«, lachte Petra Muus.

Ann Kathrin mochte diesen Ruhrgebietshumor. Sie spürte, dass sie selbst von dort kam.

»Meine Sachen passen Ihnen bestimmt nicht, aber ich habe Ihnen mal einen Bademantel mitgebracht. Den kann ich Ihnen gerne ausleihen … Wir wohnen im Haus Seestern. Es reicht mir, wenn Sie mir die Sachen morgen zurückbringen.«

Ann Kathrin bedankte sich. Fast hätte sie Frau Muus umarmt. Dann ging sie, ihre nasse Kleidung im Wind schwenkend, in Richtung Hafen zum Hubschrauberlandeplatz.

Es tat ihr gut, barfuß zu laufen, die Wege zwischen den Dünen waren sauber. Sie musste nicht befürchten, in Glasscherben zu treten. Man kassierte auf Spiekeroog nicht nur die Kurtaxe, man tat auch einiges dafür.

Sie versuchte, wieder mit ihm zu reden. Immerhin, das zeugte von Lebenswillen. Sie hatte sich also noch nicht aufgegeben.

Sie verriet ihm all ihre Geheimnummern und Pin-Codes, obwohl er sie nicht darum gebeten hatte.

Angeblich besaß sie noch ein Sparbuch. Es war versteckt in ihrer Wohnung in Bremen. Sie wollte ihn hinführen und ihm das Sparbuch zeigen. Es gehörte alles ihm. Er konnte alles von ihr bekommen, alles. Nur für ein bisschen Licht … Einen Schluck Wasser … Die Freiheit … Oder wenigstens eine Erklärung.

»Warum bin ich hier?«, jammerte sie. »Warum ich? Was habe ich Ihnen getan?«

Sie begann, ihn zu langweilen. Er setzte sich den Kopfhörer auf und stellte seinen MP3-Player auf volle Lautstärke. Greatful Dead.

Sie kamen alle nicht darauf, warum sie wirklich in der Dunkelheit saßen. Ihnen fielen nur ihre oberflächlichen, kleinen Sünden ein. Nicht die große, grundsätzliche, die sie bereuen sollten. Er konnte ihre Seelen nicht retten, wenn sie nicht bereuten. Es war seine Aufgabe, sie zu sich selbst zu führen.

Er hätte sie jetzt allein lassen können. Die Wand war hart und undurchdringlich. Seit in Luzern Claudia Birchler es geschafft hatte, mehrere Vierundzwanziger-Steine mit ihren Händen aus der Wand zu drücken, obwohl er einen Schnellbinder benutzt hatte, bewachte er sie vorsichtshalber, bis er sicher sein konnte, dass sein Werk vollendet war. Der Körper sollte diesen Raum nicht mehr verlassen können, nur noch ihre Seele.

Er sah auf die Uhr. Er musste los.

Huberkran amüsierte sich über Ann Kathrins Aufzug.

»Wenn nur die Hälfte der Dinge, die ich über Sie gehört habe, stimmen, Frau Klaasen, dann haben Sie versucht, in der Nordsee zu ertrinken wie Isolde Klocke, um zu spüren, wie sich das Opfer beim Verbrechen fühlt, stimmt's?«

Ihre Haare waren schon wieder trocken, und sie fühlte sich im Bademantel von Frau Muus inzwischen wohl. Sie wurde darin zu einer Touristin.

Sie musterte Huberkran. Er war ihr nicht unsympathisch.

»Zahlt Ihre Dienststelle den Hubschrauber?«, fragte sie. »Ich habe schon Probleme, ein Hotel abzusetzen, eine Taxifahrt oder …«

Sie gingen über den Deichkamm spazieren und sahen einer Kornweihe zu, die über den Deichwiesen schwebte und ein Mauseloch belauerte.

»Lassen Sie uns erst die Spielregeln festlegen«, sagte Ann Kathrin. Sie zählte es an den Fingern auf: »Erstens, Sie werden mir ein Gespräch mit Anne Will arrangieren und zweitens eins mit Wilhelm Beukelzoon. Und drittens werden Sie mir die Akten besorgen. Ich sehe mir dafür Ihre Akten an …«

Sie blickte fragend zu ihm. Er hielt die Augen geschlossen und genoss die Sonnenstrahlen auf seinem Gesicht.

Ann Kathrin fand, dass er ehrliche Gesichtszüge hatte, falls es so etwas überhaupt gab. Er sah aus wie ein sanfter, um Ausgleich bemühter Mensch. Er trug zwar einen Ehering, aber aus seinen Ohren wuchsen Haare, ebenso wie in seinen Nasenlöchern. Ann Kathrin folgerte daraus, dass er zwar verheiratet war, aber die Beziehung zumindest erkaltet war. Eine liebende Frau hätte ihren Mann sicherlich darauf aufmerksam gemacht.

An seinem Nasenflügel hatte sich ein schwarzer Mitesser versteckt. Als kleines Mädchen hatte sie ihrem Papa immer alle Mitesser ausgedrückt.

Hatte er keine Kinder? War es ihm selbst egal?

»Das mit den Akten ist mysteriös«, antwortete er. »Ich kann nicht versprechen, dass wir dort weiterkommen. Ich lasse bereits das Landesarchiv überprüfen. Manchmal werden die örtlichen Dienststellen entlastet, und ganze Jahrgänge verschwinden im Landesarchiv. Heute, mit den Computern ist das alles kein Problem mehr, aber damals … Mit der *anderen* habe ich bereits gesprochen. Am Montag können wir sie treffen. Mit Wilhelm Beukelzoon ist es ein bisschen komplizierter. Er ist mit sechzig frühzeitig pensioniert worden. Er hat seine Wohnung anonymisiert und lebt nun unter falschem Namen …«

»In welchen Film bin ich denn hier geraten?«, fragte Ann Kathrin ungläubig.

»Das ist alles ganz offiziell. Wir haben so etwas schon öfter gemacht. Er muss mit Racheakten aus dem Milieu rechnen. Wir können ihn nicht rund um die Uhr bewachen. Erstens haben wir dafür die Leute und die Mittel nicht und zweitens …«

»Ist es natürlich viel einfacher, er verschwindet von der Bildfläche. Sozusagen ein polizeiinternes Zeugenschutzprogramm.«

Er gab ihr recht. »Ja, um verdienten Kollegen einen ruhigen Lebensabend zu ermöglichen. Mein eigener Chef wurde bis zum Ende seines Lebens von einem Gangsterpärchen terrorisiert, das er seinerzeit für ein paar Jahre in den Bau gebracht hatte. Es begann mit nächtlichen Telefonanrufen, am Ende haben sie seinen Schäferhund vergiftet, und er hatte so viele Kratzer am Auto, dass ihn am Schluss die Versicherung rausschmeißen wollte. Sie haben ganze LKWs voll teurem Mist aus den Versandhäusern für ihn bestellt, auf seine Rechnung, versteht sich. Sie haben sich unter seinem Namen eine E-Mail-Adresse zugelegt und dann unflätige Drohbriefe an Schwule und Lesben verschickt.«

Ann Kathrin stöhnte. Sie hatte keine Lust, weiter zuzuhören. Aber Huberkran redete sich gerade erst so richtig in Fahrt.

»Für die überlasteten Gerichte ist das alles Kleinkram und lässt sich nur selten hundertprozentig nachweisen.«

»Haben sie ihn am Ende umgebracht?«, fragte Ann Kathrin.

»Nein, das hat der Krebs für sie erledigt. Nicht mal seine Beerdigungsfeier war ihnen heilig. Mit Bierflaschen haben sie besoffen auf dem Friedhof dabeigestanden und ihm eine gute Reise in die Hölle gewünscht. Ich glaube, da habe ich zum ersten Mal in meinem Leben etwas getan, wofür ich mich als Polizist schämen müsste, aber als Mensch fand ich es völlig in Ordnung. Ich war es sozusagen meinem alten Chef schuldig.«

Ann Kathrin wollte nicht wissen, was er getan hatte. Er wartete auf ihre Nachfrage, doch die kam nicht.

Sie bückte sich und pflückte eine Margerite. Im Inneren der Blüte krabbelte ein winziges Insekt herum, nicht größer als ein Punkt.

Für mich ist es eine Blume, die ich pflücke, für dieses Tier die Welt oder das Paradies, dachte Ann Kathrin und schämte sich fast, die Blume gepflückt zu haben.

»Wenn Beukelzoon und mein Vater so eng zusammengearbeitet haben, dann frage ich mich, warum die Wohnung meines Vaters nicht anonymisiert wurde. Warum bekam er keinen Decknamen? Warum durfte er sich in Norden mit besoffenen Kleinkriminellen herumschlagen, während sein Kumpel …«

»Ihr Vater hat seine Pensionierung leider nicht mehr erlebt, Frau Klaasen.«

Huberkran war für das Wetter ein bisschen zu warm angezogen, doch als der Wind vom Meer her auffrischte, fror er plötzlich wieder, und sein durchgeschwitztes Hemd klebte am Körper fest. Er hielt während des Spaziergangs seine Tasche mit dem Laptop unterm Arm fest umklammert.

Der Raubvogel hatte Glück. Er kam aus der Deckung und schlug die Maus mit seinen Klauen. Er nahm das angststarre Tier mit in die Lüfte. In ihrer Todesangst verlor die Maus Kot. Der ostfriesische Wind wehte ihn auf Huberkrans Jacke, der bemerkte das aber nicht.

Er sagte: »Wir arbeiten mit Spheron. Ich habe sämtliche Tatorte in 360-Grad-Aufnahmen. Wir können uns ein ruhiges Plätzchen suchen und alles anschauen. Ich habe alles dabei. Man sagt, niemand holt so viel aus einem Tatort raus wie Sie.«

Ann Kathrin fühlte sich geschmeichelt. »Ich werde mir das anschauen«, sagte sie, »aber ich komme nicht in Ihre SOKO.«

»Und wenn ich Ihnen – obwohl es so gut wie unmöglich ist – einen Termin mit Beukelzoon besorge?«

Ann Kathrin blieb stehen. Huberkran ebenfalls.

Die Kornweihe landete mit der Maus und zerfetzte sie.

»Es ist nicht leicht, aber es gibt einen Weg. Wir haben eine Möglichkeit, ihm über eine E-Mail-Adresse eine Mitteilung zukommen zu lassen. Er kann dann selbst entscheiden, ob er sich meldet oder nicht.«

»Und?«, fragte Ann Kathrin.

»Ich habe ihn bereits darum gebeten, Sie zu kontakten. Ich habe es dringend gemacht.«

»Und deshalb soll ich jetzt in Ihre SOKO?«

»Wenn Sie weiterkommen wollen, werden noch viele weitere Probleme auftauchen, bei denen der normale Dienstweg so gut wie ausgeschlossen ist. Machen Sie sich doch nichts vor, Ann Kathrin. Niemand interessiert sich für den Schnee von gestern und was mal mit Ihrem Vater war. Ich kann Ihnen helfen. Ich bin nicht an Landesgrenzen gebunden. Übers BKA lassen sich ganz andere Strippen ziehen …«

»Schauen wir uns an, was Sie haben.«

Er lächelte, griff in seine Jacke, zog ein Papiertaschentuch heraus und tupfte sich die Schweißtropfen von der Stirn.

»Sie sollten sich eincremen«, sagte Ann Kathrin. »Unterschätzen Sie die Sonne am Meer nicht. Sie werden einen Sonnenbrand bekommen.«

Eigentlich hatte Ann Kathrin vor, im Hotel Inselfriede zu übernachten und erst am nächsten Tag zurückzufahren, doch nun entschied sie sich, mit Huberkran zusammen den Hubschrauber zu nehmen.

Ann Kathrin nahm Huberkran mit zu sich in den Distelkamp 13. Weller besorgte bei Grünhoff Käsekuchen und Ostfriesentorte.

Ann Kathrin bot Huberkran ihr Gästezimmer an, aber er lehnte ab. Er wollte den beiden nicht zu sehr auf den Pelz rücken. Er war schneller vorwärtsgekommen, als er gedacht hatte. Er plante, sich ein schönes Wochenende am Meer zu machen. Er hatte nicht die geringste Lust, nach Hause zu fahren. Er schob Arbeit vor, aber in Wirklichkeit schreckte ihn nicht die lange Zugfahrt nach Bamberg, sondern lediglich das übellaunige Gesicht seiner Noch-Ehefrau.

Weller glänzte mit seiner Kunst, Espresso zuzubereiten, und der neue Milchaufschäumer kam zu Ehren.

Huberkran beneidete Weller. Um diese Frau, dieses Haus, diese Kaffeemaschine, diesen Milchaufschäumer und sogar um den Konditor, der solche Torten produzierte – ja, um sein ganzes Leben. Er lag drei bis vier Gehaltsklassen über Weller, aber er hätte keine Sekunde gezögert, sein Leben mit dem von Weller zu tauschen.

Als Ann Kathrin die ersten Spheron-Bilder sah, begriff sie augenblicklich, dass dies die Tatort-Arbeit der Kriminalpolizei revolutionieren würde. Sie sah nicht einfach ein Foto, sondern sie befand sich mitten im Raum, konnte sich langsam drehen, Stück für Stück jeden Stein betrachten, heranzoomen, und per Mausklick öffnete sich jede noch so kleine DNA-Spur, die an den Steinen gefunden worden war.

In Luzern hatte der Täter einfach eine zweite Wand eingezogen. Der ganze Raum war fünf Meter einundzwanzig lang und drei Meter zwölf breit. An der schmalen Seite hatte er mit sechsundneunzig Zentimeter Abstand zur real existierenden Mauer eine zweite Wand eingezogen, sauber gemauert und später tapeziert. Dahinter war die Leiche gefunden worden.

Eine junge Familie hatte dreieinhalb Jahre in der Vierzimmerwohnung gelebt. Das Kinderbett stand an der Wand, hinter der die Tote lag, die Mickymaustapete zeugte noch davon. Aufgefallen war alles nur wegen einer geplatzten Wasserleitung, eine Etage darüber.

»Die Frau befindet sich in psychiatrischer Behandlung. Was mit dem Mann und dem Kind ist, weiß ich gar nicht«, sagte Huberkran. »Der Familie wurde völlig der Boden unter den Füßen weggezogen. Das Haus steht inzwischen leer. Die anderen Mietparteien sind ebenfalls ausgezogen. Kann man ja verstehen. Es ist ein Neubau, wunderschöne Lage mit Blick auf den Vierwaldstätter See.

Aber ich fürchte, der Besitzer wird es nur noch abreißen können. Das Gebäude ist, glaube ich, sogar mit irgendwelchen Sozialmitteln für junge Familien vor vier Jähren gebaut worden. Er muss die Frau bereits während des Rohbaus eingemauert haben. Die Jungs von der Baufirma haben alle einen Albtraum hinter sich. Wir haben jeden Einzelnen, der an dem Bau beteiligt war, hart in die Zange genommen, aber keine ernsthaften Hinweise erhalten. Die zweite Leiche haben wir vor vier Wochen gefunden, bei einer Altbausanierung in Bamberg.«

Er klickte den Tatort auf Spheron an. »Das gleiche Muster. Eine zweite Wand. Wir haben sie noch gar nicht identifiziert. Es werden alle Vermisstenmeldungen der damaligen Zeit durchgegangen. Die Rechtsmediziner schätzen, dass die Leiche seit zehn, vielleicht elf Jahren eingemauert war.«

»Mein Gott«, sagte Ann Kathrin, »das bedeutet ...«

Weller bekam Schluckauf, und das lag nicht am Espresso. »Das bedeutet, wir wissen gar nicht, wie viele ihm noch zum Opfer gefallen sind ...«

»Genau. Seit zehn, elf Jahren, vielleicht länger, zieht einer durch die Lande und mauert Frauen ein. Weißt du, wie dick die Vermisstenkarteien aus der Zeit sind?«

Ann Kathrin sah ihn fragend an. Sie wusste es nicht.

»14 300 Fälle. 518 Kinder und 6400 Frauen gelten langfristig als verschwunden. Und täglich werden zwei- bis dreihundert Menschen als vermisst gemeldet. Die sind da nicht bei. Die meisten finden wir, oder sie kommen selbst zurück, aber rund drei Prozent pro Jahr tauchen nie wieder auf.«

»Das hier könnte der größte Kriminalfall der deutschen Nachkriegsgeschichte werden«, sagte Huberkran, und Ann Kathrin wies ihn zurecht, Kriminalfälle seien nichts, worauf man stolz sein könnte oder womit man angeben sollte.

»Wir überprüfen im Moment sämtliche Leichenfunde der letzten Jahre in irgendwelchen Kellern oder … Das alles hat doch nie jemand in einen Zusammenhang gebracht. Es handelt sich um ein weltweites Problem. Das Internationale Rote Kreuz hat den Welttag der Verschwundenen …«

Weller stieß auf. »Welttag der Verschwundenen?«

»Ja, da staunst du, was? Den Feiertag gibt es, und nicht mal du hast es mitgekriegt.«

Ann Kathrin protestierte. Huberkrans ungenaue Sprache gefiel ihr nicht.

»Ich würde das nicht Feiertag nennen. Da gibt es nichts zu feiern. Es handelt sich wohl eher um einen Gedenktag.«

Huberkran nickte zerknirscht. Da hatte sie zweifellos recht.

Ann Kathrins Stirn kräuselte sich: »Vielleicht hat der Täter ja nicht gleich damit angefangen, sie einzumauern. Die meisten Serientäter lernen im Laufe der Zeit. Verfeinern sozusagen ihre Technik. Vielleicht hat es damit begonnen, dass er Menschen eingesperrt hat. Wir suchen nicht einfach jemanden, der seine Opfer einmauert, sondern jemanden, der ihnen sehr bewusst die Freiheit nimmt. Ich glaube, darum geht es.«

»Heißt das, ich habe Sie?«, fragte Huberkran erfreut.

»Okay«, sagte Ann Kathrin. »Sie haben mich. Ich bin dabei«.

»Uns«, fügte Weller sanft hinzu. »Du hast uns.«

Ansgar Kröger wusste, dass er etwas Verbotenes tat, als er das Haus betrat. Es war ein unheimliches Gebäude. Er konnte es vom Fenster seines Kinderzimmers aus sehen. »Ein Rattenloch« nannte sein Vater es abschätzig und die Mutter »die ewige Baustelle«. Aber es war ein spannender Spielplatz für Ansgar.

Ansgar wollte später einmal Pirat werden und große Abenteuer erleben. Er träumte davon, gegen Riesenkraken zu kämpfen, unbekannte Inseln zu entdecken und schöne Frauen zu retten.

Er hörte Bettina Göschls Piratenlieder. Er konnte jedes Lied von der CD auswendig mitsingen. Er wollte sich Bettina und ihrer Bande anschließen, um dem bösen König das Gold zu stehlen und unter den Armen zu verteilen. Er wollte ein guter Pirat werden. Einer, den die Menschen lieben. Einer, auf den die Mutter stolz sein kann.

Jetzt saß Mama auf der Terrasse und sprach mit Tante Hedi, die einen neuen Freund hatte, was aber keiner wissen durfte, weil der noch verheiratet war. Die Frauen frühstückten zusammen und waren viel zu sehr mit sich beschäftigt, um auf Ansgar zu achten.

Er wollte nur ganz kurz in das Gebäude. Er musste sich selbst beweisen, dass er mutig genug war. Kein kleiner Schisser wie Gerrit.

Aber dann hörte Ansgar dieses Geräusch. Da war ein Klopfen in der Wand. Es gab dort keine Tür, nur diese Mauer. Aber dahinter musste jemand wohnen.

»Hallo?«, sagte Ansgar. »Hallo?«

Er kam sich komisch dabei vor, in diesem leeren Raum »Hallo« zu rufen, doch er wusste, dass Ratten Angst vor Geräuschen hatten. Sie würden ihn nicht beißen. Sie würden vor ihm fliehen, wenn dies wirklich ein Rattenloch war.

Er trat fest mit dem Fuß auf. Er hatte es im Fernsehen gesehen. Ratten und Schlangen fliehen, wenn sie die Füße der Menschen auf dem Boden trampeln hören. Sogar Haie fliehen, wenn man unter Wasser laut schreit. Aber er durfte auch nicht zu laut sein. Mama und Tante Hedi sollten ihn nicht auf der Terrasse hören.

Ratten haben gute Ohren. Ein Flüstern musste reichen.

»Hallo? Hallo?«

Dann bekam er eine Antwort: »Ich bin hier! Hier! Ich werde hier gegen meinen Willen festgehalten. Bitte helfen Sie mir! Holen Sie mich hier raus! Ich heiße Judith Harmsen! Ich werde hier gegen meinen Willen …«

»Wo bist du?«

»Hier, hier, hinter der Wand!«

Sie schlug so heftig gegen die Steine, dass Ansgar zurückschreckte.

»Hinter der Wand?«

»Ja, hier! Ich bin hier! Bitte …«

Sie erkannte die Kinderstimme. Ein spielendes Kind. Die Rettung!

»Ich heiße Judith Harmsen. Wie heißt du?«

»Ansgar Kröger.«

»Ansgar! Böse Menschen haben mich hier eingemauert. Bitte befrei mich!«

»Bist du ein Geist?«

»Nein, ich bin kein Geist. Ich heiße Judith Harmsen. Ich wohne eigentlich in Bremen. Ich bin nicht freiwillig hier.«

Ansgar kannte eine Geschichte von einem Geist, der in einer Flasche eingesperrt worden war. War das hier so ähnlich? Hatte er auch drei Wünsche frei, wenn er Judith Harmsen befreite?

Er überlegte, was er sich wünschen sollte. Eine Ritterburg mit vielen Figuren, so wie der Gerrit sie hatte. Und vielleicht für Mama ein eigenes Auto, damit sie sich nicht immer mit Papa zanken musste, wer den alten BMW fahren durfte.

»Ansgar, bitte, lauf ganz schnell nach Hause zu deinen Eltern! Sag ihnen, dass ich hier sitze. Ich heiße Judith Harmsen. Sie sollen die Polizei rufen! Bitte beeil dich, bevor der Mann zurückkommt und dich auch schnappt!«

Ansgar drehte sich um. Da war kein Mann. Und er wollte nicht feige sein.

»Meine Mama darf nicht wissen, dass ich hier bin. Ich darf hier gar nicht hinkommen.«

»O mein Gott, nein! Muss mich ausgerechnet ein Kind hier finden? Wie alt bist du, Ansgar?«

»Fünf.«

»Wo wohnst du?«

»Direkt hier nebenan, bei meiner Mama.«

»Wie heißt die Stadt? Wo sind wir? Weißt du das?«

»Jever.«

»Bitte, Ansgar, ich sterbe hier, wenn man mich nicht herausholt. Nur du kannst mich retten, Ansgar. Deine Mama wird nicht böse auf dich sein, wenn du ihr die Sache erzählst. Bitte! Ich verlass mich auf dich! Beeil dich!«

Als Ansgar das Haus verließ und mit ausgebreiteten Armen über das gebogene lange Brett balancierte, rutschte er ab und fiel in die Grube mit dem Bauschutt. Er schlug sich das Knie auf, und es tat am Rücken weh. Er blutete. Er weinte und schrie. Er wollte nicht weinen. Er wollte ein Pirat sein. Ein tapferer Held. Judith Harmsen befreien und …

Aber dann schimpfte die Mama mit ihm, und Tante Hedi sah sehr besorgt aus. Seine Wunde am Knie musste desinfiziert werden, und Mama bestand darauf, dass er eine Tetanusspritze bekommen müsste.

Eine Spritze. Wie schrecklich sich das anhörte. Aber dann tat es gar nicht so weh, wie er gedacht hatte. Er musste versprechen, nie wieder dorthin zu gehen.

Er versuchte, immer wieder zu erzählen, was er erlebt hatte. Aber etwas anderes war wichtiger. Sie hörten ihm nicht richtig zu.

Erst als sie in Tante Hedis Auto vom Arzt zurückfuhren und die Aufregung sich gelegt hatte, gelang es Ansgar, eine Gesprächspause zu nutzen und seinen Satz loszuwerden.

»Da im Haus ist eine Frau. Hinter der Wand. Sie hat mit mir gesprochen.«

Seine Mutter ging nicht darauf ein. Sie drehte sich auf dem Beifahrersitz nach hinten, sah ihn an und sagte streng: »Du gehst da nie wieder hin, Ansgar! Papa hat schon die Stadtverwaltung angeschrieben. Da muss sich mal jemand drum kümmern. So geht das nicht weiter.«

»Da ist eine Frau, Mama. Die heißt Judith. Sie hat gesagt, ich soll sie befreien.«

Seine Mutter wandte sich wieder Tante Hedi zu. »Er ist ja so ein phantasiebegabter Junge. Also, mich fasziniert das. Du solltest mal sehen, wie das ist, wenn er mit Gerrit spielt. Du bist jetzt Indianerhäuptling, ich bin Cowboy, und dann geht es los. Die sind sofort in ihrer eigenen Welt und können dann stundenlang darin spielen und versinken …«

»Wir spielen nicht Cowboy und Indianer. Wir spielen Piraten und manchmal Ritter, aber nicht …«

Tante Hedi lachte. »Ja, so sind sie, die Kinder. Wie schön, dass diese magischen Kinderwelten ihnen noch offenstehen. Irgendwann ist das vorbei. Dann beginnt die Realität. Der harte Alltag des Lebens.«

»Das Gespräch mit meiner Mutter ist ziemlich schiefgelaufen. Es liegt mir quer im Magen, Frank. Ich glaube, ich muss noch einmal zu ihr. Ich …«

»Klar ist das schiefgelaufen. Es hat sich für deine Ma bestimmt angehört wie eine Zeugenbefragung. Euer Verhältnis ist nicht ganz unbelastet, Ann. Ich denke, du solltest das jetzt erst mal ruhen lassen.«

Weller wusste, dass es so nicht weiterging. Ann Kathrins Lippen wurden immer schmaler. Die Mundwinkel zeigten nur noch nach unten, und sie lief herum wie eine abgezogene Handgranate, die jederzeit explodieren konnte. Man kann nicht nur unter Spannung stehen, dachte er. Ohne Entspannung flippt man irgendwann aus.

Er hatte ihr ein großes Frühstück bereitet, mit ihrer Lieblingsmortadella von Meister Pompe. In dünne Scheiben geschnitten, leicht angebraten, mit einem knusprigen Rand, einem Hauch von Knoblauch und frischgemahlenem Pfeffer.

Die Küche war durchzogen vom Duft der ausgepressten Orangen. Er mischte noch ein paar Limonenspritzer ins Glas.

Mit dem neuen Milchaufschäumer hatte er einen Schneeberg auf ihre Tasse gezaubert, doch sie saß nur mit angezogenen Beinen auf dem Stuhl, das Kinn auf die Knie gestützt, die Haare ungekämmt, die Augen verklebt von einer Nacht mit wenig Schlaf.

Einen Menschen zu lieben, dachte Weller, heißt auch, ihn so auszuhalten, ja, anzunehmen. Wenn sie sexy-hexy durch die Innenstadt tigert, fahren alle auf Ann Kathrin ab. Partnerschaft entscheidet sich in der Krise.

Sie nahm seine Bemühungen scheinbar gar nicht wahr. Nippte nicht mal an ihrem Kaffee, sondern starrte nur auf einen Fleck an der Tapete.

Weller begann zu essen. Vielleicht, so hoffte er, stecke ich sie mit meinem Appetit an.

Mit vollem Mund sprach er. »Heute ist mal Pause, Ann. Einmal innehalten und Luft holen. Morgen sehen wir dann weiter.«

Sie verzog spöttisch die Mundwinkel.

Immerhin, dachte er, sie hört also, was ich sage.

Auch wenn sie es nicht ernst nahm, aber einen Trumpf hatte er noch. Sie selbst hatte es bereits vor Wochen in den Kalender eingetragen: Bücherflohmarkt in Norddeich am Hafen. Wie oft hatte er mit ihr solche Flohmärkte besucht? In Norden am Markt, in Jever, Sande, Oldenburg. Um seltene Stücke für ihre Kinderbuchsammlung zu finden, war ihr kein Weg zu weit. Sie liebte solche Flohmärkte.

Er setzte alles auf diese Karte.

»Ich fahre mit dir nach Norddeich.«

»Häh? Norddeich?«

»Zum Bücherflohmarkt. Steht bei dir im Kalender.«

Er zeigte auf die Pinnwand hinter ihr, neben dem Kühlschrank.

Sie warf einen Blick darauf. Unter dem Eintrag Bücherflohmarkt stand: Mit Rita und Peter zu Otto Groote/Gulfhof Ihnen.

Mein Gott, dachte Ann Kathrin, es gibt wirklich noch ein Leben außerhalb des Ganzen. Wie lange hatten wir uns das schon vorgenommen? Den Bücherflohmarkt und am Abend das Otto-Groote-Ensemble.

Die Einrittskarten aus dem Vorverkauf waren mit einem blauen Pin neben dem Eintrag angeheftet.

»Jetzt sag bloß, du hast es vergessen, Ann.«

Der Ansatz eines Lächelns huschte über ihr Gesicht, erstarb aber sofort wieder.

»Ja. Hab ich.«

»Aber wir fahren doch hin, oder?«

Er setzte sich anders hin und sprach forsch, voller demonstrativer Vorfreude. »Lass uns bald fahren, bevor die besten Teile weg sind.«

Sie wollte sagen, du sammelst doch keine Kinderbücher, sondern ich, aber im letzten Moment hielt sie sich zurück. Sie sah ihn an und verstand seine Bemühungen als liebevolle Zuwendung. Vielleicht hatte er recht. Ein Moment des Durchatmens konnte nicht schaden.

Sie ließ den Blick über den Frühstückstisch schweifen und sagte: »Danke für das alles, Frank. Danke. Ich weiß, dass ich im Moment schwer auszuhalten bin, aber ...«

»Alles ist okay.«

Um ihm einen Gefallen zu tun, pikste sie mit der Gabel ein erstes Stück Mortadella auf und schob es sich in den Mund. Aber dann entfaltete der Geschmack auf ihrer Zunge ein Feuerwerk von Gefühlen. Gebratene Mortadellastücke waren eine Kindheitserinnerung. Das hatte Papa gern für sie gemacht. Ein schnelles, einfaches Essen, das keinerlei Vorbereitung brauchte. Aber sie hatte es immer geliebt.

Ihr Vater verbrauchte gerne Reste, deswegen kochte er Suppen oder hackte alles klein, was noch da war, und warf es in die Pfanne.

Wie einer plötzlichen Fressattacke folgend, stopfte sie in wenigen Sekunden alles in sich hinein und spülte das Essen mit dem frischgepressten Orangensaft hinunter. Dann rülpste sie laut, und das tat gut.

Frank lachte. »Na bitte. Die Welt hat dich schon fast wieder.«

»Ja«, sagte sie. »Gleich.«

Schon im Stehen trank sie ihren Kaffee, dann verschwand sie mit einem Milchschaumbart an der Oberlippe im Badezimmer.

Weller räumte den Tisch ab und ließ ihr Zeit.

Er wollte gerne genau wissen, mit wem er es zu tun hatte, bevor er in die Auseinandersetzung ging. Was er über Ann Kathrin Klaasen in Erfahrung bringen konnte, ergab ein widersprüchliches Bild. Als Kommissarin in spektakulären Fällen durchaus erfolgreich, von der Presse hochgelobt, stand sie gleichzeitig in dem Ruf, scheu zu sein und wenig teamfähig. Innerhalb der hausinternen Hierarchie wurde sie eher ausgebremst und als Unruhefaktor angesehen, aber von ihrem Chef geradezu liebevoll gefördert.

Mehrere Disziplinarverfahren. Offiziell wurde sie immer wieder rehabilitiert, intern galt sie aber als angeschlagen.

Er musste sie als Gegnerin ernst nehmen.

Ihre blonden Haare wirkten gefärbt auf ihn. Sie war zweifel-

los durchtrainiert, und ihre Ergebnisse beim Übungsschießen lagen jeweils im oberen Drittel.

Er kannte Fotos, auf denen sie schmalere Hüften hatte. Aber ihr Gang war federnd.

Angeblich arbeitete sie verbissen daran, ihn zu finden. Doch nun sah er sie über einen Flohmarkt schlendern und in Bilderbüchern blättern.

Ich könnte dich erledigen, dachte er. Jetzt, einfach hier. Dich und deinen Partner. Es wäre ein Kinderspiel.

Er hatte fünfzehn Patronen im Stangenmagazin seiner Beretta. Kaliber 9 mm Parabellum. Er würde höchstens zwei Kugeln brauchen. Eine für Weller und eine für Ann Kathrin Klaasen.

Seine Beretta war extrem zuverlässig. Er benutzte sie seit 1988. Er hatte inzwischen mindestens 10 000 Schuss mit ihr abgegeben, ohne dass jemals eine einzige Ladehemmung vorgekommen wäre.

Du bist verletzlich, Ann Kathrin. Du lebst nur noch, weil ich dich leben lasse. Du bist eine schöne Frau. Aber wenn du mir zu nahe kommst, knipse ich dich, ohne zu zögern, aus. Und die Witzfigur neben dir ebenfalls. Aber warum sollte er sie hier auf dem Flohmarkt erschießen? Er hatte keine Eile.

Wenn er sie erledigen müsste, würde er es aus weiter Distanz tun. Sein M40-Präzisionsgewehr lag im Kofferraum. Er hatte sämtliches Zubehör dabei. Einen Restlichtverstärker, einen Laserentfernungsmesser. Die Waffe war auf 800 bis 1000 Meter Entfernung noch tödlich genau.

Er hatte schon lange nicht mehr auf einen Menschen geschossen. Aber er wusste, was er konnte, und war bereit dazu, es jederzeit wieder zu tun.

Die ostfriesische Sonne meinte es gut mit den Norddeicher Bücherfreunden und lächelte mild auf sie herab. Norderney erstrahlte zauberhaft verlockend im Licht, und selbst einige Bausünden aus den sechziger Jahren wirkten von Ferne wie leuchtend weiße Perlen.

Dem ostfriesischen Wind gefielen die Bücher, und er blätterte neugierig in ihnen.

Staunend sah Weller, wie Ann Kathrin durch ein Buch aus ihrer düsteren Welt herausgerissen wurde. Es war ein schlichter Band aus grauer Pappe, wie weggeworfenes Verpackungsmaterial. Aber es bedeutete für Ann Kathrin etwas ganz Besonderes. Es waren Kindergedichte von Peter Maiwald. »Die Mammutmaus sieht wie ein Mammut aus.«

Sie hielt das Buch geöffnet in der Hand und tastete ungläubig über eine Seite. Weller trat zu ihr und sah über ihre Schulter.

»Es ist ein signiertes Exemplar«, sagte Ann Kathrin, und in ihrer Stimme lag Kinderstaunen.

»Vielleicht wohnt der hier. Ostfriesland soll ja für Schriftsteller eine sehr fruchtbare Gegend sein.«

Ohne den Blick vom Buch zu wenden, antwortete Ann Kathrin: »Nein, er ist letztes Jahr gestorben. Er war aus Düsseldorf. Ich mochte diesen alten Säufer. Er hat ein schmales, aber großartiges Werk hinterlassen.«

Weller fragte sich, woher sie wusste, dass er ein Säufer war. Doch er wollte sich nicht mit einer weiteren Frage als Ignorant bloßstellen. Vielleicht wusste das ja innerhalb der literarischen Szene jeder. Vielleicht schickten seine Fans ihm ja regelmäßig Weinflaschen als Dankeschön.

Schon hatte Ann Kathrin die nächsten Perlen in der Hand. Eine Erstausgabe von Monika Feths »Gedankensammler« und »Vom kleinen Igel, dem alles zu kratzig war« von Ulrich Maske und Silke Brix-Henker. Zum ersten Mal seit dem Zusammentreffen mit Frau Klocke bei Dr. Wolter sah Weller Ann Kathrin wieder lächeln.

»Was sollen die Bücher kosten?«, fragte sie.

»Ein Euro pro Buch«, schlug die kleine Mareike vor und kaute nervös auf der Unterlippe herum, weil sie fürchtete, zu viel verlangt zu haben. Doch Ann Kathrin blinzelte gegen die Sonne und sagte: »Aber das ist viel zu wenig. Das sind wundervolle Stücke, und so gut erhalten. Man kriegt diese Bücher nirgendwo mehr.«

»Ja, die sind schon alt.«

»Sie sind nicht alt, Kind. Sie sind wertvoll.«

»Ja, dann vier Euro?«

Vermutlich hätte Ann Kathrin allein für den signierten Gedichtband von Peter Mailwald fünfzig Euro auf den Tisch gelegt, aber um dies zu verhindern, mischte Weller sich ein: »Ann, Feilschen geht eigentlich anders. Du musst es runterhandeln und die Verkäuferin rauf.«

»Ja«, sagte Ann Kathrin, »stimmt«, und hielt dem Kind einen Zehn-Euro-Schein hin.

»Darf ich noch ein bisschen weiterwühlen?«, fragte sie.

Mareike nickte strahlend und wischte sich mit dem Handrücken über die Nase. Dann sah sie triumphierend zu ihrer älteren Schwester hinüber, die immer noch auf ihren Computerspielen saß, für die sich noch kein Mensch interessiert hatte.

Ann Kathrin nahm Weller in den Arm und drückte sich einmal kurz an ihn, um sich für seine Hartnäckigkeit zu bedanken, sie hierhingeschleppt zu haben.

»Das ist eine richtige Fundgrube. Wenn das so weitergeht, finde ich hier noch das Bilderbuch von Charlie Watts.«

»Was?«

»Charlie Watts. Der Schlagzeuger der Stones. Er soll in den sechziger Jahren ein Kinderbuch verfasst haben. Ich weiß nicht mal den Titel. Ich habe es überall gesucht, antiquarisch, in England, in Deutschland, in Amerika. Aber entweder ist es ein Gerücht, und es hat dieses Kinderbuch nie gegeben oder… es ist irgendwie verschwunden.«

Plötzlich sah sie wieder nachdenklich aus, als könnte sie gleich im Ermittlungssumpf um den Tod ihres Vaters versinken. Reichte der Gedanke an ein Kinderbuch, dessen Spuren sich verloren, aus, um sie wieder zurückzukatapultieren?

Aber schon entdeckte sie einen neuen Titel, der sie interessierte.

Weller löste sich von ihr und flanierte an den Bücherständen vorbei.

Die Frisia V lief ein und brachte Touristen aus Norderney zum Festland zurück. Der Zug wartete bereits in Norddeich-Mole. Niemand fuhr jetzt gern zurück, denn Ostfriesland zeigte sich von seiner verlockendsten Seite.

Das milde Klima mit dem typischen Nordseegeruch nach Fisch, Algen und Mineralien ließ die Menschen tiefer atmen und machte ihnen die Abreise schwer. Die meisten schworen, wiederzukommen. Schon bald. Andere beschlossen, sich hier ein Haus zu kaufen. Sie warteten nur noch auf den Lottogewinn, um die Arbeit zu Hause hinschmeißen zu können, oder zumindest auf die Rente. Aber dann …

Weller spürte einen Druck in sich hochsteigen, auch ein Buch zu kaufen. Er konnte sich schlecht mit Ann Kathrin in Konkurrenz setzen und nun auch Bilderbücher sammeln. Aber er kam sich irgendwie als Banause vor. Wenn Bücher ihn gar nicht interessierten, was sollte sie, die leidenschaftliche Kinderbuchsammlerin, von ihm halten?

Er war wild entschlossen, jetzt auch etwas zu kaufen und abends mit ihr im Wohnzimmer zu sitzen und zu lesen. So hätten sie etwas Gemeinsames. Aber er konnte sich nicht auf ihre Kinderbuchwelt einlassen, er musste sich doch davon abgrenzen.

Da sah er einen Stand mit weniger bunten Büchern. Düstere Titelbilder. Krimis.

Hinter dem Büchertisch saß der Student Tido Odinga auf einer Kiste und drehte sich eine Zigarette.

Als junger Mann, bevor er Renate kennengelernt hatte, galt Weller als Leseratte. Er war Krimifan, bezeichnete sich selbst gerne als Kenner und verschlang zwei, drei Krimis pro Woche. Für ihn waren Taschenbücher wirklich Taschenbücher. Nie hätte er einen Krimi als Hardcover gekauft. Er trug sie bei sich, die dünnen Bücher von Raymond Chandler, Hansjörg Martin und Michael Molsner.

In der Ehe mit Renate hatte er aufgehört zu lesen. Für sie war das alles nur triviales Zeug. Viel zu lange hatte er versucht, ihr zu gefallen.

Er blätterte kurz in einem Jerry Cotton, fand die Sprache aber zu großspurig. Dann erregte ein Cover seine Aufmerksamkeit: »Mord, Mord, Mord« stand darauf, der Autor hieß »Trio Mortabella«. So heißt kein Mensch, dachte er, drehte das Buch um und verstand den Scherz. Drei Autoren hatten den Band gemeinsam verfasst. Zwei Frauen und ein Mann. Sie waren mit viel Lebensfreude hinten auf dem Buch abgebildet. Christiane Franke, Regine Kölpin und Manfred C. Schmidt. Sie kamen aus Ostfriesland, und ihre Geschichten spielten hier.

Weller schlug das Buch auf und las sich sofort fest.

Das ist es, dachte er. Ich werde Krimis sammeln. Nicht irgendwelche, sondern Ostfrieslandkrimis. Autoren begehen Morde da, wo ich ermittle. Das kann mir nicht egal sein.

Amüsiert griff er zum nächsten Buch. »Stahnke und der Spökenkieker« von Peter Gerdes.

Ja, dachte Weller noch einmal. Ostfrieslandkrimis, das ist es. Damit kann ich sogar vor meinen Kollegen bestehen. Ich werde alles lesen, was es gibt, alles. Ich werde es sammeln, ich werde die Autoren treffen, ich werde …

Tido Odinga sah zu Weller herüber.

»Ostfrieslandkrimis! Ich steh drauf! Die Gegend hier muss irgendetwas haben, das Kriminalschriftsteller anzieht. Manche benutzen die wie Reiseführer, ziehen herum und gucken, wo die nächste Leiche liegt. Man kann diese Bücher überhaupt nicht mit irgendwelchen Großstadtkrimis vergleichen. Sie sind völlig anders … Ich habe während des Studiums damit angefangen. Aber Vorsicht, das macht süchtig.«

Tido zündete sich die Zigarette an. »Wenn man einmal damit anfängt, wird man das Laster nicht mehr los.«

Es interessierte Weller zwar nicht, aber um überhaupt etwas zu sagen, fragte er: »Was studieren Sie?«

»Philosophie und Soziologie. Aber ich denke täglich darüber nach, alles hinzuschmeißen und Krimis zu schreiben, glauben Sie mir …«

Ann Kathrin kam mit einem Stapel Bücher unterm Arm auf Weller zu. Einem plötzlichen Impuls folgend, ließ Weller die Krimis wieder fallen und griff zu den philosophischen Fachbüchern. Er nahm das erste, das obendrauf lag, hielt es Tido Odinga hin und fragte: »Wie viel?«

»Fünf Euro«, antwortete der und wunderte sich über Wellers Stimmungswandel.

»Fünf Euro? Dahinten gibt es Kinderbücher, ganz seltene Exemplare, die sind sogar signiert und kosten nur einen Euro.«

»Mensch, Kinderbücher! Das hier ist wissenschaftliche Literatur.«

»Ja, dadrüben sind aber noch Bilder drin«, sagte Weller.

Tido Odinga lachte lauthals und zeigte seine nikotingefärbten Zähne.

Weller zahlte die fünf Euro.

Neugierig schielte Ann Kathrin auf den Titel. »Was hast du denn da, Frank?«

Er las es mit ihr gemeinsam: Daniel C. Henrich: »Zwischen Bewusstseinsphilosophie und Naturalismus. Zu den metaphysischen Implikationen der Diskursethik von Jürgen Habermas«.

Ach du Scheiße, dachte Weller, hoffentlich fragt sie mich jetzt nicht, was das bedeutet.

Sie pfiff anerkennend durch die Lippen, nahm einen Meter Abstand und sah ihn an, wie sie ihn noch nie angesehen hatte. Als würde sie einen völlig neuen Menschen kennenlernen.

»Das interessiert dich?«

Er nickte und sah vor sich auf den Boden.

Was, um alles in der Welt, dachte Weller, mögen »metaphysische Implikationen« sein und was eine Diskursethik? Er nahm sich vor, es herauszubekommen. Noch heute Abend.

In gewisser Weise war er Daniel C. Henrich jetzt schon dankbar. Er hatte Ann Kathrin schwer beeindruckt.

»Und was ist mit den Krimis?«, rief Tido Odinga hinter ihm her.

»Ein andermal«, sagte Weller und winkte ab.

Ann Kathrin spürte, dass der Besuch auf dem Bücherflohmarkt ihr gutgetan hatte. Weller fuhr zurück, und sie blätterte im Bilderbuch von Ulrich Maske und Silke Brix-Henker. Es ließ sie schmunzeln.

Sie las Weller vor: »Immer, wenn der große Igel nach Hause kam, wollte er den kleinen Igel in den Arm nehmen. Und immer sagte dann der kleine Igel: ›*Du bist kratzig.*‹«

»So viel Lebensweisheit in einem Bilderbuch«, sagte Weller und dachte: Woher kennen die Macher uns und unsere Beziehung?

»Geht es dir mit mir genauso, Frank?«, fragte Ann Kathrin.

Er wich aus: »Was ist heute Abend mit Otto Groote?«, fragte er. »Gehe ich alleine mit Rita und Peter oder kommst du mit?«

»Ich bin dabei«, sagte sie und wusste nicht genau, ob sie ihm damit einen Gefallen tat oder sich selber.

Wenn ich Ann Kathrin Klaasen töte, dachte er, muss Weller auch sterben, der wird sonst nie Ruhe geben – so verliebt, wie der ist. Die größten Probleme machten immer Mütter und Väter, wenn man ihre Kinder umbrachte, aber Ehemänner oder Liebespartner konnten genauso lästig werden. Niemand jagte einen Mörder mit solcher Verbissenheit wie ein emotional mit dem Opfer verbandelter Mensch.

Ann Kathrin Klaasen war das beste Beispiel. Wie lange schon war sie hinter dem Mörder ihres Vaters her? Solange sie lebte, würde die Akte nie geschlossen werden. Warum konnte sie diese alten Geschichten nicht einfach ruhen lassen und ihr Leben genießen?

Es gab Spezialisten, die ließen jeden Mord wie einen Unfall aussehen, eine unglückliche Verstrickung von Zufällen. Ein fataler Irrtum. Der eine hatte die falschen Tabletten genommen, der andere das herannahende Fahrzeug übersehen. Und so mancher Raucher erstickte nachts im Schlaf bei einem Schwelbrand.

Aber er hatte immer auf Schusswaffen gesetzt. Er liebte die Distanz. Nur einmal hatte er ein Messer benutzt, aber er hasste diese Sauerei. Sein silbergrauer Anzug war damals völlig versaut worden. Unrettbar. Selbst seine Unterwäsche hatte er verbrannt. Die Schuhe, sein Uhrenarmband. Einfach alles. Er musste eine Halsschlagader erwischt haben.

Nie wieder wollte er einem Opfer so nahe kommen. Nie wieder.

Für das M40 brauchte er eine erhöhte Schussposition. Ein

Dach oder einen Balkon. Er verfluchte dieses flache Ostfriesland, für seine Zwecke war es recht ungeeignet. Keine vernünftigen Hochhäuser, keine Berge. Sollte er etwa vom Deich aus schießen oder von einer Windmühle?

Beim Flohmarkt hatte er schon mit dem Gedanken gespielt, sie einfach mit der Beretta auszuschalten, aber jetzt war er froh, nicht so einen Aufstand verursacht zu haben. Er hatte sich für das Präzisionsgewehr entschieden. Wenn sie morgens von Norden zur Polizeiinspektion Aurich fuhr, konnte er sie in ihrem grünen Twingo auf der B 210 erwischen. Die Rapsfelder boten ihm Schutz. Bis die Polizei überhaupt gemerkt hätte, dass die Tote im Auto eine Kugel im Kopf hatte, wäre er schon auf seiner Finca auf Mallorca, um bei der Orangenernte zuzusehen.

Wenn er Glück hatte, fuhr sie mit Weller gemeinsam. Zwei auf einen Streich.

Die Abendsonne stimmte ihn milde. Er flanierte durch Norden. Er mochte den Neuen Weg. So viele Innenstädte sahen sich inzwischen zum Verwechseln ähnlich. Es gab überall die gleichen Geschäfte, nur ihre Reihenfolge wechselte ab. Die Frage, ob erst McDonald's kam oder Nordsee oder Starbucks, ödete ihn an. Jede Individualität ging verloren.

Hier in Norden schlich sich auch bereits die Uniformität ein, aber trotzig behaupteten sich kleine Läden gegen landesweite Ketten. Der kleine Fischladen neben Remmers sollte bitte nie schließen.

Er setzte sich vor dem Mittelhaus an einen freien Tisch ganz außen und bestellte sich ein Weizen Kristall. Neben dem Mittelhaus wurden die letzten dicken Friesen verkauft. Er konnte nicht widerstehen.

Es war eine Bratwurst, die beim Essen dazu einlud, die Augen zu schließen und sich ganz den Gaumenfreuden zu überlassen. Die Bratwurst, das Weizenbier und der Westwind stimmten ihn milde. Du hast dir einen schönen Ort zum Leben ausgesucht, Ann Kathrin Klaasen, dachte er. Ich will dir noch eine Chance geben. Aber ich habe dich im Visier. Nur ein falscher Schritt, und die Würmer holen dich.

Ann Kathrins Hand verschwand in der von Peter Grendel. Wahrscheinlich hätte er ihr mit einem kurzen Druck die Finger brechen können, aber er war sich dessen bewusst und folglich umso vorsichtiger. Er lachte mit seiner ansteckenden Fröhlichkeit und erzählte erst mal einen Witz, um alle aufzulockern: »Kommt ein Ostfriese zum Papst und gratuliert dem Papst zum Namenstag. Fragt der Papst, wieso, heute ist doch gar nicht Benedikt. Sagt der Ostfriese: Nein, aber der Sechzehnte.«

Weller gluckste vor Freude. Er mochte alles, was kirchliche Würdenträger ein bisschen auf die Schippe nahm. Die grausam strenge, religiöse Erziehung seines Vaters war immer noch für jedes Gegengewicht dankbar.

Dann wurde Ann Kathrin von Rita in den Arm genommen und heftig gedrückt. »Du siehst gar nicht gut aus, mein Mädchen«, sagte Rita, und es klang aus ihrem Mund fast wie ein Kompliment, so wohlwollend kam der Satz daher.

Genau dafür mochte Ann Kathrin Rita. Sie war geradeheraus und sagte den Menschen platt vor den Kopf, was sie dachte. Bei ihr wusste Ann Kathrin immer genau, woran sie war. Bei all der vielen Verstellung, den Lügen und der Trickserei, die Ann Kathrin in ihrem Beruf begegnete, brauchte sie so eine Beziehung. Personen, die freiheraus waren und nicht versuchten, zu manipulieren.

Wenn Rita sagte: »Du hast aber ein tolles Kleid an«, dann konnte sie sicher sein, dass ihr dieses Kleid auch gefiel. Es war aber auch möglich, von Rita den Satz zu hören: »So einen Putzlumpen würde ich lieber für die Flurwoche benutzen.«

Ann Kathrin spürte, dass diese Ehrlichkeit ihr guttat.

Sie diskutierten kurz, wer heute Abend den Fahrdienst übernehmen sollte. Weller wollte auf keinen Fall, dass Ann Kathrin fuhr. Sie musste lockerer werden. Sie sollte sich entspannen, und sei es mit ein bisschen zu viel Wein …

Er sah Rita nur kurz an. Sie war der gleichen Meinung und zwinkerte Weller zu. Einer von ihnen dreien würde fahren, auf keinen Fall Ann Kathrin.

Sie hatte die Blicke und die Einigung der drei überhaupt nicht mitgekriegt und schlug vor: »Ihr könnt ruhig was trinken. Ich kutschiere euch.«

Wie aus einem Mund hörte sie ein dreifaches »Nein«.

Dann begannen Weller und Peter sich demonstrativ zu zanken, wer von ihnen beiden heute »die Ehre habe, die Damen vom Gulfhof wieder sicher in den Distelkamp zu bringen«.

Rita zog Ann Kathrin zu sich. »Das lassen wir die Männer untereinander ausmachen.«

»Sehe ich wirklich so schlecht aus?«, fragte Ann Kathrin zurück.

»Wenn du Rente beantragen willst, schmeiß einfach deinen Ausweis weg und lass dich schätzen.«

Ritas Diagnose war gleich sehr klar: »Du arbeitest zu viel. Du schläfst zu wenig. Trinkst zu viel Kaffee und zu wenig Ostfriesentee und machst dir viel zu viele Sorgen. Hast zu wenig Spaß im Leben und …« Rita sah Ann Kathrin tief in die Augen. »Soll ich fortfahren? Die Liste ist soo lang.«

Ann Kathrin schüttelte den Kopf. »Nein, du hast ja recht.«

Dann kam sie sich vor, als würde sie sich ein bisschen in die Arme von Rita fallen lassen.

Inzwischen warfen Weller und Peter Grendel eine Münze. Weller wählte Kopf und Peter Zahl. Peter Grendel fing die Münze in der Luft auf und klatschte sie auf seinen Oberarm.

»Kopf.«

Weller grinste. »Na toll, dann fahre ich.«

»Nee«, sagte Peter, »wieso das denn? Du hast gewonnen. Ich fahre.«

Ann Kathrin wollte sich einmischen, aber Rita zog sie zum Auto. »Das kriegen die beiden schon klar. Mach dir das nicht auch noch zum Problem. Kennst du die neue CD von Otto Groote?«

Schon eine halbe Stunde vor Beginn waren gut hundert Zuhörer im Gulfhof. Margritt Kubik-Harms begrüßte alle Gäste persönlich an der Kasse. Sie hatte nicht nur diesen Abend organisiert, sondern mit ihren Helferinnen aus dem Gulfhof einen Ort mit großer kultureller Anziehungskraft für die ganze Region gemacht. Neben ihr stand bescheiden und zurückhaltend Otto Groote. Es berührte ihn, dass hier zahlreiche Menschen hinkamen, denen seine Musik wirklich wichtig war.

Die Anlage war aufgebaut, der Soundcheck gemacht, im Publikum viele Fans – was sollte schiefgehen?

Rita Grendel fragte Otto Groote nach ein paar plattdeutschen Begriffen von seiner letzten CD. Schnell einigten sie sich darauf, dass Plattdeutsch ja in jedem Dorf anders gesprochen werde. So heißt zum Beispiel »Frosch« allgemein »Pogg«, aber in Emden auch »Frötske«, im Rheiderland »Kickert« und im Moormerland »Kritzke«. Oder »Schofftied«, das bedeutet in einigen Teilen Ostfrieslands »Arbeitszeit« und in anderen Gegenden »Pause«.

Während Rita Grendel sich nun mit Otto Groote über die Kinderliedermacherin Bettina Göschl unterhielt, versank Ann Kathrin in tiefe Abgründe. Sie versuchte, sich den Täter vorzustellen, der seine Opfer einmauerte. Sie sah keine klaren Bilder, sie spürte nur dieses Grauen und diesen Hass.

Warum tat dieser Mann das? Warum mauerte er Frauen ein und ließ sie jämmerlich sterben?

Sie sah Peter Grendel an, und in ihr reifte ein Plan, der so schrecklich war, dass sie sich noch nicht traute, ihn auszusprechen.

»Also, meine Tochter Milena steht ja total auf Bettina Göschls Piratenlieder. Seitdem sie die im KiKa gesehen hat, hört sie ›Piraten-Jenny und Käptn Rotbart‹ rauf und runter.«

Ich werde ihn fragen, dachte Ann Kathrin. Mit ihm traue ich mich das. Ich werde ihn fragen, und wenn er Nein sagt, werde ich ihm auf keinen Fall böse sein.

So, wie sie Peter Grendel einschätzte, konnte er ein Geheimnis für sich behalten. Dies würde ein Geheimnis werden. Eins zwischen ihnen beiden.

Die vier hatten reservierte Plätze vorn, recht nah an der Bühne. Auf dem Tisch stand schon eine Flasche trockener Rotwein und ein Mineralwasser, aber Peter Grendel entschied sich lieber für ein Bier. Weller hatte darauf bestanden, dass sie sich den Fahrdienst teilten. Peter hatte sie hingefahren, und er würde alle zurück nach Hause bringen.

Ann Kathrin wollte eine Runde Noorder bestellen. »Der schmeckt wie der alte Doornkaat, den es früher gab, nur besser«, pries Ann Kathrin ihre Idee an.

Aber alle drei lehnten ab. Rita mochte keine klaren Schnäpse, Peter blieb lieber beim Bier, und für Weller als Fahrer kam es sowieso nicht in Frage.

Otto Groote stellte sein Ensemble vor: »Links neben mir, das ist Ralf Strotmann, rechts neben mir, das ist …«

Weller flüsterte Rita zu, Matthias Malcher sei einer der besten Banjospieler Deutschlands. Minuten später war klar, dass Weller nicht übertrieben hatte.

Im Grunde mochte Rita Grendel keine Banjomusik. Sie war ihr oft zu metallen und zu schrepsig. Aber dies hier war anders. In den Händen von Matthias Malcher verwandelte sich das Banjo in eine Zauberharfe, deren Töne die Zuhörer in eine andere Welt mitnahmen. Irische und schottische Anklänge waren da, wie die Wurzeln ostfriesischer Folkmusik.

Peters Knie wippten mit, und Weller fühlte sich sogar vom ostfriesischen Mineralwasser angeheitert. Ann Kathrin nippte an ihrem Rotwein, blieb aber in düstere Gedanken versunken. Sie kämpfte mit sich, Peter Grendel hier und jetzt zu fragen. Sie hatte Angst, den anderen den schönen Abend zu verderben. Das alles gehörte irgendwie nicht hierhin. Aber gab es für das, was sie vorhatte, überhaupt den richtigen Zeitpunkt?

Als das Otto-Groote-Ensemble »De Tied steiht still« spielte, wusste sie, dass sie es nicht länger aushalten konnte. Sie wollte Peter fragen, ob sie mal mit ihm reden könne. Aber als sie dann sah, wie er im Takt der Musik mitwippte, entschloss sie sich, ihn doch nicht herauszureißen. Sie wartete bis zur Pause.

Aber auch in der Pause war es nicht leicht. Peter Grendel und Weller stritten sich darum, wer die nächste Getränkerunde bezahlen durfte.

Rita holte eine Freundin an den Tisch. »Mensch, das ist ja ein Ding, ihr seid auch hier!« Sie wollte Ann Kathrin vorstellen, begriff aber sofort, dass Ann Kathrin zu sehr in sich war und jetzt gar keine neuen Leute kennenlernen wollte.

Nach der Pause, in der Ann Kathrin geradezu autistisch am Tisch gesessen hatte, kündigte Otto Groote ein Lied an, das »unser Kollege Jan Cornelius für uns geschrieben hat«.

Weller wollte Ann Kathrins Hand nehmen, doch die stupste Peter Grendel an und sagte freiheraus, was ihr im Kopf herumging. Der wird das gewöhnt sein, dachte sie. Der ist mit Rita verheiratet, und die sagt, was sie denkt.

»Würdest du mich«, fragte sie, »einmauern?«

Peter Grendel wusste sofort, dass sie es ernst meinte und dass endlich heraus war, was sie quälte. Trotzdem fragte er sich für einen kurzen Moment, ob die Zeit reif wäre, einen Nervenarzt zu rufen. Das zeigte er ihr nicht, sondern tat so, als hätte sie ihn gerade gebeten, um ihren Garten eine kleine Mauer zu ziehen.

Dafür wurde Weller umso heftiger: »Das ist doch jetzt nicht dein Ernst, Ann Kathrin!«

Rita legte eine Hand sanft auf Ann Kathrins Rücken. Die Wärme tat ihr gut.

Aus Respekt vor Otto Grootes Musik stand Weller auf. Er wollte das nicht jetzt hier am Tisch besprechen. Aber es duldete auch keinen Aufschub.

Sie gingen zu viert durch die Reihen in den kleinen Vorraum, wo die Plakate hingen. Weller war blass im Gesicht, seine Bewegungen fahrig, aber Ann Kathrin wirkte jetzt, als würde es ihr bessergehen.

Rita sagte nichts, wich aber keinen Schritt von ihrer Seite. Sie würde Ann Kathrin unterstützen, das machte sie körperlich klar, durch die Art, wie sie dastand. Dazu brauchte sie keine Worte.

Weller wusste, dass er auf verlorenem Posten stand. Er kannte ihre Methode, allein am Tatort sein zu wollen, eins zu werden mit dem Tatort, ja ein Zwiegespräch mit ihm zu führen. Aber das hier ging entschieden zu weit.

Peter Grendel spürte zunächst den tiefen Vertrauensbeweis, der in Ann Kathrins Ansinnen lag.

»Bitte verlangt jetzt keine Erklärungen von mir«, sagte Ann Kathrin. »Ich will nicht argumentieren. Ich weiß, dass sich das verrückt anhört. Aber mit den vernünftigen kriminalistischen Methoden, wissenschaftlich abgesichert und exakt, seid ihr ja nicht weitergekommen«, sagte sie in Richtung Weller, was der ein bisschen ungerecht empfand, denn noch hatte er mit dem Fall ja gar nichts wirklich zu tun gehabt. Sie meinte damit ihn, stellvertretend für die Arbeit der SOKO Maurer.

»Ich werde wahrscheinlich Schreikrämpfe kriegen«, sagte sie zu Peter Grendel, »aber du musst einfach weitermachen. Ich muss in die Rolle des Opfers kommen, um herauszufinden, was der Mörder wirklich will.«

Peter Grendel machte es ihr leicht. »Schon klar, Ann«, sagte er. »Wir müssen für Luftzufuhr sorgen. Ich kann ja einen Stein rauslassen und dann …«

»Nein. Die Wände waren ganz geschlossen.«

»Das geht nicht. Dann erstickst du.«

»Er muss ein Luftloch gelassen haben. Irgendwie.«

Peter Grendel verzog den Mund. »Das geht, Ann, aber es ist ein gefährliches Spiel. Wann weiß ich, dass ich dich wieder rausholen soll?«

»Na ja, du könntest über dein Handy …«, warf Weller ein und sah an ihrem Gesicht, dass sie seiner Idee nicht folgen würde.

»Nein. Kein Handy. Die Frauen hatten auch kein Handy.«

Peter Grendel stellte klar: »Ja, aber ich muss ja irgendwie wissen, wann ich dich wieder rausholen soll.«

Ann Kathrin wischte sich mit dem Handrücken über die trockenen Lippen. Sie hörte Otto Grootes Stimme und wäre zu gern im Saal gewesen.

»Ich werde ausflippen und schreien und kreischen, aber du darfst mich nicht rausholen, Peter.«

»Na ja, irgendwann muss ich es tun«, sagte Peter Grendel und schluckte. Er wusste, dass er eine verrückte Nachbarin hatte, aber erst jetzt ahnte er, wie verrückt sie wirklich war. Er wusste nicht, wie weit sie gehen würde.

Rita Grendel versuchte, alles mit einem Scherz aufzulockern. »Soll das eine neue Diät werden oder was? Eingemauertes Abnehmen?«

»Wir können eine Zeit vereinbaren«, schlug Peter vor. »Sagen wir, eine halbe Stunde oder eine Stunde, und dann hole ich dich wieder raus.«

Weller stöhnte.

»Die Einzelheiten«, sagte Ann Kathrin, »können wir ja noch besprechen. Ich weiß selbst noch nicht, wie es laufen soll. Ich weiß nur, dass es eine Möglichkeit ist, herauszubekommen, was der Typ will.«

Rita räusperte sich. »Ich kann dir gar nicht sagen, Ann, wie viel Respekt ich vor dem habe, was du tust.«

Damit sprach sie aus, was alle dachten, bei allen Bedenken.

Gemeinsam gingen sie an ihren Tisch zurück, und es kam Weller so vor, als würde Ann Kathrin aufrechter gehen. Sie goss sich ein Glas Rotwein ein und leerte es in einem Zug.

Otto Groote stimmte den Song »Jesmeerwellen« an, Wellers Lieblingslied. Er hatte Mühe, nicht laut mitzusingen. Ann Kathrin tat es.

»Jetzt könnte ich, glaube ich, doch einen Schnaps vertragen«, sagte Peter Grendel.

Er war ein Observierungsprofi. Früher hatte er Wohnungen verwanzt, aber nie war es leichter gewesen als heutzutage. Vorbei die Zeiten der Richtmikrophone, der Ärger mit den Batterien, die nie reichten, und schon ein kurzer Raumwechsel, eine Zigarettenpause auf dem Flur, konnte die mühsam geplante Abhöraktion zunichtemachen.

Später nähte er Chips, nicht größer als ein Fingernagel, in die Kleidung der zu belauschenden Person ein, versteckte Mikros in Haarspangen und Knöpfen. Heute war es noch einfacher. Die kleinen Kügelchen ließen sich im Vorbeigehen einer Person ans T-Shirt schießen. Sie erinnerten ihn an die kleinen Kletten seiner Kindheit, die er zwischen zwei Finger nahm und wegschnippte. Er konnte sie meterweit schießen und zielte gern auf die Nacken seiner Klassenkameraden. Die Dinger blieben an der Kleidung hängen und juckten.

Er musste sich zugestehen, dass auch ihm die Musik vom Otto-Groote-Ensemble gefiel. Aber er war Ann Kathrin dann ganz dankbar, dass sie in den Vorraum gegangen war, um mit Peter Grendel zu sprechen. Er hatte schon viele irrsinnige Gespräche belauscht. Er kannte das aufschneiderische Geblubbere von fiebernden Drogendealern und das selbstherrliche Geschwätz von Möchtegern-Gangsterbossen, aber diese Ann Kathrin Klaasen war eine ganz eigene Nummer. Ein bisschen irre und auf jeden Fall zu allem entschlossen.

Sie schien sich zu verzetteln. Sie war nicht nur hinter ihm her, sondern auch noch hinter einem Serienkiller, dem sogenannten Maurer. Vielleicht eröffnete das ganz neue Perspektiven für ihn.

Nein, er würde sie nicht mit seinem Präzisionsgewehr umbringen. Es gab viel bessere Möglichkeiten.

Er stellte sich vor, wie das wohl aussehen würde, wenn sie sich einmauern ließ. Wer würde davon in Kenntnis gesetzt werden? Ihre Dienststelle sicherlich nicht, zumindest nicht offiziell. Vielleicht reichte es ja aus, einen kleinen Unfall für diesen Peter Grendel zu organisieren. Er musste ihn eigentlich nur weglocken vom Ort des Geschehens und dann das kleine Luftrohr verkleben … So könnte Ann Kathrin Klaasen zum Opfer ihrer eigenen Besessenheit werden. Niemals würde das jemand mit ihm in Verbindung bringen.

Er begann, die Sache zu genießen wie einen gut zubereiteten Cocktail.

Vielleicht wäre es sogar möglich, ihr kurz vor ihrem Tod die ganze Wahrheit zu erzählen. Das, was sie so sehr umtrieb, sollte sie doch ruhig erfahren. Die ganze Wahrheit über ihren Vater und warum er sterben musste.

Zunächst war sie ihm nur lästig gewesen, wie ein Insekt, dessen Stich nicht tödlich ist, sondern schon nach wenigen Stunden vergessen. Aber das Herumsummen mit Flügeln, die

Lärm machten wie kleine Hubschrauberblätter, raubte ihm Nacht für Nacht den Schlaf. Ja, so war Ann Kathrin Klaasen für ihn, ein lästiges Insekt, das seine Ruhe störte.

Doch jetzt begann sie, ihn zu amüsieren. In ihrer Hartnäckigkeit hatte sie durchaus etwas, das ihm Respekt abnötigte. Sie zu erledigen, das wäre sozusagen der Schlusspunkt seiner Arbeit. Der krönende Abschluss. Dann würde er sich zur Ruhe setzen. Endgültig. Es reichte.

Er hatte sein Vermögen gemacht, mehr als er ausgeben konnte. Er kannte eine Menge Polizeibeamte, gute Kripoleute, solche, die längst innerlich ausgebrannt waren. Einige, die sich ernsthaft für die Guten hielten, und einige, die längst wussten, dass die Trennungslinie zwischen Gut und Böse einem Märchen entsprang, das man Kindern erzählte. Aber keiner von ihnen wäre auf so eine Idee gekommen: sich einmauern zu lassen. Selbst vom Ehrgeiz zerfressene Kollegen, die alles dransetzten, jeden Fall mit einer Verurteilung enden zu lassen. Niemand würde so weit gehen wie Ann Kathrin Klaasen. Das hatte sie wohl mit ihrem Vater gemeinsam. Sie waren beide Pitbullterrier. Einmal in eine Sache verbissen, ließen sie nicht mehr los. Ums Verrecken nicht.

Er grinste. Nun wirst du auch sterben, weil du nicht loslassen kannst. Auch das hast du mit deinem Vater gemeinsam, Ann Kathrin.

Du hättest ein schönes, beschauliches Leben führen können, in deiner ruhigen Polizeiinspektion Aurich. Ein anerkanntes Mitglied der Gesellschaft. Aber nein, du musst ja für Ärger sorgen. Irgendeiner dubiosen Wahrheit hinterherlaufen, um dich selbst zu erhöhen, das ist es doch, warum ihr die »Gangster« jagt. Damit ihr euch selbst als Gute fühlen könnt. Du, dein Vater und seinesgleichen.

Weller konnte nicht anders. Er wusste nicht, ob er Huberkran oder Ubbo Heide über Ann Kathrins Vorhaben informieren musste, aber einer von beiden sollte es wissen.

Weller wählte Huberkran. Er fuhr zum Hotel Regina Maris, wo Huberkran gerade sein üppiges Frühstück beendete und nicht widerstehen konnte, sich noch heimlich ein Lachsbrötchen als Wegzehrung einzupacken.

Huberkran war einerseits schockiert, als er hörte, was Ann Kathrin Klaasen plante, andererseits begriff er augenblicklich, dass sie mit ihren unorthodoxen Methoden neue Impulse in die Arbeit bringen wollte. Es faszinierte ihn, aber er hielt es auch gleichzeitig für Kinderkram, und sie hatten keine Zeit, sich mit so etwas aufzuhalten. Er wollte ihren Sachverstand und ihre fachliche Kompetenz, aber er wollte es auf eine andere Art. Irgendwie seriöser. Wenn sie schon solche Dinge machte, dann hoffte er, erst im Nachhinein eingeweiht zu werden.

»Das ist doch sinnlos, Frank. So kommen wir nicht weiter.«

»Ich hatte gleich befürchtet, dass sie so etwas ausheckt«, gab Weller zu.

»Aber wir können damit keine Zeit verlieren. Ich möchte, dass sie mit den Betroffenen spricht.«

»Den Betroffenen? Ich denke, die sind tot?«

Jetzt, im Gespräch mit Weller, kam Huberkran sich kleinkariert vor, weil das Lachsbrötchen, eingewickelt in eine Serviette, vor ihm lag. Er konnte das jetzt nicht einfach so in seine Jacke stecken oder in seiner Computertasche verstauen. Er begann widerwillig, es aufzuessen.

»Ich meine, mit den betroffenen Familien, Frank. Wir haben da nämlich eine Theorie. Ich habe mit Kollegen geredet, die Vermisstenmeldungen bearbeitet haben. Einige von ihnen haben Monate, ja Jahre, nach Leuten gesucht. Für die Familien ist es am schlimmsten. Ein Kollege erzählte mir von einer Mutter, die ihm sagte: Es wäre mir lieber, man würde mir mein totes Kind vor die Tür legen als ständig in dieser Angst und dieser Hoffnung zu leben. Sie beklagte, nicht mal ein Grab zu haben, zu dem sie gehen könne. Sie könne nicht wirklich abschließen. Die Wunde würde ewig offen gehalten.«

Weller verstand. »Ihr geht davon aus, dass jemand die Familien bestrafen will?«

»Ja. Gingen wir eine Weile. Aber es lassen sich keine Zusammenhänge konstruieren. Sie haben nichts gemeinsam, nichts außer einer Toten. Ich will, dass Ann Kathrin nach Luzern fährt und nach Bamberg. Dass sie sich die Akten anschaut und …«

Plötzlich fuchtelte Huberkran, der bis jetzt versucht hatte, ruhig zu bleiben, wild mit den Händen herum. Seine Gesichtszüge entgleisten, und er brüllte: »Verdammt nochmal, sie kriegt kein Frei dafür! Meinetwegen kann sie es machen! Meinetwegen kann sie auch tagelang Minigolf spielen gehen, wenn es ihr guttut! Aber erst, wenn wir den Fall gelöst haben! Ich kann jetzt nicht auf sie verzichten, weil die Dame sich etwas in den Kopf gesetzt hat …«

Weller konnte sich ein Grinsen nicht verkneifen. »Das würde ich ihr an deiner Stelle nicht so sagen. Glaub mir, ich kenne sie besser als du. Mit Druck kommt man bei ihr nicht weiter.«

Während Weller und Huberkran in Norddeich miteinander redeten, klingelte Wilhelm Beukelzoon bei Ann Kathrin Klaasen im Distelkamp. Sie war gerade dabei, sich ein bisschen zurechtzumachen. Sie hatte sich die Haare gewaschen und ein Frotteetuch um den Kopf zu einem Turban zusammengebunden. Sie trug Wellers viel zu großen Bademantel, weil der ihr eine gewisse Sicherheit gab, die sie in ihrem eigenen Bademantel, den ihr Ex ihr vor Jahren zu Weihnachten geschenkt hatte, vermisste.

Durch die Milchglasscheiben in der Tür sah sie die Umrisse eines Mannes. Sie kannte ihn nicht und hatte keineswegs vor zu öffnen, aber er hatte offensichtlich eine Bewegung im Haus gesehen, denn er klopfte gegen die Glasscheibe und stellte sich vor, bevor ihm geöffnet wurde.

»Frau Klaasen? Ich bin Wilhelm Beukelzoon.«

Sofort war sie an der Tür. Sie befand sich zwischen Freude und Angst.

Er hatte silbergraue Haare, war glatt rasiert. Seine großen schwungvollen Lippen erinnerten sie an Mick Jagger oder Steven Tyler. Er war dünn, aber obwohl seine Kleider zwei Nummern zu groß am Körper schlabberten, wirkte er nicht klapprig, ja komischerweise nicht einmal alt. Er hatte einen festen Händedruck und ein verbindliches Lächeln. Ein Mann voller Tatkraft und Führungsqualitäten. Gebräunt, aber keineswegs von einer Sonnenbank. Ein gepflegtes Gebiss. Eine Sonnenbrille in der Brusttasche vom hellblauen Oberhemd. Seine Bundfaltenhose von Cerutti hatte die Farbe einer verwaschenen Bluejeans, war aber aus einem edlen, leichten Stoff mit viel Seide. In den braunen Lederschuhen, die perfekt zum Hosengürtel passten, war er barfuß.

Er hatte sein Jackett locker über die Schulter gelegt und hielt es mit zwei Fingern fest wie eine leichte Einkaufstüte.

»Ich hoffe, Sie erschrecken nicht, Frau Klaasen. Ich habe es vorgezogen, Sie selbst aufzusuchen. In meiner Situation ist es klug, die Identität nicht preiszugeben und den Wohnort schon mal gar nicht.«

Sie entschuldigte sich jetzt schon zum dritten Mal für ihren Aufzug und bat ihn herein. Er bewegte sich in der Wohnung, als sei er schon oft dort gewesen. Ann Kathrin bot ihm einen Platz an. Sie nahm ihm das Jackett ab und hängte es an die Garderobe. Es hatte einen feinen Duft von frisch geschnittenem Gras an sich. Als sie sich die Finger kurz vor die Nase hielt, stellte Ann Kathrin fest, dass selbst die Fingerspitzen, mit denen sie die Jacke berührt hatte, den Geruch angenommen hatten.

Beukelzoon setzte sich im Wohnzimmer auf die Couch, legte die Beine übereinander und faltete die Hände um das obere Knie, wie es manchmal Menschen tun, die gerade erst aufgehört haben zu rauchen und noch nicht so recht wissen, wohin mit ihren Fingern.

Vielleicht ist er auch noch ein Raucher, dachte Ann Kathrin, und will jetzt nur nicht um einen Aschenbecher bitten. Er riecht aber nicht nach Qualm. Bevor er kam, muss er mit einem Mundwasser gegurgelt haben. Sie nahm eine feine Spur Menthol wahr, und er benutzte ein Parfum, in dem Weihrauch den Ton abgab.

Beukelzoon war ein Mann, der sehr auf sein Äußeres achtete. Ann Kathrin stellte sich vor, dass er eine enorme Wirkung auf bestimmte Frauen haben musste. Ihr fielen gleich ein paar ein, die sich für ihn sofort schick gemacht hätten.

»Ich habe die Nachricht von Huberkran bekommen. Ich schätze ihn sehr, aber ich wollte nicht antworten. Heutzutage weiß man nie, wie viel man von sich preisgibt. Da läuft eine Generation draußen herum, die lesen im Internet unsere Spuren besser als ein Daktylograph Fingerabdrücke auf blankem Papier.«

Ann Kathrin überlegte, ob sie ihm ein Getränk anbieten und sich dann ins Badezimmer zurückziehen sollte, um korrekt gekleidet zurückzukommen, aber sie entschied sich anders. Selbstbewusst setzte sie sich ihm gegenüber in den Sessel und schlug die nackten Beine übereinander, ganz so, als ob sie seine Haltung imitieren wollte. Sie legte aber nicht ihre Hände übers Knie, sondern rubbelte mit dem Handtuch an ihren nassen Haaren herum.

Er lehnte sich zurück und schien es zu genießen, ihr zuzuschauen. Bei dem Gedanken, dass er ihre Brüste hin und her wackeln sah, stoppte sie, und ihr Lächeln gefror.

»Ich habe Ihren Vater sehr gemocht, Frau Klaasen. Freundschaft ist ein großes Wort, das will ich hier nicht in den Raum stellen, aber wir sind zusammen durch dick und dünn gegangen. Fragen Sie mich, was Sie auf dem Herzen haben. Sie werden eine ehrliche Antwort bekommen, und dann verschwinde ich wieder aus Ihrem Leben. Aber zunächst lassen Sie mich eine Frage stellen: Wer außer Huberkran weiß noch, dass Sie nach mir suchen?«

Ann Kathrin legte den Kopf schräg. »Ich verstehe nicht ganz.«

Er machte mit seinen Armen eine große, raumgreifende Bewegung, die wieder über seinen Knien endete, und dort faltete er die Hände erneut zusammen.

»Sehen Sie, Frau Klaasen, das wäre nicht der erste Versuch, mich zu finden. Ihr Vater und ich, wir haben mächtigen Leuten geschadet. Wir haben ihnen in die Geschäfte gepfuscht und ihnen die Suppe gehörig versalzen. Einige von denen sind nicht gerade gute Verlierer. Sie haben Rache geschworen. Wer sagt mir, dass Sie nicht von irgendwem instrumentalisiert werden, und es geht nur darum, mich aus dem Versteck zu locken, weil mich jemand vor die Flinte kriegen will, um die alten Rechnungen zu begleichen.«

Dieser Mann hatte durchaus Charisma, fand Ann Kathrin, und eine Energie, die kaum Widerspruch duldete.

»Von welchen Leuten reden wir?«, fragte sie. »Namen wären hilfreich.«

Er lächelte sie an, wie ihr Vater sie manchmal angesehen hatte, wenn sie ihm vor der Hauptmahlzeit bereits das Dessert entlocken wollte.

»Ich glaube, das wollen Sie gar nicht wissen, Frau Klaasen.« Er beugte sich vor. »Worum geht es Ihnen?«

Etwas in ihr sagte ihr, dass dies nicht nur ihre große Chance war, sondern auch, dass sie schwer auf der Hut sein musste. Dieser Mann war mit allen Wassern gewaschen.

Er war nicht einfach nur den Umgang mit kriminellen Lügnern gewohnt, wie all ihre Kollegen, sondern er hatte Jahre mit falscher Identität gelebt, war Schwerverbrechern so nahe gekommen, dass sie ihn für ihren Freund gehalten hatten. Er konnte schnell von einer Rolle in die andere wechseln. Er wäre an jeder Schauspielschule nicht nur als Student, sondern auch als Lehrer angenommen worden.

Okay, dachte sie, fangen wir bei den grundlegenden Dingen an.

»Mein Vater ist erschossen worden.«

»Ja«, nickte er, »ich weiß das natürlich. Bei einem Banküberfall in Gelsenkirchen. Er hat sich gegen eine Geisel auswechseln lassen. Er war nicht im Dienst, sondern zufällig vor Ort und …«

»Das waren echte Profis«, sagte Ann Kathrin. »Der Überfall war militärisch genau geplant.«

Er winkte ab. »Ja, klar. Was sollen die ollen Kamellen? Natürlich, als der Rettungshubschrauber kam, sind die Täter samt der Beute mit dem Hubschrauber geflohen. Das Ding hatten sie vorher beim Roten Kreuz geklaut und … Aber deshalb haben Sie doch nicht versucht, Kontakt zu mir aufzunehmen. Es gibt eine neue Information, stimmt's? Woher wissen Sie überhaupt von meiner Existenz?«

Ann Kathrin schluckte. Einerseits wollte sie aufstehen und etwas zu trinken holen, weil ihr Hals austrocknete, andererseits spürte sie eine merkwürdige Starre, als müsse sie jetzt sitzen bleiben und das hier zu Ende bringen, als könne das Gespräch keine Minute mehr warten.

»Ich habe bei einer alten Dame, Frau Klocke, Fotos von meinem Vater gefunden. Sie zeigen ihn mit einer Frau.«

Ein Lächeln huschte wie unwillkürlich über Beukelzoons Gesicht, als hätte er einen Augenblick seine Gefühle nicht im Griff.

»Sie kennen die Mutter von Isolde?«

»Ich kannte sie. Sie ist tot. Meiner Meinung nach wurde sie ermordet.«

»Ermordet? Warum sollte jemand die alte Dame ermorden? Ein Überfall?«

Ann Kathrin ging darauf nicht ein. »Sie kennen Isolde Klocke also? Angeblich ist sie vor Spiekeroog ertrunken.«

»Ja, ich kenne die Kollegin. Warum sagen Sie angeblich? Was wird hier eigentlich gespielt?«

»Das frage ich Sie, Herr Beukelzoon.«

»Frau Klocke gehörte zu unserem Team. Eine Fehlentscheidung, wenn Sie mich fragen. Das ist nichts für Frauen.«

Er spürte Ann Kathrins Widerstand gegen seine Worte und erklärte mit klar abgezirkelten Gesten: »Wir sind bei der Beschaffung von Informationen nicht zimperlich. Das beginnt beim Durchwühlen eines Mülleimers und endet im Bett einer drogensüchtigen Prostituierten, die früher mal die Frau vom Big Boss war, den es zu überführen gilt.«

Ann Kathrin setzte sich aufrecht hin und verschränkte die Arme vor der Brust. »Wollen Sie damit sagen, dass die Arbeit meines Vaters darin bestand, mit drogensüchtigen Prostituierten ins Bett zu gehen?«

Die moralische Empörung in ihrer Aussage amüsierte ihn. »Nun, ich gebe gerne zu, dass er für solche Einsätze ungeeignet war. Für ihn heiligte nicht der Zweck die Mittel.«

Er machte eine kurze Pause und fügte dann klar hinzu: »Für mich schon. Ihr Vater wühlte zwar mit mir im Dreck der Welt, wollte selbst aber sauber bleiben. Deswegen brauchte er Isolde Klocke.«

Ann Kathrin guckte verständnislos.

Wilhelm Beukelzoon fuhr fort: »Nun, wir sind in hohe Ganovenkreise aufgestiegen. Man hat uns ganz oben vertraut. Das geht nicht einfach so. Wir haben mit denen Partys gefeiert, da lässt man dann schon mal die Puppen tanzen. Also, mir hat es irgendwie auch immer Spaß gemacht. Ihrem Vater nicht. Er war der Einzige, der dort eine Frau mit hinbrachte. Ihre Mutter hätte er ja schlecht bitten können, also kam Isolde Klocke mit und gab sich als seine Lebensgefährtin aus. Mein Gott, was muss die Gute mitgemacht haben bei unseren Zügen durch die Nachtclubs. Die anderen haben ihn deswegen belächelt. Aber im Grunde waren die beiden ein ganz erfolgreiches Gespann. Einige der Mädchen haben sich mit Isolde angefreundet, und von dort bekam sie so manche brauchbare Information.«

Ann Kathrin stand nun doch auf und holte zwei Gläser mit Mineralwasser.

Sie stellte eins vor Beukelzoon auf den Tisch, das andere drehte sie zwischen ihren Fingern und nahm immer wieder kleine Schlückchen, so als hätte sie Angst, sich bei einem tiefen Zug zu verschlucken. Sie räusperte sich: »Sie haben das doch alles nicht aus Jux und Tollerei getan. Was war Ihr Auftrag?«

Seine Augen verengten sich. Er sah sie aus dünnen Schlitzen an. »Haben Sie echt überhaupt keine Ahnung?«

Sie fand es erniedrigend, aber sie schüttelte den Kopf. »Nein, habe ich nicht.«

Bereitwillig gab Beukelzoon Auskunft. Das Glas Wasser rührte er nicht an.

»Wir waren auf einen Mädchenhändlerring angesetzt. Es sah alles ganz legal aus, als Ehevermittlungsinstitut getarnt. Die hatten das ganze Land generalstabsmäßig unter sich aufgeteilt. Bis in den Straßenzug genau stand da fest, wem welches Gebiet gehörte. Zweihundert Ehevermittler gehörten dazu. Katalogfrauen aus Thailand, Brasilien, von den Philippinen – also alle aus den ärmeren Ecken der Welt. Schöne junge Frauen. Teilweise sehr gebildet. Sie glaubten an das Märchen von einem schönen Leben in der reichen Bundesrepublik mit einem netten Ehemann. Vor Ort wurden sie von Heiratsvermittlern angeworben. Meist von Frauen, so vertrauenerweckende Damen um die fünfzig.«

»Ich war selbst ein paar Mal in Thailand. Ich kenne die Situation dort.«

»Sie dürfen sich das nicht alles wie in Pattaya vorstellen. Es ist nicht ganz Thailand ein riesiger Puff, o nein. Das ist ein gewaltiges Missverständnis. Der Vater hat in den Familien noch echt etwas zu sagen. Wenn er eine seiner Töchter aussucht, nach Deutschland zu fahren, um einen Mann zu heiraten, dann fühlt sie sich einerseits als Auserwählte, die die Familie retten soll, und andererseits natürlich auch als Märtyrerin. Die Heiratsvermittlerin verspricht der Familie, einen guten, ordentlichen Ehemann auszusuchen, der auch der Familie regelmäßig Geld überweisen wird, um sie zu unterstützen. Wissen Sie, was das bedeutet? Das heißt, die Oma kann ins Krankenhaus, der Kleine zur Schule. Ganze Dörfer sind so prosperiert. Ja, die Herren haben das als die eigentliche Entwicklungshilfe verkauft.«

»Und darauf hat das BKA meinen Vater und Sie als Zielfahnder angesetzt?«, fragte Ann Kathrin ungläubig.

Der Sommerwind fegte durchs Haus und schlug in der Küche die angelehnte Glastür zu.

Beukelzoon gefiel sich in der Rolle des Märchenonkels

und erzählte weiter: »Das war natürlich noch nicht alles. Der Haken an der ganzen Sache war, dass die Papis für ihre Töchter unterschreiben mussten.«

»Was?«

»Na ja, ein Flugticket musste bezahlt werden, und die Ehe musste binnen drei Monaten vollzogen werden, denn für längere Zeit gab es kein Touristenvisum. Die Heiratsvermittlerin wurde dann im letzten Moment sehr streng und sagte, sie sei schon oft hereingelegt worden, und die Mädchen hätten sich nur ein paar schöne Wochen in Europa machen wollen, und das auf ihre Kosten. Natürlich wiegelt der Papa dann sofort ab, sagt, nein, meine Tochter ist ein anständiges Mädchen, wir sind keine Betrüger. Also hält ihm die Heiratsvermittlerin den Vertrag hin, und darin steht, dass er alles zurückzahlen muss, wenn die Tochter nicht binnen drei Monaten heiratet. Frohgemut fliegt die Tochter also zusammen mit zwanzig anderen nach Good Old Germany. Was die Papis und die Mädels aber alle nicht wissen, ist, der Frauenhändler vor Ort lockt seine Kunden mit einer Geld-Zurückgabe-Garantie-Urkunde.«

»Bitte, womit lockt er die Kunden?«

»Mit einer Geld-Zurückgabe-Garantie-Urkunde. Das ganze Ding ist sogar notariell …«

Empört wollte Ann Kathrin nicht glauben, was sie hörte. Aber dafür hatte Beukelzoon nur Spott übrig: »Das ist doch bei jedem Elektrogerät so. Sie haben vierzehn Tage Zeit, es umzutauschen, und wir finden es alle richtig und in Ordnung. Der kritische Verbraucher fragt sich also, warum soll das bei Frauen eigentlich anders sein? Nun, die Jungs, mit denen wir es zu tun hatten, haben vermieden, dass unnötige Kosten entstehen. Die Frauen wurden also vom Vermittler am Flughafen abgeholt und dort gleich den Männern übergeben, die sich diese Frauen aus dem Katalog ausgesucht hatten.«

»Die Frauen waren also sofort der Willkür dieser Männer ausgesetzt?«, fragte Ann Kathrin.

Beukelzoon nickte, erfreut, dass Ann Kathrin endlich kapiert hatte, wie schweinisch dieses Geschäft ablief.

»Aber das verstößt doch bestimmt gegen deren Religion und …«

»Natürlich. Und glauben Sie mir, auf den Philippinen sind die Katholiken katholischer, als wir das kennen. Vielleicht hatte die junge Frau ja Glück, und er ließ sie am ersten Abend in einem eigenen Zimmer schlafen. Aber Geld, sich ein Hotel zu nehmen, hatte keine von denen. Sie musste halt den Schlafplatz nehmen, der ihr zugewiesen wurde, und dankbar sein musste sie auch noch, und außerdem glaubte ja jede, sie würde geheiratet, und ihr Typ sei der Erlöser und der Retter ihrer Familie …«

Beukelzoon sprach nicht weiter, trank aber auch immer noch nichts von seinem Wasser. Ann Kathrin überlegte. Fürchtete dieser Mann K.-o.-Tropfen zu bekommen? War er so vorsichtig, dass er in einem fremden Haus nichts anrührte?

»Kann ich Ihnen etwas anderes anbieten?«, fragte sie. »Einen Kaffee oder einen Tee?«

Er schüttelte den Kopf. »Nein, lassen Sie uns das jetzt zu Ende bringen, dann bin ich weg, und Sie sehen mich nie wieder. – Der Mann, gegen den wir ermittelten, hieß Stenger. Er und sein Bruder hatten die Sache voll im Griff. Aber zurück zur Geld-Zurückgabe-Garantie-Urkunde, denn damit stand und fiel die ganze Geschichte. Was glauben Sie, wie viele Männer ihre Frauen zurückgaben?«

Ann Kathrin wusste es nicht und hatte auch keine Lust zu raten.

»Neun von zehn«, stellte Beukelzoon fest. »Der zehnte verliebte sich, und wahrscheinlich wurde aus der Sache eine ganz normale Ehe, die nur ein bisschen komisch begonnen hatte. Aber die anderen neun genossen, dass eine Frau ihnen vierzehn Tage lang völlig ausgeliefert war und sich abrackerte, um alle Prüfungen zu bestehen, für die es keine Regeln gab. Am Ende der vierzehn Tage wurden sie dann zu Stenger zurückgebracht. Dort fand dann, meist schon im Büro, gleich ein glatter Austausch statt.«

»Aber warum? Wo ist der Sinn?«

Beukelzoon erhob sich und ging zu Ann Kathrins Bücherschrank. Er fuhr mit dem Finger an den Buchrücken entlang und lächelte.

»Sie sammeln Bilderbücher?«

»Ja. Kinderbücher.«

»Glauben Sie mir, Frau Klaasen, die Menschen sind nicht gut. Die Geld-Zurückgabe-Garantie und das Umtauschen der Frauen war Teil des Konzepts. Stenger verkaufte den Männer etwas, das es nicht gibt: die unterwürfige Frau, die nur ein einziges Lebensziel hat. Das, ihren Mann glücklich zu machen, keinerlei andere Eigeninteressen. Da es solche Frauen auch in Thailand, auf den Philippinen und im sonstigen Rest der Welt meiner Erfahrung nach gar nicht gibt, musste das Produkt, das Stenger verkaufte, erst hergestellt werden. Ich habe Frauen gesehen, die zum dritten oder vierten Mal umgetauscht wurden. Sie wussten, die Uhr tickt. In drei Monaten bin ich entweder verheiratet, oder ich fliege aus Deutschland raus. So waren, ja, so sind die Gesetze. Dann komme ich nach Hause, nicht nur als eine, die versagt hat, sondern auch noch als ein gefallenes Mädchen. Kein Mann wird mich in meinem Land mehr nehmen. Und mein Vater hat auch noch Schulden. Statt meiner Familie zu helfen, habe ich sie ins Unglück gestürzt. Einige dieser Frauen sahen aus wie Zombies. Sie bewegten sich verlangsamt, wie Menschen, wenn sie schwere Beruhigungstabletten genommen haben. Sie taten, was man ihnen sagte, und wurden zu devoten, treuen Sexspielzeugen oder Putzfrauen, je nachdem, was sich der Käufer so vorstellte. Ihr Vater sagte oft, die Seelen dieser Frauen seien gebrochen worden.«

»Und was haben Sie dagegen unternommen?«

»Stellen Sie sich das nicht so leicht vor, Frau Kollegin. Das Ganze fand im Rahmen der Gesetze statt. Ehe und Familie stehen unter dem besonderen Schutz des Staates. Es ging hier um Ehevermittlung. Scheinbar war alles freiwillig. Natürlich hatte das viel mit Gewalt zu tun, aber es ist eine strukturelle Gewalt, die von einem reichen Land gegen ein armes Land ausgeht. Die Urkunden«, er winkte ab, »ach, das ist doch eher ein Witz. Natürlich waren die Dinger nicht einklagbar. Man kann ja schlecht zur Verbraucherschutzzentrale rennen und sagen, ich hab mir eine Frau bestellt, und jetzt kann ich sie nicht umtauschen. Die Urkunden dienten mehr zur Beruhigung der Kunden. Menschenhandel konnte ihm nicht nachgewiesen werden. Er hat all seine Leute eingeschworen und ihnen klare Regeln gesagt. Die goldenen Regeln des Frauenhandels lauten: Erstens: Schlage nie eine Frau in der Öffentlichkeit. Zweitens: Setz sie nicht unter Drogen. Und drittens: Zahle immer pünktlich deine Steuern.

Ja, da staunen Sie, was? Alle Organisationen um Stenger herum waren offizielle Firmen. GmbHs, GbRs, je nachdem. Und sie alle zahlten Steuern. Ihr Vater und ich auch.«

»Was soll das heißen, mein Vater und Sie auch?«

»Na, wie sollten wir denn an ihn herankommen? Sollten wir uns dort melden und sagen, guten Tag, wir sind Zielfahnder vom BKA, würden Sie uns bitte mal einen Fragebogen ausfüllen? Ihr Vater und ich, wir haben eine Firma gegründet und für Stenger gearbeitet. Und wir waren gut. Sehr gut.«

Ann Kathrins Haut begann am ganzen Körper gleichzeitig zu jucken. Am schlimmsten an den Oberschenkeln und am rechten Knie. Sie konnte die Hände nicht ruhig halten, sie musste sich kratzen, obwohl Wellers Bademantel dabei über ihren Beinen bedenklich weit auseinanderrutschte.

Beukelzoon schien das nicht zu beachten. Er war jetzt ganz in seinen Erinnerungen und ließ sie wieder auferstehen. Er hatte die Ruhe und überlegene Gelassenheit verloren.

»Stenger beschaffte die Frauen und wickelte die ganzen Geschäfte offiziell ab. Wir waren sozusagen mit unserer Firma nur Vertreter eines Franchiseunternehmens. Unsere Provisionen haben sich jeden Monat neu berechnet. Dreißig Prozent für die erste verkaufte Frau, fünfunddreißig für die zweite, vierzig für die dritte, und über fünfzig Prozent ging es nicht hinaus. Im nächsten Monat fing man natürlich wieder bei dreißig Prozent an. So hielt der seine Jungs am Arbeiten. Die Nachfrage war groß. Wir haben fünfzig-, sechzigtausend jeden Monat gemacht, Ihr Vater und ich. So sind wir immer höher aufgestiegen in der Organisation, bis hin zu Stenger und seinem Bruder. Wir haben mit ihnen Partys gefeiert und ...«

»Und dann haben Sie ihn hochgehen lassen?«

»Nein, nicht wirklich. Ihr Vater wurde vorher erschossen.«

»Und Sie? Was haben Sie gemacht?«, empörte Ann Kathrin sich.

Er machte eine beschwichtigende Geste. »Ich habe alle Akten dem Staatsanwalt übergeben. Aber das war eine sehr dünne Beweislage. Ehevermittlung ist bei uns nicht verboten. Strafbar machten Stenger und seine Jungs sich nur, wenn die Frauen auch nach drei Monaten noch keinen Ehemann gefunden hatten. Dann tauchten viele ins

Rotlichtmilieu ab, um ihre Fahrtkosten abzuarbeiten und die anderen Kosten, die der Organisation angeblich inzwischen durch sie entstanden waren. Man hat einigen Frauen Rechnungen von zwanzig-, dreißigtausend präsentiert. Im Rotlichtmilieu wurden sie sofort illegal. Aber diesen Job hat Stenger natürlich nicht mehr erledigt. Für die Drecksarbeit waren dann andere zuständig. Und wenn die Frauen mal bei einer Razzia hoppgenommen wurden, mein Gott ja, was passiert dann schon? Sie wurden halt abgeschoben in ihre Heimat, und die anderen waren verheiratet.«

Er räusperte sich. »Ich denke, ich habe Ihnen gesagt, was ich weiß, Frau Klaasen. Sie verstehen sicherlich, warum meine Adresse anonymisiert ist und ich kein großes Interesse daran habe, in der Öffentlichkeit mein Gesicht hinzuhalten. Wir haben es mit Leuten zu tun, für die ein Menschenleben nicht sehr viel wert ist. Natürlich würde Stenger mir nichts persönlich tun. Aber er hat Geld. Sehr viel Geld. Und Auftragskiller sind in diesen Krisenzeiten nicht sehr teuer.«

»Soll das heißen, er ist immer noch in Deutschland und geht seinen Geschäften nach?«

»Ja glauben Sie, dass er inzwischen umgeschult hat und als Erzieher im Kindergarten arbeitet?«

Ann Kathrin spürte, dass Beukelzoon gehen wollte. Sie hatte viel zu verdauen. Aber sie glaubte ihm alles. Warum hätte er sie anlügen sollen?

Sie versuchte, ihn mit Fragen länger dazubehalten. »Wie hieß die Firma, Herr Beukelzoon, die Sie mit meinem Vater betrieben haben? Hatte sie überhaupt einen Namen? Und wo war ihr Standort?«

»Wir haben unsere Firma ›Hot Pants‹ genannt und zunächst im Westerwald gegründet, in der Nähe von Altenkirchen. Wir haben vom Finanzamt eine Steuernummer erhalten, und alles lief prächtig. Doch als sich unsere Firma besser entwickelte als die unserer Kollegen, hat Stenger uns auch ein anderes Gebiet übertragen. Wir haben dann eine Filiale in Gelsenkirchen aufgemacht, auf der Ückendorfer Straße. Da hat vorher eine totale Pfeife gesessen. Der Typ hat es selbst in den Hoch-Zeiten nur auf einen oder zwei Kunden pro Monat gebracht. Er wohnte noch in seinem Kinderzimmer bei seiner Mutti.«

Beukelzoon machte mit der Hand eine Bewegung vor seinem Gesicht, als müsse er eine Glasscheibe sauberputzen. »Manche dieser großen Gangster sind auch einfach nur lächerliche Figuren.«

»Und nachdem Sie dem Staatsanwalt die Akten übergeben haben, ist gar nichts passiert? Wir haben die Akten gesucht. Sie sind verschwunden.«

»Nichts passiert kann man nicht sagen. Stenger hat schon Ärger bekommen. Allerdings haben sie es mit ihm gemacht wie mit Al Capone.«

»Mit Al Capone?«

»Ja. Kennen Sie die Geschichte nicht? Ein Heer von Fahndern war hinter Al Capone her und hat ihn auf Schritt und Tritt begleitet und alles mitgeschrieben, und am Ende konnten sie ihm nicht mehr nachweisen, als dass er für seine Geschäfte keine Steuern bezahlt hat. Die Steuerfahndung hat Al Capone hoppgenommen und sein Imperium zu Fall gebracht. Das haben wir mit Stenger auch versucht. Schließlich stellte sich heraus, dass er gegen seine eigene Regel Nummer drei verstoßen hatte: Zahle immer pünktlich deine Steuern. Pünktlich hat er sie wohl gezahlt, aber nicht im vollen Umfang. Viele Geschäfte sind natürlich in bar gelaufen und nicht durch die Bücher. Wir konnten anhand unserer Recherchen dafür sorgen, dass der Staat für jeden Deal seinen Anteil bekam.«

Ann Kathrin hatte Mühe, tief durchzuatmen. Ihr Brustkorb hob und senkte sich, aber sie bekam nicht wirklich Luft.

»Alles, was der Staat wollte, war seinen Anteil?«, fragt sie atemlos.

Ihre unglaubliche Empörung amüsierte Beukelzoon. Er zupfte die Manschetten seiner Ärmel zurecht und fuhr mit den Fingern der rechten Hand wie mit einer Bürste durch seine Haare.

»Das war es, was ich Ihnen zu erzählen habe, Frau Klaasen. Ich glaube, Ihr Vater war nicht besonders stolz auf sich und das, was er getan hat. Manchmal habe ich gedacht, vielleicht war es gut, dass er nicht mehr das Ergebnis der Ermittlungen gesehen hat. Ihr Vater war ein Mann mit Prinzipien, der an Recht und Gesetz glaubte. Wir sind dem Bösen sehr nahe gekommen und haben mit ihm Geschäfte gemacht, um es zu überführen. Ihr Vater hat darunter gelitten, dass wir für eine Zeit Teil von Stengers Maschinerie wurden. Aber wir mussten Frauen verkaufen, sonst wären wir gleich aufgeflogen, und die Bande hätte uns kaltgemacht, ohne dass wir …«

Ann Kathrin öffnete den Mund und versuchte einzuatmen. Sie klang wie ein Asthmakranker, der dringend sein Spray braucht.

»Es reicht, Frau Klaasen. Sie sehen aus, als hätte Sie eine Dampfwalze überrollt. Sie haben eine Menge zum Nachdenken. Lassen Sie die Dinge ruhen. Die Menschen sind, wie sie sind, und die Gesellschaft auch. Wir können das alles nicht verändern.«

Ihre Stimme klang piepsig, als hätte sie Helium eingeatmet. »Nein, bitte bleiben Sie! Ich habe noch so viele Fragen. Sie können jetzt nicht einfach gehen. Bitte, Herr Beukelzoon, ich … wie kann ich Sie erreichen?«

»Es reicht, Frau Klaasen. Ich bin gekommen, weil ich das Gefühl hatte, Ihrem Vater noch etwas schuldig zu sein. Wenn jemand aus dem Leben geht wie er, dann bleibt immer etwas offen …«

Beukelzoon ging zur Tür. Ann Kathrin folgte ihm. Im

Flur überholte sie ihn und stellte sich mit dem Rücken vor die Haustür.

»Machen Sie sich nicht lächerlich. Sie können mich nicht fesseln und knebeln, damit ich bleibe.« Er lächelte. »Ein bisschen erinnern Sie mich jetzt an meine Frau. Sie hat sich von mir scheiden lassen, weil sie nicht aushielt, was ich tat, die Gute. Ich habe sie so gut verstanden. Ihr Vater hat daraus gelernt. Er war klüger. Er hat immer versucht, seine Familie vor alldem zu beschützen. Wir haben oft über Sie gesprochen, Frau Klaasen. Er hat Sie sehr geliebt. Er wollte nicht, dass Sie wissen, was er tut.«

»Warum nicht?«

»Er hatte Angst.«

»Angst? Vor mir?«

»Angst davor, dass Sie ihn verachten.«

Beukelzoon sah auf den Boden, als würde er in sich hineinhören oder mit jemandem im Raum reden, dessen Anwesenheit Ann Kathrin noch nicht bemerkt hatte. Dann nickte er. »Ja, das war die größte Angst in seinem Leben. Dass Sie ihn verachten würden.«

»Aber warum hätte ich ihn verachten sollen?«

»Weil er sich verhielt wie die Frauenhändler, obwohl er längst kapiert hatte, dass wir nicht in der Lage sein würden, ihnen das Handwerk zu legen.«

Beukelzoon schob Ann Kathrin sanft zur Seite. Sie setzte sich nicht wirklich zur Wehr.

Er spürte, dass sie stark war und durchtrainiert wie er. Er hätte es nicht gerne auf eine körperliche Auseinandersetzung mit ihr ankommen lassen.

»Als wir die erste Frau verkauft haben, Frau Klaasen, da haben wir uns schuldig gemacht. So wie sich unsere V-Leute vom Verfassungsschutz schuldig machen, wenn sie in rechtsradikalen Organisationen aufsteigen, Reden halten und den ersten Jugendlichen davon überzeugen, dass sie die richtige Sache vertreten. Ja, Frau Klaasen, so hat Ihr Vater das gesehen. Ich war dabei, wie er sich mit einem Kollegen gefetzt hat, der es in der NPD bis zum Kreisvorsitzenden und Bundesdelegierten gebracht hatte. ›Wenn du das Herz von nur einem Jugendlichen durch diesen Mist gewinnst, bist du nicht besser als der Rest der Bande‹, hat Ihr Vater damals gesagt. Es hat mächtig Streit gegeben. Wir waren bei einer Spezialschulung für Tarnungsfragen. Was ist nur aus uns geworden?«, fragte er sich selbst.

Es wäre ihm ein Leichtes gewesen, jetzt die Türklinke herunterzudrücken und einfach das Haus zu verlassen. Aber er wollte es nicht. Er sah Ann Kathrin an und wusste, dass eine zutiefst erschütterte Frau vor ihm stand.

»Sie haben mich hereingebeten, es wäre fair, wenn Sie mich nun auch wieder hinauslassen würden, Frau Klaasen.«

Sie öffnete ihm die Tür und umarmte ihn zum Abschied.

Nachdem er gegangen war, duschte Ann Kathrin erneut. Sie machte das Wasser so heiß, dass es fast ihre Haut verbrannte und sie krebsrot wurde. Sie brauchte jetzt diesen Schmerz auf der Haut. Dicke Wasserschwaden hingen im Badezimmer und ließen sich als Tropfen an den Kacheln und Spiegeln nieder.

Sie ging ins Wohnzimmer. Dort sah sie Beukelzoons Wasserglas auf dem Tisch stehen.

Ich habe nichts von ihm, dachte sie. Weder den Namen, unter dem er lebt, noch eine Adresse. Ich weiß nicht, mit welchem Fahrzeug er gekommen ist. Aber er hat mir nicht alles gesagt, was er weiß.

Als sie das Wasserglas wegräumte, begriff sie, warum er nicht daraus getrunken hatte. Er wollte keine Fingerabdrücke hinterlassen. Deswegen lagen seine Hände ständig auf seinen Knien. Daher seine merkwürdigen

Gesten wie ein Raucher, der die Zigarette zwischen den Fingern vermisst. Er war peinlich darauf bedacht gewesen, nichts anzufassen.

Er ist mir haushoch überlegen, dachte sie. Und er hat eine Scheißangst, dass man ihn finden könnte.

Dann begann sie jämmerlich zu weinen.

»Ansgar! Ansgar! Wo bist du? Hast du mich im Stich gelassen? Glaubt deine Mama dir nicht? Ansgar, du bist meine einzige Hoffnung! Hab ich dich nur geträumt? Bist du gar nicht wirklich dagewesen? Das kann doch nicht sein …«

Sie erlebte einen innerseelischen Zusammenbruch. Sie sah sogar ein Bild vor sich, wie eine Pyramide, die nach innen stürzte.

Das konnte doch nicht sein. Das war doch wohl die schlimmste Ironie des Schicksals. Ihr ganzes Leben hing von einem kleinen Jungen ab. Einem Jungen, der sich nicht traute, seinen Eltern zu erzählen, wo er gerade gewesen war.

Sie begann zu beten. Lieber Gott, gib Ansgar Kraft. Lieber Gott, mach einen mutigen Jungen aus ihm. Lieber Gott, gib, dass er eine verständnisvolle, kluge Mutter hat. Lieber Gott, du hast mir Ansgar geschickt. Nun gib ihm auch die Kraft, die Sache durchzustehen.

Ann Kathrin lief die Holztreppe hoch in das Zimmer, in dem ihr Ehemann Hero früher seine Therapiestunden abgehalten hatte und das heute ganz dem Andenken ihres Vaters gewidmet war. Es sah aus wie ein Arbeitszimmer in einer beliebigen Polizeiinspektion. Schreibtisch, Drehstuhl, Aktenschränke, aber Weller hatte einmal kritisch angemerkt, dass es hier keinen Platz für eine zweite Person gab, keinen weiteren Stuhl, und das Sofa in der Ecke war vollgepackt mit alten Zeitungen und Illustrierten. In allen Berichte vom Banküberfall und vom Tod ihres Vaters.

An den Wänden Fotos und die letzten Sekunden bis zum tödlichen Schuss. Sie hatte sogar Abschriften der Funkkontakte der Kollegen untereinander. Sie wusste genau, wer wo gestanden und was gesagt hatte. Aber die Aussage von Beukelzoon warf viele Ideen und Überlegungen über den Haufen.

Mit zusammengekniffenen Lippen tippte Ann Kathrin bei Google Begriffe ein und durchsuchte das Internet nach Hinweisen.

»Firma Hot Pants«. »Stenger«. »Frauenhandel«. »Ludwig Stein«. »Wilhelm Beukelzoon«.

Immer wieder kam Gelsenkirchen vor. Ein Rollstuhlfahrer berichtete in einem Forum, er habe über die Firma »Hot Pants« seine Ehefrau kennengelernt, er sei glücklich und sie auch. Herr Stein hätte sie in Thailand erst freikaufen müssen, weil sie Schulden hatte, dafür habe er eine Hypothek auf sein Haus aufgenommen. Der klügste Schritt seines Lebens, besser habe er sein Geld nie angelegt.

Über einen Verweis auf eine Kneipe in Rotthausen, wo die Hochzeitsfeier stattfand, gelangte Ann Kathrin zu den »Gelsenkirchener Geschichten«. Dort gab es mehrere Threads zu Kneipen, Personen und Ereignissen. Mehr als tausend Menschen schrieben darin über ihre Kindheit und Jugend in Gelsenkirchen.

Rasch warf Ann Kathrin einen Blick auf ihr altes Gymnasium. Das Grillo.

Sie suchte unter »Verbrechen«, »Prostitution«, »Menschenhandel«, »Banküberfall«, »Geiseltod«. Unter all dem Müll und Dreck befürchtete sie, ihren Vater zu finden.

Von einem besonders üblen Zuhälter war die Rede, der Zwangsprostituierte »eingeritten« habe.

Ihr Magen krampfte sich zusammen. Sie hob die Füße vom Boden und stellte sie auf den Drehstuhl. Wie ein fluchtbereites Huhn hockte sie da und pickte im Internet nach Körnern.

Dann, ein paar Seiten weiter, erfuhr sie das Alter des Zuhälters und dass er kleinwüchsig war. Sie war erleichtert und erwischte sich bei der irren Vorstellung, dass sie für einen Moment Angst gehabt hatte, ihr Vater sei dieser Zuhälter gewesen.

Sie stand auf und ging zielstrebig zu den Bildern ihres Vaters. Sie rückte eines an der Wand zurecht, obwohl es gar nicht schief hing. Aber sie musste jetzt wenigstens ein Porträt von ihm berühren, wie um sich bei ihm zu entschuldigen.

Gleichzeitig nahm sie einen unbekannten Zug um seine Lippen wahr, etwas, das ihr bisher nie aufgefallen war. Hatte sein Lächeln nicht auch etwas Abgründiges?

Ich muss die Sache klären, sagte sie zu sich selbst. Es wird unerträglich. Ich muss es für mich tun. Ich brauche endlich Klarheit.

Es war ein Rohbau in Süderneuland. Ein Einfamilienhaus mit Doppelgarage. Die Mauern waren noch unverputzt.

Peter Grendel kannte den Bauherrn gut. Er hätte ihn fragen können, es war praktisch ein Freund von ihm, wie er Ann Kathrin mehrfach versichert hatte. Aber sie war strikt dagegen, jemanden einzuweihen.

Der Tag hatte trotz Nordwestwind schwül begonnen, aber jetzt trieb ein warmer Sommerregen die Menschen von den Terrassen und Biergärten in die Häuser.

Durch die aufsteigenden, feuchtwarmen Luftmassen hatten sich über dem Südosten der Stadt Norden zwei große Gewitterwolken aufgebaut, die jetzt miteinander zu wetteifern schienen, welche von ihnen die längsten Blitze nach unten schicken konnte.

Es war Peter Grendel ganz recht, als er mit seinem gelben Lieferwagen mit der Aufschrift »Eine Kelle für alle Fälle« vor dem Neubau hielt. Er hatte schon alles vorbereitet und wollte schnell im Schutz der dichten Regenfäden ins Haus huschen, aber er hatte Ann Kathrins Vorliebe für Regengüsse und Gewitter unterschätzt. Sie stieg zwar aus, kam aber nicht zum Haus.

Hoch über ihnen fand jetzt eine elektrische Entladung statt, deren Heftigkeit selbst Peter Grendel zusammenzucken ließ. Der Blitz gabelte sich. Eine Spitze zielte auf Osteel, die andere spaltete einen Kastanienbaum beim Motodrom in Halbemond.

Ann Kathrin nahm das Gewitter als gutes Zeichen. Etwas würde sich klären.

Sie stand mit dem Rücken an Peters Wagen gelehnt und reckte dem Regen ihr Gesicht entgegen. Sie schloss die Augen, öffnete aber den Mund weit. Ja, sie wollte die Natur spüren! Genau das brauchte sie jetzt, um sich zu erden.

Die Regentropfen vereinigten sich zu kleinen Wasserfällen, die von ihrem Kinn auf den Kehlkopf prasselten und im Rand ihres T-Shirts versickerten.

Peter Grendel konnte Ann Kathrin an der Beifahrerseite des Lieferwagens von seinem Standort aus nicht sehen. Er rief: »Ann Kathrin! Was ist?«

Als er nichts von ihr hörte, lief er zum Fahrzeug zurück. Als er sie sah, hatte er das Gefühl, sie bei einer sehr intimen Handlung zu beobachten. Er wollte schon wieder umdrehen. Fast hätte er »oh, Entschuldigung« gesagt, als sei er versehentlich in ein falsches Hotelzimmer eingetreten, in dem sich gerade eine Dame zurechtmachte.

Aber ohne die Augen zu öffnen und obwohl der laute Regen alle anderen Geräusche schluckte, nahm sie seine Anwesenheit wahr.

»Ich komme, Peter«, sagte sie. »Es kann losgehen.«

Gemeinsam liefen sie über vom Bagger zerfurchten Lehmboden zum Haus.

Obwohl Ann Kathrins Kleidung nass war, fror sie nicht.

Peter Grendel wischte sich Tropfen vom Gesicht und zeigte auf eine Kühlbox, neben der zwei Thermoskannen standen.

»Sollen wir uns erst mal stärken? Rita hat dafür gesorgt, dass wir nicht verhungern.«

Ann Kathrin hätte gern zugegriffen, war aber dafür innerlich schon zu intensiv mit dem beschäftigt, was gleich passieren sollte. Sie hatte Sorge, jetzt keinen Bissen herunterzubekommen.

»Später wirst du dich ärgern«, sagte Peter Grendel.

»Vermutlich«, antwortete Ann Kathrin. »Wo machen wir es?«

Peter Grendel ging vor in einen Raum, der später einmal die Heizung beherbergen sollte. Ann Kathrin sah sich um.

»Da kann dir nichts passieren«, versprach Peter Grendel. »Luft kommt durch den Versorgungsschacht da. Außerdem kannst du das Fenster öffnen, falls ...«

Ann Kathrin winkte ab. »Nein. Das ist der falsche Raum. Keine Fenster. Keine Luftschächte.«

Peter Grendel versuchte, sie zu überzeugen: »Aber der ist klein und rasch zugemauert.«

Er sah ihr gleich an, dass er keine Chance hatte, sie umzustimmen.

Sie entschied sich für die fensterlose Nordwand im Wohnzimmer, gegenüber vom Kamin.

»Da, so ähnlich sah es aus«, sagte sie und zeigte Peter, wo er die zusätzliche Wand bauen sollte. Dann hockte sie sich auf den Boden und sah ihm zu. Seine Handgriffe waren sicher und präzise. Er arbeitete konzentriert mit 24-cm-Kalksandsteinen. Er benutzte einen Schnellbinder und erklärte: »Das ist Sulfadur-Zement mit hoher Anfangsfestigkeit und Kiessand im Mischverhältnis zwei und eins. Zwei Anteile Sand. Ein Anteil Zement.«

Seine Sachlichkeit tat ihr gut. Er vermittelte ihr, dass er genau wusste, was er tat.

»Ich rühre den Mörtel mit Wasser und einem Mischöl an. Das ist ein Luftporen bildendes Zusatzmittel, dadurch wird der Mörtel sauhart.«

Ann Kathrin stellte keine Fragen. Sie sah ihm nur bei der Arbeit zu.

Immer wieder schaute Peter Grendel zu ihr herüber, sprach aber nicht mehr, um ihre Gedanken nicht zu stören, wofür sie ihm dankbar war.

So kann es nicht gewesen sein, dachte Ann Kathrin. Ich hätte jede Chance der Welt, ihm wegzulaufen.

Sie spielte die Möglichkeiten laut durch: »Ich könnte einen Stein nehmen und dir damit den Schädel einschlagen, wenn du dich bückst, um neuen Zement auf deinen Spachtel zu laden.«

Er ließ sich nicht irritieren, sondern arbeitete einfach weiter.

»Die Opfer waren nicht gefesselt, sonst hätten wir Spuren von Seilen oder Riemen gefunden. Er muss sie also betäubt haben, oder wie sonst hat er sie dazu gebracht, stillzuhalten, während er sie einmauerte?«

Peter Grendel wusste, dass sie keine Antwort von ihm erwartete, sie sprach nur laut, während ihre Kleidung auf ihrer Haut trocknete.

Dann schwieg Ann Kathrin wieder eine Weile und zog die Beine an ihren Oberkörper. Sie stützte ihr Kinn auf den Knien ab.

Peter Grendel arbeitete jetzt seit einer Stunde unermüdlich ohne Pause, und er war ein Profi. Es lag noch viel Arbeit vor ihm. Ann Kathrin hätte jederzeit mühelos über die Mauer ins Freie klettern können, doch sie blieb sitzen, spürte den harten Betonboden unter sich und sah ihrem Nachbarn zu.

»Vielleicht hat er nicht die ganze Mauer im Beisein seines Opfers hochgezogen, sondern viel mehr vorbereitet, als wir denken. Er musste ohnehin vorher genügend Steine in den Raum bringen, den Zement mischen und … Vielleicht war das Gefängnis vorher sogar schon so gut wie fertig und er hat nur ein genügend großes Loch gelassen, um seine Opfer hineinzuschieben. Das konnte er bestimmt auch leichter verteidigen, oder er hat ihnen ein Schlafmittel gegeben. Aber er hat bestimmt lange vorher begonnen …«

Obwohl die Mauer noch lange nicht vollständig hochgezogen war, wurde es Ann Kathrin schon mulmig zumute, denn wenn sie im Sitzen geradeaus sah, erblickte sie nur die raue Oberfläche der Steine.

Inzwischen warf die Mauer schon einen Schatten auf sie.

Weller wusste genau, was Ann Kathrin und Peter Grendel im Moment taten. Sie hatten ihm nicht einmal verraten, wo es geschah. Er sollte sie nicht stören und sich aus dem ganzen Prozess heraushalten.

Es brachte ihn fast um. Einmal verspürte er sogar kurz den Impuls, sie zu verlassen. Aber dann zuckte er vor seinen eigenen Gedanken zurück. Er musste sich eingestehen, dass die Zeit mit Ann Kathrin trotz der drückenden Schulden aus seiner geschiedenen Ehe die bisher glücklichste seines Lebens war. Nein, er wollte sie nicht verlieren. Auf keinen Fall. Niemals, deshalb war er ja so nervös.

Er versuchte, sich zu beruhigen. Nein, er würde sie nicht verlieren. Nicht heute jedenfalls und nicht durch Peter Grendel. Gleichgültig, wie fragwürdig die Aktion auch sein mochte, bei Peter war Ann Kathrin in Sicherheit.

Trotzdem griff Frank Weller schneller zum Handy als sonst. Peter hatte versprochen, ihn sofort anzurufen, falls es Probleme gab.

Holger Bloem vom Ostfrieslandmagazin war dran. Der wollte eigentlich Ann Kathrin sprechen, aber die hatte ihr Handy ausgeschaltet.

Holger Bloem erzählte, dass ein Mann ständig in der Redaktion anrufe. Ein Herr aus Delmenhorst. Seine Tochter sei verschwunden, aber die Polizei nähme die Sache nicht ernst. Holger Bloem wollte wissen, ob an der Sache etwas dran sei, der Mann hätte ein bisschen verwirrt auf ihn gewirkt.

Bei dem Wort »verschwunden« krampfte sich Wellers Magen kurz zusammen.

»Und wieso ruft der beim Ostfrieslandmagazin an?«

»Na, weil er sich als Abonnent mit unserer Illustrierten verbunden fühlt. Wir haben vor zwanzig Jahren mal über ihn berichtet, weil er bei den Boßelmeisterschaften in Irland ...«

Weller unterbrach Bloem. »Ja, danke, so genau wollte ich es eigentlich gar nicht wissen.«

»Jedenfalls hat der Mann den Bericht heute noch hinter Glas an der Wand. Er vertraut dem OMA.«

Weller notierte sich den Namen der Tochter und versprach, sich darum zu kümmern. Vermisste Frauen machten ihn noch nervöser, als er ohnehin schon war.

Weller rief die Dienststelle an. Rupert meldete sich mit: »Ich höre Hit Radio Antenne.«

Im ersten Moment glaubte Weller, sich verhört oder verwählt zu haben. »Bitte, was?«

Rupert schaltete sofort um. »Moin, Weller, bist du das?«

Weller holte tief Luft, dann donnerte er: »Die Frage ist nicht, wer ich bin, sondern, wer du bist!«

»Jetzt flipp doch nicht gleich aus. Der Schollmayer verlost heute fünfzigtausend Euro. Fünfzigtausend Euro, Weller, wenn man sich mit ›Ich höre Hit Radio Antenne‹ meldet. Das Spiel läuft gerade. Ich höre hier Radio. Er wählt nach dem Zufallsprinzip eine Nummer aus Niedersachsen aus, und ich dachte …«

»Du dachtest?«

»Mensch, da würde man sich doch schwarzärgern, würde man sich doch da, wenn man sich falsch gemeldet hätte.«

»Du hast dich falsch gemeldet!«, schrie Weller. Es tat ihm gut, jetzt so aufzubrausen. Endlich konnte er Dampf ablassen. Während er das tat, spürte er erst, unter welchem Druck er gestanden hatte.

»Wer hat denn hier immer Geldprobleme? Du oder ich?«, verteidigte Rupert sich. »Ich hätte mit dir geteilt, wenn ich gewonnen hätte.«

»Hättest du nicht!«

»Doch, weil ich nämlich ein Kumpel bin, im Gegensatz zu dir.«

»Das sagst du jetzt nur, damit ich die Sache nicht weitermelde.«

»Was soll das denn heißen? Wirst du jetzt hier zum Kollegenschwein? Willst du mir mit diesem Quatsch eine reinwürgen?«

»Ach, leck mich doch!«

Wütend brach Weller das Gespräch ab. Gleich darauf ärgerte er sich, weil er seine eigentliche Frage gar nicht losgeworden war.

Er rief Rupert erneut an. Der war diesmal vorsichtiger und meldete sich mit: »Moin, hier ist die Kripo Aurich, Kommissariat eins, Rupert mein Name.«

»Hier Der Schollmayer von Hit Radio Antenne. Sie haben leider nicht gewonnen.«

Weller verunsicherte Rupert nicht eine Sekunde. Er kannte die Stimme vom Schollmayer.

»Hahaha«, lachte Rupert demonstrativ. »Guter Witz, selten so gelacht.«

»Wissen wir irgendetwas über eine Judith Harmsen?

Ihr Vater aus Delmenhorst hat sie als vermisst gemeldet.«

Jetzt lachte Rupert noch lauter. »Erstens sind wir dafür gar nicht zuständig. Zweitens denk ich, du bist im Gegensatz zu mir in die SOKO Maurer aufgestiegen, und drittens kannst du dir vorstellen, wie viele junge Frauen nachts schon mal verschwinden? Alle Frauen betrügen ihre Männer, sagt der Pessimist, und der Optimist sagt: Hoffentlich!«

Der Spruch war alt, aber er traf Weller immer noch. Er wusste nicht, mit wie vielen seiner Kollegen seine Renate damals im Bett gewesen war. Vielleicht war an der ganzen Sache auch viel weniger dran, als er befürchtete, aber weh tat es ihm noch immer, wenn er daran erinnert wurde.

»Und viertens bist du ein Riesenarschloch.«

»Ich hatte sie nicht, wenn du das meinst«, konterte Rupert. »Ich nicht. Ich wollte nicht.«

Erneut brach Weller das Gespräch ab. Er musste sich beherrschen, das Handy nicht an die Wand zu knallen. Er presste es so fest zwischen seinen Fingern, dass das Gehäuse knirschte.

»Bevor du ganz in deinem Verlies verschwindest«, sagte Peter Grendel, »sollten wir erst etwas essen. Rita hat uns Hähnchenschenkel und …«

»Er wird seine Opfer vorher auch nicht gefüttert haben.«

»Nennt man das nicht Henkersmahlzeit? Ich finde, vor so einer Anstrengung muss was auf die Gabel. Außerdem …«

Sie sah zu ihm hoch. Die Mauer ging ihm schon bis zur Brust.

»Außerdem was?«

»Außerdem müssen wir uns noch einig werden, wann

ich dich hier wieder raushole. Also, mein Freund, dem das Haus gehört, macht mit seiner Familie Urlaub auf Malle. Bis der wiederkommt, ist hier alles tiptop, aber …«

»Lass mich hier drin, egal, ob ich bettle oder schreie oder nicht. Aber wenn ich ganz klar und sachlich sage: So, Peter, das war's, dann befrei mich sofort.«

Er zeigte auf den dicken Vorschlaghammer, der hinter ihm am Kamin stand und klopfte mit der flachen Hand gegen die Steine.

»Hier werde ich ein Loch in die Wand hauen. Genau hier. Und du verkriechst dich in die Ecke da und schützt deinen Kopf mit beiden Händen gegen die Splitter, du verrücktes Huhn.«

Er bot ihr noch einmal den gelben Schutzhelm an, aber wie erwartet, lehnte sie ab.

Der letzte Stein. Peter Grendel wog ihn in der Hand. Er kam ihm schwerer vor als alle anderen.

Er zögerte noch einen Moment.

»Nun mach schon, Peter. Bringen wir es hinter uns.«

Er hatte nicht mehr als eine kleine Luftöffnung gelassen, ganz wie sie es verlangt hatte. Alles geschah genau nach Absprache zwischen zwei erwachsenen Menschen im Vollbesitz ihrer geistigen Kräfte, aber trotzdem war es Peter Grendel jetzt mulmig zumute. Er hatte das Gefühl, krank zu werden. Eine Art Sommergrippe schien sich anzukündigen. Er hatte fiebrige Augen und bekam Hunger auf die Hähnchenschenkel.

Inzwischen hatte Weller die Eltern von Judith Harmsen auch ohne Ruperts Mithilfe ausgemacht. Es hatte in der letzten Woche zwölf Vermisstenanzeigen in Ostfriesland gegeben.

Ein verwirrter Rentner war aus einem Seniorenheim in Hage weggelaufen, wurde aber am nächsten Tag in

Lütetsburg beim Schlosspark gefunden, dort, wo gerade Bagger das Gelände für einen Golfplatz umgruben.

Drei Touristenkinder hatten in Norddeich einen Großeinsatz ausgelöst, weil sie angeblich im Watt verschwunden waren, sie hatten aber nur im Diekster Köken ein Eis gegessen.

Vier pubertierende Jugendliche hatten die spießigen Ferienwohnungen ihrer Eltern verlassen und waren auf ihren Rädern nach Holland gefahren, um in Groningen im Coffeeshop mal so richtig einen durchzuziehen.

Zwei Ehefrauen hatten es nicht mehr länger bei ihren Männern ausgehalten. Die eine kam reumütig von alleine zurück, die andere reichte von Köln aus die Scheidung ein.

Ein Familienpapi aus Oldenburg ersäufte seinen Kummer und wurde mit einer Alkoholvergiftung im Park gefunden. Er hatte mit seinem Arbeitsplatz offensichtlich auch sein Gedächtnis verloren und wusste nicht, wo er in den letzten beiden Tagen gewesen war.

Ja, und dann war da noch Judith Harmsen. Ihr VW Polo stand ordnungsgemäß geparkt, aber unverschlossen, auf dem Parkplatz neben der Bücherei in Ganderkesee. Jemand hatte die Nummernschilder abmontiert.

Weller beschloss, sich die Sache vor Ort anzusehen. Huberkran wollte die Notwendigkeit nicht einsehen, aber Weller blieb hart: »Eine Frau aus Bremen besucht ihre Eltern in Delmenhorst. Sie fährt von dort zu einer Autorenlesung nach Ganderkesee und kommt nicht zu ihren Eltern zurück. Sie taucht auch nicht in ihrer Wohnung in Bremen auf. Aber ihr Wagen steht unverschlossen und mit zerstochenen Reifen vor der Bibliothek. Also für mich sieht das ganz so aus, als ob …«

»… der Autor sie abgeschleppt hätte«, spottete Huberkran. »Mensch, Frank, die machen in irgendeinem Hotel Gymnastik …«

Weller ging auf den versuchten Scherz nicht ein. »Wir haben die Hotels der Umgebung abgefragt. Der Autor hat im Oldenburger Hof geschlafen.«

»Na, dann sind sie eben nicht in einem Hotel, sondern in irgendeiner Studentenbude oder WG. Da vögelt er sie jetzt in allen Stellungen, bis sie beide nicht mehr können, und wenn den beiden klar wird, dass es dadraußen noch eine Welt gibt, mit anderen Menschen und Verpflichtungen, dann werden sie reumütig zurückkehren. Sie zu ihren Eltern und er …«

»Er hat morgens schon um sechs Uhr alleine im Hotel gefrühstückt, weil er weitermusste zu einer Veranstaltung in Meran«, sagte Weller sachlich.

Huberkran schlug sich mit der rechten Faust in die linke Handfläche. »Nach Meran? Ein Leben haben diese Typen!«

Weller entnahm aus Huberkrans Reaktion nicht nur, dass er neidisch auf den Autor war, sondern vor allen Dingen, dass er selbst seit langem keinen guten Sex mehr gehabt hatte. Das unterscheidet uns, dachte Weller, aber er behielt seine Gedanken für sich.

»Mensch, Weller. Wir müssen planvoll und koordiniert vorgehen. Jetzt kann nicht einfach jeder tun, was er für richtig hält.«

»Ja, soll ich tun, was ich für falsch halte?«

Huberkran stöhnte. Er zählte es an den Fingern auf: »Ann Kathrin lässt sich einmauern, und du läufst wahllos jeder Vermisstenmeldung hinterher! Es gibt nicht den Hauch eines Hinweises, dass diese Frau Harmsen dem Maurer in die Hände gefallen ist. Wir haben täglich Hunderte ähnlicher Fälle im ganzen Land. Vielleicht hat der Typ schon vor Jahren aufgehört. Wir haben keine Veranlassung zu glauben, dass er im Moment aktiv ist.«

Weller zeigte mit dem Finger auf Huberkran. »Komm

mir nicht so. Warum denn dann die ganze Hektik, wenn wir nicht befürchten, dass er weitermacht? Ich fahre jetzt jedenfalls nach Delmenhorst und Ganderkesee.«

Ann Kathrin schwitzte und fror gleichzeitig. Sie saß auf dem Boden, die Ellenbogen auf die Knie gestützt, die Arme ausgestreckt, so dass ihre Finger die Steine berührten.

Es war stockfinster. Durch das Luftloch drang kein Licht in den Raum.

Noch nie hatte Ann Kathrin sich in solcher Finsternis befunden. Es war ein erschreckendes Erlebnis. Es machte keinen Unterschied, ob sie die Augen öffnete oder geschlossen hielt. Sie sah nichts.

Wie oft hatte sie nachts in ihrem Garten gestanden und die unterschiedlichen Schwarztöne bewundert. Selbst in der Nacht warfen die Birnbäume noch Schatten. Es gab dunkle Ecken bei der Hecke und an der Garage und graue, hellere auf der Terrasse. Deutlich hoben sich die vom Wind bewegten Äste gegen den sternklaren Nachthimmel ab.

Aber das hier war anders. Eine völlig neue Erfahrung, mit nichts zu vergleichen. Hier drin war alles einfach nur schwarz. Hier sah man wirklich die Hand nicht vor Augen, und auch die Außengeräusche waren verschwunden. Sie hörte ihr eigenes Herz klopfen, und das Pulsieren ihres Blutes in den Adern hörte sich wie ein an- und abschwellendes Rauschen an. Mystisch. Beunruhigend. Fremd und bekannt zugleich.

Sie war ganz auf ihren Tastsinn angewiesen, und sie bildete sich ein, den Beton auf der Zunge schmecken zu können. Die Steine gaben einen Geruch ab, der sie an eine offene Gruft erinnerte und an ihren ersten Besuch in einer Tropfsteinhöhle in der Bing-Höhle in Franken bei Streitberg. Ihr Vater hatte ihr den Unterschied zwischen

Stalagmiten und Stalaktiten erklärt: »Stalagmiten steigen, wie unsere Miete zu Hause in Gelsenkirchen.«

Es war ihr, als würde sie jetzt wieder den Windzug aus der Höhle auf der Haut spüren, diese feuchte, kalte Luft, dabei saß sie in einem Raum ohne die geringste Luftbewegung.

Ihre Mutter war damals nicht mit in die Höhle gegangen. Sie hatte irgendeine Ausrede gefunden, lieber draußen einen Kaffee zu trinken. Aber Ann Kathrin wusste genau, dass ihre Mutter sich nicht traute. Sie hatte Phobien. Geschlossene Räume verursachten ihr Angst. Niemals wäre sie in einem Fahrstuhl gefahren. Sie ging immer zu Fuß, »weil das fit hält«. U-Bahnen waren ihr ein Gräuel, und wenn sie in Urlaub fuhren, studierte sie vorher genau die Karte, ob die Fahrt auch nicht durch einen Tunnel führte.

Ann Kathrin hatte sich damals in Streitberg ihrer Mutter gegenüber überlegen gefühlt. Sie war Papas tapferes Mädchen. Sie hatte mit ihm das Abenteuer erlebt. Sie hatte die Zunge so lange aus dem Mund gestreckt, bis ein Tropfen von der Decke darauf fiel.

»Hoffentlich wächst dir jetzt nicht ein Stalagmit auf der Zunge!«, hatte ihr Vater gescherzt.

Ann Kathrin schämte sich jetzt, weil sie ihrer Mutter nach dem Höhlenbesuch hochnäsig begegnet war. Sie hätte heulen können bei dem Gedanken. Sie erinnerte sich nur zu gut daran, wie triumphal das Gefühl gewesen war, gemeinsam mit Papa etwas getan zu haben, das Mama sich nicht traute. Von der Zeit an nahm sie jeden Fahrstuhl und ging nie mehr mit Mama zu Fuß, weil das gesünder war. O nein!

Ann Kathrin biss in ihren Handrücken.

Er mochte diese Wohngegend in Süderneuland. Ja, wenn sein Leben anders verlaufen wäre, hätte er sich durchaus vorstellen können, hierherzuziehen. Ein Altersruhesitz ohne jede Steigung, keine Berge, gute, ausgebaute Straßen, prima ärztliche Versorgung. Aber je mehr so ein Leben in unerreichbarer Entfernung verschwand, umso mehr wünschte er es sich. Vielleicht gar eine Frau. Nichts Aufregendes. Einfach einen Menschen, der zu ihm hielt, mit dem er reden konnte.

Er lächelte gequält bei dem Gedanken. So etwas würde es für ihn nicht mehr geben. Er konnte mit keiner Partnerin auf dem Sofa am Kamin sitzen und ihr von seinen Sorgen erzählen, von seinen Gewissensbissen und seinen Irrtümern – und was nützen einem Heldentaten, wenn man nicht darüber reden kann? Jede Frau würde – bestenfalls – schreiend davonlaufen, wenn er ihr von seinem wirklichen Leben erzählte. Wahrscheinlich müsste er sie nach so einem Abend töten, um nicht von ihr verraten zu werden.

Er ging langsam um den Rohbau herum, in dem Peter Grendel auf einem Klappstuhl vor der frischen Mauer saß, hinter der Ann Kathrin Klaasen im Dunkeln hockte. Er schlenderte wie jemand, der sich ziellos und mit viel Zeit die Gegend ansah.

Der Boden war noch nass, aber es hatte längst aufgehört zu regnen. Er beschloss, ins Haus zu gehen. Er überprüfte routinemäßig den Sitz der Beretta im Schnellziehholster. Die Waffe steckte wie immer einsatzbereit an ihrem Platz. Das Klappmesser in der rechten Jackentasche auch. Er hatte die zwölf Zentimeter lange Klinge ein paar Mal direkt neben die Beretta gehalten und gefeuert. Jetzt klebten Schmauchspuren daran.

Er lächelte. Das würde jeden Gerichtsmediziner in den Wahnsinn treiben. Der Laborbericht würde unglaubhaft aussehen. Eine Stichwunde mit deutlichen Schmauchspuren, als sei das Messer mit schwefelhaltiger Munition aus einer Waffe abgefeuert worden. Die konnten heutzutage so viel, es war wichtig, dass man sie arbeiten ließ. Er nannte das »Dem Äffchen ein Zückerchen geben«.

Sie würden sich damit beschäftigen und dabei die eigentlichen Zusammenhänge aus den Augen verlieren. Sie waren so dumm, und sie hielten sich für so schlau.

Er spielte mit ihnen.

Als Peter Grendel die Schritte auf dem Boden hörte, fuhr er hoch. Er bekam plötzlich einen Anflug von schlechtem Gewissen. Er war immer noch sehr überzeugt davon, dass das, was er hier tat, richtig war und hoffentlich half, einen schrecklichen Killer endlich zu stoppen, aber er war sich auch bewusst, dass die ganze Geschichte sehr missverstanden werden könnte.

Er war froh, dass Weller und Rita Bescheid wussten. Es gab Geheimnisse, die teilte er lieber mit anderen, als sie für sich zu behalten. Dies war so eines.

Peter Grendel sah nach, wer gekommen war. Er kannte den Mann nicht, aber etwas an seiner Art sagte Peter, dass der Mann nicht aus Norden war.

»Moin«, sagte Peter und wartete auf eine Reaktion.

»Ich bin der Schorsch.«

»Der Schorsch? Na, schön für Sie.«

Peter Grendel kannte keinen Schorsch und wurde misstrauisch.

»Ich bin der Schwager. Meine Schwester hat mir so von ihrem Neubau vorgeschwärmt, da musste ich einfach mal gucken. Das ist doch in Ordnung, oder?«

Peter Grendel zuckte kurz mit den Schultern, musterte den Besucher aber so eindringlich, dass dieser fragte: »Mein Schwager hat Ihnen doch gesagt, dass ich vorbeikomme, oder hat er das wieder vergessen, die alte Knalltüte?«

»Nö«, log Peter Grendel. »Der hat Bescheid gesagt.«

Etwas stimmt mit dem Mann nicht, dachte Peter Grendel. Oder bin ich jetzt ungerecht und übernervös, weil ich gerade Ann Kathrin eingemauert habe? Was soll ich machen, wenn sie gleich losschreit, hol mich hier raus?

Er musste den Mann so schnell wie möglich loswerden.

»Sie kennen das ja sicher. Betreten der Baustelle verboten.«

Sein Gegenüber lachte. »Klar, und Eltern haften für ihre Kinder.«

Der Mann schritt jetzt die frisch gemauerte Wand ab. Er sah die Kühltasche, den Teller mit den Hühnerschenkeln. Die Thermoskanne, den Campingstuhl und den Vorschlaghammer.

Peter Grendel glaubte dem Mann anzusehen, dass er versuchte, sich einen Reim aus den Umständen zu machen. Aber Peter war sich sicher, dass die Sache, um die es hier ging, viel zu abgefahren war, als dass jemand durch Kombinieren daraufkommen könnte. Es sei denn, Ann Kathrin machte sich bemerkbar …

Ich könnte den Hammer nehmen und Peter Grendel damit ausknocken. Wie lange wird es dauern, bis Ann Kathrin in ihrem Verlies verreckt ist? Aus der Sache kommt er unmöglich heraus. Es wird aussehen, als ob sie sich bis zum Schluss gewehrt hätte. Damit ist seine Kopfwunde erklärt.

»Ich muss Sie jetzt bitten zu gehen, Herr …«

»Sie können einfach Schorsch zu mir sagen, das sagen alle.«

Peter Grendel machte zwei Schritte auf den Mann zu, um ihn aus dem Rohbau zu drängen. In der Tat wich der Mann nach hinten aus. Er griff in seine rechte Jackentasche, und seine Finger spielten darin mit einem länglichen Gegenstand. Es reichte ihm zu wissen, dass er es jederzeit tun könnte, das beruhigte ihn fast so sehr wie die vollendete Tat selbst.

Ann Kathrin rutschte nah an die feuchte Mauer und presste ihr Ohr dagegen. Redete Peter da mit jemandem, oder hatte er ein Radio an? Sie konnte sich nicht daran erinnern, ein Radio bei ihm gesehen zu haben.

Ihr Sohn Eike hörte den ganzen Tag Musik. Hit Radio Antenne war in seinem Zimmer eine Art ständiges Hintergrundgeräusch, wie das Brummen einer Aquariumpumpe, nur natürlich viel lauter.

Jetzt, in der völligen Dunkelheit, sah sie mit seltener Klarheit Bilder der Vergangenheit, mit einer Schärfe und Helligkeit, die sie zusammenzucken ließ.

Sie fühlte sich plötzlich so schuldig und so sehr als Versagerin, weil ihr Sohn ausgezogen war. Kinder gehörten zu ihren Müttern, dachte sie trotzig, und gleichzeitig regte sich Widerspruch in ihr. Wieso eigentlich? Sie wäre bei einer Trennung auch mit ihrem Vater gegangen. Ohne jede Frage. Sie war eine Vatertochter. Sie hatte immer zu ihm gehalten, sich innerlich mit ihm verbündet und identifiziert. Jetzt fühlte sie sich deshalb ihrer Mutter gegenüber mies, fast als hätte sie ihr Geschlecht verraten.

Der Gedanke, etwas stimme nicht mit ihr, wurde übermächtig in Ann Kathrin. Ein Teil von ihr litt an Schuldgefühlen, ja, wurde von ihnen fast weggespült, ein anderer Teil, die professionelle Kommissarin, registrierte das alles kalt und wertete die Erfahrung aus, als ob sie am Bildschirm eine Akte lesen würde.

Je länger sie in dieser eingemauerten Situation grübelte, umso mehr erschien ihr Leben ihr als eine Kette von Versagen und Scheitern. Im Grunde hatte sie nichts wirklich richtig gemacht. Ihre Ehe war zerbrochen, und die Beziehung zu ihrem Sohn auch. Ihre Mutter war immer ein Buch mit sieben Siegeln für sie geblieben, und den Mörder ihres Vaters hatte sie auch nicht gefasst. Selbst die Orchideen, die ihr im Haus eingegangen waren, mussten nun als Beweis herhalten, dass sie im Grunde zu Recht hier saß.

Peter Grendel würde sie nie hier rauslassen. Warum denn auch? Vermutlich hatten sich alle Nachbarn versammelt und feierten ein Freudenfest, weil sie die doofe, arrogante Ann Kathrin, die ständig Geburtstage vergaß und deren Müllsäcke bei Sturm durch die ganze Siedlung flogen und sich in den Hecken der Vorgärten verfingen, endlich los waren. Sie würden Peter wie einen Helden feiern.

Ich rationalisiere, entschuldige den Täter und suche Gründe. Ich versuche, dem Wahnsinn einen Sinn zu geben, sagte die Profifrau in ihr.

Sie klopfte gegen die Wand.

»Peter, hol mich raus.«

Sie lauschte, aber es erfolgte keine Reaktion.

Weller kannte die Nummer nicht, hatte aber das komische Gefühl, es könnte wichtig sein. Er ging ran und wunderte sich. Er konnte dem Namen kein Gesicht zuordnen. Frauke Hellig. In welchem Zusammenhang hatte er den Namen schon einmal gehört?

Na klar, die Mathematiklehrerin von Ann Kathrins Sohn Eike.

Angeblich versuchte sie seit Tagen vergeblich, einen Erziehungsberechtigten zu erreichen. Eike schwänze seit Monaten immer wieder den Unterricht und sei in Mathe von einer guten Drei auf eine glatte Sechs gerutscht. Die letzte Arbeit konnte wegen eines offensichtlichen Täuschungsversuchs nicht gewertet werden.

Zunächst hob Weller zu Erklärungen an, der Junge wohne bei Ann Kathrins Mann und sie hätten nur wenig Kontakt, dann verkürzte er die Sache mit einem Blick auf die Uhr und versprach, sich darum zu kümmern.

Er hatte nicht einmal Eikes Handynummer eingespeichert. Auf dem Weg nach Delmenhorst machte er einen Abstecher nach Hage. Er merkte sofort, dass etwas nicht stimmte. Der Vorgarten machte einen verwahrlosten, ja verwüsteten Eindruck. Jemand musste versucht haben, am Rosengitter hoch zum Fenster im obersten Stockwerk zu klettern. Dabei war das Rosengitter aus der Wand gebrochen, und die herrlichen Kletterrosen lagen abgeknickt auf dem ungemähten Rasen, der inzwischen eigentlich mehr eine Wiese geworden war, auf der Gänseblümchen ein Zuhause fanden und Maulwurfshügel.

Die Haustür war nur angelehnt, die Garagentür stand offen. Ein Auto war nicht zu sehen. Aber aus der Garage schlug Weller ein Verwesungsgeruch entgegen, wie er ihn aus Tatorten kannte, an denen eine Leiche lange unentdeckt geblieben war.

Er betrat die Garage vorsichtig und entdeckte die grüne Biotonne. Der Geruch kam von dort. Maden krabbelten auf dem Deckel herum.

Weller nahm einen Besen aus der Ecke und öffnete vorsichtig die Tonne. Schlagartig wurde der Leichengestank beißender. Es hätte Weller nicht gewundert, wenn er in der Tonne einen Toten gefunden hätte. Er hoffte, dort nicht auf die Überreste von Eike zu treffen.

Aber dann sah er nur Fleischreste. Das da, in der angefressenen Plastiktüte, waren vermutlich früher einmal Koteletts gewesen. Direkt daneben machten sich wimmelnde Trauben hungriger Maden über Rippchen und Bauchfleisch her.

Weller stieß den Deckel wieder zu.

Wahrscheinlich ist das Garagentor offen, damit der Gestank nicht ins Haus zieht, sondern sich über die ganze Siedlung verteilt, folgerte er und ging ins Haus.

Direkt im Flur, zwischen Wohnzimmer und Küche, im

Eingangsbereich bei der Garderobe, hatte jemand eine Pyramide aus Bierdosen gebaut. Heineken, Jever, Löwenbräu. Weller schätzte grob hundert Dosen.

Es waren ziemlich genau doppelt so viele. Die oberste Dose, Paulaner Weizen, erreichte die Decke.

Die eigentliche Garderobe war gar nicht zu erkennen. Ein Berg türmte sich davor auf. Rucksäcke, Jacken, Turnschuhe. Weller stieß gegen ein Paar pinkfarbene Flipflops.

Im Wohnzimmer, oder besser gesagt in dem Raum, der vom Architekten eigentlich als Wohnzimmer geplant war, lagen Menschen in Schlafsäcken zwischen Pizzaresten und Laptops. Auch diesem Raum hätte ein kurzes Lüften gutgetan.

Auf dem Sofa wurde ein rothaariges Mädchen wach. Sie reckte sich. Sie trug nur ihre Unterwäsche.

Das Mädchen stand auf. In ihrem Gesicht hatte der Reißverschluss ihrer zusammengeknubbelten Jacke, auf der sie in Ermangelung eines Kissens geschlafen hatte, ein Muster hinterlassen, das Weller an die Mensur seines alten Lateinlehrers erinnerte.

Auf dem Slip der müden Schönheit stand »Donnerstag«.

Weller zeigte darauf und sagte: »Heute ist Montag.«

»Häh?«

Weller deutete mit der Hand auf ihren Slip. Sie kapierte aber nicht sofort, was er meinte. Als sie es begriff, verdrehte sie die Augen, als sei er der letzte Idiot.

»Ist unter den … Gestalten hier irgendeiner Eike Klaasen?«

Sie zuckte mit den Schultern und ging an Weller vorbei ins Bad.

Dann entdeckte Weller Eike. Der Junge sah blass aus, mit schwarzen Rändern unter den Augen und gesprungenen Lippen.

Weller war froh, dass er anstelle von Ann Kathrin hierhergekommen war.

»Ich gehe wohl recht in der Annahme, dass weder dein Vater noch seine Lebensgefährtin zu Hause sind.«

»Was glotzen Sie so? Wir haben hier eine LAN-Party gefeiert.«

»Eine LAN-Party? Und die hat vermutlich schon am Donnerstag begonnen.«

Verblüfft sah Eike Weller an. »Woher wissen Sie das?«

Weller winkte ab. »Ach, ich dachte mir das. Immerhin bin ich Kommissar und kann kombinieren.«

Die Rothaarige kam aus dem Bad. »Wer ist der Typ?«, fragte sie Eike, ohne Weller anzusehen.

»Verkriech dich in deine Schlaftüte und lass mich das hier regeln«, sagte Eike unwirsch.

»Ich habe keine Schlaftüte, du Arsch. Ich hab nicht mal 'ne Decke abgekriegt.«

»Pech«, erwiderte Eike.

Die Kids pflegen ja einen harten Umgang miteinander, dachte Weller und versuchte, sich nicht vorzustellen, was seine Töchter in seiner Abwesenheit so trieben.

Irgendwie hatte Weller das Gefühl, hier nicht ernst genommen, sondern ignoriert zu werden. Er zog sein Handy und begann zu fotografieren. Das Lager der verschlafenen Computerfreunde, die Bierdosenpyramide. Nur die Rothaarige knipste er nicht.

Von den Blitzen wurden immer mehr Jugendliche wach. Der, der in der Nähe des Flachbildschirms aus dem Bundeswehrschlafsack krabbelte, sah aus wie fünfundzwanzig oder älter.

»Hören Sie auf! Was machen Sie? Was soll der Scheiß?«, schimpfte Eike.

»Ich mach nur ein paar Bilder. Die schicke ich deiner Mutter gleich, damit sie eine Erklärung hat.«

»Erklärung? Wofür?«

»Na, für dein Schuleschwänzen und deine Glanzleistungen in Mathe.«

Der älteste Mitspieler stieß Eike an und drohte: »Sag dem Gammelfleisch, wenn er mich knipst, hau ich ihm die Fresse dick.«

»Ja, nur zu, darauf freue ich mich schon den ganzen Tag«, lachte Weller und fotografierte den jungen Mann, wie er über Schlafende zur Toilette stolperte. Der drehte sich um und zeigte Weller den Stinkefinger.

»Mann, jetzt machen Sie doch nicht so einen Wind. Halten Sie die Bälle flach! Hero und Susanne sind auf Lanza. Wenn sie wiederkommen, ist hier alles tipptopp.«

»Lanza? Wo ist das denn?«

Die Rothaarige mischte sich ein. Sie kniete vor dem Sofa und suchte darunter einen USB-Stick.

»Lanzarote! Wie alt ist der denn? Malle – Mallorca. Lanza – Lanzarote ...«

Bevor sie ihre Aufzählung fortsetzen konnte, bedankte Weller sich für die Belehrung. Er war sich sicher, dass sein ironischer Unterton dabei nicht verstanden werden würde.

Er hatte genug gesehen und wollte gehen. Aber jetzt folgte Eike ihm. Plötzlich wurde er freundlich, ja, fast ein bisschen unterwürfig. Erst draußen vor der Tür sprach Eike Klartext.

»Sie werden das hier doch nicht an die große Glocke hängen, oder?«

Weller verzog den Mund. »Was soll das heißen: große Glocke? Keine Angst, ich werde nicht die Bildzeitung anrufen, aber ich denke, deine Mutter wird sich für das, was hier los ist, interessieren.«

»Was ist denn hier los? Tun Sie doch nicht so empört. Das ist eine LAN-Party. Wir spielen ein Computerspiel. Ein Mannschaftsspiel, wir vernetzen uns und ...«

Weller unterbrach Eike. »Egoshooter-Spiele, und ich gehe doch recht in der Annahme, dass die indiziert sind?«

Eike stöhnte. »Haben Sie deshalb fotografiert?«

Weller antwortete nicht.

Eike schlug einen rechten Haken in die Luft. »O Mann, ich kenn das alles. Sie sind wie meine Mutter. Ihr seid doch alle gleich!«

»Wieso siezt du mich eigentlich immer noch? Ist das deine Art, mir zu zeigen, dass du mich nicht leiden kannst?«

Eike walkte sich das Gesicht durch, wie Weller es von seinem Chef Ubbo Heide kannte, wenn er nicht weiterwusste, aber eine Entscheidung treffen musste.

»Warum soll ich Sie duzen? Weil Sie mit meiner Mutter bumsen?«

Weller war nicht bereit, sich provozieren zu lassen. »Du duzt doch auch Frau Möninghoff, oder nicht? Und die schläft doch auch mit deinem Vater. Das kann es also nicht sein.«

Für einen Moment wich die Aggression aus Eike. Er wirkte fast schutzbedürftig.

»Sie … Sie haben völlig falsche Vorstellungen von einer LAN-Party. Wir vernetzen uns, wir … das wird in einigen Schulen gespielt.«

»Ja, es ist bestimmt ganz harmlos. Darum haben die Bayern es auch als Erste verboten.«

»Ach, die Bayern! Die ganze Hysterie ist doch nur von der Presse angestachelt.«

»Es hat immerhin Amokläufe in Schulen gegeben. Also, Hysterie würde ich das nicht nennen. Weißt du, wie viele Tote es gegeben hat?«

Eike drehte sich von Weller ab, dann rief er hoch gegen den Himmel: »Herrgott, das hat doch nichts mit LAN-Partys zu tun!«

»Aber mit Egoshooter-Spielen!«, konterte Weller hart.

Eike fuhr herum und sah Weller tapfer in die Augen. »Sie wissen, dass das Blödsinn ist.«

»Alle Amokläufer haben diesen Egoshooter-Mist gespielt.«

»Ja. Sie sind auch alle zur Schule gegangen, haben Zeitung gelesen, Fernsehen geguckt, Joghurt gegessen …«

»Du versaust dir dein ganzes Leben.«

Eike lachte laut auf. »Womit? Weil ich lerne, mit dem umzugehen, was heute die ganze Welt benutzt? Internet, Computer …«

Weller spürte, wie sehr er Eike bisher unterschätzt hatte. Er fragte sich, ob das mit seinen Töchtern nicht genauso war. Die Kinder entwickeln sich, und wir wissen nichts von ihnen. Was wir sehen, sind Wunschbilder. Trugbilder.

Eike spürte Wellers kurze Verunsicherung sofort und nutzte sie, um seinen Spielraum zu vergrößern.

»Mathe wird sowieso überschätzt. Mathe ist unlogisch. Ihr habt einfach das kleine und große Einmaleins auswendig gelernt und den ganzen Mist geglaubt.«

»Häh, was? Willst du mich verarschen? Was gibt es denn da zu glauben? Das ist Logik. Wissenschaft …«

»Hm. Na ja, wenn Sie so schlau sind und ich so doof und Mathe so logisch, dann können Sie mir bestimmt eine Frage beantworten.«

Weller verschränkte die Arme vor der Brust. Ein Möwenpärchen vertrieb einen Raben vom gegenüberliegenden Baum.

Eike sprach leise, als würde er Weller ein mysteriöses Geheimnis anvertrauen. »Also, dann passen Sie mal auf. Drei Jungen gehen in ein Sportgeschäft. Sie kaufen sich für dreißig Euro einen Fußball. Sie schmeißen zusammen. Jeder gibt zehn Euro.«

»Was soll der Scheiß?«, fragte Weller.

»Die Unlogik der Mathematik beweisen. Also. Jeder hat zehn Euro gegeben.«

»Ja, das habe ich mitgeschnitten. Ich bin ja nicht blöd. Sie haben dreißig Euro bezahlt.«

»Genau. Kaum sind die Jungs raus, stellt der Ladenbesitzer fest, dass der Fußball ja heruntergesetzt war und nur fünfundzwanzig Euro kostet. Weil der gute Mann ehrlich ist, schickt er seinen Lehrling mit fünf Euro hinterher. Der Lehrling überlegt die ganze Zeit, wie er das machen soll. Fünf Euro geteilt durch drei, wie viel kriegt da jeder?«

Weller wollte die Frage beantworten, aber Eike winkte ab. »Dem Lehrling war das zu schwer. Er hatte eine bessere Idee. Er entschied, ich gebe jedem Jungen einen Euro, und zwei behalte ich für mich.«

Gerade als die Sache begann, Weller zu langweilen, fragte Eike: »Wie viel hat also jeder Junge bezahlt?«

»Neun Euro«, sagte Weller.

»Und wie viel ist drei mal neun?«

Was tue ich hier eigentlich, fragte Weller sich und antwortete: »Siebenundzwanzig.«

»Die Jungen haben also zusammen siebenundzwanzig Euro bezahlt?«

»Ja, verdammt, was soll der Mist?«

»Und der Lehrling hat zwei Euro für sich behalten?«

»Ja, und?«

Eike grinste, und Weller wusste, dass der Junge es geschafft hatte, ihn hereinzulegen.

»Und wie viel ist siebenundzwanzig und zwei?«

»Neunundzwanzig«, antwortete Weller erschrocken.

»Und wo ist der andere Euro geblieben?«

Weller wusste es nicht. Ratlos rechnete er noch einmal nach.

»Also, sie haben dreißig Euro bezahlt. Fünf gibt der Chef dem Lehrling. Der gibt jedem Jungen einen Euro.

Also hat jeder nicht mehr zehn Euro bezahlt, sondern nur noch neun. Neun mal drei sind siebenundzwanzig. Der Lehrling behält zwei Euro. Macht … Neunundzwanzig. Stimmt, da fehlt ein Euro. Aber wo ist der geblieben?«

»Das frage ich Sie. Wenn Sie mir die Antwort geben, sage ich ab sofort du. Wenn Sie es nicht rauskriegen mit Ihrer Logik und Mathematik, bleibt das, was Sie heute hier gesehen haben, unser Geheimnis.«

Eike wollte zurück ins Haus.

Weller hielt ihn fest. »Moment.«

Eike machte sich los. »Rufen Sie mich an, wenn Sie wissen, wo der Euro ist.«

Als die Tür hinter Eike ins Schloss fiel, fühlte Weller sich angeschlagen, fast besiegt.

Er stieg ins Auto, fuhr bis zur Ecke, hielt an, kramte im Handschuhfach und riss einen Zettel aus seinem Notizblock. Dann schrieb er auf:

30 – 5 = 25
9 x 3 = 27
30 – 27 = 3
2 in der Tasche

Er zerknüllte den Zettel. In dem Moment kam eine SMS auf seinem Handy an. Sie war von Eike:

Nur Mut. Sie sind doch Kommissar.
Sie kriegen das raus.

Ansgar musste immer wieder zu dem Rattenloch hinsehen. Ob dort wirklich ein Geist auf ihn wartete? Was würde passieren, wenn er den Geist freiließ?

Immer wieder stellte er sich vor, dass er drei Wünsche frei hätte. Nein, er wollte doch keine Ritterburg wie Gerrit. Auch der Zweitwagen für Mama war nicht mehr so wichtig. Er wollte lieber eine Angel, ein Pony und eine neue CD mit Piratenliedern.

Aber hinterher musste man den Geist wieder in die Flasche kriegen. Vielleicht war es ja ein böser Geist. Er saß nicht in einer Flasche, sondern in einer Wand.

Am liebsten wäre Ansgar hingelaufen. Aber er wollte Mama nicht wieder wütend machen. Sie hatte versprochen, mit ihm ins Waloseum in Norddeich zu fahren. Dort gab es ein riesiges Skelett von einem Wal, der mal vor Norddeich gestrandet war. Er hatte noch nie so ein Walskelett gesehen.

Er wollte Mama jetzt nicht enttäuschen. Die neigte dazu, dann solche schönen Sachen zu streichen. Nie hätte sie ihn gehauen, so wie Gerrits Mutter es manchmal tat, wenn sie nervös wurde. Seine Mama wurde nicht mal richtig wütend, sondern eher sehr, sehr traurig, und dann hatte sie keine Lust mehr, mit ihm schöne Sachen zu unternehmen. Dann strich sie Eisdiele, Pizza oder Schwimmbad einfach von ihrer Liste.

Er wollte ein guter Junge sein. Er wollte ins Waloseum und in die Seehundstation nach Norddeich, um die jungen Heuler zu sehen.

Ann Kathrin schlug gegen die raue Wand. Es war so dunkel, dass sie nicht einmal sehen konnte, ob ihre Hände bluteten oder nicht. Sie leckte mit der Zunge über die gerissene Haut, schmeckte aber kein Blut. Nur feuchte, sandige Zementkörner.

»Lass mich raus, Peter! Peter, wo bist du? Warum antwortest du nicht?! Peter, das ist nicht lustig!«

Ihr Herz raste bis zum Hals.

Sie bekam Atemnot. Das eigene Hecheln machte ihr Angst. Die Furcht, sie könnte gleich hyperventilieren, trocknete ihren Mund aus. Die Zunge kam ihr plötzlich aufgequollen und schwer vor.

In ihren Ohren dröhnte es. Mitten in der Stille saß sie in ohrenbetäubendem Lärm.

Ihr Blutdruck stieg auf 150 zu 90. Ihr Puls raste.

Peter Grendel stand mit dem Mann, der sich Schorsch nannte, vor dem Rohbau. Er hatte ihn nach draußen begleitet und war misstrauisch genug, um sich nach dem Wagen des Mannes umzusehen. Er wollte sich die Autonummer aufschreiben.

Aber Schorsch schlenderte nun wie ein Flaneur, der ziellos die Gegend erkundet, den Wind im Rücken, an den Vorgärten vorbei in Richtung Neubaugebiet. Er blieb vor gelben und lachsfarbenen Rosen stehen, roch daran, pflückte aber keine ab. Er verhielt sich absolut korrekt, wie jemand, der etwas zu verbergen hatte und ganz genau wusste, dass er beobachtet wurde.

Erst als der Mann sich seinem Sichtfeld entzogen hatte, lief Peter Grendel zu seinem Schützling hinter der Mauer zurück.

Ann Kathrins Klopfen ließ die Wand vibrieren.

»Ich bin da, Ann Kathrin«, sagte Peter Grendel. »Ich bin da. Alles ist gut, Ann Kathrin.«

»Wo warst du, verdammt? Warum sprichst du nicht mit mir?«

»Wir hatten Besuch. Einen Typen, den ich nicht kannte. Schorsch. Ein Schwager vom Bauherrn. Ich habe ihn freundlich, aber bestimmt nach draußen begleitet. Ich dachte, es ist besser, wenn er nicht mitkriegt, was wir hier veranstalten.«

Ann Kathrins Blutdruck sank. Ihr Puls beruhigte sich, und sie begriff, der Täter konnte seine Opfer selbst in dieser Situation noch bestrafen oder belohnen. Die Angst stieg mit dem Gefühl der Einsamkeit. Sprache als einziger Kontakt.

Sie stellte sich vor, wie sie bettelten und flehten, nur

damit er mit ihnen sprach. Es machte einen gewaltigen Unterschied, ob hinter der Mauer noch jemand war oder nicht. Die Anwesenheit einer Person, und sei es der Täter, nährte die Hoffnung auf ein Entkommen. Er konnte es sich anders überlegen, das Spiel abbrechen oder … genau, oder sie hatten ihre Lektion gelernt.

War das Ganze als eine Art pädagogische Maßnahme gedacht? Sollte das Opfer etwas über sich lernen, etwas von sich preisgeben?

Ann Kathrin wäre bereit gewesen, alles von sich zu erzählen, selbst die intimsten Geheimnisse, nur um Peter dazu zu bringen, bei ihr zu bleiben. Er hatte jetzt die absolute Macht.

Als sie ihre eigene Stimme hörte, begriff sie, dass sie weinte und ihr die Nase lief, als sie flehte: »Bitte geh nicht weg, Peter. Bitte bleib da.«

»Aber klar«, beruhigte er sie und versuchte einen Witz: »Ich habe noch nie eine eingemauerte Frau hinter der Wand vergessen, da kannst du jeden in unserer Siedlung fragen. Soll ich dich jetzt rausholen?«

Sie antwortete zunächst nicht. Er griff nach dem Hammer.

Aber dann hörte er ihre wütenden Worte: »Nein, verdammt! Wir haben eine Verabredung! Halte dich daran, egal, was ich hier abziehe und dir vorsülze.«

Peter Grendel stellte den Hammer wieder ab. Werde einer aus dieser Frau schlau, dachte er und war froh, mit Rita verheiratet zu sein und nicht mit seiner Nachbarin Ann Kathrin Klaasen.

Ihr tat es jetzt leid, dass sie so patzig und vorwurfsvoll war. Sie hätte sich am liebsten entschuldigt, kriegte das aber im Moment nicht hin. Stattdessen sagte sie nur sachlich: »Ich habe gerade wichtige Erkenntnisse. Ich komme dem Täter näher.«

»Na klasse, da freuen wir uns aber alle. Wenn du ihn

verhaftet hast, sag Bescheid. Ich lass euch beide dann raus.«

Seine Antwort tat ihr gut. Er war also nicht sauer. Sie konnte sich auf ihn verlassen.

Ann Kathrin ging jetzt in ihrem Verlies auf und ab. Sie war in der Lage, ihren Verhörgang auch hier aufrechtzuerhalten. Drei Schritte, eine scharfe Kehrtwendung, drei Schritte. Sie machte sogar den gewohnten Blick auf den Verdächtigen nach dem zweiten Schritt, obwohl sie natürlich nichts sah, nicht einmal die Wand, so dunkel war es.

Sie spürte einen irren Druck zu sprechen, so als müsse sie reden, um weiter zu existieren, und sie brauchte hinter der Wand jemanden, der ihr zuhörte.

Ging es darum? War das Ganze eine Beichtstuhlsituation? Sollten die Opfer dazu gebracht werden, etwas zu gestehen? Sie war jedenfalls bereit, sich völlig zu entäußern.

Eine nie gekannte Form der Redesucht erfasste sie. Eine Art Sprechdurchfall. Sie kannte den Zustand der Logorrhoe von Personen, die unter Alkoholeinfluss standen. Zweimal hatte sie es beruflich mit ängstlichen, erregten, paranoiden Menschen zu tun gehabt. Die eine spickte ihre verschachtelten Sätze mit unflätigen Schimpfworten und Verbalinjurien auf Politiker. Rupert hatte später gesagt, die arme Frau sei zwar völlig verrückt, hätte aber im Grunde in dem Punkt recht gehabt.

Nun ließ Ann Kathrin Wortkaskaden auf Peter Grendel niederprasseln. Sie sprach über ihre Schuld am Scheitern ihrer Ehe, obwohl Hero sie betrogen hatte, nicht sie ihn. Trotzdem glaubte sie, ihn mit ihrem Verhalten praktisch in die Arme von Susanne Möninghoff getrieben zu haben. Genauso schuldig fühlte sie sich ihrem Sohn gegenüber. Ihr Redeschwall gipfelte in dem Satz: »Ich hätte mich auch verlassen!«

Peter Grendel hörte sich alles geduldig an und biss in einen Hähnchenschenkel.

Auf dem Weg nach Delmenhorst zu den Eltern von Judith Harmsen hielt Weller in Hesel und aß im Stehen zwei Fischbrötchen. Erst eins mit Matjes und dann eines mit Brathering. Dazu trank er ein Jever Fun und eine eiskalte Dose Cola Zero. Danach fühlte er sich besser.

Er versuchte, nicht an Ann Kathrin zu denken. Das gelang ihm. Aber diese verfluchte Rechenaufgabe ging nicht aus seinem Kopf.

Als Huberkran anrief und sich nach dem Stand der Dinge erkundigte, kam ihm das sehr gelegen.

»Ich muss dich mal etwas fragen. Also, es klingt ganz einfach, aber irgendwo muss ein Denkfehler sein und ich finde ihn nicht. Drei Jungen gehen in einen Laden, die wollen sich einen Fußball kaufen. Der kostet dreißig Euro. Jeder Junge gibt zehn Euro …«

Huberkran fragte sich, während er zuhörte, ob er sich nicht vielleicht doch in Frank Weller vertan hatte. Vielleicht nahm er harte Drogen, oder wie sonst konnte er auf die Idee kommen, ihn mit so einem Mist zu belästigen? Trotzdem machte er widerwillig mit, um nicht als Spielverderber dazustehen. Brav räumte er auch ein, dass dreimal neun siebenundzwanzig sei, und am Ende wusste auch er nicht, wo der fehlende Euro geblieben war.

Er redete sich raus: »Ich bin Leiter der SOKO Maurer. Wir sind eine Mordkommission. Das ist eher etwas für unsere Leute vom Betrugsdezernat. Hast du die mal angerufen?«

»Typisch Beamter!«, stellte Weller trocken fest. »Leugnet erst mal die Zuständigkeit.«

Ann Kathrin stand jetzt mit dem Gesicht so nah an der Mauer, die Peter Grendel neu eingezogen hatte, dass ihre Nasenspitze den feuchten Mörtel berührte. Sie spreizte die Finger und drückte sie gegen die Kalksandsteine. Manchmal, wenn sie Sachen berührte, war es, als ob sie ihr eine Geschichte erzählen würden, als könne sie die Dinge mit den Händen begreifen. Aber hier spürte sie zunächst nichts, und genau das ließ sie weinen. Es war ein Tränenfluss, der ihr guttat. Sie ließ die Tränen laufen und stöhnte.

»Ist was, Ann Kathrin? Soll ich den Hammer schwingen?«

»Nein, Peter. Alles ist gut.«

»Das hört sich aber nicht so an.«

»Ich … ich komme gerade in Kontakt mit einer Eiseskälte.«

Peter Grendel wischte sich den Schweiß von der Stirn. Ihm war überhaupt nicht kalt. Am liebsten hätte er sie sofort herausgeholt, und das sagte er auch. Aber Ann Kathrin lehnte zornig ab.

»Es ist die Eiseskälte in mir selbst, an die ich gerate. Das ist es, was er tut. Er wirft seine Opfer ganz auf sich selbst zurück. Ich muss zum Beispiel die ganze Zeit an meinen Vater denken. Ich habe alles getan, um seinen Mörder zu fangen. Alles! Aber ich habe es einfach nicht geschafft, und jetzt glaube ich, dass ich ganz nah davorstehe und vor lauter Bäumen den Wald nicht sehe. Ich lass mich hier auf diese Scheiße ein, statt …«

Sie hämmerte mit ihrer Stirn gegen die Mauer. Der Schmerz tat ihr gut.

»Ich glaube, das Geheimnis ist in Gelsenkirchen begraben.«

»Da, wo dein Vater erschossen wurde?«

»Ja, genau dort. Er hat dort als verdeckter Ermittler gearbeitet. Zusammen mit einem Kollegen sollte er dort einen Mädchenhändlerring auffliegen lassen, aber weißt du, Peter, was ich tief in mir befürchte? Je näher ich meinem Vater komme, umso mehr erfahre ich Dinge über ihn, die ich eigentlich gar nicht wissen wollte. Was mache ich denn, wenn sich herausstellt, dass er nicht der nette, liebe Bulle war, sondern korrupt und triebhaft? Was, wenn er wirklich mit Frauen gehandelt hat und auf den Geschmack gekommen ist? Ich habe bei jedem Schritt, den ich tue, Angst, etwas Schreckliches über ihn zu erfahren. Das ist es auch, was meine Ermittlungen bremst. Einerseits mache ich alles mit Volldampf, andererseits bremse ich aus Angst vor einer Bauchlandung selbst ab. Ich habe mich im Internet in einem Forum angemeldet. Es heißt ›Gelsenkirchener Geschichten‹. Es ist eine schöne Idee. Eine spannende Seite. Die Leute erzählen Geschichten über ihre Stadt, über Persönlichkeiten, die sie geprägt haben, vom Penner bis zum Fußballstar. Sie schreiben über Kneipen, Imbissbuden, eine Literarische Werkstatt, ja, über Straßenzüge, Lebensmittelläden, die geschlossen haben … Die Threads über die Schulen solltest du lesen. Jeder Lehrer kriegt da sein Fett ab und … und ich durchsuche das alles nach Hinweisen auf meinen Vater, und immer bin ich voller Hoffnung und Angst zugleich. Die schreiben natürlich auch über Verbrechen und ob einer weiß, was aus dem und dem wurde, und ich, ich habe Angst, da steht irgendwo in einem Thread ein Bericht einer Frau, die von meinem Vater verkauft wurde und die ihn anklagt und …« Sie wischte sich die Nase ab. »… und ich fühle mich so hilflos. So ausgeliefert.«

»Und warum«, fragte Peter Grendel, »warum fragst du in den ›Gelsenkirchener Geschichten‹ nicht einfach nach, wer deinen Vater kannte und etwas über seinen Tod weiß?«

Ann Kathrin zuckte zusammen. Sie kannte den Ausdruck, jemand fühlte sich wie vom Blitz getroffen. Jetzt wusste sie, was damit gemeint war.

Ja, warum hatte sie das nicht längst getan? Zu Hause an ihrer Wand im Arbeitszimmer hingen Fotos, Gesprächsprotokolle, Aufzeichnungen vom Überfall auf die Bank. Sie hatte das Ereignis in Sekunden zerlegt, sie wusste genau, wann was geschehen war, bis ihr Vater erschossen wurde und seine Mörder in einem Rettungshubschrauber mit der Beute flohen.

Ja, sie wusste alles, aber sie behielt es für sich.

Als müsse sie sich nachträglich rechtfertigen, weil sie nicht selbst daraufgekommen war, sagte sie: »Ich kann doch nicht einfach eine … eine Art öffentliche Fahndung im Internet machen. Das verstößt gegen Persönlichkeitsrechte und … und außerdem ermittle ich in dieser Sache ja nicht offiziell … Ich dürfte die Akten nicht einmal haben. Es sind Kopien und …«

»Ach so«, sagte Peter Grendel. »Ich dachte ja nur … Ich bin natürlich kein Kriminalist, obwohl, ich guck gern Krimis. *CSI* und *Tatort* oder …«

Den Rest hörte Ann Kathrin nicht mehr, weil ihr eigenes Schreien den engen Raum ausfüllte. Sie kreischte wie noch nie zuvor in ihrem Leben.

Peter Grendel hatte schon wieder den Hammer in der Hand, aber er schlug noch nicht zu. Er wollte keinen voreiligen Fehler machen, aber er wollte bereit sein.

Er hat recht, dachte sie, er hat ganz einfach recht. Es ist eine Chance, und ich muss sie nutzen. Egal, ob das professionell ist oder nicht, gleichgültig, ob es Probleme gibt. Ich würde es mir nie verzeihen, wenn ich nicht sofort …

»Hol mich hier raus!«, rief sie, heiser vom Kreischen. In ihren Ohren klang ihre Stimme wie eine rostige Fahrradklingel.

Peter Grendel holte weit aus und fragte vorsichtig: »Ist das jetzt das Signal, Ann Kathrin?«

»Ja, das ist es. Ich will raus. Los, tu deinen Job!«

»Wir hatten ein Stichwort ausgemacht.«

Sie nickte, obwohl er sie nicht sehen konnte. »Ja, haben wir!«

»Du hast gesagt, ich soll dich nicht rausholen, egal, ob du jammerst oder flehst. Erst, wenn du den Satz sagst.«

»Ja. Aber ich … ich …« Sie kam sich unendlich dämlich vor, aber sie musste sich eingestehen, dass sie den Satz vergessen hatte. Was gerade noch undenkbar erschienen war, war jetzt geschehen. Sie hatte ein Schwarzes Loch in ihrer Erinnerung.

Mit einem Anflug von Selbsthass schlug sie erneut gegen die Wand.

»Ann Kathrin?«

»Ich habe es vergessen.«

»Wenn das ein Scherz sein soll, ist er nicht gut!«

»Mir ist nicht nach Scherzen. Hol mich raus.«

Peter Grendel zögerte. Dann kam ihm eine Idee. »Ich werde dir jetzt den Satz sagen, und wenn du ihn wiederholst, hol ich dich raus.«

In dem Moment schrie sie: »So, Peter, das war es! Der Satz ist so: Peter, das war es!«

»Okay. Ab in deine Ecke und schütz deinen Kopf.«

»Alles klar!«

»Jetzt!«

Augenblicklich begann er die Wand zu zertrümmern.

Schon nach wenigen Schlägen war das Loch groß genug. Peter Grendel wollte es weiter öffnen, um Ann Kathrin die Rückkehr ins normale Leben ein bisschen bequemer zu machen, aber sie hielt es keine Sekunde länger aus und zwängte sich hindurch.

Dann stand sie ein paar Sekunden ganz still und umarmte Peter Grendel. Ihr Herz pochte heftig an seiner Brust.

Während Peter Grendel im Rohbau in Süderneuland die ganze Wand wieder abbrach und die Baustelle so herrichtete, als ob nichts geschehen sei, eröffnete Ann Kathrin in den »Gelsenkirchener Geschichten« einen Thread: »Ich suche den Mörder meines Vaters«.

Sie stellte klare Fragen: Wer hat beim Banküberfall etwas Sachdienliches beobachtet? Wer kennt Ludwig Stein? Wer kennt Wilhelm Beukelzoon oder Isolde Klocke? Wem sagt der Name »Hot Pants« etwas?

Sie wusste, dass diese Aktion dienstrechtlich bedenklich war und gar nicht gut für Ubbo Heides Magengeschwüre. Aber wenn sie mich feuern, dachte sie, dann kann ich ja immer noch mit Weller die Fischbude in Norddeich Mole aufmachen, von der er immer träumt, wenn es ihm in seinem Auricher Büro und in seiner Kommissarshaut zu eng wird.

Sie reckte sich und schloss die Augen. Wie eine Schlange kurz vor der Häutung kam sie sich vor.

Weller und Huberkran kamen ihr jetzt gar nicht gelegen, aber sie öffneten unten schon die Haustür und zankten sich lauthals über irgendeinen fehlenden Euro.

Ann Kathrin fuhr den Computer herunter und überprüfte ihr Aussehen kurz in dem einzigen Bild ihres Vaters, das hinter Glas hing. Sie fand sich schrecklich. Am liebsten wäre sie für zwei Tage in ein Wellnesshotel gefahren, um sich zu erholen. Eine Behandlung durch eine Kosmetikerin hätte sie gebraucht, eine Massage und eine neue Frisur. Ihre Haare hingen strähnig und kraftlos herab.

Dann hörte sie eine Frauenstimme. Wen hatten die zwei mitgebracht? Die Idee, jetzt mit einer anderen Frau verglichen werden zu können, vergrößerte Ann Kathrins Wunsch, sich aufzuhübschen.

Während Weller die beiden Gäste ins Wohnzimmer führte und Espresso anbot, schlich sich Ann Kathrin ins

Bad. Sie richtete den prasselnden Duschstrahl auf die Schiebetür, weil die Duschgeräusche so besonders laut wurden. Sie selbst ging aber nicht unter die Dusche. Sie nutzte sie nur als Täuschungsmanöver, als herausgestellte Entschuldigung, warum sie die Gäste nicht sofort begrüßte.

Sie wusch sich ihr Gesicht am Waschbecken und versuchte vergeblich, die Haare in eine bessere Form zu bringen. Mit ein bisschen Tagescreme, Lippenstift und Wimperntusche konnte sie übertünchen, wie fertig sie in Wirklichkeit war.

Sie drehte die Dusche ab, atmete tief durch und begab sich ins Wohnzimmer.

Weller und Huberkran hatten Anne Will mitgebracht. Sie trug ein sandfarbenes Kostüm, schwarze Nylons von Wolford, und ihr Gesicht war vom Ehrgeiz verhärtet.

Huberkran stellte sie vor und fragte dann in ihrem Beisein, ob die Einmaueraktion etwas gebracht hätte.

Weller sah peinlich berührt auf seine Espressotasse. Ann Kathrin fand Huberkrans Gesprächsanfang unmöglich, aber sie überspielte ihre Empörung geschickt. Immerhin hatte er ihr Beukelzoon gebracht und jetzt Anne Will die Andere. Sie wollte ihn als Bündnispartner nicht verlieren.

Ann Kathrin sprach aber nicht, sondern sah demonstrativ zu Anne Will.

Huberkran erklärte: »Sie ist eingeweiht. Deine Methode interessiert sie natürlich – aus psychologischer Sicht. Du erzählst ihr etwas und sie dir. Es bleibt natürlich alles unter uns. Nichts, was hier gesagt wird, wird je diesen Raum verlassen.«

Ann Kathrin bezweifelte das zwar und glaubte in Anne Wills Augen schon die Idee zu erkennen, das Ganze als kuriose neue Art der Ermittlung in einer Fachzeitschrift zu veröffentlichen. Aber sie wollte die Chance, mehr über die Arbeit ihres Vaters als Zielfahnder zu erfahren, nicht ungenutzt lassen.

Sie richtete sich auf und wirkte dadurch ein bisschen steif, als sie zu sprechen begann.

»Es hat einiges gebracht. Wir wissen jetzt mehr als vorher. Wir müssen davon ausgehen, dass er all seine Opfer kannte.«

Huberkran unterbrach Ann Kathrin sofort. »Es gibt keine Verbindung zwischen den betroffenen Familien. Sie sind sich alle nie begegnet.«

Ann Kathrin bekräftigte ihre Aussage: »Er kennt sie gut. Zumindest so gut, dass er ein intimes Geheimnis von ihnen kennt. Er will sie zum Sprechen bringen. Sie sollen etwas gestehen, sich entblößen, Buße tun. Irgend so etwas. Er glaubt, ein Recht zu haben, das zu tun, ja, vielleicht sogar eine Pflicht. Er hat die Nähe zu einer Baufirma. Wir müssen alles in Betracht ziehen. Er kann der Chef sein oder in den Semesterferien dort ein paar Euro verdienen. Er beherrscht ein ehrliches Handwerk und kämpft damit gegen eine Unehrlichkeit, eine Lüge. Etwas stimmt nicht mit diesen Frauen.«

Huberkran empörte sich demonstrativ vor Anne Will: »Jetzt gehen Sie aber zu weit, Ann Kathrin!«

Anne Will registrierte, dass er Ann Kathrins Vornamen benutzte, sie aber siezte, eine unter Polizeikollegen eher ungewöhnliche Form der Anrede. Meist gab es das »Arbeits-Du«.

»Wenn Sie so sprechen, dann hört sich das an, als würden wir den Opfern eine Mitschuld geben. Das hat einen üblen Beigeschmack. Ich will solche Sätze nicht in der Zeitung lesen.«

»Ich gebe hier ja auch kein Interview. Die Opfer sind dadurch, dass sie Opfer sind, noch keine besseren Menschen geworden«, belehrte sie Huberkran. »Beim Hamburger Zuhälterkrieg wurde auch keiner nachträglich zum guten Jungen, nur weil er neun Millimeter Blei zwischen den Augen hatte.«

Das ganze Gespräch war Weller zu zickig. Es hatte für sein Gefühl zu viele Spitzen, und da war etwas Vorwurfsvolles im Ton.

Ann Kathrin fuhr fort: »In den Augen des Täters haben sie jedenfalls Schuld auf sich geladen. Sie sollen sich daran erinnern und dann bereuen. Vielleicht hat er Opfer, die seiner Meinung nach richtig bereut haben, wieder frei gelassen. Wir sollten nach solchen Ereignissen suchen, obwohl ich es für unwahrscheinlich halte, dass die Opfer ihn angezeigt haben. Das Ganze wird eher so etwas Geheimes zwischen ihnen sein.«

Anne Will brachte sich ins Gespräch: »Das Opfer schützt den Täter. Wir kennen das vor allen Dingen bei familiärer Gewalt, Missbrauch oder Beziehungsdelikten.«

Niemand ging auf diese Selbstverständlichkeiten ein.

Ann Kathrin sagte: »Es gibt meiner Erfahrung nach nur zwei Sorten von Serienmördern. Die einen wollen Grenzen überschreiten und die anderen Grenzen setzen. Mit was für einer Art Killer haben wir es hier zu tun?«

Ann Kathrins Aussage war für Anne Will von so erschütternder Klarheit und Präzision, dass sie nur mühsam den Wunsch unterdrücken konnte, ihren Notizblock zu zücken und mitzuschreiben.

Ann Kathrin fuhr fort: »Unser Mann will Grenzen setzen, was er schon allein durch die Mauer symbolisiert. Ich vermute, seine Opfer haben – in seiner Vorstellung – einmal eine Grenze verletzt oder zu weit überschritten. Es ist fast, als wolle er sie wieder hinter diese Grenze zurückbringen, etwas ungeschehen machen. Ich hatte auch das Gefühl einer Beichtstuhlsituation. Vielleicht ist er religiös. Möglicherweise katholisch.«

Huberkran sah Weller mit hochgezogenen Augenbrauen an. In seinem Blick lag die Frage: Geht sie jetzt nicht ein bisschen zu weit?

Weller sprang seiner Ann Kathrin sofort mit einem Argument zur Seite. Er ging zum Buchregal und schritt suchend die Reihen ab, obwohl er wusste, dass er das Buch hier nicht finden würde. Sie sollten sehen, dass sie es mit Lesern zu tun hatten.

»Ich habe mal in einem Mittelalterkrimi gelesen, dass Nonnen sich, wenn ihre Klöster überfallen wurden, selbst eingemauert haben, um nicht vergewaltigt zu werden. Überhaupt ist Einmauern – glaube ich – ein altes, religiöses Ding. Es kommt aus der christlichen Tradition.«

»In einem Mittelalterkrimi hast du das gelesen? Na klasse.«

»Ja, ich habe als junger Mann Krimis verschlungen. Ich habe aus ihnen viel gelernt.«

Huberkran verzog den Mund, aber Anne Will rief unabsichtlich und für ihre Verhältnisse viel zu begeistert: »Ich auch!«

»Also, ich weiß Ihren Einsatz sehr wohl zu schätzen, sehe aber nicht, dass uns das weitergebracht hat«, sagte Huberkran streng. Er versuchte damit, die Handlungsführung als SOKO-Leiter zurückzubekommen. Er befürchtete, Ann Kathrin Klaasen könne sie ihm aus der Hand nehmen.

Weller berichtete, in Delmenhorst mit den Eltern von Judith Harmsen gesprochen zu haben, was aber wenig ertragreich gewesen war. Er musste sich nur Vorwürfe anhören, die Polizei sei untätig und unfähig. Als er ging, schwärzte Herr Harmsen noch den Lebensmittelladen an der Ecke an, dort würde Joghurt über dem Verfallsdatum verkauft, und die Polizei müsse da dringend einschreiten.

Frau Harmsen flüsterte Weller zu, das sei alles gar nicht wahr, ihr Mann vergesse den Joghurt nur überall, und wenn er ihn dann wiederfinde, behaupte er, ihn gerade erst gekauft zu haben.

Aber in der Bibliothek in Ganderkesee hatte die Bibliothekarin Annette Brandenburger Judith Harmsen eindeutig identifiziert. Da die Gesuchte Ganderkesee nicht mit ihrem Auto verlassen haben konnte, wurde die Gegend mit einer Hundestaffel abgesucht. Vergeblich. Sie sei wie vom Erdboden verschluckt.

Nun wollte Ann Kathrin die genauen Umstände des Verschwindens der eingemauerten Personen wissen, aber Huberkran musste zu seiner Schande passen.

Fragen wie »Wer hat das Verschwinden zuerst bemerkt? Wo haben sie mit wem die letzten Stunden verbracht?« konnte er nicht beantworten.

Er musste sich eingestehen, zu sehr vom Fundort ausgegangen zu sein. Noch von keiner Toten war der letzte Tag wirklich haarklein rekonstruiert worden.

Ann Kathrin wollte eine Liste von Personen, mit denen die Opfer vor ihrem Verschwinden gesprochen hatten.

»Wir müssen weit in ihre Vergangenheit zurückgehen. Irgendwo dort liegt das Geheimnis begraben.«

Weller servierte Sanddornkekse und erneut Espresso. Für Anne Will machte er Espresso macchiato mit einem Milchschaumhäubchen obendrauf.

Nur Huberkran saß auf dem Sofa. Anne Will und Ann Kathrin in Sesseln. Obwohl noch genug Platz neben Huberkran auf dem Sofa war, setzte Weller sich auf den Teppich vor dem Tisch in den Schneidersitz. So bildeten sie eine Vierergruppe, jeder in etwa dem gleichen Abstand zum anderen. Dadurch, dass Weller mit seiner Espressotasse auf dem Boden saß, wirkte alles locker, zwanglos, aber trotzdem hochkonzentriert.

Ann Kathrin wollte jetzt von Anne Will der Anderen etwas über ihren Vater hören. Die Andere legte die Beine übereinander und schob den Rock unter ihrem Hintern zurecht. Sie wusste, dass das hier eine sehr persönliche Sache war, also versuchte sie, die Emotionen so weit wie möglich herauszuhalten.

»Ich habe Ihren Vater im Rahmen eines Forschungsauftrags kennengelernt. Es war eine Arbeit über effizientere Zielfahndung. Ich habe mit ihm und The Brain gesprochen.«

Huberkran warf ein: »So wurde Beukelzoon genannt. The Brain.«

»Um es gleich zu Anfang zu sagen, Frau Klaasen, ich unterscheide drei Gruppen von Zielfahndern, die von uns zum Teil im Milieu als professionelle V-Leute angesiedelt wurden. Gruppe A – die Gerechten. Menschen mit hohem Verantwortungsbewusstsein, edlen ethischen und moralischen Motiven, ehrgeizig und unbestechlich. Vollblutpolizisten, sie kämpfen auf jedem Platz, an den die Behörde sie stellt. Die sind für die Arbeit völlig unbrauchbar. Sie fliegen vor Ort sofort auf und werden von den Zielobjekten entweder enttarnt und abgehängt oder aber sogar mit falschen Informationen gespickt, um die Fahnder zu verwirren.

Ich habe siebzehn solcher Fälle untersucht.

Gruppe B, von mir ›die Jäger‹ genannt, haben in sich durchaus eine Faszination für das Verbrechen. Sie fühlen sich vom Milieu, das sie beschatten sollen, angezogen. Ein Teil von ihnen bewundert diese Gangster und möchte sein wie sie. Umso heftiger lehnen sie sie verstandesgemäß und argumentativ ab. Sie plädieren in jeder Dienstbesprechung für härtere Strafen und eine schärfere Bekämpfung, träumen aber nachts davon, auf der Gegenseite zu stehen.

Das sind die besten. Sie bewegen sich in der Szene wie Fische im Wasser und fliegen nicht auf. Im Gegenteil, einige steigen in der Verbrecherorganisation sogar auf.

Mit ihrer Hilfe gelingt es, auch die Köpfe zu fassen. Sie sind rücksichtslose Lügner, vielen tut es leid, wenn ihre Zielpersonen, in deren Nähe sie oft Monate oder Jahre verbracht haben, festgenommen und verurteilt werden.

Sie selbst finden sich später im normalen Berufsleben oft nicht mehr zurecht, gelten als Querulanten. Einunddreißig Prozent kündigen in den ersten beiden Jahren nach ihrem Einsatz, es sei denn, sie werden erneut mit einem ähnlichen Auftrag betraut.

Nach spätestens drei, höchstens vier Jahren muss jeder V-Mann oder Zielfahnder ausgewechselt werden.«

»Warum?«, fragte Weller.

Ann Kathrin fiel auf, dass Anne Will nur mit ihr sprach. Sie beachtete die Männer gar nicht.

Obwohl Weller gefragt hatte, antwortete Anne Will in Richtung Ann Kathrin: »Dann tritt ein sogenannter ›Verbuschungseffekt‹ ein. Sie identifizieren sich zunehmend mit dem Milieu. Sie geraten in eine Identitätskrise. Einige laufen zur Gegenseite über, andere sind schwer suizidgefährdet, weil sie mit der Situation nicht mehr klarkommen. Nach knapp neun Monaten Einsatz äußerten siebzig Prozent aller Befragten Probleme in der Partnerschaft. Nach fünfzehn Monaten hatte in einundfünfzig Prozent aller Fälle der Partner die Scheidung eingereicht.«

Wieder meldete Weller sich zu Wort: »Warum werden verheiratete Leute überhaupt in solchen Sachen eingesetzt? Haben wir nicht genügend Singles?«

Ihre Antwort fühlte sich für Ann Kathrin kalt und unangenehm an. »Am Anfang stabilisiert eine intakte Ehe den Fahnder. Aber schon nach vier, fünf Monaten wird der einstige Vorteil zur Belastung.«

Ann Kathrin war froh, dass diese Frau ihr Auskunft geben konnte. Trotzdem hätte sie ihr für ihre eisige Art, die ja vermutlich einfach nur wissenschaftlich sein sollte, ins Gesicht schlagen können.

»Ihr Vater gehörte zu dieser Gruppe B. Er war so ein Jäger. Er hat sich mir gegenüber klar geäußert. Manchmal erschrak er vor sich selbst, weil er diese Schweine so gut spielen konnte, als sei er einer von ihnen.«

Ann Kathrin protestierte: »Mein Vater war ein aufrechter, gesetzestreuer Mann!«

»Ja, zweifellos, aber er hatte eben auch das andere in sich. Und dann gibt es noch die Gruppe C. Ich nenne sie ›die Schauspieler‹. Sie sind aus Angst vor den Abgründen in sich Polizisten geworden. Sozusagen aus Furcht vor den Konsequenzen strafbarer Handlungen haben sie sich auf die Seite des Gesetzes geschlagen. Sie genießen es, jetzt ohne Angst vor Strafe unter Kriminellen sein zu können. Ihnen macht ihre Arbeit wirklich Spaß. Sie liefern ab und zu Erfolge ab, um nicht ausgewechselt zu werden. Sie schreiben gern Berichte, in denen sie aus jeder Mücke einen Elefanten machen. Es befriedigt ihren Narzissmus, wenn sie gegen besonders gefährliche Verbrecher eingesetzt werden. Ihr Material hält leider oft später im Prozess nicht stand. Sie sind bei Kollegen und Ganoven sehr beliebt. Viele Womanizer sind unter ihnen.«

Alle spürten, dass Ann Kathrin etwas sagen wollte. Die Worte der Anderen hatten Ann Kathrin erschüttert. Sie strich sich immer wieder über die Arme, als sei sie durch Spinnweben gelaufen und wolle die jetzt abstreifen.

Weller zögerte. Einerseits wollte er aufstehen und sie in den Arm nehmen, andererseits fürchtete er, von ihr zurückgestoßen zu werden. Er traute ihr zu, sich seiner Umarmung abrupt zu entziehen. Je mehr sie Hilfe oder emotionale Unterstützung brauchte, umso schroffer konnte sie werden, wenn ihr beides angeboten wurde.

Ann Kathrin räusperte sich. »Kann ich … ich würde gerne mit Ihnen alleine sprechen.«

Weller kannte es nicht, dass Ann Kathrin einen Satz abbrach und dann erneut begann. Er schob es ihrer emotionalen Erregung zu. Er stand sofort auf, um ihrem Wunsch nachzukommen, aber Huberkran blieb wie versteinert sitzen.

Weller stieß ihn an. Huberkran erhob sich, als sei das rein körperlich eine Höchstleistung, die da von ihm verlangt wurde.

Er maulte: »Wir sind doch hier unter Profis.«

Weller stieß Huberkran erneut an. »Komm, wir trinken 'n Bier.«

»Ich habe keinen Durst.«

»Dann zeig ich dir meine Briefmarkensammlung.«

Widerwillig verließ Huberkran mit Weller das Zimmer. Die Dinge hier entwickelten sich ganz und gar nicht, wie er gehofft hatte. Ann Kathrin und Weller sollten Teil seines Teams werden und ihm zuarbeiten, stattdessen machten die ihr eigenes Ding, und er wurde zu einer Art Erfüllungsgehilfe degradiert.

Er warf Anne Will, bevor sie ging, einen auffordernden Blick zu. Sie sollte etwas sagen, ihn unterstützen. Ein Satz wie »Ich habe kein Geheimnis vor dem Kollegen Huberkran« hätte ihm jetzt gutgetan, oder besser noch ein: »Wenn er geht, gehe ich auch.«

Aber Anne Will sagte gar nichts, sie sah stattdessen zum Wohnzimmerfenster, wo Ann Kathrins Rosen ihre Köpfe unbeeindruckt vom Weltgeschehen der Sonne entgegenreckten.

Als die beiden Frauen endlich alleine im Zimmer waren, setzte Ann Kathrin sich näher zu Anne Will.

»Sagen Sie mir die Wahrheit. Was war mein Vater für ein Mensch? Ich komme mir langsam vor, als hätte ich ihn gar nicht gekannt.«

»Sie wollen von mir wissen, ob er einer von den Guten war oder ob er das Lager gewechselt hat, stimmt's?«

Verblüfft über die direkte Sprache schwieg Ann Kathrin und nickte nur vorsichtig.

»Er war ein Jäger. Eine danteske Persönlichkeit.«

»Eine was ...«

Anne Will hob die Hände zur Erklärung: »Er deutete wie Dante aus dem Persönlichen das gesamte Schicksal der Menschheit.«

Dem stimmte Ann Kathrin zu.

»Also, er war für mich ein leidenschaftlicher Kriminalist, aber das alles hatte auch etwas Schreckliches an sich, so ein Getriebensein. Er hielt es nicht aus, Fälle nicht zu lösen. Jeden Schwerkriminellen, der frei und unbehelligt herumlief, empfand er als einen Vorwurf gegen sich selbst. Er war in der Bekämpfung des Menschenhandels eingesetzt. Er hätte alles getan, um Stenger für immer hinter Gitter zu kriegen und seine Organisation zu zerschlagen.«

Ann Kathrin schüttelte sich. Für sie hatte Anne Will sich verraten. Die Wahrheit lag in dem Wort »dantesk« begraben. Ann Kathrin kannte Dantes »Göttliche Komödie«, seine abenteuerliche Reise durch himmlische und höllische Welten hatte sie als Jugendliche erschreckt. War ihr Vater so ein Wanderer zwischen Hölle und Paradies?

Ann Kathrin erkannte ihre eigene Stimme nicht, als sie sprach: »Aber Sie haben behauptet, ein Teil von ihm hätte diese Kriminellen bewundert.«

»Ja, das ist bei allen Jägern so. Ihr Vater war da besonders extrem.«

»Bitte?«

»Ihr Vater hat dieses Gefühl in sich besonders gehasst und unterdrückt. Es hat ihn fast zerrissen. Er musste sich ständig beweisen, dass er einer von den guten Jungs war, indem er die Bösen gnadenlos verfolgt hat. Gnadenlos vor allen Dingen gegen sich selbst.«

»Warum sind die Ermittlungsakten gegen Stenger verschwunden?«

Anne Will stand auf. Zwischen ihren Oberschenkeln knisterte Nylon. Sie fuhr sich mit der Hand übers Gesicht, wie es Ann Kathrins Erfahrung nach Menschen machten, die etwas zu verbergen hatten oder um Fassung rangen.

»Ich habe Ihren Vater im Rahmen einer wissenschaftlichen Untersuchung getroffen. Er war sehr kooperativ. Geschwätzig war er nicht. Ich glaube nicht, dass Akten verschwinden. Das sind Märchen aus Kriminalromanen.«

»Vielleicht bilden die ja die Wirklichkeit ab.«

Für einen Moment war da ein Flackern in Anne Wills Augen. Sofort setzte Ann Kathrin nach: »Jedenfalls sind die Akten verschwunden, und Stenger ist frei.«

»Stenger ist ein viel zu kleines Licht, als dass er in der Lage wäre …«

»Beukelzoon lebt irgendwo unter falschem Namen und …«

»Ich fürchte, ich kann Ihnen da nicht weiterhelfen. Ich bin auch nicht gekommen, um mich an solchen Spekulationen zu beteiligen. Ich tue lediglich dem Kollegen Huberkran einen Gefallen.«

»Aber bitte beantworten Sie mir noch eine Frage: Haben Sie im Rahmen Ihrer Untersuchungen auch Isolde Klocke kennengelernt?«

»Ja. Ich kenne sie. Sie gehörte zum Team von The Brain. Sie gehörte ganz klar in die Kategorie A. Eine Gerechte. Sie war im Grunde eine Gefahr für die Gruppe. Beukelzoon hat das genauso eingeschätzt, aber Ihr Vater bestand darauf, dass sie unverzichtbar sei. Wenn Sie mich fragen …«

»Ja, ich frage Sie.«

»Nun, ich denke, Ihr Vater hatte persönliche Gründe.«

»Sie meinen, die beiden hatten ein Verhältnis miteinander?«

»Ja. Das war für mich offensichtlich. Sie haben sich benommen wie ein Liebespärchen.«

Anne Will ging zur Tür. Ann Kathrin wischte ihre feucht gewordenen Hände ab. Sie hörte durch das offene Fenster Huberkrans Worte. Er stand mit Weller auf der Terrasse und schimpfte: »Selbst wenn alles, was sie sagt, stimmt, es bringt uns nicht weiter. Dann kannte er sie eben. Na und?«

Von innen rief Ann Kathrin: »Na und? Das bedeutet, sie sind keine zufälligen Opfer! Das wiederum sagt uns, er hat sie vorher ausspioniert und beobachtet. Er muss in ihrer Nähe gewesen sein. Vielleicht gibt es Zeugen?! Er geht sehr organisiert und planvoll vor, anders ist dieses Einmauern gar nicht möglich. Das wiederum heißt, er muss sich eine Weile in der Nähe der Wohnungen aufgehalten haben, hat Kontakt zu Händlern haben müssen, Baumärkten … Er braucht Zeit für das, was er tut. Viel Zeit. Und er ist beweglich, er reist hinter seinen Opfern her. Ein Rentner vielleicht, mit einer guten Pension. Oder er ist frühverrentet, denn seine Arbeit ist körperlich anstrengend. Ich denke, er war bei der Ausführung der Tat topfit. Er hält sich in Form. Vielleicht besucht er Fitnessstudios.«

Huberkran machte ein spöttisches Gesicht in Richtung Weller.

»Mensch, bist du scheiße drauf! Was ist denn los mit dir?«

»Entschuldige«, sagte Huberkran leise, ohne seine Lippen auseinanderzunehmen.

»Deine Frau?«, riet Weller.

Huberkran machte eine wegwerfende Geste und presste die Lippen fest zusammen.

»Dann lass das bitte nicht an Ann aus.«

Huberkran drehte sich so, dass Ann Kathrin ihn durch das Fenster im Inneren des Hauses nicht sehen konnte.

»Sie hat einen Typen. Gestern hat sie es endlich gestanden.«

Weller unterdrückte einen Furz. »Klar hat sie einen Typen. Was denkst du denn?«

Huberkran sah aus, als würde er sich schämen.

»Deine Renate hatte auch einen anderen«, sagte er, und es klang wie eine Entschuldigung.

»Einen?«, lachte Weller. »Ach, wenn es nur einer gewesen wäre.«

Dann beugte Weller sich vor. Er war jetzt so nah an Huberkrans Ohr, dass er sein Rasierwasser roch.

»Wenn wir keine Zeit für unsere Frauen haben, müssen wir immer eines wissen: Es gibt Typen, die haben Zeit für sie.«

Huberkran wirkte getroffen. Jetzt nahm er doch ein Bier mit Weller.

Ann Kathrin hatte mit Reaktionen in den »Gelsenkirchener Geschichten« gerechnet, doch was sie jetzt sah, als sie die Startseite öffnete, übertraf alle Erwartungen. Der von ihr eröffnete Thread hatte mehr als tausend Anklicker, und es gab dreiundzwanzig Beiträge.

Ann Kathrin hatte sich einen frisch aufgebrühten Kaffee mit ins Arbeitszimmer genommen und neben dem Computer griffbereit abgestellt. Sie vergaß den Kaffee völlig und ließ ihn kalt werden.

Dieselchen, KleineGemeine01, Sandra, Minchen, Benzin-Depot und Semmel aus der Altstadt hatten die ersten Beiträge gelistet. Ann Kathrin las und hielt unwillkürlich die Luft an. Sie musste sich richtig zum Atmen zwingen.

Dieselchen kannte Ludwig Stein und auch seine Frau

Isolde. Sie hatte angeblich einmal einen Streit zwischen den beiden miterlebt.

Benzin-Depot kannte die Agentur »Hot Pants«. Er hatte nicht weit entfernt gewohnt und ein paar Mal »schmierige Gestalten mit tollen Frauen« herauskommen sehen. Ihm war klar, dass da »eine ganz krumme Sache lief«. Er behauptete, eine Frau sei dort gegen ihren Willen festgehalten worden. Sie sei »halbnackt« geflüchtet. In seiner damaligen Stammkneipe hätten gleich ein paar Gäste »die Dame heldenhaft verteidigt«. Sie sei durch den Hinterausgang geflohen. Ihr Zuhälter hätte »schwer was auf die Fresse gekriegt«. Es habe später auch ein Bericht darüber in der WAZ gestanden. Wenn er sich recht erinnere, von Detlef Marwig.

Semmel widersprach, Marwig sei damals leider schon tot gewesen. Aber er erinnere sich auch an den Beitrag in der Zeitung.

Dann kam der eigentliche Hammer für Ann Kathrin. Ein Diskussionsbeitrag von einer Frau – wenn es denn wirklich eine Frau war –, die sich Kim12 nannte. Sie behauptete, diese Frau gewesen zu sein. Ludwig Stein habe sie verfolgt und sei tatsächlich in der Kneipe verhauen worden. Sie sei nicht halbnackt geflüchtet, sondern in »ekelhaft billigen Dessous aus Plastik«.

Der ganze Beitrag war ein einziger Wutausbruch, und Ann Kathrin konnte den Zorn nur zu gut verstehen.

»Ich war neunzehn Jahre alt, als ich mit dem Versprechen von Thailand nach Deutschland gelockt wurde, ein guter Mann wolle mich heiraten. Ich hatte sogar Fotos von ihm und zwei Briefe. Mein Flug wurde bezahlt. Ich war glücklich. Mein zukünftiger Mann versprach, meine Familie zu unterstützen. Aber dann in Deutschland war er gar nicht nett zu mir. Nichts konnte ich ihm recht machen. Ich sollte Striptease tanzen und Männer in seiner Bar zum Trinken animieren. Er wollte mich nicht mehr, weil ich mich weigerte. Er hat mich umgetauscht. Ja, umgetauscht. Das Ganze geschah in einem Büro von Stenger in Wiesbaden.

Aber der zweite Mann war noch viel schlimmer. Er schlug und vergewaltigte mich immer wieder. Auch er tauschte mich um.

Ich konnte nicht weglaufen. Ich sprach die Sprache nicht, ich hatte kein Geld, keinen Ausweis, und ich kannte die Gesetze in Deutschland nicht.

Der nächste Mann wirkte zunächst ganz nett, wollte aber sexuelle Sachen, die mir weh taten und mich anwiderten.

Dann haben mich Stein und Beukelzoon abgeholt. Sie brachten mich nach Gelsenkirchen. Dort sollte ich weitervermittelt werden. Stein hatte eine Anfrage von einem Mann, der sich eine stumme Frau wünschte. Stein sagte mir, ich solle einfach so tun, als ob ich stumm sei. Das wäre meine letzte Chance, mein Touristenvisum lief ab, und ich wäre in Deutschland illegal geworden ohne Ehemann.

Zurück konnte ich nicht. Mein Vater hätte in Thailand für meine Schulden geradestehen müssen. Stenger wollte mir den Flug plus fünfzig am Tag für die Verpflegung berechnen. Er behauptete, er hätte fast zehntausend von meinem Vater zu bekommen. Umgerechnet verdiente mein Vater vielleicht zweitausend im Jahr.

Stein tat so, als ob er mir helfen wollte. Stumm zu sein sei die Lösung für mich, behauptete das Schwein.

Ich wartete in Dessous auf meinen neuen Käufer. Stein redete auf mich ein. Es war eine hektische Situation. Der neue Kunde sollte gleich kommen. An seiner Stelle kam aber ein Rechtsanwalt, der mich holen wollte.

Stein und er kannten sich. Sie stritten. Ich nutzte die Verwirrung und floh.

Ich hasse diese ganze Bande!

Später habe ich in einer Imbissbude gearbeitet. Für fünf Euro die Stunde habe ich Hähnchen auf den Spieß geschoben, Pommes in altem Öl frittiert und mich vom Sohn des Chefs begrabschen lassen.

Ich habe oft hinter der Theke davon geträumt, Stein und Stenger und Beukelzoon wie halbe Hähnchen am Spieß zu grillen und dann an die Kunden zu verfüttern. Mit einer Portion Pommes rot-weiß dazu. Immer wenn ich ein Hähnchen in zwei Teile geschnitten habe, musste ich mir vorstellen, die Brust von einem meiner Peiniger aufzuknacken und nicht so ein unschuldiges Tier. Wenn ich die Schnitzel plattgeklopft habe, dann schlug ich den Hammer statt auf Schweinefleisch lieber auf Steins Hände oder die von meinem ersten Mann Bodo. Oft habe ich ihn und seine ganze Brut verflucht. Die Pest habe ich ihm und all seinen Nachkommen an den Hals gewünscht. Die Pest! Wenn Sie seine Tochter sind, sein eigenes Fleisch und Blut, dann schämen Sie sich für Ihren Vater! Ich trauere ihm keine Träne nach. Man hat ihn zu Recht erschossen.

Es tut gut zu wissen, dass er tot ist. Ich hatte bisher keine Ahnung. Ich habe immer Angst gehabt, ihm wiederzubegegnen. Immerhin, ein Schwein, vor dem man Angst haben muss, weniger. Möge er als Hähnchen wiedergeboren werden in einer Legebatterie und in einer schmuddeligen Imbissbude am Rost enden, da kann er sich dann nackt an der Stange drehen, bis ihm heiß wird und die Flügel schön knusprig sind.«

Sofort breitete sich Druck in Ann Kathrins Kopf aus, als würde jemand Luft unter ihre Schädeldecke pumpen, um ihr die Augen aus den Höhlen zu sprengen. Sie öffnete den Mund wie zu einem Gähnen und drückte sich die Handflächen gegen die Ohren. Der Bildschirm begann vor ihren Augen zu trudeln.

Sie ging ein paar Schritte. Der Druck im Kopf bekam

einen Klang. Es war ein Dröhnen wie von übersteuerten Motoren, und in dem Lärm, der an- und abschwoll, bohrte auch noch ein Zahnarzt in einem faulen Weisheitszahn.

Sie bekam Lust auf ein heißes Bad, aber gleichzeitig konnte sie nicht von diesem Computer weg. Sie musste zurück zu den »Gelsenkirchener Geschichten«, den Rest lesen und dann mit Kim12 Kontakt aufnehmen.

Sie schwankte zwischen der Verpflichtung, ihren Vater gegen all diese Vorwürfe in Schutz zu nehmen und gleichzeitig seinen Mörder zu jagen – oder ging es schon lange nicht mehr darum? Versuchte sie nur noch, ihre eigene Herkunft zu begreifen?

Sie wusste, dass sie über die Dinge, die sie jetzt über ihren Vater erfuhr, niemals mit ihrer Mutter würde reden können. Niemals.

Weller und Huberkran hatten Stunden in der Polizeiinspektion Aurich im Fischteichweg verbracht und alle europäischen Systeme nach vergleichbaren Fällen durchsucht. Huberkran hatte sich sogar Zugang zu VICAP verschafft. Das Violent Criminal Apprehensive Programme war die nationale Datenbank für Gewaltverbrechen und -verbrecher in den USA.

Weller staunte, wo Huberkran so überall reinkam. Er hatte sogar ein Passwort für das NCAVC, das Nationale Zentrum zur Analyse von Gewaltverbrechen in den USA. Weller begriff, dass Huberkran nicht nur Leiter der Tatortabteilung beim BKA war, sondern eine Menge Vollmachten und Privilegien besaß. Weller kannte keinen Kollegen mit eigenem Passwort für das NCAVC, die meisten wussten nicht mal, was das war.

Huberkran las das amerikanische Englisch so flüssig wie Deutsch. Er verblüffte Weller immer mehr. Mittendrin, während sie Fälle verglichen und sich Tatortfotos ansahen, sagte Huberkran wie zu sich selbst: »Ich muss

Nägel mit Köpfen machen.« Weller ahnte, dass sich das auf Huberkrans Ehe bezog und keineswegs auf den Fall.

»Ja«, stimmte Weller zu, »danach geht es einem besser. Seelisch. Finanziell eher nicht.«

Huberkran atmete auf. »Das ist bei uns anders. Sie verdient als praktische Ärztin gut. Die Praxis ist immer voll. Unterm Strich hat die mehr in der Tasche als ich. Da muss ich nicht mit irgendwelchem Unterhaltsscheiß rechnen.«

Dann tippte Huberkran ansatzlos auf den Bildschirm: »Da. Zwei Leichen im Keller eingemauert. Tatzeit zwischen 1998 und 2000. Das kann unser Mann sein. Manhattan, Brooklyn und zwei Jahre später eine Leiche in einem Betonpfeiler in Harlem.«

»Du meinst, er jettet mal eben über den Teich und schlägt da wieder zu?«

»Vielleicht ist das gar nicht seine Entscheidung. Vielleicht reist er beruflich. So eine Art Vertreter. Oder er ist auf Montage, und wenn er sich langweilt, dann ...«

»Ann Kathrin vermutete, er sei unabhängig ...«

»Wenn er in Amerika zugeschlagen hat, spricht das meiner Meinung nach sehr für berufliche Gründe.«

»Oder er fliegt herum und sucht seine Opfer. Eine lebt eben in Luzern, eine in Bamberg oder New York. Ann Kathrin sagt, er kennt sie und sucht sie gezielt aus.«

Für Huberkrans Geschmack sagte Weller zu oft »Ann Kathrin sagt«. Aber er musste trotzdem einräumen, dass an ihrer Vorstellung etwas dran sein konnte.

Bis zum Abend hatten sie dreiundvierzig weitere Fälle, die zu ihrem Täter passten. Drei in Frankreich, vierzehn in den USA, sechs in Schweden, fünf in Deutschland, zwei in den Niederlanden, zwei in Spanien, elf in Italien.

Huberkran telefonierte, bis seine Ohren rot glühten. Er musste an jeden Ort Leute schicken.

Sie hatten erst die letzten zwanzig Jahre überprüft. Noch lange nicht jeder Fall war in die Datenbanken eingearbeitet worden. Einige dieser Zentralregister existierten erst seit ein paar Jahren und wurden langsam aufgebaut. Die Häufung vergleichbarer Fälle in Italien und in den USA fiel auf, wobei diese Todesart sich in den USA auf die Bundesstaaten New York, Massachusetts und New Jersey zu reduzieren schien. Huberkran ging pessimistisch davon aus, dass in den anderen Bundesstaaten die Zusammenarbeit mit VICAP nicht besonders ernst genommen wurde.

»Oder«, fügte Weller hinzu, »oder euer Mann schlägt eben nur dort zu.«

Ann Kathrins Hände zitterten, als sie eine Antwort an Kim12 schrieb. Sie hatte inzwischen kalten Kaffee getrunken, was ihrem Kreislauf gutgetan hatte, aber jetzt trocknete ihr Mund wieder aus.

Sie suchte die richtigen Worte. Wie sollte sie die Frau anreden? Liebe Kim12? Sehr geehrtes Opfer meines Vaters?

Sie tippte ihre Nachricht zunächst ohne Anrede. Sie wollte die Entscheidung auf später verschieben. Einerseits belastete es sie, dass dieser Briefwechsel in aller Öffentlichkeit stattfand. Sie hätte natürlich auch eine private Mitteilung an Kim12 schicken können, diese Möglichkeit gab es auf der Seite der »Gelsenkirchener Geschichten«, aber Ann Kathrin hatte das Gefühl, öffentlich antworten zu müssen. Irgendwie war sie es ihrem Vater schuldig, fand sie.

»Ich kann Ihren Zorn verstehen, und das Unfassbare, das Ihnen geschehen ist, erfüllt mich mit Wut und Trauer. Man kann es nicht wiedergutmachen. Aber ich möchte Ihnen sagen, dass der Mensch, den Sie als Ludwig Stein kennengelernt haben, falls er wirklich der Mann ist, der mein Vater war, zwei Gesichter hatte. Ich habe ihn als liebevollen, verständnisvollen Vater kennengelernt. Er hat mir die Welt erklärt und versucht, mir Werte beizubringen. Sicherlich werden Sie verstehen, dass Ihre Ausführungen mich zutiefst erschüttern. Trotzdem – oder gerade deshalb – sind verschiedene Fragen für mich wichtig:

Wie hießen die Männer, an die Sie vermittelt oder gar verkauft wurden? Ich denke, man könnte sie noch heute juristisch zur Rechenschaft ziehen.

Wer war der Rechtsanwalt, der Sie abholen sollte, als Sie geflohen sind?

Wie hieß das kranke Arschloch, das eine stumme Frau kaufen wollte?«

Ann Kathrin löschte »das kranke Arschloch« und schrieb stattdessen »Kunde«, obwohl ihr der erste Begriff passender erschien.

Sie las den Text noch einmal. Er kam ihr noch nicht stimmig vor. Sie wollte ein Treffen vorschlagen, sie musste dieser Frau in die Augen sehen. Wie ernst war das alles? Neigte sie zu Übertreibungen? War der Beitrag überhaupt von einer Frau?

Für einen Moment flammte der Verdacht in ihr auf, jemand versuche sie reinzulegen.

Dann machte sie einen Fehler. Sie wollte eigentlich die Rechtschreibprüfung veranlassen, drückte aber versehentlich auf »Senden«, und schon stand ihr Brief im Netz.

Mist.

Sie fragte sich, ob das jetzt eine Freud'sche Fehlleistung gewesen war, und ärgerte sich über sich selbst, gleichzeitig war sie erleichtert, es getan zu haben.

Sekunden später hatte sie eine Antwort.

»Du willst etwas für mich tun, Prinzessin? Schick mir Geld. Gib mir etwas von der Kohle zurück, die dein Alter aus mir rausgeholt hat. Kim12.«

»Ich glaube kaum, dass man das Ihnen widerfahrene Leid mit Geld wiedergutmachen kann, aber ich würde Sie gerne treffen«, antwortete Ann Kathrin.

»O doch, das kann man. Ich lebe im Moment von knapp sechshundert pro Monat. Mein Auto wurde gepfändet, mein Kühlschrank ist kaputt, und mein Vermieter repariert die Scheiß-Klimaanlage und die Toilettenspülung nicht, weil er meint, das sei meine Aufgabe. Deine Ausbildung wurde von mir bezahlt, Prinzessin, und all die schönen Weihnachtsgeschenke von Daddy. Dafür hab ich die Beine breitmachen müssen. Ich habe deinen Wohlstand mit meiner Freiheit bezahlt.«

Am liebsten hätte Ann Kathrin den Computer gegen die Wand geworfen und alles rückgängig gemacht. Die Kriminalistin in ihr warnte: »Vorsicht, das ist ein ganz mieser Trick, du sollst abgezockt werden!« Aber da war auch eine andere Stimme, die redete ihr eine Mitschuld ein, forderte sie auf, jetzt bloß nicht die Augen zu verschließen, nur weil das Ergebnis ihrer Recherche anders war als erhofft.

Sie sah zum Bild ihres Vaters. Sie war Polizistin genug, um zu wissen, dass das, was er angeblich getan hatte, durch keine überwachungstaktische Maßnahme zu rechtfertigen war.

Weller wusch unten in der Küche frische Miesmuscheln unter fließendem Kranwasser. Er rieb sie sogar mit einer harten Bürste ab. Er brauchte das jetzt. Kochen beruhigte ihn. Er trank dabei ein Glas von dem trockenen Weißwein, in dem er später die Muscheln kochen wollte.

Huberkran sah ihm zu und bewunderte Wellers souveräne Handbewegungen. Er freute sich auf die Muscheln.

Er fragte sich, warum er selbst nie kochte. Vielleicht, dachte er, braucht man einen Gast am Tisch, um mit solcher Freude und Leidenschaft wie Weller so ein einfaches Gericht zuzubereiten. In Wellers Bewegungen lag fast so etwas wie eine Choreographie.

Drei Muscheln waren bereits geöffnet, die warf Weller in den Biomüll. Er hatte drei Kilo Miesmuscheln gekauft. Der Berg wirkte auf Huberkran, als könnten die drei ihn unmöglich aufessen.

Huberkran kam sich überflüssig vor, als drittes Rad am Wagen, aber Wellers Nähe tat ihm gut. Beruflich war er jetzt Wellers Chef in der SOKO Maurer, aber privat war Weller sein Vorbild. Nach langer, quälender Ehe hatte Weller trotz Kindern die Scheidung geschafft und war, das sah Huberkran ganz deutlich, wieder ein glücklicher Mensch geworden.

Während Weller die Schalotten, Karotten und Küchenzwiebeln mit einem scharfen Messer zerhackte, telefonierte Huberkran mit seinem Handy. Die ersten Überprüfungsergebnisse trafen ein. In zwei Fällen war der Mörder inzwischen gefasst und verurteilt worden. Die Kollegen hatten nur vergessen, diese Fahndungserfolge in die entsprechenden Systeme einzutragen.

Wellers Messer erinnerte Huberkran an einen Serienkiller. Er hatte besonders scharfe, edle Küchenmesser benutzt, um Teile seiner Opfer abzuschneiden, weshalb einige Kollegen zunächst davon ausgingen, es mit einem Kannibalen oder einem Chirurgen zu tun zu haben, aber das war ein Irrtum.

Weller ließ Butter in einem großen Topf zerlaufen. »Darin mache ich sonst meine Fischsuppe«, sagte er stolz und warf das Gemüse in den Topf. Es zischte und knisterte. Um diese den Magen anregenden Töne auch hören zu können, hatte Weller die Dunstabzugshaube ausgeschaltet.

Er würzte sein Gemüse mit Salz und Pfeffer aus übergroßen, baseballschlägerähnlichen Mühlen, dann nahm er mit spitzen Lippen noch einen Schluck Weißwein und goss den Rest der Flasche in den Topf.

Huberkran nahm die Weinflasche und sah sie sich fachmännisch an. Es war ein Elsässer Sylvaner. Im Kühlschrank warteten noch zwei Flaschen. Huberkran vermutete, Weller würde nun in einem anderen Topf die Muscheln kochen, doch das tat Weller nicht. Er gab die Muscheln in den köchelnden Weinsud. Im Backofen wurden zwei Baguette knusprig. Weller nahm sie heraus und schaltete die Temperatur aus. Dann legte er die Servierplatte zum Aufwärmen in den Ofen.

»Du kannst den Tisch decken«, sagte Weller zu Huberkran, ohne sich zu ihm umzudrehen. Er hackte stattdessen Petersilie klein und verknetete Mehl und Butter mit der Petersilie zu einer Paste.

Huberkran suchte im Schrank nach Geschirr. Er packte drei tiefe Teller auf den runden Küchentisch und dazu drei Weingläser und Besteck. Es fiel Huberkran auf, dass Weller nicht ein einziges Mal abschmeckte. Entweder war er sich sehr sicher bei allem, was er tat, oder er wollte sich selbst mit dem Geschmack überraschen.

Weller warf einen kurzen Blick auf den Tisch, dann grinste er und fragte: »Das nennst du Tisch decken?«

Der Satz traf Huberkran. Da schwang für ihn so etwas mit wie: »Kein Wunder, dass deine Frau einen anderen hat.«

Weller stellte zwei gelbe Kerzen auf den Tisch und holte gleichfarbige Servietten aus einer Schublade. Es war nicht viel, aber es sah gleich ganz anders aus.

So decken Menschen den Tisch, die sich wertschätzen und lieben, dachte Huberkran, und es gab ihm einen Stich, den er körperlich im Bereich des Solarplexus spürte wie eine heiße Klinge. Er war froh, dass ein Kollege aus Frankfurt anrief und die Daten der Überprüfung durchgab.

Weller nahm die Weingläser vom Tisch. »Das sind Rotweingläser«, stellte er fest. Sein Humor war so trocken wie der Wein, fast schon ein bisschen säuerlich.

Weller schnitt Baguette in fingerdicke Scheiben und legte die Scheiben auf die warme Servierplatte, dann nahm er eine Kelle von dem dampfenden Muschelsud aus dem Topf und rührte mit einem Schneebesen Sahne hinein. Dazu gab er dann die Mehlbutterflocken. Er hob die Muscheln aus dem Topf und löste sie aus den Schalen. Eine Muschel, die sich nicht geöffnet hatte, landete im Biomüll. Das Fleisch der anderen verteilte er auf die Baguettescheiben und ließ seine cremige Soße darübertropfen. Dann, als er schon die Pfeffermühle darüber kreisen ließ, rief er: »Ann! Schönste! Ein zauberhaftes Muschelgericht wartet auf dich!«

Huberkran fand das reichlich übertrieben und hielt sich angenervt ein Ohr zu, gegen das andere presste er sein Handy. Er verließ die Küche und telefonierte im Flur weiter.

Es hatte in der SOKO ein Brainstorming gegeben. Für Huberkran hörte sich das Ergebnis aber mehr nach einem linden Lüftchen an als nach einem Sturm.

Weller stellte die Servierplatte mit dem Muschelbrot in die Mitte. Er war zufrieden mit sich.

Zusammen mit den Muscheln in Weißwein wartete jetzt ein vielversprechendes Abendessen, dessen Duft das ganze Haus erfüllte, aber weder Ann Kathrin noch Huberkran setzten sich an den Tisch.

Huberkran telefonierte, und Ann Kathrin rührte sich gar nicht. Weller entschied, sie persönlich abzuholen und erst dann die Muschelsuppe auf die Teller zu geben. Er war ein bisschen gekränkt, dass scheinbar niemand seine Küchenkünste zu würdigen wusste.

Ann Kathrin saß am Computer. Sie wirkte kraftlos und erschüttert auf ihn. Er nahm sie in den Arm und las ein paar Sätze von Kim12 auf dem Bildschirm.

Ann Kathrin zitterte innerlich. Weller wollte sie jetzt nicht mit seinem fertigen Essen überfallen. Die Muscheln waren auf den Punkt gar, aber es waren eben nur Muscheln, nichts weiter.

»Sie sagt so fürchterliche Dinge über meinen Vater. Ich kann das nicht glauben, ich will das nicht, und ich … ich fürchte doch, dass es stimmt.«

»Es tut dir nicht gut, dich die ganze Zeit damit zu beschäftigen«, sagte er und kam sich dabei sehr mutig vor, als müsse er sie vor sich selbst beschützen.

Sie lehnte sich an ihn, wie seine Töchter es schon lange nicht mehr getan hatten, als wolle sie sich in seinem Hemd verkriechen, um vor der Welt geschützt zu sein, und er begann, Vatergefühle für sie zu entwickeln, was ihn verwirrte.

»Aber«, sagte sie trotzig, »aber ich will doch wissen, wer ich bin …« Dann schüttelte sie sich. »Wer er ist.«

Weller hätte jetzt so gerne etwas Kluges gesagt. Er durchwühlte sein Gehirn wie einen alten Aktenschrank, aber je mehr er spürte, wie sehr sie ihn brauchte, um so inkompetenter kam er sich vor.

Dann hörte er sich sagen: »Klar, das verstehe ich. Phänomenologisch lässt sich leicht zeigen, dass halbwegs gesicherte Identitätsstrukturen in Verhältnissen intersubjektiver Anerkennung verankert sein müssen.«

Sie löste sich aus seiner Umarmung und sah ihn an wie noch nie zuvor in ihrem Leben. In ihren Augen erkannte er die ungläubige Frage, ob das auf seinem Mist gewachsen sei.

Er kam Ann Kathrin mit einem Geständnis zuvor: »Nein, das ist nicht von mir. Das habe ich bei Daniel C. Henrich gelesen. Der Satz war mit Bleistift an den Rand geschrieben. Er ist von Habermas – glaube ich. Mich … mich hat das sehr bewegt. Ich musste fast heulen, als ich das las. Ich bin nicht in ›Verhältnissen intersubjektiver

Anerkennung‹ aufgewachsen. Mein Alter hat nur versucht, meinen Willen zu brechen und mich nach seinen Vorstellungen zu kneten wie Wachs. Aber jetzt geht es nicht um mich, sondern um dich.«

Ann Kathrin fuhr ihm liebevoll durchs Haar. »Du liest diese philosophischen Fachbücher auf der Suche nach …«, sie zögerte, es auszusprechen, »auf der Suche nach Lebenshilfe?«

Er ging einen Schritt zurück. »Tun wir das nicht alle?«

Er zeigte auf den Computer. »Ich meine, was machst du da?«

»Ich suche den Mörder meines Vaters.«

»O nein. Du suchst Erleichterung …«

Sie protestierte halbherzig.

»Und warum sammelst du Kinderbücher?«

Sie schluckte schwer, und in diesem Moment wurde ihr bewusst, wie sehr sie ihn wirklich liebte. Er, der so gern den harten Kerl spielte, war in sich drin immer noch ein verletzter kleiner Junge.

Um nicht länger über Gefühle reden zu müssen, beugte er sich über den Computer und sah sich den Thread von Ann Kathrin genauer an. Er ahnte gleich, das würde dienstlich eine Menge Probleme geben, aber es könnte tatsächlich zum Erfolg führen.

Den Beitrag von Kim12 hielt er schlicht für den Versuch, Ann Kathrin abzukochen. Interessanter fand er einen Hinweis von einem gewissen Heinz, der angab, in der Imbissbude Scharfe Ecke, während er auf sein Schaschlik wartete, unfreiwillig ein Gespräch zwischen zwei Besoffenen mit angehört zu haben. Der eine habe behauptet, sein Bruder sei Hubschrauberpilot bei der Bundeswehr gewesen, bis er wegen ein paar Gramm Koks gefeuert worden sei. Unehrenhaft entlassen, das müsse man sich mal vorstellen. Der andere habe nur gesagt: »Halt endlich die Fresse, Harry.« Aber der sei immer lauter geworden und habe schließlich bekräftigt, sein Bruder, der Arsch, hätte bei einem Riesencoup den Hubschrauber geflogen und würde ihm jetzt nichts von der Kohle abgeben. Er sei auf Hartz IV, und sein Bruder würde sich auf Malle die Eier schaukeln. Der andere habe nur wieder gesagt: »Halt doch endlich die Fresse, Harry.«

»Mir war das Ganze unangenehm«, schrieb Heinz, »und der Zweite, er hatte so eine Meckifrisur, merkte natürlich, dass ich alles mitkriegte. Er sah mich an und sagte über seinen Kumpel: ›Da sieht man, was der Alkohol aus einem Menschen machen kann. Der war mal ganz normal. Hat sich aber das Gehirn weggesoffen.‹

Ich war froh, mein Schaschlik zu bekommen, und verzog mich dann rasch. Dieser Harry muss in der Imbissbude bekannt sein. Ich wette, er wohnt in dem Viertel. Viel Erfolg wünscht euch Heinz.«

»Dieser Harry sollte sich finden lassen, und wenn das keine heiße Spur ist, dann …«

Ann Kathrin schnüffelte wie ein Kaninchen. »Wonach riechst du, Frank?«

Es war ihm fast peinlich. Es kam ihm angesichts der Dinge so banal vor. Er winkte ab, als sei das völlig nebensächlich: »Ich habe uns Muscheln gekocht.«

»Und das sagst du erst jetzt? Ich habe einen Mordshunger!«

Ann Kathrin war mit zwei großen Schritten bei der Tür. Weller folgte ihr. Sie blieb kurz an der Treppe stehen und atmete tief ein. »Hm!«

Unten in der Küche saß Huberkran vor einer fast gesäuberten Servierplatte. Er rülpste genüsslich und trank den letzten Schluck aus seinem Weizenbierglas.

»Entschuldigt, ich habe schon angefangen. Ich konnte einfach nicht widerstehen. Diese Muschelbrote mit der Soße sind einfach ein Gedicht.«

Es lagen noch zwei auf der Platte. Acht hatte Huberkran gegessen. Aber die zwei waren sowieso kalt. Weller und Ann Kathrin nahmen sie als Appetithappen.

Dann goss Weller den Elsässer Sylvaner ein und fühlte am Topf. Die Muschelsuppe war auf dem Herd noch nicht abgekühlt. Weller häufte die offenen Muscheln auf seinen und Ann Kathrins Teller. Sie sahen aus, als würden sie nach Luft schnappen. Einige waren von innen rot, andere weiß.

Weller ließ jetzt den Sud darüberlaufen, dann brach er das zweite Baguette in zwei Teile. Huberkran registrierte, dass Weller ihm nichts serviert hatte.

»Ja, und ich?«, fragte er.

Weller lachte. »Ach, ich dachte, du seist schon satt.«

Leicht beleidigt antwortete Huberkran: »Nein, bin ich nicht.«

»Ja, dann nimm dir ruhig selbst, so viel du willst. Also, zum Weizenbier passen die Muscheln ja eigentlich nicht, aber …«

Ann Kathrin lutschte eine Muschel aus und benutzte die Schale als Besteck, um das Fleisch aus der nächsten zu zupfen. Sie schloss bei jedem Bissen kurz die Augen.

Also, Weller kochte auf jeden Fall besser als ihr Ex Hero. Besser war gar kein Ausdruck. Das hier war eine ganz andere Liga.

Sie wollte es Weller sagen, aber da kam ihr Huberkran zuvor: »Meine Frau ist ja Ärztin. Die sagt, bei Muscheln muss man vorsichtig sein. Man kann eine Eiweißvergiftung kriegen und Hepatitis und …«

Weller warf Huberkran einen vernichtenden Blick zu.

»Ja, wir wünschen dir auch einen guten Appetit.«

Huberkran ging mit seinem Teller zum Herd. Wie um sich zu entschuldigen, lud er sich mehr Miesmuscheln auf den Teller, als er balancieren konnte. Zwei fielen zu Boden und hopsten auf den italienischen Fliesen unter den Tisch. Als Huberkran sich nach ihnen bückte, kippte ihm der Rest vom Teller.

Weller versuchte, das zu ignorieren, und gab Ann Kathrin ein Handzeichen, es ihm gleichzutun, aber sie hatte Mühe, in Ruhe zu essen, während unter dem Tisch jemand herumkroch und ächzend und stöhnend Muscheln einsammelte.

Da klingelte Wellers Festnetztelefon. Das Gerät lag auf der Arbeitsplatte nah beim Ofen in der Schale für die Zwiebeln.

Weller stand auf und ging ran, damit es endlich aufhörte zu klingeln. Er meldete sich bärbeißig: »Ja.«

»Sie sind also auch so ein Ja-Sager. Sie haben sich leider falsch gemeldet.«

»Häh, was?«

»Hier ist Der Schollmayer von Hit Radio Antenne. Sie wissen doch, wie man sich richtig melden muss, Sie hätten fünfzigtausend Euro gewinnen können …«

»Rupert, du Arsch, ich habe heute Abend keinen Bock, mir deinen Scheiß anzuhören!«

Ein heißer Schauer durchrieselte Weller. Er traute Rupert im Grunde nicht zu, seine Stimme so sehr zu verstellen.

»Rupert? Wer ist Rupert? Ich kenne keinen Rupert. Ich bin Der Schollmayer von Hit Radio Antenne. Und das ist kein Scherz.«

Weller unterbrach die Verbindung und setzte sich breitbeinig hin. Huberkran tauchte auf und fragte: »Meinst du, die kann man noch essen?«

»Stell dich nicht so an, die Muscheln sind doch in der Schale.«

Huberkran saß jetzt reglos vor seinem Teller und starrte auf den Muschelberg. Ann Kathrin zog ihm stumm den Teller weg, ließ den Inhalt in den Abfall rieseln und füllte einen neuen Teller für Huberkran. Sie goss vorsichtig den Sud darüber, da fragte Weller nachdenklich: »Kann mir einer sagen, was das eigentlich ist, Geld?«

Huberkran guckte, als hätte ihm jemand Eiswasser ins Hemd gegossen.

Ann Kathrin erklärte über Wellers Kopf: »Er befasst sich neuerdings mit philosophischen Fragestellungen. Sein oder Haben?«

Huberkran guckte nur.

Weller aß Muscheln und sprach mit vollem Mund: »Du ackerst die ganze Zeit für knapp tausend im Monat – mehr bleibt mir nämlich nicht, nach Abzug von Unterhalt und Steuern –, dafür legst du dich krumm, kriegst Magengeschwüre und Haarausfall, und ein anderer kreuzt sechs Zahlen auf einem Lottoschein an und verdient damit mehr als du in zwanzig Jahren harter Arbeit. Oder man meldet sich mit ›Ich höre Hit Radio Antenne‹ am Telefon und kriegt fünfzigtausend …«

Erst jetzt begriff Ann Kathrin. »Moment mal, heißt das … war das gerade … Der Schollmayer am Telefon?«

»Ja. Und ich habe es versemmelt.«

»Wovon redet ihr eigentlich?«, fragte Huberkran. Statt es ihm zu erklären, sagte Ann Kathrin: »Ich muss für ein paar Tage nach Gelsenkirchen.«

Huberkran schluckte eine Muschel unzerkaut herunter. »In Gelsenkirchen wurde niemand eingemauert.«

»Nein, aber dort wurde mein Vater erschossen.«

Huberkran versuchte, ruhig zu bleiben. »Haben Sie Urlaub eingereicht, Ann Kathrin?«

Sie stand wortlos auf und verließ den Raum. Sie setzte sich wieder an den Computer und begab sich auf die Seite der »Gelsenkirchener Geschichten«.

Judith Harmsen legte sich so auf den rauen Betonboden, dass möglichst wenig von ihrem Körper den Boden berührte. Sie zitterte. Sie hatte nichts, um sich gegen die feuchte Kälte zu schützen.

Der Durst war schlimmer als der Hunger. Sie hatte inzwischen ihre Tempotaschentücher gegessen. Hauptsache, sie hatte etwas im Magen. Ihre Zunge war dick und aufgerissen, denn sie leckte die Feuchtigkeit von den Steinen. Jetzt klebten Sand und Zementkrümel auf ihrem Zahnfleisch, aber sie hatte nicht mehr genug Spucke im Mund, um zu schlucken.

Als Abiturientin hatte sie einen glühenden Aufsatz gegen die Todesstrafe verfasst und ein Buch über die Auswirkungen von Einzelhaft gelesen. Sie hatte sogar einen psychisch kranken Lebenslänglichen besucht, der, weil er einen Wärter attackiert hatte, eine Weile in Einzelhaft saß. Vor nichts hatte er mehr Angst als »vor der Sekunde, wenn das Licht ausgeht«.

Eine Weile hatte sie ihm ins Gefängnis geschrieben, aber dann verknallte er sich in sie, und die Post wurde ihr zu schlüpfrig. Sie hoffte dann nur noch, er würde wirklich nie freikommen. Vor Jahren hatte sie sogar davon geträumt, er stünde grinsend mit erigiertem Penis vor ihrer Tür.

Sie kannte den Begriff »sensorische Deprivation«, sie wusste genau, was mit ihr geschah.

Menschen in totaler Isolation verlieren den Sinn für die Realität, sagte sie sich, als sie ihn jetzt auf sich zukommen sah.

»Du bist nicht echt!«, schrie sie. »Hau ab! Du kannst mir nichts tun! Du bist eingesperrt wie ich!«

Wenn er wirklich da wäre, könnte ich ihn nicht sehen. Ich sitze ganz im Dunkeln. Ich sehe ihn aber ganz deutlich, also ist er nicht da.

Sie lachte bitter über die Logik.

Alles, was ich jetzt sehe, kann nur ein Produkt meiner Phantasie sein. Einbildung! Das ist ein schönes Wort, Einbildung. Man könnte es auch Wahn nennen. Wahn!

Sie wusste, dass Menschen ein gewisses Maß an menschlicher Interaktion brauchten, um geistig gesund zu bleiben. Wie lange konnte sie in diesem Zustand überleben? Wie lange war sie schon hier? Einen Tag? Eine Woche? Wie lange konnte ein Mensch ohne Essen und Trinken überleben? Sie hatte im Fernsehen Berichte über das schreckliche Erdbeben in der Türkei gesehen. War dort nicht noch nach elf Tagen eine Frau verletzt, aber lebend aus den Trümmern geborgen worden? Und sie selbst war nicht verletzt. Sie hatte Fieber und Gliederschmerzen. Aber ihr waren keine Trümmer auf die Beine gefallen wie der Frau.

»So gesehen geht es dir noch gut«, spottete eine teuflische Stimme in ihrem Kopf.

Ohne Nahrung, dachte Judith Harmsen, hält man es lange aus. Flüssigkeit ist wichtig. Es gab eine feuchte Stelle an der Mauer bei den Kalksandsteinen, wenn sie aufrecht kniete, genau in ihrer Kopfhöhe. Wieder und wieder drückte sie ihre Zunge dagegen.

Die Pfütze mit dem Urin hatte sie längst aufgeleckt. Wie kostbar das war.

Sie erinnerte sich an ein Buch von Carmen Thomas. »Urin, ein besonderer Stoff« oder so ähnlich hieß es.

Sie versuchte, noch etwas aus sich herauszupressen, um etwas zu trinken zu haben. Sie musste diesen Brand im Hals löschen. Irgendwie. Aber aus ihr lief nichts mehr heraus. Ihre Quelle versiegte.

Dann riss sie einen Knopf von ihrem Hemd und warf ihn weg. Er klickte gegen die Wand, fiel auf den Boden und rollte eine Weile, bis er liegen blieb. Sie lauschte aufmerksam den Geräuschen, die der Knopf machte. Dann begab sie sich auf allen vieren auf die Suche. Es war ein weißer Knopf, das wusste sie aus ihrer Erinnerung, aber sehen konnte sie ihn nicht. Nur Dunkelheit umgab sie. Schwarz in schwarz ohne eine Schattierung. Was hätte sie für eine Uhr mit Leuchtziffernblatt gegeben, wie ihr Vater sie besaß. Einen Finger? Einen Arm?

Hier musste der Knopf liegen. Sie hatte es doch genau gehört, sie war sich so sicher. Hier!

Ihre Hände sausten über den Beton. Die Haut an den Innenflächen riss auf.

Der Knopf! Wo ist der Knopf? Hier in ihrem kleinen, gottverlassenen Verlies konnte doch nichts verloren gehen!

Sie ertastete einen Klumpen Mörtel. Dann war es ihr, als würde sie die Füße des Lebenslänglichen berühren. Stand er doch hier und amüsierte sich über sie?

Sie schlug nach ihm. Ihre Fäuste landeten im Nichts, bis sie dann, unachtsam geworden, einen rechten Haken voll gegen die Wand schmetterte.

Es tat höllisch weh. Gleichzeitig tat der Schmerz gut, weil sie sich wieder spürte und ihr eigenes Blut trinken konnte. Gierig saugte sie es von ihren Knöcheln.

Ich mache nur Scheiß. Ich verletze mich selber. Ich sehe schon Gespenster.

Ich muss mich beschäftigen. Ich muss den Knopf suchen. Das war eine gute Idee. Ich darf nicht damit aufhören. Die Sinne schulen. Das Gehör. Tastsinn. Nicht die Orientierung verlieren! Den Geist beschäftigen.

Und wo blieb Ansgar? Seine Eltern? Die Polizei …

»Ansgar … Ansgar … Hast du mich im Stich gelassen? Gibt es dich überhaupt, oder habe ich mir dich nur eingebildet?«

Sie tastete sich weiter vor. Jetzt ging sie systematisch vor. Den kleinen Finger der linken Hand links gegen die Wand gedrückt, den der anderen Hand gegen die rechte Wand und dann die Daumen langsam über den Boden aufeinander zu bewegen. Ja, so musste es gehen. Sie konzentrierte sich ganz auf die Suche.

Und dann, welches Glücksgefühl, dann fand sie ihn. Wie einen Beweis für ihre geistige Gesundheit drückte sie ihn gegen ihre Brust und hielt ihn dann andächtig hoch wie ein katholischer Priester die Hostie.

Sie küsste den Knopf und warf ihn wieder weg. Er knallte zweimal gegen die Wand, einmal rechts und dann links. Sie lauschte in die Dunkelheit. Diesmal rollte er länger, und das Geräusch bewegte sich von ihr weg. Dann fiel der Knopf um, vibrierte noch ein bisschen und war still. Die Suche konnte erneut beginnen.

Warte, mein Kleiner, warte nur! Ich komme dich holen! Ja, ich komme, mein kleiner Liebling. Ich komme.

Vielleicht ist sie schon tot, dachte er, auf jeden Fall wird sie mir keinen Ärger mehr machen. Ich sollte mir die nächste holen.

Er spielte mit dem Gedanken, sie auch hier einzumauern. Dies war ein guter Ort.

Er konnte ein Sandwich produzieren. Der Gedanke amüsierte ihn. Wie würden sie staunen, wenn sich hinter dem einen Gefängnis noch eines befand. Grab auf Grab. In diesem Raum könnte er glatt noch zwei Mauern einziehen, ohne dass es sofort auffiel.

Es wunderte ihn sowieso, wie wenig die Menschen merkten.

Heute würde er sich das Monster persönlich holen. Er musste nicht weit fahren. Das Zentrum des Bösen lag in Leer am Stadtrand. Er kannte das Gelände gut.

Der Gedanke, ihn sich zu holen und einzumauern, beflügelte ihn. Er würde sofort wissen, warum er in die Dunkelheit geschickt wurde, und wenn es einen Gott gab, dann wartete danach die Hölle auf ihn. Die Hölle war gar nicht genug, sondern dort sollte es der tiefste Ort mit der größten Hitze sein.

Er würde sich mehr wehren als alle anderen, denn er wusste, was ihn erwartete. Er durfte ihm keine Gelegenheit zur Gegenwehr geben.

Eigentlich wollte er ihn sich bis zum Schluss aufheben, aber er durfte nicht länger warten. Das Verbrechen ging weiter. Er kam gar nicht mit der Bestrafung nach. Er musste ihn aus dem Verkehr ziehen.

Die Stimme der Frau war hysterisch. »Hören Sie auf mit dem Irrsinn, Frau Klaasen! Hören Sie einfach auf! Was soll der ganze Mist? Haben Sie nicht schon genug Unheil angerichtet? Ich lese plötzlich meinen Namen im Internet. Da sind Fotos von mir. Bitte, hören Sie auf!«

»Wer sind Sie?«, fragte Ann Kathrin so ruhig wie möglich. »Mit wem spreche ich?«

»Mit Isolde Klocke.«

Ann Kathrin hatte mit vielem gerechnet, einem neuen Opfer ihres Vaters zum Beispiel, aber ganz sicher nicht mit Isolde Klocke.

»Sie sind vor Spiekeroog ertrunken.«

»Sie kennen die Wahrheit doch längst.«

»Nein, ich weiß nicht, wovon Sie reden. Aber ich bin bereit, Sie überall zu treffen.«

Die Frauenstimme lachte gekünstelt auf: »Sie glauben doch nicht im Ernst, dass ich mich mit Ihnen treffe.«

Kann das wirklich sein, dachte Ann Kathrin, hat Isolde Klocke ihren Tod vor Spiekeroog nur vorgetäuscht, um unterzutauchen, so wie Beukelzoon seine Spuren verwischt hat? Wie konnte sie ihrer Mutter das antun?

Ann Kathrin formulierte die Frage: »Ich glaube Ihnen nicht. Ich will Beweise.«

»Beweise?«

»Ja. Ihre Mutter lebte noch. Wie konnten Sie ihr das antun? Man täuscht doch nicht seiner eigenen Mutter den Tod vor.«

»Sie haben ja keine Ahnung, mein Kind. Keine Ahnung. Ich sage es Ihnen im Guten: Hören Sie verdammt nochmal auf und löschen Sie diesen Mist auf den ›Gelsenkirchener Geschichten‹.«

Die Frau legte auf.

Ann Kathrin saß ganz still am Schreibtisch und ließ die Worte Revue passieren. Sie notierte jeden Satz, an den sie sich erinnerte. Sie wollte jetzt keinen Fehler machen.

Auf ihrem Display war keine Anrufernummer zu erkennen. Die Frau hatte von einem Bahnhof aus angerufen oder von einem Flughafen. Im Hintergrund waren Geräusche gewesen wie von Menschen in einer Halle. Da gab es eine Durchsage. Ann Kathrin glaubte, sich an Hamburg oder Hamborn oder auch nur Hamm zu erinnern.

Ann Kathrin lief runter zu Weller und Huberkran. Mit kurzen Worten berichtete sie, was geschehen war. Schon hatten beide ihre Handys am Ohr. Huberkran ließ feststellen, woher der Anruf gekommen war, und Weller informierte Ubbo Heide über das merkwürdige Ereignis.

Der hatte sofort eine Erklärung. Da versuche jemand, Ann Kathrin aufs Kreuz zu legen.

»Das ist der typische unlogische Quatsch, den anonyme Verschwörungstheoretiker so gerne verbreiten.« Er äffte eine verzerrte Stimme nach: »Die Flugzeuge sind gar nicht in die Twin Towers geflogen. Die ganze Nummer am World Trade Center wurde vom CIA inszeniert.« Jetzt sprach er normal weiter: »Mensch, Weller, ich muss mich doch sehr wundern, dass Ann Kathrin auf solchen Blödsinn hereinfällt. Stell dir das doch mal vor, in der Konsequenz würde es bedeuten, Isolde Klocke täuscht ihren Tod vor, verzichtet auf ihre Pension und lässt ihre Mutter in dem Glauben, sie sei tot. Als Ann Kathrin die Mutter trifft, wird sie umgebracht … Wenn das alles so geschehen ist, lasse ich mich pensionieren.«

Der Gedanke kam Weller erst jetzt im Gespräch: »Na und wenn die gute alte Dame Bescheid wusste und uns alle reingelegt hat, um ihre Tochter zu schützen?«

Ubbo Heide ging darauf nicht ein, er fragte stattdessen: »Und wie läuft es mit eurer SOKO? Ich habe großes Interesse daran, dass ihr rasch erfolgreich seid. Mir schwimmen hier die Felle weg. Die Touristen fluten Ostfriesland. Wir haben eine Messerstecherei auf Borkum, an der Promenade gegenüber von Leo's hat jemand die

Band attackiert. So schlecht spielen die doch eigentlich gar nicht. Ich habe einen Mordversuch, vier Körperverletzungen und … Ich brauch euch zurück, Weller. Ich kann hier im Sommer nicht auf meine besten Leute verzichten.«

»Kannst du das noch einmal sagen?«

»Was?«

»Deine besten Leute.«

»Ja, wenn du willst. Es bleibt aber unter uns. Meine besten Leute.«

Weller beruhigte Ubbo Heide: »Borkum gehört zum Kreis Leer. Mit der Messerstecherei haben wir nichts zu tun.«

»Die Kollegen haben aber wegen der Schwere des Delikts Verstärkung angefordert. Die wilden Messerhelden rennen noch auf der Insel herum. Und gerade kriege ich die Meldung rein, dass in Leer ein Frauenarzt entführt wurde. Mensch, es brennt!«

»Ein Frauenarzt entführt? Ist das der, der schon mal angeblich entführt wurde und dann doch nur mit seiner Geliebten durchgebrannt war?«

»Ja, genau der, aber diesmal ist seine Praxis voller Patientinnen und er ist zu zwei OPs nicht erschienen. Lasst mich nicht länger hängen.«

»Der Anruf kam aus einer Telefonzelle im Gelsenkirchener Hauptbahnhof«, stellte Huberkran fest.

Mehr wollte Weller gar nicht wissen. Er berührte Ann Kathrins Arm, um sicher zu sein, dass sie ihm zuhörte. »Da will dich einer verarschen, Ann, und das wird nicht der Letzte sein.«

»Ihr solltet eure Nummer wechseln«, schlug Huberkran vor.

Ann Kathrin ging wortlos ins Schlafzimmer und begann ihren Koffer zu packen. Weller stand im Türrahmen und sah ihr zu. Ohne groß nachzudenken, wie lange sie bleiben wollte, wie sich das Wetter entwickeln würde oder welche Kleidung zusammenpasste, warf sie scheinbar wahllos Sachen in den roten Samsonite mit vier Rädern. Unterwäsche, T-Shirts, eine Jeans, Sandalen, Winterstiefel.

»Ja«, sagte Weller, »genauso würde ich auch packen, wenn ich vorhätte, Badeurlaub im Wintersportgebiet zu machen. Wie wäre es noch mit einer kugelsicheren Weste?«

Sie warf ihm einen kurzen Blick zu. »Mach's mir nicht so schwer, Frank.«

»Ann, die gute Frau hat gelesen, was du in den ›Gelsenkirchener Geschichten‹ geschrieben hast. Jetzt macht sie sich einen Spaß mit dir. Lass dich von diesen Idioten nicht zum Spielball machen. Die führen dich vor und …«

Er sah ihr an, dass sie nicht mehr zuhörte.

»Jajaja«, sagte sie und war innerlich unerreichbar weit weg für ihn.

Der Zug fuhr von Norden bis Gelsenkirchen durch. Ann Kathrin blieb mit ihrem Laptop während der ganzen Fahrt auf der Seite der »Gelsenkirchener Geschichten«. Ab und zu, so zwischen Marienhafe und Leer, funktionierte ihr web'n'walk nicht, weil die Verbindung zu schlecht war.

Pito hatte Ludwig Stein gemalt und das Bild ins Netz gestellt. Ann Kathrin musste vor Schreck zur Toilette. Das da auf dem Bildschirm war ohne jede Frage ihr Vater. Sogar die Narbe am Hals stimmte exakt. Ihr Vater wirkte auf dem Bild erstaunlich lebendig, ja, unsterblich, so als sei er einem Comicheft entflohen. Eine unverwundbare Figur wie Akim, Tibor oder Sigurd. Sie bewahrte die Comichefte ihres Vaters in ihrer Kinderbuchsammlung auf, ja, gewissermaßen bildeten diese Figuren von Hansrudi Wäscher die Grundlage ihrer Sammlung.

Ihren Vater hatte die Leidenschaft aus Kindertagen nie losgelassen. Sigurd, Akim, Nick, Tibor und Falk waren seine Helden, und auf Pitos Zeichnung sah er ihnen erstaunlich ähnlich.

Konnte ein Mann, der solche Vorbilder hatte, zum Verbrecher werden? Sie erinnerte sich an die Tränen in seinen Augen, als sie ihm zu Weihnachten die komplette Sigurd-Sammlung als Hardcover gebunden geschenkt hatte. Er erzählte ihr wieder von den kleinen Piccoloheftchen, die er als Kind so geliebt hatte.

Sofort nahm Ann Kathrin mit Pito Kontakt auf: »Wann haben Sie meinen Vater wo gesehen?«

Pito lud noch zwei weitere Zeichnungen hoch. Eine zeigte Ludwig Stein auf einem Barhocker. Auf der Theke strippten zwei Frauen. »Ludwig Stein lässt die Puppen tanzen« stand unter dem Bild.

Auf dem anderen war ihr Vater mit Beukelzoon zu sehen. Sie standen sich gegenüber wie zwei Revolverhelden im Wilden Westen.

Kim12 war inzwischen mit einem Treffen einverstanden und schlug den Stadtgarten vor.

Ein Mensch mit dem Pseudonym »Verwaltung« und ein »Heinz« boten Ann Kathrin »jede erdenkliche Hilfe« und ein Treffen an.

Heinz brachte sie zur Imbissbude Scharfe Ecke. Dort aß Ann Kathrin nicht nur die beste Currywurst ihres Lebens, nein, sie bekam auch gleich Auskunft, wo ein gewisser Harry wohnte, dessen Bruder angeblich bei der Bundeswehr mal Hubschrauberpilot gewesen war.

Harry hieß in Wirklichkeit Herbert Stämmler, und seine Wohnung in der Husemannstraße war mehr eine Wohnhöhle. Hier, dachte sich Ann Kathrin, würde jedes professionelle Putzkommando verzweifelt aufgeben. Da half auch kein noch so starker Schmutzlöser mehr. Benzin und ein Streichholz schienen ihr angemessener. Der

Geruch von alten, ungewaschenen Plastiksocken, die es gewohnt waren, Schweißfüße zu beherbergen, mischte sich mit dem von abgestandenem Bier und ranzigem Kartoffelsalat.

Harry wollte Ann Kathrin nicht reinlassen, sondern versuchte, sie an der Tür abzufertigen. Ihr war das im Grunde recht. Sie hatte keine Lust, sein Loch zu betreten.

Er trug gelbe Boxershorts und ein Feinrippunterhemd. Auf dem Hemd klebten Ketchupflecken in einer Reihe. Es sah aus, als hätte er beim Essen versucht, die Ostfriesischen Inseln der Reihe nach auf sein Hemd zu schlabbern. Borkum. Juist. Norderney. Baltrum. Langeoog. Spiekeroog. Wangerooge. Nur Memmert fehlte oder der Fleck war so klein, dass Ann Kathrin ihn nicht sehen konnte.

Entweder ist das ein Designerunterhemd oder echt Abfall, dachte sie.

Attraktive Frauen klingelten nur selten bei Harry alias Herbert Stämmler, und wenn, dann kamen sie von Amts wegen. Er musterte Ann Kathrin misstrauisch.

»Ich suche Ihren Bruder, den Hubschrauberpiloten«, sagte sie geradeheraus.

Harry zog sich die Unterhose höher und fragte: »Und wat wollen Sie von dem?«

»Er hat bei einer Verlosung gewonnen. Er wurde ausgesucht, der Glückspilz.«

An Harry vorbei konnte Ann Kathrin durch den Türspalt eine Matratze sehen. Offensichtlich war das Harrys Bett, und bis gerade hatte er darauf gelegen und MTV geguckt. Der Fernseher lief noch, aber Ann Kathrin konnte das Gerät nicht sehen.

»Wat hat mein Bruder denn gewonnen?«, fragte Harry merkwürdig anzüglich, als sei Ann Kathrin selbst der Preis.

Angesichts seiner gelben Zähne hätte sie zu gern geantwortet: »Eine professionelle Zahnreinigung«, aber stattdessen sagte sie nur: »Das möchte ich ihm gerne selber verraten.«

Jetzt stellte Harry sich breitbeinig hin und öffnete die Tür einladend. »Hömma, Mutta, mein Bruder is schon lange nich mehr unter uns.«

Damit hatte Ann Kathrin nicht gerechnet.

Harry drückte sich den Zeigefinger wie den Lauf einer Waffe gegen die Stirn und drückte ab. »Bauwh! Der hat sich das Gehirn weggepustet, der Arsch. So, und jetzt erzählst du mir mal, was du wirklich willst, Torte. Ich glaub dir nämlich kein Wort!«

Ann Kathrin wich einen Schritt zurück. Sie hatte, als sie kam, zunächst nicht vorgehabt, sich als Polizistin zu outen. Jetzt tat sie es. Sie zog ihren Ausweis, hielt ihn gut sichtbar hin und sagte: »Ann Kathrin Klaasen, Kripo. Ich ermittle in einem Mordfall.«

Sie erwähnte nicht, dass sie von der Kripo Aurich war, denn der Typ sah zwar dämlich aus, aber sie befürchtete, dass er in solchen Sachen sehr bewandert war. Garantiert wusste er, dass Polizei Ländersache war und sie in NRW nichts zu suchen hatte.

Er schob die Hüften vor und drückte die Knie durch. Leider trug er keine Hosenträger, sonst hätte er sie jetzt selbstbewusst mit den Daumen vom Bauch gezogen. Er machte die Geste, hatte aber nichts, um sich daran festzuhalten.

»Das ist doch alles Schnee von gestern. Was glauben Sie, was wir alles versucht haben, um zu beweisen, dass es Mord war. War es aber nicht, denn bei Selbstmord muss die Versicherung nicht zahlen. Glauben Sie, ich würde sonst hier wohnen? Ich hätte längst 'ne schicke Eigentumswohnung in der Zeppelinallee.«

Ann Kathrin realisierte erst jetzt, dass hier nicht etwa

eine Spur abbrach, sondern endlich eine begann. Die Tatsache, dass Stämmler tot war, machte die Geschichte wahrscheinlicher. Alles hatte auf einmal eine mörderische Schlüssigkeit.

Volker Bogdanski, ein Zuhälter aus Hamburg, der in Wilhelmshaven zusammen mit seiner philippinischen Ehefrau einen Esoladen betrieben hatte und an dem Überfall auf die Sparkasse in Gelsenkirchen beteiligt war, wurde kurze Zeit später auf dem Kiez erschossen. Angeblich ging es um eine russische Prostituierte.

Isolde Klocke, ihre Mutter, Ann Kathrins Vater und der Pilot Stämmler.

War der Fall nie aufgeklärt worden, weil einer der Beteiligten alle anderen umgebracht hatte?

Eins war klar: Harry Stämmler hatte von der Beute nichts mitgekriegt. Es war wenig wahrscheinlich, dass sein Bruder ihn in alles eingeweiht hatte, aber immerhin wusste er von der Beteiligung am Überfall. Oder war alles nur ein Hirngespinst? War Harry Stämmler ein Angeber und reimte sich eine Geschichte zusammen, um sich interessant zu machen?

Es gab nur einen Menschen, von dem Ann Kathrin mit Sicherheit wusste, dass er am Überfall beteiligt war. »Kennen Sie einen Volker Bogdanski?«

Harry Stämmler verengte die Augen zu Schlitzen. »Volki, die arrogante Mistsau?«

Ann Kathrin wurde von einem warmen Schauer durchrieselt. Sie trat fest mit ihrem rechten Fuß auf. Am liebsten hätte sie sich in den Arm gekniffen, um sich zu vergewissern, dass sie nicht träumte.

»Nun kommen Sie schon rein!«, schlug Harry Stämmler vor und ging einfach voran. Er kratzte sich am Hintern.

Drinnen bückte er sich und tastete suchend den Boden

unter der Matratze ab, da, wo zwei Bierflaschen standen und ein voller Aschenbecher.

»Ich such die geselligen Hülsenfrüchte. Vorsicht, nicht drauftreten.«

»Was suchen Sie?«

Genervt antwortete er: »Meine Kontaktlinsen. Nun kommen Sie schon rein, oder wollen Sie lieber noch länger so doof im Flur rumstehen?«

»Ich würde Sie lieber zu einem Kaffee einladen.«

Er drehte sich wieder zu ihr um, und aus der Tiefe seines Dreiundvierzig-Quadratmeter-Lochs antwortete er: »Okay.«

Dann stieß er mit der Fußspitze die Tür zu.

Ann Kathrin wartete geduldig. Wenn er Bogdanski kannte, dann hatte sie endlich eine Verbindung.

Zwei Minuten später erschien Harry in einem silbergrauen Trainingsanzug mit blauen Streifen, die Jacke offen und darunter das Hemd mit den ostfriesischen Inseln. Dazu trug er Badelatschen.

Das ungleiche Pärchen ging nebeneinander her in die Arminstraße ins Café Pabst. Bei jedem Schritt schlappten seine Latschen gegen die Fußsohlen und machten ein Geräusch, als würde ein Insekt mit einer Fliegenklatsche erschlagen.

Harry Stämmler war ein unangenehmer, klebriger Typ, aber Ann Kathrin konnte ihn schlecht vorher in Geschenkpapier einwickeln lassen. Und wenn ich ihn aus der Jauchegrube ziehen müsste, es ist alles völlig gleichgültig. Hauptsache, ich komme weiter, dachte sie.

Ich krieg dich, du Schwein. Ich kann deine Nähe schon spüren. Glaub nicht, dass du ungeschoren davonkommst. Du hast meinen Vater getötet. Ich krieg dich!

Sie fühlte sich frisch und ausgeruht, ja, durchtrieben. Sie hatte nie in ihrem Leben Koks genommen, aber so stellte sie sich die Wirkung vor. Es kribbelte auf der Haut.

Sie spürte ihre Haarspitzen, es war, als würden sie in der Kopfhaut glühen und Signale ins Gehirn senden. Glücksbotschaften.

Dann saß sie Harry Stämmler bei Pabst gegenüber und sah ihm zu, wie er Apfelkuchen mit Sahne aß. Er schlürfte dabei Milchkaffee, in den er drei Stücke Würfelzucker versenkt hatte.

Er wollte wissen, ob eine Belohnung für ihn drin sei. Ann Kathrin fischte aus ihrer Esprit-Handtasche drei grüne Hunderter. Vor seinen ungläubigen Augen riss sie die Scheine in der Mitte durch. Dann legte sie von jedem Schein eine Hälfte vor Harry Stämmler auf den Tisch. Sie berührten seinen Teller.

Harrys Unterlippe hing schlaff herab.

»Erzählen Sie mir alles, was Sie über Volki wissen. Dann bekommen Sie den Rest dieser Scheine auch.«

Sie spielte mit den grünen Fetzen.

Harry Stämmler kapierte langsam, aber er kapierte. »Ich mochte ihn nicht. Er war so ein Nuttenfiffi.«

Harry Stämmler baggerte sich ein großes Stück Apfelkuchen in den Mund. Eine Sahneflocke fiel hinunter und klatschte auf einen grünen Schein.

»Was darf ich mir unter einem Nuttenfiffi vorstellen?«

Er grinste breit und nahm eine Sitzhaltung ein, die Überlegenheit demonstrieren sollte, die aber nur angeberisch wirkte.

»Ein Zuhälter. Er hing immer mit Stein ab und diesem Holländer.«

Ann Kathrin konnte kaum noch ruhig auf ihrem Stuhl sitzen. Nervös schlug sie die Beine übereinander.

»Holländer. Meinen Sie Beukelzoon?«

»Ja, so hieß der Arsch. Mein Bruder hat ihn immer den Holländer genannt und manchmal auch … den Matjes, aber nur, wenn er nicht dabei war. Mit dem Holländer war nicht gut Kirschen essen.«

»Ihr Bruder war also mit Stein, Beukelzoon und Bogdanski zusammen?«

»Ja, die haben praktisch ihren eigenen Puff gehabt. Sie nannten das Ehevermittlungsinstitut. Ich habe auch manchmal eine abgekriegt. Ja, gucken Sie nicht so. Heiraten wollte ich nicht. Ich hatte auch gar keine Kohle. Die Mädels waren nicht billig. Fünftausend, einige haben acht- oder zehntausend gekostet. Aber wenn die Typen mit den Frauen nicht klarkamen, dann wurde ›Bäumchen Wechsel dich‹ gespielt. Dabei ging die Übergabe an den nächsten terminlich oft nicht so glatt. Dann mussten die Frauen ja irgendwo bleiben, und dann habe ich manchmal eine genommen für ein paar Tage.«

»Und Sie haben auf die Frau aufgepasst, ja?«

Er nickte.

»Damit sie nicht weglief«, setzte Ann Kathrin nach und ärgerte sich über ihre Reaktion, denn Harry Stämmler zuckte zurück. Sie hatte Sorge, ihr Singvögelchen könnte verstummen.

Harry Stämmler wischte sich mit der Rechten über den Mund. »Wollen Sie mich reinlegen? Hat mich eine Tussi angezeigt? Herrjeh, das ist lange her. Ich war nett zu ihnen. Kommen Sie mir jetzt nicht mit Freiheitsberaubung oder irgend so einem Mist.«

Ann Kathrin schob ihm die drei Hunderterfetzen hinüber, um ihn zu beruhigen.

»Ich will nichts von Ihnen. Nichts, was Sie hier sagen, werde ich gegen Sie verwenden.«

Er lachte, knüllte die Hunderter wie ein Papiertaschentuch zusammen und sagte: »Geht der Spruch nicht eigentlich ganz anders?«

»Mich interessieren Namen, andere Freunde Ihres Bruders. Wer war noch dabei?«

Er aß nachdenklich, ohne zu schmatzen, den Rest seines Kuchens und kratzte die Sahne vom Teller. »Sie sind gar keine Polizistin, stimmt's?«, fragte er nach gebührlicher Bedenkzeit.

Ann Kathrin antwortete nicht.

Harry Stämmler fuhr fort: »Sie wollen an die Beute.«

Einer Intuition folgend, nickte Ann Kathrin und sah sich nach rechts und links um, als befürchte sie, belauscht zu werden.

»Halbe-Halbe«, forderte er und sah sie sehr cool an.

»Sechzig-Vierzig«, schlug Ann Kathrin vor. »Aber nur, wenn Sie gute Informationen haben.«

Er lehnte sich lächelnd zurück. Seine Augen glänzten, als sähe er die Geldscheine bereits vor sich.

»Die haben sich ziemlich abgeschottet. Dieser Volker Bogdanski …«

»Der Nuttenfiffi«, warf Ann Kathrin ein.

»Ja, genau. Volki. Er war total krank, übernervös. So ein Geheimniskrämer. Er konnte mich nicht leiden, er hörte sofort auf zu sprechen, wenn ich reinkam. Schickte mich weg, Zigaretten holen oder Bier, als ob ich der Laufbursche wäre. Der gab mir einen Fünfziger und sagte, hol mir eine Schachtel Camel ohne. Er wollte kein Rückgeld. Der hatte genug.«

»Und was hatte Ihr Bruder mit diesen Leuten zu tun?«

»Na ja, er hing mit denen ab. Fucking around. Ich wusste von Anfang an, dass sie ein großes Ding in Planung hatten. Ich wusste aber nicht, was. Ihr eigentliches Geschäft war ja der Frauenhandel, ähm, also, Ehevermittlung. Ich dachte, dass die nicht nur Frauen importierten, sondern auch Drogen. Aber das war ein Irrtum. Stein und der Holländer hassten Drogen, außer Alk. Die nahmen gerne mal einen Schnaps. Der Stein hatte immer so ein Sauzeug im Eisfach. Doornkaat. Wer das trinkt, säuft auch Rasierwasser.«

Wenn es vorher auch nur den geringsten Zweifel gegeben hätte, so wusste Ann Kathrin spätestens jetzt, dass Stein und ihr Vater ein und dieselbe Person waren.

»Kannten Sie auch Isolde Klocke?«

Er winkte ab. »Die spielte immer die treusorgende Hausfrau, nestelte immer an Stein rum, ob sein Kragen auch richtig saß und so. Die waren ein komisches Pärchen. Ich dachte erst, die sei seine Sekretärin oder so, aber die waren echt zusammen.«

»Namen. Ich brauche Namen.«

»Na hören Sie mal, ich habe Ihnen 'ne Menge erzählt für ein Stück Kuchen.«

»Und dreihundert Euro. Außerdem sind wir doch jetzt Partner. Wir holen uns die Beute. Fünf Leute haben den Überfall gemacht. Wenn Ihr Bruder im Hubschrauber saß, wer waren dann die anderen vier?«

»Ich habe keine Ahnung. Ich war jedenfalls nicht dabei. Leider. Die Jungens wurden ja nicht gepackt. Die waren eben clever. Aber ein Kumpel meines Bruders ist seitdem verschwunden. Ich wette, der lässt sich irgendwo in einem Liegestuhl am Pool von kaffeebraunen Mädchen kühle Drinks servieren.«

»Wie heißt er?«

»Der Allemacher.«

»Der Allemacher?«

»Ja, er hat mit vierzehn seinen versoffenen Stiefvater allegemacht. Danach war er drei Jahre in der Aua-Aua.«

»Er hat seinen Stiefvater getötet und ist dann in die Jugendpsychiatrie gekommen?«, übersetzte Ann Kathrin.

Harry Stämmler nickte.

Dann kann ich ihn finden, dachte Ann Kathrin. Es muss eine Akte geben.

»Und wie hieß der Allemacher richtig?«

»Akki.«

»Akki ist kein richtiger Name.«

»So hieß er aber.«

»So wurde er genannt.«

»Hm.«

Ein paar Gäste betraten das Café. Zwei erwachsene Enkel mit ihrer Oma, vermutete Ann Kathrin. Die alte Dame hatte sich fein angezogen, war sonntagsmäßig herausgeputzt, wie Ann Kathrin es von ihrer Mutter kannte. Sie versicherte den jungen Männern, dass sie selbstverständlich die Rechnung übernehmen würde, und sie sollten ordentlich zulangen. Hier seien die Obsttorten ein Gedicht.

Plötzlich fühlte Harry Stämmler sich nicht mehr wohl. Er wollte gehen. Ann Kathrin fragte sich, ob es an den neuen Gästen lag oder ob ihm inzwischen Zweifel kamen, ob er ihr nicht zu viel anvertraut hatte.

Sie ließ ihn gehen und beschloss, selbst noch ein bisschen zu bleiben, um die Oma und die Enkel zu beobachten. Sie klappte ihren Laptop auf und war erstaunlich schnell im Internet.

Pito gab inzwischen auf den »Gelsenkirchener Geschichten« an, Beukelzoon hätte so eine Munk'sche Aura gehabt.

Typisch Maler, dachte Ann Kathrin. Munk'sche Aura. Den Begriff kannte sie bisher gar nicht, aber sie konnte sich etwas darunter vorstellen. Sie erinnerte sich an den Diebstahl von zwei Munch-Werken aus dem Osloer Museum, »Der Schrei« und »Madonna«. Wenn sie sich recht erinnerte, war das berühmteste Werk, »Der Schrei«, verbrannt worden, zumindest vermutete die Polizei das eine Weile. Eines der berühmtesten Werke der Expressionismus, über das sie auf dem Grillo-Gymnasium einen Aufsatz geschrieben hatte, war Gegenstand eines Deals zwischen Kunsträubern und Versicherung geworden.

Eine Munk'sche Ausstrahlung, ja, dachte sie, so reden Maler, im Polizeibericht liest sich das aber nicht so gut.

Sie fragte sich nur, warum er Munch mit »k« geschrieben hatte. Vielleicht meinte er gar nicht den Maler Edvard Munch, sondern den Physiologen Hermann Munk oder den gleichnamigen Tiefenpsychologen aus dem Chiemgau.

Sie schrieb an Pito, um die Sache abzuklären.

Die Jungen verdrückten jeder ein Stück Erdbeertorte und Apfelkuchen mit Sahne. Ihre Oma achtete auf die Linie und begnügte sich mit einer »Tasse Bohnenkaffee«. Auch das erinnerte Ann Kathrin an ihre Mutter. Die gönnte sich früher gerne eine Tasse »echten Bohnenkaffee«.

Ann Kathrin schätzte die drei als harmlos ein, trotzdem war Harry Stämmler bei ihrem Erscheinen verstummt und praktisch geflohen. Ann Kathrin machte sich keine Sorgen darum. Sie hatte seine Adresse, er war im Grunde mittellos, und sie befürchtete nicht, dass er abhauen würde. Ihr gefiel der Gedanke, dass Harry Stämmler glaubte, sie sei hinter der Beute her und würde mit ihm teilen. Er war so naiv, dass er ihr fast leid tat.

Sie ging mit dem Handy vor die Tür und rief Weller an. »Frank, du Guter, ich bin ein entscheidendes Stück weiter.«

»Ja, Liebste, das höre ich an deiner Stimme.«

»Ich habe den Piloten. Er heißt Stämmler, aber er ist tot. Hat sich selbst erschossen – angeblich.«

»Alles klar, ich besorge sofort alle Akten. Ann, pass auf dich auf. Wo wohnst du?«

»Im Maritim, ganz oben, mit Blick auf die Altstadt. Du kannst beruhigt sein. – Es spielt aber noch jemand eine Rolle. Spitzname Akki oder Der Allemacher. Hat seinen Stiefvater umgebracht und …«

»Akki hab ich schon, es gibt drei in unserem Computer. Einer sitzt seit drei Jahren. Körperverletzung, Vergewaltigung, Widerstand gegen die Staatsgewalt. Geboren 1967. Dann habe ich hier noch einen Trickbetrüger, Heiratsschwindler, esoterischer Heiler. Geboren 1950. Eher harmlos, wenn du mich fragst. Aber das hier ist er. Achim Kowalski, geboren 1970 in Gelsenkirchen. Gewalttätig und unberechenbar. 1985 wegen Totschlags in der Jugendpsychiatrie. 1990 Verurteilung wegen Körperverletzung. 1992 wegen Verstoß gegen das Betäubungsmittelgesetz …«

»Wo ist er jetzt?«

»Letzter Aufenthaltsort Gelsenkirchen, Bismarckstraße. Da muss es Ärger mit dem Einwohnermeldeamt gegeben haben. Er ist umgezogen, hat sich aber weder abnoch angemeldet. Glaubst du, er war bei dem Überfall dabei?«

»Ja.«

»Soll ich ihn zur Fahndung ausschreiben?«

»Das wäre mir am liebsten, aber noch habe ich zu wenig. Ich melde mich.«

Das Treffen mit Kim12 ging schief. Sie kam nicht, aber Ann Kathrin hatte das Gefühl, beobachtet zu werden.

Gar nicht dumm, dachte Ann Kathrin, im Stadtgarten fällt man nicht auf, es gibt genügend Verstecke, und sie kann sich in Ruhe angucken, mit wem sie es zu tun hat.

Ann Kathrin ging in ihr Hotel. Vom Stadtgarten zum Maritim war es nicht weit. Sie fuhr mit dem Fahrstuhl hoch, trank ein Mineralwasser im Stehen und legte sich mit ihrem Laptop aufs Bett. Sie hatte eine Nachricht in ihrem Postfach. Kim12 schlug jetzt ein Treffen im Vasco da Gama vor.

Ann Kathrin nahm ein Taxi und fuhr hin. Jeder hat eine zweite Chance verdient, dachte sie, und Hunger hatte sie auch. Als sie das Vasco da Gama betrat, hatte sie gleich das Gefühl: Das wird nichts. Die kommt nicht. Die schickt mich nur rum. Das ist eine Art Rache.

Sie bestellte sich Sardinha assada. Sie hatte schon

lange nicht mehr portugiesisch gegessen, und die großen Sardinen mit Pellkartoffeln und gegrillten Paprikas erinnerten sie an die Küste. Es schmeckte Ann Kathrin außerordentlich gut, und sie trank ein Stauder Pils dazu.

Ann Kathrin hatte keinen Pyjama im Koffer. Sie ging in T-Shirt und Slip ins Bett. Neben ihrem Kopf den offenen Laptop, auf dem Bildschirm die Startseite der »Gelsenkirchener Geschichten«.

Sie schlief unruhig. Jedes Mal, wenn sie aufwachte, klickte sie auf Aktualisieren und sah unter den neuen Beiträgen nach, ob etwas sie und ihren Fall betraf.

Gegen zwei Uhr morgens schlief sie endlich tief. Gegen vier hatte sie einen Albtraum. Sie saß wieder eingesperrt hinter der Mauer. Die Dunkelheit war erdrückend. Sie schrie, sie trommelte gegen die Wand, doch niemand hörte sie. Peter war nicht da. Dann sah sie sich von oben. Es war verrückt, aber sie sah sich trotz der Dunkelheit so, als würde sie selbst von innen leuchten. Aber sie war nicht erwachsen. Sie war ein Kind. Sie schrumpfte immer mehr. Wie ein Embryo lag sie auf dem Boden. Die Wände waren plötzlich ganz nah. Sie schlossen sie ein wie eine Haut. Sie konnte die Beine nicht mehr ausstrecken. Ihr Körper zuckte.

Nach Luft japsend, wurde sie wach. Sie sprang aus dem Bett und knipste das Licht an. Sie sah auf den Computer. Sie war klatschnass geschwitzt.

Sie duschte lauwarm, dann rief sie Weller an. Sie wusste, dass er, wenn sie nicht bei ihm war, das Handy griffbereit hielt. Auch nachts.

»Frank, ich weiß, was er will. Er bringt seine Opfer zurück in einen embryonalen Zustand. Wenn man einen Embryo von der Nabelschnur abschneidet, stirbt er.«

»Ja klar, aber ...«

»Frank, darum geht es. Ich bin mir sicher.«

»Und was bedeutet das?«

Die Antwort auf die Frage lag für Ann Kathrin so klar auf der Hand, dass sie sich über Wellers Frage wunderte.

»Er will die Frauen daran erinnern, wie es ist, als Embryo im Bauch zu sein.«

Sie hörte, dass Weller sich eine Zigarette anzündete. Sie fuhr ihn an: »Du sollst in unserem Schlafzimmer nicht rauchen!«

»Ich bin nicht im Distelkamp, Ann. Ich bin mit Huberkran unterwegs. Wir sind im Hotel.«

Sie fragte nicht einmal, in welcher Stadt er sich befand. Sie sprach einfach weiter und entwickelte ihre Theorie, während sie redete.

»Er zwingt die Menschen, über sich nachzudenken. Er wirft sie ganz auf sich selbst zurück. Man kann sich dann nicht mehr drücken, es fallen einem alle Sünden ein. Man fragt sich, warum bin ich hier? Was habe ich mit meinem Leben gemacht? Wem habe ich wehgetan? Gegen welche Regeln verstoßen? Und je weniger Antworten man erhält, umso tiefer gräbt man in sich und wird immer kleiner und …«

Sie wurde kurzatmig. Sie ging zum Fenster und riss es auf.

»Und was, Ann?«

Sie atmete einmal durch, bevor sie ganz sachlich sagte: »… stellt fest, ob die Frauen abgetrieben haben.«

»Du meinst, er ist ein militanter Abtreibungsgegner?«

»Nein, er ist einen Schritt weiter. Er will keine Abtreibungen verhindern, er will, dass die Frauen bereuen, und er bestraft sie für ihre Tat mit dem Tod. Ja, genau das macht er.«

Auch Weller inhalierte tief, allerdings Zigarettenrauch.

»Ann, wir wissen nicht einmal, ob auch nur eine der Frauen jemals schwanger war, geschweige denn, ob sie eine Abtreibung gehabt haben. Die Familien und Freunde wurden ausführlich befragt. Da ist kein Hinweis auf ...«

»Stell dich nicht so blöd an, Frank! Deshalb konnte kein Kontakt zwischen ihnen festgestellt werden, keine Gemeinsamkeit. Die Familien wissen vielleicht gar nichts davon. Wer geht schon mit einer Abtreibung hausieren?«

»Ja, Ann, das mag ja alles sein, aber es ist eine reine Vermutung. Darauf können wir keine Fahndung aufbauen. Schlaf dich jetzt erst mal aus, es ist halb fünf. Die Nacht ist bald um.«

»Ja, ja, ja! Verdammt, hör mir zu, Frank! Die Frauen waren jung, auf jeden Fall im gebärfähigen Alter. Sie wurden schwanger. Sie haben es ihren Familien verschwiegen. Sie haben die Sache diskret geregelt. In einer Klinik irgendwo. Nicht bei ihrem Hausarzt. Sie haben sich außerhalb ihres normalen Lebensraums Hilfe gesucht, an einem Ort, an den sie nie wieder zurückkehren mussten. Und dort gibt es Akten über sie und ... Verdammt, er arbeitet in einer Abtreibungsklinik, oder er hat auf jeden Fall Zugang zu den Akten!«

»Scheiße, Ann, das gibt einen Sinn. Aber was soll ich Huberkran sagen? Dass du die Antwort auf unsere Fragen geträumt hast?«

»Du glaubst mir nicht?«

»Doch, Ann, aber ...«

»Dann weißt du ja, was zu tun ist. Auf mich dürft ihr nicht rechnen. Ich bleibe in Gelsenkirchen.«

Sie küsste ihr Handy und hauchte ihrem Frank ein »Gute Nacht« ins Gerät, aber die hatte er nicht. Er verließ das Hotel Fürstenhof in Wiesbaden um kurz vor sechs. Er ging im Park bei der Spielbank spazieren. Zwei Schwäne begleiteten ihn schnatternd.

Er rauchte noch eine. Er fror. Heute um elf Uhr war die große Gruppenbesprechung im BKA angesetzt. Alle Ergebnisse wurden zusammengetragen. Sollte er dort wirklich mit Ann Kathrins Theorie herauskommen? Würde irgendwer verstehen, warum sie nicht anwesend war? Er fand ihre Argumente plausibel, war sich aber nicht sicher, ob es vielleicht nur daran lag, dass er diese Frau liebte. Vielleicht würden andere Menschen das alles für hirnverbrannten Schwachsinn halten.

Es hätte ein schöner Abend werden sollen. Ein Klassentreffen nach fünfundzwanzig Jahren. Rupert hatte sich sehr auf seine alten Kumpels gefreut. Aber dann war die Stimmung von früher trotz aller Beschwörungen nicht mehr aufgekommen.

Aus dürren Revolutionären von einst waren feiste Spießer geworden. Der junge Anarchist, der die neue Gesellschaftsordnung durch radikale Verweigerung und Nichtanerkennung aller bestehenden Hierarchien herbeiführen wollte, Klassensprecher und Barrikadenkämpfer, war zum erfolgreichen Immobilienmakler geworden. Der Hippie, der die freie Liebe predigte und sich einen ganzen Harem hielt, vertrat nun als Scheidungsanwalt B-Promis.

Rupert hatte nie zur Fraktion der Aufständischen gehört, trotzdem deprimierte es ihn, was aus den wilden Radikalen geworden war. Er empfand keinen Triumph, weil sie ihre Ideale verraten hatten und ihre Traumschiffe in der rauen See der Wirklichkeit gekentert waren. Die Welt war bunter gewesen mit ihren Spinnereien. Alles schien möglich, damals vor dem Abitur. Sie waren unsterblich und stark und ihnen gehörte die Zukunft. Sie wollten sie prägen und verändern.

Inzwischen kämpften sie alle nur noch darum, ihren Platz in der Gesellschaft nicht zu verlieren. Plötzlich war er, Rupert, den sie früher gerne Spießie nannten und der nur die pickligen Mädchen abbekam, die andere nicht wollten, nicht mehr das Schlusslicht der Bewegung, sondern geradezu ihre Vorhut.

Er sagte, der Anarchist von damals habe ja immer schon gewusst, wo es langgeht. Bei ihrem letzten Treffen hatte er noch Bullenschwein zu Rupert gesagt, und so sehr es ihn damals geärgert hatte, es war ihm stimmiger vorgekommen als diese plötzliche Anerkennung.

Rupert betrank sich mit Astrid, die gerade einen unsicheren Listenplatz für die nächste Landtagswahl ergattert hatte. Früher hatte sie ihn kaum beachtet. Er war irgendwann betrunken genug, ihr zu gestehen, dass er damals in sie verliebt gewesen war. Sie hatte das schüchterne Begehren natürlich nicht wahrgenommen.

Nach mehreren Gläsern Prosecco, Rotwein und schließlich Espressi mit Cognac waren sie zusammen im Bett gelandet. Nun glaubte Rupert, dass er damals doch nicht viel verpasst hatte, und ihr war alles am anderen Morgen nur peinlich. Sie bat ihn, nicht darüber zu reden. Mit niemandem. Er versprach es und hatte selbst wenig Lust, es herumzuerzählen. Es fuchste ihn, dass sie ihn beim Geschlechtsverkehr »Spießie« genannt hatte.

»Ja, mach's mir, Spießie! Ja, ich komme, Spießie!«, fand er ziemlich abtörnend.

Er frühstückte zwei Paracetamol, drei Tassen Kaffee und ein Glas Mineralwasser. Er hoffte einfach, der Tag würde rasch vorübergehen, und sagte sich, wie so oft in solchen Situationen, die er einfach nur durchstand: Zum Glück ist heute morgen schon gestern.

Er musste zur Verstärkung der Kollegen nach Leer. An der Entführung bestand kein Zweifel. Eine junge Frau, Monika Schillinger, behauptete, gesehen zu haben, wie der Arzt bewusstlos oder sogar tot im Kofferraum eines schwarzen oder dunkelblauen Autos verstaut wurde. Sie hatte die Szene geistesgegenwärtig mit ihrem Handy gefilmt und die Polizei verständigt. Das Video war verwackelt, ein Nummernschild war nicht zu sehen, aber an der Straftat bestand kein Zweifel.

Am Fahrzeug des Frauenarztes war das Nummernschild abmontiert worden. Die Vermutung lag nahe, dass der Täter es an seinen eigenen Wagen geschraubt hatte, um seine Spuren zu verwischen. Merkwürdige Handlungsweise, aber nicht unbedingt unlogisch.

Rupert erinnerte sich an das Auto der vermissten Judith Harmsen. Es war vor der Bibliothek Ganderkesee gefunden worden, und auch dort hatten die Nummernschilder gefehlt.

Rupert fühlte sich unwohl in der Frauenarztpraxis. Dieser Stuhl, diese Geräte, dieser Geruch, nein, das war nicht seine Welt. Er vernahm im Vorzimmer eine der drei Arzthelferinnen, die den Terminkalender und die Patientenkartei verwalteten.

Sie hieß Ute Kerner, und Rupert sah ihr ungeniert auf den Hintern, als sie sich bückte, um eine Patientenkarte unten im Aktenschrank zu verstauen.

Rupert fragte sich, ob ein Frauenarzt so etwas überhaupt noch sah.

Er fragte, einer plötzlichen Idee folgend, Ute Kerner wie beiläufig, ob Judith Harmsen Patientin bei ihnen sei. Frau Kerner verneinte.

Rupert glaubte ihr nicht. Er verlangte Einsicht in die Patientenkartei. Ute Kerner verweigerte dies mit dem Hinweis auf höchst interne Daten.

»Das ist mir scheißegal!«, polterte Rupert. Bevor er ausführen konnte, wie leicht es ihm möglich wäre, eine richterliche Anordnung zu erreichen, tippte sie ihr Passwort in den Computer ein, rief die Liste auf und sagte: »Da, bitte schön.«

Dann schloss sie demonstrativ alle Aktenschränke auf und zog die Hängeablagen heraus.

Als Rupert sich die alphabetisch geordnete Liste der

Patientinnen ansah, schoss eine Ladung Adrenalin durch seine Adern. Es ging ihm augenblicklich gut. Keine Kopfschmerztablette hätte so wirken können. Rupert wusste, dass diese Informationen ihn in die SOKO Maurer katapultieren würden. Er hatte es geschafft.

Er summte den Queen-Song »We Are The Champions« und dann »The Winner Takes It All« von ABBA.

Rupert wurde fündig. Er überlegte, wie er jetzt am klügsten vorgehen sollte. Auf keinen Fall würde er Weller oder Ubbo Heide oder Ann Kathrin Klaasen informieren. Er musste direkt mit Huberkran sprechen. Das hier war ein Hit. Der Treffer voll ins Schwarze. Er hatte die Verbindung der Frauen gefunden!

Er ging nach draußen und wählte Huberkrans Nummer. Die Mailbox sprang an. Rupert wusste genau, wo Huberkran jetzt war. Weller hatte es ihm stolz erzählt. Eine Besprechung im BKA Wiesbaden. Kollegen aus vier Ländern waren dabei.

Am liebsten hätte Rupert sich per Lautsprecher in die Konferenz eingemischt, um den Spesenrittern und Sesselpupsern zu zeigen, wie richtige Polizeiarbeit aussieht. Während sie große Worte führten, generierte er Ermittlungsergebnisse.

Rupert wurde im BKA hin und her verbunden, aber niemand schaltete ihn in die Besprechung. Als Weller um eine Rauchpause bat und damit bei seinen italienischen Kollegen auf große Begeisterung stieß, erhielt Rupert seine Chance, denn Huberkran schaltete im Flur sein Blackberry ein, um seine E-Mails zu überprüfen.

Ruperts Anruf nahm er nicht an, aber er hörte seine Mailbox ab. Die Nachricht von Rupert ließ ihn vor Glück zusammenzucken. Endlich hatten sie die Verbindung der Opfer, aber gleichzeitig wusste er, dass zwei neue Menschenleben auf dem Spiel standen. Judith Harmsen und Dr. Gaiser.

Die Musik spielt in Ostfriesland, dachte er, und ich bin hier in Wiesbaden.

Er wollte zurück, aber zunächst musste er die Besprechung hier zu Ende bringen, und zwar so schnell wie möglich.

Die letzte Wortmeldung kam von Weller. Er reihte seine Argumente wie eine Perlenkette aneinander, und Huberkran fand das sehr langatmig. Aber er unterbrach Weller nicht, das war er seinem alten Kumpel schuldig.

Weller erläuterte, warum seiner Meinung nach die meisten der hier vorgetragenen Fälle nicht in das Muster ihres Täters passten. Die italienischen Toten gingen Weller zufolge auf das Konto der Mafia und hätten mit »unserem Serienkiller gar nichts zu tun«.

Damit brachte er die italienischen Kollegen gegen sich auf, die ihm klischeehaftes Denken vorwarfen.

Aber Weller präzisierte, in dem voll klimatisierten Raum schwitzend: »Ihre Opfer sind post mortem eingemauert worden. Das ist nichts weiter als eine Variante der beliebten Mafiamethode, ihre Leichen in Betonpfeilern zu beseitigen. Mit unserem Serienkiller hat das nichts zu tun. Er mauert seine Opfer lebendig ein, um sie langsam sterben zu lassen.«

Der italienische Kollege, der mit Vornamen Giovanni hieß und dessen Nachnamen Weller lieber nicht aussprach, weil er sich für ihn nach einem Pizzagericht anhörte, sprach hervorragend und fast akzentfrei Deutsch: »Wir können nicht in jedem Fall sagen, dass die Opfer post mortem im Zement versenkt wurden. Hier, bei den beiden Fällen in Rom, kann das Opfer jämmerlich im frischen Beton erstickt sein.«

Weller winkte ab. »Ja, ja, das passt trotzdem nicht in sein Muster.« Er flüsterte in Richtung Huberkran: »Die versuchen hier, uns ihre ungelösten Fälle aufs Auge zu drücken.«

Weller wollte irgendwie den Bogen zu Ann Kathrins Theorie hinkriegen. Er rang immer noch mit sich, ob er wirklich erzählen sollte, sie habe sich einmauern lassen, jedenfalls hatte er vor, ihre Überlegungen, der Täter wolle Menschen in eine embryonale Situation hingen, der Gruppe mitzuteilen. Aber die Diskussion begann auszuufern. Der beleidigte Giovanni hielt ungebeten einen Vortrag über die Veränderungen im Muster von Serienkillern. Alles lief recht blumig und umständlich auf die These hinaus, er habe eben dazugelernt und seine Methode verfeinert.

Huberkran sah zweimal auf seine Armbanduhr, dann räusperte er sich: »Wir haben Grund zu der Annahme, dass der Mörder seine Opfer in Leer kennengelernt hat.«

Er wurde entgeistert angesehen. Am meisten staunte Weller. Er konnte sich nicht erklären, was er verpasst hatte.

Huberkran fuhr fort: »In einer Frauenarztpraxis. Die Namen aller möglichen Opfer wurden gerade durch den Computer gejagt und mit seiner Patientenkartei verglichen.«

Sofort brach Hektik aus. Keiner hörte mehr zu. Die einen tippten E-Mails in ihre Laptops, die anderen brüllten in ihre Handys.

Weller wurde es heiß und kalt. »D … das … genau das hat Ann prophezeit.«

»Was?«, fragte Huberkran, dem das Durcheinander nicht gefiel, unwirsch. Er war andere, diszipliniertere Fallbesprechungen gewöhnt.

»Ann hat gesagt, er will, dass sie sich wie ein Embryo fühlen. Sie vermutet, die Frauen haben abgetrieben, und er will sie bestrafen oder …«

Huberkran verschränkte die Arme vor der Brust.

»Ist so der Mythos Ann Kathrin Klaasen entstanden?«

»Wie, was?«

»Hast du jedes Mal, wenn sich eine Lösung für einen

Fall andeutete, behauptet, Ann Kathrin hätte es schon vorher gewusst?«

»Nein, ich … wie kommst du denn dadrauf?«

So, wie Huberkran guckte, war die Sache für ihn glasklar.

»Rupert hat mir sofort erzählt, dass da viel Show dabei ist. Sie heimst die Lorbeeren ein, für die andere sich abgerackert haben.«

Weller zitterte fast vor Empörung. Wie konnte sein Freund so etwas behaupten?

Der italienische Kollege mit dem akzentfreien Deutsch fragte jetzt schon zum dritten Mal nach dem Namen des Frauenarztes, den er Gynäkologe nannte. Da Weller und Huberkran so sehr mit sich selbst beschäftigt waren, griff Giovanni Stagioni Huberkran ans Jackett.

Weller stieß ihn weg. »Lassen Sie uns in Ruhe, verdammt!«

»He, he, he! Wir suchen einen Serienmörder. Schon vergessen?«, fragte Giovanni Stagioni, und seine braunen Augen öffneten sich weit, als wolle er seine Kollegen einladen, darin schwimmen zu gehen. Dabei kam er vielleicht bei Adriatouristinnen gut an, bei Weller und Huberkran aber ganz und gar nicht.

Huberkran klopfte die Stelle an seiner Kleidung, die Stagioni berührt hatte, aus, als habe er dort einen Mehlfleck.

»Rupert hat dir diesen Mist erzählt?! Rupert?! Ausgerechnet!«, keifte Weller.

»Reg dich ab. Wer versucht mir denn hier gerade einen Bären aufzubinden? Du behauptest doch allen Ernstes, nachdem ich Ruperts Ermittlungsergebnisse bekannt gegeben habe, deine Ann Kathrin habe es schon vorher gewusst.« Huberkran klatschte sich mit der rechten Hand gegen die Stirn. »Für wie blöd hältst du mich eigentlich?«

»Sie hat es wirklich vorhergesagt. Es erschien mir nur so … so schwer kommunizierbar. Dann habe ich einen Weg gesucht, wie ich … wie ich die Sache hier einfließen lassen könnte …«

Huberkran zerrte an seiner Blümchenkrawatte. »Das wird ja immer schöner! Jetzt suchst du schon einen Weg, wie du uns die Erkenntnisse der Ausnahmepolizistin beibringen kannst, weil das für uns alle natürlich viel zu hoch ist! Wir sind ja nicht solche Intelligenzbestien.«

Weller nickte vielsagend und wendete sich ab. »Ach so, ich verstehe.«

Huberkran packte ihn bei der Schulter und riss ihn herm. »Was verstehst du, Schlaumeier?«

»Du hast wieder eine SMS von deiner Frau gekriegt. Stimmt's? Sie macht dich fertig und bringt dich so auf die Palme!«

Giovanni Stagioni versuchte es noch einmal: »Der Name! Der Name wäre hilfreich, Kollegen.«

Jetzt blafften ihn Huberkran und Weller gleichzeitig an: »Schnauze!«

Stagioni reichte es. Er ging. Die meisten seiner Kollegen standen sowieso schon telefonierend auf dem Flur oder waren autistisch mit ihren Laptops beschäftigt.

Zunächst dachte Judith Harmsen, endlich habe jemand Ansgar geglaubt und sei gekommen, um sie zu befreien. Da war ein Schaben auf dem Boden. Dann ein Poltern von Steinen.

Sie schöpfte Hoffnung und schrie: »Hier! Ich bin hier! Mein Name ist Judith Harmsen! Ich bin hier hinter der Wand!«

Sie schlug dagegen, sie tat alles, um Lärm zu machen. Aber dann musste sie erkennen, wer immer hinter der Mauer war, er würde ihr nicht helfen.

Sie presste ihr rechtes Ohr gegen die Wand. Dann das linke. Sie kannte das Geräusch, wenn die Steine schmatzend in den Mörtel gedrückt wurden. Sie kannte es nur zu gut.

Fast gleichzeitig mit der SMS von Weller kam auch eine E-Mail von Ubbo Heide bei Ann Kathrin an.

Weller simste: *Akki ist heiße Spur. Tod durch Kopfschuss.*

Bei Ubbo Heide las sich das Ganze korrekter, klinisch sauber: *Achim Kowalski, geboren am 12. 08. 1970 in Gelsenkirchen, mehrere Verurteilungen wegen Verstoßes gegen das Betäubungsmittelgesetz und zahlreicher Körperverletzungen. Kam 1996 bei einem Autounfall ums Leben. Der gestohlene Wagen kam auf der Schwäbischen Alb von der Spur ab, stürzte eine Böschung hinab und brannte komplett aus. Achim Kowalski hatte zu dem Zeitpunkt eine Mischung aus Amphetaminen und anderen psychotropen Substanzen, z. B. XBA173, das sich noch im Test befindet, im Blut. Es handelt sich um ein Mittel, das die Synthese von körpereigenen Neurosteroiden positiv beeinflussen kann und so Angstzustände dämpft.*

Zunächst gingen die Kollegen von einem Unfall durch überhöhte Geschwindigkeit unter Drogeneinfluss aus, aber dann wurde in seinem Kopf ein Projektil gefunden. Da es kaum möglich sein kann, dass jemand auf die Entfernung einem Fahrer in einem rasenden Auto absichtlich eine Kugel in den Kopf jagt, wurde auch der Kopfschuss als Unfall gewertet. Eine irregeleitete Kugel eines Jägers. Es gab unseren schwäbischen Freunden zwar zu denken, dass Achim Kowalski in der Schonzeit starb, aber das erklärte ihnen auch, warum sich niemand meldete, der den Unfall verursacht hatte.

Komm zurück, Ann Kathrin, übergib die Sache den Kollegen vom BKA und lass die Finger davon. Huberkran braucht dich in seiner SOKO.

Ann Kathrin wunderte sich über Ubbo Heides ausführlichen Bericht. Hatte Weller ihn informiert oder gar um Hilfe gebeten? Versuchte Ubbo Heide mal wieder, seine schützende Hand über sie zu halten, oder wollte er sie ausbremsen?

Für sie stand fest, dass sie drei Männer gefunden hatte, die an dem Banküberfall und somit am Mord an ihrem Vater beteiligt gewesen waren, und alle drei Männer waren durch eine Kugel gestorben.

Volker Bogdanski wurde bei einer Auseinandersetzung um eine russische Hure auf dem Kiez erschossen, Stämmler, der Hubschrauberpilot, machte beim Reinigen seiner Waffe einen tödlichen Fehler, und Achim Kowalski hatte diesen unwahrscheinlichen Unfall. Eine verirrte Wildererkugel! An diesen Blödsinn glaubte sie nicht, sie verstand aber auch die Kollegen, die solche Rückschlüsse zogen, weil sie den Gesamtzusammenhang nicht kannten.

Sie konnte sich an einen Jagdunfall erinnern, bei dem die Kugel in fast drei Kilometern Entfernung abgefeuert worden war und einen Bauern vom Trecker geholt hatte. Zum Glück nur ein Steckschuss in der Schulter. Aber die Sache hier lag anders. Sie hatten es mit einem Scharfschützen zu tun. Ein zweifellos gut trainierter Mann, vielleicht in einer Militäreinheit ausgebildet. Er knipste alle Beteiligten am Banküberfall aus.

Warum? Wollte er nicht teilen? Vermutlich hatte er nie geteilt. Weder Bogdanski noch Stämmler oder Kowalski waren reich gestorben. Kowalski war sogar in einem gestohlenen Auto herumgefahren.

Der Schütze hatte die drei in einem Zeitraum von zwei Monaten an verschiedenen Orten erledigt. Hamburg. Gelsenkirchen und die Schwäbische Alb. Er war also beweglich. Er jagte seine Opfer, belauerte sie. Das hatte er mit dem Maurer gemeinsam.

Er musste gewusst haben, wann Kowalski mit dem Auto welche Strecke fuhr. Wie konnte er sich da bei einem

Süchtigen sicher sein? Hatte er ihn selbst zu dem Treffen geladen?

Was war mit dem vierten Mittäter? War der auch schon tot? War der in Panik und auf der Flucht vor der Polizei und vor seinen alten Kumpels?

Was Ann Kathrin am meisten Sorgen machte, war die Tatsache, dass ihr Vater alle am Überfall Beteiligten gekannt hatte. Warum hatte er sich gegen eine Geisel austauschen lassen? War er wirklich nur zufällig vor Ort gewesen, hatte die Täter erkannt und, um Schlimmeres zu verhindern, den Austausch vorgeschlagen? Nein, das waren zu viele Zufälle.

Sie teilte dem deutlich betretenen Weller ihre Überlegungen mit. Er war bereits aus Wiesbaden zurück, stand vor der Frauenarztpraxis in Leer und hörte sich Ruperts großspurige Reden an, wie er »dem Maurer draufgekommen« war.

»Ein guter Kriminalist ist jemand, der logisch denkt. Man muss sich einfach nur an die Fakten halten und eins und eins zusammenzählen.«

Weller ging mit dem Handy weg vom Geschehen in den großzügig angelegten Garten. Unter den Birken setzte er sich im Schatten der Bäume ins Gras. Von hier aus konnte er die Villa mit dem Grundstück in Ruhe anschauen. Für diesen Garten musste ein Gärtner zuständig sein, jemand, der mindestens halbtags beschäftigt war. Das Gelände war wie ein Fluss aus Gras, in dem Inseln von Blumen standen. Der Wind bewegte die sorgsam geschnittenen Halme wie in Wellen. Weller staunte. War das Zufall oder geplant? Hatte jemand diesen Garten so geschickt angelegt, dass diese Wellen entstanden wie bei Ebbe und Flut?

Es gab eine Roseninsel, eine Kräuterinsel, eine, in der Margeriten dominierten, und dann Inseln mit kleinwüchsigen Obstbäumen. Auch clever, dachte Weller, hier braucht man keine Leiter, um an die süßen Früchte zu kommen. Einfach die Hand auszustrecken reichte schon.

Im Gegensatz zu der Ruhe hier im Garten wirkte Ann Kathrin aufgedreht.

»Ich wette, dass nur noch einer übrig ist. Der Hauptverbrecher. Die Subsau. Der Mann, der meinen Vater getötet hat. Aber ich habe jetzt ein Packan. Ich komme ihm näher.«

Weller hakte noch einmal nach. Die Nachricht regte ihn auf. Er konnte nicht länger unter den Birken sitzen. Er stand auf und ging zu dem prächtigen Kirschbaum. Er hörte Ann Kathrin zu, sagte aber nur »hm« und »aha« und aß die besten Kirschen seines Lebens. Die Steine spuckte er in seine rechte Hand. Das Handy hielt er mit der linken ans Ohr. Dann, als das Pflücken mit der vollen Hand zu umständlich wurde, warf er die Steine einfach über seine Schulter nach hinten.

Die volle Ladung traf Rieke Gersema, die Pressesprecherin der Polizeiinspektion Aurich, die eigentlich gekommen war, um genau das zu verhindern, was jetzt stattfand. Rupert gab Interviews und erzählte, wie sie fand, einen unerträglichen Schwachsinn. Weil sie nicht gebraucht wurde, hatte sie sich beleidigt in den Garten zurückgezogen und dachte darüber nach, sich einen guten Mann zu suchen, Kinder zu bekommen und die nächsten Jahre auf Spielplätzen, in Krabbelgruppen und bei Elternabenden im Kindergarten zu verbringen.

Wellers Kirschensteine holten sie aus ihren Überlegungen zurück. Der bemerkte das Missgeschick nicht einmal, sondern sprach gerade bedeutungsschwanger ins Handy: »Trau nie dem Offensichtlichen.«

Einen Moment schwieg Ann Kathrin. Er fragte sich schon, ob die Verbindung unterbrochen worden war, da sagte sie sauer: »Was soll das heißen? Trau nie dem

Offensichtlichen? Das ist doch nicht von dir! Wer hat das gesagt? Goethe zu Schiller? Oder nein, warte! Dein Daniel C. Henrich zu diesem Habermas?«

»Nein. Sherlock Holmes zu Watson«, gab Weller kleinlaut zu.

Rieke Gersema hatte das Gespräch mitgekriegt, weil Weller das Handy immer noch auf maximale Lautstärke gestellt hatte. Vorhin im Auto hatte er das gebraucht, weil er bei dem Lärm sonst nichts hörte. Das Ding funktionierte jetzt immer noch wie eine Freisprechanlage.

Ein Kirschkern war an Rieke Gersemas Hals heruntergerutscht und in ihrem Ausschnitt verschwunden. Sie spürte die fleischigen Kirschreste an ihrer Brust und wühlte mit beiden Händen in ihrer weißen Rüschenbluse herum, als Weller sich umdrehte.

»Ann, ich kann jetzt nicht länger. Ich muss … wir sind bei diesem … Frauenarzt.«

»Alle Frauen in seiner Kartei sind potentielle Opfer«, sagte Ann Kathrin noch, aber da steckte Weller sein Handy schon ein.

Weller sah, wie verrenkt Rieke Gersema dastand, und die roten Flecken an ihrem Hals und an ihrer Bluse ließen ihn erahnen, was geschehen war.

»Kann ich dir helfen?«, fragte er schuldbewusst.

»Nein!«, erwiderte sie hart und zupfte sich die Bluse aus dem lachsroten Rock.

Weller ging auf die Terrasse der Villa. Er musste an das schöne Backsteinhaus denken, das er und Ann Kathrin im Distelkamp in Norden bewohnten. Es war weniger protzig, aber dafür irgendwie gemütlicher, fand er.

Er wurde jetzt Zeuge, wie Rupert seine kriminalistische Erfahrung bei der Befragung von weiblichen Personen ins Gespräch brachte, um endlich einen Platz in der SOKO zu ergattern, die ja nun dank seiner Hilfe kurz vor der Aufklärung des Falles stand.

Zum Glück hatten sich die Presseleute inzwischen verabschiedet, nur ein gewisser Holger Bloem vom Ostfrieslandmagazin, der eigentlich einen Bericht über die schönsten Gärten Ostfrieslands machen wollte und zusammen mit dem Fotografen Martin Stromann angereist war, um die Atmosphäre dieses kleinen Paradieses einzufangen, rasselte mitten in den Kriminalfall und nahm die Chance wahr, für den Kurier über die Entführung zu berichten.

Stromann fotografierte die aufgeregte Ehefrau. Bloem ging auf die Terrasse zurück. Rupert hielt ihn für ein Mitglied der SOKO, deshalb sprach er ungeniert weiter: »Also, es kommt bei einer Befragung darauf an, herauszufiltern, wer lügt und wer die Wahrheit sagt. Dazu brauche ich keinen Lügendetektor. So ein Quatsch. Bei Männern sehe ich das am Gesicht. Hier unterhalb der Nasenwurzel zucken sie. Einige entwickeln da sogar Schweiß. Die Lippen verraten alles. Ich sehe Männern auf die Lippen, und sofort ist alles klar.«

»Und bei Frauen?«, fragte Weller bissig.

Rupert winkte die Männer näher zu sich heran, dann ließ er sie an seinem Geheimnis teilhaben: »Bei Frauen siehst du nichts im Gesicht. Die sind es gewöhnt, sich zu schminken und zu schauspielern. Trau nie dem Gesicht einer Frau. Sie legt dich herein. Bei Frauen ist das eine Charaktersache.«

Ein Glück, dass Ann Kathrin nicht da ist, dachte Weller, die würde ausflippen.

Aber Rupert war noch lange nicht fertig. Die eigentliche Erkenntnis hatte er noch gar nicht mitgeteilt. »Bei Frauen darfst du nicht ins Gesicht gucken, das bringt gar nichts. Aber ihr Hintern verrät alles.«

Holger Bloem und Weller sahen sich an. In Bloems Gesichtsausdruck lag die Frage: Wird das hier ein Herrenwitz, oder ist das eine ernst zu nehmende Besprechung?

Huberkrans Gesicht war bewegungslos. Das Wort »Pokerface« kam Holger Bloem in den Sinn.

»Ihr Hintern?«, fragte Huberkran nun nach.

»Ja. Frauen mit so einem birnenförmigen Hintern sind verlogen und intrigant.«

Während Rupert einen solchen Hintern mit beiden Händen in der Luft modellierte, sah Weller hinter Rieke Gersema her und fragte sich, ob ihr Po birnenförmig war.

Aber Rupert klärte die Sache schon weiter auf: »Diese runden Christbaumkugeln, wie wir sie da gerade sehen …«, er zeigte auf Rieke Gersema, »deuten auf eine narzisstische Persönlichkeit hin. Die trainieren hart für ihren Knackarsch und wollen Bewunderung. Aus denen kriegt man schnell alles raus, wenn man sie zu nehmen weiß und bei ihrer Eitelkeit packt. Die Flachärsche sind schwierig. Machen einen auf Kumpel, versuchen aber, dich einzuseifen. Die richtig dicken runden, die sind am ehrlichsten. Eine lust- und genussbetonte Besitzerin, die keinen Ärger will, zuverlässig mit der Polizei zusammenarbeitet und als Zeugin sehr genaue Details beobachtet.«

»Darf ich das so zitieren?«, fragte Holger Bloem, erstaunt, welche Abgründe sich hier vor ihm auftaten.

Huberkran zog Holger Bloem zur Seite. »Sie sind Journalist, nicht wahr?«

»Ja. Holger Bloem, Ostfrieslandmagazin.«

Huberkran hielt Bloem seine Visitenkarte hin. »Wenn Sie Fragen haben oder irgendetwas wissen wollen … Ich bin jederzeit für Sie da.«

»Danke. Das weiß ich zu schätzen.«

»Was Sie da gerade gehört haben, hat der Kollege nicht so gemeint.«

»Hörte sich aber sehr ernst an. Sozusagen nach der neuesten kriminalpsychologischen Erkenntnis. So etwas interessiert unsere Leser bestimmt.«

»Bitte, Herr Bloem, ich flehe Sie an. Sie wissen doch genauso gut wie ich, dass der Kollege eine Flasche ist. Ein echter Blindgänger. Der spricht nicht für uns, und der ist auch für nichts repräsentativ. Der ist einfach nur ein blöder Schwätzer.«

»Hm«, sagte Bloem nachdenklich und strich sich über den sauber ausrasierten Kinnbart. »Ein blöder Schwätzer?«

»Ja, aber um Himmels willen zitieren Sie mich jetzt nicht in Ihrer Zeitung.«

»Wenn ich das vorhin richtig verstanden habe, dann ist dieser blöde Schwätzer doch so etwas Ähnliches wie der Chef der SOKO Maurer.«

»Nein, verflucht«, regte Huberkran sich auf. »Ist er nicht. Das bin ich.«

Dr. Gaiser erwachte in völliger Dunkelheit auf einem feuchten Betonboden. Er dachte zunächst, er sei tot. Er wunderte sich über die Situation. Er glaubte an ein Leben nach dem Tod, aber er hatte es sich anders vorgestellt.

Er wusste seinen Namen. Er sagte ihn vor sich hin: »Dr. Onno Gaiser. Ich bin Dr. Onno Gaiser aus Leer. Meine Mutter hieß Thekla, meine Frau Rose.«

Es schien so zu sein, dass sich die Seele nach dem Tod an alles erinnerte.

Dann erst, als er trocken husten musste und der Kopfschmerz zu wummern begann wie eine defekte Dampflok, wurde ihm klar, dass er noch lebte. Fast gleichzeitig sprang die Angst ihn an wie ein wildes Tier, das in der Ecke gelauert hatte und ihm nun den Hals durchbeißen wollte.

Seine Lunge rasselte, dann gingen seine Versuche, nach Luft zu schnappen, in ein Fiepen über. Er wollte gegen die Wände schlagen und brüllen, doch er war wie gelähmt. Bewegungslos hockte er mit dem Rücken an die Mauer gelehnt da, den Kopf in den Nacken gelehnt, den Mund weit aufgerissen. Sein Herz raste und steigerte so die Panik noch mehr. Er befürchtete, hier in diesem feuchten, lichtlosen Raum an einem Herzinfarkt zu sterben, falls er nicht vorher erstickte.

Vielleicht waren Minuten vergangen oder auch Stunden. Sein Herz hatte die Attacke erstaunlich gut überstanden und sich beruhigt, aber seine Gefühle fuhren Achterbahn, und ein Teil seines Verstandes neigte immer noch zu der Annahme, das Ganze sei ein böser Traum, nicht die Wirklichkeit.

Wahrscheinlich hatte Lennart ihm etwas in den Ostfriesentee gekippt. Ein paar Tropfen irgendeiner Scheißdroge, und jetzt war er auf einem Horrortrip gelandet. Hatte Lennart sich einen Scherz mit ihm machen wollen? Katastrophen-Lennart. Versager-Lennart. Sorgenkind-Lennart. Süchtel-Lennart.

Das Letzte, an das er sich erinnern konnte, war Lennarts Gesicht mit dem schmallippigen, verkniffenen Lächeln. Wenn Lennart grinste, hatte das immer etwas Schmieriges an sich. Seiner Mutter hatte er vor Jahren auch einmal eine Droge ins Essen gemischt. »Wahrheitskekse« nannte er sein Gebäck. Berge aus Kokosraspeln, Schokolade und Marzipan auf Weißmehl.

Rose, die kalorienbewusste Rose, hatte überhaupt nur ihm zuliebe hineingebissen, um den Jungen nicht zu verletzen, weil er sich doch solche Mühe gegeben hatte, um seiner Mutter eine Freude zu machen.

Kurz nach dem fragwürdigen Genuss war ihr schlecht geworden, und dann war sie von dem unstillbaren Drang ergriffen worden, ihr Leben zu erzählen, Geheimnisse auszupacken und »endlich mal die Wahrheit zu sagen und nichts als die Wahrheit«.

Er selbst war ins Wohnzimmer gekommen, als Lennart seiner Mutter gerade ein Plätzchen an die Lippen führte und wie zu einem kleinen Kind sagte: »Und jetzt noch einen Bissen für Lennart … ja, schön kauen. Das sind gute Kekse. Wahrheitskekse.«

Er hatte seiner Frau sofort angesehen, dass sie in einem bedenklichen Zustand war. Sie öffnete den Mund wie ein hungriges Baby. Später hatte er die Kekse im Labor selbst untersucht und darin Spuren von Thiopental nachgewiesen, das in der Intensivmedizin benutzt wird und auch als Wahrheitsserum gilt. Außerdem Spuren von Nachtschattengewächsen wie Stechapfel, Bilsenkraut, Alraune und Engelstrompete.

Lennart, der Giftmischer.

Aber Mamis Liebling hatte behauptet, alles sei nur eine üble Intrige, mit der er einen Keil in das gute Verhältnis zwischen Mutter und Sohn treiben wolle.

Er war am Ende als Verlierer aus der Auseinandersetzung hervorgegangen. Das Ganze war zum Tabuthema geworden. Lennart hatte nie wieder für sie gebacken oder gekocht.

Oder war alles ganz anders? Hatte jemand Lennart und ihn entführt? Aber warum? Wozu? Was sollte das? Eine Erpressung? Wusste jemand von seinen Konten in Liechtenstein? Er war alles zusammengerechnet zwei Millionen Euro wert. Aktien, Pfandbriefe, Geld, Spareinlagen. Binnen vierundzwanzig Stunden konnte er gut und gerne zwei Millionen Lösegeld auftreiben. Die Finca auf Mallorca und die Ferienwohnung am Vierwaldstätter See in der Schweiz waren auch noch mal eine Million wert.

Aber es würde dauern, das Geld flüssig zu machen. Die Klinik in Leer würde Rose hoffentlich nicht verkaufen. Mit irgendetwas musste er später ja wieder weitermachen.

Plötzlich wurde ihm ganz kalt. Er fragte sich, ob Rose

überhaupt für ihn bezahlen würde … Für ihren hoffnungslosen Sohn würde sie, ohne zu zögern, alles verschleudern, was er schwer verdient hatte. Aber für ihn?

Wenn der Entführer ihn umbrachte, würden aus seiner kapitalbildenden Lebensversicherung noch einmal 1,4 Millionen fällig. Für Rose könnte sein Tod zu einem Befreiungsschlag werden.

Er hoffte, dass er gemeinsam mit Lennart entführt worden war. Beide würde sie freikaufen.

Er versuchte, sich an die letzten Minuten zu erinnern. Er hatte Ostfriesentee aus der Kanne mit dem Rosenmuster in das Tässchen mit dem zarten Sprung im Porzellan gegossen. Knisternd war das dicke Kluntjestück zerplatzt. Dann hatte er Sahne ringförmig, gegen den Uhrzeigersinn, in die Tasse tröpfeln lassen und zugesehen, wie die weißen Wolken sich im braunen Tee auflösten.

Wenn Lennart ihm irgendwelche Drogen oder K.-o.-Tropfen eingeflößt hatte, dann mussten sie schon in der Kanne gewesen sein. Danach hatte er die Tasse intensiv betrachtet, in der Hand gehalten und geleert, bevor der Zuckerstein sich aufgelöst hatte.

Nein, im Tee konnte nichts gewesen sein. Lennart selbst hatte Tee getrunken. Zwei, drei Tassen.

Die Erkenntnis ließ ihn zusammenzucken. Das Zeug musste in der flüssigen Sahne gewesen sein. Natürlich! Lennart nahm immer nur Kluntje, nie Sahne. Er hatte doch angeblich eine Laktoseintoleranz. Mein Gott, gegen was war Lennart nicht allergisch? Hausstaub. Erdbeeren. Thunfisch. Milchprodukte. Fettiges Fleisch. Klebstoff. Und an irgendeine synthetische Beimischung, die oft in Baumwollhemden und -socken vorkam, konnte er sich noch erinnern. Anziehsachen für ihn zu kaufen war eine Mischung aus Medizinstudium und Chemietest.

Er hörte ein Geräusch. Endlich ein Geräusch! Es war leise, hinter der Wand oder in der Wand. Eine Maus vielleicht oder eine Ratte.

Er versuchte, die Kopfschmerzen zu ignorieren, und konzentrierte sich ganz aufs Lauschen. Nein, eine Maus war es nicht. Es war ein schleifendes Geräusch, als würde ein Körper langsam über den Boden gezogen. Eine Schlange vielleicht. Er drückte ein Ohr an die Wand, hinter der er das Geräusch wahrnahm. Das Atmen kam entweder von einem großen Tier oder … von einem Menschen!

Er hämmerte mit den Fäusten gegen die Steine.

»Hallo! Hallo! Ist da wer?«

Der Mörtel zwischen den Steinen fühlte sich fest an und trocken. Ganz anders als an der anderen Wand.

Jetzt erst begriff er, dass ihn jemand eingemauert hatte.

Er klopfte heftiger, die Verzweiflung gab ihm Kraft.

»Hallo! Hallo! Ist da wer? Ich brauche Hilfe!«

Für Judith Harmsen war das Atmen schwieriger geworden. Die zweite Wand schränkte die Luftzufuhr für sie ein. Jeder Atemzug brannte im Hals und in der Lunge.

Der Fleck an der Wand, den sie immer noch ableckte, wurde wieder feucht. Vielleicht ein defektes Rohr oder eine Stelle an der Wetterseite des Gebäudes, wo der Regen durch die Ritzen und Risse drang. Was hätte sie für ein bisschen Licht gegeben, um die Wand genau zu inspizieren.

An einer rauen Stelle sammelte sich in regelmäßigem Abstand ein Tropfen. Wenn sie ruhig von eins bis hunderteinundzwanzig zählte, dann war es bei dreiundneunzig so weit, und ab dann wurde der Tropfen immer dicker. Aus Sorge, er könnte herunterfallen und ihr verlorengehen, leckte sie ihn bei hundertzwanzig ab.

In den Stein waren scharfe Dinge eingearbeitet. Sie konnte sie nicht sehen. In ihrem Mund fühlten sie sich an wie Glassplitter mit Sand oder zerbrochene Muschelschalen. Ihre Zunge kam ihr vor wie ein zerfetzter Schwamm. Doch selbst das eigene Blut kam ihr gerade recht, um ihren Durst zu stillen.

Entweder war nebenan ein Mensch in der gleichen Situation wie sie selbst, oder sie war inzwischen verrückt geworden. Sie suchte nach einer Möglichkeit herauszufinden, ob alles ein Produkt ihrer Phantasie war oder Wirklichkeit.

Sie fragte ihn nach seinem Namen. Es war ein Mann. Dr. Gaiser. Sie hatte ihn kichernd, ja kichernd, gefragt, ob er Irrenarzt sei. Als er »Gynäkologe« geantwortet hatte, meldete sich ein Stückchen aus ihrem Erinnerungspuzzle, das sie eigentlich lieber vergessen wollte.

»Ich kannte mal einen Dr. Gaiser in Leer«, sagte sie.

»Ja! Das bin ich! Ich! Ich bin das!«, schrie er.

Sie stellte sich vor und streichelte dabei die Wand, als sei sie sein Oberarm.

Er log, als er behauptete, sich an sie zu erinnern, aber das reichte aus, um sie weinen zu lassen. Ja, sie hatte tatsächlich noch einen Tränenvorrat. Sie leckte sich die kostbare salzige Flüssigkeit von der Oberlippe. Aber den neu entstandenen Wassertropfen am Sandstein verlor sie. Sie verwünschte sich deswegen. Was für eine dumme, blöde Gans musste sie sein, wenn sie dieses Geschenk Gottes ungenutzt ließ. Welche Verschwendung! Und Verschwendung konnte sie sich nun wahrlich nicht mehr leisten.

Als Kind hatte sie mal mit ihrem Hund Ajax gemeinsam auf dem Boden gelegen und aus einer Pfütze getrunken. Sie machte es dem treuen Tier nach. Die Zunge hinein und dann losschlabbern.

Ach herrjeh, hatte ihre Mutter deswegen ein Theater

veranstaltet! Sie sollte sogar vorbeugend Antibiotika nehmen, was ihr Vater zum Glück zu verhindern wusste. Ihre Mutter war ein Antibiotika-Fan. Sie hatte ständig Angst vor unsichtbaren Bakterien und Krankheitserregern. Sie schlug immer gleich mit der großen Medizinkeule drauf. Das Bad wurde täglich so intensiv desinfiziert, dagegen war jeder Operationsraum im Krankenhaus ein Bakterienmutterschiff.

Sie stellte sich vor, wie ihre Mutter versuchen würde, dieses Gefängnis keimfrei zu schrubben und auf Hochglanz zu bringen. Der Gedanke hatte etwas Erheiterndes an sich. Waren das körpereigene Morphine? Sie begann abwechselnd zu kichern und dann wieder zu weinen. Sie empfand ihre Situation auf eine irre Weise als lustig, skurril und dann wieder als einen Horrortrip.

Ann Kathrin ging auch noch ein drittes Mal zum verabredeten Ort, um Kim12 zu treffen. Sie schwor sich, dies sei der letzte Versuch, länger wollte sie sich nicht an der Nase durch den Ring führen lassen.

Sie befürchtete, Kim12 sei ein Mann. Sie hatte ihre Heckler & Koch P 2000 nicht in der Handtasche, sondern hinten im Hosenbund. So hatte sie die Waffe noch nie getragen. Es war unbequem, aber genau das brauchte sie jetzt, das Gefühl, jederzeit ziehen zu können.

So kannte sie sich gar nicht. Sie erschrak ein bisschen vor sich selbst. Aber war es nicht möglich, dass sich hinter Kim12 der Mörder ihres Vaters verbarg, der sie genauso anlockte, wie er es mit Achim Kowalski getan hatte, um ihn dann mit einem gezielten Schuss zu erledigen? Vielleicht las er auch in den »Gelsenkirchener Geschichten« oder er hatte es gegoogelt.

Wie verhält sich ein Mörder zig Jahre nach der Tat? Guckt er täglich im Internet nach, gibt er alle Namen der Opfer und Täter ein, um zu sehen, ob sich etwas tut?

Früher sagte man in der Ausbildung, der Täter kommt gerne zum Tatort zurück, nimmt an Beerdigungen der Opfer teil, bietet der Polizei Hilfe an und sucht die Nähe zu den ermittelnden Behörden. Einige melden sich als Zeugen. Es ist mehr als der Versuch, herauszubekommen, ob jemand etwas weiß, es muss ein Prickeln, eine Genugtuung für den Täter sein, wenn die Kripo im Dunkeln tappt. Er erlebt, wie sich alle mit ihm und seiner Tat beschäftigen, ohne ihn zu kennen. Das tut seinem Ego gut. Gleichzeitig gibt es ihm die Gelegenheit, sich moralisch von der Tat abzugrenzen.

War Kim12 ein Pseudonym, das der Mörder benutzte, um ihr und den Ermittlungen nah zu sein, ohne sich preiszugeben? Schrieb Kim12 deshalb so schlimme Sachen über ihren Vater, um erstens den Mord zu rechtfertigen, und zweitens, um ihr weh zu tun und sie auf eine völlig falsche Fährte zu locken? War er ein hochintelligenter Sadist?

Ann Kathrin griff nach hinten und überprüfte den Sitz ihrer Waffe. Ihre Augen suchten die Umgebung ab. Er konnte hier überall sein und sie beobachten. Hinter den schmierigen Fensterscheiben da oder in der Toreinfahrt. Im Dachgeschoss da oben stand einer weit vorgebeugt am offenen Fenster und rauchte, linkisch, wie Menschen, die Zigaretten nicht gewöhnt sind oder denen es verboten war zu rauchen. Dadrüben saß einer im Auto und sah zu ihr rüber. Auf dem Parkplatz unterhielten sich zwei Männer. Bei den Bänken trank eine Gruppe Jugendlicher Bier aus Dosen, und eine Flasche Wodka kreiste.

Der Josef-Büscher-Platz in Horst war gut gewählt, wenn er sie ausknipsen wollte. Ein Scharfschütze mit einem Präzisionsgewehr hätte tausend Möglichkeiten.

Sie drehte sich rasch um ihre eigene Achse, weil sie ein verdächtiges Geräusch wahrgenommen hatte. Es war eine Taube mit einem weißen Kopf.

»Sei froh, dass ich dich nicht erschossen habe«, sagte Ann Kathrin, und die Taube nickte zurück.

Ein Wagen rollte auf Ann Kathrin zu. Er löste sich langsam, fast lautlos, aus einer Reihe von elf, zwölf parkenden Autos. Es war ein alter Ford Mondeo, der früher einmal silbern metallic gewesen war und jetzt eine dunkelbraune Motorhaube hatte und an der Beifahrerseite eine schmutziggelbe Tür. Die Frontscheibe war seit einigen Jahren nur noch von den Scheibenwischern geputzt worden und in dem abgezirkelten Bereich, den sie nicht erreichten, praktisch undurchsichtig.

Im Laufe der Jahre hatte Ann Kathrin gelernt, dass es in gefährlichen Situationen darauf ankam, die nächsten Sekunden vorauszuberechnen. Fast jedes Ereignis schickte seinen Schatten voraus. Wer die Vorboten rasch genug richtig deutete, hatte die größten Chancen zu überleben oder wenigstens eine Runde weiterzukommen.

In welche Ecke lasse ich mich fallen? Von wo kommt der Angriff? Schaffe ich das Überholmanöver, oder ist der LKW auf der Gegenspur zu schnell? Würde der Fahrer des Ford Mondeo gleich den rechten Fuß aufs Gaspedal knallen und versuchen, ihren Körper zwischen der Häuserwand und dem Kühler zu zerquetschen?

Zwischen ihr und dem Mondeo lagen noch gut zwanzig Meter. Es gab mehrere Möglichkeiten, sich zu retten oder komplett lächerlich zu machen. Sie konnte auf den blauen Toyota springen und vom sicheren Dach aus mit der Heckler & Koch in den Kühler des Ford schießen oder direkt auf den Fahrer feuern. Sie hätte auch zwischen den anderen parkenden Autos Schutz suchen und mit dem Handy ihre Gelsenkirchener Kollegen zu Hilfe rufen können.

Zwei stechende Augen fixierten Ann Kathrin durch die Frontscheibe des Fords. Noch zehn Meter.

Es konnte auch alles völlig harmlos sein. Jemand fuhr seinen alten Ford vom Parkplatz, mit einer vollen Einkaufstüte auf dem Rücksitz und einem Kasten Bier im Kofferraum.

Der Wagen steuerte direkt auf Ann Kathrin zu. Noch fünf Meter.

Ann Kathrin wollte springen. Da änderte das Fahrzeug geringfügig die Richtung und hielt direkt neben ihr. Die Scheibe an der Fahrerseite senkte sich quietschend.

Ann Kathrins rechte Hand umschloss hinter ihrem Rücken die Heckler & Koch.

»Steigen Sie ein«, forderte eine weibliche Stimme.

Hinter dem Steuer saß verkrampft eine Asiatin mit unlesbarem Gesicht. Ihr Ausdruck war puppenhaft. Nein, nicht versteinert, eher wie aus Plastik. Die Frau war auf eine Art geschminkt, die nicht Schönheit hervorheben, sondern Unverwechselbares verstecken sollte. Es würde schwer werden, sie später zu beschreiben.

Ann Kathrin prägte sich Einzelheiten genau ein. Die Frau war Mitte dreißig. Glatte schwarze Haare. Prinz-Eisenherz-Frisur, Marke selbstgemacht. Wenn ein Friseur die Finger im Spiel gehabt hatte, dann garantiert einer, zu dem die Menschen gingen, weil er billig war. Sie saß zwar, aber Ann Kathrin schätzte trotzdem routinemäßig ihre Größe und ihr Gewicht. Eins sechzig bis eins fünfundsechzig. Zierlich, höchstens fünfzig Kilo schwer.

Sie griff fahrig nach einer viel zu großen Sonnenbrille, die auf dem Armaturenbrett lag, und setzte sich die Brille mit einer Handbewegung auf, als wolle sie einen Fehler rückgängig machen. Die Gläser der Brille waren von fettigen Fingerabdrücken verklebt.

Vorsichtig ging Ann Kathrin um den Wagen herum, dabei hatte sie immer die Hände der Frau im Blick. Sie hielt das Lenkrad wie einen Rettungsring umklammert.

Ann Kathrin kontrollierte unauffällig die Rückbank. Sie wollte nicht erleben, dass sich während der Fahrt plötzlich die Wolldecke auf den hinteren Sitzen bewegte und dann ein Gesicht im Rückspiegel auftauchte. In Filmen war das ein klasse Effekt, aber im Leben wollte sie sich so etwas ersparen. Wenn sie das Setting, in das sie sich begab, schon nicht bestimmen konnte, dann wollte sie es wenigstens kennen und über alle beteiligten Personen Bescheid wissen.

Wenn dies hier eine Falle werden sollte, dann war sie nicht offensichtlich. Trotzdem fragte Ann Kathrin, bevor sie einstieg: »Warum gehen wir nicht einfach in ein Café und …«

Die Stimme war so kalt, dass Ann Kathrin fröstelte. »Steigen Sie ein, oder lassen Sie es.«

Ann Kathrin wuchtete sich auf den Beifahrersitz. Genau wie der Fahrersitz war er mit einer gehäkelten Decke überzogen.

»Fahren Sie gerne in einem Topflappen spazieren?«, scherzte Ann Kathrin. Sie hatte gelernt, dass oft ein Witz oder ein Wortspiel Gespräche unendlich erleichterten. Ein gemeinsames Lachen über etwas schaffte manchmal fruchtbaren Boden.

»Ja, das sind Topflappen. Ich hasse jeden einzelnen.«

»Und warum dekorieren Sie dann alles damit?«

»Ich habe zu Hause damit mein Sofa bezogen und meine Sessel. Ich benutze sie als Handtücher, Frühstücksunterlagen, Tischdecken. Alle meine Kissen sind mit aneinandergenähten Topflappen bezogen. Ich habe eintausendzweihundertzwölf Topflappen gehäkelt. In der Psychiatrie, nachdem ich die tolle Zeit mit Ihrem Vater überlebt hatte.«

Ann Kathrin schwieg eine Weile betroffen, während Kim12 die Goethestraße entlang, dann an der Rennbahn vorbei in Richtung Innenstadt fuhr.

Ann Kathrin sah auf ihre Knie, während sie die Hände verschränkt zwischen ihren Schenkeln versteckte. Das ständige Piepsen im Wageninneren erinnerte Ann Kathrin daran, dass sie sich nicht angeschnallt hatte. So nervtötend das Geräusch auch war, Ann Kathrin schaffte es nicht, den Gurt zu sich zu ziehen und das Piepsen zu beenden. Ihre Arme kamen ihr unendlich schwer vor, als würde nicht Blut, sondern Schwermetall durch ihre Adern fließen.

Eine Frage brannte in ihrem Gehirn und jagte durch ihren Körper wie eine Giftspritze. *Geht es mir eigentlich noch darum, den Mörder meines Vaters zu finden, oder nur darum, die Unschuld meines Vaters zu beweisen?*

Sie presste die blutleeren Fingerspitzen gegeneinander und zwang sich, konzentriert zu handeln. Step by step, sagte sie zu sich selbst. Mach keine Idiotin aus dir. Schnall dich an und nutz die Chance. Sie weiß etwas, und sie will dir etwas mitteilen, sonst wäre sie nicht gekommen. Hör ihr zu und zieh deine Schlüsse.

»Wo fahren wir hin?«, fragte Ann Kathrin.

»Nur so rum«, antwortete Kim12.

»Warum gehen wir nicht in ein Lokal oder zu Ihnen nach Hause?«

»Nein, das will ich nicht. Wir sprechen im Auto oder gar nicht.«

»Ich habe ein Hotelzimmer, da wären wir ungestört.«

»Nein! Kein Hotel.«

Kim12 parkte halb auf der Straße, halb auf dem Gehweg. Der Motor lief weiter. Sie wendete sich Ann Kathrin zu.

»Sie sind also Steins Tochter?«

Ann Kathrin stellte die Gegenfrage: »Warum sind Sie zu den ersten beiden Treffen nicht gekommen?«

»Ich hatte Angst. Ich will nicht, dass alles wieder von vorne losgeht. Ihr Vater und all diese Männer haben mich zu einem wehrlosen Gebrauchsgegenstand gemacht.«

»Sie haben es versucht.«

»Nein, sie haben es geschafft. Ich habe nur noch funktioniert, wie eine Maschine. Mein Therapeut in der Klinik hat gesagt, ich hätte alle Gefühle in mir abgetötet, um zu überleben. Man kann nämlich nicht nur ein störendes Gefühl unterdrücken. Man unterdrückt immer auch andere mit. Bei mir war am Ende alles weg.«

Sie zeigte ihre Unterarme, die von Schnitt- und Brandwunden entstellt waren.

»Haben die Männer Ihnen das angetan?«, fragte Ann Kathrin.

»Nein. Das war ich selbst, um überhaupt noch etwas von mir zu spüren.«

Eine Weile schwiegen die Frauen. Ann Kathrin versuchte, Kim12 ins Gesicht zu schauen, hielt aber dem Blickkontakt nicht lange stand.

»Leben Sie jetzt in einer glücklichen Beziehung?«, fragte Ann Kathrin und schalt sich selbst, weil sie fand, dass ihr so eine Frage gar nicht zustand. Es war doch nur der plumpe Versuch, der Sache eine positive Wendung zu geben.

Wie im Märchen, dachte sie, Hauptsache, am Ende wird alles gut. Kinderträume. Erwachsenenlügen.

»Nein«, sagte Kim12. »Ich kann nicht mehr mit einem Mann zusammenleben. Ich habe es versucht. Es geht nicht. Ich weiß, es gibt auch gute, aber ich hatte zu viele von den anderen. Wenn ich einen Mann lieben will, wenn ich es schaffe, ihn an mich heranzulassen, dann sehe ich plötzlich nicht mehr ihn, sondern ich sehe Boris oder Stenger oder … eines der anderen Schweine.«

Sie machte mit den Händen abwehrende Gesten, als ob diese Männer jetzt hier im Auto wären und sie bedrängen würden.

Ann Kathrin verhielt sich ganz ruhig. Schließlich legte Kim12 beide Hände wieder aufs Lenkrad und sprach wie in Trance weiter. Dabei sah sie durch die schmutzige Windschutzscheibe in den mausgrauen Gelsenkirchener Himmel, als könnte sie hinter den Wolken noch etwas sehen. Etwas, das für andere Menschen unsichtbar war.

»Sie haben mich nicht eingefangen. Ich bin freiwillig zu ihnen zurückgegangen. Ich wusste ja nicht, wohin. Ich kannte keinen Menschen in Deutschland. Ich wusste nicht einmal, ob ich mich strafbar gemacht hatte, und ich besaß keine Papiere. Die lagen bei Stenger im Safe. Der händigte sie nach Bezahlung dem neuen Besitzer aus. Ich ging zurück zu Stenger, auch weil ich Angst hatte, sie würden sich sonst das Geld von meinem Vater holen.«

Sie registrierte Ann Kathrins Blick aus Entsetzen und Unverständnis.

»Was sollte ich denn machen? Ich war froh, dass Stein mir eine neue Chance gab. Ich versprach ihm, für den neuen Kunden stumm zu sein. Der hatte aber schon eine andere stumme Frau gefunden, deshalb blieb ich zunächst bei dem Anwalt.«

Ann Kathrin fragte sich, ob die andere Frau wirklich stumm gewesen war oder auch nur so getan hatte als ob. Die ganze Geschichte mit dem Kunden, der eine stumme Frau wollte, machte sie wütend. Sie bemühte sich, die Wut zu unterdrücken. Sie befürchtete, Kim12 könnte glauben, der Zorn sei gegen sie gerichtet.

»Ich dachte erst, der Anwalt, das ist ein gebildeter Mensch. Der steht für das Recht ein und ... Aber Heiko war ein Teufel. Er liebte es, Menschen zu demütigen und zu bestrafen. Wenn er seinen Gürtel aus der Hose zog, dann bin ich schon vor Angst halb verrückt geworden, habe gejammert und gefleht. Er hat dann gelacht. Meine Angst hat ihm Spaß gemacht. Natürlich fand er schnell heraus, dass ich gar nicht stumm war. Das hat er benutzt, um mich zu erpressen. Seine Lieblingsdrohung war, *ich bringe dich als geheilt entlassen zu Stenger zurück.* Er versprach mir, dort würde ich dann richtig stumm gemacht.«

»War das nur eine Drohung oder …«

»O nein, das hat Heiko ernst gemeint. Die haben Frauen stumm gemacht.«

Jetzt wurde das Schauermärchen Ann Kathrin eine Spur zu dick. Alles in ihr wehrte sich. Wenn das hier falsch war, dann stimmte vielleicht auch vieles andere nicht. War alles übertrieben? Wollte Kim12 sich interessant machen?

»Ich kann mir diesen Anwalt ja mal vorknöpfen. Wie hieß er?«

Dann fiel ein Name, der Ann Kathrin zusammenzucken ließ. Kim12 sagte klar und deutlich »Heiko Käfer«, aber Ann Kathrin kam es vor, als würde sie nuscheln, und man könnte den Namen unmöglich richtig verstehen.

»Wie hieß der? Heiko wie …?«

»Käfer. Er sah aus wie ein Elefant, aber er hieß Käfer. Heiko Käfer.«

Ann Kathrin sah ihn sofort wieder vor sich, mit seiner thailändischen Frau. Sie versuchte, sich daran zu erinnern, ob die Frau bei dem Treffen auf Spiekeroog etwas gesagt hatte. Sie schämte sich, weil sie es nicht wusste. Hatte sie Täter und Opfer gegenübergestanden und es nicht bemerkt? Hatte sie sich so sehr über Käfer geärgert, dass die fünfundzwanzig Jahre jüngere Frau in Vergessenheit geriet? War das nicht oft so, dass die Täter so viel Aufmerksamkeit auf sich zogen, dass die Opfer darüber vergessen wurden?

Es begann zu regnen. Ein kurzer, aber heftiger Schauer. Die Tropfen prasselten aufs Autodach, und Ann Kathrin und Kim12 befanden sich plötzlich im Inneren eines metallenen Klangkörpers, auf den der Regen ein Musikstück trommelte.

Ein Radfahrer kam nah am Ford vorbei. Sein Gesicht verschwand völlig in der Kapuze. Bevor der Radfahrer abbog, hielt er noch einmal kurz an und blickte zu den Frauen im Ford.

Ann Kathrin versuchte, ihre Gedanken zu ordnen und sich wieder ganz auf Kim12 zu konzentrieren.

»Käfer. Das ist ja ein Ding. Hat der so gelbe Augen?«

»Ja, wie eine Schlange, dachte ich immer. Kranke Augen. Hoffentlich stirbt er bald, habe ich oft gedacht. Hoffentlich. Manchmal, wenn er mich geschlagen hat oder immer weiter rammeln wollte wie ein Kaninchen, dann habe ich gehofft, er hält es nicht aus und kriegt einen Herzinfarkt. Er hatte oft so einen roten Kopf. Er nahm viele Pillen. Ein Viagrajunkie. Schrecklich. Aber er ist leider nicht gestorben. Stattdessen bin ich im Krankenhaus gelandet. Ich bin ganz verrückt geworden von alldem, und einmal, als es besonders schlimm war, bin ich vor ihm geflohen. Er hat mich mit seinem Lederriemen durchs Haus gejagt. Ich bin dann durch die Glastür gefallen. Der hatte in der Küche so eine Glastür. Im Krankenhaus haben sie mich in die Psychiatrie gebracht. Da saß ich dann ohne Geld, mit einem Visum, das langsam ablief, und er wollte mich nicht zurücknehmen.«

Ann Kathrin war als Kommissarin einiges gewöhnt, aber diese Geschichte traf sie härter als gewöhnliche Opfererzählungen. Warum hatte ihr Vater das Leid dieser Frau mit der absurden Idee verlängert, sie solle so tun, als ob sie stumm sei? War es das Danteske in ihm, das da zum Durchbruch kam? Die Hölle? Der Abgrund? Oder war es irgendein Ermittlertrick? Aber bei allem guten Willen konnte sie keine Rechtfertigung für so ein Verhalten finden. Das war durch keine noch so großzügige

Auslegung der Vorschriften gedeckt, und es ergab auch keinen Sinn.

»Sie kennen das Schwein?«, stellte Kim12 fest und fügte gleich hinzu: »Ich werde nicht gegen ihn aussagen. Gegen ihn nicht und auch sonst gegen niemanden. Ich weiß gar nicht, warum ich Sie überhaupt treffe.«

»Ich brauche Namen. Wer war noch dabei?«

Kim12 schüttelte den Kopf. »Nein, nein. Sie wollen doch nur eine Zeugin für eine Anklage, und ich bin doch nicht lebensmüde. Ich habe all das überlebt, und jetzt will ich nicht mehr in die Schusslinie geraten. Ich hatte gehofft, Sie würden …« Sie sprach nicht weiter.

»Sie erwarten eine Entschädigung?«

»Steht mir die nicht zu?«

»Ich weiß nicht einmal Ihren richtigen Namen. Sie könnten sich das auch alles zusammengereimt haben.«

Kim12 hob wieder ihre Arme hoch und zeigte ihre Wunden vor. »Das hier? Zusammengereimt?«

»Wenn jemand vor Gericht nicht aussagen will, dann zweifle ich am Wahrheitsgehalt der Behauptungen.«

»Sie können auch aussteigen.«

Ann Kathrin blieb sitzen, sie konnte aber Kim12 nicht länger ansehen. Die ganze Frau bebte vor Abscheu und Wut.

Ann Kathrin betrachtete zwei Regentropfen, die an der Scheibe parallel herunterrollten und sich dann, ihre Bahn geringfügig verändernd, zu einem kleinen Fluss vereinten. Der Regen tat den Scheiben gut, reichte aber nicht aus, den alten, verkrusteten Schmutz wegzuspülen.

»Ich suche im Grunde dasselbe wie Sie: Gerechtigkeit«, sagte Ann Kathrin.

Kim12 protestierte: »O nein! Sie suchen den Mörder Ihres Vaters und wollen sein Bild reinwaschen. Ich suche Gerechtigkeit, ja, das stimmt. Ich warte darauf, dass jemand kommt und sagt: Tut mir leid. Man hat Ihnen unrecht getan. Kann ich das irgendwie wiedergutmachen?«

Ann Kathrin spürte durchaus den Impuls in sich, der Frau ein paar Tausend Euro anzubieten. Ja, Frank würde vermutlich wenig Verständnis dafür haben, weil er ständig Geldsorgen hatte, aber sie konnte bei der Sparkasse garantiert ohne Probleme ihr Konto überziehen oder kurzfristig eine Hypothek aufs Haus aufnehmen. Trotzdem. Etwas in ihr sperrte sich. Sie hatte Sorge, sich danach noch mieser zu fühlen.

»Wissen Sie, was ich besonders ekelhaft fand? Immer, wenn man das Büro betrat, dann hatte Ihr Vater so eine ganz fiese Art, einen stumm heranzuwinken. So.« Sie machte es mit dem Finger vor. »Und dabei öffnete er seine Lippen immer leicht, und seine Zunge kam kurz hervor. Nur ein bisschen. So. Und dann, wenn man nah genug bei ihm stand, dann strich er mit den Fingern an der Innenseite der Oberschenkel ganz langsam nach oben. Ich krieg jetzt noch eine Gänsehaut davon. Dabei sah er einem ins Gesicht. Ja, ins Gesicht. Er wollte die Reaktion sehen. Man musste ja gute Miene zum bösen Spiel machen. Kein Mädchen hätte es gewagt, zu ihm zu sagen: Nehmen Sie Ihre Dreckspfoten da weg! Wissen Sie, warum Ihr Vater das gemacht hat? Ich glaube nicht, dass es ihm um einen Lustgewinn ging. Es ging um Macht. Ganz einfach Macht. Er hat das zu gerne gemacht, wenn seine Kumpels dabei waren. Akki und Bogie und wie die alle verniedlichend genannt wurden, und der mit den großen Lippen, The Brain, Beukelzoon.«

Ann Kathrin hielt es kaum noch auf dem Sitz. Sie wusste nicht, wohin mit ihren Händen. Sie war blass und merkte nicht, dass sie weinte.

»Wenn man zu ihm reinkam, wusste man nie, was geschah. Manchmal beachtete er einen gar nicht. Dann stand man da wie ein Gummibaum. Aber es konnte auch sein, dass er sagte: ›Zieh die Scheiß-Jeans aus. Hat dir nie einer gesagt, dass Frauen Röcke tragen und Männer Hosen? Und was ist das für ein Slip? Da kannst du ja gleich Pampers tragen. Du bist dazu da, deinem Mann zu gefallen. Glaubst du, so etwas gefällt ihm?!‹«

Ann Kathrin stieß die Autotür auf und sprang raus. Sie hielt es einfach nicht länger aus. Was Kim12 da sagte, war schlimm genug, aber was Ann Kathrin aus dem Auto fliehen ließ, war ihre Stimme. Bei den letzten schrecklichen Befehlssätzen hatte sie Ann Kathrins Vater imitiert. Diese Mischung aus Ruhrgebietseinschlag und ostfriesischen Sprachsprenkeln, das Heben der Stimme am Ende des Satzes. Das Binden einzelner Worte, als sei der Satz nur ein einziges Wort, ja, genau so hatte ihr Vater gesprochen. Nie hatte sie solche Sätze von ihm gehört, und doch wusste sie jetzt, dass er sie gesagt hatte.

Der Regen tat Ann Kathrin gut. Sie stand in einer Pfütze. Am liebsten wäre sie jetzt am Meer gewesen, um ihren Frust vom Deich aus dem Donnern der Wellen entgegenzubrüllen.

Sie hielt ihrer inneren Sturmflut kaum stand. Sie stellte sich ihren Vater vor, wie er eine Asiatin heranwinkte, breit in den Sessel gefläzt, wie er manchmal zu Hause nach dem Dienst vor dem Fernseher abhing. Nur diesmal spielten seine Finger zwischen den Beinen einer Frau.

Statt zu brüllen, trat Ann Kathrin heftig mit dem rechten Fuß auf. Das Wasser der Pfütze spritzte gegen die Wagentür.

Der Ford startete. Ann Kathrin machte keine Anstalten, Kim12 aufzuhalten. Sie war froh, jetzt alleine zu sein. Sie hatte sich das Autokennzeichen gemerkt. Sie war jederzeit in der Lage, Kim12 zu finden. Der Wagen mit den zusammengenähten gehäkelten Topflappen gehörte garantiert ihr … Es sei denn, das mit den Topflappen war auch nur eine Erfindung. Aber Ann Kathrin glaubte nicht mehr an Erfindungen. Das alles entsprach der Wirklichkeit. Und wieder waren die Namen gefallen. Akki. Bogdanski. Ihr Vater hatte die Bankräuber gekannt und mit ihnen dunkle Geschäfte gemacht. Er war ganz sicher nicht zufällig in den Banküberfall geraten und als Geisel ausgetauscht worden. Das alles musste einem Plan gefolgt sein, der dann irgendwie aus dem Ruder gelaufen war.

Sie ging durch den Regen zum Hotel zurück. Sie kam klatschnass dort an. Sie fuhr hoch in ihr Zimmer, bestellte sich eine heiße Suppe und ließ sich ein Bad ein.

Käfer, du leberkranker Schmierlapp, dich mach ich fertig, dachte sie laut.

Wie ein Mantra wiederholte sie den Satz immer wieder, bis er bedeutungslos geworden war.

Rupert telefonierte die ersten zwanzig Klientinnen von Dr. Gaiser durch. Sie arbeiteten zu fünft. Das erste Zwischenergebnis hatten sie am frühen Nachmittag. Dr. Gaiser hatte zehn Jahre in der Schweiz gearbeitet. Die ersten drei in einer Gemeinschaftspraxis in St. Gallen, die letzten sieben in Luzern. Es folgten drei Jahre in Bamberg und fünfzehn in Ostfriesland. Er genoss offensichtlich bei vielen Klientinnen großes Vertrauen, einige reisten ihm nach, wenn sie Probleme hatten, oder nutzten die Routineuntersuchungen zu einem Kurzurlaub an der Küste. Er führte Abtreibungen durch und arbeitete mit Hotels zusammen, in dem sich die Frauen, oft mit ihren Partnern, erholen konnten.

In Leer gab es eine Patientinnenkartei mit mehr als eintausendvierhundert Namen.

In St. Gallen war es schwierig, an die entsprechende Liste zu kommen, weil die Gemeinschaftspraxis nicht mehr existierte.

In Luzern war die alte Praxis an einen Nachfolger übergeben worden, und es war angeblich nicht unkompliziert, alte Adressen von neuen zu trennen. Außerdem wollte Dr. Edelmoser erst seinen Anwalt fragen, ob er die Adressen seiner Patientinnen überhaupt herausrücken müsse. Er befürchtete wohl, das sei schlecht fürs Geschäft.

Die Patientinnenkartei aus Bamberg hatte Dr. Gaiser mit nach Leer genommen, allerdings war alles auf alten Floppys gespeichert, und es gab im Moment für diese veraltete Technik keine Abspielgeräte mehr. Die Hardware musste erst beschafft werden.

Charlie Thiekötter hatte Möglichkeiten und privat eine Art Museum für Computerschrott, aber er war nach einem Herzinfarkt in der Reha. Sein Stellvertreter fand sich in dem Chaos noch nicht zurecht, und die Computerfachleute aus Oldenburg, Hannover, Leer und Bremen waren zu einem Lehrgang in Emden. Dort weihte ein ehemaliger Hacker mit zig Vorstrafen die Beamten in die neuesten Tricks ein.

Dreihunderteinundsechzig Frauen hatten den Wohnort gewechselt und einige auch den Namen. Es war nicht leicht, sie alle aufzuspüren, und zu einhundertzwölf hatten sie noch keinen Kontakt herstellen können, aber siebzehn waren eindeutig verschwunden und als vermisst gemeldet worden.

Huberkran verglich die Zahlen. Endlich hatte er etwas Handfestes.

»Er schlägt in einem Rhythmus von sechs Monaten zu. Er holt sich im Sommer mindestens eine, manchmal zwei Frauen. Jeweils zwischen Juli und August und dann noch mal eine im Winter um die Weihnachtszeit herum. Er hat vor vierzehn Jahren begonnen. Wir müssen uns darauf einstellen, dass wir es mit achtundzwanzig bis zweiundvierzig Eingemauerten zu tun haben. Es sei denn, er hat auch andere Frauenarztpraxen ausgewertet. Daran wage ich zunächst nicht zu denken …«

»Immer im Sommer und Winter sind Frauen verschwunden. Das kann bedeuten, er geht einem ganz normalen Job nach und mordet in den Ferien«, sinnierte Weller.

»Im Sommer holt er sich zwei und im Winter nur eine, weil er im Sommer länger Ferien hat«, rief Rupert ein bisschen zu begeistert über seinen Gedankenblitz.

Um Ruhe vor den Fernsehteams zu haben, die inzwischen sowohl das Ärztehaus in Leer als auch die Polizeiinspektion Aurich belagerten, fand die Besprechung in einem zauberhaften, versteckt gelegenen Café in Marienhafe statt, in der Störtebeker-Teestube. Es gab hinten einen separaten Raum mit gemütlichen Sofas und kleinen Tischen. Dort, wo sonst ostfriesische Künstler vor dreißig oder vierzig Gästen in fast intimem Rahmen auftraten, tagte heute die SOKO Maurer.

Aus der Küche wurden sie mit heißen Brezeln bewirtet. Rupert aß schon die dritte und liebäugelte mit der Ostfriesischen Sahnetorte, aber er fragte sich jetzt, ob das alles hier von der Dienststelle bezahlt wurde oder ob er gleich für jeden Kaffee eine Rechnung bekam.

Ein SOKO-Mitarbeiter, der durch seinen gezwirbelten Schnauzbart auffiel und einen Fernsehkoch sowohl in den Gesten als auch in der Sprache nachahmte, vermutete, ein Lehrer könnte der Täter sein. »Wenn wir den Ferienbeginn in den unterschiedlichen Bundesländern vergleichen, wissen wir sogar, wo er wohnt.«

»Na ja«, sagte Weller, »wo er wohnt, ist gut. Aber wir kennen dann höchstens das Bundesland, außerdem gibt es garantiert Überschneidungen zwischen Bayern und NRW oder so. Außerdem … wieso Lehrer?«

Der SOKO-Mann drehte an seinen Bartspitzen, als würde er dort sein Gehirn wie ein altes Radio einschalten. »Ist doch klar. Er will die Frauen bestrafen, ihnen etwas beibringen. Das waren doch die Erkenntnisse eurer legendären Kommissarin, die im Prinzip ja auch bei uns im Team ist … also, wenn sie mal Zeit hat …«

Weller nahm sich vor, auf die Spitze nicht zu reagieren. Er verschränkte nur die Arme vor der Brust und lächelte bemüht.

Der andere fuhr fort: »Und unser Lehrer will den Frauen etwas beibringen. Leider überleben sie das nicht.«

Rupert biss ein Stück von der Brezel ab und rief mit vollem Mund: »Ein Lehrer? Glaub ich nicht! Kennst du 'n Lehrer, der bauen kann?«

»Ein Berufsschullehrer vielleicht oder einer, der sein Häuschen mit viel Eigenleistung kostengünstig …«

Weller lachte. »Na endlich, das engt den Kreis der Verdächtigen ein. Wir suchen also einen Berufsschullehrer, der vor mindestens vierzehn Jahren ein Eigenheim mit viel Eigenleistung gebaut hat oder der aus einem Bauunternehmen stammt.«

Rupert grinste. Gemeinsam hatten sie es dem eingebildeten Zwirbelbartträger gegeben.

Huberkran hatte sich an dem Gespräch nicht beteiligt, sondern etwas in seinen Laptop eingetippt. Jetzt sagte er trocken: »Niedersachsen. Es waren jedes Mal Ferien in Niedersachsen, wenn eine Frau verschwand.«

Er schlief nicht mehr gut. Seit diese Ann Kathrin Klaasen die gesamte Akte im Internet veröffentlicht hatte, fühlte er sich nicht mehr wohl. Bis dahin war alles gut gelaufen, aber dieser Thread auf den »Gelsenkirchener Geschichten« schreckte viele Leute auf.

Alte Geister erwachten. Stenger rief ihn mitten in der Nacht an. Der alte Strippenzieher war ganz panisch. In seiner idiotischen Angst nannte er am Telefon sogar Namen. Er glaubte, auf einem der Fotos sei er selbst zu erkennen.

»Na klar«, hatte er geantwortet, »so gut, wie man einen Mann mit einer Maske eben erkennen kann.«

Aber für Ironie war Stenger nicht mehr zugänglich. Er wollte in vierzehn Tagen seinen sechzigsten Geburtstag feiern. Er hatte vor, sich zur Ruhe zu setzen. Sein Herz vertrug den Stress nicht mehr.

Früher hatte er davon geträumt, den Rest seines Lebens reich und fröhlich in Thailand zu verbringen. Von schönen Frauen wollte er sich am Pool Drinks servieren lassen. Inzwischen war ihm die gute ärztliche Versorgung in der Heimat wichtiger.

Das Haus hatte er längst verkauft. Der alte Hengst war ein Weichei geworden. Er würde kein Verhör mehr überstehen. Schon ein paar Stunden in der Zelle würden ausreichen, um ihn zusammenbrechen zu lassen.

Vielleicht würde er es gar als befreiend empfinden, einmal jemandem sein Leben zu erzählen, der sich wirklich dafür interessierte. Ihm war zugetragen worden, dass Stenger seine Lebensgeschichte auf Band sprach. Allein das hätte gereicht, ihn zu erledigen. Er war überfällig, im Grunde nur noch eine Bedrohung.

Er fragte sich, warum er Stenger bisher verschont hatte. Vielleicht, weil Stenger im Gegensatz zu ihm der offensichtlich Böse war.

»Wer bin ich eigentlich noch?«, hatte Stenger ihn damals vorwurfsvoll gefragt. »In meiner eigenen Firma habe ich nichts mehr zu sagen. Ich halte nur noch offiziell den Kopf hin.«

Ja, an klarem, analytischem Verstand hatte es ihm noch nie gemangelt. Er hatte diese Organisation aufgebaut und eine Weile abkassiert. Der Laden war wie eine Lizenz, Geld zu drucken. Er hatte sich gut zwei Jahrzehnte lang gefühlt wie ein Gott. Er besaß alles. Geld.

Frauen. Und es gab kaum jemanden, der es wagte, ihm zu widersprechen, bis dann einer kam, der stärker war, ihm alles wegnahm und ihn zur Marionette machte.

Er lächelte. Und jetzt würde er ihm das Leben nehmen.

Er hatte nie große Probleme damit gehabt, jemanden auszuknipsen, er tat es emotionslos, wie andere Leute Fische filetierten, Hühnereier köpften oder Fleischmasse in Naturdärme drückten. Es war ein präzises Handwerk, das Töten, und auch da gab es wie überall Stümper und Könner. Er beherrschte es meisterhaft.

Er hatte nicht vor, Stenger mit einem Schuss aus dem Präzisionsgewehr zu töten. Kein glatter Kopfschuss aus weiter Distanz. Nein, es sollte nach einer Handlung im Affekt aussehen, nach rasender Wut, nach Rache. Er würde ihn voll Blei pumpen. Ja, er freute sich darauf, eine Riesensauerei zu veranstalten.

Er hatte eine Walther P 1. Sie war vor gut zwanzig Jahren aus alten Bundeswehrbeständen gestohlen worden. Acht Patronen im Magazin, Kaliber 9 Millimeter. Das Griffstück war nicht aus Stahl wie bei der P 38, sondern aus Leichtmetall. Daher war sie nicht so schwer.

Für ihn war die Waffe zu plump. Die Geschosse hatten einen leichten Rechtsdrall, und die Mündungsgeschwindigkeit lag bei 340 Metern pro Sekunde. Schon bei einem Abstand von vierzig bis fünfzig Metern wurde die Waffe ungenau. Aber für seine Zwecke war sie genau richtig. Er würde sie sogar am Tatort zurücklassen.

Er weidete sich an der Vorstellung, welche Vermutungen sich für die Mordkommission daraus ergeben würden und welche Rückschlüsse sie logischerweise ziehen mussten.

Stenger war polizeibekannt. Man konnte ihm nichts, aber man kannte ihn. Früher hatte es immer mal wieder Anzeigen wegen Körperverletzung, Vergewaltigung,

Nötigung oder Betrugs gegeben. Meist wurden die Anzeigen dann aber kurz vor Prozessbeginn zurückgezogen. Jemand wie er hatte viele Feinde. Alle Feministinnen, falls es diesen Typ Frau überhaupt noch gab. Dann praktisch alle Frauen, die er an deutsche Männer »vermittelt« hatte, deren Brüder, Schwestern und – falls es ihnen gelang, sich zu befreien und wieder eine Partnerschaft einzugehen – die neuen Ehemänner oder Freunde. Dazu kamen Konkurrenten von anderen »Ehevermittlungsinstituten«, Zuhälter, Mädchen- und Frauenhändler. Die Russenmafia hätte sein Geschäft nur zu gern übernommen und die Shanghaigang auch. Er hatte die Firma mit ein paar gezielten Schüssen vor all diesen Übernahmeangeboten geschützt.

Die Freunde von der Mordkommission werden in seinem Umfeld nach Motiven suchen und sofort fündig werden. Die haben gar nicht genug Leute in Wiesbaden, um alle Verhöre zu führen. Da werden eine Menge wilder Stecher eine Nacht auf der Wache verbringen. Vielleicht würde einer sogar gestehen. Es hatte schon einmal einer einen Mord gestanden, den er begangen hatte. Mit solchen Verrückten musste man immer rechnen.

Er stellte sich den neuen soliden Freund einer Philippina vor, die mehrfach weitergereicht und umgetauscht worden war. Vielleicht hatte Stenger sie stumm machen lassen, um sie noch loszuwerden. Es gab viele solcher Frauen. Irgendwann fügten sie sich in ihr Schicksal, oder sie rasteten aus. Vielleicht hatte sie jetzt einen neuen Freund, so einen Frauenversteher, der sich gern mit Beziehungsopfern einließ, weil er dann immer der Held war. Der Gute. Wenn die Albträume sie nachts hochschrecken ließen, hatte er bestimmt oft geschworen, Stenger eines Tages umzubringen, es aber natürlich nie getan. Vielleicht hatte einer seinen Job erledigt und es ihm auf alle Zeiten unmöglich gemacht, zum Helden zu werden. Für manche Menschen war es einfacher, für die Taten eines anderen bestraft zu werden, als sie selbst zu begehen. Die brauchten immer einen Vorturner.

Er trug weiße Gummihandschuhe. Die Walther P 1 war bestens gepflegt und geölt, sie lag in ihre Einzelteile zerlegt vor ihm. Er sah auf die Uhr, dann baute er sie binnen 42 Sekunden zusammen. Er war langsam geworden, aber im wirklichen Leben spielten solche Mätzchen keine Rolle.

Er wog die acht Patronen in der Hand. Mindestens die Hälfte davon würde er auf Stenger abfeuern, vorsichtshalber alle Tonbandkassetten mitnehmen, dann Benzin vergießen und den ganzen Laden anzünden. Ja, auch wenn er es wichtig fand, emotionslos und völlig klar vorzugehen, musste er sich eingestehen, dass er sich darauf freute. Im Grunde hatte er Stenger immer verabscheut, ihn und seinen Bruder.

Ann Kathrin wusste, dass sie zurück an die Küste musste, um ihre Probleme einzudeichen. Sie erinnerte sich an den Nebel, der wie ein Tier über den Deich gekrochen war und sie eingehüllt hatte, bis sie nicht mehr sehen konnte, wo das Festland war und wo die Nordsee. Sie kam sich in Gelsenkirchen vor wie in einem Nebelmeer. Sie stocherte in der milchigen Luft herum, doch sie bekam nichts wirklich zu fassen, und alles, was sie berührte, fühlte sich eklig an.

So einen Vater wie Ludwig Stein wollte sie nicht haben. Sie dachte an all die Kinder der Kriminellen, die sie verhaftet hatte. Wie fühlten die sich, wenn sie, oft schon in Pflegefamilien gekommen, erfahren mussten, dass ihre Mutter wegen Totschlags verurteilt worden war oder ihr Vater wegen mehrerer Banküberfälle. Sie dachte an den Anruf von Isolde Klocke, die angeblich vor Spiekeroog ertrunken war, an den merkwürdigen Auftritt von Beukelzoon, der seine Wohnung anonymisiert hatte. Vielleicht hatte er es richtig gemacht. Vielleicht lebte er nur deshalb noch, weil er unauffindbar war. Vielleicht gefährdete sie ihn, indem sie die alten Geschichten nun aufwühlte.

Sie fragte sich, wie sie ihrer Mutter gegenübertreten sollte nach all dem, was sie über ihren Vater erfahren hatte. Machte es überhaupt einen Sinn, ihr davon zu erzählen? Tat sie ihr damit etwas an? Hatte Wahrheit einen Wert an sich? Wem nutzte ihr neues Wissen?

Sie unterdrückte den Wunsch nach einem großen Schnaps. Ein Doppelter half jetzt nicht. Sie hätte einen Vierfachen gebraucht, aber genau das wollte sie jetzt auf keinen Fall. Sie durfte sich jetzt nicht mit Alkohol abschießen. Sie brauchte einen klaren Kopf, keinen klaren Schnaps.

Sie klickte sich noch einmal in die »Gelsenkirchener Geschichten«. Es gab dreißig neue Beiträge zu ihrem Thread. Pattayafan 4 und Tarzan 12 regten sich über die Tendenz des ganzen Thread auf, weil hier mal wieder alle Männer in einen Topf geworfen würden und sich das Ganze zu einem Männerhasserforum entwickeln würde. Aber zwei andere Männer widersprachen gleich. Eine Diskussion über »diese besondere Art des Rassismus« begann.

Nona behauptete, der Frauenhandel sei kein Phänomen des Rassismus, sondern die ganz normale Unterdrückung, die es eben zwischen Menschen aus reichen und Menschen aus armen Ländern gäbe. Nona nannte es »strukturelle Gewalt«. Henriette 5 wollte im Frauenhandel ein Überbleibsel aus der Kolonialzeit sehen.

Ann Kathrin interessierte diese Diskussion nicht besonders, sie suchte Fakten. Sie beschloss, mit ihren neuen Erkenntnissen die Ermittlungen wieder anzuschieben. Dieser Huberkran konnte mit seinen Beziehungen noch sehr nützlich werden. Sie stellte sich vor, eine SOKO zusammenzustellen, das war eindeutig eine Sache fürs BKA. Organisierter Menschenhandel, ein sorgsam geplanter Banküberfall, das Ganze spielte zwischen dem Ruhrgebiet, Ostfriesland, Hessen und Bangkok.

Ann Kathrin überlegte, ob sie zu Stenger nach Wiesbaden fahren sollte. In die Höhle des Löwen …

Wenn ich ein Mann wäre, dachte sie, würde ich mich einfach dort als Kunde um eine Frau bewerben …

Sie fragte sich, ob Frank Weller das für sie tun würde. Dann reifte in ihr ein Plan. Es klang verrückt, aber … warum eigentlich nicht? Niemand konnte damit rechnen. Wenn Stenger Asiatinnen an Männer vermittelte, warum dann nicht auch an Frauen?

Ann Kathrin lächelte verschmitzt. Sie hatte einmal eine sehr dominante Lesbe in Jever verhört, sie war von ihrer Freundin angezeigt worden, die nach einer Auspeitschungsszene ohnmächtig geworden war und nun behauptete, ihr sei Gewalt angetan worden. Ein skurriler Fall. Ein Verfahren, das am Ende eingestellt worden war, aber sie hatte ermittelt und war ständig von neugierigen Kollegen gefragt worden, wie sich der Lesbenfall entwickeln würde.

Sie fragte sich, ob sie in der Lage wäre, so eine Lesbe zu spielen. Das Klischee wirkte ja oft wahrer als die Wirklichkeit.

Ich werde Stenger besuchen, als Lesbe, die sich eine Thaifrau kaufen will. Wenn er stumme Frauen verkaufen kann, dann wird er auch solche Kundenwünsche erfüllen. Ich werde ihn aufs Glatteis locken und ihn dann einbrechen lassen. Als Nächstes knöpfe ich mir Käfer vor. Das wird ein besonderes Vergnügen. Den führe ich zur Schlachtbank. Wenn ich es geschickt anstelle, verliert er seine Zulassung als Anwalt. Ja, sie gestand es sich ein, das Ganze war auch ein Rachefeldzug, zumindest im Fall Käfer.

Das BKA war im jetzigen Zustand nur hinderlich, man würde ihr den Fall nicht überlassen, sondern irgendein Turnschuh von der Staatsanwaltschaft würde die Leitung der Ermittlungen übernehmen. Nein, ein paar Tage brauchte sie noch, bevor sie …

Das Handy riss sie aus ihren Gedanken. Weller wollte sie vorwarnen.

»Hier braut sich etwas zusammen. Huberkran ist stinksauer, weil du uns hängen lässt. Er hat einen offiziellen Brief an Ubbo Heide geschrieben. Wir brauchen dich hier wirklich. Das Ding ist riesengroß. Ich an deiner Stelle …«

»Du pinkelst auch im Stehen, und ich käme gar nicht auf die Idee!«

»Ann, bitte …«

Mehr verstand sie nicht, dann ließ er sein Gerät in seiner Faust verschwinden, und die steckte er in die Jackentasche. Sie blieb einfach dran und wartete. Nach zwei Minuten meldete er sich wieder: »Das war Huberkran. Ich mache mir Sorgen um dich, und ich hätte dich verdammt gern an meiner Seite. Ich bin überhaupt nur wegen dir in dieser Scheiß-SOKO. Ich liebe dich.«

Er küsste sein Nokia und sie ihr Samsung.

Huberkran wollte Weller auf jeden Fall bei dem Gespräch dabei haben. Frau Rose Gaiser und ihr Sohn Lennart waren in diesem Fall erst einmal die wichtigsten Zeugen. Viel wichtiger als alle Arzthelferinnen, denn der Täter musste sich in letzter Zeit Zugang zu den Akten verschafft haben.

Judith Harmsen hatte ihren Fötus vor knapp drei Jahren abtreiben lassen. Die ältesten Fälle waren aber ein Jahrzehnt früher passiert. Der Täter musste also entweder seine Daten aktualisiert, haben oder er hatte jederzeit Zugriff auf Dr. Gaisers Patientinnenkartei. Eine Sprechstundenhilfe hatte er von St. Gallen mit nach Luzern und Bamberg genommen. Sie arbeitete immer noch für ihn. Anne Kohl. Rupert hatte bereits herausgefunden, dass erstens ihr Hintern sie verdächtig machte und zweitens ihr Bruder Mitglied einer streng bibeltreuen christlichen Gemeinschaft war. Auf einem Foto diagnostizierte Rupert »den getriebenen Blick eines Mörders in göttlichem Auftrag«.

Jedenfalls hätte er problemlos all die Jahre Zugriff auf die Patientinnenkartei gehabt.

Rupert hätte ihn und seine Schwester am liebsten gleich in die Mangel genommen, aber Huberkran ordnete eine Rund-um-die-Uhr-Überwachung an, für die Spezialisten aus Hannover und Berlin geholt wurden. Einer von ihnen, genannt Meister Hidden, hatte schon RAF-Terroristen beschattet und ein verstecktes Waffenlager im Westerwald zwei Monate lang beobachtet, bis das Versteck ausgehoben wurde. Er hatte sich damals an die Person gehängt und so eine konspirative Wohnung auffliegen lassen. Einige Verhaftungen in Frankfurt gingen im Grunde auf sein Konto.

Er behauptete, er habe praktisch acht Wochen in seinem Waldverhau eingegraben unter einer dünnen Moosschicht verbracht und dabei die Pilze wachsen hören. Er war eigentlich viel zu alt für den Job, hatte Übergewicht und keine Lust mehr, aber Huberkran wollte ihn dabei haben, weil er eine Legende war, und Huberkran sammelte gern Legenden um sich. Etwas von ihrem Glanz fiel dann auf ihn ab. Deshalb wollte er auch unbedingt Ann Kathrin Klaasen bei sich haben, und er war schwer gekränkt, weil sie ihn so schnöde hängen ließ, während seine Frau es weit unter Niveau mit diesem Typen trieb, dessen Namen er immer wieder vergaß, als sei sein Gehirn so löchrig wie der Käse, den er so gern aß.

Das Gespräch fand auf Wunsch von Frau Gaiser in

der Villa in Leer statt. Sie saß im Salon im oberen Stock vor dem großen Südfenster mit Blick auf den herrlichen Garten, neben sich eine Tasse Tee und ein bisschen Gebäck. Ihr Sohn stand bei ihr, und für einen irritierenden Moment war es Weller so vorgekommen, als hätten die beiden Händchen gehalten.

Entweder war der Duft vom Garten hier noch intensiver als unten, oder hier oben war ein sinnenbetäubendes Raumspray benutzt worden, das Rosen mit den Gerüchen eines Kräutergartens und frisch vom Baum gefallenen Äpfeln kreuzte. Der Geruch war nicht an allen Stellen des großzügigen Raums gleich stark. Weller folgte ihm wie ein Jagdhund der Spur des Wildes. Beim Buchregal roch es mehr nach blühenden Brennnesseln. Je näher Weller Frau Gaiser kam, umso mehr setzten sich die Rosen durch.

In Ann Kathrins Garten im Distelkamp in Norden gab es eine Lachsrosenzüchtung, die intensiver roch als alle blutroten Rosen, aber dieser Geruch unterschied sich davon. Er war raffinierter.

Weller konnte Lennart die Erschütterung selbst von hinten ansehen. Er stand nah bei seiner Mutter, sah aber die Kommissare nicht an, sondern starrte in den Garten. Seine dichten braunen Haare waren links scharf gescheitelt. Er wirkte zierlich, ja schmächtig auf Weller. Er war dünn, ausgezehrt, aber nicht in der Art wie ein Marathonläufer, sondern eher wie ein magenkranker Kettenraucher.

Er hatte traurige braune Augen. Weller schätzte ihn als schwachen Menschen ein, der gutmütig war, aber Führung brauchte. Wahrscheinlich hatte es jede Frau an seiner Seite schwer, weil er sie mit Mutti verglich.

Rose Gaiser war deutlich gefasster als ihr Sohn. Sie hatte auf dem Kirschholztisch Akten und Aufzeichnungen aufgeschichtet und die Polizei mit guten digitalen

Porträtfotos ihres Mannes versorgt, war hilfreich und kooperativ. Sie war bereit, für Anne Kohl die Hand ins Feuer zu legen. Ihr Bruder dagegen sei auch ihr unheimlich. Ein Eiferer, mit dem man gar nicht vernünftig reden könne. Er hätte sogar einmal vor der Praxis Flugblätter verteilt, darin hatte er vorehelichen Sex verurteilt und Dr. Gaiser als Massenmörder bezeichnet.

»So etwas ist oft vorgekommen. Sie glauben ja nicht, was hier los ist. Im letzten Jahr haben wir das Haus dreimal neu streichen lassen müssen, weil immer wieder jemand die Fassade beschmiert hat: *Hier wohnt ein Mörder! Kindermörder! Vorsicht: Baby-Auschwitz!* und …« Sie winkte ab und verzog den Mund.

»Haben Sie Anzeige erstattet?«, fragte Huberkran.

Lennart strafte ihn dafür mit einem spöttischen Blick. Huberkran sank für ihn offensichtlich auf das Niveau von Insekten, und er würdigte ihn nur noch unwillig mit seiner Aufmerksamkeit, wenn Huberkrans Fragen eindringlich wurden und er sich ihnen nicht mehr entziehen konnte. Sonst sah er lieber zu seiner Mutter, aus dem Fenster oder zu Weller.

Rose Gaiser fragte, ob das ein Scherz sein sollte, sie könnte jedenfalls nicht darüber lachen. Sie hätte natürlich jedes Mal Anzeige erstattet. Zigmal gegen unbekannt und einmal gegen einen Mann von »dem Verbrecherverein«.

Huberkran ärgerte sich, weil er von den Kollegen aus Leer nicht längst darüber informiert worden war. Sie würden später ihr Waterloo erleben. Später. Jetzt widmete er sich ganz der Befragung von Rose und Lennart Gaiser.

»Was meinen Sie mit Verbrecherverein?«

Sie stöhnte, weil sie keine Lust hatte, die ganze Geschichte noch einmal zu erzählen.

»*Gotteskinder* oder *Alle Kinder sind Gotteskinder* oder so.«

»Das hört sich jetzt nicht nach einer Verbrecherorganisation an«, sagte Huberkran und machte sich damit in den Augen von Lennart endgültig zum kompletten Idioten.

»Ja, wie sollen die sich denn sonst nennen? *Internationale kriminelle Psychopathen* oder was erwarten Sie?«, fragte Frau Gaiser spitz.

Lennart berührte seine Mutter am Arm. »Vielleicht sollten wir unseren Gästen Tee anbieten …«

»Aber selbstverständlich. Entschuldigen Sie, Herr Kommissar. Ich bin eine schlechte Gastgeberin, aber angesichts der Umstände …«

»Machen Sie sich nur keine Mühe. Uns reicht ein Glas Wasser, nicht wahr?«

Weller nickte, und Frau Gaiser klingelte nach dem Hausmädchen.

Weller kannte solche Szenen nur aus Filmen. Madame klingelte nach dem Hausmädchen … So antiquiert sich der Satz anhörte, so falsch war er auch. Frau Gaiser benutzte ein Glöckchen, das neben ihrer Teetasse stand. Es glänzte kupferfarben und hatte einen Holzgriff. Sie schüttelte es einmal kurz energisch. Sekunden später öffnete sich die Tür. Das Hausmädchen musste praktisch direkt vor der Tür gewartet haben.

»Tee für die Herren und etwas von unserer Ostfriesentorte.«

»Nein danke«, lehnte Weller ab, »für mich nicht.«

Aber auf ihn hörte das Hausmädchen nicht.

Als hätte es dieser Klarstellung bedurft, sagte Frau Gaiser: »Die ist hausgemacht.« Damit erledigte sich für sie jeder Einwand.

»Wir haben diesen Herrn Henn auf frischer Tat ertappt. Wir haben ihn der Polizei übergeben.«

»Hat er hier mit Ihnen auf die Polizei gewartet?«, fragte Huberkran ungläubig.

»Nein, er hat sich heftig gewehrt und meinen Mann geschlagen, aber wir haben ihn mit einem Elektroschocker außer Gefecht gesetzt.«

»Ihr Mann trug einen Elektroschocker?«

»Nein, mein Mann doch nicht, wo denken Sie hin, Herr Kommissar? Ich.«

Lennart Gaiser wippte auf seinen quietschenden Schuhsohlen auf und ab.

»Sie hatten einen Elektroschocker dabei?«

Frau Gaiser zog eine Schublade am Schreibtisch auf und legte ihn auf die lederne Schreibunterlage. »300 000 Volt mit eingebautem Pfefferspray.«

Weller berührte das Ding nicht, sah es sich aber an.

»Nachdem wir dauernd belästigt wurden und hier sogar jemand einen Stein durchs Fenster geworfen hat, habe ich mich damit sicherer gefühlt.«

»Das kann man ohne Waffenschein frei kaufen«, erklärte Lennart.

»Ja, leider«, fügte Weller hinzu.

»Und dann haben die Sie in Ruhe gelassen?«, fragte Huberkran.

Lennart blickte demonstrativ aus dem Fenster. Seine Mutter antwortete: »Nein, das haben sie nicht. Ich wurde angezeigt wegen Körperverletzung. Dieser Verein stellte fünf Zeugen, die die Sache anders darstellten, als sie in Wirklichkeit war. Wir zahlten fünftausend Euro Schmerzensgeld und …«

Zornig zischte Lennart Gaiser: »Ich schlage vor, Sie lassen meine Mutter jetzt mit diesem alten Mist in Ruhe und bemühen sich lieber, meinen Vater zurückzuholen.«

Solche Vorwürfe von Familienangehörigen kannten Weller und Huberkran. Sie nahmen das ganz professionell, ließen es einfach an sich abtropfen, ohne darauf einzugehen.

»Wir haben diese Videoaufnahmen von Monika Schillinger in Einzelbilder aufgelöst. Bitte schauen Sie sich das mit uns noch einmal genau an. Vielleicht erkennen Sie mehr als wir. Das Auto, den Täter.«

»Wir kennen den Film«, sagte Lennart Gaiser kurz angebunden.

»Ja, aber in der Einzelbildauflösung …«

Lennart Gaiser schaute wieder durch die große Scheibe in den Garten.

Das Hausmädchen brachte den Tee. Die Kanne stand auf einem Porzellanstövchen, das für Huberkran sehr wertvoll aussah. Er musste sich eingestehen, dass ihn diese ganze neureiche Atmosphäre mehr beeindruckte, als ihm lieb war. Er musste darum kämpfen, nicht kleinlaut zu werden und sich unterbuttern zu lassen.

Scharf fuhr er Lennart Gaiser an: »Der Täter hat sich hier in diesem Haus seine Opfer ausgesucht und nun Ihren Vater geschnappt, wahrscheinlich, weil er ihm draufgekommen ist. Ich gehe davon aus, dass Sie den Täter kennen. Er könnte zu Ihrem engsten Kreis gehören …«

Lennart Gaiser drehte Huberkran den Rücken zu und wandte sich zu Weller. Huberkran konnte seine Wut auf Gaiser kaum noch unterdrücken.

»Stammt Ihr Kollege aus der Steinzeit?«, fragte Lennart Gaiser Weller. »Hat er nie etwas von Computertechnik gehört? Gibt es da keine Lehrgänge bei Ihnen?«

Weller sagte nichts. Huberkran schnaufte.

Lennart Gaiser fuhr fort: »Heutzutage knacken Hacker so einen Computer en passant.« Als könne ein Kripobeamter seine schwierigen Worte unmöglich verstehen, erläuterte er: »Im Vorbeigehen sozusagen. Vielleicht hat er einen Trojaner bei uns reingesetzt, der regelmäßig alle neuen Patientinnen an ihn weitermeldet. Das kann heute jeder halbwegs begabte Dreizehnjährige mit Papis PC. Wir müssen den Täter also gar nicht kennen. Er hat dieses Haus mit hoher Wahrscheinlichkeit noch nie betreten. Gut möglich, dass er noch nie in seinem Leben in Leer gewesen ist.«

»Und warum«, wollte Weller wissen, »hat er sich dann genau diese Praxis ausgesucht?«

»Eine intelligente Frage, Herr Kommissar«, sagte Lennart Gaiser anerkennend.

Das Hausmädchen servierte stumm die Ostfriesentorte mit den Rumrosinen. Huberkran vermutete, dass sie eine Polin war.

Weller registrierte, dass Lennart Gaiser geschickt versuchte, einen Keil zwischen Huberkran und ihn zu treiben. Komisch, dachte er. Die Menschen spüren, dass uns mehr verbindet als das Berufliche. Sie fühlen sich davon bedroht und versuchen, uns zu entzweien.

»Wenn der Täter intelligent ist – und das muss ich voraussetzen, wenn er Sie – also die Polizei – seit Jahren an der Nase herumführt, wenn er also sozusagen intelligenter ist, als die Polizei erlaubt, dann hat er sich diese Praxis ausgesucht, weil ihn hier niemand kennt, also von hier aus keine Rückschlüsse auf ihn gezogen werden können. Vielleicht sitzt er in Süditalien in der Sonne am Meer und hat sich den Gynäkologen ausgesucht, dessen Computer am wenigsten gegen Hacker geschützt war.«

Weller musste anerkennen, dass Gaisers Schlussfolgerungen nicht ganz unlogisch waren.

Huberkran rührte weder Kuchen noch Tee an.

Weller fragte: »Und warum hat sich der Täter dann Ihren Vater geholt?«

»Der oder die Täter, Herr Kommissar«, verbesserte Rose Gaiser. »Es ist eine Organisation, und sie wollen ein Exempel statuieren. Sie wollen die Aufregung in der Presse, die Jagd, die Diskussion, all das, was jetzt kommt.«

»Und warum?«

»Um ihre Themen in die Welt zu bringen. Für sie ist

mein Mann der Verbrecher, und ihrer Meinung nach hat er den Tod tausendfach verdient.« Sie wies auf die Buchregale und die Kunstschätze an den Wänden. »Für diese verbohrten Menschen ist das hier der Vorhof zur Hölle, und wir alle sind die Gehilfen des Teufels. Sie wollen ein Fanal setzen. Glauben Sie mir, Herr Kommissar, wenn Sie sich diese ›Gotteskinder‹ vornehmen, dann haben Sie die Richtigen. Sie wollen uns zerstören und …«

»Warum haben sie denn nicht einfach längst diese Villa hier abgefackelt, sondern sich in all den Jahren nur einzelne Frauen herausgesucht und sie grausam umgebracht?«, brüllte Huberkran völlig unverhältnismäßig.

Das Hausmädchen verschwand wortlos. Weller hätte jede Wette gehalten, dass sie hinter der Tür stand und auf das Glöckchen wartete.

Rose Gaiser hob den Zeigefinger wie eine schlechte Grundschullehrerin: »Es gibt da einen Zusammenhang. Die Täter wollen darauf aufmerksam machen, dass völlig unbeobachtet von der Gesellschaft, sozusagen heimlich, still und leise ein Verbrechen geschieht. Niemand bekommt die ungeborenen Kinder zu Gesicht, sie verschwinden einfach. Genau das tun sie mit den Frauen. Jetzt, wenn alles auffliegt, werden sie ihre Taten propagandistisch nutzen und sagen, über die paar Frauen, da regt ihr euch auf, und über die zig Tausend getöteter Kinder, da schweigt ihr.«

Lennart Gaiser stimmte seiner Mutter nachdenklich zu. »Und welche Genugtuung werden sie empfinden, wenn eine riesige SOKO eingesetzt wird, um den Massenschlächter – meinen Vater – zu retten. Und wer hat etwas für ein wehrloses Kind im Mutterleib getan? Wir werden moralisch an der Wand stehen, Herr Kommissar, nicht diese Irren.«

»Sie scheinen ja eine Menge Verständnis für diese Gotteskinder zu haben«, polterte Huberkran.

Weller fragte sich, ob er es riskieren könnte, seinen neuen Chef hier zur Mäßigung zu ermahnen.

»Wir beschäftigen uns seit Jahren zwangsweise mit diesem Müll. Wir haben ihre Zeitschriften im Briefkasten. Sie pflastern uns mit E-Mails zu und …«

Frau Gaiser stockte. Sie biss sich in den Handrücken und wendete sich ab. Ihr Sohn war sofort bei ihr und nahm sie in den Arm. Dann drehte sie sich wieder zu Weller um und flehte: »Bitte, tun Sie etwas, meine Herren. Bringen Sie mir meinen Mann zurück. Lebend.«

»Nach allem, was wir bisher wissen, sind Sie der letzte Mensch, der Ihren Vater lebend gesehen hat«, sagte Weller zu Lennart Gaiser.

Der stutzte und antwortete dann mit einem leicht überheblichen Zug um den Mund: »Nein, Herr Kommissar. Das war sicherlich diese Frau Schillinger, der wir den Videofilm verdanken. Es sei denn, Sie gehen davon aus, dass mein Vater auf diesen Aufnahmen tot ist.«

»Nein«, gab Weller zu, »gehen wir nicht. Aber Sie sind auf jeden Fall der Letzte, der mit Ihrem Vater geredet hat.«

»Wir haben Tee getrunken. Er wollte zum Fischen an die Ems. Aber das habe ich schon dreimal erzählt.«

»Mir noch nicht.«

»Mein Vater liebte das Fischen. Er mag die großen Räuber, die herauskommen, wenn das Gewässer sich dreht.«

Er hatte sein Kinn zurückgezogen und die Stirn vorgeschoben. Sein Blick hatte dadurch etwas Verschämtes an sich, fand Weller.

Wieder begann er den Kommissaren etwas zu erklären: »Bei Tidehub verändert sich in den Küstengewässern die Fließrichtung des Wassers. Dann steht die Chance auf Zander und Hecht gut.«

Wenn er mir gleich erläutert, was Tidehub ist, schreie

ich, dachte Weller, sagte aber nichts, sondern ließ sein Gegenüber reden, wie er es von Ann Kathrin gelernt hatte.

»Gucken Sie nicht so, Herr Kommissar. Ich weiß genau, was Sie jetzt denken.«

»So, was denke ich denn?«

»Sie fragen sich, ob das legal war. Ob mein Vater einen gültigen Fischereischein hat und ob der Hecht nicht vielleicht noch Schonzeit hat. Ich kann Sie beruhigen. Die Schonzeit ist vorbei, und ja, er hat einen gültigen Jahresfischereischein.«

Da Lennart Gaiser Huberkran total ignorierte, sprach Weller ihn an: »Hast du daran gedacht? Ich jedenfalls nicht.«

»Mich interessiert das einen Scheiß, aber ich wüsste gerne, wo Sie genau waren, als Ihr Vater entführt wurde. Laut Frau Schillinger um siebzehn Uhr vierzehn.«

Frau Gaiser fragte beleidigt: »Warum wollen Sie das von meinem Sohn wissen?« Ohne eine Antwort abzuwarten, fuhr sie fort: »Wie können Sie so geschmacklos sein?!«

Lennart Gaiser sagte betont würdevoll zu seiner Mutter: »Die Herren würden lieber mich einsperren als einen aus dem Verein der Gotteskinder. Die wollen sich die Finger nicht schmutzig machen, der Verein hat Gönner ganz oben! Es ist bequemer, uns zu beschuldigen.«

»Mein Sohn war um siebzehn Uhr vierzehn hier bei mir. Ich kann Ihnen sogar die Tasse zeigen, aus der er Tee getrunken hat.«

»Ein Zeuge wäre mir lieber«, konterte Huberkran.

»Unser Hausmädchen wird das gerne bezeugen, und ich denke, unser Gärtner auch. Reicht das?«

Huberkran nickte missmutig. Er hatte das Wortgefecht so gut wie verloren.

Frau Gaiser holte zum finalen Degenstoß aus: »Und

wo war Herr Henn um diese Zeit? Ach, ich vergaß, Sie hatten bestimmt noch keine Zeit, sich darum zu kümmern, so überlastet, wie Sie sind, weil Sie ja meinen Sohn alles dreifach fragen müssen.«

Ann Kathrin Klaasen hatte das Haus im Gallierweg eine Weile beobachtet. Sie ging im Sommerregen spazieren. Ganz gegen ihre Gewohnheit trug sie einen Schirm. Sie brauchte ihn als Schutz, um nicht zu früh erkannt zu werden.

Es waren alte Villen. Ein wunderschöner Baumbestand. Eine ruhige, friedliche Wohngegend, trotzdem nicht weit vom Bahnhof, der Innenstadt oder der Autobahn entfernt.

Stenger hatte sich eine grundsolide Ausgangsposition geschaffen. Von hier aus war man schnell in Frankfurt, Mainz oder Darmstadt. Niemand würde hier das organisierte Verbrechen vermuten.

Irgendwo spielte jemand Klavier. Ann Kathrin kannte das Stück nicht, aber sie stellte sich eine junge Frau an einem weißen Flügel vor.

Die Sicht auf Stengers Jugendstilvilla wurde von scheinbar wild wuchernden Büschen und Bäumen fast unmöglich gemacht. Er könnte im Garten stehen, dachte Ann Kathrin, ich würde ihn nicht sehen.

Hier waren die Fenster nicht staubbedeckt wie in Gelsenkirchen. Hier waren sie streifenfrei geputzt, aber dafür gab es dichte, lange Gardinen. Hinter einer bewegte sich jemand, aber sie konnte nicht einmal ausmachen, ob es ein Mann oder eine Frau war. Ein Eichhörnchen lief über die Straße und huschte am Baum hoch.

Jetzt erkannte Ann Kathrin das Klavierstück. Es war Chopin.

Mit der Linken hielt sie den Schirm, mit der Rechten dirigierte sie die Musik. Dann ging sie zur Biebricher

Allee zurück und nahm sich ein Taxi zum Schwarzen Bock. Sie fand dieses Hotel angemessen, um von hier aus mit Stenger in Kontakt zu treten. Sie wollte von ihm als vermögende Frau ernst genommen werden, da konnte sie schlecht aus dem IBIS oder einer kleinen Frühstückspension anrufen. Der Schwarze Bock war eines der ältesten Hotels Deutschlands, verwinkelt gebaut, mit Doppeltüren vor den Zimmern und Thermalwasser für die Badewanne.

Sie warf sich auf das quietschende Bett. Sie hatte schwere Beine und sehnte sich nach einer von Wellers perfekten Fußmassagen. Sie schloss einen Moment die Augen und stellte sich vor, er würde mit seinem Daumen ihren Herzpunkt an der Fußsohle massieren und dann weiter gehen zur verspannten Schulter- und Nackenmuskulatur. Je öfter sie in den Genuss seiner Reflexzonenmassage gekommen war, umso mehr spürte sie die Berührungen nicht mehr unter dem Fuß, sondern im Körper. Jetzt reichte allein die Vorstellung aus, und es ging ihr besser. Sie hörte plötzlich die Nordsee und den Wind, und sie wusste wieder, wo sie hingehörte. Sogar die frechen Silbermöwen vermisste sie jetzt.

Sie hob sich das Telefon auf den Bauch und wählte Stengers Nummer. Direkt nach dem ersten Klingeln hob jemand ab. Eine Frauenstimme, die deutliche Probleme mit der Aussprache des Buchstabens »R« hatte, meldete sich.

Ann Kathrin stellte sich als Dr. Sylvia Jansen vor. Sie hatte einen Plan, doch plötzlich wich sie, einer inneren Eingebung folgend, davon ab.

»Hell Stengel splicht gelade«, radebrechte die Telefonstimme.

Ann Kathrin stellte sich eine hübsche Chinesin vor, gerade zwanzig geworden, höchstens zweiundzwanzig.

»Dann bitten Sie ihn, mich zurückzurufen. Ich habe ein Zimmer im Schwarzen Bock. Ich bin nur heute in der Stadt. Meine Telefonnummer ist ...«

»Ich kann Ihle Telefonnummel auf dem Display ablesen.«

»Na prima. Ich bitte um Rückruf.«

Ann Kathrin legte auf. Sie war aufgeregt, sie hielt es auf dem Bett nicht aus. Sie stand auf, machte ein paar Schritte in ihrem Verhörgang durchs Zimmer und bekam einen Mordshunger. Für ein Krabbenbrötchen hätte sie jetzt viel gegeben. Sie hatte Lust, sich eins zu bestellen. Immerhin hatte der Bock fünf Sterne, da konnte sie ein frisches Krabbenbrötchen verlangen.

Sie hörte Weller schon lachen: »Ein Krabbenbrötchen in Süddeutschland, das kann ja nichts werden!«

Für ihn, den alten Ostfriesen, begann Süddeutschland kurz hinter Münster, und gut essen konnte man seiner Meinung nach nur an der Küste. Egal, ob in Deutschland, Italien oder Frankreich. Paris akzeptierte er auch noch, weil über Paris der Atlantikfisch in die ganze Welt geliefert wurde.

Noch bevor Ann Kathrin sich für ein Essen entschieden hatte, rief Stenger an. Obwohl sie auf einen Rückruf gehofft hatte, erschrak sie. Sie fuhr sich durch die Haare und räusperte sich. Sie schaltete ihr digitales Diktiergerät ein und hielt es neben den Hörer, dann meldete sie sich burschikos mit: »Moin, moin! Sylvia Jansen.«

»Ich höre, Sie sind von der Küste, Frau Jansen. Stenger mein Name. Was kann ich für Sie tun?«

Seine Stimme war weich, fröhlich, sie erinnerte Ann Kathrin an einen Kinderliedersänger, Volker Rosin. Dieser Stimme konnte man leicht vertrauen, sie lud zum Mitmachen ein. Sie fragte sich, ob er Rosin bewusst nachmachte oder woher die Ähnlichkeit kam. Vielleicht hatte er Kinder, die seine Musik hörten, jedenfalls hatte Stengers Rosinstimme sie verunsichert. Sie hatte mit einer härteren, geschäftsmäßigen Stimme gerechnet.

»Ja. Ich komme aus Wilhelmshaven, habe eine eigene Firma. Im- und Export. Fast zwanzig Millionen Umsatz im Jahr. Umsatz, nicht Gewinn.«

»Ja«, lachte er, »ich weiß das zu unterscheiden.«

»So etwas fällt nicht vom Himmel.«

»Ich weiß«, stimmte er zu. »Erfolg hat seinen Preis.«

»Nun, in meiner Firma habe ich einen Tipp bekommen. Ein Abteilungsleiter sagte mir, Sie vermitteln Schönheiten aus Asien und Osteuropa …«

»Ja, das stimmt, ich leite eines der größten Partnervermittlungsinstitute Deutschlands.«

»Er erzählte mir von einem Freund, der über Sie eine wundervolle Thaifrau bekommen hat.«

War er arglos, ging er ihr voll auf den Leim, oder hatte er längst gewittert, dass er verschaukelt wurde?

»Ja, und da dachte ich mir, Sie verkaufen doch nicht nur Frauen an Männer. Ich kann mich doch als Frau auch an Sie wenden, oder?«

Er schluckte das Wort »verkaufen« ohne Widerspruch. »Nun, das kommt darauf an, was Sie von mir wünschen …«

Ann Kathrin begann geständnishaft: »Ach, wissen Sie, ich habe ja wenig Zeit für eine Beziehung. Heute London. Morgen Sydney … Eine Ehe habe ich mir längst abgeschminkt. Der letzte Göttergatte hat mich fast den Betrieb gekostet. Ich wollte von Männern schon gar nichts mehr wissen, und seien wir doch mal ehrlich, im Bett bringen es deutsche Männer auch nicht mehr.«

Stenger hustete. Ann Kathrin fuhr fort: »Und dann habe ich aber in Kenia diesen Barmann gesehen. Er mixte Drinks mit einer Grandezza! So einen hätte ich gerne. Also, schon einen Schwarzen, aber nicht so ganz schwarz, also mehr hellbraun. So diese Mulatten, die gefallen mir besonders gut. Der Barmixer in Kenia hatte ganz breite Schultern. Durchtrainiert sollte er schon sein und dann vielleicht kochen können … Haben Sie auch welche mit einer Massageausbildung? Ich mag dieses uninspirierte Gestreichele und Gefummele nicht. Ich dachte, wenn ich so müde und kaputt von der Konferenz nach Hause komme, dann könnte er mich vielleicht massieren, mir einen Drink mixen, ein bisschen für mich tanzen … Ja, einen guten Tänzer hätte ich gerne. Steppen sollte er …«

Ann Kathrin redete sich in eine Begeisterung hinein, die ihr Gesprächspartner nicht direkt teilen konnte. Er sagte gar nichts, aber sie sprudelte weiter: »Ich könnte ihn hier auch zu einer Steppschule schicken. Also, daran soll es nicht scheitern. Geld spielt ja im Grunde keine Rolle. Im Bett sollte er Handfertigkeit unter Beweis stellen, also ich brauche nicht so einen Monsterschwanz, aber er muss sich sicher unter Kontrolle haben … wenn Sie wissen, was ich meine. Ich brauche keinen, der das Kamasutra rauf und runter mit mir exerziert, aber so ein Tantrakünstler wäre mir schon recht … Also, ich will mich verwöhnen lassen. Das Leben ist hart genug. So ein Mann darf gut und gerne seine vierzig-, fünfzigtausend kosten. Glauben Sie, das ließe sich machen?«

Ann Kathrin holte tief Luft und lauschte in die Muschel. Sie staunte über sich selbst. Was hatte sie da gerade für Sachen erzählt? Sie hatte sich das vorher nicht ausgedacht. Es war einfach so aus ihr herausgeschossen, wie Lava aus einem aktiven Vulkan.

Stengers Stimme war jetzt säuerlich, merkwürdig beleidigt rang er deutlich um Fassung. »So etwas mache ich nicht, Frau Jansen. Das ist Sauerei! Weil es Frauen wie Sie gibt, kommen deutsche Männer zu mir. Blechmösen wie Sie haben mit ihrem Emanzipationsgequatsche versucht, die deutschen Männer zu entmannen.

Wenn ich ihnen keine Konkurrenz entgegensetzen würde, hätten sie die deutschen Männer längst untergebuttert. Pfui Teufel, Frau Jansen, Sie sollten sich schämen!«

Nachdem er wutschnaubend das Gespräch beendet hatte, hörte Ann Kathrin zunächst ihr Diktiergerät ab. Das Gespräch war drauf. Stenger war gut zu verstehen.

Dann ließ sie sich aufs Bett fallen. Sie krümmte sich vor Lachen, sie prustete los, ihr ganzer Körper bebte. Sie wischte sich Lachtränen aus dem Gesicht.

Danach lud sie das Telefonat auf ihren Laptop und schickte alles als E-Mail-Anlage an Weller. Im Betreff stand: »Stenger«. Sie schrieb nur eine kurze Bemerkung dazu: »Da weißt du nicht, ob du lachen oder weinen sollst.«

Kurz nach ihrem Lachkrampf machte sich ein schales Gefühl in ihr breit. Sie war nicht wirklich vorangekommen. Im Grunde hatte sie es sogar vergeigt. Das Telefongespräch war zwar witzig, hatte die Ermittlungen aber nicht weitergebracht.

Sie stand vor dem Spiegel und sah in ihr verheultes, lachrotes Gesicht. Sie beschloss, sich zu schminken, bevor sie wieder unter die Leute ging. Während sie eine Tagescreme auftrug, wurde ihr klar, dass das Gespräch doch viel mehr gewesen war als ein befreiender Witz. Sie wusste jetzt mehr über Stenger als vorher, viel mehr. Er hatte einen Satz gesagt, den sie so einem Menschen niemals zugetraut hätte. Einen Satz, der nicht zu einem Frauenhändler passte: »Das ist Sauerei!«

Stenger war echt moralisch empört über das, was Ann Kathrin von ihm wollte. Der war nicht einfach der eiskalte Geschäftsmann, für den ihn alle hielten, o nein. Der hatte eine Mission. Der glaubte wirklich daran, den deutschen Mann zu retten. Er befand sich im Krieg der Geschlechter. Der Mann hatte eine Moral! Ja, so verrückt sich das anhörte, Stenger tat für Geld nicht alles. Er hatte gerade fünfzigtausend ausgeschlagen, weil die Sache nicht in sein Weltbild passte, gegen seine Grundsätze verstieß.

Es hatte aufgehört zu regnen, und es war wieder schwülwarm. Die Hitze staute sich in der Stadt. Ann Kathrin wollte schon gehen und sich Stenger vorknöpfen, aber dann entschied sie sich, vorher noch einmal die Kleidung zu wechseln. In ihrem übereilt gepackten Koffer fand sie nichts Passendes. Sie verließ den Schwarzen Bock in Richtung Innenstadt und wurde schon nach wenigen Metern in einer Boutique fündig.

Weiße blickdichte Stoffhose, weiße Bluse mit gestärktem Kragen, hellblaues Jackett. Schwarze italienische Schuhe mit einem drei Zentimeter hohen Absatz und einen Hosengürtel aus dem gleichen Material.

Das Ganze passte zum Wetter und zu ihrer Stimmung.

Sie zahlte mit ihrer EC-Karte der Sparkasse Aurich-Norden. Sechshundertzwölf Euro. In Ostfriesland, dachte sie, hätte ich die Sachen für die Hälfte bekommen.

Die Suche nach dem Mörder ihres Vaters ging ins Geld, aber kleinlich und geizig war sie noch nie gewesen. Sie hatte das Haus, und das vermittelte ihr eine gewisse Grundsicherheit, auch wenn es noch zur Hälfte der Sparkasse gehörte.

Die blonde Verkäuferin, die ihr jugendliches Gesicht zur Maske geschminkt hatte, versuchte, Ann Kathrin noch »die passende Handtasche zum Outfit« zu verkaufen, weil »die kleinen Accessoires« ihrer Meinung nach das Bild perfekt machen, und mit dieser Tasche könne Ann Kathrin da »punkten«. Ann Kathrin hatte den leisen Verdacht, dass sie auf Provision arbeitete.

Das Handtäschchen passte exakt zu Schuhen und Gürtel. Mehr als ein Lippenstift, ein Puderdöschen und zwei Taschentücher hatten kaum darin Platz. Die Tasche war von einem »angesagten Designer«, den Ann Kathrin aber nicht kannte. Die Verkäuferin wunderte sich laut darüber, dass dieses Genie eine Tasche zu dem Preis gemacht hatte. Sie sollte 398 Euro kosten.

Ann Kathrin zog ihre Esprit-Handtasche vor. Die andere gefiel ihr durchaus, aber sollte sie der jungen Verkäuferin wirklich sagen, dass die Tasche nicht in Frage kam, weil Ann Kathrin befürchtete, ihre Dienstwaffe nicht darin verstecken zu können? Die Heckler & Koch war ihr im Moment sehr wichtig, wenn sie schon ohne Partner ermittelte, wollte sie wenigstens nicht unbewaffnet sein. Jeder, den sie in dem Zusammenhang traf, konnte der Mörder ihres Vaters sein.

Sie verließ in den neuen Kleidungsstücken die Boutique. Die alten brachte sie in einer riesigen lackierten Plastiktüte mit Werbeaufdruck in den Schwarzen Bock. Die Tasche war so groß wie ein Kinderzelt.

In ihrem Zimmer wechselte Ann Kathrin zweimal den Sitz der Heckler & Koch. Der Schulterhalfter saß irgendwie nicht richtig. Sie befürchtete, Stenger könnte die Waffe bemerken. Garantiert tastete er sein Gegenüber mit Blicken ab, um festzustellen, wer bewaffnet war und wer nicht. Sie selbst hatte im Laufe der Jahre ein Gespür dafür bekommen. Sie war auf Beulen im Jackett nicht angewiesen, zumal so eine Beule oft nur auf ein Handy in der Anzugtasche hinwies. Aber die Menschen bewegten sich in Stresssituationen anders, wenn sie bewaffnet waren. Für manche wurde die Waffe im Alltag so selbstverständlich, dass sie sie vergaßen. Sie trugen einen Revolver, einen Schlagring oder ein Springmesser bei sich wie andere ein Taschentuch oder eine Uhr, aber sobald sie unter Stress gerieten, veränderte sich ihr Verhalten, die Menschen wurden sich ihrer Waffe bewusst. Fast jeder griff einmal hin, bevor er zog, vergewisserte sich, dass die Waffe wirklich bereit war.

Ann Kathrin steckte die Heckler & Koch hinten in die neue Hose, dann bückte sie sich und überprüfte, ob das hellblaue Jackett die Handfeuerwaffe verdeckte. Der Schlitz hinten in der Jacke gefiel ihr nicht. Eine ungünstige Bewegung, ein Windstoß und der Blick auf die Heckler & Koch wäre frei. Da zog sie doch die Handtasche vor, obwohl die es schwer machte, schnell und ohne Vorwarnung für den Gegner an die Waffe zu kommen.

Dann nahm sie ein Taxi in den Gallierweg. Sie ließ den Fahrer direkt vor der Villa halten. So wie er Ann Kathrin musterte, wusste er genau, was dort normalerweise passierte. Sie zahlte und ließ sich eine Quittung geben.

Sie beschloss, nicht noch einmal als Sylvia Jansen aufzutreten. Vor dem Gartentor kam sie sich plötzlich schrecklich einsam vor. Sie wünschte sich Rita und Peter Grendel herbei, sie wollte jetzt nicht allein sein, aber sie musste ohne jede Hilfe durch diese Situation.

Sie fasste in die Jackentasche und schaltete das digitale Diktiergerät ein. Es war fein genug, um das Gespräch auch durch den Stoff aufzunehmen. Legal war das nicht, ein gerichtsverwertbares Beweismittel auch nicht, aber sie handelte intuitiv so. Sie wusste nicht, worauf das alles hinauslief, sie wollte Bewegung in die ganze Sache bringen, in der Hoffnung, die Wahrheit ans Licht zu befördern.

Sie stellte sich einen stinkigen Tümpel vor, in der undurchsichtigen braunen Brühe brodelte es. Irgendwo darin lag aber ein Geheimnis begraben, das sie kennenlernen wollte. Sie stieg in den Morast, um in ihm umzukommen oder die Wahrheit zu finden.

Als sie am Tor stand, sah sie zwei Frauen im hinteren Teil des Gartens. Sie spielten Federball. Beide waren jung, langhaarig und langbeinig. Die eine, die Ann Kathrin nur von hinten sah, trug einen knappen, pinkfarbenen Bikini. Die andere spielte im Blümchenkleid.

Der Federball war in der Hecke gelandet. Die Frauen lachten und sprangen hoch, kamen aber nicht an den Ball.

Ann Kathrin wollte zunächst klingeln, doch dann wählte sie den einfacheren Weg. Das schwere Tor war nicht verschlossen. Sie trat einfach ein. Die Trutzburg des größten Mädchen- und Frauenhändlers hatte sie sich gesicherter vorgestellt. Sie registrierte aber sofort die Überwachungskameras über der Haustür und am Dach. Von dort aus konnte Stenger die Straße vor der Villa überblicken.

Das Lachen der jungen Frauen irritierte Ann Kathrin. Sie wirkten so unbeschwert, gar nicht wie unterdrückte, geknechtete Wesen. Die im Bikini kam jetzt freundlich lächelnd auf Ann Kathrin zu. Ihr Bikinihöschen war so klein, dass es kaum ihre Scham bedeckte. Sie war nicht die Frau, mit der Ann Kathrin telefoniert hatte. Sie sprach Ann Kathrin auf Englisch an. Es war ein steifes, aber korrektes Schulenglisch. Sie fragte Ann Kathrin, ob sie etwas für sie tun könne. Ann Kathrin behauptete, Rita Norden zu heißen und einen Termin mit Mister Stenger zu haben.

Die Frau im Blümchenkleid schaffte es, den Federball aus der Hecke zu schütteln, und lief damit herbei. Sie hielt den Schläger wie ein Schwert, aber ihr freundliches Lachen signalisierte friedliche Absichten. Sie sprach weder Englisch noch Deutsch. Also folgerte Ann Kathrin, dass sich eine dritte Frau im Haus befinden musste.

Ann Kathrin ging, ohne zu zögern, auf die Tür zu. Vermutlich hatte Stenger sie längst entdeckt.

Die im Bikini beeilte sich, die Tür für Ann Kathrin zu öffnen. Sie war sehr jung und ließ sich von Ann Kathrins sicherem Auftreten täuschen.

Hinter der Tür wurde es schon schwieriger, dort versuchte die, der das »R« so schwerfiel, Ann Kathrin am weiteren Betreten der Villa zu hindern. Sie stand auf der geschwungenen Holztreppe, die rechte Hand selbstbewusst aufs Geländer gelegt.

Die Schnitzereien hatten etwas Afrikanisches an sich. Die Bilder an den Wänden waren düstere Reproduktionen biederer Jagdszenen. Hirschgeweihe und Bilder wechselten sich ab. Ein ausgestopfter, auf beide Beine aufgerichteter Bär hatte eine Pranke in Ann Kathrins Kopfhöhe.

»Hell Stengel ist nicht zu splechen.«

»Für mich schon«, sagte Ann Kathrin und überlegte, welchen Weg sie wählen sollte. Es gab drei Möglichkeiten. Die Treppe hinauf, an der Chinesin vorbei, durch die Eichentür links neben dem Bären oder durch die schweren, dunkelroten Vorhänge. Ann Kathrin vermutete, dass sich hinter den Vorhängen noch eine Tür befand. Wahrscheinlich sollten die Vorhänge Geräusche dämpfen. Es war eine Bauchentscheidung. Ann Kathrin hätte keine logische Begründung nennen können, außer vielleicht, dass sie vermutete, Stenger würde sich oben aufhalten, weil er von dort den Überblick hatte.

Ann Kathrin ging auf die Chinesin zu. Sie konnte ihr ansehen, dass der Körper der Frau sich versteifte. Sie nahm eine abwehrende Haltung ein.

Er hat mich gesehen und sie geschickt, um mich abzuwimmeln, dachte Ann Kathrin. Sie hat Angst vor den Konsequenzen, wenn sie es nicht schafft, aber ich muss trotzdem an ihr vorbei.

Mit jedem Schritt, den Ann Kathrin näher kam, spürte sie die Angst der Frau wachsen. Das schlechte Gewissen meldete sich in Ann Kathrin. Würde diese Frau ihretwegen Ärger kriegen? Und wie sah es aus, wenn Stenger sauer wurde?

»Laus mit Ihnen! Hell Stengel sagen, das ist Hausfliedensbluch!«

»Ja«, sagte Ann Kathrin, »da hat er wohl recht.«

Sie wollte sich an der Chinesin vorbeischieben, aber die packte beherzt zu und hielt Ann Kathrin an dem neuen hellblauen Jackett fest. Ann Kathrin schüttelte die Frau ab und war schon zwei Treppenstufen über ihr, da packte die Chinesin von hinten in Ann Kathrins Haare und riss ihr den Kopf in den Nacken.

Unwillkürlich stieß Ann Kathrin einen Schmerzensschrei aus. Ann Kathrin klatschte ihre Hand auf die Hand der Chinesin und drückte sie fest gegen ihren Kopf. Sofort ließ der Schmerz nach. Dann drehte Ann Kathrin sich und brachte so die Chinesin zu Fall. Sie stürzte die Treppe hinunter. Das sah gefährlich aus und krachte zunächst bedenklich. Doch kaum unten aufgeschlagen, sprang die Chinesin katzenhaft auf, und wenn Ann Kathrin sich nicht täuschte, fauchte sie sogar angriffslustig.

Ann Kathrin wartete auf den Angriff. Sie baute sich so auf, dass sie sich mit einem Fußtritt gut verteidigen konnte. Das war aber nicht nötig. Die Chinesin floh nach draußen zu den Federballspielerinnen. Bevor sie mit Verstärkung zurückkommen konnte, durchsuchte Ann Kathrin die oberen Räume nach Stenger.

Ein Schlafzimmer mit gigantischem Bett und einer Buddhastatue. Im Zimmer daneben eine Bar mit Fotos von Badeschönheiten und Stränden mit türkisblauem Wasser. Dann, im dritten Raum, Stenger.

Er stand hinter einem wuchtigen Schreibtisch, auf dem sich außer einem PC und einem leeren Glas nur noch eine längliche Fernbedienung befand.

Schlechte Menschen, hatte ihr Vater ihr einst beigebracht, *haben meist auch einen schlechten Geschmack.* Wenn das stimmte, musste Stenger einer von der ganz üblen Sorte sein.

Ann Kathrin sank mit ihren neuen Schuhen in einen

dicken, flauschigen Teppich ein. Vermutlich lagen mehrere Teppiche übereinander. Die Tür kräuselte sie beim Öffnen. Der obere Teppich war hellblau und erinnerte an Ann Kathrins neues Jackett, die Farbe war ähnlich, nur hingen an der Jacke keine zentimeterlangen Haare. Ann Kathrin fragte sich, wer hier wohl sauber machte, das musste eine Strafe sein.

Die Wand links neben Ann Kathrin war ein einziges DVD-Regal. Hinter ihr neben der Tür hing der größte Flachbildschirm, den sie je gesehen hatte. Stenger hatte sein Büro praktisch zu einem Kino mit Langhaarteppich ausgebaut.

Hinter ihm an der Wand ein Löwenkopf, darunter eine Inschrift auf einer goldenen Tafel. Ann Kathrin nahm den Gewehrschrank zur Kenntnis und zeigte auf den Löwen: »Garantiert selbst geschossen, stimmt's?«

Stenger brüllte sie an: »Ich kann die Polizei rufen und Sie verhaften lassen!«

»Guter Gag«, sagte sie hart. »Nur zu. So ein Hausfliedensbluch beeindruckt die Wiesbadener Kollegen bestimmt sehr.«

Das Wort »Kollegen« registrierte er. Seine Augen verengten sich. »Sie heißen gar nicht Sylvia Jansen. Sie waren das doch vorhin am Telefon. Glauben Sie, ich erkenne Ihre Stimme nicht? Was wollen Sie?«

»Stimmt. Mein Name ist …«

Er sprach es aus: »Ann Kathrin Klaasen. Sie sind Ann Kathrin Klaasen.«

Seine Rechte machte sich an der Schreibtischschublade zu schaffen. Er öffnete sie und griff hinein. Ann Kathrin warf sich bäuchlings auf seinen Schreibtisch und drückte die Schublade zu.

Er stöhnte gequält auf. Sie war schon neben ihm, drehte seinen Arm um und knallte seinen Kopf auf die Schreibtischplatte. Sie riss die Schublade auf, um die

Waffe an sich zu nehmen, aber sie fand keinen Revolver, nicht einmal ein Pfefferspray. Nur Papiere.

»Wo ist die Waffe? Wo?«, schrie Ann Kathrin und kam sich selbst hysterisch vor.

»Da ist keine Waffe! Lassen Sie mich los, verdammt, Sie brechen mir ja den Arm!«

Ann Kathrin presste seinen Oberkörper mit rechts weiter auf die Schreibtischplatte, mit links durchwühlte sie die Schublade. Es war nicht leicht, Stenger so unter Kontrolle zu halten. Er war ein gefährlicher Mann. Sie spürte seine Rückenmuskulatur.

»Was wollten Sie aus der Schublade holen? Was?«

Sie ließ ihn los. Er federte von ihr weg und sah sich seine Hand an. Mit schmerzverzerrtem Gesicht befühlte er seine Finger. Blut tropfte aus seiner Nase.

»Sie sind geisteskrank, Frau Klaasen. Komplett verrückt! Ich wollte Ihnen ein Foto zeigen, von Ihrem Vater und mir.«

Ann Kathrin hielt ihre Handtasche so, dass sie die Waffe darin fühlen konnte.

»Von meinem Vater und Ihnen?«

»Ja. Deshalb sind Sie doch gekommen, oder?«

Er zog die Schublade mit spitzen Fingern langsam, ganz langsam weiter auf. »Darf ich?«

Sie nickte.

Er hob Papiere an und fischte ein dünnes Fotoalbum heraus. Die Bilder klebten hinter Plastikfolie. Er hielt ihr das Album hin. In dem Moment krachte die Schublade auf den Boden.

Ann Kathrin wusste, dass das Fotoalbum eine simple Finte sein konnte, um ihre Aufmerksamkeit abzulenken. Er hatte mit Sicherheit eine Schusswaffe griffbereit, wenn nicht in der Schublade, dann woanders. Trotzdem musste sie sich die Bilder anschauen.

Es traf sie wie ein Leberhaken. Ihr blieb die Luft weg.

Sie hatte erst zwei Bilder gesehen, und schon war ihr schwindlig. Auf beiden waren ihr Vater und Stenger zu sehen. Es musste eine Geburtstagsparty gewesen sein. Jedenfalls stand eine dreistöckige Torte auf dem Tisch. Stenger und ihr Vater strahlten inmitten von schönen, leicht bekleideten Frauen. Die eine trug halterlose Netzstrümpfe, die andere Strapse. Eine dritte einen superkurzen Minirock. Die Bilder mussten in einem Nachtclub gemacht worden sein. Ein Stripteaselokal oder so etwas. Im Hintergrund glänzte eine Tanzstange auf einer leeren Bühne.

Stenger hob die Arme und sagte: »Ich werde jetzt mein Handy aus der Tasche ziehen und dann meinen Anwalt anrufen und die Polizei. Okay?«

Langsam senkte sich seine Rechte. Die Linke ragte immer noch zur Decke. Ann Kathrin sah den Löwen, der hinter Stenger aus der Wand zu springen schien. Sie dachte an den Bären unten im Flur und die Hirschgeweihe. Es fiel ihr schwer, an das Handy zu glauben. Außerdem, warum trug ein Mann in seinem Büro ein Handy in der Hosentasche? Warum lag es nicht neben dem Computer auf dem Schreibtisch?

Ann Kathrin hatte die Heckler & Koch schneller auf Stenger gerichtet als der seine Hand in der Hosentasche.

»Machen Sie keinen Fehler!«, warnte Ann Kathrin ihn.

Er zog sein Blackberry mit zwei Fingern aus der Tasche und führte es ans Ohr. Sie hatte nicht mitbekommen, ob er gewählt hatte oder bluffte. Er sagte mit erhobenen Händen: »Hier spricht Günther Stenger. In meinem Büro im Gallierweg ist eine Frau, die behauptet, Ann Kathrin Klaasen zu heißen. Sie bedroht mich mit einer Schusswaffe.«

Ann Kathrin ließ die Heckler & Koch wieder in ihrer Handtasche verschwinden.

»Schon gut«, sagte Stenger, »schon gut. Nein, Sie müssen keinen Wagen vorbeischicken, es scheint sich um einen Scherz gehandelt zu haben. Nein. Es ist alles in Ordnung … Ja, ich verstehe, dass Sie nicht darüber lachen können. Konnte ich auch nicht. Alles Gute.«

Er legte das Blackberry auf die Schreibtischplatte. »Was wollen Sie, Frau Klaasen?«

»Die Wahrheit. Ich will die Wahrheit.«

Er lachte. »Die Wahrheit. Das ist originell. Ihr Vater kommt mit falscher Identität zu mir, gibt sich als Ludwig Stein aus, als Antiquitätenhändler. Na ja, mit altem Kram hat er bei mir jedenfalls nicht gehandelt, sondern mit Frischfleisch. Schöne Frauen aus der ganzen Welt!«

»Dem armen Teil der Welt!«

Er winkte ab. »Nach dem Krieg haben sich die deutschen Frauen den amerikanischen Soldaten an den Hals geworfen. Was meinen Sie denn, warum? Das war schon immer so. Es ist ein archaisches Grundprinzip. Die Frau sucht den Ernährer für sich und ihre Kinder.«

»Ernährer? Sklavenhalter, wollten Sie sagen.«

Er ging mit der stressigen Situation souveräner um als sie, fand Ann Kathrin, und das verunsicherte sie, noch mehr, es machte sie aggressiv.

»Haben Sie meinen Vater erschossen?«, fragte sie geradeheraus.

Er ließ sich in den schweren Bürosessel mit der orthopädisch angepassten, genau auf ihn abgestimmten Höhe fallen. Der Sessel federte nach.

»Man hat mir ja schon viel Blödsinn vorgeworfen, aber das ist endlich mal originell. Warum hätte ich einen meiner besten Vermittler umbringen sollen? Ihr Vater hat bei mir gutes Geld verdient. In schlechten Monaten fünfzigtausend. In miserablen vierzig. In guten auch mal sechzig und mehr. Alles, was er bekam, hat er mir auch eingespielt. Wir haben uns gemocht, Ihr Vater und ich. Ich will nicht so weit gehen zu behaupten, wir seien Freunde gewesen, aber …«

»Freunde?! Er hat sich als V-Mann bei Ihnen eingeschlichen, um Sie hochgehen zu lassen!«

»Ja, das hat mich schwer enttäuscht. Man kann heute keinem Menschen mehr trauen. Aber Ihr Vater hat die Seiten gewechselt, Frau Klaasen ... das wissen Sie genauso gut wie ich!«

»Hat er nicht!«

»Hat er doch!«

»Hat er nicht!«

Die Tür wurde ungestüm aufgestoßen, blieb aber nach wenigen Zentimetern im dicken Teppichgestrüpp hängen. Die Chinesin richtete eine doppelläufige Flinte auf Ann Kathrin.

»Lass nur, mein Mäuschen«, wiegelte Stenger ab. Aber sein Mäuschen hielt die Läufe unbeirrt auf Ann Kathrin gerichtet.

»Befehlen Sie ihr, sie soll verschwinden!«, forderte Ann Kathrin.

Stenger lächelte. »Ich wiederhole mich niemals. Das untergräbt jede Autorität.«

Er nickte kurz, und die Chinesin schloss die Tür.

Ann Kathrin bemühte sich, gleichmäßig zu atmen, und suchte eine Position im Raum, die es ihr erlaubte, Stenger unter Kontrolle zu haben und die Tür ebenfalls. Sie konstatierte, dass es ein schwerer Fehler war, die Tür im Rücken zu haben. So wie Stenger jetzt redete, sprachen Gewinner kurz vor ihrem Triumph. Politiker, die am Wahlabend das Abstimmungsergebnis kannten und sich auf die Fragen der Journalisten freuten, weil sie darin die Gelegenheit zur Selbstdarstellung sahen.

»Wenn Ihr Vater ein sauberer V-Mann war, dann hat er das bei mir verdiente Geld doch sicherlich an die Behörde abgeliefert – oder?«

Ann Kathrin wurde es heiß und kalt. Die Wirbelsäule schien zu glühen, aber ihre Finger waren wie abgestorben. Kalt und feucht. Sie unterdrückte den Wunsch, sich die Hände unter lauwarmem Wasser zu waschen oder sie wenigstens am Jackett abzuputzen und warm zu reiben.

Verdammt, dachte sie, verdammt, er hat recht. Warum bin ich nicht darauf gekommen? Wo ist das Geld geblieben? Wo hat er es wie verbucht?

Stenger genoss ihre Verunsicherung und fuhr fort: »Gibt es dafür bei der Kripo ein eigenes Buchungskonto? Gewinne aus illegalem Glücksspiel, Frauen- und Drogenhandel? Finanziert ihr so eure Weihnachtsfeiern?« Er verzog den Mund. »Nein, dazu waren die Summen wohl doch zu hoch. Das reicht vermutlich, um den Witwen- und Waisenfonds plus den Pensionsfonds üppig auszustatten.«

»Ja, spotten Sie nur! Ich kriege Sie schon noch dran. Ich bin Ihr Albtraum, Stenger. Ich werde nicht ruhen, bis Sie im Knast sitzen.«

»Ja, so sehen Sie aus!«, lachte er. »Wie der Zorn Gottes.«

Er tupfte sich mit dem Ärmel die Nase ab. Jetzt klebte Blut daran.

»Ihre ganze Gruppe war an dem Banküberfall beteiligt. Volker Bogdanski. Achim Kowalski! Stämmler!«

Er guckte, als habe er keine Ahnung, wovon sie redete.

»Oder soll ich lieber sagen, Bogie! Akki! Und wie haben Sie Stämmler genannt? Stämmi?«

Er antwortete sachlich: »Für mich arbeiten zweihundertundvier Partneragenturen in ganz Deutschland. Ich habe freie Mitarbeiter in Holland, Österreich und der Schweiz. Wir leben in einer globalisierten Welt, Frau Klaasen. Ich dehne meine Geschäfte gerade in ganz Europa aus. Ich kannte Herrn Bogdanski, das gebe ich gerne zu. Die Namen der anderen Herren habe ich noch nie gehört. Herr Bogdanski hat mich bei ein, zwei Transaktionen begleitet. Gearbeitet hat keiner der Genannten für mich.«

Sie begann jetzt zu schwitzen. Hier im Raum musste eine irre Hitze sein. Sie fragte sich, wie Stenger das aushielt.

Er sagte: »Nun schauen Sie mich nicht so an! Ihr Vater war kein Heiliger, aber wer ist das schon. Er war es leid, für einen Hungerlohn bei der Kripo den Kopf hinzuhalten, während andere …«

Ann Kathrin trat fest mit dem linken Fuß auf. »Wir bekommen keinen Hungerlohn. Davon kann man gut leben!«

Stenger trommelte einen Takt auf den Schreibtisch. Ann Kathrin fragte sich, ob das irgendein Zeichen war. Aber wenn, dann für wen? Die Chinesin mit dem Zwilling hätte sie gerade locker erledigen können.

Er breitete die Arme zu einer großen Umarmung aus: »Sie sehen das alles viel zu verkniffen, Frau Klaasen. Sehen Sie, ich wurde katholisch erzogen. Bin sozusagen bibelfest. Was erwarten Sie? Der Urvater der Menschheit war ein Dieb. Seine Frau eine Lügnerin. Sie erinnern sich? Adam und Eva. Ihr Sohn ein Mörder. Der andere ein Opfer. Die Menschheit fußt tief in der Kriminalität. Das Kriminelle, das, was Sie verfolgen, ist sozusagen das eigentlich Menschliche.«

»Halten Sie die Schnauze!«, brüllte Ann Kathrin. »Halten Sie Ihr dreckiges Maul, bevor ich es Ihnen stopfe!«

Er schüttelte missbilligend, aber durchaus amüsiert den Kopf. Ann Kathrin fragte sich, ob das Ganze hier aufgenommen wurde. Gab es versteckte Kameras, oder zog der die Show nur für sie ab?

Er beobachtete die Villa jetzt schon seit gut einer Stunde. Er saß hinten im Lieferwagen. Auf seinem Laptop klickte er immer wieder die »Gelsenkirchener Geschichten« an. Es war völ-

lig verrückt, was Ann Kathrin Klaasen da in Gang gesetzt hatte. Die Freunde, Fans und User der Gruppe erreichten in wenigen Stunden mehr als die Kripo in Jahren. Sie trugen mit wachsender Geschwindigkeit neue Daten und Fakten zusammen. Inzwischen war er sogar auf einem Schulfoto zu erkennen, das ein Klassenkamerad ins Netz gestellt hatte.

Kein Wunder, dachte er. Die werden nicht durch Hierarchien getrennt, haben keine Dienstvorschriften, keinen Dienstplan, keinen vorgeschriebenen Dienstweg und keine lustlosen Mitarbeiter, die innerlich längst gekündigt haben. Die machen, was sie tun, aus Begeisterung.

Es kam ihm komisch vor, aber so war es wohl. Begeisterung wofür, fragte er sich. Ihre Stadt? Ihre Erinnerung? Jedenfalls war plötzlich nicht mehr nur eine durchgeknallte Kommissarin hinter ihm her, sondern mit ihr gut und gerne zweitausend Leute. Da kamen Sachen zutage …

Er hatte einmal auf der Cranger Kirmes für ein hübsches Mädchen die halbe Schießbude abgeräumt. Ein schwerer Fehler. Jetzt erinnerte sie sich an ihn und Stein, der damals nur angesäuert danebengestanden hatte, weil der alte Miesepeter nichts mit Mädchen anfangen konnte, die in Kleidergröße 34 reinpassten, deren Busen gerade erst zu sprießen begann und die Probleme mit dem Hauptschulabschluss hatten. Inzwischen musste sie den wohl nachgemacht haben. Sie schrieb jedenfalls in grammatikalisch richtigem Deutsch, und ihren Computer beherrschte sie offensichtlich auch.

Sie versprach, ein Foto zu suchen, auf dem er mit ihr zu sehen sei und im Hintergrund Stein. Er habe es damals für sie geschossen. Ja, verdammt, wie blöd war er damals eigentlich gewesen? Mit einem Treffer auf das Herz in der Mitte einer Spielkarte löste der Schütze eine Polaroidkamera aus und bekam das Bild als Gewinn. Damals der letzte Schrei.

Ich werde dich auch eliminieren müssen, dachte er, und zwar rasch, bevor du das Scheißfoto gefunden hast und einscannst.

Er war Spezialist darin, Leute auszuknipsen. In einem Krieg hinter den feindlichen Linien glaubte er, ein ganzes Bataillon aufhalten zu können. Aber heutzutage waren Leute wie er nicht mehr gefragt. Heute brauchte man Computerspezialisten, die mit ihrer Software in der Lage waren, eine Armee, ja, ein ganzes Land zu paralysieren. Wie sehr hätte er jetzt so einen EDV-Spezialisten gebraucht, um die Scheißseiten dieses verdammten Forums abstürzen zu lassen. Er konnte sie schlecht alle töten. Er kannte nicht einmal ihre richtigen Namen und Adressen. Kaum vorstellbar, dass »Schalke wird Meister«, »Troy«, »Minchen«, »Che«, »Lo« oder »Kim12« unter diesen Namen beim Einwohnermeldeamt gemeldet waren oder im Telefonbuch standen. Jemand, der mehr von Computern verstand als von Ballistik und Schusswaffen, hätte die Adressen bestimmt rasch herausgefunden, aber das alles war nicht seine Welt. Er konnte E-Mails schreiben und nutzte die Suchmaschine Google, aber eine Homepage würde er sich garantiert nicht anlegen.

Ann Kathrin Klaasen war bei Stenger. Er hatte schon viel zu lange gezögert. Sollte er jetzt reingehen und sie beide ins Jenseits schicken? Die Kette musste unterbrochen werden. Aber eine tote Ann Kathrin Klaasen würde einen Riesenwirbel nach sich ziehen. Erschossene Kripoleute machten immer Ärger und lösten bei einigen Kollegen geradezu leidenschaftliche Ermittlungen und Verfolgungsdruck aus.

Ann Kathrin Klaasen verließ das Gebäude aufgeregt.

Die Frauen standen zu dritt im hinteren Teil des Gartens unter dem alten Kirschbaum. Sie tuschelten miteinander. Wenn die etwas bei Stenger lernten, dann wegzugucken. Sie wurden immer wieder Zeuginnen von Dingen, die kein Mensch wissen durfte. Sie folgten den Anweisungen, sprachen nur, wenn sie gefragt wurden, und sahen Männern nicht in die Augen, sondern devot nach unten.

Trotzdem versuchte er, von ihnen unerkannt ins Haus zu huschen. Er hatte gelernt, unauffällig jeden natürlichen Schutz nutzend, in Gebäude hinein- und herauszukommen. Die Villa war ein Witz. Er kannte das Gelände gut. Die einzige Schwierigkeit lag darin, in den Garten zu kommen. Ab dann war er praktisch unsichtbar.

Er zog Gummihandschuhe an und überprüfte den Schraubverschluss vom Benzinkanister. Dann schraubte er den Spezialschalldämpfer auf die Walther und huschte durchs Tor und an der Hecke entlang zur Küche, wo ein Fenster sperrangelweit offen stand.

Er stieg ein. Offensichtlich hatte Stenger ihn nicht auf einem der Monitore gesehen. Der alte Haudegen wurde nachlässig.

Auf der Arbeitsplatte lag frisches Gemüse. Rote, gelbe und grüne Paprika, Zwiebeln, Sojakeime und Tomaten. Der gusseiserne Wok stand auf der Ceranplatte. Die Spülmaschine lief.

Schon war er auf der Treppe. Er hörte Stengers Stimme. Entweder telefonierte der Alte, oder er führte mal wieder Selbstgespräche. Stenger hatte so eine Art, sich selbst laut Anweisungen zu geben oder zu loben, die er lächerlich fand.

»Pass auf, Junge, jetzt wird es kritisch.« – »Vorsicht, Falle.« – »Hast du gut gemacht, hast du fein gemacht, darum wirst du auch nicht ausgelacht.« – »Ja! Tschakka! Tschakka! Du bist der Champion!« – »Tausend Punkte, Bingo!«

Vielleicht wurden Menschen so, denen niemand Grenzen setzte und denen niemand mehr die ehrliche Meinung sagte. Stenger war umgeben von Schleimern und unterwürfigen Menschen. Vor ihm hatte man Angst, oder man versprach sich etwas von ihm, nur in ihm hatte Stenger seinen Meister gefunden, und nun war es Zeit, dieses Leben zu beenden.

Er stieß die Tür auf. Wieder bremste dieser hellblaue Teppich.

Stenger hielt in der Rechten eine Whiskyflasche. Bunnahabhain Single Islay Malt, 12 Jahre alt, seine Lieblingsmarke, und in der Linken ein Whiskyglas. Stenger goss sich den zweiten Doppelten ein. Ohne Eis, wie immer. Er schreckte auf. Für einen Moment befürchtete er, Ann Kathrin Klaasen sei zurückgekommen. Als er seinen alten Kumpel sah, lächelte er zunächst, dann registrierte er die Handschuhe und begriff, dass er gekommen war, um ihn zu töten.

Er feuerte ohne Vorwarnung dreimal aus seiner Walther auf Stenger. Er schoss bewusst nicht auf lebenswichtige Organe. Er hätte ihn mit jeder Kugel treffen können. Aber niemand sollte Rückschlüsse auf einen Profi ziehen können.

Das erste Geschoss zerfetzte Stengers Brust, verfehlte aber sein Herz. Das zweite trat links über dem Bauchnabel in den Körper ein und am Rücken wieder aus. Das dritte blieb im Oberschenkel stecken.

Der Schalldämpfer ließ es nur ploppen. Er benutzte Schalldämpfer mehr, um seine eigenen Ohren zu schonen. Er war im Alter empfindlich geworden. Das Knallen einer abgefeuerten Waffe machte ihn manchmal für Tage fast taub. Er konnte kaum noch klassische Musik hören. Ja, sein Gehör hatte in den letzten Jahren am meisten gelitten.

Stenger wand sich auf dem hellen Teppich, und sein Blut verklebte die Langhaarfransen. Ohne sich von der Stelle zu bewegen, feuerte er noch zweimal auf Stengers Kopf. Dann goss er sein Benzin aus. Der blaue Teppich war imprägniert. Komischerweise sog er das Benzin nicht auf, sondern es bildeten sich große Lachen.

Er würde hier nicht nach verdächtigem Material suchen. Das Feuer war garantiert gründlich.

Er öffnete ein Fenster, damit die Flammen genug Luft bekamen. Dann zog er eine Benzinspur hinter sich her in den Flur. Auf der Treppe warf er ein Streichholz hinein.

In dem Moment öffnete die Chinesin die Tür. Sie hielt eine Wasserkaraffe mit beiden Händen fest. Sie öffnete den Mund zu einem Schrei, doch noch bevor ein Ton herauskam, durchbohrte ein Neun-Millimeter-Geschoss ihre Stirn.

Ann Kathrin fühlte sich ausgepowert. Eine merkwürdige, fast beängstigende Leere machte sich in ihr breit. Sie wünschte sich einen Beamer, um sich augenblicklich von Wiesbaden an die Nordsee zurückkatapultieren zu lassen. Sie konnte sich jetzt nicht vorstellen, sieben Stunden im Zug zu sitzen. Es gab noch einen Zug über Mainz mit Umsteigen in Münster nach Emden. Der war dann um null Uhr achtundzwanzig in Emden.

Sie beschloss, lieber am anderen Morgen loszufahren. Start der Reise um acht Uhr sechsunddreißig im Hauptbahnhof Wiesbaden, Ankunft fünfzehn Uhr achtundvierzig in Norden, wenn alles gutging, und seit den Privatisierungsversuchen ging selten alles gut. Bahn fahren war teurer geworden, aber sicherlich nicht besser.

Um sich ein bisschen geborgen zu fühlen, ging Ann Kathrin ins Fischrestaurant Argo am Markt. Es gab eine gute griechische Küche. Sie konnte draußen sitzen und die Abendsonne spüren. Eine Weile liebäugelte sie mit Seelachs, Kabeljau oder einer Taunusforelle. Dann wählte sie aber doch lieber einen Loup de Mer auf agäische Art, dazu ein Weizenbier. Es passte nicht wirklich zusammen, aber sie hatte solchen Durst, dass sie den jetzt unmöglich mit Weißwein stillen konnte.

Der Fisch stillte ihre Sehnsucht nach Weller und dem Haus im Distelkamp nicht, machte aber alles irgendwie erträglicher. Sie verspürte eine Sauwut auf ihren Vater und auf sich selbst.

Dr. Gaiser hörte nichts mehr von Judith Harmsen. Sie war entweder ohnmächtig oder tot. Etwas an dieser Vorstellung versetzte ihn in Panik. Ihm würde das Gleiche geschehen. Sie war einfach nur schon länger hier als er.

Es war jetzt völlig still. Er vermutete auf der anderen Seite den Irren, der ihn und Judith Harmsen eingemauert hatte, aber der Kerl antwortete nicht.

Hatte der auch einen Sohn wie Lennart? Welchen Plan verfolgte dieser Verrückte?

Dr. Gaiser sprach inzwischen laut vor sich hin Gebete in die Gottesferne. Ja, er fühlte sich von Gott verlassen, und er hörte immer wieder Henns Worte: »Der Herr wird Sie richten! Niemand entgeht der Gerechtigkeit Gottes!«

War es das? Hatte dieser fanatische Henn mit seiner Bande von Eiferern komplett den Verstand verloren? Spielten die jetzt hier Hölle mit ihm, oder war er nur im Fegefeuer und hatte noch eine Chance?

»Rede mit mir, du verfluchter Hurensohn! Rede! Die Polizei wird bald hier sein. Die kennen euch genau. Das Schweigen nutzt dir nichts! Du und deine ganze Bande von verblendeten Ignoranten, ihr werdet das bitter bereuen. Holt mich hier raus. Ich … ich kenne Sie nicht. Wer immer Sie da hinter der Wand sind – es wird für Sie sprechen, wenn Sie mich befreien. Sie können mein Retter werden. Sie werden super dastehen, wenn Ihre Komplizen ins Gefängnis gehen. Super! Ich habe Geld. Ich kann Ihnen einen Neuanfang finanzieren. Glauben Sie mir, das Leben kann sehr schön sein. Manhattan zum Beispiel. Waren Sie mal in Manhattan? New York. Der Broadway. Es ist nachts taghell, all die Lichter und die Musik. I will wake up in a city that never sleeps …«

Nichts. Keine Reaktion.

Dr. Gaiser begann zu singen. »Ich war noch niemals in New York, ich war noch niemals in Paris …« Dann wusste er den Text nicht weiter.

»Ich war schon da. Viermal, und Paris erst! Aber wenn Sie mich fragen, mir ist Paris ja lieber. Mont Martre. Champs-Élysées. Moulin Rouge. Kommen Sie, beenden wir den Scheiß hier. Holen Sie mich raus, und wir fahren los. Wir könnten schon heute Abend in Paris sein. Wir bekommen bestimmt noch Plätze im Moulin Rouge. Wir schauen den Mädels zu, saufen Champagner und …«

Er verstummte und presste wieder ein Ohr gegen die Mauer. Schlug da eine Tür? Klapperte da etwas?

Es gab ja nicht nur den Menschen, der ihn entführt und eingemauert hatte auf der Welt. Wo befand sich dieses Haus? Wohnten da andere Leute? Gab es Nachbarn? Ging da gerade jemand durch den Flur?

Er schrie: »Hilfe! Hilfe! Ich werde hier gegen meinen Willen festgehalten! Hilfe! Hilfe! Sie können mich nicht sehen! Ich bin hinter der Wand eingemauert!«

Die »Gotteskinder« hatten ihr Büro in einer umgebauten Doppelgarage mit Außenklo. Im dazugehörigen Zweifamilienhaus wohnten Herr und Frau Weeke und betreuten eine christliche Wohngruppe, in der zurzeit drei junge Mütter und vier Kinder ein Zuhause fanden. Im Garten gab es einen Spielbereich, deutlich abgegrenzt davon der Gemüsegarten und das Gewächshaus.

Frau Weeke erklärte alles ausführlich: »Hier lernen die jungen Frauen, sich selbst zu versorgen. Wir achten auf gesunde Ernährung für Mutter und Kind. Was glauben Sie, wie die Mädchen hierherkommen? Kochen hat kaum eine gelernt.«

Frau Weeke lachte ein bisschen zu laut und zu hell, fand Weller.

»Ja, die denken, sie könnten kochen, aber das ist doch nur ein Warmmachen. Die Mädchen kennen die Basissachen nicht. Wie lange kocht eine Kartoffel, bis sie gar ist? Wir haben natürlich keine Mikrowelle, dafür legen wir Wert auf gemeinsames Essen. Die Mädchen müssen hier erst Familie und Gemeinschaft lernen. Morgen zieht ein Mädchen hier ein. Sie ist fünfzehn und im fünften Monat. Sie hat sich für ihr Kind und gegen ihren Vater und ihren Freund entschieden. Der Konflikt hätte sie fast umgebracht. Versucht hat sie es, mit irgendeinem Partydrogenmist. Fragen Sie mich nicht, wie das Dreckszeug heißt.«

»Das ist ja alles sehr nett, Frau Weeke, aber wir sind nicht gekommen, um Ihre ehrenamtliche Arbeit zu begutachten, sondern …«

»Wegen Herrn Gaiser. Das ist mir klar. Aber Sie sollen sehen, worum es in Wirklichkeit geht. Das hier soll zerstört werden. Dieser Ort der Hoffnung und des Gottvertrauens. Was machen Ihre Kollegen dadrüben?«

»Eine Hausdurchsuchung.«

»Nein, Sie irren sich, junger Mann. Wir haben keine Geheimnisse. Hier muss nichts durchsucht werden. Ihre Leute sind da mit drei Polizeiwagen vorgefahren, damit alle Nachbarn sehen, was hier passiert. Wir sollen in Misskredit gebracht werden. Unsere Arbeit soll verunglimpft werden. Darum geht es.«

Sie reckte ihre Arme hoch und stellte sich auf die Zehenspitzen. »Bitte! Durchsuchen Sie mich!«

Weller ließ sich nicht provozieren. Er blieb betont sachlich. »Der richterliche Durchsuchungsbefehl gilt nicht für dieses Wohnhaus, sondern nur für die Räume des Vereins. Sie selbst sind nicht betroffen. Und wenn Ihre Kleidung untersucht werden müsste, würde nicht ich das tun, sondern eine Kollegin. Ich habe ein paar Fragen an Sie. Sie müssen meine Fragen nicht beantworten. Sie können gerne einen Anwalt hinzuziehen. Ich kann Sie auch offiziell vorladen, wenn Ihnen das lieber ist.«

Ihr strenges Gesicht bekam einen Hauch von Milde. Sie war einen halben Kopf größer als Weller, aber sehr hager. Ihr Gesicht hatte etwas Vogelartiges.

Weller schätzte sie auf Anfang sechzig. Er konnte sich vorstellen, dass sie früher einmal eine attraktive Frau gewesen war, aber sie tat jetzt alles, um das zu verleugnen.

Der Zug um ihren Mund war hart, die Lippen schmal.

Sie benutzte keinerlei Kosmetik. Im rechten Mundwinkel, am Hals und am rechten Ohr war ihre Haut ausgetrocknet und schuppte sich. Ihre schwarzen Haare waren frisch gewaschen und streng nach hinten gekämmt. Eine Hornspange hielt sie zusammen.

Trotz der sommerlichen Temperaturen trug sie einen selbst gestrickten Pullover mit gelbbraunem Muster. Er sah aus wie ein gestricktes Kirchenfenster.

Sie bot Weller Platz an, blieb selbst aber stehen. Sie drehte ihm den Rücken zu und begann Salatblätter abzuzupfen und zu waschen. Danach tupfte sie jedes einzeln trocken.

»Sie und Ihre Organisation bekämpfen Dr. Gaiser und seine Arztpraxis seit geraumer Zeit. Halten Sie es für möglich, dass ein Mitglied Ihres Vereins etwas mit der Entführung zu tun hat?«

»Arztpraxis!«, wiederholte sie angewidert. »In einer Arztpraxis soll Menschen geholfen werden. Dr. Gaiser bringt sie um.«

»Nach unseren Überprüfungen findet alles dort im Rahmen der gesetzlichen Bestimmungen statt.«

»Mord ist es trotzdem! Da beißt die Maus keinen Faden ab.«

»Und glauben Sie, dass ein Vereinsmitglied gerade versucht, die Dinge auf die eigene Art in die Hand zu nehmen?«

Sie sah beim Salatputzen aus dem Küchenfenster. »Ihre Kollegen tragen Akten und Karteikästen aus dem Vereinshaus.«

»Ja, das ist ihre Aufgabe. Ihr Mann bekommt ja für alles eine Quittung, und sobald die Dinge ausgewertet sind, bringen wir Ihnen alles zurück. Wir sind keine Diebe.«

»Haben Sie die Akten von Dr. Gaiser auch beschlagnahmt?«

»Das geht Sie nichts an. Bitte beantworten Sie meine Frage.«

Sie drehte sich um und sah Weller durchdringend an. »Sie stehen auf der falschen Seite, Herr Kommissar. Ich spüre, dass Sie tief in sich drin ein guter Mensch sind. Kehren Sie um! Es ist noch nicht zu spät.«

»So, jetzt reicht es. Lassen Sie den Salat da mal in Ruhe und setzen Sie sich zu mir. Was wissen Sie über einen gewissen Herrn Henn?«

Sie tat, was Weller ihr befohlen hatte. Sein Ton beeindruckte sie. Sie trocknete ihre Hände an einem Spültuch ab und setzte sich zu ihm. Sie faltete die Hände wie zum Gebet und legte sie auf Weller gerichtet auf die Tischplatte. Es sah für ihn aus, als würden die Hände gar nicht zu ihr gehören, als könnte die Frau jeden Moment aufstehen und ihre Hände auf dem Tisch liegen lassen. Sie hatte etwas Körperloses an sich, als wäre sie nicht in sich drin, sondern als würde sie über sich schweben und diesen Körper wie eine Marionette an unsichtbaren Fäden führen.

»Herr Henn ist ein Mitglied unserer Gemeinschaft. Ich teile sicherlich nicht alle seine Ansichten, er ist recht extrem, aber Herr Gaiser und seine Hexe hatten kein Recht, ihn so übel anzugreifen. Er wurde mit so einem Elektroschocker gequält!« Sie verzog das Gesicht. »Ich mag mir so etwas gar nicht vorstellen. Er leidet noch heute unter Angstzuständen.«

»Hat Herr Henn in Ihrem Beisein Drohungen gegen Herrn Gaiser ausgestoßen?«

»Nein, wir haben gemeinsam für ihn gebetet.«

»Gebetet? Ja, damit der Herr ihn auf den rechten Weg zurückführt, oder was?«

»Wir müssen unseren Weg alleine gehen, und wir sind für alles, was wir tun, verantwortlich.«

Rupert kam, ohne anzuklopfen, in die Küche und

sagte: »Sie haben alle ein bombensicheres Alibi. Zur Tatzeit haben sie eine Versammlung abgehalten. Dreizehn Zeugen. Henn war dabei.«

Weller stand auf. »Na klasse.«

Er ging mit Rupert zu dem Polizeiwagen. Dort stand Huberkran und telefonierte.

»Die decken sich gegenseitig. Die Sache ist für mich sonnenklar. Ich brauche Verhörspezialisten. Wir müssen sie garkochen. Wir haben es mit einer Tätergruppe zu tun. Nein, nicht irgendwelche Psychopathen. Überzeugungstäter. Ich habe ein ganz mieses Gefühl bei der Sache, die kommen sich so verdammt überlegen vor, als hätten sie noch einen Trumpf in der Tasche. Ich traue denen alles zu. Die wollen ein Fanal setzen. Kann sein, die haben ihre Verhaftung längst einkalkuliert und bringen sich alle gleichzeitig zu einem verabredeten Zeitpunkt um, nur damit wir blöd dastehen und die Welt aufgerüttelt wird, wie damals diese Jim-Jones-Family oder wie die Spinner hießen. Ja. Im Busch … Natürlich sind wir nicht in Guyana, sondern in Ostfriesland, aber … Ja, was ist jetzt, bekommen wir die Unterstützung oder nicht?«

Sauer steckte Huberkran das Handy ein. Weller schätzte Huberkran so ein, dass die Sache begann, ihm über den Kopf zu wachsen.

»Ann kommt morgen zurück«, sagte Weller.

»Ja, sehr tröstlich!«, zischte Huberkran.

»Das mit dem Massenselbstmord solltest du in ihrer Gegenwart lieber nicht sagen.«

»Warum nicht?«

»Weil es keiner war.«

»Na hör mal, ich will das jetzt nicht diskutieren, aber damals wurden in Guyana mehr als neunhundert Tote gefunden, die sich mit Zyankali vergiftet hatten. Das Ganze ging als größter Selbstmord der Geschichte in die Kriminalstatistik ein.«

»Es waren neunhundertzwölf. Neunhundertzwölf Menschen. Und es ist falsch. Es war kein Massenselbstmord. Man vergisst gerne die zweihundertsechsundsiebzig getöteten Kinder. Die haben garantiert keinen Selbstmord begangen. Denen haben Erwachsene Gift eingeflößt. Ann sagt, es sei ein Skandal, dass dieses Verbrechen immer noch als Selbstmord dargestellt wird.«

»Ann sagt!?! Hast du keine eigene Meinung?«

»Doch. Ich denke, sie hat ganz einfach recht.«

»Ja toll! Und warum ist sie jetzt nicht hier?« Huberkran packte Weller und schüttelte ihn. Die Geschichte nahm ihn deutlich mit. »Jede Minute zählt, Frank! Diese Schweine haben irgendwo Judith Harmsen und Dr. Gaiser eingemauert. Wenn wir nicht bald bei ihnen sind, werden sie jämmerlich sterben!«

Herr Weeke rief: »Da kommt unser Anwalt! Packen Sie mal gleich unsere Akten wieder aus! Herr Dr. Siebert, das hier geschieht gegen meinen ausdrücklichen Willen!«

Huberkran ließ Weller los und schlug mit der Faust aufs Autodach. Zähneknirschend sagte er: »Halt mich fest, Frank, bevor ich mich unglücklich mache und die Wahrheit aus denen herausprügle! Halt mich fest!«

Weller tat es. Frau Weeke sah vom Küchenfenster aus zu.

Ann Kathrin stieg in Mainz um in den Zug nach Norden. Wie hätte sie ahnen sollen, dass die Fahndung nach ihr bereits angelaufen war. Ihr Anruf aus dem Schwarzen Bock bei Stenger war von der Telefongesellschaft registriert worden. Sie hatte das Gespräch ordnungsgemäß beim Auschecken bezahlt, und zwar mit ihrer EC-Karte der Sparkasse Aurich-Norden.

Beim Betreten der Boutique war sie von der Sicherheitskamera fotografiert worden. Einmal am Eingang und noch einmal an der Kasse.

Das Gespräch mit Stenger, das sie telefonisch als erfolgreiche Unternehmerin Sylvia Jansen geführt hatte, kursierte inzwischen in Ostfriesland bei allen Kollegen, die Ann Kathrin kannten. Es war der Brüller auf Handys und PCs. Jeder Stand-up-Comedian wäre glücklich gewesen, so viele Lacher zu provozieren. Nur Weller selbst hatte es noch nicht gehört.

Rupert hatte das denkwürdige Gespräch in Wellers E-Mail-Fach gefunden, als er auf der Suche nach einer Adresse war. Er hatte gleich »an alle« angeklickt.

Am schlimmsten traf es Ubbo Heide. Er konnte gar nicht darüber lachen, sondern ahnte, welcher Ärger auf sie alle wartete, wenn Ann Kathrin so an die Sache heranging. Das Ganze hörte sich für ihn nach einem Rachefeldzug an.

Dann kam es noch viel schlimmer, als er befürchtet hatte. Die Wiesbadener Kollegen verdächtigten Ann Kathrin, Stenger und eine bisher unbekannte weibliche Person erschossen zu haben.

Für Ubbo Heide war das gar nicht abwegig. Wenn sie glaubte, den Mörder ihres Vaters gefunden zu haben, hatte sie ihn zunächst am Telefon verspottet und dann hingerichtet. Für seinen Magen war das gar nicht gut. Er griff zum nächsten Marzipan-Seehund von ten Cate. Er hatte noch drei in Reserve und einen Leuchtturm. In so einer Situation brauchte er etwas magenfreundliches Süßes.

Angeblich hatte Ann Kathrin, um die Tat zu vertuschen, Stengers Büro angezündet. Die Bilder, die Ubbo Heide übermittelt wurden, zeigten eindeutig Ann Kathrin Klaasen in neuem Outfit mit einer großen Einkaufstüte.

Ubbo Heide bat die Kollegen, die Verhaftung selbst vornehmen zu dürfen. Er hatte trotz allem noch die Hoffnung, nicht jeden Einfluss auf Ann Kathrin verloren zu haben. Sie würde garantiert nicht auf ihn oder einen ihrer Kollegen schießen, sondern sich widerstandslos ergeben.

Er war schon lange nicht mehr so sehr auf den Widerstand einer anderen Dienststelle gestoßen. Der Kollege Dengtasch sprach für einen Hessen grammatikalisch viel zu sauberes, akzentfreies Deutsch. Ubbo Heide vermutete, dass Dengtasch türkischer Herkunft war. Vermutlich die zweite Gastarbeitergeneration, hier aufgewachsen und durch einen Spießrutenlauf zum Abitur gekommen. Er schätzte den Kollegen auf Anfang fünfzig. Er bat höflich um Unterstützung von Beamten, die Ann Kathrin Klaasen und ihre Gewohnheiten kannten, die Verhaftung würden aber er und seine Truppe auf jeden Fall selbst durchführen.

Er sagte tatsächlich »meine Truppe«, und damit löste er bei Ubbo Heide die beklemmende Befürchtung aus, alles könne in einer Schießerei im Hauptbahnhof enden. Ihm war zum Heulen zumute. So wie die Dinge lagen, konnte selbst der gerissenste Anwalt kaum noch etwas für sie tun. Wie immer, wenn er es mit schweren Straftaten zu tun hatte, rechnete er bereits das Urteil aus. Im Fall Stenger musste sie sicherlich nicht mit einer Mordanklage rechnen. Als Mörder galt nur, wer »aus Mordlust, Habgier, zur Befriedigung des Geschlechtstriebs oder anderen niedrigen Beweggründen« tötete. »Heimtückisch« oder »besonders grausam« würde auch keiner die Tat nennen.

Ann Kathrin kannte die Definition des Gesetzgebers so gut wie er. Sie hatte sich bestimmt ausgerechnet, für einfachen Totschlag verurteilt zu werden, das bedeutete im günstigsten Fall fünf Jahre Haft. Aber diese zweite Person, die sie erschossen hatte, machte alles schwieriger. Wie konnte sie nur so dumm sein? Das bedeutete vielleicht fünfzehn Jahre, wenn nicht lebenslänglich.

Etwas war aus dem Ruder gelaufen. Das hatte sie niemals so geplant.

Ubbo Heide biss in einen Marzipan-Seehund und schämte sich plötzlich für seine Gedanken, denn für ihn war ihre Schuld offensichtlich schon klar. Wie sollte er Weller das alles erklären? Es war seine Aufgabe, es ihm zu sagen.

In Mainz kaufte Ann Kathrin sich einen frisch gepressten Orangensaft, damit schlenderte sie in die Buchhandlung. Aber bevor sie den Kinderbuchtisch erreichte, musste sie an den Tageszeitungen vorbei. Der Wiesbadener Kurier ließ sie stoppen. Noch ahnte sie nicht, dass der Doppelmord irgendetwas mit ihr zu tun hatte. Aber sie war lange genug in der Mordkommission, um auf bestimmte Signale zu reagieren. Sie kaufte den Kurier, und noch während sie den sauber recherchierten Bericht las, wurde ihr heiß, als hätte sie sich gerade einen schlimmen Virus eingefangen. In der Aufregung ließ sie den Saft im Becher mit Strohhalm an der Kasse stehen.

Die Kassiererin rief hinter Ann Kathrin her: »Frollein! Sie haben etwas vergessen!«

Ann Kathrin ließ sich nicht gern mit Frollein anreden, aber das war jetzt ganz gleichgültig. Sie las sich im Bericht fest. Die Bezeichnung »Partnervermittlungsinstitut mit fragwürdigem Ruf« sagte ihr alles. Jemand hatte Stenger getötet. Da wurde einer nervös und knipste alle Leute aus, die ihn verraten konnten. Sie war ganz nah dran! Ein Hochgefühl erfasste sie.

Der Killer war ihr zu Beginn immer einen Schritt voraus, aber jetzt kam es ihr so vor, als würde er hinter ihr her hecheln. Es war ein mulmiges Gefühl, das sie plötzlich wieder frösteln ließ. Führte sie den Mörder zu den Opfern? Benutzte er sie als Jagdhund? Hatte sie ihn zu Frau Klocke geführt und zu Stenger? Woher wusste er, was sie tat? Sie sah sich um. Im Umkreis von zehn Metern befanden sich schätzungsweise fünfzig Personen.

War er ihr so nah? Ließ er ihr Handy orten? Hatte er einen Detektiv auf sie angesetzt, der ihm berichtete? Der Typ da mit der Knackwurst, der sich gerade mit Senf bekleckerte, kam ihr verdächtig vor. Er aß die Wurst, ohne ihr einen Hauch von Aufmerksamkeit zu schenken. Scheinbar studierte er total konzentriert die Auslage im Schaufenster der Buchhandlung. Aber war er wirklich ein Mann, der heimlich Frauenromane über Liebe auf einem Ponyhof in der Toskana las? Oder beobachtete er sie nur im Fensterglas?

Im Laden arbeitete eine attraktive Buchhändlerin, die beim Sortieren der Regale ihren zweifellos schönen Po hochreckte. Vielleicht war sie der Grund für sein Verhalten. Jedenfalls tropfte der Senf nicht nur auf seine Schuhe, sondern auch auf sein Hemd.

Ann Kathrin stieg in den Intercity. Der Wurstesser folgte ihr nicht.

Eine Oma mit ihrem Enkelkind ließ sich neben Ann Kathrin nieder. Die gute Frau packte sofort Leberwurstbrote aus. Ihr Enkelkind, das für sein Alter gut acht bis zehn Kilo zu schwer war, schüttelte den Kopf. »Nein, Omi, jetzt nicht.«

Der Junge las in einem Taschenbuch. Sie nahm es ihm wortlos ab und prüfte Umschlag und Text auf der Rückseite. Der Junge befürchtete wohl, das Buch könne vor ihren Augen kaum Gnade finden. Aber es kam durch die Zensur. Sie gab es ihm mit deutlichem Missfallen zurück. »Hast du das von deinem Vater?«

»Der liest nicht.«

Mit der Antwort gab sie sich zufrieden. Der Junge versank wieder in seinem Text, sie biss in das Leberwurstbrot.

Vielleicht beobachtet er meine Schritte übers Internet, dachte Ann Kathrin. Wenn er auch die »Gelsenkirchener Geschichten« liest, kann er daraus folgern, dass ich … Aber der Schlüssel ist Frau Klocke. Sie wurde umgebracht, als nur eine Handvoll Leute wussten, dass ich einen Zusammenhang zwischen ihr und meinem Vater vermutete. Es waren alles Kollegen. Weller hat für mich Erkundigungen eingeholt. Direkt danach war sie tot.

Ann Kathrin wurde aus ihren Gedanken gerissen. Weller rief an. So kannte sie ihn nicht, seine Stimme hatte sich verändert. Er redete hektisch, als würde er keine Luft bekommen. Sie stellte sich vor, dass ihn jemand würgte, während er sprach.

»Sie suchen dich, Ann! Bitte, stell dich. Man kann das alles klären …«

Sie wusste augenblicklich, was geschehen war. Empört rief sie: »Ich habe Stenger nicht umgebracht! Was denkt ihr denn? Habe ich es nur noch mit Schwachsinnigen zu tun?«

Die Dame stand auf und schob ihr Enkelkind aus dem Abteil. Der Junge protestierte: »Lass mich doch! Was ist denn? Immer wenn es spannend wird, muss ich raus!«

Die Dame nickte Ann Kathrin zu, und schon war sie im nächsten Abteil.

»Ann, ich habe nur eine Frage. Du weißt, ich liebe dich. Bitte, sag mir …«

Sie ließ ihn nicht aussprechen. Sie hatte nur wenig Zeit, wenn sie versuchten, ihr Handy zu orten, dann war es vielleicht schon zu spät.

»Denkst du auch, ich war es?«

»Nein … natürlich nicht. Ich …«

»Na bitte!«

»Ann, was hast du jetzt vor?«

»Du glaubst doch nicht im Ernst, dass ich mich jetzt stelle, und während alle viel Zeit mit mir verbringen, kann der Mörder sich in aller Ruhe verkrümeln. Nein. Ich bleibe jetzt dran.«

»Ann, wenn er Stenger umgebracht hat, damit er dir nichts sagen konnte, dann wirst du die Nächste sein.«

»Da könntest du recht haben, Frank. Und ich kann mich nicht stellen – ich fürchte, der Täter ist einer von uns.«

»Ach, Ann, du verrennst dich! Wer denn? Rupert? Ubbo? Ich?«

»Bitte, hilf ihnen nicht, mich zu finden, Frank. Ich melde mich.«

Sie nahm die Batterie aus dem Handy. Dann überlegte sie es sich anders und legte die Batterie wieder ein. Sie war kurz vor Koblenz. Sie deponierte das Handy im Abfall auf der Toilette und stieg in Koblenz aus. Sollten sie das Handy ruhig orten.

Dreißig Minuten später durchsuchte eine Sondereinheit in Bonn den Zug nach ihr. Vergeblich.

Dr. Gaiser versuchte es mit Morsezeichen. Als Kind hatte er bei den Pfadfindern das Morsealphabet gelernt und natürlich wieder vergessen, aber drei lang, drei kurz, drei lang, drei kurz, immer in einem durch, das bedeutete SOS. Als Kinder übersetzten sie SOS beim Mittagessen im Zeltlager mit »Same old Soup«. Er erinnerte sich jetzt beim Klopfen daran. Es erhielt ihn lebendig. Wer abgeschnitten von neuen Eindrücken eine Weile überleben muss, braucht Erinnerungen, um nicht verrückt zu werden, dachte er. Seine Angst, diese Mauern irre zu verlassen, war größer als die, zu sterben.

Er klopfte weiter. Lang. Kurz. Lang.

Weller hielt die Situation nicht aus. Einerseits verhörte er diesen Henn vom Verein »Gotteskinder«, andererseits setzte Ubbo Heide ihn unter Druck, er möge ihm helfen,

Ann Kathrin zur Vernunft zu bringen, »bevor die Kollegen sie fassen«.

Ubbo Heide beschwor Weller: »Wenn du sie liebst, Frank, dann hilf ihr und uns, indem wir das hier beenden. Es kann nicht gut ausgehen. Wie viele Leute sollen denn noch sterben?«

»Sie glaubt, dass einer von uns mit drinhängt«, hatte Weller Ubbo Heide entgegengehalten. Seine Worte klangen in Wellers Ohren nach: »Ich befehle dir, uns zu helfen, Frank. Entscheide dich, wo du stehst, und dann gib mir deine Marke, oder reih dich wieder ein.«

An den Ausdruck »ich befehle dir« konnte Weller sich aus früheren Zeiten nicht erinnern. Sie hatten schon oft unter mörderischem Druck gestanden, aber nie zuvor war Ubbo so ausgeflippt. In seinem Beisein hatte Ubbo versucht, Ann Kathrin anzurufen, um sie zur Aufgabe zu bewegen. Ihr Handy klingelte auch, aber nicht sie ging ran, sondern eine Kollegin aus Rheinland-Pfalz, die sich mit »Ann Kathrin Klaasen« meldete. Eine Finte, die Ubbo Heide so aufregte, dass er den Vorgesetzten der Kollegin sprechen wollte und eine Dienstaufsichtsbeschwerde schrieb.

Das alles drehte sich in Wellers Kopf zu einem Strudel, in dem er zu versinken drohte. Er hatte Mühe, sich auf Henn zu konzentrieren.

Henns Haus machte einen unbewohnten Eindruck. Zweifellos musste irgendwo zumindest ein Schlafraum sein, eine benutzbare Toilette oder eine Küche, aber schon der Flur stellte ein nur schwer zugängliches Hindernis dar. Umzugskisten stapelten sich links und rechts. Eine Tapete war nicht sichtbar, wo die Wände nicht zugestellt waren, hingen Plakate:

Wenn Sie schon zwei Kinder haben und drei zu viel sind, warum erschießen Sie dann nicht eins? Schwangerschaftsabbruch ist Mord!

Zunächst glaubte Weller, es würde nach einer defekten Toilette riechen, aber als Henn ihn bat, in die Küche zu kommen, stellte er fest, dass es die Kohlsuppe war, die diesen Duft verbreitete.

Henn beschimpfte die Polizei, den Staat und die Regierung als Helfershelfer des Holocaust an Millionen Babys. Huberkran bremste ihn. Aber statt sachdienlicher Hinweise mussten sie sich einen Vortrag anhören, und als Weller Henn anschrie, er solle sich mäßigen, es ginge um das Leben von Dr. Gaiser, da lächelte Henn: »Ein Schwein weniger. Klasse, sage ich da nur. Es gibt halt doch einen Gott. Wissen Sie, Herr Kommissar, die ersten Aktivisten haben sich längst von unserem legalistischen Weg getrennt. Die merken doch, dass das alles nichts bringt. Briefe schreiben. Protestieren. Die ganze organisierte Empörung. Das nächtliche Plakatekleben. Die sind längst in den Untergrund gegangen, lassen nicht länger mit sich reden, wollen nicht weichgespült werden, kein Verständnis mehr haben, schlagen zu. Hart. Präzise. Wo es dem Feind besonders wehtut. Wer den Gaiser für eine Zeit aus dem Verkehr zieht, rettet pro Tag vier Leben. An Wochenenden, wenn der Tötungstourismus beginnt, noch mehr. Wer immer es war, Herr Kommissar, man sollte ihm eine Lebensrettungsmedaille überreichen. Der Mensch, den Sie verfolgen, der verdient Respekt. Hochachtung. Er ist ein Held. Eine Art Wilhelm Tell.«

»Jetzt reicht es aber!«, grollte Huberkran. Er war kurz davor, diesem Henn eins in die Fresse zu hauen.

»Sind Sie dieser Held, den Sie hier in so strahlenden Farben schildern?«

Henn rührte die stinkige Suppe um. »Nein, bin ich nicht, weil ich ein feiger Kompromissler bin. Weil ich befürchte, eine lange Haftstrafe nicht durchzustehen.«

Huberkran und Weller sahen sich an und stimmten mit Blicken ihr weiteres Vorgehen ab. Huberkran legte sorgfältig DIN-A4-große Fotos auf den Tisch. Henn drehte ihm den Rücken zu und schmeckte seine Kohlsuppe ab.

Der Kohl wurde bestimmt mit zu viel Gülle gedüngt, dachte Weller und fragte scharf: »Okay, Sie haben es nicht gemacht, weil Sie zu feige sind. Aber Sie kennen den Täter, stimmt's?«

Henn antwortete nicht. Huberkran riss ihn vom Topf weg und zwang ihn, sich die Fotos anzusehen. Henn wehrte sich nicht.

»Da, schauen Sie, was Ihr Held angerichtet hat. Diese junge Frau hier war vierundzwanzig Jahre alt, als sie von ihm eingemauert wurde. Sie ist jämmerlich verhungert. Ihre Mutter hat sich das Leben genommen, sie wurde mit dem Verlust nicht fertig. Sie glaubte, ihre Tochter hätte die Familie wegen eines Streits verlassen. Und diese hier -«, Huberkran tippte auf ein Bild, »war sechsundzwanzig, als ...«

Henn machte sich abrupt los und stellte sich aufrecht hin. »Das beeindruckt mich nicht, Herr Kommissar. Jede dieser Frauen hier hatte, wenn ich das richtig verstanden habe, viel, viel mehr Lebenszeit auf dieser schönen Erde als die Kinder, die sie getötet haben.«

Huberkran hielt es nicht länger aus. »Wir verhaften Sie wegen Mordverdachtes in mindestens vierunddreißig Fällen. Außerdem Entführung, Freiheitsberaubung und ...«

Henns Brust wölbte sich, als sei er stolz darauf. »Ich habe ein Alibi!«

»Ihr Alibi ist nichts wert. Einen Dreck ist es wert! Jede kriminelle Vereinigung deckt sich gegenseitig«, schimpfte Weller.

»Und jetzt möchten Sie bestimmt Ihren Anwalt, diesen Herrn Siebert, sprechen, oder?«

»Gut geraten, Herr Kommissar.«

»Vielleicht«, sagte Huberkran zu Weller, »sollten wir

ihm vorher noch Gelegenheit geben, etwas von seiner Suppe zu essen. So etwas Gutes wird es lange nicht mehr für ihn geben.«

»Wir sollten ihn zwingen, die Jauche zu essen. Vielleicht gesteht er dann …«

Ann Kathrin beschloss, sich an einen Ort zurückzuziehen, wo sie niemand suchen würde: auf Spiekeroog, ins Haus von Heiko Käfer. Er hatte eine Menge Dreck am Stecken, und sie würde ihn damit konfrontieren.

Sie fuhr mit der Bahn kreuz und quer. Erst nach Hannover, von dort nach Bremen.

In Bremen kleidete sie sich in der Galeria Kaufhof neu ein. Sie wollte Touristin unter Touristen sein. Große Sonnenbrille, zwei bunte Hemden, Pumps und einen Sommerrock, der kurz über dem Knie endete. Sie nahm Sachen zum Wechseln mit. Hot Pants. T-Shirts. Sie musste sich verwandeln können. Einen Koffer mit Rollen, einen Sommerhut. Sie kaufte noch Sandalen und in einer Boutique ein enges Kostüm, um auf Vamp zu machen, falls nötig. Bei Douglas bekam sie zwar kaum Luft, aber sie brauchte Kosmetik. Sie suchte sie fast etwas zu rasch aus, um sich nicht verdächtig zu machen.

Von Bremen fuhr sie über Oldenburg, Sande und Esens nach Neuharlingersiel. Niemand würde sie unter all den Touristen, die zur Insel wollten, vermuten.

Auf der Fähre schloss sie sich einem Frauenkegelclub aus Dortmund an. Die Keglerinnen waren mit Kümmerling, Kleinem Feigling und Küstennebel bewaffnet. Außerdem kreisten zwei warme Sektflaschen. Eine Sekretärin mit einem mächtigen Busen, als sei sie aus einem Russ-Meyer-Film entsprungen, nannte Ann Kathrin die ganze Zeit Hilde und erzählte ihr von ihrem Chef, den sie als dummes, geiles, korruptes, aber sehr erfolgreiches Schwein bezeichnete.

Ann Kathrin spielte also die alte Freundin Hilde und fühlte sich bei dem angetrunkenen Kegelclub geborgen. Aber auf der Insel bemühte sie sich, die Damen loszuwerden. Die Sekretärin rief hinter ihr her: »Hilde! Hilde? Wo gehst du denn hin?« Dann sagte sie zu den anderen: »Mensch, Meier, ist die schikker.«

Am Künstlerhaus beschleunigte Ann Kathrin ihren Gang. Zwei Elstern, die sich auf ihrer Diebestour von der Kommissarin gestört fühlten, flatterten hoch. Die Möwen sahen Ann Kathrin nur misstrauisch zu. Sie flohen nicht, griffen aber auch nicht an.

Nachdem sie den Kegelclub abgehängt hatte, stand sie mit ihrem Koffer zwischen Zitterpappeln und Schwarzkiefern. Sie kam sich dämlich vor. Hierher schleppte niemand seinen Koffer. Der Sandboden machte ein Rollen unmöglich. Was zur Tarnung dienen sollte, machte sie jetzt auffällig, ja verdächtig. Über ihr kreiste ein Turmfalke, als käme selbst ihm ihr Verhalten komisch vor. Sie schwankte zwischen dem Impuls, sich ein Zimmer zu mieten, falls überhaupt noch eines auf der Insel frei war, und dem Drang, jetzt sofort zu Käfer zu gehen, ohne Zeit zu verlieren. Vermutlich war er gar nicht da, sondern auf dem Festland.

Sie beschloss, in sein Haus einzudringen und sich dort breitzumachen. Sie würde es durchsuchen und dort abwarten. Ja. Sie wollte ihre Operationsbasis in die Höhle des Löwen verlegen. Niemand würde sie hier suchen.

Ein Hotel war viel zu riskant. Vielleicht würde morgen schon ihr Foto in der Zeitung stehen oder über die Flachbildschirme flimmern.

Sie brauchte bei der zu erwartenden Medienhatz einen Verbündeten. Sollte sie Holger Bloem anrufen? Sein Telefon würde vermutlich nicht überwacht werden, das von Weller garantiert. Würde Holger ihr glauben?

War das fair von ihr, oder riss sie ihn dadurch nur in den Sumpf mit hinein?

Sie fühlte sich stark und gut. Die Abendsonne streichelte ihre Haut, und ein Sonnenuntergang, wie er beeindruckender nicht sein konnte, ließ sie einen Moment innehalten und zwischen all dem Alltagsdreck spüren, dass es sich lohnte zu leben und für eine bessere, anständigere Welt zu kämpfen.

Heiko Käfers Haus lag, umgeben von einem Sanddorndickicht, im Schatten zweier Eichen geduckt zwischen den Dünen vor ihr wie ein Versteck. Ein idealer Unterschlupf für jemanden, der gesucht wurde. Auf Spiekeroog gab es keine Polizeikontrollen, keine Straßensperren, keine Razzien.

Sie erwartete einen mit Alarmanlagen gesicherten Bunker. Sie stand vor einem kleinen Hexenhäuschen aus roten Backsteinen, auf dem Dach moosbewachsene Ziegel, an den kleinen Fenstern champagnerfarbene, von Hand gehäkelte Spitze mit Rosenbordüre. Neben der Eingangstür eine Regentonne, die an ein Fass auf einem Piratenschiff erinnerte.

Hinten war ein Fenster gekippt. Ann Kathrin griff durch und stieß das Fliegengitter weg. Es war völlig problemlos, hier einzusteigen. Keine Alarmanlage ging los.

Ann Kathrin konnte in der Küche zwar aufrecht stehen, trotzdem ging sie unwillkürlich gebückt, als sei die Decke zu niedrig. Die Einbauküche aus Kiefernholz wirkte düster. Es gab einen Herd mit Cerankochfeld und ein Regal mit zweiundsechzig Gewürzen. Ein süßer Duft hing schwer im Raum. Neben dem Kühlschrank sah sie ein volles Weinregal. Sie öffnete ungeniert den Kühlschrank. Zwölf Eier von frei laufenden Hühnern. Biomilch. Ingwer. Tomaten. Joghurt. Löwensenf. Heinz-Ketchup. Zwei Flaschen Cola Zero. Eine angebrochene

Tafel Schokolade mit roten Pfefferkörnern und Chili. Zweihundert Gramm Krabben.

Ann Kathrin befühlte die Tomaten. Da beabsichtigte jemand, bald zurückzukommen.

In einem Tuppertopf fand sie gemahlenen Kaffee. Sie ging durchs Wohnzimmer zur Eingangstür, ganz wie sie erwartet hatte, hing neben der Tür ein Schlüsselkasten. Darin mehrere Schlüssel, die sie nicht zuordnen konnte, aber auch ein Band mit einer kleinen Taschenlampe, daran ein Aufkleber: Praxis und Fewo.

Schon beim ersten Versuch konnte sie die Haustür öffnen. Sie ging zwischen Sanddorn, Rosen und Hibiskus nach hinten und holte ihren Koffer rein. Sie fühlte sich durchtrieben und sehr lebendig. Ihre Haut kribbelte. Sie fand es großartig, jetzt hier zu sein. Ein schlechtes Gewissen regte sich zu ihrem Erstaunen nicht.

Sie schnitt Rosen ab und stellte sie in einer Vase im Wohnzimmer auf den Tisch. Sie setzte sich einen Kaffee auf und begann ruhig, ohne jede Eile, das Haus zu durchsuchen.

Das vollständig ausgespiegelte Schlafzimmer fand sie ziemlich heftig. Sogar an der Decke über dem Bett hingen vier Spiegel. Sie stellte sich vor, wie einer davon herunterkrachte und Heiko Käfers Kopf traf.

Über dem Bett baumelte ein Seil, an dem Lederriemen und -Schlaufen herunterhingen. Ann Kathrin hatte so etwas einmal in einem Bordell bei einer Hausdurchsuchung gesehen. Das Ding hieß Liebesschaukel und war heutzutage vermutlich in jedem zweiten Baumarkt zu bekommen. Eine Art schwebender gynäkologischer Stuhl.

Hinter dem ersten Spiegelschrank bewahrte Käfer seine Peitschensammlung auf. Sie hingen da wie Ausstellungsstücke im Foltermuseum. Beschriftet, sauber geputzt. Eine Neunschwänzige Katze mit geflochtenen

Tauenden. Eine Geißel mit Knoten am Ende der Riemen. Eine Bullenpeitsche mit biegsamem Griff. Eine kurze Signalpeitsche, wie sie ursprünglich bei Schlittenhunderennen verwendet wurden. Ein Rohrstock aus Rattan.

Käfer war also, obwohl er recht krank aussah, sexuell noch aktiv und benutzte solches Spielzeug. Sie wollte sich das lieber nicht vorstellen …

Auch Käfer hatte wie Stenger eine Schwäche für dicke Teppichböden. Der im Schlafzimmer war weiß.

Im Kleiderschrank entdeckte Ann Kathrin neben einem halben Zentner Dessous in der Größen Small und XS, 34 und 36, gut zwanzig weite Oberhemden von Heiko Käfer, mit denen er versuchte, seine Speckringe zu verbergen. Sie interessierte sich nicht für die Kleidung, aber sie wusste aus Erfahrung, dass Menschen Dinge wie Quittungen, die besser nicht in die Steuererklärung gehörten, verräterische Briefe oder Schwarzgeld lieber im Schlafzimmer im Kleiderschrank versteckten als im Büro im Aktenschrank.

Sie wurde rasch fündig. Unter einem Stapel XXL-T-Shirts stand eine Kiste voll mit DVDs. Ann Kathrin nahm sie mit ins Wohnzimmer, setzte sich in die Nähe der Rosen, und während sie den frisch gebrühten Kaffee trank, nutzte sie Käfers DVD-Recorder und den kinoartigen Bildschirm. Es fehlte eigentlich nur der Popcornduft.

Auf der ersten DVD sah sie eine schöne asiatische Frau. Sie lächelte in die Kamera und sagte Worte, die Ann Kathrin nicht verstand. Im Hintergrund hörte sie zwei Männer reden. War der eine ihr Vater? Die Möglichkeit bestand.

Sie stellte den Ton lauter, aber dadurch wurden die Nebengeräusche zu einem heftigen Brummen, das jede Spracherkennung unmöglich machte.

Plötzlich war eine Hand im Bild, packte den Kopf der jungen Frau und drehte ihn nach rechts und links. Ann

Kathrin konnte den Sinn nicht verstehen. Die junge Frau wehrte sich. Sie weinte und schrie, sie stand jetzt wie versteinert vor einer Wand. Es war ein anderer Raum. Sie trug andere Kleidung und wirkte verwirrt, eingeschüchtert. Das war kein Rock, sondern ein Krankenhaushemdchen.

Wo befand sie sich? Das war … ein Krankenhausflur? Nein, in einem Krankenhaus hingen keine Pin-up-Girls an den Wänden. Das waren nicht einfach Fotos aus Playboy oder Penthouse. Da hing nicht die Miss Oktober. Es waren Bilder aus Hardcorepornos.

Als Nächstes sah sie die junge Frau im Liegen. Sie schlief auf einem glänzenden Bett. Es war kein Bett, sondern eine Metallunterlage. Die Kamera schwenkte und zeigte den Raum. Es war zu Ann Kathrins Erschrecken ein Operationssaal. Ann Kathrin verschüttete ihren Kaffee.

Sie hatte die Eingangstür nicht gehört. Heiko Käfer stand wie eine Erscheinung vor ihr. Er füllte mit seiner massigen Gestalt die ganze Tür aus. Er schaltete den DVD-Recorder aus und richtete einen Revolver auf Ann Kathrin, Smith & Wesson, Modell 500.

Mehr noch als über Heiko Käfers plötzliches Auftauchen war sie über die Waffe schockiert. Es war eine der wenigen Faustfeuerwaffen, mit der Munition des Kalibers 500 S & W Magnum verschossen werden konnte. Die Waffe war für die Jagd auf Großtiere entwickelt worden, aber rasch hatten Straßengangs in den USA erkannt, dass man damit die Schutzwesten von Polizeibeamten durchdringen konnte. Der Revolver hatte nur fünf Patronen in der Trommel, bei den sonst üblichen sechs im Patronenlager wäre die Wandstärke nicht groß genug gewesen.

Heiko Käfer hielt nicht das übliche Modell 500 auf Ann Kathrin gerichtet. Sein Lauf war kürzer. Ann Kathrin erkannte eine Survival-Waffe, wie Buschpiloten in Alaska sie trugen, um sich bei einem Absturz gegen Bären oder andere Wildtiere verteidigen zu können.

Um nicht völlig verdattert und überrumpelt dazusitzen, versuchte Ann Kathrin einen Scherz: »Haben Sie Angst, bei einer Dünenwanderung auf Spiekeroog von einem Grizzly gefressen zu werden?«

Er verstand die Anspielung sehr gut und ging auch gleich auf die gespielt heitere Ebene. »Damit habe ich schon UFOs abgeschossen und außerirdische Blutsauger gestoppt, die an der Küste gelandet sind, um Ostfriesen zu fressen.«

»Haben Sie gut gemacht. Wie man sieht, wimmelt es dank Ihrer Hilfe hier ja nicht gerade vor außerirdischen Monstern.«

Er musste den schweren Hahn spannen, bevor er schießen konnte. Im Western machten Revolverhelden das gerne mit dem Daumen, doch dabei würde er den Lauf der Waffe, um die Hand zu entlasten, für einen Moment nach oben richten. Diese Chance würde sie nutzen, um den Tisch, der zwischen ihnen stand, umzustürzen, ihm den heißen Kaffee ins Gesicht zu schütten und ihn zu entwaffnen. Sie konnte sicher sein, dass sie viel schneller war als er. Aber er spannte den Hahn mit der linken Hand und hielt dabei die Mündung auf ihre Brust gerichtet.

»Sie haben es sich ja schon gemütlich gemacht und bringen sich mit kleinen Filmchen in Stimmung. Gehe ich recht in der Annahme, dass Ihr Bübchen … wie heißt der Warmduscher noch … ach ja, Weller, Frank Weller, es im Bett genauso wenig bringt wie sein Vorgänger Hero, dieses psychologische Weichei? Ich bin ja sowieso der Meinung, dass die meisten Seelenklempner selber einen Haschmich haben.«

Ann Kathrin ließ ihn reden und fragte sich, wie sie aus

dieser Nummer wieder herauskommen sollte. Die Polizei konnte sie ja schlecht rufen – immerhin wurde sie gesucht. Ob er das bereits wusste?

»Und jetzt sind Sie zu mir gekommen, um die Liebesschaukel auszuprobieren, nicht wahr? Vor lauter Geilheit können Sie kaum noch aus den Augen gucken. Sie wollen von mir geschaukelt werden? Endlich einmal willenlos an der Decke hängen und nichts mehr entscheiden müssen?«

»Halten Sie den Mund. So lasse ich nicht mit mir reden!«

Er trat ein und ließ sich vorsichtig im Sessel nieder, als hätte er Sorge, der könnte sonst unter ihm zusammenbrechen. Dabei hielt er den Smith & Wesson Revolver immer konsequent auf Ann Kathrin gerichtet.

Er lachte laut: »Dann soll ich also davon ausgehen, dass die Dame in mein Haus eingedrungen ist, um mich zu berauben oder mir irgendwelches ›Beweismaterial‹ unterzuschieben? Was werden wohl Ihre Kollegen dazu sagen? Oder sind das nicht inzwischen schon Ihre Exkollegen? Wenn ich jetzt die Polizei rufe, liebe Ann Kathrin, dann wird nicht der Inselbulle auf dem Fahrrad anrücken. Dann kommt ein Sondereinsatzkommando per Hubschrauber und holt Sie mit Waffengewalt hier raus. Ich werde Interviews geben und Sie Ihre Karriere im Knast beenden. Finden Sie nicht, es wäre für uns alle besser, wenn ich davon ausgehe, dass Sie gekommen sind, um mich zum Sex zu überreden? Mehr Spaß macht es auf jeden Fall …«

Er sah sie breit grinsend an. Die Ringe gelblicher Fettgeschwulste um seine Augen zuckten. »Und immerhin gibt es Zeugen dafür, dass Sie mir schon einmal in Ihrer süßen Unterwäsche aufgelauert haben. Sie erinnern sich? Unser letztes Treffen. Sex mit mir ist besser als Knast und …«

»Sie brauchen für solche Heldentaten doch bestimmt Medikamente? Ich fürchte, Viagra ist für Ihre Leber und Ihr Herz reines Gift.«

Die Rechte mit den braunen Hautflecken auf dem Handrücken spielte jetzt mit der Waffe. Er hielt den Revolver wie eine Penisverlängerung.

Da war ein Geräusch. Es war noch jemand im Haus. Ann Kathrin spürte eine gewisse Erleichterung. Seine thailändische Frau mit den glatten langen Haaren und den Mandelaugen zeigte sich im Flur.

»Ailin freut sich immer über ein neues Spielzeug für mich. Nicht wahr, Ailin, du freust dich doch?!«, rief er, ohne sich nach ihr umzusehen. Er trommelte mit den Fingern der linken Hand einen Rhythmus auf seine breiten Boss-Hosengürtel.

»Ja«, rief Ailin, »ich immer viel freut.«

Ann Kathrin setzte sich aufrecht hin. Die Anwesenheit der anderen Frau gab ihr Kraft. Sie brüllte Käfer an: »Ich bin nicht Ihr Spielzeug!«

»In Ihrer Situation, Frau Klaasen, sollten Sie froh sein, wenn ich nur mit Ihnen spielen will. Im Grunde macht es keinen Spaß mit euch Karrierefrauen. Dumm fickt gut, sagt man, und da ist auch was dran. Ihr steht euch doch selbst nur im Weg mit euren Bedenken und moralischen Vorstellungen.«

»Ja, danke, ich kenne den Vortrag, Herr Stenger hat ihn mir schon gehalten«, konterte sie.

»Und dann haben Sie ihn umgebracht. Ich weiß. Das wird hier anders laufen. Gleich werden Sie in der Liebesschaukel um Gnade winseln. So, und jetzt ziehen Sie diese lächerlichen Klamotten aus. In nasser Unterwäsche haben Sie mir besser gefallen.«

Er schnalzte mit der Zunge, was für Ailin wohl ein bekanntes Signal war. Sie brachte ihm ein Glas Eiswasser. Sie konnte unmöglich, so wie sie jetzt da stand, mit ihm zum Essen ausgegangen sein. Sie musste sich jetzt gerade umgezogen haben. Sie trug glänzende Lacklederstiefel bis zu den Knien und eine trägerlose Lackcorsage mit Satinbandschnürung.

Ann Kathrins Herz raste. Sie musste etwas tun. Sie stand auf und machte zwei Schritte. Der Lauf seiner Smith & Wesson folgte ihr, dessen ungeachtet verfiel sie in ihren in der Polizeiinspektion Aurich eingeübten Verhörgang. Drei Schritte, eine Kehrtwendung, drei Schritte. Bei jedem zweiten Schritt ein Blick auf den Verdächtigen.

Der Verhörgang gab ihr neue Sicherheit. Sie konnte wieder durchatmen, sie wurde wieder zur Kommissarin und sie begann die Befragung, ungeachtet der Situation, in der sie sich befand. Sie redete und lief sich Schritt für Schritt, Wort für Wort, Boden unter die Füße ihrer brüchig gewordenen Existenz.

»Die Beschuldigten in Menschenhandelsprozessen sind, anders als die Menschen allgemein glauben, überwiegend deutscher Staatsangehörigkeit. Dann folgen nicht etwa die Türken, sondern besonders viele Tatverdächtige kommen aus Litauen, Rumänien und Italien. Das Alter der Beschuldigten beträgt im Durchschnitt dreiunddreißig Jahre, da dürften Sie zu den Opas gehören. Fünfundachtzig Prozent der Täter sind männlich. Da bewegen Sie sich wieder in der Masse. Gut die Hälfte der Beschuldigten war zur Tatzeit verheiratet. Zwanzig Prozent wiesen einen Hauptschulabschluss auf, einundzwanzig schafften die Realschule, sieben Prozent das Abitur, und fast elf Prozent hatten ein abgeschlossenes Hochschulstudium vorzuweisen, so wie Sie. Der Rest hatte eine Berufsausbildung, die meisten sogar mit Abschluss. Sie gehören also zur geistigen Elite in Ihrem Fach, Herr Käfer. Respekt.«

Er klatschte, ohne die Waffe aus der Hand zu legen,

Beifall. »Bravo! Sie haben das Thema wissenschaftlich exakt durchdrungen. Nur verstanden haben Sie gar nichts.«

Ann Kathrin fühlte sich stark genug für einen verbalen Angriff: »Sie haben stumme Frauen verkauft!«

»Ja, da nähern wir uns der Sache. Da liegt der Stein des Weisen begraben.«

Ann Kathrin beschleunigte ihren Gang und drehte jeweils so scharf auf dem Absatz um, dass ihr Schuh im Teppich Spuren hinterließ.

»Sie haben eine angeblich Stumme in Gelsenkirchen abgeholt und sie …«

Er schien das sehr witzig zu finden. Sein Bauch bebte vor Lachen. Sein Gesicht lief rot an.

»Eine ist gut! Das ist wirklich gut! Sie wissen nichts, gute Frau, nichts!« Er zeigte auf die DVD-Kiste, die auf dem Tisch stand. »Sie haben das im Schlafzimmer gefunden. Haben Sie sich schon alles angesehen? Nein? Sollten Sie aber! Das ist Beweismaterial. Ihr Vater hat die meisten Aufnahmen gemacht, und seine Frau Klocke hat ihm geholfen. Damals war das Filmen mit versteckter Kamera noch ein echtes Problem, da passten die Geräte nicht in einen Knopf.«

»Mein Vater hat das gefilmt? Was geschieht da mit der Frau?«

Wieder lachte Käfer mit hochrotem Kopf.

Hoffentlich bekommt er keinen Herzschlag, bevor ich alles weiß, dachte Ann Kathrin.

»Der Markt für stumme Schönheiten war groß. Stenger und sein Bruder haben alles getan, um ständig neues Material zu bringen. Sie haben in Bangkok ein Taubstummenheim für Mädchen gegründet. Das war ganz ergiebig, und die Mädels waren dankbar, gaben sich Mühe, wollten etwas von der Gnade, die sie erfahren haben, zurückgeben. Aber Taubstumme hören nicht gut, und gut hören sollten sie. Nun ziehen Sie endlich diese schrecklichen Klamotten aus, Frau Klaasen!«

Sie ließ sich nicht irritieren, behielt einfach ihren Verhörgang bei. Sie schwitzte heftig. Er sprach weiter und legte die Beine übereinander. Er schlürfte laut Eiswasser. Ailin stand jetzt hinter seinem Sessel und massierte seinen Stiernacken.

»Stenger konnte die wachsende Nachfrage auf natürlichem Weg nicht mehr befriedigen. Ha, befriedigen ist gut. Jetzt ziehen Sie sich endlich aus, verdammt nochmal, sonst werde ich aber ungemütlich! Ailin, hol die Siebenschwänzige.«

Ailin verschwand im Schlafzimmer.

Ann Kathrin schoss ihren Satz ins Blaue ab: »Und dann haben Sie die Frauen stumm gemacht. Auf dem Film ist der Operationsraum. Ihr Schweine habt den armen Geschöpfen die Zungen rausgeschnitten!«

Er winkte ab. »Ach was! Sie haben echt keine Ahnung. Null! Die Zungen brauchten sie doch noch. Das ist eine ganz einfache Sache. Irgendetwas mit den Stimmbändern. Das hat ein richtiger Arzt unter sterilen Umständen gemacht. Die Frauen wurden schon stumm nach Deutschland gebracht. Ihr Vater, Beukelzoon und ich haben die Sache aufgedeckt. Als Ihr Vater genug Beweismaterial zusammenhatte …«

Ailin kam auf allen vieren in hündischer Haltung zu Käfers Sessel. Sie trug die Siebenschwänzige Katze mit den Zähnen. Käfer tätschelte ihr den Hinterkopf wie bei einem Schäferhund und erklärte Ann Kathrin: »Es ist den Sklavinnen verboten, die Züchtigungsinstrumente mit den Händen zu berühren.«

Er nahm die Peitsche aus ihrem Mund und ließ sie einmal durch die Luft sausen. Es machte ein scharfes Geräusch und knallte.

Heiko Käfer erklärte: »Wussten Sie, dass bei einem

korrekten Schlag das Ende der Peitsche auf die doppelte Schallgeschwindigkeit beschleunigt wird? Ja, das sind physikalische Fakten. Die Peitschenschnur strebt wegen der Fliehkraft zur vollständigen Streckung. Aus diesem Grund bewegt sich die Schlaufe axial vom Griff fort …«, er ließ die Schnüre über den Lauf der Smith & Wesson gleiten, »die Restschnur wird also immer kleiner. Da die Masse aber proportional zu ihrer Länge ist, geht die Masse der Restschnur gegen null.« Er dozierte weiter: »Da es aber in der Natur ein Energieerhaltungsgesetz gibt, strebt die Energie, also die Geschwindigkeit, gegen unendlich. Mit anderen Worten …«, er lächelte vielversprechend, »mit anderen Worten, also mal ganz einfach für RTL-Gucker formuliert: Es tut sauweh!«

Er ließ zur Demonstration die Peitsche noch einmal knallen und sah Ann Kathrin auffordernd an: »Na, was ist, Frau Klaasen? Darf ich bitten? Meine Geduld ist nicht grenzenlos. Wir sollten jetzt mit Ihrer Erziehung beginnen. Sie waren kein braves Mädchen. Wahrlich nicht. Jetzt runter mit den Klamotten und dann …«

Ann Kathrin sprach Ailin an: »Warum lassen Sie sich das bieten? Macht es Ihnen Spaß, wie ein Hündchen vor ihm herumzukriechen? Ja, vielleicht hatte er mal Macht über Sie, aber das ist vorbei! Hier ist Deutschland! Spiekeroog! Ostfriesland! Hier wurde die Sklaverei vor Jahrhunderten abgeschafft. Sie sind ein freier, denkender Mensch! Geben Sie ihm nicht so viel Macht über sich!«

Die Siebenschwänzige Katze zischte durch die Luft und traf Ann Kathrins Gesicht. Die Riemen hinterließen feurige Blutspuren auf ihrer Haut.

Ann Kathrin griff sich unwillkürlich ins Gesicht: »Sie Schwein! Sie erbärmliches Schwein!«, schrie sie. Alle Vernunftgründe, warum es sinnlos war, ihn anzugreifen, ihr Respekt vor der Smith & Wesson mit der Magnummunition, waren wie ausgelöscht. Sie ging kreischend auf ihn los, und es gelang ihr, ihm die Peitsche zu entreißen, aber dann spürte sie die kalte Mündung des Revolvers an ihrer Schläfe.

»Schieß doch, du Arschloch«, sagte sie. »Schieß doch.«

Ansgar hatte den Mann schon eine ganze Weile nicht mehr gesehen. Er war ihm unheimlich. Er hatte etwas in seinem Blick, das machte Ansgar Angst. Er kam manchmal zum Rattenloch und blieb dann so lange, wie einmal »Löwenzahn« dauerte oder eine CD. Beim letzten Mal war er nur kurz geblieben, so lange wie ein Piratenlied.

Ob der Mann den Geist fütterte? Hatte er ihn befreit, oder hielt er ihn gefangen?

Ansgar musste noch einmal hin. Er würde diesmal nicht über das Brett balancieren, sondern den Weg über den Sandberg wählen, der bis zum Fenster hoch war. Dort konnte er reinklettern. Von der Terrasse aus sah Mama das nicht. Das Fenster lag an der anderen Seite, außerdem hatte Mama so viel zu tun. Sie saß am Computer und chattete mit ihrer Freundin. Ansgar fand das blöd, aber seine Mama bekam rote Wangen dabei und rauchte vor Aufregung, obwohl Papa dagegen war, dass im Haus geraucht wurde.

Sie bemerkte nichts, als Ansgar durch den Garten zum anderen Grundstück lief.

»Hallo! Hallo! Judith, bist du noch da?«

Dr. Gaiser wusste zunächst nicht, ob er die Stimme wirklich hörte oder ob sein Verstand ihm einen Streich spielte. Begannen die Halluzinationen?

»Ja! Ja, ich bin hier! Wer ist da?«

»Ich bin doch der Ansgar. Bist du ein neuer Geist?«

Es war eine Kinderstimme. Ein Junge.

»Nein, ich … ich bin kein Geist, ich bin Arzt. Ein Doktor. Ich heiße Gaiser.«

»Wo ist die Judith?«

»Kennst du Judith?«

»Ja, wegen der bin ich doch wiedergekommen. Die Judith hat gesagt, sie ist ganz alleine hinter der Wand. Wo kommst du denn her?«

»Ansgar, wie alt bist du?«

»Fünf.«

»Ansgar, ich brauche Hilfe. Du musst Hilfe holen. Lauf zu deinen Eltern und erzähle ihnen, dass Dr. Gaiser aus Leer hier eingesperrt ist. Kannst du das behalten, Ansgar? Dr. Gaiser aus Leer.«

»Ja, das kann ich.«

»Dann lauf schnell zu deinen Eltern und sag es ihnen, Ansgar. Bitte, beeil dich!«

»Das geht nicht!«

»Wie, das geht nicht?«

»Ich darf doch hier nicht hin.«

»Aber … das ist jetzt nicht wichtig. Deine Mutter wird nicht sauer auf dich sein. Deine Eltern werden stolz auf dich sein, Ansgar. Ganz sicher.«

»Nein, du lügst. Und wo ist die Judith?«

Wie soll ich dem Jungen das erklären? »Ich … ich fürchte, sie ist tot.« – »Geister sterben nicht!«

Dr. Gaiser hatte im Laufe der Jahre gelernt, Frauen auch die schlimmsten Diagnosen beizubringen. Er konnte Menschen in Krisensituationen auffangen und begleiten. Er war ein Meister der richtigen Worte, galt als einfühlsam und sensibel, aber im Umgang mit Kindern kam er sich ungelenk vor. Ihm, dem großen Frauenversteher, fehlte jeder Zugang zu Kindern. Damit er mit Menschen klarkam, brauchten sie schon eine Schulbildung. Am besten Abitur.

»Bitte Ansgar, lauf nicht weg. Wenn du mir hilfst, hier rauszukommen, dann werde ich dich reich belohnen. Was wünschst du dir? Ein Fahrrad? Du bekommst es – kein Problem!«

Also doch, dachte Ansgar, wie beim Flaschengeist!

»Wie viele Wünsche habe ich frei?«, fragte Ansgar.

»Sag mir einfach, was du dir wünschst, und du wirst es bekommen.«

»Alles?«

»Ja, alles. Aber bitte, bitte hol Hilfe!«

Rupert hatte eine alte Geschichte über Henn ausgegraben. Eigentlich längst überall gelöscht, vergessen und vorbei, doch ein Kollege aus Bremerhaven erinnerte sich an diese zwanzig Jahre alte Geschichte. Er war als Spezialist fürs Maurerhandwerk zur SOKO gekommen. Irgendwer fand es witzig, ihn, den ehemaligen Maurer, der über den zweiten Bildungsweg zur Kripo gelangt war, in die SOKO Maurer zu holen. Bei den Kollegen hieß er immer noch »Der Maurer«. Aber jetzt gab er einen wichtigen, vielleicht entscheidenden Hinweis.

Es war einer seiner ersten Fälle in Bremerhaven gewesen. Eine Frau, die ihm Angst machte, weil sie so intellektuell war oder zumindest tat, fühlte sich von ihrem Exfreund belästigt und bedrängt. Den Ausdruck »Stalking« benutzte man damals noch nicht, er konnte wenig damit anfangen.

Henn tat nichts wirklich Ungesetzliches. Er rief die Frau an, stand vor ihrer Tür, schrieb ihr Briefe.

Sie hatte verzweifelt weinend vor dem Beamten gesessen. »Ja, muss er mich denn erst umbringen?«, hatte sie gefragt.

Weinende Frauen waren ein Problem für ihn, er konnte damit nicht gut umgehen. Er hatte Henn aufgesucht und von Mann zu Mann zur Rede gestellt. Damals war ihm Henn schon »merkwürdig durchgeknallt, ja, fanatisch« vorgekommen. Seine Freundin sei schwanger und wolle das Kind nicht. Er konnte das offensichtlich nicht akzeptieren und wollte sie zwingen, das Kind auszutragen.

Er hatte, daran konnte sich der Kollege gut erinnern, damals gesagt: »Am besten würde man sie einsperren und erst wieder rauslassen, wenn das Kind geboren ist.«

Das Wort »einsperren« bekam in dem Zusammenhang für Rupert eine neue Bedeutung. Henn hatte sich aber im damaligen Sinne des Gesetzbuches nie strafbar gemacht, aber Rupert hatte dem Kollegen aufmerksam zugehört und stellte dann die Frage: »Erinnerst du dich noch an den Namen der jungen Frau?«

»Ja, klar. Edda Lübben.«

Rupert verglich den Namen mit der Patientenkartei von Dr. Gaiser. Fehlanzeige. Dann, er wollte schon fast Feierabend machen, nahm er sich noch die Vermisstenliste vor. Aufgeregt rannte er zu Huberkran und Weller. Der Kollege aus Bremerhaven lief hinter ihm her.

Mit dieser Nachricht löste Rupert bei Huberkran und Weller geradezu Euphorie aus, denn Edda Lübben war auf ihrer Liste der vermissten Frauen auf Platz siebzehn. Sie war vor acht Jahren verschwunden. Niemand in ihrer Umgebung hatte das mit dem alten Streit mit Henn in Zusammenhang gebracht. Das alles war viel zu lange her. Zehn, zwölf Jahre. Henn wohnte schon seit geraumer Zeit nicht mehr in Bremerhaven, er hatte sich nach Leer verzogen.

Edda Lübben hatte die Abtreibung nicht bei Dr. Gaiser durchführen lassen, sondern in Groningen in den Niederlanden. Ihre Mutter kannte sogar die Adresse, sie hatte ihre Tochter damals begleitet, weil die Angst vor ihrem Exfreund hatte, der »herumlief wie eine abgezogene Handgranate«.

Huberkran schickte Kollegen nach Groningen, die Namen all der Patientinnen mit der Vermisstenkartei abzugleichen, aber sie waren sich sofort sicher, keine weiteren zu finden. Henn war der Schlüssel. Er wusste, was Edda Lübben getan hatte, und er hatte die Nähe zu Dr. Gaiser.

»Jetzt kochen wir ihn weich«, prophezeite Huberkran und war entschlossen, seinem Kollegen Weller zu zeigen, wie ein Profi solche Sachen regelte. Er spielte in einer ganz anderen Liga als Weller. Das würde er ihm jetzt beweisen.

Ann Kathrin tat jeder Muskel weh. Sie hatte die Nacht in der Liebesschaukel verbracht. Die Lederriemen hielten ihre Arme und Beine gespreizt. Sie schwebte über dem Bett. Die verschiedenen Peitschen hatten Spuren auf ihrer Haut hinterlassen.

Käfer hatte sie nicht vergewaltigt. Das wollte er sich vermutlich bis zuletzt aufbewahren. Wieder und wieder fotografierte er sie mit seiner Digitalkamera. Er ging um sie herum und suchte immer wieder neue Positionen. Es hörte sich für Ann Kathrin jedes Mal so an, als würde auf sie geschossen.

Dann hatte er sich auf eine spöttische Art höflich von ihr verabschiedet. Er wollte jetzt mit Ailin frühstücken gehen und eine kleine Wattwanderung machen. In der Zeit sollte sie über ihre Sünden nachdenken und wie sie alles wiedergutmachen könnte.

Der schlimmste Schmerz quälte ihre Kiefermuskulatur. Ailin hatte ihr auf Käfers Befehl einen Knebelball aus Latex in den Mund geschoben und ihn mit einem breiten Ledergürtel hinter ihrem Kopf befestigt. Käfer besaß eine Menge von solchem Sexspielzeug, und er ließ keinen Zweifel daran, alles an Ann Kathrin ausprobieren zu wollen.

Besonders empörend fand Ann Kathrin, dass Ailin ihr die meisten Schmerzen zufügte. Heiko Käfer sah eigentlich nur zu und gab Anweisungen. Wenn Ailin etwas nicht zu seiner vollen Zufriedenheit ausführte, bekam sie seinen Zorn zu spüren.

Niemand setzt ihm Grenzen, dachte Ann Kathrin grimmig, deshalb glaubt er, dass er alles tun kann. Eine eigene Moral, die ihm den Handlungsspielraum zeigte, hatte er nicht. Sinnloserweise bog Ann Kathrin sich in der Schaukel und sah dabei ihre Verrenkungen zigfach im Spiegel.

Heiko Käfer blieb lange weg. Sehr lange.

Er beobachtete Heiko Käfer durch sein Zielfernrohr. Er ging mit Ailin am Wasser spazieren. Die Khakihose bis zu den Knien aufgekrempelt, genoss Käfer die sanften Wellen. Es tat seinem Kreislauf gut. Er hasste Sport, aber er liebte Spaziergänge am Meer.

Er atmete tief durch und amüsierte sich über Ann Kathrin Klaasen, die ach so korrekte Kommissarin, hinter der inzwischen die Polizei her war. Er konnte sie nicht gehen lassen, sie würde – selbst aus dem Gefängnis heraus – alles tun, um seinem Ruf zu schaden. Die Geschichte mit den stummen Frauen durfte niemals an die Öffentlichkeit kommen. Alles andere war verzeihbar, verjährt, Auslegungssache, aber das Ding war zu hart. Er fürchtete eine aufgebrachte Öffentlichkeit.

Er hatte den Boss über Ann Kathrin Klaasen informiert.

»Amüsier dich ein bisschen mit ihr und halte sie fest, bis ich komme. Ich kümmere mich selber darum.«

Das hieß, er würde sie entsorgen. Für so etwas brauchte man Profis. Der Boss erledigte das gern selbst.

Käfer ahnte nicht, dass sein Boss ihm näher war, als er dachte. Er beobachtete ihn bereits. Er hatte seine Pläne geändert. Zunächst hatte er sich vorgestellt, Ann Kathrin Klaasen und Heiko Käfer mit zwei verschiedenen Handfeuerwaffen in dem Haus zwischen den Dünen zu erledigen. Es würde dann so aussehen, als hätten sie sich gegenseitig umgebracht. Aber Ann Kathrin Klaasens Besuch bei Stenger kurz vor dessen Ableben änderte alles. Die Kripo ging jetzt davon aus, dass sie auf einem Rachefeldzug war. Da würde man ihr den Mord an Käfer sofort zuschreiben.

Er konnte sie aus kurzer Distanz töten und dann selbst die Polizei rufen. Es war eine glaubhafte Geschichte. Sie hatte auch ihn gesucht und gefunden. In ihrem Rachewahn warf sie ihm Sünden vor, die er nie begangen hatte, aber er war schneller.

Hier in den Dünen sah ihn niemand. Käfers Kopf erschien im Fadenkreuz. Er lachte und warf eine Muschel ins Wasser.

Der Sandstrand war lang und einsam. Vor zwanzig Jahren hatte er einmal einen Kriminalroman gelesen, der hieß: »Bei Westwind hört man keinen Schuss.« Jetzt kam der Wind von Nordost.

Er lächelte und drückte ab.

Ailin beugte sich in der ersten Schrecksekunde über Käfer. Sie verstand nicht. Sie hatte keinen Schuss gehört, keinen Schützen gesehen. Dann hatte sie Blut an den Händen. Sein Blut. Das, wovon sie so oft geträumt hatte, war geschehen. Jemand hatte ihn getötet.

Sie glaubte an Karma und Wiedergeburt und schämte sich für ihr früheres Leben, in dem sie kein guter Mensch gewesen war, wie Käfer spöttisch behauptet hatte, denn sonst wäre sie in diesem Leben nicht an ihn geraten. Bei ihm büßte sie ihr schlechtes Karma ab.

Das war nun vorbei. In seinem nächsten Leben würde auf ihn auch nicht gerade ein Lottogewinn warten. Sie hatte sich oft vorgestellt, er würde als Qualle wiedergeboren werden, das hatte ihr Mut gemacht und Kraft gegeben, durchzuhalten.

Jetzt war sie frei, endlich frei. Als seine Ehefrau würde

sie ihn beerben. Er war ein reicher, ein sehr reicher Mann, mit Konten in Liechtenstein. Aktien. Häusern. Und Goldmünzen in einem Tresor in Aurich. Sie würde ihre Familie beschenken, ihre Mutter operieren lassen. Sie stellte sich vor, in ihre Heimat zurückzukehren wie die alte Dame in dem Dürrenmatt-Stück, das sie in Zürich im Theater gesehen hatte.

Dann begriff sie, dass die nächste Kugel sie treffen konnte, und rannte los. Das Meer! Im Meer wäre sie sicher und unsichtbar. Sie konnte nicht schwimmen, doch sie rannte ins Meer.

Nordsee ist Mordsee, dachte er grinsend und nahm sie ins Visier.

Ja, lauf, Mädchen, lauf. Bewegliche Ziele machten mehr Spaß.

Endlich. Dr. Gaiser hörte wieder Geräusche. Er drückte sein Gesicht gegen die Mauer und weinte vor Glück. Er hatte gewusst, dass Ansgar wiederkommen würde. Er hatte es gewusst.

»Ansgar? Ansgar? Bist du da? Ich … ich kann nicht mehr, Ansgar. Ich halte das nicht mehr lange durch. Ich brauche Medikamente. Ich bin ein kranker Mann, Ansgar. Hast du deinen Eltern gesagt, dass ich hier bin? Ansgar, antworte mir! Ansgar?! Nein, du hast es ihnen nicht gesagt, sonst wären sie ja längst mit einem Hammer da, um mich zu befreien. Du bist ein böser Junge, Ansgar. Böse und gemein. Wenn du mich nicht hier rausholst, dann … Nein, nein, verzeih, mein Junge, das war nicht so gemeint! Ich bin nicht so. Ich … ich … kann Kinder gut leiden. Es sind nur die Nerven, und ich habe Hunger und Durst. Ich … Ansgar? Bist du noch da?«

»Ich bin nicht Ansgar, du Depp!«

Der Junge konnte nicht weit weg wohnen. So wie Gaiser ihn ansprach, musste er im Vorschulalter sein. Typisch für Gaiser, dem Kind zu drohen und aus der Haut zu fahren.

Aber das Kind würde ihn über kurz oder lang verraten. Er stieg die Treppe zum oberen Stock hoch und sah aus dem Fenster in den Garten gegenüber. Der Kleine auf der Schaukel guckte zu ihm hoch.

Das muss er sein, dachte er.

Er winkte das Kind stumm zu sich. Ansgar sprang von der Schaukel. Er trug kurze Hosen und hatte ein großes Pflaster am Knie. Der Junge lief auf das Grundstück zu, aber dann rief seine Mutter ihn.

»Ansgar! Deine Lieblingsspaghetti sind fertig!«

Ansgar rannte über die offene Terrassentür ins Haus.

Er fragte sich, was er jetzt tun sollte. Er hatte noch nie ein Kind umgebracht, es erschien ihm irgendwie widernatürlich. Überhaupt wehrte er sich gegen den Gedanken, Menschen umgebracht zu haben. Er führte sie zu sich selbst, befreite ihre Seelen. Er war kein Mörder! Er war ein Retter, ein Befreier. Seine Arbeit war sauber und klar. Sie würde später Anerkennung und Beifall finden, wegen ihrer reinen Konzeption und ihrer tadellosen Gesinnung.

Das hier jetzt, das war schmutzig. Unfein. Ungeplant. Ein Schaden am Rande. Wenn man die Größe seiner Aufgabe betrachtete, war es ein Furz im Wind. Er musste es tun, um der Sache willen. Oder sollte er es darauf ankommen lassen, sich nach dem Tod des Kinderschlächters den Behörden zu stellen? Aber warum? Er hatte noch genügend sündige Frauen auf seiner Liste, die bestraft werden mussten. Solange er in Freiheit war, lebten sie alle in Angst und Schrecken, und das war gut so.

Er ging runter in den Garten des Nachbarhauses und sah durch die Terrassentür in die Essküche. Ansgar saß seiner Mutter gegenüber und wippte mit den Beinen auf dem viel zu großen Stuhl.

Das Weiße in ihren Augäpfeln war von geplatzten roten Äderchen durchzogen. Ihre Nase geschwollen. Sie hatte Heuschnupfen. In diesem Jahr waren besonders aggressive Pollen in der Luft.

Ansgar hielt den Kopf nah über den Tellerrand und schlürfte die Spaghetti in seinen Mund. Ihm machte das Spaß. Seiner Mutter nicht. Sie ermahnte ihn, ordentlich zu essen, wie ein großer Junge. Da schlürfte er noch lauter. Das Nudelende patschte gegen seine Nase, bevor es in seinem Mund verschwand. In seinem Gesicht klebten rote Ketchupsprossen. Die Mutter wischte sein Gesicht ab. Er wehrte sich. Dann schnitt sie die Spaghetti in kleine Stücke.

»Manno!«, protestierte Ansgar und verschränkte die Arme trotzig vor der Brust. »Dann ess ich nix mehr!«

Aber seine Mutter reagierte nicht. Sie sah verwundert den Mann an, der plötzlich in der Essküche stand, als sei er aus dem Kühlschrank gekommen. Ihre Finger umklammerten das Messer, mit dem sie gerade noch die Spaghetti geschnitten hatte. Die Knöchel ihrer Hand wurden weiß.

Ann Kathrin kam sich vor wie ein Stück Vieh auf der Schlachtbank. Sie musste etwas tun, egal, wie sinnlos es war. Sie wippte in der Liebesschaukel hin und her, bis ihre Füße mit dem letzten Schwung die Spiegel an der Decke berührten.

Eine kleine Hoffnung gab es. Sie stellt sich vor, wenn sie nur genügend heftige Bewegungen machte, würde der Dübel irgendwann aus der Decke brechen. Ihr konnte dabei wenig passieren. Unter ihr war das Bett. So könnte sie sich von den Lederriemen befreien und dann … Sie bedauerte die letzte Diät sehr, und durch den

Stress der letzten Tage hatte sie noch einmal abgenommen. Jedes Kilo mehr wäre jetzt sehr hilfreich gewesen.

Ihr Leben hing zwar nicht an einem seidenen Faden, aber an ein paar Lederriemen und der Tragfähigkeit eines Dübels.

Sie versuchte es vielleicht eine Stunde lang oder zwei, dann konnte sie nicht mehr. Die angestaute Hitze im Raum war unerträglich. Ihr fehlte Flüssigkeit, und ihr war schwindlig von der vielen Schaukelei. Alles um sie herum begann sich zu drehen, und dann kamen die Spiegelwände langsam näher. Sie hing jetzt ganz ruhig in der Schaukel, bewegungslos, fast ohnmächtig, nur noch flach atmend.

Zwei Mücken brummten an ihrem rechten Ohr. Kraftlos schüttelte Ann Kathrin den Kopf. Dann sah sie eine der Mücken. Sie kreiste über ihrem Bauch und ließ sich knapp neben dem Nabel nieder. Ann Kathrin hob und senkte den Bauch, sie schüttelte sich, aber das störte die Mücke nicht. Ann Kathrin spürte, wie der Rüssel langsam in ihre Haut stach und die Mücke Blut saugte.

Dieser Morgen war ungewöhnlich windstill und warm. Aus Süddeutschland wurden Temperaturen von 36 Grad gemeldet. Die Nordsee lag still da wie ein See. Das Wasser war spiegelglatt, die Möwen waren still und rotteten sich fast verängstigt zu kleinen Gruppen am Rand der Dünen zusammen.

Er ging am Strand zurück. Er wollte zu Käfers Haus. Er trug das Gewehr in drei Teile zerlegt in seinem Rucksack. Es kam ihm vor, als hätte er mit dem Schuss auf Käfer die Welt angehalten. Selbst Ebbe und Flut stoppten. Er liebte dieses Allmachtsgefühl.

Er hatte das thailändische Sexspielzeug von Käfer gleich mit erledigt. Er musste lächeln bei dem Gedanken, welch publizistische Aufmerksamkeit diese wundervolle kleine Insel bald bekommen würde. Zwei Menschen im Watt erschossen. Ein angesehener Rechtsanwalt und seine thailändische Frau. Die überforderte ostfriesische Kripo aus Aurich würde eine Weile brauchen, bis sie hier anrücken konnte. Würden die Kollegen auf die Fähre warten oder mit dem Hubschrauber kommen? Gab es jetzt überhaupt noch Fährverkehr? Hatten sie Schnellboote? Irgendwann würden sie Käfer identifizieren und in seinem Haus nach dem Rechten sehen. Bis dahin musste er alles erledigt haben.

Er hatte mindestens zwei Stunden. Noch waren Käfer und seine Frau nur von ein paar Möwen entdeckt worden, die sich neugierig näherten.

Er erreichte jetzt die ersten Strandkörbe.

Petra Muus lutschte ihr Himbeereis, streckte die Füße in den warmen Sand und sagte zu ihrer Freundin Katja Kaczmarek: »Mein Gott, kann die Welt schön sein.«

»Warum sind wir früher bloß in die Karibik gefahren? Wenn du mich fragst, ist dies der schönste Ort der Welt. Und so gleichmäßig braun bin ich sonst nie geworden«, stimmte Katja zu.

Doch was die Touristinnen wundervoll fanden, sah er ganz anders. Für ihn knallte die krebserregende Sonne erbarmungslos vom Himmel, und die Touristen lagen in ihren Strandkörben wie die Opfer eines Giftgasangriffs.

Er schlenderte mit seinem Rucksack an ihnen vorbei. Sollten sie ihn ruhig sehen. Er war ein Tourist unter vielen, und er verhielt sich genauso. Er würde nicht mit der nächsten Fähre von der Insel fliehen, sondern seine Waffen in den Dünen vergraben und vierzehn Tage Urlaub machen, wie alle anderen auch. Danach, wenn sich die Aufregung gelegt hatte, wollte er zurückfahren und endlich das beginnen, was man einen geruhsamen Lebensabend nennt. Die Sünden der Vergangenheit würden ihn nicht mehr einholen. Er hoffte, dann alle Spuren zwischen sich und der Vergangenheit gelöscht zu haben.

Er kaufte sich ein Eis am Stiel, den Ostfriesischen Kurier, eine Bildzeitung und das Ostfriesland-Magazin. Er klemmte sich die Druckerzeugnisse unter den Arm, bezahlte, aber in der Tür drehte er noch einmal um und kaufte, wie es sich für richtige Touristen gehörte, zwei Postkarten von der Insel. Dann sagte er zu sich selbst: »So, Ann Kathrin. Ich komme. Jetzt wird abgerechnet.«

Diese frischen Matjesbrötchen mussten irgendeinen Stoff in sich haben, der süchtig machte. Wenn Weller nicht ein-, zweimal die Woche ein solches Matjesbrötchen essen konnte, bekam er Ausfallerscheinungen. Je größer der Druck auf ihn wurde, umso dringender brauchte er einen Matjes, mit frisch geschnittenen Zwiebeln, in einem weichen Brötchen. Er biss so gierig hinein, dass er sich fast dafür schämte.

Irgendwann werden sie entdecken, welchen Suchtstoff sie den Matjes beimischen, und dann wird es bestimmt verboten, dachte Weller. Aber solange Matjesbrötchen noch legal waren, würde er zugreifen.

Mit drei Bissen hatte er das Brötchen verschlungen, ging noch einmal zurück, kaufte sich ein zweites und als Reserve ein Krabbenbrötchen dazu. Jetzt fühlte er sich stark genug, um sich Henn noch einmal vorzunehmen. Huberkran war mit seinen Verhörmethoden grauenhaft gescheitert. Henn hatte einfach auf Durchzug geschaltet und gar nichts mehr gesagt.

Weller sollte jetzt den guten Bullen spielen, in der Hoffnung, ihn so zum Reden zu bringen. Weller würde ihm etwas zu essen anbieten, einen besseren Kaffee, vielleicht würde er auch sein Krabbenbrötchen opfern. Er hatte sogar schon Täter mit einem Stückchen Schokolade zum Reden gebracht. Manche brauchten, wenn sie in die Enge getrieben wurden, einfach etwas Süßes …

Als Weller die Zelle von Henn betrat, sah er ihn zunächst gar nicht. Er hatte sein Hemd in Fetzen gerissen, sich daraus einen Strick gebastelt und baumelte nun an den Gitterstäben. Er hatte die Augen auf und starrte Weller an. Seine Füße zitterten.

»O nein«, schrie Weller, »so einfach kommst du mir nicht davon!«

Er ließ die Tüte mit den Fischbrötchen fallen, sprang hin und hob Henn an. Dann brüllte Weller: »Hilfe! Hilfe! Ich brauche Hilfe! Der Drecksack versucht, sich heimlich vom Acker zu machen!«

Rupert stürmte herein, zertrat das Krabbenbrötchen und rutschte darauf aus. Er knallte Weller vor die Füße, stand aber sofort wieder auf, kramte sein Schweizer Offiziersmesser hervor und hatte Mühe, die Klinge herauszuziehen. Er war so nervös, dass dabei einer seiner Fingernägel abbrach.

»Mensch, mach!«, schimpfte Weller.

Dann schnitt Rupert Henn los. Als der Stoff durchtrennt war, ließ Weller Henn fallen.

Henn hustete. Er kroch auf dem Boden ein paar Schritte nach vorn, hielt sich den rechten Arm fest, dann kniete er an der Bettpritsche und klagte Weller an: »Sie haben mir den Arm gebrochen, Sie Idiot!«

Weller sah Rupert an und sagte: »Der hat eine nette Art, sich zu bedanken, dass wir ihm das Leben gerettet haben, findest du nicht?«

»Soll ich ihm eine reinhauen?«, fragte Rupert.

»Gute Idee.«

Rupert holte aus. Henn hob seinen linken Arm, um sein Gesicht zu schützen.

Weller stoppte Rupert. »Nur leider sprechen die Dienstvorschriften dagegen.«

Ann Kathrin Klaasen hörte zunächst nichts. Sie spürte nur den Luftzug. Sie musste ihm irgendein Angebot machen. Sie war entschlossen zu bluffen.

Sie wollte ihm vorlügen, ihr Tod würde ihm gar nichts nützen, denn sie hätte alle Recherchen bei einem Notar hinterlegt. So, wie der drauf war, versuchte er dann garantiert erst einmal, den Namen des Notars aus ihr herauszuprügeln, um ihn dann genauso aus dem Weg zu räumen. Aber immerhin, es war eine Möglichkeit, Zeit zu gewinnen. Er musste erst von der Insel herunter, und sie erhoffte sich, eine Weile alleine mit Ailin sein zu können. Sie würde diese Frau dazu bringen, sie zu befreien, da war sie ganz sicher. Einmal aus Käfers Fängen befreit, würde die Frau sich auf ihre Seite schlagen. Solange er im Raum war, konnte sie natürlich nicht mit Ailin rechnen.

Sie war entschlossen, ihm klar in die Augen zu blicken, und versuchte, sich in der Schaukel so zu positionieren, dass sein Gesicht nicht gleich zwischen ihren gespreizten Beinen auftauchte, sondern dass er sie zunächst ansehen musste.

Sie würgte an dem Ball in ihrem Mund. Ihr rechter Arm war eingeschlafen, und so sehr sie versuchte, die Faust zu ballen und wieder Blut in den Arm zu pumpen, blieb dort nur ein beängstigend dumpfes Gefühl, nicht einmal ein Kribbeln.

Sie hörte die Schritte, und dann stand Beukelzoon vor ihr. Er stellte seinen Rucksack mit einer lässigen Bewegung auf den Boden vor dem Bett ab, lehnte sich an die Wand und sah Ann Kathrin lächelnd an.

Ann Kathrins Gehirn raste. Was hatte das zu bedeuten?

»Das versteht Käfer also unter ›sich noch ein bisschen mit Ihnen zu amüsieren‹. Wenn Sie gestatten, Frau Klaasen, werde ich Sie jetzt aus dieser misslichen Lage befreien.«

Er ging einmal ums Bett herum, trat hinter sie und öffnete die Lederschnalle hinter ihrem Kopf. Sie spuckte den Latexball aus.

Beukelzoon nahm die Digitalkamera an sich und schaute sich im Display die Bilder an.

»Er hat Sie fotografiert. Das ist eine Leidenschaft von ihm. Er fesselt Frauen und fotografiert sie dann. Andere Männer sammeln Eisenbahnmodelle …«

Beukelzoon schien alle Zeit der Welt zu haben und hatte es überhaupt nicht eilig, Ann Kathrin aus der Schaukel zu holen. Immerhin bekam sie jetzt besser Luft.

Das Sprechen fiel ihr schwer: »Holen Sie mich hier runter, verdammt nochmal!«

»Ja natürlich, ich bitte Sie nur um ein bisschen Geduld. Ich bin mit solchen Dingen nicht so sehr vertraut wie Sie … Entschuldigung, wie Ihr Freund Käfer.«

»Käfer ist nicht mein Freund.«

»Nein? Wie würden Sie das denn nennen? Sie sind in seinem Haus, Sie hängen devot in der Liebesschaukel und warten auf ihn … Sie haben doch nicht auf mich gewartet, Frau Klaasen, oder?«

»Holen Sie mich endlich hier runter!«

Er zog sein Knie an und stellte den rechten Fuß aufs Bett. Er rollte sein Hosenbein hoch, und darunter kam ein Dolch zum Vorschein. Beukelzoon hatte sich die Waffe mit zwei Lederriemen um die Wade gebunden.

Es war ein kurzer Dolch mit breiter Klinge und schmalem Stahlgriff. Ann Kathrin verstand sofort, dass sich diese Waffe blendend als Wurfmesser eignete. Es war gemacht worden, um damit zu töten.

Die Klinge hatte einen schwarzen Überzug, nur die rasierklingenscharfe Schneide strahlte silbern.

»Vorsicht, Frau Kommissarin«, sagte er höflich und durchtrennte den ersten Lederriemen.

Er stützte Ann Kathrin, sodass sie nicht herunterknallte. Dabei gab er sich Mühe, sie in keiner Weise unsittlich zu berühren, sondern ihr lediglich Hilfestellung anzubieten.

Sie wankte ins Bad, spülte sich den Mund aus, trank ein paar Schluck Leitungswasser und zog sich an.

Beukelzoon holte eine Flasche Cola Zero aus dem Kühlschrank und goss zwei Gläser voll. Er trank seines in einem Zug leer und hielt das andere Ann Kathrin hin.

»Bei dem Wetter braucht man so etwas einfach.«

Dabei bemerkte sie, dass er Chirurgenhandschuhe trug. Obwohl sie immer noch mörderischen Durst hatte und ihr eine Cola jetzt als herrliches Getränk erschien, nahm sie das Glas zwar, trank aber keinen Schluck davon. Sie befürchtete irgendwelche K.-o.-Tropfen. Gleichzeitig mahnte eine Stimme in ihr: *Dreh jetzt nicht durch. Wenn er dir K.-o.-Tropfen in die Cola getan hat, hätte er dich auch gleich da oben hängen lassen können. Du warst chancenlos in seiner Gewalt. Er hat dich befreit. Du bist wieder angezogen. Warum unterstellst du ihm solche Schlechtigkeiten?*

Beukelzoon steckte das Wurfmesser wieder in die Scheide an seiner Wade und rollte das Hosenbein herunter.

Sie zeigte auf seine rechte Wade. »Ich habe bis jetzt nur einen Menschen gesehen, der dort ein Wurfmesser getragen hat.«

»Nun, Frau Klaasen, bei den meisten sieht man es einfach nicht, weil es so gut versteckt ist. Es kommt erst zum Vorschein, wenn man es braucht.«

»Warum trägt ein pensionierter Kripobeamter so etwas?«

»Damit er nicht in so missliche Lagen gerät wie die, aus der ich Sie gerade befreien musste.«

Das saß. Ann Kathrin rieb sich die Beine. Langsam begann das Blut wieder richtig zu zirkulieren. Ein Kribbeln in den Gliedmaßen setzte ein.

»Ich habe in der Zeitung gelesen, dass Sie auch nicht gerade zimperlich sein sollen. Ich weiß natürlich, dass Sie Stenger nicht umgebracht haben, aber man schiebt es Ihnen in die Schuhe.«

»Wo ist Käfer? Wird er gleich zurückkommen? Haben Sie einen Schlüssel zu diesem Haus?«

»Na, endlich werden Sie wieder zur Kommissarin. Also: Nein, er wird nicht zurückkommen. Nein, ich habe keinen Schlüssel zu diesem Haus. Ich brauche keinen Schlüssel, um in ein Gebäude zu kommen. Ich habe eine gute Ausbildung genossen.«

»Was heißt das, er kommt nicht zurück?«

»Ich habe ihn getötet. Genauso, wie ich Stenger getötet habe. Es tut mir leid, Frau Kommissarin, aber Sie haben mir keine andere Wahl gelassen.«

Er schüttelte den Kopf und schnalzte mit der Zunge. »Tststs. Kaum ist Gras über eine Geschichte gewachsen, schon kommt irgendein Kamel und frisst es ab, sagte man in meiner Jugend. Das wäre alles nicht nötig gewesen, aber Sie mussten ja unbedingt die alten Kamellen ausgraben. Sie haben dabei einen großen Flurschaden angerichtet. Oder sollte ich besser sagen, Kollateralschaden? Damit das alles nicht nötig wird, hatte ich meine Wohnung anonymisiert, mich vollkommen zurückgezogen. Ich war mit Hilfe der Abteilung für Zeugenschutz unauffindbar geworden. Und dann kommen Sie und zwingen mich, auch die letzten Verbindungen zu kappen. Jetzt tun Sie nicht so empört. Das hätte jeder Profi so gemacht.«

Ann Kathrin versuchte in ihren Verhörgang zu kommen, aber die Beinmuskulatur spielte noch nicht mit. Sie war wacklig wie ein Betrunkener. Das linke Knie gab nach. Sie musste sich am Schrank festhalten, sonst wäre sie gestürzt.

»Warum erzählen Sie mir das?«

Er lachte. »Na, Sie wollten es doch wissen, deswegen haben Sie doch den ganzen Tanz veranstaltet, oder nicht? Jetzt werden Sie die Wahrheit erfahren, Frau Klaasen. Die ganze Wahrheit. Und dann …« Er schwieg bedeutungsschwanger.

Sie sah ihn fest an und formulierte es für ihn: »Und dann sind Sie leider gezwungen, mich umzubringen.«

Er nickte. »Schlaues Mädchen. Ihr Vater wäre stolz auf Sie.«

»Warum das alles«, fragte sie, »warum? Sie hatten einen guten Posten. Im Gegensatz zu den meisten Kollegen haben Sie echt Geld verdient.«

Er verzog den Mund, als sei das nun wirklich nicht der Rede wert gewesen.

»Sie hatten die soziale Sicherheit eines Kripobeamten, konnten aber das Leben eines Ganoven führen. Nichts mit Dienstbeginn morgens um sechs … kein lästiges Protokolletippen … Sie haben die Puppen tanzen lassen, dabei ein Schweinegeld verdient und waren sogar noch pensionsberechtigt. Was haben Sie überhaupt mit dem ganzen Geld gemacht, und was hat mein Vater damit angestellt?«

Er breitete die Arme weit aus und machte gestisch einen auf Welterklärer. Sie spürte deutlich, dass er sich in dieser Pose gefiel.

»Nun, wir führten ein nicht ganz billiges Leben. Jeder hatte mehrere Wohnungen. Mehrere Autos. Teure Reisen. Wir mussten auch ganz schön Schmiergelder zahlen. Vierzig-, fünfzig-, sechzigtausend im Monat. Das war ja kein Nettogehalt …«

»Wo ist der Rest geblieben?«

»Ach, ich verstehe. Sie wollen Ihren Anteil.«

»Nein, ich will einfach verstehen, was geschehen ist.«

Ann Kathrin überlegte fieberhaft. Sie musste ihn einfach nur hinhalten. Irgendwann würde hier die Polizei auftauchen, nachdem Käfers Leiche gefunden worden war. Beukelzoon sah nicht aus wie einer, der seine Opfer verbuddelte. Bei allen, von denen sie wusste, hatte er die Entsorgung der Leiche den offiziellen Behörden überlassen.

Je länger sie das Gespräch hier ausdehnen konnte, umso größer waren ihre Chancen, zu überleben.

Er war sportlich, durchtrainiert und stark. Sie geschwächt durch die lange Zeit in der Liebesschaukel, mit verspannten Muskeln und höllischen Rückenschmerzen. Aber mit jeder Minute wuchs ihre Einsatzfähigkeit. Sie hatte den grünen Gürtel im Judo. Für die Prüfung zum blauen hatte sie sich schon zweimal angemeldet, es aber terminlich nie geschafft.

Beukelzoon war ein Schwarzgurt. Er trug den ersten Dan. Trotzdem wollte sie es mit ihm aufnehmen und notfalls um ihr Leben kämpfen. Sie wusste jetzt, wo er das Wurfmesser aufbewahrte. Es war garantiert nicht seine einzige Waffe. An seinem linken Oberschenkel beulte sich in seiner Tasche etwas aus. Dort konnte sich eine Handfeuerwaffe befinden. Ann Kathrin wunderte sich allerdings, dass er sie so tief in der Tasche hatte. Sie herauszuziehen würde Zeit kosten.

»Wahrheit, Wahrheit!«, bölkte Beukelzoon und klatschte die Hände zusammen. »Herrjeh, was soll das bedeuten? Ist Wahrheit so viel wert? Ist es ein Wert an sich? War die Wahrheit es wert, so viele Menschenleben zu opfern, Frau Klaasen? Nur weil Sie herausfinden wollten, was Ihr Vater für ein Kerl war? All diese Wahrheitsfanatiker richten in der Welt größeren Schaden an als die gnädigen Lügner, die auch mal alle fünfe gerade sein lassen können.«

»Was reden Sie da für einen Scheiß?! Mord ist kein Kinderstreich! Bei Mord kann man nicht alle fünfe gerade sein lassen.«

Er schwitzte und seine Bewegungen wurden fahriger. Etwas von seiner Selbstsicherheit ging verloren. Ann Kathrin hatte zum ersten Mal das Gefühl, sie könnte über Beukelzoon siegen.

»Sie sind wirklich wie Ihr Vater«, lachte er demonstrativ und versuchte, die Fassung zurückzugewinnen. »Der wollte auch immer die Wahrheit wissen, koste es, was es wolle. Ich glaube nicht an die Wahrheit. Ich glaube an das hier.«

Er griff in seine Hosentasche und zog ein zusammengerolltes Geldbündel heraus. Es waren grüne und braune Euroscheine. Ann Kathrin schätzte, dass er vier- bis fünftausend Euro auf den Tisch warf.

»Das ist geprägte Freiheit.«

»Münzen prägt man«, stellte Ann Kathrin klar. »Das sind Scheine.«

Und wieder verzeichnete sie einen kleinen Punktsieg, der ihn zornig machte.

»Tragen Sie Ihr Geld immer so zuhältermäßig mit sich herum? Wollen Sie damit Frauen beeindrucken? Bei mir klappt das nicht. Ich kann mein Geld in aller Ruhe zur Sparkasse Aurich-Norden bringen, ich habe es nämlich ehrlich verdient und versteuert.«

Seine Mundwinkel zuckten. »Ja, solche Predigten hat Ihr Vater mir auch gern gehalten.«

»Haben Sie ihn umgebracht?«

Beukelzoon beantwortete diese Frage nicht. Er sah an Ann Kathrin vorbei zum Buchregal, als würde er etwas suchen.

Ich schaffe es, ihn zu verunsichern, dachte sie. Ich schaffe es tatsächlich.

Sie setzte nach: »Warum dieser Überfall auf die Sparkasse in Gelsenkirchen? Hatten Sie nicht genug Geld?«

Er winkte ab und sah sie an, als hätte sie nichts begriffen.

»Geld?! Es ging bei dem Banküberfall nicht um Geld.«

»Warum überfällt denn sonst jemand eine Bank?«

Er stöhnte. »Setzen Sie sich. Es macht mich nervös, wenn Sie so herumlaufen. Außerdem können Sie kaum stehen. Sie wackeln wie ein Besoffener. Ich hasse Betrunkene.«

Sie setzte sich in den Sessel, legte ihr linkes Bein auf den Tisch, zog das rechte an und massierte sich die Waden, ohne Beukelzoon aus den Augen zu verlieren.

»Ihr Vater hatte dort alle Unterlagen deponiert. Ich denke, Sie haben inzwischen einiges über den Mädchen- und Frauenhandel gelernt. Stengers Spezialität waren stumme Frauen. Er hat sie auch über unsere Gelsenkirchener Filiale angeboten. Wir haben sehr schnell spitzgekriegt, dass da das große Geld lag. Ihrem Vater hat es keine Ruhe gelassen, wo all die vielen schönen stummen Frauen herkamen. Und schließlich hat er dann den Ort in Thailand gefunden, wo es geschah. Er hat Filme gemacht, Aussagen gesammelt. Er wollte die ganze Bande hochgehen lassen. Da hingen in Thailand hochrangige Politiker mit drin. Sonst wäre das gar nicht so einfach gelaufen. Auch die deutsche Botschaft hatte die Finger im Spiel.«

»Klar. Kann ich mir vorstellen. Wenn ständig schöne junge Frauen mit einem Touristenvisum ausgestattet werden, das nur eine einzige Adresse hat, nämlich die von Stenger, dann müsste es ja dem Dämlichsten auffallen, dass da etwas nicht stimmt …«

»Sie standen alle auf Stengers Gehaltsliste. Wir hätten ihn und die ganze Bande für viele Jahre ins Gefängnis bringen können.«

»Und warum haben Sie das nicht getan?«

»Ich habe das Material benutzt, um Stenger zu entmachten. Ich wurde zum eigentlichen Chef der Organisation. Stenger war nicht mehr als meine Marionette. Er durfte in bestimmtem Rahmen eigene Geschäfte machen, aber bei mir war am Ersten Zahltag. Mit dem Material von der Klinik aus Thailand hatten wir ihn völlig in der Hand.

Und Käfer natürlich auch. Der war für die juristische Flanke zuständig. Hat alles steuerlich geregelt und dafür gesorgt, dass die Organisation so legal wie möglich operieren konnte.

Im Grunde lief alles super, und ich wollte mit Ihrem Pa halbe-halbe machen. Aber der hatte andere Pläne. Dieser Idiot wollte mit dem Material wirklich zum Staatsanwalt. Er stellte sich einen großen Prozess vor gegen Stenger und zweihundert Franchise-Betriebe. Solche Läden, wie wir einen in Gelsenkirchen geführt haben. Damit die Wahrheit ans Licht kam und der Gerechtigkeit Genüge getan werden konnte, sollte das alles, was wir mühsam aufgebaut hatten, zusammenbrechen. Damit hätten ein paar Hundert Leute und Familien Arbeit und Brot verloren. Ich hoffe, wir verstehen uns richtig, wir sprechen hier über einen Jahresumsatz von vierzig bis fünfzig Millionen. Zunächst haben wir geglaubt, dass Ihr Vater nur damit drohte, um noch mehr für sich herauszuhandeln. Er verlangte von mir die Herausgabe der gesamten Kohle.«

»Ich kann mir das nicht vorstellen. Was wollte mein Vater mit dem ganzen Geld? Wir hatten nicht gerade einen hohen Lebensstandard.«

»Ach Gott, dieser Sozialromantiker wollte doch den Großen Guten spielen und mit dem Geld den Schaden wiedergutmachen. Er lag mir dauernd damit in den Ohren. Es sollte ein Hilfsfonds für die Frauen gegründet werden, und er wollte zusätzliche Gelder auftreiben, um den Familien in Thailand zu helfen und eine Rückkehr möglich zu machen oder aber den Familien hier bei der Einreise zu helfen. Ach, Ihr Vater war schon ein Herzchen. Der wäre besser Sozialarbeiter geworden.«

»Da habe ich aber ganz andere Sachen von ihm gehört …«

»Jaja, ich habe das auf den ›Gelsenkirchener Geschichten‹ auch gelesen. Natürlich hat er sich den ganzen Tag verhalten wie einer von uns. Was sollte er denn sonst tun? Er wäre doch sofort aufgeflogen. Diese Kim12 soll sich ja nicht beschweren. Er hat einige Frauen davor gerettet, stumm gemacht zu werden, indem er ihnen empfohlen hat, einfach so zu tun, als ob …«

Beukelzoon tippte sich an die Stirn. »Das konnte ja nicht lange gutgehen. Aber Ihr Vater hatte auch Dreck am Stecken. Also, was der so Dreck nennt. Er war nicht der Engel, der er so gerne gewesen wäre. Er wurde bei den Frauen manchmal schwach, und nicht nur bei Isolde Klocke. Ich glaube, eine Weile haben die beiden sogar damit geliebäugelt, ihren Anteil zu nehmen und abzuhauen.

Ich habe von ihm die Herausgabe der verräterischen Unterlagen verlangt. Ich wollte damit nur Stenger im Griff behalten. Ich habe Ihrem Vater sogar versprochen, die Klinik in Thailand zu schließen und die Operationen zu stoppen. Aber er war nicht von seinem Trip herunterzubringen.

Es ist zwischen uns beiden zu einem hässlichen Streit gekommen. Er hat mir vierzehn Tage Zeit gegeben. Ich habe ihn gefragt, willst du mich denn auch hochgehen lassen? Willst du all das beenden, was wir hier haben? Sollen wir wieder in der Polizeiinspektion hinterm Schreibtisch sitzen? Ich habe ihn beschworen, du überlebst das nicht, wenn du dich mit diesen Leuten anlegst … Aber er wollte unbedingt den Helden spielen. Er ist mit Isolde Klocke hierhergefahren, nach Spiekeroog.«

Beukelzoon hob die Schultern und ließ sie wieder sinken. »Irgendwie scheint das hier für Sie und Ihren Vater die Schicksalsinsel zu sein, Frau Klaasen. Ich habe noch einen Tag vor dem Überfall mit ihm telefoniert und versucht, ihn zur Vernunft zu bringen. Aber es war völlig klar. Er wollte nach Gelsenkirchen zurückkommen, die Akten holen und uns damit allen die Schlinge um den Hals legen. Ich habe den Überfall geplant und, das müssen Sie doch zugeben, die Sache war Spitzenklasse, oder nicht? Das ist Kriminalgeschichte geworden. Die Geiselnehmer lassen sich in zähen Verhandlungen dazu überreden, die Verletzten mit einem Hubschrauber abholen zu lassen, und dann fliehen sie selbst in dem Hubschrauber mit der ganzen Kohle. Und natürlich hatten wir auch die Beweismittel Ihres Vaters an Bord.

Als er nach Gelsenkirchen kam und von dem Überfall hörte, wusste er natürlich sofort, worum es ging. Er war ein Fuchs, Frau Klaasen. Eigentlich viel zu intelligent für die Behörde. Er kam sofort zum Tatort. Wir haben ja fast drei Stunden in der Bank festgesessen, bis der Hubschrauber endlich da war. Alles war umzingelt. Die dachten, die haben uns. Und Ihr Vater konnte es natürlich nicht ertragen, dass eine unschuldige Geisel, die auf herzkrank gemacht hat, leiden musste, nur weil er so ein sturer Kerl war. Er ließ sich austauschen, der blöde Hund, und dann hatte ich ihn bei mir.

Er kannte uns natürlich alle. Da nutzten keine Masken. Mir blieb gar nichts anderes übrig, als zu schießen.«

Während Beukelzoon sprach, ging von der Mitte ihres Körpers ein Zittern aus, das jetzt den ganzen Körper erfasst hatte.

»Sie zittern.«

»Ja.«

»Haben Sie Angst vor dem Tod?«

Sie beantwortete seine Frage nicht. Stattdessen fragte sie zurück: »Und als ich Frau Klocke bei Dr. Wolter getroffen habe und das Foto von ihrer Tochter Isolde mit meinem Vater sah …«

Er setzte sich anders hin und schmunzelte. »Ich habe Frau Klocke nicht umgebracht, Frau Klaasen. Ich hatte keine Ahnung von ihrem Tod. Frau Klocke war mir egal. Nach allem, was ich weiß, wird sie vermutlich vor lauter Aufregung gestorben sein, weil Sie so einen Wirbel gemacht haben. Na ja, da ging es ihr ja wie einigen anderen Leuten auch. Nur musste ich bei denen nachhelfen …«

Ann Kathrin fragte sich, ob er die Wahrheit sagte oder ob er sie einfach nur verletzen wollte. War das sein Ziel? Sie endgültig zu zerstören? Seelisch, moralisch und schließlich auch physisch?

Sie schoss einfach die nächste Frage ab: »Und Isolde Klocke? Geht die auch auf Ihr Konto?«

Er schabte sich mit dem Handrücken übers Kinn, verzog das Gesicht und drückte ungeniert einen Furz ab. »Ich habe nie an ihren Tod geglaubt. Aber sie hat ihn super inszeniert. Ich habe die Botschaft wohl verstanden. Sie wollte verschwinden und im Gegensatz zu Ihrem Vater uns keine Schwierigkeiten mehr machen. Sie ist nie wieder irgendwo aufgetaucht. Offen gestanden hatte ich sie aus meinem Gedächtnis gestrichen. Erst durch Sie ist alles wieder aktiviert worden.«

»Sie denken, sie hat ihren Tod nur vorgetäuscht?«

Er zuckte mit den Schultern. »Ja, vermutlich. Aber es ist mir auch egal. Mich interessiert die Wahrheit nicht, sondern dass sie sich nicht in meine Geschäfte einmischt. Sie wird sich irgendwo unter falschem Namen verstecken. Vielleicht hat sie einen reichen Kerl gefunden, bei dem es ihr gutgeht, oder sie putzt irgendwo als Zimmermädchen – ach nein, warten Sie. Vielleicht arbeitet sie in einem Schnellrestaurant oder hat einen Imbiss eröffnet. Die konnte gut kochen. Manchmal, wenn wir lange unterwegs waren, hat sie Truthahnsandwiches für uns gemacht.«

Er führte seine Fingerspitzen zu den Lippen und küsste sie. »Köstlich! Ganz köstlich!«

Ansgar schob den Teller von sich weg, sprang vom Stuhl auf und flüchtete hinter seine Mutter. Er spürte instinktiv, dass etwas mit diesem Mann nicht stimmte. Er war gefährlich.

Ansgar berührte den Körper seiner Mutter. Er vibrierte vor Anspannung. Das Messer in ihrer Faust zeigte auf den Mann, aber der kam trotzdem näher. Ansgar hatte einmal einen Film mit einem Gespenst gesehen. Das konnte man nicht verletzen. Selbst ein Schwerthieb tat ihm nichts. Das Schwert glitt durch das Gespenst wie eine Hand durch Wasser. Vielleicht war der Mann genauso. Er hatte etwas von einem Geist, fand Ansgar.

»Denken Sie nicht einmal daran«, sagte der Mann und deutete auf das Messer. »Legen Sie es auf den Tisch.«

Britta Kröger stellte sich anders hin. Jetzt verdeckte sie Ansgar mit ihrem Körper.

»Ansgar, lauf zur Tür. Renn rüber zu Gerrit, sag seiner Mama, sie soll die Polizei rufen. Ein Einbrecher ist in unserer Wohnung.«

Sie stand breitbeinig zwischen Ansgar und dem Eindringling. Sie würde ihn nicht an sich vorbeilassen. Er sah es ihr an, sie war bereit, ihn mit dem Messer zu töten, mit dem sie gerade Ansgars Spaghetti klein geschnitten hatte. Es war vorne breit und stumpf, kaum zu mehr geeignet, als gekochte Kartoffeln zu zerteilen.

Er hielt ihr die offene rechte Hand hin: »Geben Sie es mir.«

Sie griff mit links nach hinten zu Ansgar und dirigierte ihn in Richtung Tür, mit dem Messer stocherte sie in der Luft herum.

»Ich habe davon gehört«, sagte er mit sanfter Stimme, »Mütter würden zu Löwinnen werden, wenn es um ihre

Kinder geht. Ich habe das immer für Unsinn gehalten, aber Sie wären bereit, mich zu töten.«

Er reckte den Hals vor und schnappte nach ihr wie ein Tier. Seine Zahnreihen knallten aufeinander.

Sie wich aus. »Jede Mutter würde das tun!«

Er stellte sich wieder aufrecht hin und strich seine Kleidung glatt. »Irrtum. Die meisten, die ich kennengelernt habe, wollten nichts sehnlicher, als ihre verhasste Brut loswerden.«

Sie verstand nicht, was er da redete. Er war eine Bedrohung für sie und für ihr Kind, und sie war bereit zu kämpfen. Sie hatte schon vor Jahren einen Selbstverteidigungskurs mitmachen wollen, nachdem ihre Freundin Karla auf dem Heimweg von zwei Jugendlichen attackiert worden war. Aber es hatte sich dann nie ergeben. Immer fehlte die Zeit oder die Freundin, die eigentlich mitmachen wollte.

Jetzt hatte sie sich und ihren Jungen in eine günstige Position manövriert. »Lauf, Ansgar!«, schrie sie. »Jetzt!«

Sie stieß ihn, um ihm Mut zu machen, ein Stückchen in Richtung Tür und sprang selbst, indem sie das Messer durch die Luft sausen ließ, nach vorn. Sie verfehlte nur knapp sein Gesicht. Aber er ergriff nicht die Flucht. Er trat ihr gegen das Schienbein, und als sie vor Schmerz aufjaulte, packte er den Stuhl, auf dem Ansgar gerade noch gesessen hatte, und schlug ihr die Beine weg.

Ansgar blieb zögernd im Türrahmen stehen.

»Lauf!«, keuchte sie, schon am Boden liegend.

Der Mann bekam ihre Rechte zu fassen und nahm ihr das Messer ab.

»Bleib hier, Ansgar, du wirst doch deine Mutter jetzt nicht im Stich lassen. Wenn du uns alleine lässt, werde ich ihr sehr, sehr weh tun.«

Ansgar war ein mutiger Junge. Er pinkelte sich in die Hose, aber er blieb.

»Was wollen Sie?«, kreischte Ansgars Mutter, als er ihr den Arm umdrehte. »Wer sind Sie?«

»Kennen Sie die heilige Juliana von Norwich?«

»Nein, verdammt. Wer ist das? Wir haben Ihnen nichts getan!«

Er schob sie in eine Position, in der er sie besser unter Kontrolle halten konnte. Dabei stieß er sie hart gegen das Aquarium. Die Futterdose fiel um und rollte über den Boden.

»Juliana hat sich freiwillig in ihrer Zelle einmauern lassen, um Gott besser dienen zu können. Sie schrieb in ihrer Zelle die sechzehn Offenbarungen der göttlichen Liebe.«

Er sah Britta Krögers verständnislosen Blick und schrie sie an: »Sie wurde die erste Schriftstellerin Englands! Ihre Gefangenschaft hat etwas Großes aus ihr gemacht!«

»Was soll der Scheiß?«, fauchte sie und trat nach ihm.

»Weil die Menschen so etwas nicht mehr freiwillig tun, mache ich es.«

»Was?«

»Ich mauere Frauen ein. Meistens Frauen. Kranke, böse Geschöpfe. Ich gebe ihnen die Chance, zu bereuen und Gottes Gnade zu erfahren. Es geht um Erleuchtung, verstehen Sie? Erleuchtung.«

Hinter Ansgars Ritterburg lag das silberne Gummischwert und im Badezimmer neben der Wanne seine Super-Soaker-Flash-Flood-Wasserpistole.

»Ich muss Pipi«, sagte Ansgar, und schon war er im Bad.

»Wenn du nicht zurückkommst, geht es deiner Mama schlecht. Du kommst doch zurück, Ansgar?«

»Ja. Ich muss nur. Ich mach auch ganz schnell.«

»Braver Junge.«

»Was immer Sie vorhaben«, flüsterte Britta Kröger, »bitte tun Sie es mir an, aber nicht meinem Kind.«

Er lachte erstaunt. »Oh, eine Mutter, die sich aufopfert? Ist es nicht leichter, das Kind zu opfern? Ich meine, wenn Sie es später vermissen, können Sie sich doch ein neues machen.«

»Was reden Sie denn da für ein krankes Zeug? Ein Kind ist doch kein Kuchen, den man schnell neu backt …«

»Oh, die meisten denken so. Ist da ein Fenster im Bad? Er wird doch nicht abhauen?«

Er schlug ihr hart ins Gesicht. Es war wie eine Explosion in ihrer Nase. Tränen schossen ihr aus den Augen. Der Schmerz schien für einen Moment unerträglich. Ein Sturzbach Blut ergoss sich aus beiden Nasenlöchern über ihre Lippen. Er hatte ihr das Nasenbein gebrochen. Aber schlimmer als der Schmerz war es für sie zu sehen, wie er in Richtung Badezimmer stürzte.

Ansgars Super-Soaker-Flash-Flood-Wasserpistole hatte eine Nachfüllkappe. Er musste den Tankdeckel nicht erst umständlich abschrauben, sondern es reichte, das Ende des Wasserhahns leicht dagegenzudrücken. Der Super Soaker fasste vier Liter. Mit der Präzisionsdüse konnte er einen feinen, harten Strahl zehn Meter weit schießen. Er hatte es mit Papi im Garten geübt. Sie hatten auf Plastikenten und Piratenschiffe geschossen und dabei die Rosen gegossen.

Mama war dagegen. Sie fand, dass Papa immer nur Mist mit ihm machte. Mama mochte keine Waffen. – Jetzt würde er sie damit retten.

Er betätigte den Auslöser der Flash-Flood-Funktion. Damit veränderte sich die Düse. Der feine Strahl verwandelte sich in eine Wasserflut, die mit einem Mal ausgespuckt wurde.

Ansgar konnte die Super Soaker kaum halten, so schwer war sie geworden, als der Eindringling die Tür aufriss. Er zeigte auf Ansgar: »Was soll das? Lass das!«

Ansgar drückte ab. Die Flash-Flood-Funktion war voll

intakt, obwohl die Super Soaker gestern zweimal hingefallen war. Die Ladung traf die Brust des bösen Mannes. Der ließ sich davon aber nicht bremsen, sondern wurde nur noch wütender. Er packte den strampelnden Ansgar, warf die Super Soaker auf den Boden und trat zweimal darauf. Dann wollte er mit Ansgar zurück in die Essküche zur Mutter. Die hatte sich schon bis zum Telefon vorgearbeitet und drückte 11.

Ansgar schrie, so laut er konnte. Der Mann rutschte auf den nassen Fliesen im Badezimmer aus. Er fiel mit Ansgar hin. Sein Körper krachte auf den von Ansgar.

Ansgar brüllte, weil sein rechter Arm brach.

Seine Mutter ließ das Telefon fallen und stürmte ins Badezimmer zu ihrem Sohn.

Henn trank lauwarmes Wasser aus einem Plastikbecher und sagte nichts. Er starrte ins Leere. Obwohl Weller sich vor ihm positionierte und ihm direkt in die Augen sah, hatte Weller nicht das Gefühl, Henn würde ihn zur Kenntnis nehmen. Dieser Mann war innerlich ganz woanders. Er sah durch Weller hindurch.

Rupert lief gestikulierend durch den Raum. Er hatte so viel Espresso getrunken, um seinen Kreislauf bei dem verrückten Wetter stabil zu halten. Er wollte diesen Fall lösen und dann endlich nach Hause und schlafen, schlafen, schlafen, um danach dann die Lorbeeren zu kassieren. Das hier war ihre große Chance, einmal etwas ohne Ann Kathrin Klaasen über die Bühne zu kriegen. Er stand unter enormem Erfolgsdruck. Er hatte Angst, allein ihr Auftauchen würde ausreichen, um ihn aus dem Fall wieder herauszukatapultieren. Jetzt, da sie so kurz davor waren, wollte er den Erfolg gerne an seinen Hut heften oder wenigstens mit im Team gewesen sein. Auf keinen Fall durfte das alles hier zur Ann-Kathrin-Klaasen-Nummer verkommen.

»Wenn er uns sowieso nichts zu sagen hat, können wir ihn ja auch wieder aufknüpfen«, schlug Rupert vor. Er glaubte, dies sei eine gute Taktik, um Henn durch einen Schock zum Sprechen zu bringen.

»Hier wird keiner aufgehängt«, stellte Weller klar und blickte zu Huberkran, den Ruperts Sätze kaltließen. Er stufte so etwas als taktisches Manöver ein, nicht ganz legal, aber sie waren hier zu dritt, und Henn war allein.

Weller redete auf Henn ein: »Wir haben Ihnen gerade das Leben gerettet. Jetzt könnten Sie auch ein bisschen nett zu uns sein, finden Sie nicht?«

Für den Bruchteil einer Sekunde war es Weller, als ob Henn ihn fokussieren würde, aber dann ging sein Blick wieder in die Weite. Weller versuchte noch einmal, ihn zu erreichen. Er stellte sich vor, wie Ann Kathrin es gemacht hätte. Sie hatte ein unglaubliches Geschick, die Menschen zum Reden zu bringen, und wenn sie einmal im Redefluss waren, unterbrach sie sie nicht mehr, sondern hörte ihnen einfach zu und filterte heraus, was für sie wichtig war.

Aber was tat man mit so einem, der gar nicht reagierte? Weller thematisierte das Problem: »Wenn Menschen sich umbringen wollen, dann werden sie meist mit irgendeiner Situation nicht fertig. Es zerreißt sie geradezu. Der Suizid ist eine Flucht vor etwas, das noch schlimmer erscheint. Verrat, zum Beispiel …«

Wenn Weller sich nicht täuschte, war da eine Reaktion. Ein Zucken der Wimpern, eine Rötung der Haut auf den Wangenknochen.

»Ich erlebe das nicht zum ersten Mal, Herr Henn. Manchmal erleichtert es die Menschen ganz enorm, wenn sie Namen nennen und eine Adresse. Den meisten geht es danach besser. Erleichtern Sie sich … Wir können die anderen gerne rausschicken, wenn Sie lieber mit mir allein sein wollen.«

Rupert machte eine protestierende Geste, aber Huberkran deutete ihm an, er solle sich ruhig verhalten. Auch er hatte registriert, dass es Weller gelang, zumindest punktuell, zu Henn durchzudringen.

»Haben Sie Ihre Freundin Edda Lübben selbst eingemauert? Oder hat es jemand für Sie erledigt? Haben Sie sich dem schlagenden Arm der ›Gotteskinder‹ angeschlossen? Waren Sie selbst an diesen Aktionen beteiligt, oder haben Sie nur Namen und Adressen geliefert? Helfen Sie uns, diesen Irrsinn zu beenden.«

»Ich war es nicht«, sagte Henn kraftlos.

»Na klar«, rief Rupert, »klar war er das nicht! Deshalb hat er auch versucht, sich aufzuhängen. Er ist ein Unschuldsknabe und erträgt einfach nicht, dass wir ihn solcher Straftaten verdächtigen.«

Huberkran fragte sich, ob dies Zusammenspiel zwischen Ruperts provokativer Haltung und Wellers verständnisvollem Eingehen auf den Verdächtigen nicht vielleicht genau die richtige Methode war. Sie spielten hier nicht gerade »Guter Bulle – Böser Bulle«, sondern »Nervöser, überarbeiteter Bulle kurz vor dem Ausrasten – Gelassen, freundlicher Bulle mit psychologischem Einfühlungsvermögen«, aber als Rupert Henn am Unterarm fasste, ihn zu sich zog und zischte: »Lasst mich nur zehn Minuten mit ihm alleine, und wir wissen alles, Kollegen«, da wurde es Huberkran zu viel. Er schob Rupert aus dem Verhörraum.

Gemeinsam blieben sie vor der Tür stehen. »Ich habe ja Verständnis für solche Art von Spielchen«, sagte Huberkran, »aber jetzt reicht's.«

»Wir müssen ihn einschüchtern«, forderte Rupert. »Er wird gleich zusammenbrechen und uns alles sagen. Vielleicht können wir Gaiser und Judith Harmsen noch retten …«

»Wollen Sie die beiden retten, oder machen Sie solchen

Druck, weil Sie Angst haben, dass Ann Kathrin Klaasen doch noch zu uns stößt?«

»Ach, die blöde Kuh!« Rupert drehte sich von Huberkran ab und stampfte zum Ende des Ganges. Dort drehte er sich noch einmal um, hob die Hand, als wolle er etwas sagen, streckte sogar den Zeigefinger aus in Richtung Huberkran, aber dann sagte er doch nichts, sondern verschwand einfach.

Im Verhörraum war Wellers Stimme ganz ruhig und leise geworden. »Wir sind doch jetzt allein. Nur unter uns – ich glaube Ihnen ja, dass Sie nicht der Täter sind. Also: Wer hat Judith Harmsen und Dr. Gaiser entführt?«

Henns Magenknurren brachte Weller auf eine Idee.

»Ich kann Ihnen nicht viel versprechen, aber ich kenne hier ein 1 a Fischrestaurant. Die liefern auch außer Haus. Ich könnte uns beiden etwas bestellen. Meinetwegen mit einem Bier dazu. Eine Scholle Finkenwerder Art mit Speck und Bratkartoffeln. Die haben auch erstklassige Schollenröllchen in Senfsauce. Also, ich persönlich stehe ja mehr auf ganze Schollen. Ich mag auch diese Filets nicht. Ich finde es toll, wenn ich die Gräten vom Fisch trennen kann und …« Er winkte ab. »Aber das ist ja nicht jedermanns Sache. Wie mögen Sie es lieber?«

»Filets«, antwortete Henn.

»Mit Krabben oder mit Speck?«

»Krabben.«

Ich schaff's, ich schaff's, ich krieg ihn zum Reden, freute Weller sich und hoffte, dass jetzt keiner seiner Kollegen dieses Gespräch unterbrach. Es hörte sich nicht an wie ein Verhör, aber es war eins. Er baute sich eine Brücke zu Henn.

»Ich liebe gutes Essen. Gutes Essen ist wichtig für mich. Ich finde, gutes Essen ist mindestens so wichtig wie guter Sex. Wie ist das für Sie?«

Henn blickte Weller staunend in die Augen. Weller

fuhr fort: »Wissen Sie, in meiner Kindheit war das ganz anders. Bei meinem Vater wurde nur schnell gegessen, damit endlich gespült werden konnte. Das Geschirr war für den dazu da, aufgestapelt in Reih und Glied im Schrank zu stehen. Ich finde, Teller werden erst schön, wenn etwas darauf liegt, das duftet.«

Henn schluckte trocken. Er schien den Wasserbecher in seiner rechten Hand völlig vergessen zu haben. Die andere Hand lag kraftlos auf seinem Oberschenkel. In der kleinen Wasserlache auf dem Boden zwischen seinen Füßen spiegelte sich das harte Neonlicht von der Decke. Die Lampe zirpte wie ein Insekt.

Weller nahm ihm den Becher vorsichtig aus der Hand und stellte ihn auf den Tisch.

»Ich habe nie mit meinem Vater zu Mittag gegessen. Er wollte mich nicht. Er hat meiner Mutter einen Tritt in den Bauch gegeben, als sie schwanger war.«

»Was ist aus ihm geworden?«

»Er wird unter irgendeiner Brücke im Suff verreckt sein. Falls er nicht Glück hatte und im Knast gerettet wurde.«

»Wann haben Sie zum letzten Mal eine frische Kutterscholle gegessen?«

Henn zuckte mit den Schultern. »Vor vierzehn Tagen. Vielleicht drei Wochen. Auf Norderney.«

»Allein oder zu zweit?«

»Allein.«

»Sind Sie viel allein?«

Er nickte.

»Aber Sie haben doch so viele Gesinnungsfreunde bei den ›Gotteskindern‹.«

»Ach, die meisten reden doch nur. Ich bin ein Einzelkämpfer.«

»Haben Sie gar keinen Freund, der Ihnen hilft, all diese Flugblätter zu verteilen? Die Plakate zu kleben, die

Sprühaktionen zu machen? Das können Sie doch nicht wirklich alles alleine machen.«

»Ist aber so.«

»Sie decken einen Freund, weil Sie glauben, dass er all diese Morde begangen hat. Das wird Ihnen erst jetzt klar. Sie haben ihm die Namen geliefert, die Adressen. Sie haben ihm wissentlich oder unwissentlich die Ziele vorgegeben. Und er hat dann die Morde allein begangen, ohne Ihr Wissen. War es so?«

»Er hat ein paar Mal versucht, mich zum Mitmachen zu bewegen.«

»Und? Haben Sie es gemacht?«

»Ich hab's versucht. Zweimal. Aber ich kann so was nicht. Mich regt das zu sehr auf, mich macht das am Ende depressiv.«

»Wie heißt er? Wie?«

»Wenn Sie mich töten«, sagte Ann Kathrin, »führt der direkte Weg zu Ihnen.«

»Lassen Sie das mal meine Sorge sein, Frau Klaasen. Als ich Kind war, gab es den schönen Ausspruch: ›Leichen pflastern seinen Weg.‹ Wir meinten damit einen Lehrer, dem viele Schüler es zu verdanken hatten, sitzengeblieben zu sein. Ich habe wirklich eine Menge Leichen herumliegen lassen, und wie Sie sehen, geht es mir immer noch gut. Ich lebe unter dem ausdrücklichen Schutz der Polizei. Man glaubt, dass Sie Stenger ermordet haben, Frau Klaasen, nicht ich. Man kann bei einer kurzen Internetrecherche feststellen, dass Sie ziemlich nervös sind, wenn es um den Mord an Ihrem Vater geht. Dass Sie bei dem Banküberfall in Leer vor zwei Jahren auf die Reifen vom Notarztwagen geschossen haben, weil Sie wieder einmal glaubten, die Täter wollten mit den Sanitätern fliehen, fand ich köstlich.«

»Sie ermorden mich auf meinem ureigensten Terrain,

Herr Beukelzoon. Meine Kollegen mögen mich. Sie werden viel Energie darauf verwenden, meinen Mörder zu finden. Ich möchte nicht an Ihrer Stelle sein. Da kommen Sie nicht wieder raus.«

»Ja«, er zog die Gummihandschuhe aus, »vielleicht haben Sie ja recht. Vielleicht sollte ich umdisponieren. Eigentlich wollte ich meine Waffen irgendwo vergraben und dann Urlaub machen und mich an der Unfähigkeit der ostfriesischen Kripo weiden, aber das werde ich nicht tun. Sie haben versucht, Ihren Rachefeldzug auf Spiekeroog zu beenden. Nachdem Sie Käfer ausgeknipst hatten, wollten Sie mich auch töten. Leider war ich schneller. Ich werde selbst die Polizei rufen. Die Beweislage ist ziemlich eindeutig, und man wird sehr froh sein, dass ich Ihren Kollegen die Arbeit abgenommen habe. Ich hätte Sie schon in Wiesbaden töten sollen, ich habe Sie einfach viel zu lange gewähren lassen. Käfer war ein Freund, dass wir uns kannten, ist kein Geheimnis.«

Er ging im Zimmer herum und fasste bewusst Gegenstände an. Den Kühlschrank, die Tischplatte, den Türrahmen.

Beukelzoon lauschte. Er konnte nur den Wind hören und ein paar Vogelstimmen. Die Leichen waren noch nicht gefunden worden, sonst gäbe es jetzt Hubschrauberlärm. Draußen herrschte noch immer friedliche Urlaubsidylle. Er hatte also noch Zeit.

Er holte sich eine Pfanne aus dem Schrank, schaltete eine Herdplatte auf neun und schlug sich Eier in die Pfanne. Dann kippte er Krabben hinzu.

»Ich habe nichts zu verbergen. Ich bin gekommen, um mit meinem Freund Käfer angeln zu gehen.« Er lachte. »Dann sind Sie mir ins Netz gegangen. Beifang sozusagen.«

Nach allem, was geschehen war, würde sogar Ubbo Heide ihm glauben, dachte Ann Kathrin. Nur einer nicht:

Weller. Sie hoffte so sehr auf Frank. Dann schüttelte sie sich. Sie wollte sich jetzt keine Gedanken darüber machen, ob nach ihrem Tod ihr Mörder gefasst werden würde. Sie wollte einfach nicht sterben.

»Haben Sie Hunger?«, fragte Ann Kathrin.

»Nun, das Ganze muss doch echt aussehen. Ich denke, während mein Freund am Strand spazieren ging, habe ich hier für uns eine gute ostfriesische Mahlzeit zubereitet. – Haben Sie hier irgendwo Schwarzbrot gesehen? – Dann kamen Sie rein und haben mich überrascht.«

»Das Ganze wird nicht funktionieren. Meine Fingerabdrücke fehlen auf all Ihren Waffen. Meine Kollegen sind nicht dämlich. Das wird sie stutzig machen.«

Er rührte mit einem Holzlöffel in der Pfanne herum.

»Sie verstehen überhaupt nichts vom Kochen. Da müssen vorher Zwiebeln rein und Knoblauch«, sagte Ann Kathrin, um Zeit zu gewinnen.

»Ach, tauschen wir hier jetzt Kochrezepte aus? Um zu Ihren Fingerabdrücken zurückzukommen, Frau Klaasen, das Ganze wird überhaupt kein Problem. Ich werde Ihnen nach Ihrem Tod die Waffen alle einmal in die Hand drücken. Sie werden staunen, was für schöne Spielzeuge ich dabeihabe.«

»Meine Kollegen werden den Weg der Waffen zu Ihnen zurückverfolgen.«

Er lachte höhnisch auf. Als müsse er ihr beweisen, dass seine Eier gut geworden seien, hob er die Pfanne vom Herd, setzte sich an den Tisch und aß direkt aus der Pfanne. Neben die Pfanne legte er seine Beretta.

Die Ceranplatte glühte rot. Ann Kathrin drückte beide Hände auf die heiße Stelle und schrie auf vor Schmerz. Für einen Moment befürchtete sie, ohnmächtig zu werden. Es roch nach verbranntem Fleisch.

Sie riss die Finger wieder hoch. Ihre Haut klebte an der Ceranplatte fest und zog lange Fäden.

»Was tun Sie denn da?«, fragte Beukelzoon entsetzt.

»Das mit meinen Fingerabdrücken wird nichts mehr«, lachte Ann Kathrin und zeigte stolz ihre verbrannten Handflächen vor.

»Ich wusste, dass Sie ein verrücktes Weib sind, aber für so verrückt habe ich Sie nicht gehalten. Glauben Sie, das ändert etwas?«

Ann Kathrin wurde schwindlig. Sie wollte seine Verwirrung gern ausnutzen und ihn angreifen, aber ihr wurden die Knie weich, und sie brach zusammen.

Auf dem Boden liegend, lachte sie: »Damit haben Sie nicht gerechnet, was?«

»Nein. Der Trick ist gut. Muss ich mir merken«, antwortete er zynisch.

Sie wälzte sich vor Schmerzen auf dem Boden herum. Er entfernte sich einen Moment zu weit von seiner Beretta. Da traf ihn ihr rechter Fuß an der Kniescheibe.

Er jaulte auf, griff zur Beretta, aber sie federte vom Boden hoch und donnerte ihr linkes Knie gegen seine Brust. Der Schlag nahm ihm einen Moment die Luft. Schon hatte Ann Kathrin die Pfanne in der Hand.

Er erreichte die Beretta, fiel aber damit um, denn Ann Kathrin traf ihn mit der heißen Pfanne am Kopf. Rührei fiel in sein Gesicht und über seine Brust.

Sie sprang in die Luft und landete mit beiden Füßen auf der Hand, in der er die Beretta hielt. Sie riss ihm die Waffe aus der Hand.

Er kroch auf dem Boden rückwärts bis zur Fensterbank. Die linke Hälfte von seinem Gesicht war blutüberströmt, und dazwischen klebte Rührei.

Ann Kathrin hatte Mühe, die Waffe mit ihren verbrannten Händen zu halten.

Er sah sie an: »Nun tun Sie doch endlich, worauf Sie so lange gewartet haben, Frau Klaasen. Bringen Sie mich um.«

Natürlich gab es in ihr den Impuls, genau das zu tun. Aber plötzlich war es, als würde ihr Vater im Raum stehen und ihnen zusehen. Er sah zufrieden aus. Er sprach die Worte nicht, doch sie konnte sie spüren: »Hast du gut gemacht, Ann Kathrin. Eine bessere Tochter kann ein Vater sich nicht wünschen.«

»Geben Sie mir Ihr Scheiß-Handy«, sagte sie.

»Warum?«

»Weil ich meins weggeworfen habe.«

»Ich meine, was wollen Sie damit? Meine Adressenkartei hilft Ihnen nicht weiter.«

»Das kann ich mir vorstellen. Die meisten darin haben Sie wahrscheinlich selbst längst erledigt.«

Er holte sein Handy aus der Tasche und hielt es ihr hin. Sie wusste, dass er diesen Moment nutzen würde, um sie zu attackieren. Sie näherte sich keinen Schritt.

»Legen Sie es auf den Boden und dann rüber zu mir.«

Er gab dem Handy einen kleinen Schubs, und es landete vor Ann Kathrins Füßen. Sie hob es auf, schaffte es aber mit ihren verbrannten Händen nicht, den Polizeinotruf zu wählen.

»Soll ich Ihnen vielleicht behilflich sein?«, fragte er.

Sie tippte nicht mit den Fingerkuppen, sondern mit dem, was von ihren Fingernägeln noch übrig geblieben war.

Es meldete sich der Kollege Paul Schrader. »Sie haben den Notruf der Polizeiinspektion Aurich gewählt.«

Sie erkannte seine Stimme sofort. »Ja, Schrader. Hier spricht Ann Kathrin Klaasen. Ich bin auf Spiekeroog. Verbinde mich bitte sofort mit Ubbo Heide.«

»Über den Notruf?«

»Das ist ein Notruf.«

Es dauerte endlose Sekunden. Beukelzoon lag auf dem Boden. Er zog das rechte Bein an, und für einen unbedarften Beobachter sah es aus, als wollte er sich einfach nur kratzen, aber Ann Kathrin wusste, dass er vorhatte, seinen Dolch zu ziehen.

Sie schoss ihm die Kniescheibe weg.

Er brüllte so laut und schlug mit den Fäusten gegen den Heizkörper, dass Ann Kathrin zunächst nicht hörte, wie Ubbo Heide sich meldete. Natürlich bekam er mit, dass am anderen Ende der Leitung etwas ganz und gar nicht in Ordnung war.

»Hallo? Hier spricht Ubbo Heide, Kripo Aurich. Was ist los?«

»Ubbo, hier ist Ann Kathrin.«

»Gut, dass du anrufst. Du weißt, was los ist. Sie suchen dich überall.«

»Ich bin auf Spiekeroog. Hier ist ein Verbrechen geschehen. Heiko Käfer wurde erschossen und vermutlich auch seine Frau.«

»Dieser eklige Rechtsanwalt?«

»Ja, genau der. Und ich habe den Mörder meines Vaters. Er ist hier bei mir.«

Ubbo Heide hörte das Jammern und Schreien in Hintergrund.

»Ann Kathrin, du wirst doch jetzt keine Dummheiten machen? Jeder hat ein Recht auf ein ordentliches Verfahren, und wenn du den Falschen hast, dann … Ich darf dich doch an Leer erinnern …«

»Ich bin Hauptkommissarin, und ich bin stolz auf meinen Beruf. Ich werde den Mörder meines Vaters der weltlichen Gerechtigkeit überstellen. Das hätte auch mein Vater so gewollt. Ich will das alles zu Ende bringen. In Würde und Anstand.«

»Ja«, sagte Ubbo Heide, »damit ehrst du ihn, Ann Kathrin. Das ist korrekt von dir. – Du bist noch zur Fahndung ausgeschrieben, Ann Kathrin. Ich muss …«

»Ich weiß. Kein Problem. Schick bitte nicht irgendwen. Nicht Rupert oder …«

»Ich komme selbst. Bist du da, wo du bist, sicher?«

»Ja.«

»Hast du ihn schwer verletzt?«

»Er lebt noch. Ich brauche aber einen Krankentransport für ihn und für mich.«

»Wer ist es, Ann Kathrin?«

»Komm und schau ihn dir selber an.«

Rupert fühlte sich unverstanden und fluchte. Er wollte sich nicht geschlagen geben.

Ich werde Beweise finden, versprach er sich selbst. Ich werde sie finden, und wenn ich in der Wohnung von Henn die Tapeten einzeln von der Wand ziehen muss.

Doch vorerst begnügte er sich damit, in der Polizeiinspektion Aurich die Kisten mit Akten zu durchwühlen, die im Vereinshaus der »Gotteskinder« beschlagnahmt worden waren. Die Vereinskasse wies erstaunlich viele Spenden auf. Es waren viele anonyme Spenden, zwischen fünfzig und zweitausend Euro.

Rupert kannte sich im Vereinsrecht zu wenig aus. Er fragte bei seinen Kollegen nach, ob anonyme Spenden überhaupt erlaubt seien, denn die meisten Spenden waren anonym. Es sei denn, er ging davon aus, dass »Sammy Davis jr.«, »Maria Magdalena«, »Fix und Foxi«, »Karl May« und »Prinz Eisenherz« regelmäßige Spenden an die »Gotteskinder« überwiesen.

Als Rupert die Mitgliederlisten des Vereins durchging, stieß er auf einen gewissen Lennart Gaiser, der wegen militanter, vereinsschädigender Aktionen nach kurzer Mitgliedschaft vor zwei Jahren ausgeschlossen worden war.

Was hatte das zu bedeuten? Hatte Lennart Gaiser versucht, sich im Verein einzuschleichen, um ihn dann von innen heraus auffliegen zu lassen? Wollte er seinem Vater helfen, indem er den Verein ans Messer lieferte und sich rechtzeitig über neue, geplante Aktionen informierte? Hatte Lennart vielleicht versucht, diese Aktionen auf ein strafbares Maß zuzuspitzen, damit sein Vater die Bande endlich gerichtlich belangen konnte? Oder gehörte er wirklich dazu?

»Ich kann es Ihnen nicht sagen, Herr Kommissar«, weinte Henn.

»Warum nicht?«, fragte Weller und bemühte sich, nicht allzu drängend zu erscheinen. Was er jetzt brauchte, war Ruhe. Ruhe und Zeit.

»Ich habe ein Gefühl, als … als müsste ich sterben, wenn ich es sage. Ich kann doch nicht zum Verräter werden. Ich …«

»Sie wissen, wer all die Verbrechen begangen hat«, stellte Weller klar. »Er hat auch Ihre Freundin eingemauert.«

Henn biss sich die Unterlippe blutig und verfiel wieder in Schweigen und Starre.

Wellers Handy vibrierte in seiner Hosentasche. Er nahm es eigentlich nur heraus, um diese Störung los zu sein. Dann sah er eine SMS von Ubbo Heide. Normalerweise verschickte der Chef keine Dienstanweisungen per SMS. Entweder rief er an, oder er lud zur Besprechung.

Irritiert über diesen Vorgang, sah Weller sich die Nachricht an.

Haben Ann Kathrin gefunden.
Bitte komm mit!

Es war als eine Bitte formuliert. Irgendwie privat. Nichts hielt Weller mehr bei Henn. Einerseits war er erleichtert, dass Ann Kathrin endlich gefunden worden war, andererseits befürchtete er, dass sie in tiefsten Schwierigkeiten steckte. Er war bereit, den Helden zu spielen und sie herauszuholen. Er würde alles für diese Frau tun und alles aufs Spiel setzen. Auch seinen Beruf als Kommissar.

Er sah sich schon mit ihr eine Fischbude in Norddeich aufmachen und Matjesbrötchen an Touristen verkaufen, die auf die Fähre nach Norderney warteten.

»Das Verhör ist beendet«, sagte er zu Henn, klatschte einmal mit der Hand auf den Tisch und ging zur Tür. »Man wird Sie gleich abführen und in Ihre Zelle zurückbringen.«

Plötzlich hechtete Henn von seinem Stuhl hoch.

»Nein, Sie können doch jetzt nicht gehen!«

»Und ob ich das kann. Glaubst du, du hast alle Zeit der Welt? Typen wie ihr, ihr seid Vampire, ihr raubt einem die Zeit, die Lebenskraft, ihr wollt nur, dass man sich mit euch befasst, bis man selber alles verliert – seine Beziehung, sein … ach!«

Weller öffnete die Tür.

»Es ist Lennart Gaiser.«

Weller drehte sich wieder um und sah Henn in die Augen. Das hielt der nicht aus und schaute vor sich auf die Füße.

»Was haben Sie gesagt? Es ist Lennart Gaiser? Der Sohn von Doktor Gaiser?«

Henn stand, mit hängenden Schultern, das Kinn gegen den Hals gedrückt, da wie ein kleiner Junge. Er presste die Knie zusammen, als hätte er sich in die Hose gemacht und presste zwischen geschlossenen Lippen ein leises »Ja« hervor, so als weigere sich sein Mund, das Wort freizugeben.

»Bringt ihn in die Zelle zurück«, rief Weller durch den Flur, »und passt auf, dass er nicht einen zweiten Suizidversuch startet! Der muss die ganze Zeit unter Beobachtung stehen!«

Dann hatte er sein Handy am Ohr und drückte die Kurzwahltaste für Huberkran.

»Ich hab das Geständnis!«, schrie Weller. »Es ist Lennart Gaiser!«

Huberkran befand sich noch im gleichen Gebäude. Die Nachricht ließ ihn hochspringen. Huberkran wollte sofort ins Verhörzimmer. Er riss die Tür auf und stieß im Flur fast mit Weller zusammen.

»Hey, wo willst du hin?«

»Ich hab jetzt keine Zeit, ich hab keine Zeit, ich muss zu Ann Kathrin! Sie haben Ann Kathrin gefunden!«

»Was heißt hier Ann Kathrin? Ich denk, wir haben den Täter? Was ist genau geschehen? Was hat Henn dir erzählt? Wieso Lennart Gaiser?«

Weller rannte weiter, um ins Büro von Ubbo Heide zu kommen. Huberkran lief neben ihm her.

»Es gibt alles einen Sinn. Der konnte an sämtliche Akten und Unterlagen kommen. Er kannte auch die Freundin von Henn. Er ist das Bindeglied. Er hat all die Jahre gesehen, was sein Vater getan hat, und irgendwie ist er durchgedreht und hat mit seiner Selbstjustiz angefangen.«

»Und jetzt hat er seinen eigenen Vater gekidnappt?«

»Sieht so aus.«

»Ach du Scheiße. Das Bürschchen holen wir uns.«

»Ja, viel Spaß, aber ohne mich«, sagte Weller.

Huberkran blieb ungläubig stehen.

Ubbo Heide wartete bereits vor seinem Büro auf Weller. »Wir nehmen den Heli«, sagte er.

Huberkran glaubte einen Moment, damit sei er gemeint, um so schnell wie möglich zu Lennart Gaiser zu kommen, doch dann begriff er, dass zwischen Ubbo Heide und Weller ein tiefer Pakt bestand. Ein Bündnis, das für ihn als Außenstehenden unbegreiflich war. Sie wollten nicht mit, um bei der Verhaftung dabei zu sein.

Sie hatten etwas anderes, ihrer Meinung nach Wichtigeres vor.

Huberkran ging schweigend neben ihnen her bis zur Treppe. Dann rief er Spezialkräfte zusammen. Die Verhaftung von Lennart Gaiser musste gut vorbereitet sein. Der Zugriff war nicht ungefährlich. Bei einem Täter mit so einem hohen Gewaltpotential musste mit dem Schlimmsten gerechnet werden.

Während Huberkran noch an die Wand gelehnt seine Leute zusammentelefonierte, erschien der aufgeregte Rupert. Huberkran gab ihm per Handzeichen zu verstehen, er solle ruhig sein, damit er weiter telefonieren konnte, aber Rupert war sich völlig sicher, dass seine Nachricht alles andere toppen würde.

»Ich habe da einen Verdacht, dem wir unbedingt nachgehen sollten«, sagte Rupert.

Zornig unterbrach Huberkran sein Telefongespräch und sah Rupert an: »Ja, bitte, was für einen Verdacht?«

»Dreimal dürfen Sie raten.«

»Bitte, ich habe jetzt keine Zeit für so etwas. Es ist Lennart Gaiser. Wir bereiten jetzt seine Verhaftung vor.«

Aus Rupert schien alle Energie zu weichen. Er sackte zusammen und musste sich stützen, sonst wäre er umgefallen. Seine Mundwinkel zeigten nach unten, die Lippen waren schmal. Es war, als würden alle Niederlagen seines Lebens gleichzeitig zu ihm zurückkehren.

»Was ist? Ist Ihnen nicht gut?«

»Ich ... ich wollte das gerade sagen ... also, dass wir uns Lennart Gaiser vorknöpfen müssen. Er war Mitglied bei den ›Gotteskindern‹. Sie haben ihn aber rausgeschmissen, weil ...«

»Ja, danke für die Information, Rupert«, sagte Huberkran betont jovial und klatschte ihm auf die Schultern. »Vor ein paar Tagen wäre ich echt dankbar dafür gewesen.«

Rupert lief zur Toilette und übergab sich.

Ubbo Heide hatte eigentlich Höhenangst, und Hubschrauberflüge waren überhaupt nichts für ihn. Der Lärm machte ihn kirre und hinderte ihn daran, einen einzigen klugen Gedanken zu Ende zu denken. Ihm wurde schwindlig, und er bekam Beklemmungen. Um sich auf etwas Schönes, anderes konzentrieren zu können, hatte er sich einen Marzipan-Seehund mitgenommen. Er genierte sich aber, ihn offen zu essen. Immer wieder ließ er seine Hand in die Tasche gleiten, brach ein Stückchen davon ab und schob es sich in den Mund. Er drückte die Marzipanmasse mit der Zunge gegen seinen Gaumen und ließ sie langsam zergehen. Er hatte das Gefühl, Medizin zu essen, etwas, das ihn daran erinnerte, dass es nicht nur Schlimmes im Leben gab, sondern auch Schönes, Süßes.

Weller sah aus dem Hubschrauber und musste sich eingestehen, dass die Schönheit dieser Landschaft ihn immer wieder bewegte. Die Vibrationen des Hubschraubers brachten seine inneren Organe in Bewegung und seine Verdauung in Gang.

Sie flogen bei Ebbe übers Watt, und das Naturwunder bekam für Weller wieder etwas Greifbares. Die Seehundpopulation hatte in diesem Jahr gewaltig zugenommen. Weller sah eine Herde von vierzig, fünfzig Tieren. Ein vollgelaufener Priel schlängelte sich wie ein Fluss im Watt an der Insel vorbei. Der Sandstrand umgrenzte die grüne Insel wie ein leuchtender Heiligenschein, als habe Gott sich einen Rückzugsort geschaffen vor dem Grauen dieser Welt. Ein göttliches Feriendomizil.

Abel machte aus dem Hubschrauber mit einem Weitwinkelobjektiv Fotos.

Ubbo Heide knurrte: »Denk dran, du bist nicht als Landschaftsfotograf hier, sondern zur Spurensicherung.«

»Mensch, könnt ihr denn an gar nichts anderes denken?«, wehrte Abel sich und wechselte das Objektiv, um ein paar Seehunde draufzubekommen.

»Nein«, sagte Ubbo Heide, »können wir nicht.«

Lennart Gaiser hatte Britta Kröger an den Heizkörper im Wohnzimmer gefesselt und ihren Mund mit Pflaster aus dem Erste-Hilfe-Koffer zugeklebt. Ihr Atem rasselte. Sie bekam nur schwer durch die Nase Luft. Mit dem zugeklebten Mund machte der Heuschnupfen ihr natürlich besonders zu schaffen.

Den Kleinen hatte er ebenfalls gefesselt und geknebelt. Er lag in der Badewanne. Die Badezimmertür hatte Lennart abgeschlossen.

Bis hierhin hatte alles ganz gut geklappt. Aber jetzt war er unschlüssig. Er musste den Jungen und die Frau beseitigen, um sich selbst nicht zu gefährden. Aber er hatte noch nie einen Menschen direkt umgebracht. Eigentlich hasste er Gewalt. Er hatte sie immer nur eingemauert, und dann waren sie gewissermaßen von allein gestorben. Das hier jetzt erforderte rohe Gewalt. Es sei denn, er würde eine dritte Wand einziehen … sozusagen einen Triple-Burger bauen statt eines Doppel-Whoppers.

Aber das Ganze war nicht wirklich sauber. Er musste diese Frau nicht dazu bringen, über ihre Sünden nachzudenken, und den kleinen Jungen schon gar nicht. Sie waren einfach nur lästige Zeugen.

Bevor ihr Mann nach Hause kam, musste das hier erledigt sein.

Er ging runter und sah sich den Keller an. Es gab dort einen wunderschönen, kleinen Raum, wie geschaffen für seine Zwecke. Hinter der Ölheizung standen die Tanks, die schon lange nicht mehr gebraucht wurden, weil das Haus vor fünf Jahren an die Fernwärme angeschlossen worden war. Das hier war keine Bestrafungsaktion. Er tat es nur, weil er nicht wusste, wie er sonst töten sollte. Nichts anderes war für ihn vorstellbar.

Anders als sonst entschied er sich diesmal, seine Gefangenen gefesselt und geknebelt zu lassen, damit sie sich nicht bemerkbar machen konnten.

Er brachte den Jungen zuerst in den Heizungskeller, dann die Mutter. Der Kleine hielt die Augen fest geschlossen, Britta Kröger dagegen riss sie so weit wie möglich auf.

»Es tut mir leid«, sagte Lennart. »Ich habe nichts gegen Sie persönlich. Es ist eine schreckliche Sache. Der Junge hat leider zu viel gesehen. Ich kann Sie nicht gehen lassen, aber ich kann Sie auch nicht umbringen. Ich bin kein Mörder, wissen Sie. Ich bin ein guter Mensch. Bitte verzeihen Sie mir. Es ist wichtig für mich, dass Sie mir vergeben. Wenn ich Sie freilasse, werden Sie mich verraten.«

Britta Kröger schüttelte heftig den Kopf. Sie versuchte, ihm zu sagen, dass sie ihn keineswegs verraten würde, aber er glaubte ihr natürlich nicht.

»O doch. Sie werden mich verraten. Wissen Sie, ich bin der Zorn Gottes. Ich bin selber nur sein ergebener Diener, sein Handwerkszeug. Die Welt ist aus den Fugen geraten, und jemand muss es wieder richten. Ich muss ein Fanal setzen, damit die Welt umkehrt, bevor der Herr sich entscheidet, alles in einem Höllenfeuer versinken zu lassen.«

Er holte Steine aus dem Nachbarhaus und mauerte die Tür in weniger als einer Stunde zu.

Zweimal klingelte Gerrit, um seinen Freund Ansgar zu besuchen, aber niemand öffnete ihm.

Als Weller Ann Kathrins Hände sah, rang er mit den Tränen. Sie saß, umgeben von Sanddornsträuchern auf einer weißen Plastikbank vor dem Haus. Sie hatte tiefe Ränder unter den Augen und war völlig in sich gekehrt.

Um sicherzugehen, dass Beukelzoon nicht im Haus noch an irgendeine Waffe kam und Unsinn machte, hatte Ann Kathrin alle Waffen, die sie im Haus gefunden hatte, draußen vor sich neben der Bank wie zu einem Müllhaufen aufgetürmt. Die eigene Heckler & Koch trug sie offen im Hosenbund.

Weller nahm Ann Kathrin stumm in den Arm. Sie drückte ihren Kopf an ihn und schnüffelte wie ein Hund. Er hatte einen besonderen Geruch. Einen Frank-Weller-Geruch. Eine Nase voll davon gab ihr das Gefühl, geborgen zu sein.

Ubbo Heide, der väterliche Freund, legte eine Hand zwischen ihre Schulterblätter. Die drei standen dicht beieinander. Dann sagte Ubbo Heide: »Diesmal habe ich mir wirklich Sorgen gemacht, Ann. Wir hatten alle Angst, dass das Ganze übel ausgeht.«

»Irgendwo auf der Insel«, sagte Ann Kathrin, »muss Käfer liegen. Sie haben ihn noch nicht gefunden. Und ich denke, Beukelzoon hat auch seine Frau getötet. Zumindest hat er mir das so gesagt. Er war das mit Stenger. Nicht ich …«

Noch bevor sie den Hubschrauber bestiegen, wurden Ann Kathrin und Beukelzoon notdürftig medizinisch versorgt.

Inzwischen war auch Käfer am Strand gefunden worden, nur Ailins Körper hatte die Nordsee noch nicht wieder freigegeben.

Eine Touristenschar hatte sich in der Nähe des Hubschraubers versammelt und beobachtete die Szene. Auch die Kornweihe kreiste wieder und betrachtete die aufgeregten Menschen von oben.

Abel von der Spurensicherung blieb mit einem kleinen Team auf der Insel.

Kaum in der Luft, spielte Beukelzoon sich auf: »Das ist ein schwerer Fehler. Ihr wisst nicht, mit wem ihr euch einlasst. Das wird euch alles noch schrecklich leidtun. Ich stehe unter dem Schutz mächtiger Männer.«

Das war für Ubbo Heide nicht das übliche Geschwätz eines Verdächtigen. Drohungen waren sie gewöhnt. Er wusste, dass Beukelzoon vermutlich die Wahrheit sprach. Deshalb ging er laut und deutlich darauf ein, damit alle anderen Anwesenden seine Meinung dazu hören konnten: »Macht ist in einer Demokratie immer etwas auf Zeit. Sie wird den Menschen geliehen, und sie kann ihnen wieder entzogen werden, wenn sie nicht gut damit umgehen.«

Weller hielt Ann Kathrin im Arm. Sie sah zu Ubbo Heide und vermittelte ihm mit einem Blick Dankbarkeit für seine Worte. Genau das brauchte sie jetzt. Jemanden, der gerade und aufrecht war wie ein Fels in der Brandung.

Da niemand genau wusste, wo Lennart Gaiser sich aufhielt, schlugen Huberkrans Leute an acht Orten gleichzeitig zu. Sieben Vorstandsmitglieder vom Verein der »Gotteskinder« bekamen Besuch, wie Huberkran es verharmlosend nannte, während seine Leute die Gaiser-Villa in Leer stürmten.

Huberkran selbst war vor der Villa mit dabei. Er dirigierte alle Aktionen per Handy. Sie mussten zeitgleich zuschlagen, damit niemand die Gelegenheit hatte, die anderen zu warnen.

Sie hatten sich ein Fahrzeug der DHL ausgeliehen. Zwölf Spezialkräfte hatten das Grundstück umstellt und waren bereits in den Garten vorgedrungen. Wer immer dadrin war, hatte keine Chance mehr zu fliehen.

Dann klingelte der Paketservice. Anne Kohl öffnete arglos die Tür. Sie wurde zur Seite gedrückt, und an der

Sprechstundenhilfe vorbei stürmten sechs vermummte, schwerbewaffnete Schwarze Ritter.

Für Frau Gaiser war das Ganze zu viel. Sie wurde ohnmächtig, als sie, im Salon auf dem Sofa sitzend, unten im Garten plötzlich die vermummten Männer sah. Sie glaubte, nun auch geholt zu werden.

Das Haus wurde bis in den letzten Winkel durchsucht, doch von Lennart Gaiser gab es keine Spur.

Anne Kohl verliebte sich sofort in einen jungen Mann vom Sondereinsatzkommando, als sie den erschöpften Männern, die ihre kugelsicheren Panzerungen abgelegt hatten, in der Küche einen Ostfriesentee servierte.

Nachdem Frau Gaiser das Bewusstsein wiedererlangt hatte, forderte Huberkran sie auf, ihm den Aufenthaltsort ihres Sohnes zu nennen und die Ermittlungen zu unterstützen. Aber sie schaltete auf stur. Sie gab ihm nicht einmal die Handynummer ihres Sohnes. Sie erklärte Huberkran für schwer therapiebedürftig, weil er glaubte, dass ihr Sohn ihren Mann entführt hätte.

Auch in den Wohnungen der Vorstandsmitglieder fand sich kein Hinweis auf Lennart Gaiser.

Gegen den Willen von Huberkran und auch gegen den ausdrücklichen Wunsch von Ubbo Heide nahm Ann Kathrin an der Lagebesprechung der SOKO Maurer teil, denn immerhin behauptete sie, dazuzugehören. Sie saß mit ihren verbundenen Händen da und war nicht mal in der Lage, von den staubigen Keksen zu essen, die irgendjemand auf den Tisch gestellt hatte. Sie konnte auch ihr Mineralwasser nicht trinken. Weller überlegte, ob er ihr das Glas an die Lippen führen und sie mit einem Keks füttern sollte, aber irgendwie hatte er auch Angst, sie und sich dabei lächerlich zu machen. Gleichzeitig schämte er sich, weil er sich nicht traute, mehr für Ann Kathrin einzutreten und sie besser zu umsorgen.

Sie hörte konzentriert zu. Die Kollegen schwankten zwischen Euphorie und Ratlosigkeit.

Huberkran schloss: »Wir wissen also, wie der Täter heißt, und wir kennen die Opfer, die er noch in seiner Gewalt hat. Aber wir wissen nicht, wo er sie gefangen hält. Die Fahndung nach seinem Fahrzeug läuft. Eine Handyortung ist derzeit nicht möglich.«

Ann Kathrin meldete sich nicht zu Wort. Sie sprach einfach: »Er kann nicht weit von Leer weg sein. Er hat sich immer im Umkreis seines Elternhauses bewegt. Luzern, Bamberg … Er wird zu seiner Mutter zurückkommen, sofern wir ihr keine Gelegenheit geben, ihn vorher zu warnen.«

Huberkran spürte ein Brennen in seinem Magen, als hätte er gerade einen scharfen Schnaps getrunken. Er stand auf und zog an einem Flipchart Kreise auf der Landkarte um seinen jeweiligen Wohnort und die Fundplätze der Leichen.

Sie hatte recht.

»Er hat einen Radius von gut hundert Kilometern. Da kann er überall sein. Von Leer bis zur Küste und runter bis Osnabrück. In Groningen oder Wilhelmshaven.«

Ann Kathrin stand auf und ging ein paar Schritte. Weller musste grinsen. Er kannte den Verhörgang, für die anderen der SOKO Maurer war das neu. Niemand sonst lief im Raum herum. Alle saßen brav auf ihren Stühlen. Aber Ann Kathrin behauptete, besser denken zu können, wenn sie sich bewegte.

»Wir müssen sämtliche leerstehenden Gebäude in dem Umkreis durchsuchen. Dazu alle Neubauten, Bauruinen, halt überall, wo jemand in Ruhe eine Mauer einziehen kann. Wir brauchen Unterstützung der Medien. Wir sollten sofort eine Pressekonferenz geben. Vielleicht ist jemandem etwas aufgefallen. Die Menschen sehen das, denken sich aber nichts dabei. Wir müssen eine breite Öffentlichkeit mobilisieren, um die Sache zu beenden.«

Eigentlich bin ich doch der Leiter der SOKO Maurer, wollte Huberkran gerade einwenden, aber dann begnügte er sich damit, ihr zuzustimmen.

Während bereits die Pressekonferenz einberufen wurde, zog Huberkran Ann Kathrin zur Seite. »Ich glaube, es wäre nicht so gut, wenn Sie dort auftreten, Frau Klaasen. Immerhin sind Sie bis vor wenigen Stunden noch gesucht worden, und man hatte Sie zur öffentlichen Fahndung ausgeschrieben. Wenn Sie jetzt Statements für uns abgeben, dann wird das Ganze doch sehr Ann-Kathrin-Klaasen-lastig.«

»Sie befürchten, dass die Presse sich mehr mit meiner Person als mit unserem Fall beschäftigt?«

»Ja, verdammt.«

»Keine Angst. Ich werde Ihre Pressekonferenz nicht stören.«

Ann Kathrin drehte sich abrupt um und verschwand. Sie hatte plötzlich eine Idee. Da Weller jetzt natürlich bei seinen Kollegen bleiben musste, sie aber auf keinen Fall allein sein wollte, ging sie in ihr Büro, drückte mit dem Ellbogen die Lautsprechanlage ein und versuchte, die Nummer von Rita und Peter Grendel zu wählen, um ihre Nachbarn zum Kaffeetrinken einzuladen.

Sie landete einmal versehentlich im Restaurant Smutje in Norden, wo sie herzlich begrüßt wurde und Frau Melanie Weiß fragte, ob sie ihr einen Tisch reservieren könnte.

Der zweite Versuch führte Ann Kathrin zu den Stadtwerken, und beim dritten Mal klappte es.

»Kauf bloß keinen Kuchen, Ann, ich habe einen Apfelkuchen gebacken«, lachte Rita. Genauso hatte Ann Kathrin sich ihr Nachhausekommen vorgestellt. Sie rief sich ein Taxi und ließ sich in den Distelkamp 13 zurückbringen.

Als Udo Kröger nach Hause kam, wunderte er sich. Normalerweise wurde er von Ansgar lauthals begrüßt, der Junge kam ihm entgegengelaufen, sprang an ihm hoch, und während er ihn auf dem Arm in die Wohnung trug, erzählte Ansgar ihm seinen überaus spannenden Tag. Seine Frau wartete jedes Mal geduldig, bis Ansgar sich genügend Aufmerksamkeit von seinem Papa abgeholt hatte und nach draußen zu seiner Schaukel rannte, um die überschüssige Energie beim Wippen abzubauen.

Diesmal war alles ganz anders. Weder Ansgar noch Britta empfingen ihn.

Er ging ins Wohnzimmer, um sich den Zettel vom Tisch zu holen, aber dort lag nichts für ihn. Jetzt war der Moment gekommen, in dem er sich wirklich Gedanken machte. Seine Frau legte immer auf die gleiche Stelle, auf den Tisch im Wohnzimmer, einen Zettel, schrieb eine freundliche Nachricht für ihn darauf und unterzeichnete sie mit einem Herzchen, wenn sie das Haus mit Ansgar verließ.

Warum hatte sie das diesmal nicht getan?

In der Essküche war der Tisch nicht abgeräumt worden. Seine Frau ließ nicht gerne Essensreste herumstehen. Um diese Jahreszeit hatte sie immer Angst, sich Ungeziefer in die Wohnung zu holen. Selbst das Obst parkte sie am liebsten im Kühlschrank. Er hingegen liebte frei stehende Obstschalen, die Duft in der Wohnung ausströmten, und es störte ihn überhaupt nicht, wenn darauf die Fruchtfliegen spazieren gingen.

Er wusste, dass die beiden nicht im Haus waren, sonst hätten sie sich unmöglich so still verhalten. Ein Scherz war das Ganze nicht. Sie spielten keineswegs Verstecken mit ihm. Trotzdem rief er ganz laut: »Ansgar? Britta?«

Nichts. Wie er es erwartet hatte.

Mit den Fischen im Aquarium stimmte auch etwas nicht. Sie wirkten verschreckt, verhuscht, versteckten sich hinter den Pflanzen und der großen Wurzel, statt wie sonst an der Scheibe entlangzuschwimmen. Fische hatten ein feines Gespür für nahende Katastrophen. Er wusste, dass man in China Fischteiche beobachtete, weil die Fische dort angeblich auf bevorstehende Erdbeben reagierten.

Er sah die Dose mit dem Fischfutter auf dem Boden.

Er lief einmal in jedes Zimmer. Die Erste-Hilfe-Kiste war aufgerissen und durchwühlt worden. Jemand hatte Pflaster entnommen und die Schere nicht richtig zurückgelegt. Es fehlte auch Verbandszeug.

Die Sache war für ihn sofort sonnenklar. Es hatte einen Unfall gegeben. Vielleicht war Ansgar gestürzt. Seine Mutter hatte ihn vor dem Eintreffen des Notarztwagens notdürftig aus dem Erste-Hilfe-Kasten versorgt.

Er lief zum Telefon. Der Hörer war nicht richtig aufgelegt. Er konnte im Display sehen, dass sie zweimal die Eins gewählt hatte. War sie nicht mal dazu gekommen, die komplette Notrufnummer zu wählen?

Dann entdeckte er die Blutstropfen auf dem Boden, und seine Angst wuchs.

Da Jever kein Krankenhaus mehr hatte, rief er zunächst in der Nordwestklinik in Sande an, danach im Krankenhaus Wittmund und im Reinhard-Nieter-Krankenhaus Wilhelmshaven.

Nirgendwo wusste jemand etwas über seinen Sohn oder seine Frau. Aber sie musste mit dem Krankenwagen gefahren sein, sie hatten ja keinen Zweitwagen.

Dann lief er rüber zu den Nachbarn. Gerrits Mutter erzählte, ihr Sohn habe mehrfach bei den Krögers geklingelt, weil er gern mit Ansgar spielen wollte, aber es hätte niemand geöffnet.

Udo Kröger rief die Polizei.

Wieder in seinem Haus zurück, fiel ihm auf, dass die Tür zur Terrasse nicht geschlossen, sondern nur angelehnt war. Er wusste aber nicht, ob er sie selbst geöffnet hatte oder nicht. Er war so nervös, dass seine Finger zu zittern begannen.

Vielleicht unterzuckere ich auch nur, sagte er sich selbst, und holte sich aus dem Kühlschrank eine Flasche Orangensaft. Er goss sich ein großes Glas ein, hatte aber dann Mühe, das kalte Getränk zu schlucken. Es war, als würde ihm etwas den Hals zuschnüren.

Lennart Gaiser konnte es kaum aushalten. Er war angetreten, um unschuldige Kinderleben zu retten, und nun wurde er selbst schuldig. Er hatte eine Stimme in sich, die verlangte von ihm, das Kind sofort wieder freizulassen, und eine andere, die das für völlig unmöglich erklärte.

Er saß fest. Er konnte nicht mehr wirklich handeln. Er musste sich selbst eine Buße auferlegen. Den Herrn um Verzeihung bitten.

Ja. Das war die Lösung. Es schien plötzlich ganz klar vor ihm zu stehen, wie eine Erscheinung. Alles ergab plötzlich einen Sinn. Er konnte die Dinge verstehen. So wurde alles rund. Er musste sich selbst bestrafen, um allen zu zeigen, dass er seine Prinzipien auch auf sich selbst anwendete. Das würde ihn wieder zurückbringen in die vollkommene Reinheit.

Der Rächer des Herrn musste Schlimmes tun, um Gutes zu erreichen. Die Hand Gottes war beschmutzt worden und musste wieder reingewaschen werden.

Er hatte noch genügend Steine da. Er brauchte nicht viel. Nur ein kleines Eckchen. Er würde sich nicht so viel Raum gewähren können wie allen anderen. Er war bescheidener. Es würde nicht einmal reichen, um sich hinzusetzen. Er würde das Martyrium stehend ertragen. Er, der treueste Diener seines Herrn.

Er begann in einem Glückstaumel ein altes Kirchenlied zu summen. Es war gar nicht so leicht, sich in so einem kleinen Zimmer einzumauern. Er musste die Steine mit in seine Zelle nehmen, und er hatte auch keinen zusätzlichen Schnellbinder mehr. Die Enge seiner Zelle behinderte seine Bewegungen. Aber er schaffte es, obwohl er sich dabei einige Hautabschürfungen zuzog.

Auch für sich ließ er ein kleines Luftloch mit einem Röhrchen. Es hätte ihm etwas ausgemacht, jetzt sofort, einfach so, zu sterben und vor seinen Richter zu treten. Der weltlichen Gerichtsbarkeit wollte er sich auf jeden Fall entziehen. Sie hatten kein Recht. Sie, die so lange das Unrecht legitimiert hatten, besaßen nicht das geringste Recht, über ihn zu urteilen. Das wäre ja geradezu blasphemisch gewesen. Er wollte hier sterben, aber seine Seele brauchte noch Zeit. Er war noch nicht so weit. Er wollte in Ruhe meditieren und sich vorbereiten auf das, was ihn erwartete. Und er wollte bereuen. Denn auch er war schuldig geworden.

Vielleicht war es das Schicksal der Menschen, schuldig zu werden, seitdem sie aus dem Paradies vertrieben worden waren.

Nach der stürmischen Pressekonferenz wollte Weller mit Ann Kathrin sprechen. Er rief sie zu Hause im Distelkamp an. Sie saß bereits mit Rita Grendel auf der Terrasse.

Rita ließ sich in Ruhe die Geschichte aus Gelsenkirchen und Wiesbaden erzählen. Dabei fütterte sie Ann Kathrin mit ihrem Apfelkuchen. Ann Kathrin aß mit solchem Heißhunger, dass Rita sich fragte, wo die schmale Frau das alles ließ.

Als Weller anrief, ging Rita ran und hielt Ann Kathrin das Telefon ans Ohr.

»Ich wollte nur fragen, wie es dir geht, Liebste.«

Sie antwortete nicht darauf, sondern stellte die Gegenfrage: »Seid ihr weitergekommen? Gibt es Hinweise?«

»Die Menschen sind natürlich sehr aufgeregt. Hier gehen eine Menge Anrufe ein. Ein Vater aus Jever vermisst seine Frau und sein Kind, aber das passt nicht in sein Muster.«

»Er hat sein Muster längst durchbrochen, Frank.«

»Wie meinst du das?«

»Der Frauenarzt passte auch nicht in sein Muster.«

»Ja. Er hat sich seinen eigenen Vater geholt. Und wir wissen nicht, wie er jetzt weitermacht.«

»Offensichtlich hat er alle Frauen auf seiner Liste abgearbeitet, oder warum hat er sich sonst seinen Vater geholt? Habt ihr euch das mal gefragt? Ich habe keine Ahnung, was in seinem kranken Hirn vorgeht, aber sein Muster ist nicht mehr sein Muster. Wenn überhaupt, dann hat er ein neues Muster.«

»Du meinst, wir sollten …?«

»Jever liegt in seinem Radius. Wenn ihr nicht hinfahrt, mache ich es.«

»Um Himmels willen, Ann! Bleib bloß zu Hause, ruh dich aus. Du hast Schlimmes hinter dir. Geh doch zu Rita und Peter. Es ist nicht gut für dich, wenn du jetzt allein bist.«

»Tolle Idee. Wer hat dich denn gerade am Telefon begrüßt?«

Weller entschuldigte sich gleich für seine Nachlässigkeit. Mein Gott, dachte er, liegen mir die Nerven inzwischen so blank?

Als Weller Huberkran sagte, Ann Kathrin habe vorgeschlagen, sie sollten sich den Fall in Jever angucken, verdrehte der bei der Nennung ihres Namens die Augen.

»Okay«, sagte Weller, »vergiss es. Aber ich fahr hin.«

Udo Kröger hatte inzwischen einen befreundeten Arzt bei sich und zwei Beruhigungstabletten eingeworfen, die ihn aber nur noch nervöser machten. Diese paradoxe Reaktion versuchte der Arzt nun zu beheben, indem er seinem Freund noch eine Beruhigungstablette gab.

Kröger redete wie ein Wasserfall und wiederholte jeden Satz mehrfach, so als hätte er vergessen, was er gerade gesagt hatte.

»Ich wusste gleich, dass etwas nicht stimmt. Ich wusste gleich, dass etwas nicht stimmt. Die Fische sind so nervös gewesen. Die Fische sind so nervös gewesen. Es lag kein Zettel dort. Es lag kein Zettel dort. Sie ist in keinem Krankenhaus. Sie hatte aber 1 1 gewählt. Sie hatte 1 1 gewählt.«

Weller bekam die Nachricht, der Wagen von Lennart Gaiser sei in Jever auf dem Marktplatz gefunden worden.

Weller brauchte mit dem Auto sechsunddreißig Minuten von Aurich nach Jever.

Britta Kröger schaffte es nicht, sich zu bewegen, obwohl die Fesseln ihr Spielraum gelassen hätten. Aber Ansgar scharrte so lange mit seinem Pflaster am Heizungsrohr entlang, bis es sich von seinem Mund löste. An der rechten Seite klebte es noch fest, die linke hing herunter, und Ansgar begann zu kreischen.

Udo Kröger wusste sofort, dass es sein Sohn war. Er rannte mit Weller in den Keller.

Dort fanden sie ihn nicht.

Der Arzt kam langsam hinterher.

Weller begann die Wände abzuklopfen.

»Was machen Sie? Was soll das?«

»Ist hier irgendwo eine Wand, die es vorher nicht gegeben hat? Kann es sein, dass Ihr Sohn dahinter ist?«

»Ansgar! Ansgar!!! Ansgar?!«

Ansgar hörte die Rufe, und selbst seine scheinbar gelähmte Mutter konnte sich jetzt wieder bewegen, aber sie bekam keinen Ton heraus. Sie bumste mit ihrem Kopf gegen die leere Öltonne, die ein hohles Geräusch von sich gab.

»Im Heizungsraum! Er ist im Heizungsraum!« Udo Kröger riss die Tür zum Heizungskeller auf und stand vor einer Mauer.

Weller sprach ganz laut und deutlich: »Ansgar? Ansgar? Du musst keine Angst haben. Wir sind hier. Rück von der Mauer weg. Wir werden sie jetzt durchbrechen und dich da rausholen.«

»Papa, wo ist mein Papa?«

»Hier. Ich bin hier, Ansgar! Ist Mama bei dir?«

»Ja. Er hat sie gefesselt.«

»Seid ihr wohlauf?«

Ansgar kannte das Wort »wohl auf« gar nicht. Er antwortete: »Ich hab Angst, Papa. Ich hab Angst.«

Weller wählte die Nummer von Huberkran.

»Ann Kathrin hatte recht. Er hat sich die Frau und das Kind geholt. Ich habe sie gefunden. Er hat sie in ihrem eigenen Keller eingemauert. Er wird eilig und unvorsichtig. Er weiß, dass wir hinter ihm her sind.«

Er hörte die Polizeisirenen. Er wusste, dass sie ihn jetzt suchen würden. Vielleicht war es dumm gewesen, den kleinen Ansgar und seine Mutter im eigenen Keller einzumauern. Aber was spielte das noch für eine Rolle? Er war eben nur ein menschliches Wesen. Und Menschen machten Fehler. Auch wenn der göttliche Finger sie einmal berührt hatte.

Auf dem Arm seines Vaters zeigte Ansgar auf das gegenüberliegende Haus.

»Da, dadrinnen habe ich die Stimmen hinter der Wand gehört. Ich habe es euch erzählt, aber ihr habt mir nicht geglaubt. Bitte seid nicht böse, dass ich da war. Ich wollte ja nichts Schlimmes. Ich …«

»Es ist alles gut, mein Sohn. Es ist alles gut«, sagte Udo Kröger und streichelte sein Kind.

Er hatte die Sache besser überstanden als seine Mutter. Sie lag an einem Tropf im Wohnzimmer auf der Couch. Sie weigerte sich, eine Nacht im Krankenhaus zu verbringen. Sie wollte auf keinen Fall aus ihrem Haus weg. Sie brauchte jetzt ihren Mann und ihren Sohn.

Er hörte ihre Schritte und dann die schweren Hämmer, mit denen sie die Wände aufbrachen. Sein verhasster Vater lebte noch. Seine Stimme war schwach. Er weinte und küsste einen Polizeibeamten. Er hörte das Wort »Nervenzusammenbruch«.

Wenn die Welt gerecht wäre, dachte er, würden sie dir den Prozess machen, Vater, und nicht mir.

Er verhielt sich ganz still. Er versuchte, nicht einmal zu atmen. Vielleicht würden sie ihn ja nicht bemerken.

»Hinter der Wand ist Judith Harmsen! Es gibt eine zweite Wand! Wirklich, ich erzähle keinen Mist. Ihr müsst die auch aufbrechen. Dahinter ist Judith Harmsen. Ich habe mit ihr gesprochen. Aber sie hat schon lange nicht mehr geantwortet. Was haben wir überhaupt für einen Tag? Wie lange habe ich da dringesessen?«

Für Judith Harmsen kam jede Rettung zu spät.

Sogar die Wand hinter der von Judith Harmsen ließ Huberkran sprengen. Aber dort befand sich nur ein weiterer leerer Raum, in dessen Mitte irgendwann jemand Pappkartons verbrannt haben musste.

Die Fahndung nach Lennart Gaiser lief noch einige Wochen auf Hochtouren. Erfolglos.

ENDE

N
W
O
S
Langeoog
Baltrum
Norderney
Juist
Borkum
Memmert
Neßmersiel
Dornum
Bensersiel
Esens
Norddeich
Lütetsburg
Norden
Großheide
Westerholt
Hage
Ewiges Meer
Marienhafe/Upgant-Schott
Greetsiel
Jennelt
Georgsheil
Aurich
Goßes Meer
Hinte
Großefehn
Emden
Warsingsfehn
Hesel
Dollart
Groningen
Leer
Ostfriesland
Bunde
Rhauderfehn
Weener
Papenburg